Aileen P. Roberts

Der Feenturm

Roman

GOLDMANN

Für Mara,
unsere kleine Nebelkerze

Verlagsgruppe Random House FSC-DEU-0100
Das FSC®-zertifizierte Papier *Super Snowbright* für dieses Buch
liefert Hellefoss AS, Hokksund, Norwegen.

1. Auflage
Originalausgabe September 2012

Umschlaggestaltung: UNO Werbeagentur, München
Umschlagmotiv: © FinePic; Getty Images / Colin Anderson
Th · Herstellung: Str.
Satz: DTP Service Apel, Hannover
Druck und Bindung: GGP Media GmbH, Pößneck
Made in Germany
ISBN 978-3-442-47711-1

www.goldmann-verlag.de

Kapitel 1

Rucksacktour

»Warum habe ich mich nur auf so einen Mist eingelassen?« Belustigt beobachtete Dana ihre Freundin, die im strammen Ostwind mit der Landkarte kämpfte. Maritas lange, blonde Haare hatten sich mal wieder aus ihrem Pferdeschwanz gelöst und wirbelten wie Medusas Schlangen um ihren Kopf herum.

»Was ist denn, wir sind doch heute höchstens zehn Kilometer gewandert«, wandte Dana ein. Genüsslich sog sie die klare Luft in ihre Lungen, ließ ihren Blick über die sonnenüberfluteten Berghänge des einsamen, wilden Glen Shiel schweifen und erfreute sich an dem grandiosen Ausblick.

»Mir tun aber die Füße weh«, jammerte Marita, gab den Versuch auf, die Karte ordentlich zu falten, und stopfte sie stattdessen zusammengeknüllt in Danas Rucksack.

»Du hättest deine Schuhe eben rechtzeitig einlaufen müssen.«

»Ja, ja.« Maritas Stupsnase kräuselte sich unwillig, dann blickte sie mit einem tiefen Seufzen die gewundene Bergstraße hinab. »Im nächsten Ort nehmen wir uns ein Zimmer.«

»Hey, wir waren uns doch einig, nur bei ganz miesem Wetter in ein Bed & Breakfast zu gehen«, protestierte Dana. »Ich kann es mir nicht leisten, so viel Geld auszugeben.«

»Wo ist denn der nächste Campingplatz?«

Dana hob ihre Schultern. »Keine Ahnung, notfalls campen wir eben wild.«

»Nein!« Marita schüttelte entschieden den Kopf, stemmte die

Hände in die Hüften und sah an sich herab. »Zumindest eine heiße Dusche brauche ich heute unbedingt, und dir könnte das auch nicht schaden, vielleicht wäscht dir das Wasser dann endlich diese scheußliche Farbe aus den Haaren. Die armen Schafe bekommen ja einen Herzinfarkt, wenn sie dich durch das Heidekraut stapfen sehen.«

Lachend fuhr sich Dana durch die schulterlangen Haare, die sie vor Kurzem leuchtend rot getönt hatte. »Man sagt doch, zu einem neuen Lebensabschnitt gehört auch eine neue Frisur.«

»Aber jetzt siehst du wie Pumuckel aus, so findest du nie einen neuen Freund.«

»Ich will im Moment auch keinen.« Danas Gesicht verfinsterte sich, denn sie hatte ihren Exfreund Jens mit seiner Kollegin im Bett erwischt, und auch wenn er ihr hoch und heilig geschworen hatte, es wäre ein einmaliger Ausrutscher gewesen, so hatte sie doch auf der Stelle Schluss gemacht. Dann schob sie die düsteren Gedanken beiseite und drängte Marita, weiterzugehen. »Los jetzt, vielleicht nimmt uns jemand bis zum Campingplatz mit.«

»Wahrscheinlich ein Frauenmörder, der uns im nächsten Moorloch versenkt.«

»Blödsinn, in Schottland ist Trampen völlig okay, das sagt selbst meine Mutter, und die ist in dieser Beziehung ausgesprochen kritisch.« Schon hielt Dana ihren Daumen in Richtung Straße.

Viel Verkehr herrschte im Augenblick nicht, nur wenige Fahrzeuge rollten die einsame Hochlandstraße entlang. Einige Autos brausten an ihnen vorbei, wobei die meisten Fahrer entschuldigend winkten, um anzuzeigen, dass ihre Wagen bereits bis unters Dach bepackt waren. Doch nach etwa einem weiteren Kilometer stoppte endlich ein knallroter Citroën. Ein älterer Mann mit schlohweißen Haaren streckte seinen Kopf aus dem Fenster. »Wohin wollt ihr denn?«, fragte er mit starkem schottischen Akzent.

»Zum nächsten Campingplatz«, antwortete Dana.

»Steigt ein, der Shiel Bridge Caravanpark ist noch knapp zehn Meilen entfernt.«

»Sie sind unsere Rettung!« Marita hob ihre Hände gen Himmel, aber ihre Euphorie hielt nur so lange an, bis sie auf der Rückbank saß, denn im Kofferraum gackerte es laut, und Federn erfüllten die Luft. Ihr Fahrer, er stellte sich als Bobby vor, erzählte unterwegs von seinen Hühnern, die er erst heute in Nairn, knappe einhundertfünfzig Meilen von seinem Heimatdorf entfernt, gekauft hatte.

Obwohl Dana sehr gut Englisch sprach, fiel es ihr ein wenig schwer, Bobby zu folgen, denn zum einen machte ihr sein Akzent zu schaffen, zum anderen trugen die fehlenden Zähne auch nicht zu einem besseren Verständnis bei. Aber Bobby war nett und lustig und beschrieb mit ausschweifenden Gesten seine kleine Hobbyfarm und die neu ausgebaute Ferienwohnung. Dann deutete er auf die Hühner im Kofferraum, die bei jeder Bodenwelle – und davon gab es viele – laut gackernd in die Luft hüpften. »Ihre Rasse ist beinahe ausgestorben, aber bei mir auf der Farm werden sie es gut haben.«

Während Dana interessiert ihren Kopf nach hinten drehte, und die ungewöhnlich großen, braun und schwarz gefiederten Tiere betrachtete, rümpfte Marita nur die Nase.

»Wo wohnen Sie denn?«, erkundigte sich Dana.

»In Ardmore, auf der Isle of Skye.« Bobby lachte. »Dem schönsten Fleckchen Erde, wenn du mich fragst.«

»Auf die Insel wollen wir auch noch«, erwiderte Dana begeistert.

»Na, dann kommt mich doch besuchen.« In einem halsbrecherischen Manöver lehnte sich Bobby auf Danas Seite und wühlte in dem Handschuhfach, wobei seine Augen immer nur für Sekunden auf der Straße ruhten. »Ich mache euch einen guten Preis für die Ferienwohnung, falls ihr eine Unterkunft braucht«, versprach er.

»Der bringt uns noch um«, jammerte Marita auf Deutsch, wobei sie auf ihrem Rücksitz immer kleiner wurde. »Ein Schaf!«, quietschte sie plötzlich, und auch Dana hielt die Luft an.

Bobby riss das Steuer zur Seite. Reifen quietschten, das Schaf floh ins Heidekraut, dann hatte sich ihre Fahrt wieder stabilisiert.

»Ha, ha«, lachte Bobby. »Ein Mann aus unserem Dorf, Black Bob, hat wegen so einem dummen Schaf mal sein Auto zu Schrott gefahren. Sah wie eine zerbeulte Konservendose aus. Black Bob ist Transvestit, müsst ihr wissen, und das dumme Gesicht des Polizisten, als sie einen bärtigen Mann mit Kleid aus dem Wrack schnitten, war noch wochenlang Inselgespräch.«

»Na toll.« Im Gegensatz zu Dana, die sich ein Auflachen nicht verkneifen konnte, fand Marita das überhaupt nicht lustig. »Vermutlich werden wir ihm gleich folgen, zumindest, was das Autowrack betrifft.« Ihre Finger klammerten sich so fest um die Lehne des Beifahrersitzes, dass die Knöchel weiß hervortraten, als Bobby noch einmal im Handschuhfach herumkramte und dann strahlend eine verknitterte Visitenkarte in die Höhe hielt, dabei allerdings gefährlich zur rechten Straßenseite abdriftete.

»Ach was, solange keine Windböen von links kommen ist das kein Problem. Der Wind ist nicht ganz ohne hier. Mein Nachbar Tony wurde vor ein paar Jahren mit seinem Caravan über die Klippen geblasen.«

Während Marita ihre blauen Augen aufriss, musste Dana grinsen, denn Bobby erzählte die Geschichte in einem so unbekümmerten Plauderton, als wäre das etwas völlig Alltägliches.

»Wie konnte das denn passieren?«

»Na ja, ein Wintersturm, und der Caravan war schon alt und in schlechtem Zustand. Eine üble Geschichte, aber Tony war sowieso schon über achtzig.« Bobby grinste und entblößte dabei seine Zahnlücken. »Er hat sich allerdings bis zum Schluss jeden Tag, ob Sommer oder Winter, nackt in der Quelle hinter seinem Caravan gewaschen.«

»O mein Gott, wo sind wir hier nur gelandet?«, stöhnte Marita.

Anders als ihre Freundin fand Dana diese Fahrt ausgesprochen amüsant, und nachdem Bobby jetzt seine Hände wieder fest am Lenkrad hatte, fuhr er auch sehr sicher über die kurvenreiche Bergstraße. Nach einer Weile erreichten sie das Dörfchen Shiel Bridge, und Bobby setzte sie schließlich sogar direkt am Campingplatz ab.

»Vielen Dank, dass Sie unseretwegen den Umweg gemacht haben«, bedankte sich Dana, während Marita sich ungeduldig eine Feder aus den Haaren zupfte und lautstark niesen musste.

»Keine Ursache, ich wünsche euch einen schönen Urlaub, und meldet euch, wenn ihr auf der Insel seid!« Laut hupend fuhr Bobby mitsamt seinen Hühnern davon.

»Was für ein schräger Vogel«, meinte Marita, blickte dem roten Auto noch kurz hinterher, dann eilte sie zur Rezeption, aber die war geschlossen. »Na toll!«

»Komm, wir stellen einfach das Zelt auf, bisher hat das noch niemanden gestört.« Dana erspähte ein ebenes Stück Wiese und errichtete dann gemeinsam mit ihrer Freundin – dem Wind zum Trotze – ihr kleines Zweimannzelt.

Nachdem Marita geduscht und ihre Haare gewaschen hatte, schien sich ihre Laune deutlich gebessert zu haben. Eigentlich war sie ohnehin recht fröhlich und unkompliziert, sonst hätte es Dana wohl auch kaum schon über drei Jahre mit ihr zusammen in einer Wohnung ausgehalten, nur war sie nicht unbedingt der Outdoor-Typ. Sie waren beide im gleichen Alter, Dana vierundzwanzig, Marita ein halbes Jahr jünger. Auf dem Gymnasium hatten sie sich kennen gelernt und nach ihrer Ausbildung beschlossen, zusammenzuziehen.

»Ich habe ja gedacht, deine Mutter übertreibt, als sie von den hilfsbereiten Schotten und ihren verrückten Erlebnissen erzählt hat.« Genüsslich tauchte Marita ihren Löffel in den Topf voller Gulasch, den Dana gerade auf dem Gaskocher erwärmt hatte.

»Ja, ich glaube, spätestens nach Bobby und seinen Hühnern hat sich das bestätigt«, lachte Dana. Im Grunde war es ihrer Mutter zu verdanken, dass sie hier waren. Um sich von ihrem untreuen

Freund abzulenken, hatte sie bei ihren Eltern ein altes Fotoalbum hervorgezogen. Obwohl sie wusste, dass ihre Eltern, Katharina und Bernhard, in den Jahren vor ihrer Geburt in der Nähe von Edinburgh gelebt hatten, hatten die beiden nie allzu viel davon berichtet. Aber an jenem Abend waren die Augen ihrer Mutter sehnsüchtig über die alten Fotos geglitten, und war über die schönen Zeiten ins Schwärmen geraten, als Bernhard dort noch als Lehrer gearbeitet und so ihren Lebensunterhalt bestritten hatte. Kurzerhand war in Dana der Entschluss gereift, die ehemalige Heimat ihrer Eltern zu bereisen, und so war sie nun mit Zelt, Rucksack und Marita unterwegs.

»So ein Mist, drei Blasen«, stöhnte Marita. Sie hatte ihr Essen beendet und klebte sich nun Pflaster auf die entsprechenden Stellen.

»Wenn die Schuhe erst eingelaufen sind, wird's sicher besser.« Satt und zufrieden ließ sich Dana auf ihre Isomatte sinken, beobachtete die weißen Schäfchenwolken am dunkler werdenden Himmel, die einen faszinierenden Kontrast zu den aufragenden Bergen bildeten. Schmunzelnd sah sie ein paar Kaninchen zu, die über die Wiese hoppelten und sich gegenseitig jagten. Ansonsten war auf dem Campingplatz nicht viel los. Eine Familie mit zwei kleinen Kindern aß vor ihrem riesigen Kuppelzelt zu Abend, drei halbwüchsige Franzosen spielten in einiger Entfernung Fußball, und aus einem beigefarbenen Caravan kam ein weißhaariger Mann, der ihnen kurz zuwinkte und dann davonschlurfte, um Wasser zu holen. Bisher hatten sie auf den Campingplätzen schon einige nette Bekanntschaften gemacht, und in Sterling sogar mit einer Gruppe Engländer die ganze Nacht durchgefeiert. Jetzt waren sie auf dem Weg zur Isle of Skye, die Danas Mutter besonders gut gefallen hatte.

KAPITEL 2

Kopf oder Zahl

Am nächsten Morgen trat Dana gerade aus dem Duschblock, als Marita ihr mit einer Tüte voll Brötchen entgegenkam.

»Gute Nachrichten.« Marita setzte sich auf die Isomatte. »Der Typ von der Tankstelle hat gesagt, dass in zwei Stunden ein Bus auf die Isle of Skye fährt.«

»Ein Bus?«, fragte Dana. »Wir wollten doch zur Insel wandern.«

Marita sog die Luft ein und setzte zu einer Erwiderung an, doch Dana kam ihr rasch zuvor. »Schon okay, von mir aus.« Vielleicht war es eine gute Idee, Maritas Füße mal einen Tag lang zu schonen, sonst würde sie nur wieder herumjammern.

Der stramme Westwind machte es ihnen nicht einfach, das Zelt abzubauen, doch bald hatten sie es verstaut und ihre Rucksäcke geschultert. Frisch gestärkt liefen sie zur Bushaltestelle in der Dorfmitte, aber plötzlich sah Dana etwas, das ihre Aufmerksamkeit erregte. An einer Abzweigung entdeckte sie ein Schild mit der Aufschrift »Pictish Brochs Glenelg 13 Miles«.

»Komm, was ist denn?«, drängte Marita.

»Diese Brochs würde ich mir gerne ansehen.« Dana wusste selbst nicht, warum, aber plötzlich verspürte sie das drängende Gefühl, jenen Ort aufzusuchen. Ihr Vater war Geschichtslehrer und hatte ihr öfters von den vielen Bauwerken aus der Zeit der Kelten erzählt. Obwohl sie schon einige Burgen und Steinkreise besichtigt hatten, ein Broch war bisher nicht dabei gewesen.

»Dreizehn Meilen!«, stöhnte Marita. »Wir wollten doch auf die Isle of Skye, und wenn wir den Bus verpassen, müssen wir laufen.«

»Ach komm schon, vielleicht nimmt uns ja wieder jemand mit.«

Skeptisch blickte Marita die einspurige Straße entlang, dann sah sie in der Karte nach. »Da hinten gibt es nur noch wenige Dörfer, da ist überhaupt nichts los. Diese dunklen Täler verschlingen uns doch einfach.«

Dana deutete auf eine knapp acht Meilen entfernte Markierung. »Dort ist ein Campingplatz, und wir könnten auch von Glenelg aus mit der Fähre auf die Insel übersetzen.«

»Aber wir hatten doch ausgemacht, mit dem Bus zu fahren!«

»Sei mal ein bisschen spontan, du bist ja schließlich noch nicht fünfzig!« Grinsend schob Dana ihre Freundin die Straße entlang.

»Meine Füße fühlen sich aber so an.«

»Okay, wir werfen eine Münze«, gab Dana nach. »Zahl bedeutet Glenelg Brochs, Kopf Isle of Skye.« Sie nahm ein Pfundstück, in das auf einer Seite, wie sie flüchtig bemerkte, ein keltisches Kreuz eingeprägt war, und warf es in die Luft.

Gespannt folgten Maritas Augen der Münze, aber plötzlich fuhren beide Mädchen herum, als sie ein lautes Motorengeräusch vernahmen und kurz darauf zischend Luft entwich.

»Der Bus!«, quietschte Marita, und schon rannte sie los.

Dank des schweren Rucksacks, und vermutlich nicht zuletzt wegen der Blasen an ihren Füßen, kam sie allerdings nicht schnell genug vorwärts, und offenbar bemerkte der Busfahrer ihr hektisches Winken nicht. Noch bevor sie die Haltestelle erreicht hatte, schlossen sich die Türen, und der Bus fuhr röhrend weiter.

»Verdammt!« Marita schlug mit der Hand gegen den Strommast, an dem der Fahrplan befestigt war, dann runzelte sie die Stirn. »Eigentlich hätte er erst in zehn Minuten abfahren sollen.«

Als Dana sie schwer atmend erreichte, fragte sie: »Wann fährt denn der nächste?«

»Morgen Früh. Was ist denn das für ein Mist? Die können doch nicht einfach viel zu früh losfahren«, ereiferte sich Marita und machte dabei ein derart finsteres Gesicht, dass eine ältere Frau mit einem schwarzen Hund an der Leine anhielt.

»Kann ich euch helfen?«

»Der blöde Bus ist zu früh abgefahren!«

Die Frau lachte leise auf. »Normalerweise kommt er mindestens zwanzig Minuten zu spät, aber wie es aussieht, war Bill heute früher dran.« Gelassen hob sie die Arme. »Im Schnitt passt es dann wieder. Fragt doch mal an der Poststation nach, vielleicht nimmt euch das Postauto mit auf die Insel.« So als wäre alles gesagt, nickte ihnen die betagte Dame zu und tippelte weiter.

»Toll, die Nerven möchte ich mal haben«, knurrte Marita.

»So schlimm ist das doch auch nicht.« Dana nahm ihre Freundin am Arm. »Komm, dann sehen wir uns heute Glenelg an und fahren morgen weiter.«

Dana hielt nach ihrer Münze Ausschau, und nachdem sie sie gefunden hatte, fiel ihr Blick als Erstes auf das keltische Kreuz. Strahlend hob sie das Geldstück auf. »Es war ohnehin Zahl!«

»Super, ich bin begeistert.« Missmutig stapfte Marita voran, und Dana war klar, dass sie sich heute den ganzen Tag über Maritas Genörgel anhören musste.

Tatsächlich begann sie, über unzuverlässige Fahrpläne, ein mangelhaftes System an öffentlichen Verkehrsmitteln und über Schottland im Allgemeinen zu schimpfen.

Dana bemühte sich, gar nicht zuzuhören, sondern genoss lieber die grandiose Landschaft mit den hohen, heidekrautbedeckten Bergen und die warme Sonne, die immer wieder durch die Wolken lugte. Nach ein paar Meilen wurde sie durstig, hielt an einer Straßeneinbuchtung an und trank aus ihrer großen Plastikflasche.

Marita hatte ihr Gebrummel inzwischen aufgegeben, lehnte

allerdings mit verschränkten Armen an einem Felsen und schaute so düster auf den Meeresarm, als wäre dieser an allem schuld.

»Sieh mal, da kommt ein Auto.« Dana deutete die Straße hinab. »Vielleicht nehmen die uns ein Stück mit.«

»Wahrscheinlich ist das wieder so ein Hühnerexpress oder am Ende dieser Transvestie-Bob.«

Dana konnte nicht anders und musste über ihre Freundin lachen, dann stellte sie sich trotz deren Einwände auf die Straße und winkte.

Das Fenster des rostigen, blauen Fords wurde heruntergedreht, und ein dunkler, lockiger Haarschopf kam daraus hervor. »Hi, kann ich euch helfen?«

»Meine Freundin ist etwas fußlahm, würdet ihr uns ein Stück mitnehmen?« Der junge Mann, Dana schätzte ihn auf Mitte bis Ende zwanzig, nickte, und musterte sie beide interessiert.

»Werft eure Rucksäcke in den Kofferraum.« Die Beifahrerseite öffnete sich, und schlagartig verschwand Maritas grantige Miene.

»Ich bin Alec.« Besagter Alec war mindestens eins neunzig groß, trug seine dunkelblonden Haare zu einem Pferdeschwanz gebunden und hatte einen Dreitagebart – womit er, wie Dana wusste, genau in Maritas Beuteschema fiel.

Und tatsächlich fuhr sie sich jetzt durch die Haare, lächelte kokett, als Alec ihr den Rucksack abnahm und hob viel sagend eine Augenbraue, nachdem er ihr auch noch die Tür öffnete.

Dana ließ sich auf den Rücksitz plumpsen und nahm die nicht mehr ganz saubere Hand des Fahrers an, als dieser sie begrüßte. »Hi, ich heiße Marc.«

»Dana, meine Freundin heißt Marita.«

Marc schenkte ihr noch ein Lächeln – ein sehr sympathisches, wie sie zugeben musste –, dann fuhr er los. Abwechselnd erzählten die beiden von ihrer mehrtägigen Bergtour, die sie in Kintail gemacht hatten. Jetzt waren sie auf dem Weg zum Campingplatz in der Nähe von Glenelg, um sich dort einige Tage auszuruhen.

»Das passt ja hervorragend, dorthin wollten wir auch.« Marita stieß Dana grinsend in die Seite.

Die beiden Jungs, wie sich herausstellte, Medizinstudenten aus Glasgow, waren sehr offen und lustig, wobei Marc der größere Kindskopf und Spaßvogel zu sein schien. Alec dagegen wirkte etwas ruhiger, von Danas erstem Eindruck her jedoch ebenfalls nett.

Marc wies auf die wilde Berglandschaft. »Der Mam Ratagan ist mit seinen rund elfhundert Fuß einer der höchsten Bergpässe Großbritanniens.« Anschließend deutete er auf den dunkel schimmernden See zu ihrer Linken. »Dort unten liegt der Loch Duich.«

Selbst Marita brachte jetzt ihre Bewunderung durch entzückte Ausrufe zum Ausdruck, denn der See bildete einen faszinierenden Kontrast zu den Bergen.

Nach kurzer Fahrt waren sie an der Moyle Park Campsite angelangt. Der Campingplatz gehörte zu einer Rinder- und Schaffarm und war malerisch in einem von hohen Berggipfeln eingerahmten Tal gelegen. Die jungen Männer ließen es sich nicht nehmen, auch das Zelt von Dana und Marita aufzubauen, denn der Wind hatte inzwischen deutlich aufgefrischt, und die beiden hatten Schwierigkeiten, die Plane festzuhalten.

Nach getaner Arbeit setzten sie sich in den Vorraum von Marcs und Alecs Zelt, der ihnen allen Platz bot. Draußen rüttelte der Wind heftig an den Zeltstangen, und Dana war froh, im Trockenen zu sitzen, als es zu regnen begann.

»Jetzt bin ich gar nicht so böse, dass wir den Bus verpasst haben«, flüsterte Marita, während die beiden jungen Männer unter viel Gelächter Eier und Speck auf einem Campingkocher brutzelten. »Alec ist doch voll süß, oder? Und so wie Marc dich immer von der Seite ansieht …«

»Ach was«, wehrte Dana ab, »erstens haben die beiden vielleicht schon Freundinnen und zweitens bleibe ich vorerst solo.« Trotzdem konnte sie es sich nicht verkneifen, die jungen Männer näher zu betrachten. Sie waren beide sportlich, durchtrainiert, ohne übertrieben muskulös zu wirken, und Marc hatte in der Tat ein unverschämt nettes Lächeln. Dennoch nahm sie sich vor, bei ihren guten Vorsätzen zu bleiben.

Während des Essens unterhielt sich vorwiegend Marita mit den beiden, denn sie arbeitete als Krankenschwester in einem Krankenhaus, und auch wenn ihr einige englische Fachbegriffe fehlten, so hatten sie sich doch viel zu erzählen.

»Und, was machst du so, wenn du nicht gerade durch Schottland wanderst?«

Sie saßen alle auf ihren Isomatten am Boden, und Marc kam jetzt näher zu Dana herangerutscht.

»Ich habe gerade meinen alten Job gekündigt und werde mich nach dem Urlaub nach irgendetwas Kurzfristigem umschauen. Zum nächsten Sommersemester will ich dann Archäologie und Mittelaltergeschichte studieren.«

»Klingt interessant!« Marc schien ehrlich interessiert zu sein. »Womit hast du denn bislang dein Geld verdient?«

»In einem Reisebüro. Ständig durfte ich den Urlaub anderer Leute organisieren«, Dana schnitt eine Grimasse und strich sich durch die rot gefärbten Haare, »das fand ich irgendwie nervig.«

»Meine liebe Freundin ist verrückt, müsst ihr wissen«, rief Marita dazwischen. »Sie hat nämlich ihren gut bezahlten, bequemen Job für ein brotloses Studium sausen lassen. Deshalb sitzen wir jetzt auch in einem Zelt mitten in der Einöde anstatt am Strand von Teneriffa.«

»Mein Exchef war ein absoluter Widerling, der nach oben gebuckelt und nach unten getreten hat«, erklärte sie. »Er hat sich an unsere siebzehnjährige Praktikantin rangemacht und sie in der Teeküche begrapscht. Sie hat sich nicht so recht getraut, sich zu wehren, aber ich habe ihm kurzerhand das Teewasser an eine Stelle geschüttet, wo es so richtig wehtut. Natürlich hat er mich sofort beim obersten Chef angeschwärzt, und als ich mich geweigert habe, mich zu entschuldigen, drohten sie mir mit Kündigung. Aber ich bin ihnen zuvorgekommen.«

Während Marita die Augen verdrehte und grummelte, möglicherweise wäre alles ein Missverständnis gewesen, nickte Marc ihr begeistert zu.

»Du hast vollkommen richtig gehandelt. Außerdem mag ich verrückte Leute.« Marc zwinkerte ihr zu. »Und wer will schon ans Mittelmeer, wenn er die schottischen Highlands haben kann?« Mit einem Lachen breitete er die Arme aus.

»Ganz genau«, stimmte Dana zu. »Mal abgesehen davon, ist mir der Gedanke, doch noch zu studieren, schon lange im Kopf herumgeschwirrt, ich konnte mich nur bisher nicht völlig dazu durchringen.«

»Tja, und kaum hat sie ihrem Freund den Laufpass gegeben, schon wandelt sich das Leben«, fügte Marita vorwitzig hinzu, was Dana zu einem Seitenhieb animierte, denn sie sah, dass Marc interessiert die Augenbrauen hob.

»Eine positive Lebenseinstellung – so ist es richtig«, lobte er.

Dana lächelte nur und musste daran denken, wie enttäuscht ihre Eltern damals gewesen waren, als sie nach der Schule nicht hatte studieren wollen. Ihre Noten waren gut gewesen, sie hätte ohne Probleme einen Studienplatz haben können, aber als rebellische Neunzehnjährige hatte sie ihren eigenen Weg gehen wollen. Eigenes Geld verdienen, eine Wohnung, Freiheit. Erfreulicherweise hatten ihre Eltern ihr keine Steine in den Weg gelegt und sich auch jeglichen Kommentar verkniffen, nachdem sie ihnen offenbart hatte, dass sie jetzt doch an die Uni wollte. Mit ihren Eltern hatte sie wirklich Glück.

»Also, wie sieht's aus, ihr beiden«, meinte Marc gut gelaunt und klatschte in die Hände. »Wollen wir auf Danas neue Zukunft anstoßen? Im Glenelg Inn bekommt man ein ganz anständiges Bier.«

Nachdem Dana und Marita einen kurzen Blick getauscht hatten, nickten sie sich zu und folgten den beiden hinaus. Glenelg

Inn stellte sich als urgemütlicher Pub heraus. Im Kamin brannte sogar ein offenes Feuer, das einen torfigen Duft verströmte, und so verbrachten sie den Abend mit viel Gelächter und lustigen Geschichten, die Marc und Alec über ihre Touren durch Schottland zu erzählen wussten.

Nach ihrer Rückkehr lag Dana noch lange wach. Sie musste über ihre Freundin schmunzeln. Marita hatte den ganzen Abend über heftig geflirtet, und wie es aussah, bahnte sich zwischen ihr und Alec tatsächlich etwas an. Auch Marc hatte ganz deutlich sein Interesse bekundet, aber sie war auf Distanz geblieben. Die Sache mit Jens war noch zu frisch und tat noch zu sehr weh, schließlich war er ja so etwas wie ihre große Liebe gewesen – hatte sie zumindest geglaubt. Der Wind heulte um das kleine Zelt herum, bog die Stäbe immer wieder nach innen, und das lange Gras hinter der gemähten Fläche verursachte gespenstische Geräusche, so als würde jemand mit einem bodenlangen Gewand darin umherschleichen. Nachdem Dana nicht schlafen konnte, tastete sie nach ihrem Handy – vier neue Nachrichten. Eine von ihren Eltern und drei von Jens. Schon nach der ersten reichte es ihr. Wieder großspurige Versicherungen, er würde alles bereuen und sie solle zu ihm zurückkommen. »Vollidiot!« Energisch drückte sie die Löschtaste, dann schloss sie die Augen. Vielleicht wäre ein kleiner Urlaubsflirt mit Marc doch nicht verkehrt, um sich abzulenken.

Kapitel 3
Schicksalhafte Begegnung

Vom Sturm und Regen der letzten Nacht war am Morgen nichts mehr zu sehen. Heller Sonnenschein begrüßte Dana, als sie sich um kurz nach neun aus ihrem Schlafsack schälte und aus dem Zelt krabbelte. Marita schlief noch tief und fest, und auch in dem Zelt ihrer beiden neuen Bekannten regte sich nichts. Die Berge erstrahlten in einem ganz besonders weichen Morgenlicht, leichter Nebel lag über dem östlichen Wald, und der Boden dampfte in der Sonne. Genüsslich schloss Dana die Augen, ließ diese kaum fassbare Ruhe auf sich wirken, die nur durch ein gelegentliches leises Schafblöken oder das Muhen einer Kuh unterbrochen wurde. Doch das waren alles natürliche Geräusche, die zu diesem Land passten und die friedliche Atmosphäre in keiner Weise störten.

Seit Dana denken konnte, hatten ihre Eltern immer abseits großer Städte gewohnt, und als Kind war das auch sehr schön gewesen, zwischen Wäldern und Feldern aufzuwachsen, aber später hatte es sie in die Stadt gezogen. Auch wenn sie in Neuss in einer ruhigen Wohngegend lebte, weil dort die Miete günstiger war, so war sie regelmäßig in den Clubs, Cafés und Diskotheken Düsseldorfs zu finden gewesen. Es gab eine gute S-Bahn-Anbindung in die Stadt, und mit Anfang zwanzig hatte sie diese Unabhängigkeit sehr genossen. Aber plötzlich, während sie hier in dieser Einsamkeit und Stille stand, wurde ihr bewusst, dass sie schon lange nicht mehr zufrieden gewesen war. Irgendetwas hatte sie gedrängt, ihr

Leben zu verändern, hatte sie rastlos und kribbelig werden lassen. Sie schlang die Arme um ihren Oberköper und hielt ihr Gesicht in die Sonne.

Ob es Jens hier auch gefallen hätte?, fragte sie sich unwillkürlich. Über drei gemeinsame Jahre waren eine lange Zeit, und eigentlich war er ihr erster fester Freund gewesen. Die kurzen Beziehungen vorher waren nichts Ernstes gewesen, und der Liebeskummer hatte sich dementsprechend in Grenzen gehalten, nachdem diese kurzlebigen Beziehungen ein Ende gefunden hatten. Aber dieses Mal hatte es sie eiskalt erwischt. Auch wenn sie sich dagegen wehrte, spürte sie, wie Tränen in ihren Augen aufstiegen. Eine Hand auf ihrer Schulter ließ sie jedoch herumfahren.

»Schön ist es hier, nicht wahr?« Marc lächelte sie an, dann zog er die Augenbrauen zusammen. »Alles in Ordnung mit dir?«

Eilig wischte sie sich eine Träne aus dem Augenwinkel und nickte entschlossen. »Klar. Dieses Morgenlicht ist überwältigend.«

Marc musterte sie skeptisch, dann machte er eine einladende Handbewegung. »Alec kocht gerade Kaffee, möchtest du eine Tasse?«

»Ja, gerne.«

Sie folgte Marc zu seinem Zelt, wo Alec gerade Brot, Käse, Wurst und Butter auf den Campingtisch legte.

»Guten Morgen, Dana.« Sein Blick wanderte zu ihrem kleinen Zelt. »Ist deine Freundin noch nicht wach?«

»Nein, Marita ist ein Morgenmuffel.« Mit einem dankbaren Lächeln nahm sie die dampfende Tasse entgegen. »Aber sie mag es, mit Kaffee geweckt zu werden«, fügte sie augenzwinkernd hinzu.

Kurz stutzte Alec, schließlich überzog ein Grinsen sein Gesicht, und er machte sie mit einer weiteren Tasse auf den Weg zum Nachbarzelt.

»Was habt ihr heute vor?«, erkundigte sich Marc, nachdem sie eine Weile in stummem Einvernehmen an ihrem Kaffee genippt hatten. »Wollt ihr einen Tag relaxen oder etwas unternehmen?«

»Marita wohl eher Ersteres«, meinte Dana grinsend und zuckte mit den Schultern. »Eigentlich wollte ich mir die alten Brochs anschauen, die hinter Glenelg liegen. Vor allem, weil das Wetter so toll ist.«

»Gute Idee, Dun Telve und Dun Troddan sind sehr malerisch gelegen und äußerst interessante historische Gebilde. Alec und ich waren schon öfters zum Wandern in der Gegend und kennen uns dort gut aus.«

»Okay, prima«, freute sich Dana und blies in ihre Kaffeetasse, sodass heißer Dampf aufstieg.

Nachdem auch Marita endlich ihre ausgiebige Morgentoilette beendet hatte, setzten sie sich in Marcs altes Auto und fuhren die kurvenreiche, enge Straße in Richtung Glenelg. Hinter dem Örtchen bogen sie in eine noch schmalere Straße, und Marc fragte mit düsterer Stimme: »Traut ihr euch überhaupt in die Brochs? In der Gegend erzählt man sich, es spukt dort.«

Marita riss die Augen auf, aber Dana meinte gelassen: »In Schottland spukt es doch angeblich in jedem zweiten Haus.«

Das brachte Marc zum Lachen. »Na ja, ihr habt ja zwei starke Männer bei euch, die euch beschützen.«

»Ich glaube nicht, dass wir die nötig haben. Selbst ist die Frau!«, widersprach Dana.

Bald kam der erste Turm in Sicht, ein gewaltiges Bauwerk, das sich in einem von Schafweiden, Bäumen und Büschen umgebenen Tal befand.

»Das ist Dun Telve, er ist einer der besterhaltenen Brochs in Schottland.« Alec deutete nach links. »Nicht weit entfernt liegt Dun Troddan, der etwas mehr verfallen ist.«

Staunend blieb Dana stehen. Dieses Gebäude faszinierte sie auf Anhieb. Obwohl nicht mehr vollständig erhalten, war das Relikt aus alter Zeit an die zehn Meter hoch, aus dicken Steinen erbaut. Eine Tafel am Eingang erklärte, dass Brochs wie dieser zwischen

2300 und 1900 Jahren alt waren. Dana sah auf und ließ ihren Blick über die grauen Steine schweifen, aus denen hier und da kleine Grasbüschel wuchsen. Für sie war es beinahe ein Wunder, wie ein so altes Bauwerk heute noch so gut erhalten sein konnte.

Als sie durch den gut zwei Meter hohen Eingang trat, kroch ihr eine Gänsehaut den Nacken empor. Ein Windhauch strich über sie hinweg, den sie eigenartigerweise nur an ihrem rechten Arm spürte. Unwillkürlich sah sie sich um, denn plötzlich fühlte sie sich beobachtet. Marita und Alec jedoch schäkerten miteinander, und Marc war im Augenblick nicht zu sehen. Doch schon wurde Dana erneut von dem Bauwerk in seinen Bann geschlagen, und sie wunderte sich über die dicken Mauern, die tausende von Jahren überdauert hatten, obwohl es damals nicht einmal Errungenschaften wie Beton oder Mörtel gegeben hatten. Perfekt fügten sich die grauen Steine ineinander und trotzten auch heute noch Wind und Wetter. Der Broch bestand im Prinzip aus zwei Türmen, einem äußeren, der die dicke Außenhülle bildete, und einem inneren Turm, der die massiven Innenwände formte. Beide Außenwände neigten sich leicht zueinander, wodurch sie sich gegenseitig abstützten. In dem so entstehenden Hohlraum verliefen Verstrebungen, die laut der Infotafeln als Schlafkammern oder als Versorgungsgänge gedient haben mochten.

Auch die Treppe in den ersten Stock war noch erstaunlich gut erhalten. Ehrfürchtig stieg Dana hinauf, setzte vorsichtig einen Fuß nach dem anderen auf die ausgetretenen Stufen und blieb dann auf dem östlichen Teil der Außenmauer stehen, die sich jetzt nur noch etwas mehr als mannshoch vom grasbewachsenen Innenraum abhob. Die Sonne strahlte so hell vom Himmel, dass es beinahe schon ihren Augen wehtat, aber trotzdem genoss Dana die Wärme auf ihrem Gesicht.

»Und, gefällt's dir?« Sie zuckte zusammen, als Marc sie am Rücken berührte.

»Ja, ich finde es sehr beeindruckend.« Sie setzte sich auf die Mauer und ließ ihre Beine in die Tiefe baumeln, betrachtete den

Innenraum des Turmes und schätzte seinen Durchmesser auf gute acht Meter. »Ich wünschte, ich könnte sehen, wie die Menschen damals gelebt haben.«

Irgendetwas streifte sie im Nacken, und sie wollte Marc schon zurechtweisen, da sie dachte, er wäre es, aber dann sah sie, dass er ebenfalls in die Tiefe blickte und mit einem Grashalm herumspielte. Er hatte sie also nicht berühren können. Verwirrt schaute sie sich um, aber auch Marita und Alec spazierten in einiger Entfernung um den Turm herum.

»Ja, das wäre interessant«, stimmte Marc zu, »obwohl das sicher damals harte Zeiten waren, und ich glaube nicht, dass es modernen Menschen wie uns gefallen würde, so primitiv zu leben.«

»Vermutlich nicht.« Dana lehnte sich zurück, legte die Hände unter ihren Kopf und sah in den Himmel. »Aber für einen Tag würde ich das schon gerne mal ausprobieren.«

Marc lachte hell auf. »Ohne Heizung, ohne fließendes Wasser, kein anständiges Bett und nicht einmal eine Toilette. Ich glaube eher, du würdest mit fliegenden Fahnen zurück zum Campingplatz kommen.«

»Hältst mich wohl für eine verweichlichte Tussi?«

»Nein, aber ich kenne die Mädchen«, brüstete sich Marc. »Die finden es immer super romantisch im Freien zu schlafen, und am Ende gibst du ihnen deinen dicken Schlafsack, deinen Pullover und frierst dir selbst den Hintern ab.«

Empört fuhr Dana auf. »Ach ja? Ich würde sogar ganz allein hier unter freiem Himmel schlafen.« Trotzig schob sie ihr Kinn vor.

»Na klar!«, lachte Marc, wobei er den Kopf schüttelte. »Spätestens wenn es dunkel wird, bekommst du doch Angst.«

»Wetten nicht!« Dana hielt ihm die Hand hin.

»Hey, ich wollte dich doch nur aufziehen«, meinte Marc.

»Jetzt komm schon, lass uns wetten, dass ich, ohne zu murren und ohne Angst zu bekommen, eine Nacht im Turm verbringe.«

Marc schürzte die Lippen und musterte Dana abwägend. »Und um was willst du wetten?«

»Keine Ahnung.« Dana dachte nach. »Wenn ich gewinne, nehmt ihr Marita und mich mit auf die Isle of Skye und spendiert uns ein Abendessen. Ansonsten bezahle ich.«

»Na gut, ich freue mich schon auf ein leckeres Festmahl«, erwiderte Marc, dann ging er mit seinem Handy suchend herum. »Hm, hier ist kein Empfang. Wenn ich dich heute Nacht abholen muss, sieht es schlecht aus.«

»Musst du sowieso nicht.«

»Und wenn der Turmgeist kommt!« Marc breitete seine Arme aus und riss die Augen weit auf.

Dana hob die Schultern. »Dann schicke ich ihn zu euch zum Campingplatz.«

»Warte.« Marc suchte die gesamte Gegend ab und winkte schließlich triumphierend. »Von hier aus kannst du zumindest eine SMS absenden.« Er lächelte sie an. »Ich will ja nicht, dass dir etwas passiert.«

»Was habt ihr denn ausgeheckt?«, wollte Marita wissen, als sie und Alec zu ihnen stießen.

»Eine Wette«, erklärte Dana.

»O nein, du und deine Wetten«, stöhnte Marita, dann wandte sie sich an die jungen Männer. »Einmal hat sie verloren und ist zwei Monate lang mit blau gefärbten Haaren durch die Schule gelaufen.«

»Na ja.« Marc stützte sich auf die Schulter seines Freundes. »Wenn sie verliert, ist uns ein fürstliches Essen gewiss.« Er erzählte von ihrer Abmachung, und Marita riss erschrocken die Augen auf.

»Du willst hier ganz allein übernachten? Das ist doch gruselig!«

»Ich habe keine Angst«, versicherte Dana, das Kinn energisch vorgereckt, wenngleich ihr schwante, dass sie das später anders sehen mochte. Aber sie würde sich lieber die Zunge abbeißen, als sich jetzt eine Blöße zu geben. Außerdem reizte sie die Vorstellung, wenn auch auf eine ihr unerklärliche Weise, eine Nacht in diesem historischen Gebäude zu verbringen, an einem Ort, an dem vor Tausenden Jahren schon Menschen gelebt hatten. Vielleicht gelang es ihr, etwas von der Atmosphäre einzufangen, die diese vergangene Epoche ausgemacht hatte.

»Na gut, wenn du dir absolut sicher bist, hole ich deinen Schlafsack und etwas zu essen vom Campingplatz.« Marc hob fragend die Augenbrauen, aber Dana nickte nur zustimmend.

»Wir können uns ja noch ein wenig die Gegend ansehen, abends gemeinsam etwas kochen und dann fahrt ihr zurück«, schlug sie vor.

Die anderen erklärten sich einverstanden, und so besuchten sie noch den zweiten Broch, fuhren anschließend die verlassene Straße einige Meilen weiter entlang und spazierten durch die wilde Heidelandschaft. Marc erklärte, es gebe noch einen weiteren Broch, den Dun Grugaig, aber von diesem sei kaum noch etwas übrig. Später, als sich die Abenddämmerung langsam über die Highlands legte, fuhr Marc rasch los, um Essen und Danas Sachen zu holen. Dann bereiteten sie Nudeln mit Tomatensoße auf ihren Gaskochern zu und hatten es sich dabei in der Ruine des alten Turmes bequem gemacht.

»Bist du wirklich sicher, dass du hier schlafen willst?«, erkundigte sich Mark noch einmal, nachdem sie gegessen hatten.

»Absolut.« Dana breitete ihren Schlafsack am Rand der Mauer aus, legte Taschenlampe und ihr Kopfkissen dazu und vergewisserte sich, dass sie noch genügend zu trinken hatte. »Ihr könnt jetzt gehen.«

»Ich könnte dir Gesellschaft leisten«, schlug Marc mit einem Grinsen vor.

»Na klar, damit ich die Wette verliere.« Dana zog ihn energisch an seinem Arm. »Ihr geht jetzt und holt mich morgen zum Frühstück ab.«

»Also für mich wäre das nichts.« Schaudernd blickte sich Marita um und zog ihren Pullover enger um sich. »Was machst du denn, wenn es regnet?«

»Erstens hängt keine einzige Wolke am Himmel, und selbst wenn, kann ich im Eingang schlafen, dort ist es trocken.«

Marita, Marc und Alec packten ihre Sachen zusammen, dann verabschiedeten sie sich zögernd. Marc ermahnte sie: »Sei nicht stolz und schick eine SMS, falls du Angst bekommst.«

»Ja, ja, und jetzt verschwindet endlich«, grummelte Dana.

Sie beobachtete ihre Freunde, die langsam zum Auto gingen, sich dabei aber immer wieder zu ihr umdrehten.

»Nein, ich tue euch nicht den Gefallen und komme doch mit«, murmelte sie, allerdings konnte sie ein Schaudern nicht unterdrücken, als das Auto abfuhr. Jetzt war sie allein – wirklich allein. In der Nähe gab es keine Häuser, soweit sie wusste, Glenelg war bestimmt drei Meilen entfernt, und außer ein paar Schafen war hier niemand.

Beinahe schon drohend zeichnete sich die Silhouette des Brochs vor dem dunkler werdenden Abendhimmel ab, und inzwischen zweifelte sie schon ein klein wenig an ihrer eigenen Überzeugung. Vorhin, bei Tageslicht, mit ihren Freunden, war ihr Mut nicht gespielt gewesen, aber jetzt, als die Dunkelheit hereinbrach, sah das anders aus.

»Also gut, was mache ich mit dem angebrochenen Abend?«, überlegte Dana laut. Dann holte sie ihr Buch aus dem Rucksack und zündete die mitgebrachte Gaslampe an. Die würde einige Zeit halten. Eingewickelt in ihren Schlafsack, hier unter freiem Himmel, in der Ruine des alten Turmes fand sie es auf einmal richtig gemütlich und irgendwie auch abenteuerlich. Sie las ein paar Seiten und schüttelte irgendwann den Kopf. Es handelte sich um einen Zeitreiseroman, und die Protagonistin hatte gerade ihre unsterbliche Liebe zu einem Schotten aus dem sechzehnten Jahrhundert entdeckt.

»Sehr realistisch, sich als moderne Frau in einen stinkenden, ungebildeten Hinterwäldler zu verlieben«, murmelte sie vor sich hin.

Schließlich legte sie sich auf den Rücken und blickte in den Himmel, wo bereits die ersten Sterne leuchteten. Der Mond zeigte sich nur als schmale Sichel im Osten, aber trotzdem war der Himmel so klar, dass es auch nach einiger Zeit nicht richtig dunkel wurde. Wie eine prächtige Kuppel spannte sich das Sternenzelt über ihr und schien dabei so nah, als bräuchte sie nur die Hand ausstrecken, um einen Stern vom Firmament zu pflücken.

Die leisen Geräusche der Nacht erfüllten die Umgebung. Es raschelte mal hier, mal dort, ein Nachtvogel stieß seinen Schrei aus. Dana fand es jetzt doch unheimlich, so ganz allein hier draußen, aber gleichzeitig war ihr durchaus bewusst, dass dies eine einzigartige Erfahrung war, und allein der Nachthimmel war dieses kleine Abenteuer wert. Plötzlich fühlte sie sich auf eine seltsame Art mit diesem Land verbunden, wie sie es noch niemals zuvor verspürt hatte. Sie war ein Teil davon, lag auf einem Fleckchen Erde, auf dem schon vor Urzeiten Menschen gestanden und in den gleichen Himmel geblickt hatten. Eine eigentümliche, fast schon schaurige Faszination beschlich sie. Sie schloss die Augen und glaubte, ein Wispern im Wind wahrnehmen zu können. Vielleicht waren es ja tatsächlich Worte, die vor langer Zeit ausgesprochen worden waren und nach wie vor von dem alten Gemäuer widerhallten.

Die Nacht schritt langsam voran. Immer neue Sterne begannen zu leuchten, und ein leiser Wind ließ die Bäume rund um den Turm wogen.

Plötzlich hatte Dana abermals dieses eigenartige Gefühl, beobachtet zu werden. Sie zog sich ihren Schlafsack bis ans Kinn und ließ ihren Blick schweifen, entdeckte jedoch nichts. Obwohl sie ein dringendes Bedürfnis verspürte, und sie wusste, dass sie sonst nicht würde schlafen können, zögerte sie, ihren schützenden Schlafsack zu verlassen, auch wenn es albern schien.

»Es gibt keine Geister«, sagte sie schließlich laut, öffnete den Schlafsack und zog sich die Schuhe an. Dann stand sie energisch auf, nahm ihre Taschenlampe und verließ den Turm. Sie spürte ein Prickeln im Nacken und fuhr hastig herum – nichts!

Nein, ich bin keine dumme, hysterische Kuh, die an Gespenster glaubt. Sie stapfte auf die Wiese, die vor dem Broch lag, dann verrichtete sie neben einem Busch ihre Notdurft. *Wie in alter Zeit*, dachte sie und konnte sich ein Schmunzeln nicht verkneifen. Anschließend sah sie sich noch einmal die Umgebung an. Alles war in das sanfte Sternenlicht getaucht, Büsche, Bäume und Felsen nur schemenhaft zu erkennen.

Ein Schatten löste sich vom oberen Rand des Turmes, und Dana zuckte zusammen. Atemlos verharrte sie. Das Wesen erhob sich in die Lüfte, drehte einen Bogen und verschwand dann im Gebüsch.

»Kein Wunder, wenn an solchen Orten Geistergeschichten entstehen«, murmelte sie, kam zu dem Entschluss, dass das eine Eule oder ein anderer Nachtvogel auf Beutezug gewesen sein musste, und ging zurück zum Turm. Erneut spürte sie dieses Kribbeln und verschwand daher schnell in der Sicherheit ihres Schlafsacks.

Wenngleich sie es nicht bereute, die Wette abgeschlossen zu haben, so gestand sie sich doch ein, dass sie froh sein würde, wenn die Nacht vorüber war, und sie glaubte nicht, überhaupt ein Auge zumachen zu können.

Schon kurz vor zwölf. Seufzend legte Dana ihr Handy zur Seite und beobachtete, wie das Licht des Displays langsam verlosch. Sie schloss die Augen, aber immer wieder ließen ungewohnte Geräusche sie auffahren, und abermals war da das eigenartige Gefühl von Blicken in ihrem Nacken.

Verdammt, ich habe schon so oft in einem Zelt geschlafen, das hier ist auch nicht viel anders!, überlegte sie und drehte sich auf die Seite. Dann legte sie sich erneut auf den Rücken und blickte in die Sterne, die sie beruhigten und beinahe schon hypnotisierten. Auf der Suche nach den unterschiedlichen Sternenbildern wurden ihre Gedanken langsamer und träger, und der leise Wind lullte sie schließlich ein.

Reges Treiben herrschte in dem kleinen Dorf, das aus einer Ansammlung von zehn strohgedeckten Häusern bestand. Kinder liefen lachend umher, ein alter Mann trieb seine Schafe zusammen, ein Mädchen trug zwei hölzerne Eimer ins Haus, und zwei Hunde balgten sich um einen Knochen. Das Geräusch von Pferdehufen ließ Dana aufschauen. In der Ferne glaubte sie, schemenhafte Reiter ausmachen zu können, und aus den nebligen Hügeln tauchte plötzlich ein hoher Turm auf. Dun Troddan – schoss es ihr durch den Kopf. Aber er war völlig intakt!

Ruckartig fuhr Dana aus dem Schlaf. Was für ein eigenartiger Traum! Sie rieb sich die Augen und zuckte plötzlich zusammen, konnte auch einen Schrei nicht unterdrücken. Nur ein paar Schritte von ihr entfernt stand eine Frau. Hochgewachsen, wirre lange Haare, ein schmales Gesicht mit hohen Wangenknochen, das mit seltsamen Mustern bemalt war. Auch ihre nackten Arme zeigten diese eigenartige Bemalung, allerdings waren sie von Streifen frischen Blutes durchkreuzt. Auf der zerrissenen Bluse hatte sich in Höhe des Herzens ein Blutfleck ausgebreitet.

»Verzeih«, sprach die Frau sie mit kehliger Stimme an, »ich vergesse immer, dass ich stets meine letzte körperliche Erscheinung annehme, wenn ich nicht darauf achte.«

Dana starrte mit weit aufgerissenen Augen auf die Frau. Sie presste ihren Rücken an die Wand hinter sich und bemerkte kaum den Stein, der sich schmerzhaft in ihr Fleisch bohrte. Die Erscheinung verwandelte sich vor ihren Augen, und nun war die helle Leinenbluse sauber, ebenso wie die enge, braune Hose. Blut und Bemalung waren verschwunden, ihre Haare an den Seiten ordentlich zu langen Zöpfen geflochten.

Okay, das ist immer noch ein Traum. Dana schloss die Augen fest, öffnete sie dann wieder ruckartig, aber die Erscheinung blieb.

»Ich bin Rionach, und du musst dich nicht fürchten.« Die Frau kam näher, glitt förmlich über das weiche Gras, und betrachtete Dana aus Augen, die selbst im fahlen Licht der Morgendämmerung in einem intensiven Meerblau leuchteten.

Dana brachte nur ein Keuchen zu Stande. Sie zog ihren Schlafsack bis zum Hals und kniff sich heimlich in den Unterarm, aber auch das nützte nichts – Rionach blieb.

»Ich benötige deine Hilfe, Dana.« Jetzt klang Rionachs Stimme sanft.

»Woher ... woher kennst du meinen Namen?«, krächzte Dana.

»Schon am Tage habe ich dich und deine Freunde beobachtet.« Rionach schritt den Raum ab, während ihre Finger zärtlich über das alte Gemäuer strichen.

»Du hast uns beobachtet?« Noch immer wirbelte alles durch Danas Kopf. Sie war fest davon überzeugt, in einem Traum gefangen zu sein, und hoffte inständig darauf, schnell aufzuwachen.

»Ja, und ich hoffe, du stehst zu deinem Wort.«

»Zu meinem Wort?«

Rionach fuhr herum, und ihr eben noch so freundliches und anmutiges Gesicht war nun vor Zorn verzerrt. »Musst du jedes meiner Worte wiederholen? Ist der Schwachsinn über dich gekommen? Dann bist du mir nicht von Nutzen.«

»Hey, Moment mal.« Jetzt wurde Dana wütend. »Für mich ist es eben nicht alltäglich, dass seltsam bemalte und blutende Frauen vor mir auftauchen und sich urplötzlich verwandeln!«

Die fremde Frau runzelte kurz die Stirn, als würde sie nachdenken. »Die Menschen deiner Zeit sind mit Geisterwesen nicht vertraut«, seufzte sie schließlich und lächelte wieder.

Nur mit Mühe schaffte es Dana, das Wort *Geisterwesen* nicht zu wiederholen. Stattdessen fragte sie ungläubig: »Du willst mir also weismachen, dass du ein Geist bist?«

»Das bin ich in der Tat – bedauerlicherweise.«

»Ha!« Danas Kehle entstieg ein hysterisches Lachen. Sie befreite sich aus ihrem Schlafsack, schlüpfte in ihre Schuhe und schlug sich mehrfach gegen die Stirn. »Bitte! Ich will jetzt aufwachen!«

»Sie scheint besessen zu sein«, hörte sie Rionach murmeln.

Erneut sah Dana zu ihr hinüber. Rionach war das, was die meisten Männer vermutlich als überaus attraktiv und sinnlich bezeichnen würden, mit ihrer schlanken Figur und den prallen Brüsten. Rionachs Gesicht wirkte etwas kantig, aber die vollen Lippen und die meerblauen Augen, die von langen Wimpern umrahmt wurden, ließen es trotzdem faszinierend erscheinen.

»Du kannst kein Geist sein, denn es wird schon hell.« Sie deutete nach Osten, wo langsam die Sonne über den Horizont zu kriechen begann.

Rionachs Kehle entstieg ein mitreißendes Lachen. »Welcher Narr hat dir dies erzählt?«

»Na ja, Geister kommen in der Nacht, spuken herum und verschwinden, sobald es hell ist.«

»Die Bekanntschaft wie vieler Geister hast du denn bereits gemacht?« Fragend hob Rionach ihre schmalen Augenbrauen und ging einen Schritt auf Dana zu.

»Du bist die Erste«, gab Dana zu. Sie lehnte sich gegen die Mauer und ließ die Frau dabei nicht aus den Augen. »Wer oder was bist du?«

»Rionach, Tochter von Alauna und Brude mac Ungost. Meine Vorfahren bewohnten diesen Broch«, erklärte sie mit hörbarem Stolz in der Stimme. »Vor über zweitausend Wintersonnenwenden wurde ich während einer Schlacht getötet.«

Noch immer wehrte sich Dana dagegen, mit einem Geist zu sprechen, aber offenbar wollte dieser ihr nichts antun, und sofern es sich hier um einen Traum handelte, so war es zumindest ein interessanter Traum.

»Dann bist du eine Kriegerin – eine Keltenkriegerin«, staunte Dana.

Rionachs Augenbrauen zogen sich zusammen. »Dieses Wort habe ich schon häufig an diesem Ort vernommen. Aber wir nannten uns *cruithni*, Kinder des Cruith, der einst unser Volk begründete.«

Diesen Begriff hatte Dana noch niemals zuvor gehört. Langsam wurde sie neugierig und schüttelte all ihr Unbehagen ab. »Was hast du damit gemeint, dass ich mein Wort halten soll? Und weshalb hast du dich nicht schon gestern im Hellen gezeigt, wenn das für dich kein Problem ist?«

Die Morgensonne kroch endgültig über den Horizont und ließ Rionachs Haare in einem sanften Rotbraun erstrahlen.

»Die anderen Menschen besitzen nicht die Gabe, mich zu sehen, und ich dachte, es würde dir Unbehagen bereiten, wenn du dies in Anwesenheit deiner Gefährten bemerkst.«

»Warum können sie dich nicht sehen, ich aber schon?«, wunderte sich Dana.

»Du hast die Gabe. Die Kräfte der Ahnen fließen stark in deinen Adern.«

Dana starrte die fremde Frau nur an.

»Magierblut«, fuhr sie fort.

»Ah ja, natürlich, genau«, lachte Dana. »Vermutlich wirst du mir gleich anbieten, mich in Hogwarts zur Hexe auszubilden!«

Sichtlich verwirrt zuckte Rionach zurück. »Der Sinn deiner Worte erschließt sich mir nicht.«

»Geht mir genauso«, murmelte Dana, dann zog sie die Augenbrauen zusammen. »Du willst also im Ernst behaupten, ich hätte magische Fähigkeiten? Und warum bitte, habe ich mir dann noch kein Schloss, keinen treuen Mann und jede Menge Geld herbeigezaubert?«

»Weil Magie so etwas nicht vermag«, wurde Dana belehrt. »Ich weiß, du glaubst mir nicht, aber ich benötige wirklich dringend deine Hilfe!«

»Und wie soll diese Hilfe aussehen?«

»Es ist mein Wunsch, dass du meine kleine Tochter und meinen Gefährten rettest.«

Dana stutzte. »Also, nicht, dass ich dir unnötig wehtun möchte, aber wenn ich das alles richtig verstanden habe, sind die beiden längst tot – und das seit über zweitausend Jahren.«

»Ja, so ist es.« Rionach senkte die Augenlider, wobei ihre langen Wimpern beinahe ihre Wangen berührten. »Mael, meine Tochter, wurde von Nordmännern verschleppt und vermutlich geschändet und getötet. Ardan hat meinen Tod nie verwunden, und er wurde nicht wiedergeboren, da er in der Anderswelt auf mich wartet.«

Unwillkürlich spürte Dana Mitleid für Rionach und ihre Familie in sich aufsteigen, denn deren Schicksal war sicher hart gewesen. Andererseits konnte und wollte sie nicht glauben, was die Kriegerin ihr da erzählte.

»Das weißt du doch gar nicht.«

»Natürlich weiß ich es.« Mit wildem Blick fuhr Rionach herum, woraufhin Dana unwillkürlich zurückwich. »Ardan wäre in einem der folgenden Zeitalter an diesen Ort zurückgekehrt. Wiedergeboren, in einem anderen Körper. Seine Seele verweilt bei den Göttern.«

Dana war noch nie sehr religiös gewesen, im Gegenteil, eigentlich hatte sie sich kaum Gedanken um Glauben und ähnliche Dinge gemacht, und sie konnte sich mit der Vorstellung von Himmel und Hölle nicht anfreunden. Aber das, was Rionach ihr da erzählte, erschien ihr auch recht abstrakt – mal abgesehen davon, dass es ohnehin äußerst abstrus war, mit einer zweitausend Jahre alten Kriegerin zu reden! Doch als Rionach fortfuhr, verschlug es Dana endgültig die Sprache.

»Du musst für mich in die Vergangenheit reisen.«

Nach einem Moment des Schocks, in dem Dana versuchte, diese Worte wirklich zu erfassen, schüttelte sie den Kopf. »Was soll ich tun?«

»Du kehrst für mich in meine Zeit zurück, erzählst Ardan, dass der Druide Domech für meinen Tod verantwortlich ist und kümmerst dich um Mael, denn Ardan war dazu nicht in der Lage.«

»Du bist verrückt, so etwas geht nicht«, stieß Dana hervor.

»Doch, es ist möglich.«

»Und weshalb gehst du dann nicht selbst zurück?«

Für einen Moment huschte ein Schatten über Rionachs Gesicht. »Ich bin ein Geist, nur wenigen ist es gegeben, mich zu sehen. Ich kann nicht zurückkehren.«

»Und ich auch nicht, das ist total irre!«

»Du sagtest selbst, dass du gerne in die frühere Zeit blicken würdest.«

»Das war doch …«, Dana fuhr sich nervös durch die Haare, »… das war doch nur so dahingesagt. Ich meine, ich habe das nicht ernst gemeint!«

Voller Missbilligung runzelte Rionach die Stirn. »Ist es den Menschen deiner Zeit zu eigen, Dinge auszusprechen, die sie nicht ernst meinen?«

»Nein … aber … das ist doch alles völlig verrückt.«

»Dana, du bist seit unendlich vielen Sonnenwenden der einzige Mensch, der die Kraft dazu besitzt«, drängte Rionach, wobei ihre Stimme einen flehenden Tonfall angenommen hatte.

»Nein!« Dana schüttelte den Kopf, raffte eilig ihre Sachen zusammen und floh aus dem Turm.

Allerdings stellte sich ihr die Kriegerin am Eingang in den Weg und hob eine Hand. Unwillkürlich blieb Dana stehen, denn Rionachs blaue Augen funkelten vor Wut, ihre angespannten Schultern und ihr trotzig vorgerecktes Kinn sprachen eine stumme Warnung aus.

»Willst du tatsächlich deinen Ahnen Schande bereiten und wie ein Feigling fliehen?«

Okay, dachte Dana, wobei ihr das Herz schmerzhaft bis zum Hals schlug. *Geister haben keine festen Konturen, sie kann mir nichts anhaben.* Sie schloss die Augen, nahm all ihren Mut zusammen und ging zielstrebig weiter. Kurz spürte sie ein unangenehmes Kribbeln auf der Haut, hörte einen empörten Aufschrei, dann stand sie draußen vor dem Turm.

Doch nur eine Sekunde später befand sich Rionach schon wieder vor ihr. Tränen rannen ihr anmutiges Gesicht hinab. »Dana, bitte, ich brauche dich! Mael braucht dich. Sie ist doch nur ein kleines Mädchen, und sie hat es nicht verdient, ein solch grausames Schicksal zu erleiden.«

Dana eilte weiter, versuchte, ihre Ohren vor Rionachs eindringlichen Worten zu verschließen, auch wenn sie gegen ihren Willen ein schlechtes Gewissen verspürte, die Kriegerin einfach zu ignorieren. Nach ein paar hundert Metern war Rionach plötzlich verschwunden. Verwirrt blieb Dana stehen, und als sie sich umdrehte, sah sie die ungewöhnliche Frau mit hängenden Schultern unweit des Turmes stehen. »Du hättest ein Leben retten können, Dana«, klangen verschwommen Worte an ihr Ohr.

Einen Moment lang war Dana versucht, umzukehren, aber dann schüttelte sie den Kopf. Nein, das kleine Mädchen und auch Rionachs Mann waren schon seit Jahrtausenden tot. So leid es ihr tat, was den beiden zugestoßen war, sie konnte es nicht ändern. In der Zeit zurückreisen – was für ein verrückter Gedanke.

Entschlossen stapfte Dana weiter, zwang sich, sich nicht noch einmal umzudrehen, blieb schließlich außer Sichtweite des Turmes stehen und setzte sich am Straßenrand auf einen Felsen. Nach einer Weile hörte sie ein Motorengeräusch, und kurz darauf hielt Marc vor ihr an.

»Na, hast mich wohl schon sehnsüchtig erwartet«, meinte er grinsend.

»Nein, mir war nur langweilig.« Dana gab sich betont cool. In Wirklichkeit war sie heilfroh, von hier fortzukommen.

»Na dann.« Marc stieg aus dem Auto, öffnete ihr die Beifahrertür und warf ihren Schlafsack auf die Rückbank. »Hut ab, dass du das wirklich durchgezogen hast.« Marc hob viel sagend die Augenbrauen, dann runzelte er jedoch die Stirn. »Sag mal, hattest du gestern nicht noch ein Kissen dabei?«

Dana begann in ihrem Rucksack zu wühlen. »Mist, habe ich wohl vergessen.«

»Na komm, dann holen wir's schnell.«

»Nein!«, stieß Dana hysterisch hervor, denn sie wollte unter keinen Umständen zu dem Turm zurückkehren.

»Hast wohl doch Angst«, grinste Marc.

»Ich habe keine Angst. Aber … ähm, das war sowieso ein altes Ding, ist egal, ich kaufe mir ein neues.«

»Hey, man lässt keinen Müll an historischen Stätten zurück«, bemerkte Marc missbilligend und zog los, um das Kissen zu suchen.

Da Dana sich nicht blamieren wollte, folgte sie ihm, sah sich jedoch ständig um, weil sie befürchtete, Rionach könnte erneut aus dem Nichts auftauchen. Und tatsächlich – kurz nachdem sie durch das Eingangstor getreten waren, erschien die Kriegerin, Gesicht und Arme mit blauen Spiralen bemalt, an Hals und Oberarm jeweils einen wuchtigen, bronzefarbenen Ring.

»Ich wusste, dass zu zurückkehrst.«

Dana stieß ein erschrockenes Quietschen aus, woraufhin sich Marc zu ihr umdrehte. »Ist was?«

»Nein«, erwiderte sie unglücklich und fügte stumm in Gedanken hinzu: *Mal abgesehen davon, dass gerade eine Kriegerin vor dir steht, die du offenbar aber nicht siehst.*

»Ein ansprechender Mann.« Rionach umkreiste ihn mit den geschmeidigen Bewegungen einer Jägerin. »Gut gebaut, starke Arme und wache Augen. Du solltest ihn erwählen, wenn du aus meiner Zeit zurückkehrst.«

»Den Teufel werde ich tun«, zischte Dana.

»Wie bitte?« Verwirrt drehte sich Marc um. Er hatte sich gerade gebückt, um Danas Kissen und auch die Taschenlampe aufzuheben.

»Nichts«, murmelte sie.

»Ich dachte schon, du sprichst mit einem Geist!«

»Sehr witzig.« Sie warf Rionach einen bösen Blick zu und verließ den Turm.

»Dana, du bist eine Kriegerin, du trägst auch das Blut meiner Ahnen in dir …«

»Ich will von dem ganzen Mist nichts mehr wissen«, unterbrach Dana sie unwirsch und sah dann in Marcs perplexes Gesicht. Seine letzten Worte, denn offenbar hatte auch er gerade mit ihr gesprochen »… aussuchen, wohin wir heute Abend essen gehen …«, hallten noch verzerrt in ihrem Inneren wider.

»Ähm, habe ich jetzt irgendwas Falsches gesagt?«

»Nein, du nicht.« Dana blickte stirnrunzelnd nach rechts, wo Rionach mit verschränkten Armen und einem unverschämten Grinsen dastand. Irritiert folgte Marc Danas Blick, und als die Kriegerin ihm mit ihrer Hand über die Wange strich, zuckte er kurz zurück, was Dana ein wenig verwunderte. Hätte er Rionachs Worte: »Er könnte dir starke Söhne und Töchter schenken«, gehört, hätte er sicher fassungslos dreingeblickt, aber so wischte er sich kurz über die Wange und schüttelte den Kopf.

»Also, komm jetzt, Dana, nach einem Kaffee sieht die Welt wieder ganz anders aus.«

»Ja, gute Idee«, erwiderte sie und eilte in Richtung Straße.

Noch ein gutes Stück wurden sie von Rionach verfolgt, die eindringlich auf Dana einredete, aber sie ignorierte sowohl die Worte der Kriegerin als auch ihre körperlose Hand, die sich bemühte, sie aufzuhalten. Jedes Mal spürte Dana ein Kribbeln, wenn sie einfach weiterging, und Marc bemerkte es wohl auch, denn auch er blieb immer wieder kurz stehen, sah sich verwirrt um und rieb sich dann die Schulter, an der Rionach ihn gestreift hatte. Irgendwann gab die Kriegerin auf.

»Du wirst zurückkehren, Dana.«

Als Dana sich umdrehte, sah sie Rionach, die ihnen mit stolz erhobenem Kinn hinterherblickte. Wie ein Wesen aus einer anderen Zeit, was sie im Grunde genommen ja auch war, verharrte sie vor den Überresten des Brochs ihrer Ahnen. Ein sanftes Morgenlicht ließ die Highlands in einem ganz besonders weichen Rotgold erstrahlen.

Dieser Ort ist faszinierend, aber ich werde ganz sicher nicht zurückkehren, dachte Dana, verkniff sich einen weiteren Blick zurück und stieg mit Marc ins Auto.

»Puh, ich muss ganz ehrlich sagen, ich bewundere dich.« Marc runzelte die Stirn. »Irgendwie hatte ich die ganze Zeit das Gefühl, beobachtet zu werden.«

Dana sah ihn schweigend an. Er hat sie gespürt, aber nicht gesehen. *Weshalb konnte ich Rionach sehen und mit ihr sprechen?* Dann meinte sie in betont lustigem Tonfall: »Tja, Frauen sind eben doch das starke Geschlecht. Auf jeden Fall haben wir uns unser Abendessen auf der Insel verdient!«

Lachend stimmte Marc ihr zu, und als sie den Campingplatz erreichten, war Dana froh, wieder in der Realität angekommen zu sein und ihre Freunde um sich zu haben. Dennoch glaubte sie aus der Ferne, genau aus jener Richtung, in der der Broch lag, ein leises Wimmern zu hören.

Kapitel 4

Geister der Vergangenheit

Nachdem Dana von ihrer Nacht im alten Broch erzählt hatte, wenn auch wortkarg, packten sie ihre Zelte zusammen und luden alles in Marcs Auto. Anschließend fuhren sie zum kleinen Fährhafen, der diesen Teil des Festlands mit der Isle of Skye verband.

Noch einmal wanderte Danas Blick kurz zu der Abzweigung, die zum Broch führte, aber dann riss sie sich zusammen. Es war eine verrückte Nacht gewesen, und vielleicht würde sie irgendwann einmal, wenn sie alt und grau war, ihren Enkelkindern davon erzählen. Unwillkürlich musste sie auflachen – vermutlich würde sie dann jeder für eine Tattergreisin mit Wahnvorstellungen halten.

»Was ist?« Marita sah sie fragend an.

»Nichts.« Froh, dem Turm und der seltsamen Kriegerin entkommen zu sein, lehnte sich Dana im Autositz zurück.

Eine kleine Fähre, die maximal sechs Autos fasste, brachte sie vom Festland auf die Insel. Die Überfahrt dauerte nur etwa fünf Minuten, aber der Ausblick über das sanft wogende Meer, die Hügel von Glenelg und die nahen Berge war überwältigend.

Von Kylerhea aus führte eine einspurige Straße weiter in Richtung Norden, und Dana genoss die abwechslungsreiche Landschaft, welche die Insel zu bieten hatte. Hier im Süden zeigte sie sich bewaldet, mit vielen Büschen, Heidekrautfeldern und kleinen Dörfern, die sich an die Straße schmiegten. Die zerklüftete

Küstenlinie, hier und da auch Buchten mit hellem oder grauem Sand begeisterten sie, und bald ragten die Berge der Cuillin Hills vor ihnen auf. Kahle, von Geröll bedeckte, zerfurchte Berggipfel erstreckten sich links der Straße. Während der letzten Stunde waren Wolken aufgezogen, und daher empfand Dana den Anblick dieser mächtigen, düsteren Berge nun schon beinahe bedrohlich.

»Die höchsten Berge der Cuillins sind teilweise an die tausend Meter hoch«, erklärte Marc, dann grinste er seinem Freund zu. »Viele Bergsteiger belächeln unsere Berge, aber da man in etwa von Meereshöhe aufsteigt, ist der Höhenunterschied nicht zu unterschätzen, vor allem, weil man bei manchen Touren auch wirklich klettern muss und durch den hohen Eisengehalt kein Kompass funktioniert.«

»Außerdem zieht häufig Nebel auf, der sich tagelang nicht mehr lichtet, und dann hat man in den Bergen keinerlei Orientierung mehr. Immer wieder kommen so unerfahrene Touristen mit schlechter Ausrüstung ums Leben«, fügte Alec ernst hinzu.

»Also für mich wäre das nichts«, bemerkte Marita schaudernd und blickte beeindruckt aus dem Fenster.

»Musst du ja auch nicht.« Mit einem vorsichtigen Lächeln, das strahlend von Marita erwidert wurde, drehte sich Alec um.

»Klar, wir könnten mit euch mit dem Old Man of Storr anfangen«, lachte Marc.

»Und was ist das? Etwa ein Rentner-Berg?«, erkundigte sich Dana kritisch.

»Nein«, versicherte Alec, »das ist eine der bekanntesten Sehenswürdigkeiten der Insel. Ein an die fünfzig Meter hoher einzelner Felsobelisk, eingebettet in eine wirklich märchenhafte Landschaft aus Basaltklippen.«

»Der Aufstieg ist einfach und dauert knapp zwei Stunden. Allerdings«, Marc drehte sich kurz zu Dana um und schürzte die Lippen, »kann man auch weiter hinauf auf das Plateau wandern und sogar eine Zwei- oder Dreitagestour daraus machen.«

»Und du denkst wohl, das würden wir nicht durchhalten?«

»O bitte, Dana, nicht wieder so eine dämliche Wette«, stöhnte Marita. »Ich habe mir echt Sorgen um dich gemacht. Das muss doch total gruselig gewesen sein, ganz allein in dem alten Gemäuer.«

Während die beiden jungen Männer lachten, runzelte Dana die Stirn. Nein, sie wollte ganz sicher keine Wette mehr abschließen. Am Ende würde sie weiteren Geistern begegnen, und darauf konnte sie gut verzichten.

»Keine Sorge, heute machen wir's uns gemütlich. Wenn wir in Portree sind, gehen wir einen Kaffee trinken, und heute Abend werde ich meine Wettschulden einlösen.«

Während sie an der Küste entlangfuhren, bemerkte Dana, wie müde sie war, denn letzte Nacht hatte sie kaum geschlafen. Sie lehnte den Kopf gegen die Fensterscheibe und sah aufs Meer hinaus, das wie ein endloser blauer Streifen zu ihrer Rechten vorbeizog. Vage bekam sie mit, wie sich die anderen leise über das Abendessen unterhielten, aber ihre Worte verzerrten sich zu einem fernen, monotonen Brummen, und ihr fielen die Augen zu.

Ein vorsichtiges Rütteln an der Schulter weckte sie, und als sie aufsah, blickte sie in Marcs lächelndes Gesicht. »Wir sind da.«

Dana streckte sich, ließ ihren Blick schweifen und fand sich auf einem großen Parkplatz direkt an einer malerischen Meeresbucht wieder.

Alec und Marita standen schon draußen im strammen Wind und lachten über irgendetwas. Auch Dana stieg aus dem Auto, wobei sie bemerkte, dass es deutlich abgekühlt hatte. Zu viert liefen sie eine breite Steintreppe zur Hauptstraße hinauf und erreichten bald den Marktplatz der kleinen Inselhauptstadt, wo Kinder in den typisch britischen Schuluniformen herumwuselten. Vermutlich war gerade die Schule aus. Einige Pubs, Cafés und Geschäfte waren hier zu finden, auch wenn Dana die Bezeichnung Hauptstadt maßlos übertrieben erschien. Selbst das Dorf, in dem sie aufgewachsen war, hatte vermutlich mehr Einwohner gehabt. Trotzdem mochte sie dieses kleine Städtchen auf Anhieb, es hatte eine lebendige, fröhliche Ausstrahlung, und besonders das Café Arriba, in das sie sich schließlich setzten, gefiel ihr ausgesprochen gut. Der mit rustikalen Holzmöbeln eingerichtete Raum befand sich im ersten Stock eines alten Gebäudes am Hafen. Von ihrem Platz am Fenster aus hatte man einen wunderbaren Blick auf die Portree Bay, wo kleine Fischerboote im Wind schaukelten, und an der Promenade, die man von hier aus gut überblicken konnte, waren bunte Häuser zu sehen, die laut Marc und Alec weitere Restaurants und Shops beherbergten.

»Dort unten gibt's die besten Fish & Chips«, behauptete Alec.

Nach einer heißen Suppe und einer Tasse Tee kehrten Danas Lebensgeister zurück, und sie genoss das fröhliche Geplänkel mit ihren Gefährten.

»Ich hätte gerne noch eine Mocca-Latte«, sagte Marc irgendwann zu der Bedienung, einem schlaksigen, jungen Mann.

Dana wunderte sich, dass Alec ziemlich breit grinste und Marc in die Seite stieß.

Als der Kellner dann bedauernd meinte: »Tut mir leid, aber die Maschine ist kaputt«, prusteten die beiden los.

»O Mann, ich glaub's nicht«, gluckste Marc, nachdem der Kellner, sichtlich irritiert, wieder hinter seiner Theke verschwunden war. »Wir kommen seit fast fünf Jahren hierher, und seit fünf Jahren ist angeblich die Maschine kaputt.«

Das brachte Dana zum Lachen. »Tja, ich habe auch so langsam den Eindruck, dass man in Schottland viele Dinge weniger hektisch sieht als anderswo.«

»In der Tat!« Marc hob fragend die Augenbrauen. »Also, wollen wir unsere Zelte aufbauen? Ein Stück die Straße hoch liegt ein netter Campingplatz.«

»Schon wieder zelten?« Marita zog ihre Nase kraus.

»Jetzt komm schon, sonst hält dein neuer Verehrer dich für eine verwöhnte Stadttussi und verliert das Interesse an dir«, meinte Dana auf Deutsch und stupste ihre Freundin mit der Schulter an.

Das wollte Marita offenbar nicht riskieren, denn sie war die Erste, die aufstand und bezahlte.

Am Ende der Hauptstraße zeigte ein unscheinbares Schild den Toravaig Campingplatz an. Auf einer von Schafweiden umgebenen Grünfläche standen ein paar Zelte sowie einige Wohnwagen verteilt. Sie suchten sich die flachste Stelle aus, Dana und Marita gönnten sich eine Dusche, wobei Marita sich beschwerte, dass es durchs Fenster hereinzog. Als Dana ins Freie trat, bewunderte sie die ferne Bergsilhouette der Cuillin Hills. Sie legte den Kopf schief, und plötzlich hatte sie den Eindruck, die Berge würden den Köpfen zweier liegender Riesen gleichen. Weiter im Westen hatten sich dunkle Wolken zusammengebraut.

»Wir hätten uns doch lieber ein Zimmer suchen sollen«, bemerkte Marita missgelaunt.

»Das Zelt ist ja aufgebaut, so schlimm wird's schon nicht werden.«

Sie kehrten zu ihrem Zelt zurück, Marita hörte Musik, während Dana ein paar Seiten in ihrem Buch las.

Irgendwie empfand sie es als Ironie des Schicksals, ausgerechnet ein Buch mitgenommen zu haben, in dem es um eine junge Frau und ihre Reise in die Vergangenheit ging.

»Sag mal, Marita.« Sie drehte sich zu ihrer Freundin um, die gerade die Kopfhörer aus den Ohren zog. »Könntest du dir vorstellen, in die Vergangenheit zu reisen?«

»Klar.« Danas Freundin deutete grinsend auf das Buchcover. »Wenn so ein knackiger Highlander auf mich wartet.«

»Du bist unmöglich!« Empört schlug Dana mit ihrem Kopfkissen nach ihr. »Jetzt mal im Ernst. Würdest du eine Zeitreise machen, wenn du die Gelegenheit dazu hättest?«

Marita begann, ihre langen Haare mit der Bürste zu bearbeiten. »Mal abgesehen davon, dass so etwas ohnehin nicht funktioniert – nein.«

»Und weshalb nicht?«

»Na hör mal, stell dir mal vor, du landest im Mittelalter, wo es noch nicht einmal Duschen und Toiletten gab. Die Menschen haben sich so gut wie nie gewaschen, alles war schmutzig und unhygienisch, und die Kerle haben sich vermutlich einfach jede Frau genommen, die sie wollten.«

Nachdenklich runzelte Dana die Stirn, setzte sich auf und schlang die Arme um ihre Knie. »Ja, vielleicht, aber es wäre doch eine einmalige Gelegenheit, die damalige Zeit hautnah zu erleben. Ich meine, nicht nur in Büchern, sondern so, wie es wirklich war. Denk nur an die Zeit der Kelten, von der kaum jemand etwas weiß. Und wenn du die Einzige wärst, die das Leben von damals wirklich miterleben würde, das wäre doch spannend, oder?«

Sie wusste selbst nicht, weshalb sie sich plötzlich wieder Gedanken über den alten Broch machte. Sie hatte sich entschlossen, Rionach und ihr verrücktes Angebot zu verdrängen, aber plötzlich flammten Zweifel in ihr auf.

»Ich denke lieber an die ganzen Krankheiten, die es damals gegeben hat und die niemand behandeln konnte«, meinte ihre Freundin mit gerümpfter Nase. »Pest, Cholera und was weiß ich nicht. Pfui Teufel, nein danke, das wäre nichts für mich. Und wenn dich dann irgendein ungewaschener Wilder auf sein Schwert spießt, wär's ohnehin vorbei mit der tollen Erfahrung.« Für Marita war das Thema offenbar abgeschlossen, sie kramte in ihrem Rucksack herum und fischte nacheinander mehrere Oberteile heraus. »Was meinst du, was soll ich anziehen?«

Geistesabwesend deutete Dana auf eine grüne Bluse. Einerseits hatte Marita sicher Recht, und die Zeit war vermutlich sehr gefährlich gewesen – das sah man ja an Rionach, denn die hatte bei ihrer ersten Begegnung wirklich übel zugerichtet ausgesehen.

»Hallo, Dana.« Kopfschüttelnd rüttelte Marita sie an der Schulter.

»Was?«

»Sag mal, träumst du mit offenen Augen? Wann willst du dich denn umziehen, oder hast du vor, in deiner Jogginghose essen zu gehen?«

»Nein, natürlich nicht.« Dana zog eine Jeans und einen schwarzen Pullover aus ihrem Rucksack, dann machte sie sich gemeinsam mit Marita auf den Weg zu den Duschblocks, um sich zu schminken.

Während Dana ihre Haare bürstete, wanderten ihre Gedanken erneut zu Rionach, und sie fuhr sich über ihr Gesicht. Im Gegensatz zu der faszinierenden Kriegerin kam sie sich unscheinbar und gewöhnlich vor. Ihre Haare waren weder richtig lang noch kurz, hatten keinen besonderen Schnitt. Ihr Gesicht besaß ihrer Meinung nach auch nicht die Ausdruckskraft der Frau aus vergangenen Tagen, außerdem ärgerte sie sich schon seit ihrer Schulzeit über die Sommersprossen auf der Nase, auch wenn Marita meinte, sie würden niedlich aussehen. Gut, ihre braunen Augen waren ganz hübsch, zumindest hatte das Jens immer gesagt, aber weder besaß sie die hohen Wangenknochen der Kriegerin noch ihre vollen Lippen. Dana war halbwegs zufrieden mit ihrer Figur, aber auch die empfand sie als durchschnittlich. Rionach dagegen hatte sehr schlank und durchtrainiert gewirkt. Wie alt mochte die Kriegerin gewesen sein, als sie gestorben war? Vielleicht etwa in ihrem und Maritas Alter?

Energisch band sich Dana ihre widerspenstigen Haare zu einem Pferdeschwanz, dann puderte sie sich beiläufig ihre von der Sonne leicht gerötete Nase und nickte Marita zu. »Wollen wir?«

Am Blick ihrer Freundin sah sie, dass die mit ihrem Erscheinungsbild alles andere als zufrieden war. »Sag mal, willst du dich nicht mal richtig schminken?«

»Nein, wozu?«

»Na ja, wir sind von zwei echt süßen Jungs zum Essen eingeladen.«

Dana zuckte mit den Schultern, dann wanderte ihr Blick über ihre Freundin. Seit je hatte sie an Marita bewundert, wie sie ihre

Vorzüge zur Geltung brachte. Die grüne Bluse betonte ihr hübsches Dekolletee und war so geschnitten, dass selbst Maritas etwas zu breiter Hintern nicht auffiel. Ihre beinahe hüftlangen, blonden Haare waren ohnehin ein Hingucker, und sie hatte sich so geschickt geschminkt, dass ihre blauen Augen gekonnt betont wurden.

»Möchtest du nicht zumindest Kajal benutzen?« Auffordernd hielt Marita ihr den Stift hin. Zuerst nahm ihn Dana an, dann schüttelte sie den Kopf und gab ihn zurück.

»Ach was, ich bin schließlich nicht hier, um Kerle aufzureißen.«

»Du bist ein hoffnungsloser Fall«, stöhnte Marita, schob sie aus dem Duschblock und stolzierte auf Marc und Alec zu.

Auf dem Weg in die kleine Stadt stellten sich Maritas Bemühungen als völlig umsonst heraus. Schon nach ein paar hundert Metern war ihre Frisur vom starken Wind zerstört, und ein plötzlicher Regenschauer, der sie kurz vor dem Pub mit angeschlossenem Restaurant erwischte, ließ ihre ganze Schminke verlaufen.

»So ein Mist!«, wetterte Marita, schüttelte ihre klatschnasse Jacke aus und verschwand sofort zur Toilette.

Dana hingegen sah sich genau um. Das Isles Inn war eine rustikal eingerichtete Kneipe, dessen Theke einem der alten, strohgedeckten Häuser nachempfunden war, die es teilweise noch auf der Insel gab. Im rechten Barbereich knisterte ein Torffeuer im offenen Kamin, mehrere hölzerne Hocker und ein gemütliches Ledersofa standen davor.

Zu ihrer Linken wurde im Restaurant Essen serviert.

»Ich hoffe, ihr gehört nicht zu der Sorte Frauen, die nur an einem Salatblatt herumknabbern«, meinte Marc augenzwinkernd, während er auf eine der üppig beladenen Platten deutete, die gerade herausgetragen wurde.

»Wäre zumindest vorteilhaft für deine Reisekasse, Marc«, scherzte Alec.

»Nein, da muss ich dich enttäuschen.« Dana setzte sich an einen der Tische, dann vertiefte sie sich in der Speisekarte.

Wenig später kam Marita zurück. Noch immer trug sie eine genervte Miene zur Schau, hatte aber offenbar von ihrem Make-up gerettet, was zu retten war.

»Du siehst süß aus mit nassen Haaren«, versicherte Alec, was ihre Stimmung postwendend hob.

Dana entschied sich für Wildragout, Marita für eine Fischplatte, während Marc und Alec sich ein saftiges Steak gönnten. Das Essen war üppig, aber sehr schmackhaft, und am Ende meinte Marita, Danas Nacht im Turm hätte sich wirklich gelohnt.

Für neun Uhr war Livemusik angekündigt, und so stellten sich die vier Freunde nach dem Essen an die Theke. Sitzplätze waren inzwischen keine mehr frei, die Musiker bauten bereits ihre Instrumente auf.

»Wow, Celtic Horizon«, freute sich Marc.

Offenbar handelte es sich um eine bekannte Band, denn immer mehr Menschen drängten in die kleine Kneipe. Die beiden Musiker, sie mochten um die fünfzig sein, sorgten mit ihren schottischen und irischen Liedern ordentlich für Stimmung. Besonders der Sänger, ein kräftiger Mann im Kilt, mit schulterlangen, grauen Haaren und einem gleichfarbigen Bart, riss immer wieder Witze zwischen seinen Songs und unterhielt sich mit dem Publikum.

Plötzlich schien er es auf Dana abgesehen zu haben. »Und woher kommt die hübsche junge Dame mit den roten Haaren?«

Unbehaglich sah sich Dana um, aber sie war die einzige Rothaarige hier.

»Aus Deutschland.«

»Ah, aus Deutschland.« Der Sänger lachte. »Verrätst du mir auch deinen Namen?«

»Dana.«

Er hob seine buschigen Augenbrauen. »Dana – so wie die keltische Göttin.«

Wie vom Blitz getroffen zuckte Dana zusammen und torkelte zurück.

Marc, der genau hinter ihr stand, hielt sie an den Schultern fest. »Alles in Ordnung?«

Sie nickte nur, aber Neil, der Sänger, redete weiter auf sie ein, wobei er sie mit seinem Blick fixierte. »Dana, die Muttergöttin der Kelten. Sie verfügte über Zauberkräfte.«

Okay, das kann nicht sein, vermutlich träume ich. Dana kniff sich in den Arm, aber auch das hier war kein Traum, allerdings hatte sich Neil zum Glück bereits einer anderen Touristin zugewandt. Verwirrt zwängte Dana sich durch Menschenmenge nach draußen, wo ein heftiger Regenschauer niederging. Nur zwei Raucher quetschten sich in den Eingang und sogen an ihren Zigaretten. Dana hingegen war der Regen gleichgültig, sie musste ihre wirren Gedanken ordnen. *War das jetzt ein Zufall gewesen?* Über ihren Namen hatte sie sich eigentlich nie allzu viele Gedanken gemacht. Sie war zufrieden damit, aber dass er keltischer Herkunft sein sollte, das hatte sie nicht gewusst. Und die Sache mit den Zauberkräften – Rionach hatte das auch schon gesagt. Entschieden schüttelte sie den Kopf. Nein – es war sicher purer Zufall gewesen und das Geschwätz eines Sängers, der sein Publikum unterhalten wollte.

»Was machst du denn bei diesem Mistwetter draußen?«, riss sie Marcs Stimme aus ihren Grübeleien. Er kam, seine Jacke über den Kopf gezogen, zu ihr und betrachtete sie besorgt.

»Ich musste mal an die frische Luft.«

»Möchtest du gehen?«

Dana zuckte mit den Schultern. Sie fand den Pub ganz gemütlich, und die Musik gefiel ihr auch. Andererseits war es schon kurz vor eins, und die Band würde vermutlich bald aufhören.

»Ja, ich glaube schon.«

Marc zog sie unter den spärlichen Schutz der Eingangstür. »Warte hier, ich hole deine Jacke und sage den anderen beiden Bescheid.«

Dana nickte und schlang die Arme fröstelnd um ihren Oberkörper.

Ein paar Augenblicke später war Marc zurück, legte ihr die Jacke um und lächelte sie an. Eigentlich musste Dana zugeben, dass er ein netter Kerl war und sie ihn wirklich mochte.

»Ich konnte Marita und Alec nicht finden. Vielleicht sind sie schon vorgegangen.«

»Ja, kann sein.« Erst jetzt fiel Dana auf, ihre Freundin schon seit mindestens einer Stunde nicht mehr gesehen zu haben, irgendwann waren sie im Gedränge getrennt worden, und Dana war bei Marc stehen geblieben. Aber es wunderte sie, dass Marita nicht zumindest gesagt hatte, wenn sie gehen wollte.

Schweigend und die Kapuzen tief ins Gesicht gezogen, eilten Dana und Marc zum Campingplatz.

»Gute Nacht, schlaf gut«, sagte Marc, streckte kurz eine Hand aus, so als wollte er ihr über die Wange streicheln, zog sie jedoch im letzten Moment zurück, und Dana wusste nicht, ob sie das gut finden sollte oder nicht. Sie wollte gerade den Reißverschluss ihres Zelts öffnen, da hörte sie sehr eindeutige Geräusche aus dem Inneren.

Auch Mark hatte das verhalten lustvolle Stöhnen offenbar vernommen. »Jetzt wissen wir, wo sie abgeblieben sind.«

»Na toll.« Dana runzelte gereizt die Stirn, obwohl sie ihrer Freundin diese Urlaubsliebschaft natürlich gönnte. »Und wo soll ich jetzt schlafen?«

»Da ich vermute, dass du nicht mit mir in einem Zelt schlafen möchtest, nehme ich mit dem Auto vorlieb.«

Für einen Moment zögerte Dana, denn Marcs Angebot war wirklich anständig, aber schließlich schüttelte sie den Kopf. »Lass nur, du kannst mit im Zelt schlafen – in deinem eigenen Schlafsack, versteht sich.«

Das brachte ihn zum Lachen, dann legte er einen Arm um sie und hauchte ihr einen Kuss auf die Wange. »Danke, dass du mich für keinen Aufreißertypen hältst, aber ich befürchte, ich könnte die ganze Nacht nicht schlafen, wenn du so dicht neben mir liegst.«

Sein Oberkörper verschwand in der Zeltöffnung, und kurz darauf hatte er seinen Schlafsack herausgezogen. »Mach's dir auf Alecs Seite bequem.« Er zwinkerte ihr zu und setzte sich in sein Auto.

Dana krabbelte ins Zelt, zog den Reißverschluss zu und kuschelte sich in Alecs Schlafsack. Erneut wanderten ihre Gedanken zu Rionach, zum alten Broch, und abermals kreisten die Worte des Sängers durch ihren Kopf. Konnte es am Ende doch sein, dass das Schicksal sie hierhergeführt hatte? Wie kleine Geschosse trommelte der Regen gegen die straff gespannte Zeltwand, während Dana mit offenen Augen an die Decke blickte. Wünschte sich nicht jeder Mensch, etwas Besonderes zu sein, eine Bestimmung zu haben und sich von der Masse abzuheben? Sie schloss die Augenlider und bemühte sich, an etwas anderes zu denken, aber immer wieder drängten sich Bilder von Dun Troddan vor ihr inneres Auge, dann Rionach in ihrer kunstvollen Bemalung. Der stetige Regen vermischte sich mit ihren träger werdenden Gedanken. *Du bist eine Kriegerin, Dana.*

»Ich bin keine Kriegerin«, murmelte sie schlaftrunken.

»Wie bitte?« Als sie eine männliche Stimme hörte, fuhr sie schlagartig auf und blinzelte, dann strich sie sich die wirren Haare aus dem Gesicht. Offenbar war sie doch eingeschlafen, denn es war bereits hell, und jetzt kniete Alec vor ihr.

»Ähm, also sorry, dass ich gestern deinen Platz belegt habe.«

»Schon gut.« Sie zwinkerte ihm zu. »Ich will ja dem jungen Glück nicht im Wege stehen.«

Alecs Wangen wurden knallrot, er kramte hektisch in seinen Sachen herum und förderte schließlich ein T-Shirt und ein Handtuch zu Tage. »Ich gehe dann mal duschen.«

»Tu dir keinen Zwang an.« Irgendwie fand es Dana sogar niedlich, wie verlegen Alec war. Marita machte sich da ganz sicher weniger Gedanken, und in ihr keimte der böse Verdacht auf, dass ihre Freundin dem jungen Schotten am Ende der Ferien das Herz brechen würde. Bestimmt war er für sie nicht mehr als ein netter Urlaubsflirt. Alec dagegen schien wirklich in Marita verliebt zu sein.

Es regnete noch immer, und während Dana aus der Zeltöffnung kletterte, begrüßten sie düstere Wolken, die nichts Gutes versprachen. Sie eilte zu ihrem Zelt, Marita war nicht da – vermutlich war auch sie zur Morgentoilette verschwunden –, und holte sich frische Sachen, bevor sie durch Sturm und Regen zu den Duschblocks rannte. Ihre Freundin frisierte sich gerade die Haare.

»Na, hattest du eine schöne Nacht?«, erkundigte sich Dana grinsend.

»Ja, allerdings, und wie sieht's bei dir aus?«

»Marc hat im Auto geschlafen.«

Mit einem tiefen Seufzen verdrehte Marita die Augen. »Das wäre doch wirklich deine Chance gewesen.«

Langsam hängte Dana ihre Kleider über die Duschkabinenwand. »Ich habe kein Interesse an einem Urlaubsflirt, aus dem dann sowieso nichts Festes wird.«

»Wer sagt das denn?«

»Na hör mal, Marc und Alec studieren in Schottland, du hast einen festen Job in Düsseldorf, und ich weiß nicht einmal, wo ich einen Studienplatz bekommen werde.«

»Na ja, für den Mann seiner Träume könnte man ja eventuell auch seine Lebensplanung ändern«, bemerkte Marita beiläufig, schlang ein Haarband um ihren langen Zopf und nickte ihrem Spiegelbild dann zu.

»Das sind ja ganz neue Töne.« Dana war schon halb in der Duschkabine verschwunden, aber jetzt spitzte sie noch einmal heraus. »Sag bloß, du hast wirklich ernste Absichten mit Alec.«

»Vielleicht, kann schon sein. Alec hat erwähnt, dass in dem Krankenhaus in Glasgow, in dem er das Praktikum macht, immer mal wieder Krankenschwestern gesucht werden.«

»Du würdest für ihn nach Schottland ziehen?« Jetzt war Dana wirklich perplex, denn Marita hatte bisher stets deutlich betont, wie wichtig ihr ihre Unabhängigkeit war. Und von den rauen, einsamen Highlands war sie bis vor zwei Tagen auch nicht übermäßig begeistert gewesen.

»Ich will ja nichts überstürzen, aber irgendwie habe ich einfach das Gefühl, dass dieser Urlaub unser Leben verändert.« Mit einem verliebten Lächeln auf den Lippen schnappte sie sich ihre Schminktasche und ihr Handtuch und ging hinaus.

Dana stellte sich unter die Dusche, drehte das Wasser auf eine möglichst heiße Stufe und ließ sich von dem warmen Nass berieseln, wobei ihre Gedanken Karussell fuhren. *Ich habe das Gefühl, dass dieser Urlaub unser Leben verändert*, wiederholte sie Maritas Worte. Diese Zeit in Schottland war wirklich verwirrend – Marita hatte sich offenbar ernsthaft verliebt, sie selbst den Geist einer Kriegerin kennen gelernt, und dann war da noch Marc, der ihr zumindest nicht ganz gleichgültig war.

Nachdem die vier Freunde ihre klatschnassen Zelte ins Auto gepackt hatten, machten sie sich auf den Weg in die Stadt, denn sie wollten sich ein Frühstück im Trockenen gönnen. Bei gebratenem Schinken, Eiern und frischem Kaffee überlegten sie, was sie heute unternehmen sollten. Der Wetterbericht ließ wenig Gutes erhoffen, ein breites Regenband lag über den westlichen Inseln, und für den Nachmittag waren Orkanböen angekündigt worden.

»Wir könnten in der Touristinformation nachfragen, ob es irgendwo günstige Zimmer gibt«, schlug Marc vor.

»Oder in der Jugendherberge«, gab Alecs zu bedenken, was jedoch bei Marita nicht gerade zu Begeisterungsstürmen führte.

Also entschieden sie sich für die Touristinformation, die nur ein paar Meter die Straße hinunter lag. Eine freundliche junge Frau bemühte sich, Zimmer für sie zu finden, doch jetzt im August war vieles ausgebucht, und Ferienwohnungen für fünf- oder sechshundert Pfund die Woche konnten sie sich dann doch nicht leisten.

Während die Frau namens Lizz mehrere Anbieter anrief, sah sich Dana um. Neben Souvenirs und Büchern über die Insel waren auch zahlreiche Broschüren zu finden. So konnte man hier Boots- und Pferdetrekkingtouren buchen, geführte Wanderungen wurden angeboten, oder man lud dazu ein, die zahlreichen Sehenswürdigkeiten wie alte Burgen, atemberaubende Naturkulissen oder historische Stätten zu besichtigen.

Pictish Stone of Clach Ard – ein Flyer erregte Danas Aufmerksamkeit. Ein hoher Felsbrocken mit geheimnisvollen Mustern prangte auf der Schwarz-Weiß-Kopie.

Den würde ich mir gerne mal ansehen, überlegte sie, wurde allerdings abgelenkt, denn Marc winkte sie zum Tresen.

»Es tut mir sehr leid«, meinte Lizz bedauernd, »in eurer Preisklasse war nichts zu finden. Aber ihr könnt die einzelnen Orte abfahren, viele Pensionen sind nicht bei uns gemeldet und haben ein Schild im Garten stehen. Vielleicht findet ihr da ja noch ein Zimmer.«

»Okay, danke für Ihre Mühe.« Marc lächelte ihr zu und wandte sich dann an Dana und die anderen, wobei er die Arme hob. »Also, entweder Jugendherberge, feuchtes Zelt oder die Insel abklappern.«

»Wartet! Verdammt, warum bin ich denn nicht gleich darauf gekommen?« Dana kniete sich auf den Boden und kramte in ihrem Rucksack. »Ich habe doch die Visitenkarte von diesem Bobby. Er hat gesagt, er würde uns einen guten Preis machen.«

»Der Hühnerexpress-Mann«, bemerkte Marita.

Nachdem Dana die beiden Jungs aufgeklärt hatte, um wen es sich handelte, fingen sie an zu lachen.

Alec nahm die Visitenkarte in die Hand. »Waternish ist eine sehr malerische Ecke, und wenn dieser Bobby eine Ferienwohnung hat und uns einen guten Preis macht, ist es vielleicht gar nicht so teuer.«

»Oder möchtest du doch lieber zelten?«, ulkte Dana.

Ihre Freundin schüttelte energisch den Kopf, und auch Dana überzeugte ein Blick auf die Sturmböen und Regenschauer, die über Portree hinwegjagten. Ein paar Nächte im Trockenen wären nun eindeutig angebracht. Also rief sie sofort bei Bobby an, und der erklärte, dass die Wohnung noch frei war. Er schien sich über den Anruf sogar richtig zu freuen und meinte, sie könnten gegen Nachmittag zu ihm kommen.

Die Freunde entschieden sich für einen kleinen Stadtbummel durch Portree. Dana und Marita kauften ein paar Souvenirs für ihre Freunde und Eltern und machten sich dann gegen drei Uhr auf den Weg zu Bobbys Haus. Noch immer peitschten Regenschauer über die Heidkrautfelder, und die Wolken hingen so tief, dass man die höheren Hügelketten gar nicht mehr erkennen konnte. Außerdem hatte der Wetterbericht Recht behalten, denn die Sturmböen ließen Marcs altes Auto teilweise gefährlich schlingern. Nach einer halben Stunde verließen sie die zweispurige Straße, die von Portree nach Dunvegan führte. In zahllosen Kurven wand sich die einspurige Straße durch menschenleeres Heideland. Ein paar zottelige, hellbraune Hochlandrinder grasten ungerührt am Straßenrand und ließen sich von dem Sturm ebenso wenig stören wie die zahlreichen Schafe. Bald tauchten ein paar der traditionellen kleinen Häuser auf, meist weiß getüncht und einstöckig mit zwei Erkern an der Frontseite, und sogar ein hübsch restauriertes Steincottage mit Strohdach war am Wegesrand zu sehen. Nachdem sie das dritte Dorf durchquert hatten, begann Marita hektisch, die angelaufene Seitenscheibe frei zu wischen. »Da kommt doch nichts mehr, hier ist ja schon fast das Ende der Welt«, maulte sie.

Marc lachte laut auf. »Dann musst du mal auf die Äußeren Hebriden fahren – das kommt dem Ende der Welt ziemlich nahe!« Angestrengt blickte er durch die Regenmassen, die seine Scheibenwischer kaum bewältigten. »Ich glaube, wir müssten gleich da sein.«

Hinter einem weiteren Hügel tauchte ein einsames Farmhaus auf, aber auch dieses schien nicht das Gesuchte zu sein, und so fuhren sie noch ein Stück weiter. Inzwischen konnte man den bleigrauen Himmel kaum noch vom aufgewühlten Meer unterscheiden. Hohe Wellen brandeten gegen die nahe Küste, und auf einmal wurde das Auto so heftig nach rechts gedrückt, dass sie um ein Haar im nächsten Graben gelandet wären. Erschrocken kreischte Marita auf, und auch Dana wurde es etwas bange zu Mute.

»Hier ist es«, bemerkte Marc jedoch zum Glück, steuerte eine geschotterte Auffahrt hinauf und hielt vor einem recht großen und modern aussehenden, weißen Haus. Beinahe wäre Dana die Autotür aus der Hand gerissen worden, als sie diese öffnete, und der Wind nahm ihr die Luft zum Atmen. Gemeinsam mit den anderen kämpfte sie sich gegen den Sturm zum Haus. Bobby hatte sie offenbar schon erwartet, denn er öffnete sofort.

»Was für ein Wetter«, schimpfte er, eilte zur Tür der Ferienwohnung und winkte sie herein.

Nacheinander zeigte er ihnen das geräumige Apartment, das mit geschmackvollen Möbeln und freundlich hellen Teppichen ausgestattet war. Es gab zwei Zimmer, außerdem ein kleines Esszimmer, ein großes Wohnzimmer mit Blick aufs Meer und eine Küche. Frische Blumen und Gebäck standen auf dem Tisch.

»Das ist ja nett«, bemerkte Dana, was ihr ein erfreutes Lächeln von Bobby einbrachte.

»Tee und Kaffee sind im Schrank«, brummelte er in seinem schwer verständlichen Akzent. Dann kratzte er sich am Kopf. »Bis Freitag könnt ihr bleiben, danach habe ich leider eine feste Buchung.«

»Das macht nichts«, versicherte Dana ihm, »das sind zumindest vier Tage im Trockenen.«

»Dem Himmel sei Dank«, seufzte nun auch Marita erleichtert, sah sich um und entledigte sich ihrer Jacke.

Bobby zog indes seine Stirn kraus, sah sich die vier jungen

Leute an, dann zuckte er mit den Schultern. »Sagen wir zweihundert Pfund.«

Das war wirklich günstig, daher nickten sie alle zustimmend.

»Macht's euch gemütlich.« Bobby hob die Hand zum Gruß und schlurfte nach draußen.

Dana ließ sich auf das weiche Sofa sinken. Draußen heulten die Sturmböen laut um das Haus, und sie war froh, nicht in einem feuchten Zelt übernachten zu müssen.

»Na, das ist aber ein heimeliges Häuschen«, stellte Marc zufrieden fest, wobei er sich neben sie aufs Sofa plumpsen ließ.

»Ich gehe davon aus, ihr nehmt das Doppelzimmer, Marita«, erkundigte sich Dana mit Blick auf sie und Alec, die eng umschlungen neben der Tür standen.

Sie blickten sich kurz an und nickten dann.

»Okay – das Sofa ist auch nicht übel«, meinte Marc. Versuchsweise hüpfte er darauf herum.

»In dem zweiten Zimmer stehen zwei getrennte Betten«. Dana zog die Augenbrauen hoch. »Ich denke, das sollten wir hinbekommen. Oder hast du Angst, dass ich nachts über dich herfalle?«

Ganz kurz stutzte Marc, dann prustete er los. »Nein, ich habe eher Angst, dass du es nicht tust.«

Dana nahm ein Kissen und warf es nach ihm. »Blödmann!«

Schon war eine Kissenschlacht im Gange, und die beiden alberten wie Kinder herum.

Nach einem Snack aus Tee und Keksen zogen sie sich auf ihre Zimmer zurück. Mit einem tiefen Seufzen ließ sich Dana aufs Bett fallen und starrte gegen die Decke. Aus dem Zimmer nebenan ertönte leises Gekicher.

»Toll, jetzt darf ich mir wahrscheinlich den Rest des Urlaubs das Geturtel der beiden anhören«, murmelte sie auf Deutsch.

»Was hast du gesagt?« Marks dunkler Lockenkopf tauchte hinter der Tür auf, er schleppte seinen Koffer und Danas Rucksack herein.

»Ach, nichts.«

Er musterte sie kurz, dann stieß er etwas in einer rauen, kehligen Sprache hervor, die Dana nicht verstand.

»Was war das denn jetzt?«

»Ach, nichts.« Marc grinste sie frech an, dann setzte auch er sich auf sein Bett.

»Jetzt sag schon, was war das für eine Sprache?«

»Gälisch«, erklärte er.

Gälisch – die alte Sprache der Schotten, die wie Dana wusste, lange Zeit von den englischen Besatzern verboten gewesen war. Sie hatte es an einer Infotafel von Culloden Moor gesehen, dort, wo die Schotten 1746 vernichtend geschlagen worden waren. Jetzt erinnerte sie sich auch, dass in dem einen oder anderen Pub ein paar alte Leute so ähnlich wie Marc gesprochen hatten. Sie legte sich auf den Bauch und stützte den Kopf in die Hände.

»Sprecht ihr Schotten eigentlich alle Gälisch?«

»Nein, leider nicht«, seufzte Marc. »Die Leute in den Lowlands und auch die im Osten bedienen sich dieser alten Worte kaum noch. Hauptsächlich in den Highlands und auf den Inseln hat Gälisch über die Jahrhunderte überlebt, aber insgesamt ist unsere alte Sprache wieder stark im Kommen. Meine Großmutter stammt von der Isle of Harris, und sie hat sich mit mir immer auf Gälisch unterhalten.«

»Hm.« Dana sah ihn gespannt an. »Soweit ich weiß, ist Gälisch doch eine keltische Sprache.«

»Ja, das stimmt, die Keltensprache hat sich irgendwann in irisches Gälisch, schottisches Gälisch, Walisisch und Manx aufgeteilt, das auf der Isle of Man gesprochen wird.«

»Was weißt du über die Kelten?«, erkundigte sich Dana.

Marc setzte sich im Schneidersitz auf das Bett, lehnte sich gegen die Wand und sah Dana, die sich gespannt aufrichtete, dabei an. »Vor vielen tausend Jahren gab es die großen Keltenwanderungen. Viele kamen aus Südeuropa, Italien, Spanien und wer weiß woher. Vermutlich waren sie auf der Suche nach besserem Weideland, vielleicht wurden sie auch von anderen Stämmen vertrieben, aber sie kamen hierher auf unsere Insel und ließen sich dort nieder.« Er deutete zum Dach, auf das noch immer wahre Fluten niederprasselten. »Die Götter wissen, warum.«

Dana kicherte leise, dann blickte sie Marc ernst an. »Ihre Frauen haben auch gekämpft, nicht wahr?«

Ein Grübchen bildete sich neben seinem linken Mundwinkel, als er lächelte. »Ja, es müssen tapfere, starke Frauen gewesen sein.« Er legte den Kopf schief, während er sie prüfend betrachtete. »Du könntest übrigens auch gut als Keltenkriegerin durchgehen.«

Dana zuckte zusammen. »Blödsinn, ich hätte nicht das geringste Interesse daran, irgendwelche Leute abzumurksen.«

»Auch nicht, wenn sie dein Land oder deine Familie bedrohten?«

Das brachte Dana zum Grübeln. War Rionach am Ende gestorben, als sie ihr Heim und ihre Familie beschützen wollte? Hatte sie versagt und fühlte sich schuldig? War es da nicht verständlich, dass sie alles tat, um das jetzt wiedergutzumachen?

Aber warum gerade ich?, fragte sich Dana.

»Hey, was ist los?« Marc kam zu ihr und setzte sich neben sie. »Du siehst so ernst aus.«

»Keine Ahnung, ich habe nur über etwas nachgedacht.«

»Etwa über mich? Soll ich doch besser auf dem Sofa schlafen?«

»Nein, Blödsinn!« Dana straffte die Schultern. »Also, pass auf, ich finde dich nett, aber ich habe gerade erst mit meinem Freund Schluss gemacht und kein Interesse an einer neuen Beziehung – zumindest nicht allzu schnell.«

»Okay, das sehe ich ein. Was hat er sich denn zu Schulden kommen lassen?«

»Ich habe ihn mit einer anderen erwischt.« Die Erinnerung daran ließ Dana wütend die Stirn runzeln.

»Autsch.« Marc schnitt eine Grimasse, dann legte er ihr vorsichtig einen Arm um die Schultern. »Vergiss den Idioten, er ist es nicht wert, auch noch einen Gedanken an ihn zu verschwenden.«

Als sie den Mund öffnete, legte er einen Finger auf ihre Lippen. »Und was uns beide betrifft – lass uns einfach Freunde sein und sehen, was wird.«

»Marita sagt immer, Männer und Frauen können nicht nur Freunde sein, das geht nie gut.«

»Dann lass uns ihr das Gegenteil beweisen, und wer weiß … eines Tages …« Marc zwinkerte ihr fröhlich zu. »Zumindest hast du ja gesagt, dass du mich nett findest, oder war das nur, um mich nicht völlig zu frustrieren.«

»Nein, natürlich nicht.«

»Weißt du, was?« Er ließ sie wieder los. »Wir verbringen noch ein paar nette gemeinsame Tage zusammen, und wenn ihr wieder in Deutschland seid, bleiben wir per E-Mail in Kontakt. Wenn du bald studierst, hast du ja oft Semesterferien, und vielleicht packt dich dann die Lust, mal wieder herzukommen. Ich könnte dir sicher auch einen Ferienjob besorgen.«

Dana atmete erleichtert aus und nickte. Das war genau das, was sie im Augenblick brauchte, eine unkomplizierte, lockere Freundschaft, aus der möglicherweise ja irgendwann doch etwas Ernstes werden würde.

Während das Orkantief weiter über der Insel tobte, blieben die vier im Haus und verbrachten einen lustigen Abend miteinander.

Kapitel 5

Im Bann der Highlands

Das stetige Trommeln von Regentropfen weckte Dana am nächsten Morgen auf.

Ach nee, nicht schon wieder, dachte sie gereizt, und zog sich die Decke über den Kopf. Allerdings schnarchte Marc auf der anderen Seite des Zimmers so laut, dass es ihr unmöglich war, wieder einzuschlafen.

»Super, jetzt weiß ich wieder, weshalb ich Single bleiben will«, grummelte sie und warf ihr Kopfkissen nach ihm, aber er grunzte nur kurz und schnarchte dann völlig ungerührt weiter.

Schließlich schälte sich Dana aus ihrer Decke, nahm ihre letzte frische Hose und ein T-Shirt aus dem Rucksack sowie die schmutzige Kleidung mit hinunter in die Küche. Zum Glück befand sich dort eine Waschmaschine, weshalb sie ihre Sachen waschen konnte. Drohende, schwarze Wolken ballten sich über dem Meer, aber nachdem Dana die Waschmaschine angestellt, Kaffee gekocht und den Frühstückstisch gedeckt hatte, riss der Himmel plötzlich auf. Gleißende Lichtstrahlen tauchten die Hügel und das Meer in ein so intensives Licht, dass es ihren Augen beinahe schon wehtat. Weit draußen auf dem Meer zeichneten sich dunkel die Äußeren Hebriden vor der leuchtenden Szenerie ab. Kurz darauf spannte sich ein Regenbogen über die weiter nördlich gelegenen Klippen.

Völlig verzaubert trat Dana nach draußen vor die Tür. Noch immer wehte ein strammer Wind, der jedoch nach und nach die

Wolken fortblies. Gestern hatte das Land finster und deprimierend gewirkt, aber nun strahlte alles in den schönsten Sommerfarben. Dieses Land war so gegensätzlich – düster, beinahe schon unheilvoll und von einer Ursprünglichkeit, die ihresgleichen suchte, und dann, so wie jetzt, einfach nur atemberaubend schön und so lieblich, dass einem das Herz aufging.

Bobby kam mit seinem roten Lieferwagen die Einfahrt hinaufgeholpert und winkte Dana fröhlich zu. »Na, schon so früh wach?«

Sie nickte und deutete aufs Meer hinaus. »Dieser Anblick ist jedes frühe Aufstehen wert.«

»Ja, nicht schlecht, aber ich habe schon bessere Naturschauspiele gesehen«, meinte er und deutete dann auf die Papiertüte in seiner Hand. »Ich habe in Dunvegan Brötchen gekauft, wenn ihr wollt, könnt ihr welche abhaben.«

»Das ist aber nett.« Dana strich sich die vom Wind zerzausten Haare zurück. Beinahe war es ihr schon peinlich, dass Bobby sie so gut versorgte, und da sie vermutete, dass er hier ganz allein lebte, lud sie ihn spontan ein. »Hätten Sie Lust, mit uns zu frühstücken? Kaffee habe ich schon aufgesetzt.«

»Ach was, ich will euch junge Leute nicht stören«, wehrte er verlegen ab, allerdings überzog ein freudiges Lächeln sein faltiges Gesicht, als Dana meinte: »Nein, Sie stören überhaupt nicht, außerdem könnten Sie uns etwas über die Gegend erzählen.«

»Ich muss noch meine Hühner füttern, aber dann kann ich gleich Eier mitbringen.«

»Kein Problem, meine Freunde sind ohnehin noch nicht wach. Sie können ja ungefähr in einer Stunde kommen.« Dana sah Bobby schmunzelnd nach, der auf seinen stämmigen Beinen beschwingten Schrittes in Richtung des großen Hühnergeheges eilte.

Als Dana ins Haus trat, war auch Marc inzwischen wach.

»Ich habe Kaffee gerochen.« Er gähnte herzhaft und streckte sich dabei. »Du bist aber schon früh wach.«

»Kein Wunder, wenn man ein Sägewerk in seinem Zimmer hat«, murmelte sie, und als Marc sie verdutzt ansah, erklärte sie: »Du hast geschnarcht.«

»Oh, entschuldige!« Hochrot kratzte er sich am Kopf. »Weck mich das nächste Mal einfach auf, normalerweise schnarche ich nicht.«

»Das behaupten alle«, meinte Dana grinsend. »Ich habe übrigens Bobby zum Frühstück eingeladen, er hat uns Brötchen mitgebracht.«

»Ja, super.« Marc stellte noch Butter, Milch, Käse und Wurst auf den Tisch, und als etwa eine Dreiviertelstunde später ihr freundlicher Vermieter mit einem Korb voll Eiern vor der Tür stand, hatten Marita und Alec noch immer nicht ihr Schlafgemach verlassen.

»Ich gehe die beiden mal wecken«, bot Marc an.

Dana setzte sich mit Bobby an den Frühstückstisch, und er schilderte ihr voller Begeisterung, wie viele Eier seine neuen Hühner jeden Tag legten. Nach etwa einer weiteren Viertelstunde saßen auch endlich Marita und Alec mit am Tisch, und Bobby unterhielt sie alle mit lustigen und teilweise auch etwas verrückten Geschichten von seinen Nachbarn. Als eine Herde Kühe draußen auf der Straße vorbeigetrieben wurde, deutete er zum Fenster.

»Ich habe euch doch neulich von Tony Etheridge erzählt.«

»Der arme Kerl, der mit seinem Caravan über die Klippen geflogen ist?«, hakte Dana nach.

Bobby nickte bestätigend. »Ja, nicht nur der Sturm hatte es auf seinen Caravan abgesehen, sondern auch seine Rinder. Er hat ebenfalls Highlandcattles gezüchtet.« Danas Blick folgte den zotteligen, rötlich-braunen Rindern mit ihren langen Hörnern. »Offenbar hat es den Biestern nicht gepasst, dass sein Caravan auf ihrer Weide stand, und sie haben ihn auf die Hörner genommen.«

Während Dana breit grinste, schüttelte Marita den Kopf. »Wie kann man denn in einem Wohnwagen mitten auf einer Kuhweide leben? Das ist ja hinterwäldlerisch und asozial.«

»Nein, das war er ganz sicher nicht«, widersprach Bobby und hob einen Finger. »Tony war ein gebildeter Mann, stammte aus einer reichen englischen Familie, und wenn man sich mit ihm unterhielt, glaubte man ihm sofort, dass er an einer Privatschule unterrichtet wurde. Sein Onkel war sogar britischer Premierminister. Als Quäker hat er nur eben einen anderen Weg zu leben gewählt.«

»Ich kann mich erinnern«, mischte sich nun Alec ins Gespräch ein. »Ich war vielleicht fünfzehn und mit meinen Eltern hier wandern, da haben wir diesen Tony gesehen. Mum ist knallrot angelaufen und hat meiner jüngeren Schwester die Augen zugehalten, als plötzlich ein riesiger, nackter Mann mit langem, grauem Bart hinter einem Hügel hervorkam.«

»Aye, Tony war über zwei Meter groß«, bestätigte Bobby.

»Bei den Wanderern war er so etwas wie eine Touristenattraktion«, fügte Marc schmunzelnd hinzu. »Wirklich traurig, dass er damals während dieses heftigen Sturmes starb, ich habe in einem Wanderermagazin davon gelesen.«

»Ja, ich mochte ihn auch, aber er hat immer gesagt, er hätte sein Leben gelebt.« Bobby zwinkerte Dana zu. »Über achtzig und ein glückliches, erfülltes Dasein, da kann man sich nicht beschweren.«

»Nein, sicher nicht.« Dana sah wieder aufs Meer hinaus, wo ein neuer Regenschauer über das Wasser peitschte. *Ob der Geist dieses Tonys auch noch hier herumspukt*, überlegte sie, schüttelte dann jedoch den Kopf. Vermutlich nicht, denn Bobby hat ja gesagt, er wäre zufrieden mit seinem Leben gewesen. Bei Rionach war das wohl anders.

Schon wieder diese Gedanken an die geheimnisvolle Kriegerin. Dana stand so ruckartig auf, dass Bobby vor Schreck seinen Kaffee verschüttete. »Holla, junge Dame.«

»Entschuldigung.« Sie begann damit, den Tisch abzudecken, denn offensichtlich waren nun alle fertig mit Essen. Alec, Marc und Marita überlegten gerade, was sie heute unternehmen konnten, und Bobby machte den Vorschlag, doch in Richtung des Leuchtturmes zu wandern. Der Weg dorthin sollte recht gut begehbar sein, und von der Küste aus hatte man einen wunderbaren Blick auf die Äußeren Hebriden.

»Wenn ihr noch ein Stück weiter lauft«, fügte Bobby hinzu, »könnt ihr Ascrib Island sehen, es liegt vor der Küste von Geary. Dort hat Prinzessin Diana häufig ihre Ferien verbracht.«

»Ach wirklich?«, erkundigte sich Marita interessiert.

Dana hingegen hatte gar nicht richtig zugehört, denn auch wenn sie sich dagegen wehrte, kreisten ihre Gedanken ständig um Rionach.

»Bobby, wissen Sie zufällig auch etwas über die Glenelg Brochs?«

Der ältere Mann sah Dana überrascht an. »Die alten Brochs, nein, tut mir leid.« Er wirkte direkt betreten, Dana nicht helfen zu können. »Aber Ruaraidh, der war mal mit einem Archäologen befreundet, und dieser wiederum hat, soweit ich weiß, etwas über die Brochs veröffentlicht.« Bobby sprang auf, klopfte Dana auf die Schulter und ging dann zur Tür. »Danke für das Frühstück, ich werde telefonieren und dir dann Bescheid sagen.«

»Sie müssen doch nicht …«, setzte Dana an, aber Bobby winkte ab.

»Ich tue das gerne.« Schon war er verschwunden.

»Na, der legt sich aber ganz schön ins Zeug, hat wohl einen Narren an dir gefressen«, lästerte Marita.

Gereizt schüttelte Dana den Kopf, aber Marc meinte: »So sind die meisten Leute hier, offen und hilfsbereit, ich glaube nicht, dass er Hintergedanken hat. Und wenn, dann passe ich schon auf Dana auf.«

»Ich kann auf mich selbst aufpassen«, entgegnete sie mit zusammengezogenen Augenbrauen, war in Gedanken jedoch ganz woanders.

Nachdem die Sonne mittlerweile immer häufiger zwischen den Wolken hervorspitzte, machten sich die Freunde am späten

Vormittag auf den Weg zum Leuchtturm. Vorsichtshalber trugen sie Regenjacken bei sich, denn im Osten war der Himmel noch immer bedrohlich schwarz, und sie alle wussten, wie schnell das Wetter hier wechseln konnte.

»Ist doch praktisch, zwei Männer dabeizuhaben«, bemerkte Marita gut gelaunt. »Jetzt müssen wir zumindest keine Rucksäcke schleppen.« Sie hielt ihr Gesicht genüsslich in die Sonne und lächelte Alec zu, der mit seinem Freund ein paar Schritte vor ihnen lief und sich gerade mit einem rostigen Weidegatter abmühte.

Dana musste zugeben, dass es angenehm war, mal nicht sein gesamtes Gepäck auf einer Wanderung dabeizuhaben und so die Naturschönheiten der Insel mit allen Sinnen genießen zu können. Der Blick auf die basaltfarbene Steilküste, das tiefblaue Meer und die im Dunst liegenden Inseln von Lewis und Harris war atemberaubend. In wilden Manövern stürzten sich Möwen, Basstölpel und andere Seevögel, für die Dana nicht einmal einen Namen kannte, in die Tiefe. Nach einer Stunde führte Marc sie plötzlich nach rechts durch sumpfiges Moorland einen Berg hinauf.

»Igitt, muss das sein?«, schimpfte Marita, nachdem sie bis zum Knie in einer morastigen Stelle versunken war.

»Du bist wohl mehr der Pauschaltourist, der auf befestigten Wegen bleibt und seine Fotos am liebsten aus dem Auto schießt«, zog Marc sie auf.

Marita wischte wütend an ihrer Hose herum. »Dann wäre ich wohl kaum mit meiner Freundin auf eine Rucksacktour gegangen«, blaffte sie ihn an.

»Ist dein Schuh nass? Sollen wir zurückgehen?«, erkundigte sich Alec, wobei er ihr fürsorglich ein Tuch hinhielt, damit sie ihre Hose säubern konnte.

»Nein, es geht schon.« Marita zog ihre Stirn kraus. »Ich will ja schließlich nicht von deinem Freund als …«, sie fuchtelte in der Luft herum, da sie vermutlich nach dem richtigen englischen Wort suchte, »als verwöhntes Stadtmädchen bezeichnet werden.«

Alec zuckte mit den Schultern, warf Marc noch einen warnenden Blick zu und half Marita dann den nächsten Hügel hinauf.

»Ihr seid schon sehr unterschiedlich«, stellte Marc fest.

»Kann sein, aber wir verstehen uns gut«, erwiderte Dana. »Aber ihr seid auch sehr verschieden.«

»Inwiefern?« Erwartungsvoll zog Marc seine dunklen Augenbrauen nach oben.

»Na ja, Alec ist ruhig, ausgeglichen, höflich, zuvorkommend ...«

»Und ich?«

»Du bist impulsiver, nimmst kein Blatt vor den Mund und bist manchmal ein klein wenig unverschämt.«

»Soso, und was gefällt dir besser an einem Mann?« Marc hatte die Hände in die Hüften gestützt.

»Das bleibt mein Geheimnis.« Dana grinste frech, spurtete los und erklomm mit zwei Sätzen den nächsten Hügel. Dann blieb sie wie vom Donner gerührt stehen. Was sie zuerst aus der Ferne für einen Haufen Geröll gehalten hatte, entpuppte sich nun als Ruine eines alten Turmes.

Als Marc von hinten seine Arme um sie legte, zuckte sie zusammen. »Du sagst mir jetzt auf der Stelle, was du mehr magst«, knurrte er ihr ins Ohr.

»Hör mal auf!« Sie machte sich von ihm los und deutete mit zitternder Hand auf die Ruine. »Was ist das?«

»Die Überreste eines alten Brochs«, antwortete er leichthin. »Wir können hier Pause machen und etwas essen. Zumindest, sofern die Midges uns nicht auffressen.« Ungeduldig fuchtelte er nach den lästigen Mücken, die jetzt, da der Wind nachgelassen hatte, zuhauf aus dem Moor herauskamen. Erfreulicherweise verscheuchte sie die nächste Windböe jedoch gleich wieder.

»Noch ein Broch«, staunte Dana und schüttelte dabei den Kopf.

»Ja, von denen gibt es hier jede Menge. Ich dachte, du magst solche alten Bauwerke.«

»Ja, schon.« Nachdenklich ging Dana um das verfallene Gemäuer herum. Zur Seeseite hin konnte man fast nichts mehr von seiner einstigen Pracht erkennen, aber in Richtung Osten waren noch an die fünf Meter der Außenmauer stehen geblieben. Innen mochte das Gebäude sechs bis sieben Meter gemessen haben, aber jetzt war alles von Geröll verschüttet und teilweise mit Gras überwuchert. Ganz leise säuselte der Wind durch die Steine, und Dana spürte, wie sich die feinen Härchen an ihren Armen aufrichteten. Innerlich war sie total angespannt und sah ständig über die Schulter, denn auch wenn sie es selbst als töricht empfand, fürchtete sie sich davor, erneut auf einen Geist oder möglicherweise sogar auf Rionach zu treffen. Sie kletterte den Felsen hinauf und stand dann auf den Überresten des äußersten Walls, der einen etwa fünf Meter breiten Grasstreifen umringte. In der Mitte befanden sich die traurigen Überreste des Turmes, zu einem imposanten Steinhaufen aufgetürmt. Als sie aus dem Augenwinkel heraus eine schnelle Bewegung links von sich sah, zuckte sie so heftig zusammen, dass sie über einen Felsbrocken stolperte. Sie ruderte mit den Armen, versuchte, sich zu fangen, aber dann stürzte sie auch schon nach hinten, und das Letzte, das sie spürte, war ein schmerzhafter Schlag auf die Schläfe.

Mächtig erhob sich der Turm über den bewaldeten Hügeln, nur in Richtung Meer zeigte sich das Land frei und von wenigen windgebeugten Büschen bedeckt. Auf den Mauern, die sich rund um den Turm zogen, standen Männer und Frauen mit Speeren und Schwertern bewaffnet. Laute Rufe durchschnitten die kalte Luft, in der Schneeflocken tanzten. Aus südlicher Richtung wurde eilig eine Herde Schafe hereingetrieben. An der Küste lagen viele Segelschiffe, und unterhalb des Turmes stürmten nun bärtige Männer mit kurzen Schwertern den Hügel hinauf.

Ein einäugiger Hüne, die schulterlangen Haare gebleicht und aus der Stirn gekämmt, drängte sich auf die Mauer, dann schrie er kehlige Befehle. Sein Gesicht war mit blauen Zeichen bemalt, ähnlich wie Rionach sie getragen hatte.

»Schlagt sie zurück! Wir müssen sie aufhalten!«

Frauen und Männer gleichermaßen, alle in erdfarbenen Hosen und Tuniken oder kiltähnliche Stoffe gekleidet, reckten ihre Waffen in die Höhe. Aus ihren Kehlen ertönten Kampfschreie, die irgendetwas tief in Danas Innerem berührten. Von Osten her galoppierten plötzlich bemalte Krieger auf kleinen, aber kräftigen Pferden den Hang hinab. Auch sie stießen wilde Kriegsschreie aus, bevor sie sich mit einer Unerschrockenheit, die ihresgleichen suchte, auf die deutlich größere Anzahl an Feinden stürzte.

»Wir müssen sie aufhalten!«, murmelte Dana benommen.

»Hörst du mich?«

Diese Stimme kam ihr seltsam bekannt vor, und sie öffnete zögernd die Augen. Keine fremden Krieger, kein mächtiger Turm, und auch die dunklen Wolken waren verschwunden. Dana blickte in den strahlend blauen Himmel und sah dann in die erschrockenen Gesichter von Marc und Marita. Als sie sich aufrichten wollte, drückte Marc sie sanft zurück.

»Nicht, bleib besser liegen.«

»Was? Warum? Was ist denn los?« Entgegen seinem Rat setzte sie sich auf und sah sich verwirrt um.

In diesem Moment kam Alec den Hügel hinaufgerannt. »Ich habe den Notarzt verständigt«, erklärte er atemlos, wobei er sich auf seine Oberschenkel stützte.

»Blödsinn, ich brauche keinen.« Dana fasste sich an den Kopf und ertastete eine kleine Beule.

»Du bist von der Mauer gefallen und warst mehrere Minuten bewusstlos«, erklärte Marc, wobei er sie noch immer besorgt ansah und ihr vorsichtig über den Kopf strich.

»Warum bin ich denn von der Mauer gefallen?« Dana konnte sich nicht mehr erinnern, nur an diesen eigenartigen – ja, was war es eigentlich gewesen? Ein Traum?

»Ich habe nur gesehen, wie neben dir ein Schaf aufgesprungen ist. Du bist zurückgetaumelt und gestolpert.«

»Ein Schaf!« Dana verdrehte die Augen. Genau – der Schatten, sie hatte befürchtet, einem Geist gegenüberzustehen. »Wie auch immer. Mir geht es gut, und wir gehen jetzt weiter«, bestimmte sie, erhob sich, wobei Marc sie vorsichtshalber am Arm festhielt.

»Ist dir schwindlig, übel, hast du Kopfschmerzen?« Alec blickte ihr in die Augen und besah sich noch einmal die kleine Beule.

»Nein, alles in Ordnung.«

»Wir fahren dich trotzdem ins Krankenhaus«, beharrte Marc.

»Mir fehlt nichts. Bestellt den blöden Notarzt ab.« Dana zwinkerte ihnen zu. »Zwei angehende Ärzte und eine Krankenschwester, was soll mir denn da passieren?«

Marc fasste sie energisch an den Schultern. »Erstens sind wir mit unserem Studium nicht fertig, und zweitens …«

»Ich glaube nicht, dass sie eine Gehirnerschütterung hat«, unterbrach ihn Marita.

»Genau.« Ungeduldig machte sich Dana los und ging zurück in Richtung des Weges, denn sie wollte den Broch so schnell wie möglich verlassen. »Und deshalb wandern wir jetzt zum Leuchtturm.«

Mit einem ungewohnt bestimmten Gesicht, das eine Spur von Ärger und Wut zeigte, stellte sich Marc ihr in den Weg.

»Gar nichts werden wir. Wir gehen zurück nach Hause, und wenn du schon den Notarzt nicht willst, dann fahre eben ich dich ins Krankenhaus.«

»Ganz sicher werde ich diesen schönen Tag nicht in einem überfüllten Wartezimmer verbringen.« Dana schob ihn energisch zur Seite. »Mir ist nicht mal schwindlig.«

»Du bleibst hier!« Marc hielt sie am Arm fest, seine Miene verbissen, die Augenbrauen wütend zusammengezogen. Als sie sich erneut aus seinem Griff winden wollte, fasste er noch fester zu. »Jetzt sei keine dumme, verantwortungslose Kuh!«

»Lass mich auf der Stelle los!« Sie entriss ihm ihren Arm, schüttelte noch einmal den Kopf und stapfte entschlossen los. Schön und gut, wenn er sich Sorgen machte, aber das ging nun wirklich zu weit. Hinter sich hörte sie, wie Marc und Alec lautstark diskutierten, während Marita kurz darauf hinter ihr herkam.

»Was war denn mit dem los?« Sie warf einen Blick zurück, aber Dana eilte weiter.

»Keine Ahnung, aber auf jeden Fall bestärkt es mich in meinem Entschluss, Single zu bleiben.«

»Sollen wir trotzdem zum Leuchtturm? Die beiden haben unseren ganzen Proviant dabei.«

»Wir werden wohl kaum verhungern«, knurrte Dana. Sie legte ein scharfes Tempo vor und dachte währenddessen über Marcs eigenartige Reaktion und auch ihren seltsamen Traum nach. Schon vor drei Tagen am Dun Telve hatte sie eine Vision davon gehabt, wie der Broch vor über zweitausend Jahren ausgesehen hatte, hatte Menschen in altertümlichen Kleidern vor ihren Augen gehabt, und jetzt schon wieder. Was konnte das nur bedeuten?

»Dana, du musst mir nicht beweisen, dass es dir gut geht«, keuchte Marita. »Kannst du vielleicht ein bisschen langsamer laufen?«

»Nein, aber du kannst ja mit unseren tollen Beschützern zusammen laufen«, meinte sie zynisch.

Gerade hatten sie die Ruinen einiger verfallener Cottages passiert, und Dana blieb kurz stehen, um sich zu orientieren. Allerdings erblickte sie da auch schon in der Ferne den kleinen Leuchtturm, von dem Bobby gesprochen hatte.

»Dana, jetzt werd doch endlich vernünftig«, flehte Marita.

»Verdammt, Marita, ich brauche jetzt einfach Luft zum Atmen!« Danas Erwiderung kam ihr schroffer über die Lippen, als sie es eigentlich beabsichtigt hatte, denn Marita blieb völlig sprachlos stehen und starrte sie nur verwundert an.

»Wir treffen uns am Leuchtturm«, meinte Dana schließlich und bemühte sich um einen versöhnlicheren Ton, ehe sie losjoggte. Sie wollte ihre wirren Gedanken loswerden, und Bewegung half da meistens gut.

Direkt an der Steilküste war der Wind deutlich stärker, und sie ließ ihr erhitztes Gesicht von der angenehmen Brise kühlen. Träge schlugen die Wellen gegen die grauen Felsen, ein paar Möwen saßen auf einer vorgelagerten Klippe, und plötzlich entdeckte sie sogar eine Robbe, die im Wasser umherschwamm. Fasziniert ließ sie sich auf dem Felsen nieder und beobachtete den kleinen Kopf, der immer wieder in den Wellen versank – vermutlich tauchte die Robbe nach Fischen – und an anderer Stelle erneut auftauchte.

Ein Geräusch schreckte sie auf. Alec stand hinter ihr. Seine Wangen waren gerötet, die langen Haare klebten ihm verschwitzt an der Stirn.

»Du hast ein ganz schönes Tempo drauf.« Seufzend nahm er den schweren Rucksack ab, setzte sich neben sie und trank aus der Wasserflasche.

»Offenbar brauchst du eher einen Rettungshubschrauber als ich«, zog sie ihn auf.

Kurz deutete sich ein Grinsen um seine Mundwinkel an, dann runzelte er die Stirn. »Marc hat sich nur Sorgen um dich gemacht.«

»Das mag schon sein, aber man kann alles übertreiben. Außerdem habe ich das Gefühl, er führt sich hier als *Herr Doktor* auf, weil er denkt, damit kann er mich beeindrucken, aber der Schuss geht nach hinten los.«

Alec schüttelte den Kopf und legte ihr eine Hand auf den Arm. »Das ist es nicht. Sicher, er mag dich, sehr sogar, aber …«

»Dann soll er …«

»Würdest du mich bitte ausreden lassen?«, verlangte Alec, woraufhin Dana grimmig nickte.

Doch nun schien der junge Mann nach Worten zu ringen. Er fuhr sich über die Augen, so als zögere er, das Folgende auszusprechen.

»Jetzt sag schon, Alec.«

»Marc redet nicht gerne darüber, aber seine kleine Schwester ist vor vielen Jahren an einer Hirnblutung gestorben. Sie ist beim Spielen vom Klettergerüst gefallen und hat gemeint, alles sei in Ordnung. Seine Eltern sind nicht mit ihr zum Arzt gegangen, und am nächsten Tag war sie tot.«

Jetzt war Dana ehrlich schockiert und wusste gar nicht, was sie sagen sollte, während Alec spürbar bedrückt fortfuhr. »Seitdem ist er übervorsichtig, wenn ähnliche Dinge geschehen, und ich glaube, er macht sich insgeheim noch immer Vorwürfe, auch wenn er damals selbst erst fünfzehn war.«

»Oh, verdammt, das wusste ich nicht«, stammelte Dana, peinlich berührt, ihn so angefahren zu haben. Sie wandte sich um, aber Marc war nirgends zu sehen, nur Marita saß in einiger Entfernung auf einem Stein und sonnte sich.

»Marc ist zum Cottage zurückgegangen«, erklärte Alec. »Er hat mich gebeten, sofort anzurufen, falls etwas mit dir nicht stimmt.« Nun grinste er vorsichtig. »Ich hoffe, du kratzt mir jetzt nicht die Augen aus, wenn ich dich frage, ob es dir immer noch gut geht.«

»Ja, alles in Ordnung«, antwortete Dana zerstreut. Inzwischen konnte sie Marcs heftige Reaktion verstehen und wollte ihr eigenes Verhalten wiedergutmachen. »Ich glaube, wir gehen besser zurück.«

»Einverstanden.« Alec lächelte ihr zu. »Allerdings sollten wir zumindest noch essen, so viel Zeit muss sein.«

Eigentlich hatte Dana gar keinen Hunger, aber Alec und Marita zuliebe verspeiste sie eines der mitgebrachten Sandwiches. Auf dem Heimweg hatte sie es dann aber sehr eilig, und nachdem neue Wolken ohnehin nichts Gutes versprachen, war auch den anderen beiden der flotte Marsch recht.

»Alec«, bat Dana unterwegs, »könntest du Marc vielleicht Bescheid sagen, dass mit mir alles okay ist?«

»Das kannst du doch selbst.« Er hielt ihr sein Handy hin.

»Ja, schon, aber ich meine … so am Telefon«, druckste sie herum und spürte dabei, wie ihre Wangen sich rot färbten. »Ich würde mich lieber später bei ihm entschuldigen.«

»Okay.« Alec tippte auf der Tastatur herum, dann runzelte er die Stirn. »Kein Empfang.« Während des Rückwegs hielt er das Handy immer wieder in die Höhe, aber es bleib dabei.

»Das hatte ich befürchtet«, murmelte er nach dem fünften erfolglosen Versuch, was Danas schlechtes Gewissen verstärkte. Eigentlich hatte Marc gar nicht so Unrecht. Wenn sie unterwegs doch noch umgekippt wäre, hätten sie ein Problem gehabt, Hilfe zu holen.

Sie legten noch an Tempo zu und schafften es sogar, rechtzeitig im Trockenen zu sein, ehe der Himmel erneut seine Schleusen öffnete.

Marc saß vor dem Fernseher, und sein Gesicht entspannte sich ganz kurz, als er Dana bemerkte. Dann setzte er sich jedoch wieder mit verschränkten Armen hin und starrte betont aufmerksam in den Bildschirm. Sein Handy lag direkt neben ihm, ebenso der Autoschlüssel, wie Dana mit einem Anflug von schlechtem Gewissen feststellte.

»Wir … ähm, ziehen uns dann mal um.« Alec schob Marita vor sich durch die Tür und nickte Dana aufmunternd zu.

Unschlüssig stand Dana da. Sie wusste nicht, wie sie beginnen sollte, sah zu Marc hinüber, der sie allerdings gekonnt ignorierte, daher ging sie zunächst einmal in die Küche. Etwas später kehrte sie mit zwei dampfenden Teetassen zurück ins Wohnzimmer.

»Möchtest du auch?«, erkundigte sie sich kleinlaut.

»Hm.« Mit unbewegter Miene nahm Marc die Tasse an sich, dann wandte er sich erneut der Quizshow zu.

»Alec hat mir von deiner Schwester erzählt«, fing Dana schließlich mit leiser Stimme an. Sie bemerkte, wie er kurz zusammenzuckte, dann schaltete er den Ton aus und sah sie traurig an.

»Geht es dir gut?«

»Ja, ganz sicher. Es tut mir leid, dass ich dich so angefahren habe, hätte ich gewusst …«

»Vermutlich habe ich auch überreagiert, aber weißt du, inzwischen denke ich mir, man sollte lieber einmal zu vorsichtig sein, als dass etwas Schlimmes passiert.«

Sie rutschte näher zu ihm heran und legte eine Hand auf seinen Unterarm. »Es muss schlimm für dich gewesen sein.«

»Cassy war erst fünf«, erzählte er mit rauer Stimme. »Ich sollte auf sie aufpassen und war mit ihr auf dem Spielplatz. Irgendwie ist sie vom Klettergerüst abgerutscht und auf den Kopf gefallen. Sie war nur ein bisschen benommen, hat aber gesagt, es würde ihr gut gehen.«

Dana bemerkte, wie zögerlich seine Worte kamen, dennoch sprach er weiter. »Ich bin mit ihr nach Hause gegangen, aber meine Eltern haben gemeint, ich sei auch schon oft vom Baum oder sonst wo heruntergefallen, und haben sich nicht weiter um sie gekümmert. Am nächsten Morgen hat sie gesagt, ihr Kopf täte weh, aber nachdem Cassy zu dieser Zeit nicht gerne in die Schule ging, hat Mum gedacht, sie würde das nur als Ausrede benutzen.« Marc biss sich auf die Lippen, dann schluckte er heftig und blickte zu Boden, als er fortfuhr. »Als ich am Nachmittag von der Schule nach Hause kam, war sie tot. Sie ist einfach im Klassenzimmer umgekippt, und als die Lehrer sie ins Krankenhaus gebracht haben, war es schon zu spät.«

»Das tut mir leid.« Dana hatte einen Kloß im Hals. Sie spürte, wie Tränen in ihre Augen stiegen, und dann legte sie spontan ihren Arm um Marcs Schultern. Zunächst spannte er sich an, aber schließlich ließ er es geschehen, dass sie ihm tröstend über die Haare streichelte.

»Ich hätte gleich mit ihr zum Arzt gehen sollen.«

»Du konntest nicht wissen, wie schlimm es war. Du warst doch selbst noch fast ein Kind.«

»Trotzdem, ich hatte so ein komisches Gefühl und hätte darauf bestehen müssen, dass sie untersucht wird.«

»Du hast keine Schuld«, sagte Dana bestimmt. Sie drehte seinen Kopf in ihre Richtung und war bestürzt von dem verzweifelten Ausdruck in seinen Augen. »Wenn, dann hätten deine Eltern etwas unternehmen müssen, aber auch ihnen kann man eigentlich keine Schuld geben. Hunderte Kinder fallen irgendwo herunter, stoßen sich den Kopf an und haben höchstens eine Beule. Normalerweise geht so etwas immer gut aus.«

»Bei Cassy nicht.«

»Bitte mach dir keine Vorwürfe, das würde deine Schwester sicher nicht wollen.«

Er nickte stumm, und Dana nahm ihn in den Arm. Eine Weile saßen sie schweigend da, dann gab sie sich einen Ruck: »Mir geht es zwar wirklich gut, und ich kann Ärzte und Krankenhäuser nicht ausstehen, aber wenn es dich beruhigt, lasse ich mich untersuchen.«

»Ehrlich?« Sichtlich überrascht sah Marc auf. Seine Erleichterung war beinahe spürbar.

»Ich ziehe mir nur schnell eine frische Hose an und sage Marita und Alec Bescheid. Die beiden werden nicht böse sein, ein paar Stunden lang sturmfreie Bude zu haben.«

»Danke, Dana.«

Knappe zehn Minuten später saßen sie im Auto und fuhren durch den strömenden Regen nach Portree. In der Notaufnahme des Krankenhauses war nicht viel los, nur ein Farmer mit einem blutigen Verband saß bereits dort und ein kleines Mädchen, das leise im Arm ihrer Mutter vor sich hin weinte.

»Du musst dem Arzt genau sagen, was passiert ist«, verlangte Marc, nachdem die beiden anderen aufgerufen worden waren. »Sag ihnen, dass du eine Zeit lang bewusstlos warst. Oder soll ich lieber mitkommen?«

»Nein, das schaffe ich schon.« Sie zögerte, denn einerseits hätte sie ihm in diesem Moment gerne erzählt, was sie während ihrer Bewusstlosigkeit geträumt hatte. Andererseits wollte sie ihn nicht zusätzlich beunruhigen, denn er war ohnehin schon sichtlich nervös.

Nachdem sie eine halbe Stunde später zu ihm zurückkam und aufmunternd lächelte, entspannte er sich endlich etwas. Wie nicht anders erwartet, hatte der Arzt nichts feststellen können. Sie hatte von Marcs Bedenken erzählt, und daher betrat Dr. Williams mit ihr das Wartezimmer. »Es ist alles in bester Ordnung, die junge Dame ist gesund und munter.«

»Wollen Sie nicht besser ein CT machen?«, warf Marc besorgt ein.

»Das ist nicht nötig«, erwiderte der Arzt.

»Und was ist, wenn sich ein Blutgerinnsel gebildet hat?«

»Behalten Sie Ihre Freundin ein bisschen im Auge, mein junger Herr Kollege. Aber wenn es bisher keine Anzeichen von Schwindel oder sonstige Beschwerden gab und sie schon einen Marsch von fünfzehn Meilen hinter sich gebracht hat, sollte das in Ordnung sein.« Jetzt wandte sich der Arzt wieder an Dana. »Für den unwahrscheinlichen Fall, dass es Ihnen doch noch schlecht gehen sollte, Miss Ludwig, können Sie mich unter dieser Telefonnummer erreichen.« Er reichte ihr seine Visitenkarte. »Ich wohne in Dunvegan, das ist nur eine Viertelstunde von Ihrem Ferienhaus entfernt. Unter dieser Nummer können Sie mich notfalls auch nachts anrufen.«

»Vielen Dank.« Dana lächelte dem netten Arzt zu, dann drückte sie Marcs Hand. »Na siehst du, alles okay.«

»Das hoffe ich.« Ganz offensichtlich war er nicht restlos überzeugt, aber nach einem Blick auf die Visitenkarte hob er seufzend die Arme. »Also gut, zumindest wohnt er in der Nähe.«

Inzwischen dämmerte es bereits, und das rötliche Abendlicht bot einen interessanten Kontrast zu den finsteren Regenwolken, die noch immer über den Himmel jagten. Unterwegs erzählte Marc ihr ein wenig von seiner kleinen Schwester, die er sehr vermisste, und dass er nur noch wenig Kontakt zu seinen Eltern hatte. Die beiden hatten sich früher kaum um ihn oder Cassy gekümmert, und er gab zu, dass er nach wie vor das Gefühl hatte, sie würden ihm insgeheim die Schuld an ihrem Tod geben. Sein Studium finanzierte er sich durch ein Stipendium und zahlreiche Jobs, und Dana glaubte zu erahnen, dass hinter seiner lustig-lockeren Art, die er häufig zur Schau stellte, sehr viel mehr steckte, als er preisgab.

»Egal, was deine Eltern sagen«, betonte sie noch einmal und legte ihm kurz ihre Hand auf den Oberschenkel. »Du musst dir keine Vorwürfe machen. Es war ein tragischer Unfall, und selbst wenn deine Eltern dir etwas vorwerfen, dann höchstens, um ihr eigenes schlechtes Gewissen zu verdrängen. Und das ist alles andere als fair.«

»Ja, mag sein«, gab er widerstrebend zu. »Ich glaube, ich wollte nur deshalb Arzt werden, um so etwas wie mit meiner Schwester bei möglichst vielen Menschen zu verhindern.«

»Eines Tages wirst du ein wunderbarer Arzt sein, Marc«, versicherte Dana und hatte das unweigerliche Gefühl, einen wirklichen Freund gefunden zu haben.

Auch Marita und Alec waren erleichtert, zu erfahren, dass Dana ihren Sturz heil überstanden hatte. Die beiden zogen sich nach dem gemeinsamen Abendessen allerdings rasch in ihr Zimmer zurück. Dana und Marc machten es sich vor dem Fernseher bequem, wobei ihr nicht entging, dass er ihr in regelmäßigen Abständen aus dem Augenwinkel prüfende Blicke zuwarf. Aber es störte sie nicht mehr.

»Dana, du weckst mich, falls es dir nicht gut geht«, ermahnte Marc sie noch einmal, nachdem sie in ihr Zimmer gegangen waren und das Licht ausgemacht hatten.

»Ganz bestimmt«, versprach sie, kuschelte sich in ihre Decke und fühlte sich plötzlich seltsam wohl bei dem Gedanken, dass sich jemand so viele Sorgen um sie machte.

Kapitel 6

Seltsame Träume

Dun Telve wirkte mächtig und erhaben, ein Bollwerk gegen jede Gefahr. Dennoch ergriff Dana eine gewisse Furcht, als sie erkannte, wie Horden von Männern den Turm zu stürmen versuchten. Kleinere Häuser rund um den Broch gingen in Flammen auf, Frauen und Kinder schrien, Männer wehrten sich gegen eine Übermacht an Feinden.

Dana stand wie eine stumme Beobachterin abseits, aber irgendetwas in ihr wollte sich ebenfalls in den Kampf stürzen, auch wenn sie nicht wusste, weshalb. Ihr war durchaus bewusst, dass sie sich in einem Traum befand, wenn auch in einem sehr real anmutenden. Aber war es wirklich nur ein Traum? Vor ihren Augen durchbohrte ein Krieger mit einer hässlichen Narbe im Gesicht einen kleinen Jungen mit seinem Schwert.

Dana schrie auf, stürzte nach vorne, hatte plötzlich selbst ein Schwert in der Hand und begann, auf den Mann einzuschlagen. Stahl traf Stahl, Funken sprühten auf. Obwohl sie noch niemals in ihrem Leben eine Waffe geführt hatte, war es so, als hätte sie schon viele Male gekämpft. Der Mann wehrte sich, verspottete sie, aber dann strauchelte er plötzlich und riss die Augen auf, als Danas Klinge auf seine Kehle zielte. Sie holte aus, wollte zustoßen – aber da verschwamm die Szene auf einmal.

»Dana, was ist?« Marcs Stimme klang verzerrt an ihr Ohr, er rüttelte sie an der Schulter, und als er das Licht anknipste, erkannte sie, wie erschrocken er aussah.

»Hast du Fieber?« Er legte ihr eine Hand auf die Stirn, und obwohl sie spürte, dass sie tatsächlich durchgeschwitzt war, schüttelte sie den Kopf.

»Nein, ich habe nur schlecht geträumt.« Sie runzelte verwirrt die Stirn. Es war tatsächlich so, als hätte sie mit dem fremden Krieger einen heftigen Kampf ausgefochten. Ihre Arme fühlten sich seltsam schwer und zittrig an.

»Habt ihr ein Fieberthermometer dabei?« Marc fing an, in ihren Sachen zu wühlen.

»Ich habe kein Fieber«, versicherte sie ihm. »Ich gehe schnell ins Bad, es ist alles in Ordnung.«

Ganz offensichtlich schenkte Marc ihr keinen Glauben, aber sie war sich sicher, dass alles nur Nachwirkungen dieses Traumes waren – und schon wieder hatte er vom Broch gehandelt. Das war wirklich eigenartig. Sie nahm sich ein frisches T-Shirt und wusch sich mit kaltem Wasser ab.

Marc beäugte sie nervös, als sie zurückkam, aber nachdem er ihr abermals eine Hand auf die Stirn gelegt hatte, entspannte er sich. Dana setzte sich aufs Bett und wickelte sich in ihre Decke.

»Du kannst ruhig weiterschlafen«, beharrte sie, allerdings machte Marc keinerlei Anstalten, das Licht zu löschen, und sie war ihm nicht einmal böse, denn sie hatte beinahe Angst, wieder einzuschlafen.

»Was hast du denn geträumt?«, erkundigte er sich.

»Lauter wirres Zeug«, wich sie aus.

»Ich hatte beinahe den Eindruck, du sprichst Gälisch im Schlaf.« Seine Stimme klang verwundert. »Aber wirklich verstanden habe ich es auch nicht.«

»Gälisch?« Dana runzelte die Stirn. »Ich spreche kein Gälisch und habe höchstens in diesem Urlaub vier oder fünf Begriffe aufgeschnappt.«

»Du hast zusammenhängende Sätze geäußert, aber wie gesagt, sehr undeutlich, außerdem hast du um dich geschlagen, als würdest du mit jemandem ringen.«

Plötzlich fröstelte Dana. Sie zog sich die Bettdecke bis unters Kinn. Sie träumte seit jeher häufig, oft auch sehr lebhaft, aber diese Träume hier waren anders, realer, greifbarer, auch wenn sie es sich nicht erklären konnte. Was ging mit ihr vor?

»War es ein schlimmer Traum?« Marc kam zu ihr herüber, zögerte kurz und setzte sich dann zu ihr aufs Bett, als sie keine Einwände erhob.

»Na ja, wie man's nimmt«, murmelte sie.

Ganz vorsichtig streichelte Marc ihr über die Wange. »Manchmal träume ich auch von meiner kleinen Schwester. Ich habe dann immer das Gefühl, sie möchte mir etwas sagen, aber meistens wache ich vorher auf. Am Anfang hat mich das wirklich fertiggemacht, aber inzwischen bin ich beinahe froh, sie so überhaupt noch zu sehen.«

»Wirklich?« Dana lehnte sich an seine Schulter und war im Moment froh, nicht allein zu sein. »Ich habe auch eine jüngere Schwester«, erzählte sie dann. »Wir sind sehr unterschiedlich, ich glaube, ich gehe mehr nach meinem Vater. Nach dem Abitur habe ich mich zunächst gegen ein Studium in Geschichte, Archäologie oder sonst einem Fach, was meinem Vater durchaus gefallen hätte, entschieden. An Sagen und Mythen aus alten Zeiten war ich trotzdem immer interessiert und konnte stundenlang in seinem Arbeitszimmer vor dem Kamin sitzen und seinen Erzählungen lauschen oder in alten Büchern blättern.«

Marc lächelte ihr verständnisvoll zu. »Und deine Schwester?«

»Laura studiert Rechtswissenschaften. Sie ist erst einundzwanzig und für meine Begriffe viel zu ernst und nüchtern. Versteh mich jetzt nicht falsch, ich hab sie wirklich gern, aber oft habe ich mir gewünscht, sie wäre einfach mal spontan und nicht so langweilig.«

Das amüsierte Marc sichtlich. »Na ja, vermutlich hast du, was Spontaneität und verrückte Einfälle betrifft, genügend Potenzial für euch beide. Ich sage nur: allein übernachten in einem völlig verfallenen Broch!«

Und schon waren sie wieder beim Thema. Zunächst zögerte Dana, aber schließlich berichtete sie ihm von ihren seltsamen

Träumen. Die Begegnung mit Rionach verschwieg sie lieber, denn das war ihr zu verrückt, aber es tat gut, jemandem zu erklären, wie sehr sie diese Träume bewegten.

Zum Glück lachte Marc nicht und hielt sie offenbar auch nicht für übergeschnappt, sondern ließ sie ausreden, streichelte ihre Schulter und sah sie ernst an.

»Vielleicht sollen diese Träume dir etwas sagen. Wir könnten versuchen, mehr über die alten Brochs herauszufinden. Falls Bobby seinen Bekannten erreicht hat, wird er uns sicher morgen Bescheid geben.«

»Danke, Marc.« Plötzlich war Dana sehr müde, sie spürte, wie ihr die Augen zufielen.

»Soll ich wieder in mein Bett gehen?«, fragte Marc, doch sie bekam das gar nicht mehr richtig mit, sondern murmelte nur: »Hm.«

Ein Sonnenstrahl kitzelte Dana an der Nase. Zögernd öffnete sie die Augen und zuckte zusammen, als sie bemerkte, dass sie auf Marcs Oberschenkel lag. Er selbst lehnte an der Wand, schlief tief und fest und hatte einen Arm um ihre Schultern gelegt.

O verdammt, jetzt hat er die ganze Nacht in dieser unbequemen Position verbracht.

Ihre Augen wanderten über sein Gesicht, die dunklen Wimpern und sein leicht stoppeliges Kinn. Er war so ein netter Kerl. Hoffentlich machte er sich jetzt keine allzu großen Hoffnungen, denn obwohl sie ihn wirklich gernhatte, blieb sie bei ihrem Entschluss, sich vorerst auf keine neue Beziehung einlassen zu wollen.

Wie auf Kommando klingelte ihr Handy. Marc fuhr auf, und Dana angelte nach ihrem Mobiltelefon, das auf dem Boden lag. Energisch drückte sie den Anruf weg.

»Tut mir leid, dass du aufgewacht bist.«

»Kein Problem.« Er streckte sich und verzog das Gesicht, als er seine Schultern bewegte.

»Mensch, Marc, jetzt hast du die ganze Nacht …« Sie wurde unterbrochen, als es abermals klingelte, aber auch diesen Anruf nahm sie nicht an.

»Ich muss gestehen, ich habe schon in angenehmeren Positionen mit einem Mädchen im Bett gelegen«, scherzte er.

»Verflucht nochmal, kapierst du's endlich?« Wütend presste Dana ein drittes Mal die rote Taste ihres Handys.

Ein erneutes Klingeln ließ Marc irritiert seine rechte Augenbraue heben. »Vielleicht ist es wichtig?«

»Mein Exfreund«, knurrte Dana missmutig.

»Ups.« Marcs Augen folgten Danas Finger, der noch einmal das Telefonat wegdrückte, dann schmunzelte er. »Soll ich mal drangehen?«

Zunächst schüttelte Dana den Kopf, aber dann fasste sie den Entschluss, dass es dem lieben Jens gar nicht schaden konnte, ein wenig ins Grübeln zu geraten. Beim nächsten Klingeln hielt sie Marc ihr Handy hin.

»Hallo«, sagte er mit einem lausbübischen Grinsen.

Dana hielt ihr Ohr mit an die Hörmuschel, und ihre Mundwinkel zuckten, als sie nach kurzem Schweigen Jens' verwirrte Stimme vernahm. »Ähm, hallo, ich möchte mit Dana sprechen.«

»Dana ist nicht hier«, erwiderte Marc, natürlich auf Englisch.

»Ähm, also … wo ist sie denn?«

»Im Bad.«

Dana presste eine Hand vor den Mund, um nicht loszuprusten, als sie Jens lautstark nach Luft schnappen hörte.

»Im Bad?«, wiederholte er perplex.

»Ja, das ist der Raum, in dem man sich normalerweise wäscht, Laddie«, entgegnete Marc mit übertriebenem schottischem Akzent. »Aber ich glaube, sie kommt gleich, wir haben noch nicht gefrühstückt.«

»Ha!« Jetzt rang ihr Exfreund nach Worten, und ein Gefühl von Genugtuung breitete sich in Dana aus.

»Sag mal, weißt du eigentlich, wer ich bin?«, sagte Jens plötzlich in dem Dana nur allzu vertrauten patzigen Tonfall, in den er immer verfiel, wenn er sich in die Enge gedrängt fühlte.

»Ja. Das größte Rindvieh aller Zeiten, wenn du mich fragst.« Damit legte Marc auf und sah Dana erwartungsvoll an. »War das okay?«

Sie wischte sich die Lachtränen aus den Augenwinkeln. »Ja, prima, ich glaube, heute hat er etwas zum Nachdenken.«

»Ich halte ihn übrigens wirklich für ein Rindvieh«, bemerkte Marc, stand auf und reichte ihr das Handy. »Und sein Englisch ist absolut unterirdisch.«

»Tja, Fremdsprachen sind nicht gerade seine Stärke.«

Beim Frühstück erzählte Dana ihrer Freundin von Marcs Telefonat mit Jens, und diese klopfte ihm auf die Schulter. »Sehr gut, er hat's nicht anders verdient.« Sie blickte von ihr zu Marc. »Aber sagt mal, seid ihr wirklich …«

»Wir sind wirklich gute Freunde«, unterbrach Dana sie, und obwohl sie einen Anflug von Bedauern bei Marc feststellen konnte, nickte er zustimmend.

»Was wollen wir denn heute unternehmen?«, lenkte Dana von dem verfänglichen Thema ab.

»Na ja«, Marc deutete zum Fenster hinaus. »Wir wollten ja eigentlich mal zum Old Man of Storr wandern, aber das da sieht nicht allzu viel versprechend aus.«

Im Augenblick schien noch die Sonne, doch über dem Meer hatten sich dunkle Wolken zusammengebraut.

»In Sleat, im Süden von Skye, gibt es ein relativ neues Museum, das Clan Donald Centre«, schlug Alec vor.

»Den Tag in einem staubigen Museum verbringen – ich weiß nicht«, maulte Marita.

»Staubig ist es dort nicht, und man erfährt einiges über die Geschichte der Isle of Skye«, lachte Marc.

»Auch über die Brochs und die Keltenzeit?«, fragte Dana interessiert.

»Das weiß ich nicht«, gab Marc zu. »Hauptsächlich geht es

wohl um die Schlacht von Culloden und Bonnie Prince Charly, der sich hier auf der Insel versteckt hielt, aber es gibt dort eine große Bibliothek, wo wir möglicherweise auch einiges über die Brochs finden können.«

»Gut.« Unternehmungslustig stand Dana auf, dann gab sie Marita einen gutmütigen Klaps auf den Hinterkopf. »Jetzt komm schon, oder möchtest du zu Hause erzählen, du hättest nichts von der Insel gesehen außer Bobbys Doppelbett?«

Marita streckte ihr die Zunge heraus, erhob sich allerdings wenig enthusiastisch und brauchte ewig, bis sie sich im Bad fertig gemacht hatte.

»Ich geh schon mal raus«, verkündete Dana, woraufhin Marc seine Jacke schnappte und ihr ins Freie folgte.

Auf der Nachbarkoppel standen zwei kräftige Pferde, ein Schimmel und ein Brauner, die neugierig an den Zaun kamen. Dana kraulte den Braunen unter dem Kopf, was ihm zu gefallen schien, denn er drückte sich immer enger an sie heran. Ein Piepsen in ihrer Jackentasche ließ sie die Pferde vergessen. Jens hatte eine SMS geschrieben. Sie musste schmunzeln, als sie die Nachricht las.

Wo zum Teufel bist du? Wer ist der Kerl? Lass uns heute Abend in der Habana-Bar reden. Jens.

»Da kannst du lange darauf warten.«

»Dein Ex?«, erkundigte sich Marc neugierig.

Dana nickte und zwinkerte ihm zu. »Das Rindvieh kann heute Abend in unserer Stammkneipe in Düsseldorf warten, so lange er will.«

»Gut so«, lobte Marc, dann drehte er sich um, denn Schritte waren zu hören.

»Ah, gut, dass ich euch sehe.« Bobby kam auf seinen kurzen Beinen angeeilt, einen Eimer mit Hühnerfutter in der Hand. Er kramte in seiner Hosentasche herum und förderte kurz darauf einen zerknüllten Zettel zu Tage.

»Leider konnte ich Scott MacRae nicht selbst erreichen, angeblich hat er kein Telefon.« Bobby lachte auf. »Ja, so was soll es noch geben, aber mein Freund Ruaraidh ist gut mit einem Archäologen bekannt, und der hatte die Adresse von diesem Scott. Sie haben wohl eine Zeit lang zusammengearbeitet, und Scott hat in wissenschaftlichen Magazinen einiges über die Keltenzeit veröffentlicht, angeblich auch über die Glenelg Brochs recherchiert.«

»Danke, Bobby.« Nachdenklich starrte Dana auf den Zettel.

»Er wohnt hier auf der Insel, in Glendale, ist eine halbe bis dreiviertel Stunde entfernt.«

»Es wäre aber schon besser, wenn wir ihn vorwarnen, oder?«, meinte Dana.

»Tja, wenn er kein Telefon hat, geht das wohl schlecht«, kicherte Bobby. »Fahrt einfach hin, das wird ihn sicher nicht stören.«

Dana blieb skeptisch, aber Marc legte ihr freundschaftlich den Arm um die Schultern. »Wir Schotten sind locker drauf, komm, wir versuchen einfach unser Glück.«

»Also gut«, erklärte sich Dana einverstanden, und kurz darauf traten auch endlich Alec und Marita vor die Tür.

»Planänderung«, verkündete Marc, »wir fahren nicht zum Museum sondern nach Glendale, zu einem Typen, der sich in keltischer Geschichte auskennt.«

»Ach«, erwiderte Marita gedehnt. Sie schauderte im auffrischenden Wind und lehnte sich an Alec. »Ich glaube, dann bleiben wir lieber hier, oder?«

Der nickte bloß, und beide verschwanden schnell wieder ins Haus.

»Na gut, dann wird Marita zu Hause wohl doch nur von Bobbys Doppelbett erzählen können«, bemerkte Marc schmunzelnd.

Also stiegen sie alleine in Marcs Auto, fuhren bis zur Hauptstraße und bogen dann in Richtung Dunvegan ab. Neugierig blickte Dana aus dem Fenster. Zwei hohe Tafelberge ragten zu ihrer Linken auf, als sie auf eine schmale Single Track Road abbogen.

»Das sind die MacLeods Tables«, erklärte Marc. »Es gibt eine alte Geschichte, die davon erzählt, wie Alsdair MacLeod in Holyrood Palace in Edinburgh eingeladen war, und er dort von den anwesenden Lords und Ladys verspottet wurde. Die waren nämlich der Meinung, es gäbe auf der Isle of Skye sicher keinen solch prächtigen Prunksaal wie hier im Königsschloss.«

»Und, war das der Fall?«, erkundigte sich Dana. Gelblich rote Lichtstrahlen fielen zwischen den dräuenden Wolken hindurch auf die beiden Berge, deren Gipfel seltsam abgeflacht waren.

»Er hat die feine Gesellschaft aus Edinburgh eingeladen und in einer klaren Nacht auf den Gipfel des Healbhal Bheag, den kleineren der beiden Berge, geführt. Dort hat er ein Festessen aufgetragen, zum Sternenhimmel gedeutet und gesagt: Wessen Tafel ist größer, wessen Deckengewölbe beeindruckender und wessen Beleuchtung prachtvoller?«

Dana lachte laut auf. »Das hätte auch von dir kommen können.«

»Tja«, Marc zwinkerte ihr zu, »möglicherweise bin ich ja die Wiedergeburt von Alsdair MacLeod.«

»Wie heißt du eigentlich mit Nachnamen?«

»Anderson.«

»Hm, gar kein Mac.«

»Damit kann ich leider nicht dienen.«

Malerische kleine Inselchen, auf denen sich Seevögel tummelten, erhoben sich in der Meeresbucht. Dana gefiel dieser Teil der Insel sehr gut, aber sie war wirklich überrascht, als Marc irgendwann nach links auf eines der traditionellen Cottages deutete und meinte: »Das ist ein ganz bekanntes Feinschmeckerrestaurant.«

»The Three Chimneys« prangte auf dem Schild vor dem Haus, und einige Limousinen standen davor. »Leider nicht ganz meine Preisklasse«, Marc schnitt eine Grimasse, »sonst hätte ich dich eingeladen.«

»Hier, mitten in der tiefsten Einöde, gibt es ein Feinschmeckerrestaurant?«, wunderte sich Dana.

»Ja, man soll es nicht glauben, aber sie haben schon eine ganze Reihe an Auszeichnungen gewonnen, und die Leute kommen von überall, um dort zu essen. Ein Beweis dafür, dass die britische Küche gar nicht so schlecht ist, wie man immer annimmt.«

»Das finde ich sowieso nicht«, meinte Dana ehrlich. »Gut, Rindfleisch in Minzsoße muss ich jetzt nicht unbedingt haben, aber bisher hat mir eigentlich alles geschmeckt, was ich gegessen habe.«

»Hast du schon Haggis probiert?«

»Ähm, nein, ich hab's nicht so mit Innereien.«

»Ich mag's inzwischen auch nicht mehr, meine Granny hat mich früher immer gezwungen, es zu essen, und ich befürchte, davon habe ich ein Trauma.«

»Oh, du Armer.« Dana streichelte ihm übertrieben über den Kopf.

»Ja, ein schweres Haggis-Trauma ist in der Tat nicht leicht zu ertragen.«

Noch eine ganze Weile alberten sie herum, unterhielten sich über Dinge, die sie als Kinder gemocht oder eben nicht gemocht hatten, und holperten schließlich einen Berg hinab, der in das Örtchen Glendale führte.

»Okay, dann lass uns mal die Nummer achtzehn suchen.« Marc beugte sich nach vorne und blickte angestrengt durch die Scheibe.

Die Hausnummern waren nach keinem erkennbaren System vergeben, daher fuhren sie mehrfach die Straßen des Dorfes ab, ohne fündig zu werden. Schließlich hielt Marc neben einer älteren Frau an, die mit einer Einkaufstasche in der Hand die Straße hinaufgetippelt kam. Nachdem Marc sie nach dem Weg gefragt hatte, gestikulierte sie wild herum, beschrieb in hartem Akzent den Weg und nickte zustimmend, als er ihre Anweisungen wiederholte.

»Gut, dann müssen wir wieder umdrehen.« Der Motor heulte auf, und Marc fuhr die schmale Straße zurück, bevor er in einen holprigen Feldweg abbog.

»Da soll noch ein Haus sein?«, fragte Dana skeptisch. Sie befürchtete, sie könnten in einem der schlammigen Schlaglöcher stecken bleiben und auch nach mehreren hundert Metern zwischen Schafskoppeln hindurch war noch kein Gebäude auszumachen.

»Hier ist es.« Marc deutete auf einen rostigen Briefkasten, der am Zaun zu einem verwahrlost aussehenden Grundstück baumelte. Das Gatter hing nur noch an einer Seite in den Angeln, und zwischen den dichten Büschen und Bäumen konnte man einen verwachsenen Pfad erahnen.

»Marc, mal im Ernst. Glaubst du hier wirklich, hier jemanden anzutreffen?« Wenn Dana allein gewesen wäre, hätte sie vermutlich auf der Stelle wieder umgedreht, aber Marc öffnete das knarrende Tor und machte eine einladende Handbewegung.

Farne, Gras und Unkraut wucherten wild zwischen den feinen Schottersteinen, und auch die zahlreichen Büsche und Bäume bogen sich bis in die Mitte. Schaudernd sah Dana ins Unterholz. Die Bäume bildeten ein so dichtes Blätterdach, dass kaum Licht hindurchfiel.

»Da kommt doch kein Haus mehr«, meinte sie abermals, doch Marc deutete nach links.

Hinter der nächsten Biegung, halb von Ginsterbüschen versteckt, stand ein von Efeu und Weinranken überwuchertes Cottage, aus dessen Kamin Rauch aufstieg.

»Sollen wir wirklich klingeln?« Dana blickte sich unbehaglich um, denn irgendwie fühlte sie sich plötzlich beobachtet.

»Eher klopfen«, lachte Marc, und sie registrierte nun, dass weit und breit keine Klingel zu sehen war.

Er hob die Hand und pochte gegen die verwitterte Holztür, aber auch nach dem zweiten Mal öffnete niemand.

Beinahe schon froh, niemanden anzutreffen, wandte sich Dana zum Gehen. »Komm, das hat keinen Sinn.«

Sie waren noch nicht weit gekommen, als es rechts von ihnen plötzlich raschelte, und Sekunden später stand ein großer, struppig grauer Hund vor ihnen. Das Nackenfell gesträubt und die Zähne gefletscht, versperrte er ihnen den Weg. Ein leises Knurren kam aus seiner Kehle.

»Oh, oh.« Marc fasste Dana an der Hand, dann sah er sich Hilfe suchend um.

»Was machen wir jetzt?«, flüsterte Dana, wobei sie den Hund nicht aus den Augen ließ.

»Ich vermute, sich nicht zu bewegen, ist erst einmal ein guter Plan.«

Bange Minuten vergingen, der Hund stand stocksteif da, beobachtete sie jedoch aus seinen seltsamen gelblichen Augen. Nachdem niemand auftauchte, dem der Hund gehörte, drückte Marc irgendwann Danas Hand.

»Pass auf, ich werde jetzt versuchen, an ihm vorbeizukommen. Bleib ganz ruhig stehen.«

»Du willst doch wohl nicht den Helden spielen?«

»Nein, aber ich habe auch keine Lust, hier festzuwachsen.« Marc trat einen Schritt vor. »Guter Hund, du lässt uns doch vorbei«, redete er auf das Tier ein, aber ein tiefes Knurren ließ ihn wieder zurücktreten.

»Na toll.« Dana hatte keine Angst vor Tieren, und Hunde mochte sie sogar sehr gerne, aber dieser hier war ihr nicht geheuer.

»Teàrlach!«, ertönte ein scharfer Befehl aus dem Unterholz, der Hund drehte seinen Kopf, und einen Moment später stand ein Mann vor ihnen. Er mochte an die zwei Meter groß sein, war kräftig gebaut, mit ungepflegten, schulterlangen braun-grauen Haaren und einem ebensolchen Bart. Ein gepolstertes Holzfällerhemd ließ ihn noch breiter wirken, als er vermutlich war, seine Jeans waren schmutzig, und die Füße steckten in schlammverkrusteten Gummistiefeln.

»Kann ich euch helfen?«, fragte er und klang im Gegensatz zu seiner Erscheinung beinahe freundlich.

»Wir machen in der Nähe Urlaub. Mein Name ist Marc, und das ist Dana.«

Der Mann nickte, machte sich allerdings nicht die Mühe, sich vorzustellen.

»Wir interessieren uns für die Keltenzeit«, fuhr Marc unbeirrt fort, und nun zeigte sich eine Spur von Interesse auf dem finsteren Gesicht des Mannes, von dem Dana annahm, dass es sich um Scott MacRae handelte.

»Dann kommt mal mit«, brummte er. »Teàrlach tut euch nichts, solange ich in der Nähe bin.«

»Sehr beruhigend«, murmelte Dana.

»Zu einem Drittel trägt er Wolfsblut in sich.«

»Okay«, kommentierte Marc gedehnt. Auch ihm war der Hund offenbar suspekt, denn er trat eilig zur Seite, als Teàrlach an ihm vorbeilief. Sie folgten dem Mann, der mit großen, festen Schritten auf das kleine Haus zuging. Knarrend öffnete er die Holztür. Der Flur war schmal und düster, Kartons und alte Bücher erschwerten das Vorwärtskommen.

»Ich bin übrigens Scott, aber das wisst ihr sicher schon. Setzt euch, ich mache uns Tee.« Er deutete nach links, woraufhin Dana und Marc einen kleinen Raum mit offenem Kamin betraten, der vollkommen mit Regalen und Schränken zugestellt war, auf denen sich Bücher, Papiere und Felsfragmente türmten.

Als Dana näher an eines der Regale heranging, erkannte sie überrascht bronzene Pfeilspitzen und Knochenwerkzeuge.

»Ist er eigentlich Archäologe?«, fragte sie.

»Ich weiß nicht, auf jeden Fall soll er wissenschaftliche Abhandlungen verfasst haben.« Marc hielt ein vergilbtes Manuskript mit dem Titel: *The Celts in the Western Isles* von Robert Scott MacRae in die Höhe.

Etwas unschlüssig setzten sich die beiden auf ein abgewetztes Ledersofa, wobei sie ein paar zerknitterte Hemden zur Seite räumen mussten. Knapp zehn Minuten später betrat Scott MacRae den Raum, stellte drei Tassen und eine Kanne mit dampfendem Tee auf den Tisch, dann setzte er sich in den freien Sessel.

»Ich bin schon seit einigen Jahren nicht mehr im Geschäft, aber wenn ich kann, werde ich euch gerne helfen«, erklärte er und musterte sie erwartungsvoll.

»Also, Dana kommt aus Deutschland, und sie interessiert sich für …«

»Aus Deutschland?« Der Mann zog seine Augenbrauen zusammen, sah sie durchdringend an, legte den Kopf schief und schien dann durch sie hindurchzublicken. »Aus Deutschland«, wiederholte er und straffte die Schultern. »Gut. Bist du Studentin? Oder interessierst du dich hobbymäßig für die Keltenzeit?«

»Na ja …«, Dana zögerte, »… ich werde im Frühling mein Studium anfangen, aber ich bin erst hier in Schottland auf die Kelten gestoßen. Die alten Brochs finde ich überaus faszinierend.«

Seine Miene verfinsterte sich, plötzlich klang seine Stimme abweisend. »Über die Brochs ist kaum etwas bekannt.«

Jetzt war Dana verwundert, denn Bobby hatte doch gemeint, dieser Scott hätte über die Türme Nachforschungen angestellt. Dennoch fasste sie sich ein Herz. Vielleicht mochte er einfach keine neugierigen Touristen, aber dies war eine einzigartige Gelegenheit, einen Experten zu befragen. »Ich interessiere mich für einen bestimmten Broch«, fuhr sie daher fort. »Wir haben in Glenelg gezeltet und sind dann zum Dun Telve gefahren.«

So als hätte ihn etwas gebissen, sprang Scott auf und warf dabei ein paar Zeitschriften zu Boden, die auf der Lehne gelegen hatten. Doch offenbar bemerkte er dies gar nicht. »Haltet euch von dem Turm fern!«, sagte er eindringlich.

Dana zuckte zusammen und sah zu Marc, der sich wohl ebenfalls keinen Reim auf Scotts seltsames Verhalten machen konnte und ihren sonderbaren Gastgeber völlig verdutzt betrachtete.

»Ähm, also, Mr. MacRae, wir wollten doch nur fragen …«

»Ihr geht jetzt, ich habe keine Zeit mehr.« Sein bärtiges Gesicht war angespannt, seine dunklen Augen blitzten zornig, und beinahe hatte Dana den Eindruck, er würde gleich auf sie losgehen. Daher stand sie eilig auf.

»Schon okay, wir hatten nicht die Absicht, Sie zu belästigen.«

Mit verschlossener Miene begleitete Scott MacRae sie zur Tür, rief seinem Hund einen scharfen Befehl zu, der wie Dana vermutete, auf Gälisch war, und starrte ihnen düster hinterher.

»Haltet euch von Dun Telve fern, finstere Mächte sind dort am Werk.«

Dana blieb stehen und blickte über die Schulter zurück. Was hatte er da gesagt? Konnte es am Ende sein, dass auch er Rionachs Geist begegnet war? Sie konnte ihre Augen nicht von Scott wenden, und auch er starrte sie an.

»Dana, jetzt komm, der Kerl ist nicht ganz dicht«, flüsterte Marc ihr zu und zog sie weiter zum Auto. »Puh, ist das ein Sonderling. Ich denke, wir sollten uns doch lieber ein Buch kaufen.«

Dana jedoch dachte über diese seltsame Begegnung nach. Was war Scott MacRae am Dun Telve widerfahren? Hatte Rionach ihn etwa bedroht? Ihr hatte die Kriegerin ja nichts getan. Sie hätte es zu gerne gewusst, traute sich jedoch nicht, noch einmal zurückzugehen.

»Na ja«, meinte sie schließlich. »Ich hatte mich ohnehin schon gewundert, dass alle Schotten, die wir bisher getroffen haben, so freundlich, offen und unkompliziert waren.«

»Sind wir normalerweise auch«, beteuerte Marc kopfschüttelnd. »Aber Ausnahmen bestätigen die Regel. Tut mir leid, Dana, das war ganz eindeutig die Ausnahme.«

»Ist ja nicht deine Schuld.«

Sie setzten sich ins Auto, und Marc warf einen Blick zum Fenster hinaus. »Das Wetter scheint im Moment zu halten. Was meinst du, sollen wir zum Neist Point fahren, damit der Tag nicht völlig für die Katz ist? Es ist der westlichste Punkt der Insel, an dem sich jede Menge Seevögel und Robben tummeln.«

»Ja, warum nicht.« Noch einmal wanderte Danas Blick zu dem verwilderten Grundstück. Plötzlich hatte sie den Eindruck, sie würde ein Stück karierten Stoff durch die Büsche spitzen sehen und fühlte sich von unsichtbaren Augen beobachtet. Schaudernd zog sie ihre Jacke enger um sich. »Fahr los, Marc.«

Nach einer Viertelstunde erreichten sie einen Parkplatz an der Küste. Nur ein einziges Auto stand dort, die anderen Touristen hatte wohl der morgendliche Regen abgeschreckt. Über einen steilen Pfad erreichten sie die sturmumtosten Klippen, auf denen sich ein Leuchtturm und einige kleine Gebäude befanden. Der Wind schlug ihnen mit brachialer Gewalt ins Gesicht und ließ Danas Haare wild um ihren Kopf wirbeln. Allerdings genoss sie diese urtümlichen Naturgewalten, die ihre verwirrten Gedanken mit sich zu reißen schienen. Sie beobachtete Möwen, die in waghalsigen Manövern von den Klippen stürzten, ein Seeadler zog nicht weit entfernt majestätisch seine Kreise, und auf einmal hatte sie das Gefühl, am Rand der Welt zu stehen, weit weg von allen Problemen, allen Sorgen und Fragen. Gischtfontänen hinterließen einen salzigen Geschmack auf ihren Lippen und ein paar verirrte Regentropfen benetzten ihr Gesicht, aber das störte sie nicht.

»Sieh mal, Delfine.« Marc deutete nach links, und tatsächlich entdeckte Dana nun zwei schlanke, dunkle Körper, die kurz aus den Wellen auftauchten, nur um blitzschnell wieder zu verschwinden.

»Gefällt es dir?«, flüsterte er ihr ins Ohr.

Sie nickte und lehnte sich an ihn, froh, jemanden an ihrer Seite zu haben, den sie mochte und der zu verstehen schien, dass sie im Moment nicht sprechen, nicht über die Zukunft nachdenken und keine Entscheidung treffen wollte. Sie schloss die Augen, lauschte auf den heulenden Wind, das Donnern der Wellen und fühlte sich geborgen, als Marc seine Arme um sie schloss, ohne etwas zu fordern, sondern einfach nur da war.

Bumm-dada-Bumm. Der gleichmäßige Rhythmus der Wellen machte sie schläfrig und ließ ihre Gedanken träge werden.

Bumm-dada-Bumm. Der Rhythmus drang tiefer in sie hinein, änderte sich plötzlich und glich nun Trommeln.

Dana sah blau bemalte Männer und Frauen bei Nacht um ein Feuer tanzen, die in einer fremden Sprache sangen. Sie reckten ihre Schwerter in den Himmel, dann hielten sie sie in die Flammen. Ein Mann, in eine weißer Robe gekleidet, warf Kräuter ins Feuer, woraufhin sich Rauch ausbreitete.

»*Buaidh no bàs*!«, schrie er durchdringend, und die anderen Krieger nahmen seinen Ruf auf. »*Buaidh no bàs*!«, hallte es durch die Dunkelheit.

Dana zuckte so heftig zusammen, dass auch Marc zurücktorkelte, dann hielt er sie lachend fest. »Hey, sag mal, bist du gerade eingeschlafen?«

»Nein, bin ich nicht.« Sie schüttelte den Kopf, um die seltsamen Szenen loszuwerden.

»Du hast irgendetwas gesagt.« Marc sah sie fragend an.

»Ich weiß nicht. Weißt du zufällig, was *buith* oder so ähnlich heißt?«

»Soll das Gälisch sein?«

»Vielleicht.«

Er kratzte sich am Kopf. »*Buaidh* bedeutet so viel wie Sieg oder Eroberung.«

Dana wusste nicht, ob sie sich richtig erinnerte oder das Wort korrekt ausgesprochen hatte, aber es passte zumindest zu den fremden Kriegern, die ums Feuer getanzt waren. Langsam wurden ihr diese Visionen wirklich unheimlich, und sie hatte keine Ahnung, wie sie damit umgehen sollte.

»Marc, ich würde gerne noch einmal zum Dun Telve fahren.«

»Ich weiß nicht.« Er musterte sie unsicher. »Dieser eigenartige Kerl hat uns doch gewarnt, und ich muss gestehen, als ich dich damals morgens abgeholt habe, da habe ich mich dort alles andere als wohlgefühlt.«

Klar, dachte sie, *dir hat sich ja auch der Geist einer Kriegerin in den Weg gestellt, und du konntest sie nicht einmal sehen.*

»Komm, Dana, wir fahren zurück, und den Broch vergisst du besser ganz schnell.«

Gerade hatte sie vorgehabt, ihm von Rionach zu erzählen, da nahm er sie an der Hand und führte sie zum Auto. Auf der Rückfahrt zu ihrem Ferienhaus war sie sehr schweigsam und starrte aus dem Fenster.

»Hey, du wirst dich doch nicht über diesen Spinner ärgern, oder?«, fragte Marc, nachdem sie die Abzweigung nach Waternish erreicht hatten.

Kurz zögerte sie, dann sah sie ihn ernst an. »Ich muss noch einmal zum Dun Telve, es ist wirklich wichtig.«

»Was glaubst du denn, dort zu erfahren? Du hast sämtliche Hinweistafeln gelesen, und mehr gibt es nicht zu sehen. Wenn du unbedingt möchtest, können wir uns morgen die Bibliothek in Sleat vornehmen, obwohl ich langsam wirklich glaube, du solltest den Broch vergessen.«

»Marc, ich habe am Dun Telve einen Geist gesehen.«

»Na klar!«, lachte er, sah ganz kurz zu ihr herüber und trat dann scharf auf die Bremse, denn urplötzlich stand ein Schaf mitten auf der Fahrbahn. Die Reifen quietschten, das Schaf rettete sich ins nächste Gebüsch. »Du meinst das jetzt aber nicht ernst?« Marcs Augen wanderten über ihr Gesicht.

Dana wandte ihren Blick nicht ab, nickte nur ganz langsam.

Er legte ihr eine Hand auf die Stirn und fragte: »Hey, das sind jetzt aber nicht irgendwelche Spätfolgen von deinem Sturz, oder?«

Ungeduldig schob sie seine Hand zur Seite. »Nein.« Im ersten Augenblick war sie wütend, aber was hatte sie auch erwartet? Für ihn musste das völlig verrückt klingen. »Du hattest doch auch ein eigenartiges Gefühl«, erinnerte sie ihn. »Das war Rionach, sie … sie hat dich berührt. Sie ist eine Keltenkriegerin oder so etwas Ähnliches und hat gesagt, nur wenige Menschen können sie sehen.«

»Dana!« Marc fuhr wieder los, wobei er ihr die ganze Zeit über besorgte Blicke zuwarf.

Dana saß mit verschränkten Armen auf dem Beifahrersitz und bereute es nun, ihm von Rionach erzählt zu haben.

Als sie an Bobbys Haus angekommen waren, legte Marc ihr

eine Hand auf den Arm. »Wir machen uns noch ein paar schöne Tage hier auf der Insel, und dann nehmen wir dich und Marita mit nach Glasgow und zeigen euch die Stadt, was meinst du?«

»Ich will aber nicht nach Glasgow.« Dana stieg aus, knallte die Autotür lautstark zu und eilte zum Haus. Es war ihr durchaus bewusst, dass sie nicht hatte erwarten können, Marc würde – ohne sie für irre zu halten – mit ihr auf Geisterjagd gehen. Andererseits hatte sie vielleicht genau das insgeheim gehofft.

Um sich abzulenken, ging sie erst einmal unter die Dusche, aber ihre Gedanken wanderten ständig zu diesem seltsamen Scott und zum Dun Telve. War Scott möglicherweise in die Vergangenheit gereist? War ihm dort etwas Schlimmes widerfahren?

Sie ließ sich gegen die glatten Kacheln der Duschwand sinken und genoss das warme Wasser, das auf ihren Kopf prasselte. Möglicherweise sollte sie doch noch einmal versuchen, mit dem Mann zu sprechen. Sie drehte das Wasser aus, trocknete sich ab und schlang sich ein Handtuch um ihre nassen Haare. Auch wenn Marc vermutlich nicht allzu begeistert sein würde, wollte sie ihn bitten, sie noch einmal nach Glendale zu begleiten.

Stimmen im Wohnzimmer ließen sie allerdings innehalten. Sie blieb an der Türöffnung stehen und lauschte.

»… mir langsam wirklich Gedanken um sie«, hörte sie Marcs Stimme.

»Ach was, Dana hat öfters so seltsame Ideen«, kam Maritas unbeschwerte Antwort.

»Na hör mal, sie hat behauptet, sie hätte einen Geist gesehen. Außerdem ist sie wie besessen von diesem Turm.«

Ein leises Schnauben war Maritas einzige Reaktion, aber viel mehr verletzte es Dana, dass Marc sie vor ihren Freunden lächerlich machte.

»Vielleicht hat Dana ein ernsthaftes Problem …«

Sie hatte genug gehört, drehte sich abrupt um und rannte die Stufen hinauf in ihr Zimmer. Tränen der Wut und Enttäuschung brannten in ihren Augen. Jetzt konnte sie Marc wohl kaum fragen, ob er mit ihr ein zweites Mal zu Scott MacRae fuhr, denn offensichtlich dachte er, sie wäre nicht ganz dicht! Natürlich war das nicht völlig verwunderlich, aber sie hatte einfach etwas anderes von ihm erwartet.

»Männer!«, knurrte sie und zog sich die Decke über den Kopf.

Später vernahm sie Schritte, kurz darauf öffnete sich leise die Tür. Sie hielt absichtlich die Augen geschlossen und merkte, wie Marc ganz langsam näher kam und sich neben sie aufs Bett setzte.

»Dana«, flüsterte er, wobei er ihr über die Schulter streichelte.

Eigentlich hatte sie sich schlafend stellen wollen, aber sie zuckte unwillkürlich zurück.

»Was ist?«, fragte sie kühl.

»Wir wollen nach Portree fahren, etwas essen und vielleicht danach in einen der Pubs gehen.«

»Ich bleibe hier.«

»Warum denn?«, erkundigte er sich überrascht.

»Ich bin müde.«

»Jetzt komm schon, du kannst doch nicht ernsthaft sauer sein, nur weil ich nicht zu dem verdammten Turm will.«

»Lass mich jetzt einfach in Ruhe.« Sie schloss demonstrativ die Augen, hörte Marc noch einmal laut seufzen, dann holte er etwas aus dem Schrank und öffnete anschließend die Tür. »Wir sind noch eine Viertelstunde hier, falls du es dir anders überlegst.«

Doch Dana überlegte es sich nicht anders. Sie wartete, bis sie ihre Freunde fortfahren hörte, dann föhnte sie sich rasch die Haare, zog sich ihre Jacke an und klingelte bei Bobby.

»Hallo!«, rief er erfreut. Anscheinend war auch er gerade im Aufbruch, denn Bobby hatte sich bereits eine Jacke übergeworfen und eine Kiste mit mehreren Eierschachteln stand neben ihm.

»Ähm, Bobby, hätten Sie zufällig die Telefonnummer eines Taxiunternehmens hier auf der Insel?«

Er sah überrascht aus, nickte jedoch, kramte in der Kommode neben der Tür herum und hielt ihr eine Visitenkarte hin. »Hier,

Angus MacLeod, sag ihm, du wohnst bei mir, dann macht er dir einen guten Preis.«

Dana lächelte dankbar.

»Wo möchtest du denn hin?«

»Nach Glendale.«

»Ah, zu Scott MacRae. Hatten deine Freunde keine Lust, mitzufahren?«

»Nein.« Danas Gesicht verfinsterte sich, woraufhin Bobby ihr auf die Schulter klopfte.

»Habt euch wohl gestritten, wird schon wieder! Dein Marc ist ein anständiger Kerl, das habe ich gemerkt.«

»Er ist nicht *mein* Marc«, stellte sie richtig.

»Ach!« Bobby zuckte mit den Schultern. »Wie auch immer. Wenn du möchtest, nehme ich dich mit, ich muss ohnehin nach Colbost und nach Glendale ist es nur ein kleiner Umweg, dann sparst du dir einmal die Kosten fürs Taxi.«

»Wirklich? Das wäre sehr nett.«

»Na los, komm mit.« Er warf einen Blick in den Himmel. »Ich glaube, es wird bald wieder regnen.«

Sie setzte sich in Bobbys Lieferwagen, und der ältere Mann lenkte sie auf der Fahrt nach Glendale von ihren Zweifeln ab, ob es wirklich richtig war, noch einmal diesen Scott MacRae aufzusuchen.

Als Dana schließlich abermals vor dem verwilderten Grundstück stand, fühlte sie sich ziemlich verloren. Bobby hatte Recht behalten, denn es waren Wolken aufgezogen, welche die Umgebung dunkel wirken ließen. Der Wind trieb bereits die ersten Regentropfen heran, als sie zögernd das kaputte Tor öffnete, dann tauchte sie in die Düsternis der Bäume und Büsche ein. Ihre eigenen Schritte erschienen ihr unnatürlich laut. Ein Knacken ließ sie stocksteif stehen bleiben. Sie hielt den Atem an und befürchtete, gleich wieder diesem unheimlichen Hund gegenüberzustehen. Einzelne Nebelschwaden trieben Geistern gleich durch die Bäume und ließen Dana Schauer über den Rücken laufen.

Vermutlich war es ausgesprochen dämlich, die ganze Geschichte nicht einfach zu vergessen. Was wusste sie schon von Scott MacRae, und sonderlich freundlich war er bei ihrem ersten Besuch auch nicht gewesen.

Nichtsdestotrotz klopfte sie an die Haustür und wartete kurz. Für einen Moment glaubte sie, dass sich der Vorhang des kleinen Fensters rechts von ihr bewegt hatte, doch niemand öffnete. Langsam schlich sie um das Haus herum. In der Küche brannte Licht, also musste jemand da sein.

»Mr. MacRae!« Dana pochte ans Fenster. »Bitte machen Sie auf, ich muss dringend mit Ihnen sprechen.«

Erneut bekam sie keine Antwort.

Verdammt, der hat nur keine Lust, sich mit mir abzugeben, dachte sie wütend, *aber ich bin mir sicher, er weiß etwas.*

»Mr. MacRae, ich weiß, dass Sie hier sind.« Dana ging wieder zur Vorderseite und klopfte gegen die Scheibe des Wohnzimmers, das in tiefer Dunkelheit lag. »Sie waren am Dun Telve, und Sie haben die Kriegerin Rionach getroffen«, rief sie laut. »Verdammt noch mal, jetzt …« Sie drückte die Nase an der Scheibe platt, aber plötzlich presste sich eine Hand auf ihren Mund und erstickte jedes weitere Wort.

Kapitel 7

Faszination und Zweifel

Meint ihr, wir sollen Dana nicht doch nochmal anrufen?« Unsicher spielte Marc mit seinem Handy herum. Schon seit einiger Zeit saßen sie in einem gemütlichen Fischrestaurant am Hafen, aber das Essen hatte er nicht so richtig genießen können.

»Vermutlich ist sie eingeschnappt, weil du sie nicht zu diesem komischen Turm fahren wolltest.« Marita saß halb auf Alecs Schoß, und die beiden küssten sich schon wieder leidenschaftlich.

Langsam fiel Marc die ewige Turtelei der beiden auf die Nerven. Natürlich gönnte er seinem Freund die neue Liebe, aber dass die beiden ihre Finger überhaupt nicht mehr voneinander lassen konnten, fand er nun doch ein wenig übertrieben.

»Denkst du, sie würde sich melden, wenn sie's sich anders überlegt hätte?« Ungeduldig klopfte Marc auf den Tisch, und endlich wandte sich Marita ihm zu.

»Nein, vermutlich nicht, sie hat ihren Stolz.«

»Okay, dann rufe ich an.« Er erhob sich ruckartig und trat vor die Tür, wo ein leichter Regen über dem Meer niederging.

Ihr Gesprächspartner ist vorübergehend nicht erreichbar, bitte versuchen Sie es später.

»Mist!« Marc überlegte, ob Dana ihr Handy ausgeschaltet hatte oder ob es mal wieder keinen Empfang gab, was in Bobbys Haus häufiger vorkam. Er hatte wirklich das Gefühl, ihr in den letzten Tagen nähergekommen zu sein, aber musste er ihr deshalb gleich diese verrückte Geschichte mit dem Geist abkaufen? Langsam schritt Marc am Pier entlang und versuchte es noch zweimal, bevor er aufgab und mit finsterer Miene an den Tisch zurückkehrte.

Marita stieß ihn in die Seite. »Weißt du, ich glaube, sie will sich nur interessant machen, und auch wenn sie sich noch ziert, will sie garantiert was von dir.«

Marc war sich da nicht sicher. »Wie lange war sie denn mit ihrem Exfreund zusammen?«, erkundigte er sich.

»Keine Ahnung, vielleicht drei Jahre oder so. Angeblich war er ja ihre große Liebe, aber ich finde, sie haben überhaupt nicht zusammengepasst. Dana sieht immer alles viel zu ernst.«

»Und ich passe wohl deiner Ansicht nach zu ihr?«

»Kann schon sein, ihr könntet es zumindest ausprobieren.«

»Okay, ich fahre zurück und hole sie ab.«

»Du willst jetzt eine Dreiviertelstunde durch die Highlands fahren, nur um dir eine Abfuhr zu holen? Das würde ich nicht machen. Lass sie schmoren, bis morgen hat sie sich eingekriegt und dann könnt ihr Versöhnung feiern.« Sie zwinkerte ihm zu. »Drei Tage und Nächte haben wir die Wohnung ja noch.«

Ein Stück weit gab Marc Marita Recht, und er wollte sich auch nicht zum Narren machen. Trotzdem hatte er ein eigenartiges Gefühl, und den ganzen Abend über wanderten seine Gedanken ungewollt zu Dana.

Ein eisiger Schrecken fuhr durch Danas Glieder, und zuerst war sie wie gelähmt, aber dann trat sie um sich, um sich aus dem Griff des Mannes zu befreien.

Plötzlich wurde sie hart herumgeschleudert.

»Ich tu dir nichts, nur hör endlich auf, hier so herumzuschreien.« Scott MacRae runzelte zornig die Stirn.

Dana wich zur Wand zurück und rieb sich ihre Handgelenke, denn er hatte ordentlich zugepackt.

»Warum haben Sie denn nicht aufgemacht?«

»Ich bin dir zwar keine Rechenschaft schuldig, aber ich war Torf holen.« Er deutete auf einen grauen Sack, und seine schmutzigen Hände kündeten davon, dass er die Wahrheit sprach.

»Ich habe aber etwas in Ihrem Haus gesehen.«

Der Mann erstarrte, fasste Dana an den Schultern und schob sie energisch in Richtung der Straße zurück.

»Du gehst jetzt.«

»Na hören Sie mal, so können Sie doch nicht mit mir …«

Der Mann packte sie erneut am Handgelenk, und als er sich mit wütend funkelnden Augen zu ihr hinabbeugte, wurde ihr wirklich angst und bange.

»Du wirst auf der Stelle verschwinden und nie wieder herkommen!«

Wenngleich ihr Mund knochentrocken war, wollte sie jetzt nicht aufgeben, und als Scott MacRae sie mit sich schleifte, wagte sie noch einmal einen Vorstoß. »Sie waren am Dun Telve, und Sie sind Rionach begegnet, geben Sie es zu!«

»Ich weiß nicht, wovon du sprichst«, knurrte er.

»Mr. MacRae, sind Sie in die Vergangenheit gereist?«, beharrte sie.

Er warf einen nervösen Blick über die Schulter. »Nein, das bin ich nicht, und niemand sollte es tun. Was auch immer du glaubst, gesehen zu haben, vergiss es auf der Stelle. Fahr nach Hause und sprich niemals wieder darüber.«

Sie konnte sich keinen Reim auf Mr. MacRaes eigenartiges Verhalten machen. »Aber Sie wissen etwas! Was hat Rionach Ihnen gesagt?«

Scott MacRae öffnete das Tor, hielt Danas Handgelenk jedoch umklammert und schob sie dann hinaus. Er nahm ihr Gesicht in seine großen, nach Torf riechenden Hände, und ihre Augen weiteten sich, als er eindringlich auf sie einredete. »Es gibt Mächte, mit denen sollte man sich nicht einlassen.« Jetzt klang seine Stimme beinahe besorgt und sanft. »Genieß deinen Urlaub, mach ein paar schöne Fotos und verbanne alles andere aus deinem Gedächtnis. Und komm nicht wieder her, Dana!«

Unfähig etwas zu sagen, starrte sie den Mann an. »Was meinen Sie … Ich verstehe nicht …«

»Das musst du auch nicht. Und jetzt sieh zu, dass du keinen weiteren Gedanken mehr an den Broch verschwendest, sonst bringst du dich und auch deine Freunde nur in Schwierigkeiten.«

»Aber ich …«

»Wo ist dein Auto?« Scott MacRae sah sich suchend um.

»Ich muss mir ein Taxi rufen.«

Er nickte grimmig, dann deutete er den Feldweg hinab. »Lauf dreihundert Yards bis zur Straße, dort unten hast du Empfang.«

Zögernd stand Dana im Nieselregen, ihre Gedanken fuhren Karussell, aber sie glaubte nicht, noch etwas aus dem Mann herauszubekommen, und ging daher langsam zur Straße hinunter. Als sie über die Schulter blickte, sah sie, wie seine Augen ihr folgten. Tatsächlich zeigte ihr Handy an der nächsten Biegung drei Balken an. Sie wählte die Nummer, die sie von Bobby bekommen hatte, und nach mehrmaligem Klingeln hob jemand ab.

»Ich brauche ein Taxi nach Glendale, ich komme zur Hauptstraße hinunter.«

Scott MacRae vergewisserte sich, dass das Mädchen auch wirklich verschwunden war, dann ging er langsam zurück. Er überlegte, ob er sich richtig verhalten hatte, aber vermutlich hätte jedes weitere Wort die junge Frau nur noch neugieriger gemacht. Sie war eine Touristin, würde vermutlich in spätestens einer Woche abreisen und dann hoffentlich den Turm und alles andere vergessen. Scott fuhr sich über sein bärtiges Gesicht. Lange hatte er hier völlig unbehelligt und in Frieden gelebt, doch offenbar war diese Zeit der Ruhe nun vorbei.

Ich habe etwas in Ihrem Haus gesehen. Obwohl Scott vermutete, dass es nur Teàrlach war, der sich heimlich hineingemogelt und es sich unerlaubterweise auf dem Sofa bequem gemacht hatte, nahm er vorsichtshalber einen Scheit in die Hand, schlich durch die Hintertür seines kleinen Cottages und öffnete vorsichtig die Wohnzimmertür. Was er dort sah, reizte ihn einen Moment lang zum Lachen, aber dann wurde er sich des Ernstes der Lage bewusst.

»Rupert«, sagte er nur, ließ seine drohend erhobene Hand sinken und nickte dem schwarz gekleideten, hageren Mann zu, der stocksteif an der Wand stand. Vor ihm saß Teàrlach, die Lefzen bedrohlich hochgezogen, und ließ ihn nicht aus den Augen.

»Scott, ruf dieses Untier zurück«, keuchte Rupert. Sein ohnehin blasses Gesicht hatte jegliche Farbe verloren.

»Was willst du?«, fragte Scott, wobei er sich bemühte, seiner Stimme einen gelassenen Tonfall zu verleihen.

»Ruf dieses Vieh zurück!«

»Teàrlach tut dir nichts, solange ich es ihm nicht befehle, also sprich.«

Schritt für Schritt bewegte sich Rupert an der Wand entlang, dann ließ er sich mit einem Seufzen in den Sessel fallen.

»Ich wollte mich erkundigen, wie es dir geht.«

»Red keinen Mist und komm zur Sache«, fuhr Scott ihn an.

Ein verschlagener Ausdruck zeigte sich auf Ruperts Gesicht. »Ich habe einige Zeit gebraucht, bis ich herausgefunden hatte, wo du jetzt wohnst, und eigentlich wollte ich in der Tat nur sehen, was du heute so treibst, aber dann habe ich eine höchst interessante Entdeckung gemacht.« Seine Augen wanderten zum Fenster.

»Was?«, brummte Scott.

»Die junge Frau. Wer ist sie, und was wollte sie von dir?«

»Eine Touristin.«

»Verkauf mich nicht für dumm, Scott.« Ruperts Stimme hatte einen scharfen Tonfall angenommen. »Sie hat vom Dun Telve gesprochen. Ich konnte nicht alles verstehen, weil dieses Mistvieh so laut geknurrt hat.« Er bedachte Teàrlach mit einem bösen Blick. »Aber Dun Telve konnte ich genau hören!«

Einen Moment lang musterte Scott sein Gegenüber stumm, dann begann er, mit ruhiger Stimme zu sprechen. »Sie ist eine von diesen übereifrigen Studentinnen, die meinen, unbedingt etwas Sensationelles aus dem Urlaub mitbringen zu müssen. Sie war heute Früh schon hier, aber ich habe sie weggeschickt.«

»Dass sie hier war, weiß ich«, zischte Rupert. »Aber weshalb kam sie zurück?«

Also hatte ihn sein Gefühl, beobachtet zu werden, doch nicht getrogen, und auch Teàrlach war in letzter Zeit sehr unruhig gewesen.

»Sie hat einen Auszug aus meinen Forschungen gelesen.« Er nahm eines der vergilbten Schriftstücke in die Hand. »Weiß der Teufel, wo sie es herhat, aber ein kleiner Abschnitt ist den Glenelg Brochs gewidmet.« Mit einer beiläufigen Bewegung warf Scott Rupert das Schriftstück hin, das dieser sofort geschickt auffing und darin zu blättern begann. »Ich glaube, sie hatte es sich in den Kopf gesetzt, eine Arbeit über die Erbauung der Brochs zu schreiben. Ich habe sie abgewimmelt.«

Angestrengt blätterte Rupert in den Unterlagen, fand offenbar die kurze Abhandlung über die Glenelg Brochs und sah dann auf. Noch immer stand Misstrauen in seinen Augen. »Wie heißt sie, und wo kommt sie her?«

»Was weiß ich«, erwiderte Scott abweisend. »Ich glaube, sie ist Österreicherin, Diana hieß sie, und wollte, soweit ich das mitbekommen habe, morgen wieder abreisen.«

»Hm. Hat sie eine Adresse hinterlassen?«

»Verdammt, ich wollte sie so schnell wie möglich wieder loswerden.« Alarmiert von der harschen Stimme seines Herrn, knurrte Teàrlach erneut. »Ich bin aus der Sache raus und habe kein Interesse an neugierigen Touristen.«

»Hat sie die Gabe?« Hart und fordernd kamen die Worte aus Ruperts Mund.

»Nein, hat sie nicht.« Müde setzte sich Scott auf die Lehne seines Sofas. »Niemand hat sie, und das ist auch besser so.«

»Das ist deine Ansicht.« Ein irrer Glanz war in Ruperts Augen getreten. »Was ist mit der Frau von damals, hast du …«

»Wie oft soll ich dir noch sagen, dass ich sie aus den Augen verloren habe?«, fuhr Scott ihn an. »Und ich will mit diesem ganzen Irrsinn nichts mehr zu tun haben. Verschwinde jetzt und lass mich in Frieden.« Gereizt rieb sich Scott die Schläfen, beobachtete aus dem Augenwinkel, wie Rupert sich erhob und langsam in Richtung Tür zurückwich.

»Ich werde dich im Auge behalten, Scott.«

»Das habe ich befürchtet.«

Verwirrt stand Dana auf der Straße vor dem kleinen Supermarkt von Glendale, der inzwischen schon geschlossen hatte. Der leichte Regen tröpfelte stetig auf ihre Regenjacke, und sie war unschlüssig, was sie von dem Besuch bei Scott MacRae halten sollte. Er verbarg etwas, soviel war sicher, und sie hätte zu gerne gewusst, was das war. Andererseits hatte er ihr eindringlich zu verstehen gegeben, dass er nichts enthüllen würde, und seine Warnung hatte auch sehr ernst geklungen. Sie ging ein paar Schritte auf und ab und hielt sehnsüchtig Ausschau nach dem Taxi.

Ob ich doch noch einmal zu diesem Scott gehe?, dachte sie, schüttelte dann aber den Kopf. Er war ein erwachsener, kräftiger Mann und würde sich bestimmt nicht von ihr zu irgendetwas überreden lassen. Aber sie war sich ganz sicher, dass auch er Rionach gesehen hatte, und das machte ihn zu einer wichtigen Informationsquelle.

Vielleicht sollte ich Marc ein zweites Mal bitten, mit mir herzukommen?, überlegte sie, und eigentlich hätte sie ihn jetzt gerne angerufen, denn das Taxi ließ auf sich warten, und ihre Hose war inzwischen ganz durchnässt.

Sie kramte in ihrer Jackentasche, förderte das Handy zu Tage und starrte es an, bevor sie es wieder zurücksteckte. »Nein – du wolltest mir nicht helfen, und jetzt habe ich auch meinen Stolz.«

Die Scheinwerfer eines Autos ließen Hoffnung in ihr aufkeimen, aber die blaue Limousine fuhr vorbei, ohne anzuhalten. Immer wieder wanderten ihre Gedanken zu Scott MacRae. Was hatte er damit gemeint: Man soll sich mit gewissen Mächten nicht anlegen? Rionach hätte sie vermutlich leicht umbringen können, wäre das ihre Absicht gewesen. Andererseits war Dana sozusagen durch sie hindurchgegangen, und offenbar konnte der Geist dies nicht verhindern oder wollte es gar nicht. Die Kriegerin hatte ja beabsichtigt, sie in die Vergangenheit zu schicken. War so etwas tatsächlich möglich? Vielleicht hatte Scott von den Gefahren gesprochen, die in der alten Zeit lauerten, und die waren vermutlich wirklich nicht zu unterschätzen.

Ein lautes Hupen riss Dana aus ihren Grübeleien.

»Haben Sie ein Taxi bestellt?«, rief ein Mann aus dem geöffneten Fenster heraus.

»Ja.« Dana beeilte sich, einzusteigen, nannte die Adresse von Bobbys Haus und überlegte während der ganzen Fahrt, was sie jetzt tun sollte. Alles war dunkel, als sie nach Hause kam, und obwohl sie selbst daran schuld war, ärgerte es sie ein wenig, dass ihre Freunde noch nicht zurück waren.

Sie setzte sich vor den Fernseher, ohne etwas von dem Unterhaltungsprogramm mitzubekommen, denn beständig kreisten ihre Gedanken um den Broch. Kurz nach halb neun klingelte ihr Handy, und zunächst befürchtete sie, es könnte wieder Jens sein, aber als sie die ruhige, dunkle Stimme ihres Vaters vernahm, lächelte sie erleichtert.

»Ich dachte, ich frage mal, wie es dir geht und ob dich nicht schon das Monster von Loch Ness gefressen hat.«

»Hi, entschuldige, aber hier hat man nicht überall Empfang.«

»Wie gefällt es euch denn?«

»Wirklich sehr gut, wir sind gerade auf der Isle of Skye.«

»Und, hast du schon einen netten, gut aussehenden MacSonstwas kennen gelernt?«, scherzte ihr Vater.

Dana verdrehte die Augen. »Ich bin nicht hier, um irgendwelche Typen aufzureißen, aber Marita hat eine Eroberung gemacht.«

»Marita würde vermutlich auch in einem Kloster eine Eroberung machen!«

Dana wusste, dass er Marita nicht sonderlich mochte und sie für oberflächlich hielt, was zumindest in Bezug auf Männer nicht ganz aus der Luft gegriffen war. »Ich gönne es ihr, und sonst ist alles in Ordnung«, lenkte sie vom Thema ab. »Das Wetter ist gar nicht so schlecht, wie alle immer behaupten, und die Landschaft ist wirklich toll. Es ist ein Land voller Geschichte.« *Womit wir wieder bei dem verdammten Broch wären,* fügte sie in Gedanken hinzu.

»Ja, Schottland hat eine bewegte Vergangenheit …« Und schon war Bernhard Ludwig in seinem Element. Er war Geschichtslehrer mit Leib und Seele und befragte Dana nun eingehend zu den Schlachtfeldern und Schlössern, die sie und Marita besichtigt hatten.

Am Ende war über eine Stunde verstrichen, und obwohl sich Dana wirklich gerne mit ihrem Vater unterhielt, beendete sie das Gespräch. »Du, Papa, auf meiner Karte ist nicht mehr so viel drauf.«

»Entschuldige bitte«, erklang seine lachende Stimme vom anderen Ende der Leitung. »Ich wünsche dir noch einen schönen Abend und soll dich von Mama und Laura grüßen.«

»Danke, lieben Gruß zurück.« Dana legte auf und dachte schmunzelnd an ihre drei Jahre jüngere Schwester, die gerade von einem Auslandssemester in Sevilla zurückgekommen war und sich nun vermutlich den ganzen Abend Geschichten von schottischen Königen anhören musste. Im Gegensatz zu Dana interessierte sich Laura für so etwas nicht. Ganz sicher hätte Laura sich keine Gedanken über einen Geist in einem uralten Broch gemacht. Sie hätte alles als wissenschaftlich unmöglich oder Halluzination in Folge von Schlafmangel erklärt. Aber Dana ging Rionach nicht aus dem Kopf. War das vielleicht eine einmalige Gelegenheit, wirklich zu erleben, wie Menschen in früheren

Zeiten gelebt hatten? Die Erfahrung, in eine zweitausend Jahre zurückliegende Epoche zurückzureisen, war etwas, das ihr auch ihr Studium nicht würde ermöglichen können. Dana nahm das Kissen vom Sofa, drückte es gegen ihre Brust und legte ihren Kopf darauf. Es war verrückt, vollkommen verrückt, aber musste sie es nicht versuchen? Wenn sie jetzt abfuhr, würde sie sich ihr Leben lang fragen, was ihr entgangen war.

»Okay«, seufzte sie laut, sprang auf und eilte die Treppe hinauf. *Ich fahre zum Broch. Wenn Rionach nicht mehr erscheint, hake ich das alles ab, und falls sie immer noch dort ist … nun gut, dann werde ich sehen.*

Hektisch stopfte sie ihre Sachen in den Rucksack. Sie zögerte, das Zelt mitzunehmen, packte es dennoch ein, denn Marita würde alleine ohnehin nicht zelten. Sie kritzelte eine Nachricht auf einen Zettel und rannte aus dem Haus.

Draußen war es inzwischen stockdunkel, aber der Regen hatte aufgehört, der Himmel war sternenklar. Dana blieb einen Moment lang stehen, um die Stille zu genießen. Vermutlich war es idiotisch, jetzt mitten in der Nacht aufzubrechen, aber gleichzeitig wusste sie, dass ihr später tausend Gründe einfallen würden, um die ganze Aktion abzublasen. Also schritt sie energisch aus und hoffte, nicht zufällig auf Marita und die anderen zu treffen, denn die würden sie für übergeschnappt halten. Sie beschleunigte ihre Schritte, um ihre eigenen Zweifel zu zerstreuen, und schob den Gedanken, wo sie heute Nacht schlafen würde, weit von sich. Notfalls konnte sie ihr Zelt irgendwo auf einer Wiese am Straßenrand aufbauen, aber sie wollte so weit wie möglich kommen. Etwas unheimlich fand sie es schon, in dieser Dunkelheit völlig allein über die verlassenen Straßen zu wandern, doch sie hatte einen Entschluss gefasst, und von dem wollte sie sich nicht abbringen lassen.

Nach knapp einer Stunde hatte sie das Örtchen Lusta hinter sich gelassen, und sie schätzte, eine weitere halbe bis Dreiviertelstunde bis zur Hauptstraße zu benötigen. Das Licht von

Scheinwerfern kündigte ein Auto hinter ihr an. Dana wich auf den Grasstreifen aus, aber nach ein paar Metern stoppte der rote Kleinwagen. Ein wuscheliger Haarschopf, der bei genauerem Hinsehen zu einer Frau um die fünfzig gehörte, lehnte sich aus dem Fenster. »Hattest du eine Panne?«

»Nein, ich bin nur auf dem Weg in Richtung Glenelg.«

»Was? Um diese Zeit?« Die Frau schüttelte missbilligend den Kopf. »Bei uns passiert zwar so gut wie nie etwas, aber trotzdem ist es nicht richtig, ein junges Mädchen mitten in der Nacht alleine durch die Gegend laufen zu lassen. Steig ein, ich nehme dich bis Broadford mit.«

Zunächst zögerte Dana, war jedoch gleichzeitig froh. Die Frau machte einen netten Eindruck, und auch wenn sie um diese Uhrzeit zu keinem Mann ins Auto gestiegen wäre, beschlich sie jetzt keineswegs ein schlechtes Gefühl.

»Ich bin Mary.«

»Dana.«

Die beiden nickten sich zu, dann brauste Mary los.

Dana wunderte sich über ihren rasanten Fahrstil.

»Sorry, ich habe es eilig, meine Tochter bekommt nämlich ihr Baby«, erklärte Mary entschuldigend.

»Oh, na dann.« Dana lächelte ihr zu, und Mary erzählte während der Fahrt von ihrer Tochter, die mit ihrer Familie im Süden der Insel wohnte, und dass sie nun schon das zweite Mal Großmutter wurde. Dana war froh, von der freundlichen Frau abgelenkt zu werden, und so ließ sie sich von Marys Vorfreude auf einen weiteren kleinen Enkel anstecken. Nach knapp eineinhalb Stunden erreichten sie das Krankenhaus von Broadford.

»Vielen Dank, dass Sie mich mitgenommen haben.« Dana wuchtete ihren schweren Rucksack aus dem Auto.

Mary lächelte ihr noch einmal zu, und obwohl sie schon aufgeregt zum Eingang eilte, drehte sie sich noch einmal um.

»Was hast du denn jetzt vor?«

Unschlüssig zuckte Dana mit den Schultern. »Ich denke, ich

laufe noch ein paar Meilen und schlage dann irgendwo mein Zelt auf.

»Nein, das geht nicht!« Resolut stapfte Mary zu ihr zurück. »Komm mit ins Krankenhaus. Falls die Ärzte sagen, die Geburt dauert noch etwas, dann fahre ich dich nach Kyleakin. Dort gibt es eine Jugendherberge, und soweit ich weiß, ist die Tür immer offen, dann kannst du da übernachten.«

»Nein, das muss nicht …«, wehrte Dana ab, aber Mary fasste sie entschlossen am Arm.

»Wärst du meine Tochter, würde ich auch nicht wollen, dass du in der Dunkelheit herumläufst. Also, komm mit. Dann sehen wir weiter.«

Widerstrebend folgte Dana ihrer neuen Bekanntschaft in das niedrige Gebäude. Mary steuerte zielstrebig auf eine Krankenschwester zu, die kurz mit ihr sprach, woraufhin Mary enttäuscht seufzte.

»Es dauert wohl noch eine Weile. Komm, Dana, wir setzen uns ins Wartezimmer. Catrionas Mann ist bei ihr, da will ich nicht stören.« Sie hielt auf einen Kaffeeautomaten zu. »So, ich spendiere uns jetzt erst mal einen Kaffee.«

»Aber ich möchte Ihnen keine Umstände …«

»Ach was! Machst du nicht«, wischte Mary Danas Bedenken mit einer forschen Handbewegung zur Seite und reichte ihr einen dampfenden Becher. Sie waren die Einzigen in dem Aufenthaltsraum, und unterhielten sie sich über Danas bisherige Reise. Irgendwann, weit nach Mitternacht, wurde Dana schläfrig und merkte, dass sie sich kaum noch auf das Gespräch konzentrieren konnte.

»Ich frage noch einmal nach, ob es Neuigkeiten gibt.« Mary drückte ihre Schulter und sah sie eindringlich an. »Nicht weglaufen!«

»Nein«, versicherte Dana, lehnte ihren Kopf gegen die Wand und döste vor sich hin.

Als eine Hand sie vorsichtig an der Schulter rüttelte, fuhr sie erschrocken hoch und blickte verdutzt auf die Stühle, auf die sie sich wohl unbewusst gelegt hatte.

»Ich habe mit einer Bekannten gesprochen, sie ist Krankenschwester und ihre Schicht endet morgen Früh um sieben Uhr. Du kannst so lange hierbleiben, dann nimmt sie dich bis Glenshiel mit, sie wohnt nämlich in der Nähe.«

»Oh, das ist nett«, murmelte Dana verschlafen, denn im Moment verspürte sie wirklich keine Lust, durch die Dunkelheit zu laufen. »Ist Ihr Enkel schon da?«, erkundigte sie sich noch, aber sie bekam die Antwort nur mit halbem Ohr mit, denn kurz darauf war sie erneut eingeschlafen.

Leises Geschirrgeklapper und gedämpfte Stimmen weckten Dana. Sie glaubte, einen Traum gehabt zu haben, wusste jedoch nicht mehr, wovon er gehandelt hatte. Sie war ganz allein in dem Wartezimmer, streckte ihre verspannten Glieder und stand unschlüssig auf. Dunkel konnte sie sich daran erinnern, dass Mary ihr von einer Krankenschwester erzählt hatte, die sie mitnehmen wollte. Ein Blick auf die Uhr sagte ihr, dass es erst kurz nach sechs war. Nachdem Dana nichts Besseres einfiel, ging sie hinaus in den Flur, wo sie die Nase rümpfte. Wie in allen Krankenhäusern roch es nach abgestandener Luft und Desinfektionsmitteln, eine Mischung, die sie noch nie gemocht hatte. Eine junge Krankenschwester nickte ihr freundlich zu, daher fasste sie den Entschluss, sich nach Mary zu erkundigen.

»Entschuldigung, wissen Sie, wo Mary …« Dana rieb sich die Stirn, denn plötzlich fiel ihr ein, dass sie nicht einmal den Nachnamen ihrer nächtlichen Begleitung kannte. Aber die junge Frau, ihrem Namensschild nach zu urteilen hieß sie Fiona, lächelte nur.

»Mary MacDonnell, ihre Tochter hat vor drei Stunden ein gesundes Mädchen zur Welt gebracht. Zimmer zwölf, den Gang hinunter.«

Dana freute sich sehr, zögerte jedoch, zu einer ihr völlig fremden Frau ins Zimmer zu gehen, denn vermutlich war die junge

Mutter erschöpft. Daher wartete sie vor dem Raum und lehnte sich gegen die Wand.

Eine knappe Viertelstunde später öffnete sich die Tür, und Mary trat heraus. Ihr rundliches Gesicht überzog ein freudiges Lächeln, ihre Wangen waren gerötet. »Oh, du bist ja wach. Darf ich dir meine Enkelin zeigen?«

»Nein, sie schläft doch sicher.«

»Ach was.« Schon wurde Dana mit in das Zimmer gezogen, wo noch zwei weitere junge Mütter lagen. Auch Marys Tochter schlief tief und fest, aber in dem Bettchen neben ihr öffnete ein winziges, noch etwas verschrumpelt aussehendes Baby zögernd die Augen.

»Leslie Dana Wilson«, stellte Mary voller Stolz vor.

»Dana?«

»Ja.« Mary zwinkerte ihr zu. »Du warst mir sympathisch, und dein Name gefällt mir, da habe ich vorgeschlagen, die Kleine nach dir zu benennen, und Catriona und John waren gleich einverstanden, denn sie hatten sich schon lange über den zweiten Vornamen gestritten.«

»Ach wirklich?« Dana wusste gar nicht, was sie sagen sollte. Sie blickte auf das winzige Geschöpf hinab und fragte sich unwillkürlich, was die Kleine später einmal erwarten mochte. »Dann wünsche ich meiner Namensvetterin viel Glück«, freute sie sich.

»Wenn du mir deine Adresse gibst, schicke ich dir bei Gelegenheit ein paar Fotos«, schlug Mary vor.

Nur zu gern holte Dana ihr Notizbuch hervor, kritzelte ihre Adresse in Deutschland sowie ihre E-Mail darauf und wunderte sich erneut, wie nett und spontan die Menschen hier waren.

»So, und jetzt bringe ich dich zu Fiona, die dich mitnehmen wird. Sie hat bald Feierabend.«

»Fiona – ich glaube, ich habe sie vorhin gesehen!«

»Anfang zwanzig, blond, zierlich?«

Dana nickte bestätigend.

»Gut, dann kennst du sie ja schon.« Mit einem weiteren Blick auf ihre Enkelin ging Mary hinaus, begleitete Dana zum Schwesternzimmer und unterhielt sich kurz mit Fiona.

»Du kannst um kurz nach sieben am Eingang auf mich warten«, schlug Fiona vor. »Ich muss nur noch meine letzte Runde machen, bevor ich fertig bin.«

Dana und Mary tranken noch einen Kaffee im Wartezimmer, und dann war es auch schon sieben.

»Gut, Dana, dann wünsche ich dir noch einen schönen Urlaub.« Mary sah sie eindringlich an. »Und bitte, lass das mit dem Trampen, besonders mitten in der Nacht. Hast du dich vielleicht mit deinem Freund gestritten?«

»Na ja, so ähnlich«, gab Dana zögernd zu. »Normalerweise bin ich nachts auch nicht unterwegs.«

»Dann bin ich ja beruhigt.« Mary zwinkerte ihr zu. »Ich melde mich.«

Lächelnd sah Dana Mary hinterher und wartete am Eingang, bis Fiona, sichtlich müde, mit einer Tasche in der Hand zu ihr trat.

»Also, nichts wie nach Hause.« Sie quetschten sich in Fionas uralten, winzigen Fiat, dann fuhren sie über die menschenleeren Straßen nach Süden. »Entschuldige, wenn ich nicht sehr gesprächig bin«, gähnte Fiona, »aber das war meine fünfte Nachtschicht diese Woche.«

»Kein Problem.« Dana machte es nichts aus, sich nicht zu unterhalten. Sie sah hinaus in den langsam heller werdenden Himmel und staunte, als sie über die große Brücke fuhren, die Skye mit dem Festland verband. Groß und mächtig spannte sich das imposante Bauwerk über die Meerenge, und die Berge der Applecross-Halbinsel schlummerten noch in einem sanften Morgenrot.

»Wo soll ich dich denn rauslassen?«, erkundigte sich Fiona kurz vor Glenshiel.

»An der Tankstelle.« Sie wusste, dass es dort Brötchen gab, und sie wollte sich erst einmal stärken, bevor sie zum Dun Telve wanderte.

Bald stand sie auf der Straße, winkte Fiona noch einmal zu und machte sich nach einem schnellen Frühstück und einem netten Plausch mit dem Tankstellenbesitzer auf den Weg.

Festen Schrittes wanderte Dana die schmale Straße entlang, erklomm den Pass Mam Rattagan und bewunderte das menschenleere, von erblühendem Heidekraut überzogene Land. In dem Örtchen Glenelg legte sie eine kurze Pause ein und gönnte sich ein Sandwich und eine Tasse Tee. Aber mit jeder Meile, die sie sich dem Dun Telve näherte, wuchsen Danas Zweifel. Worauf ließ sie sich da ein? Würde Rionach überhaupt noch einmal erscheinen?

Das Wetter war heute angenehm warm mit einer leichten Brise, die die lästigen Midges vertrieb und Danas Gesicht angenehm kühlte. Das Wandern mit dem schweren Rucksack und dem Zelt war anstrengend, und daher war sie letztendlich froh, als endlich die grauen Steine des Brochs zwischen den Bäumen sichtbar wurden. Trotzdem zögerte sie, als sie das Gelände betrat. Immer wieder warf sie nervöse Blicke über die Schulter, zuckte bei jedem Geräusch zusammen und stieß einen erschrockenen Schrei aus, als auf der Treppe plötzlich ein weißhaariger Mann stand.

»Keine Sorge, ich bin kein Gespenst«, scherzte der Mann, ein Engländer, wie seine Aussprache verriet.

»Sehr witzig«, murmelte Dana auf Deutsch, wobei sie gereizt die Stirn runzelte. Sie nickte dem Engländer kurz zu, legte ihr Gepäck im Innenraum des Brochs ab und schritt dann langsam um den Turm herum. Außer dem Mann befand sich noch eine Frau, sie mochte in seinem Alter sein, auf dem Gelände, ansonsten war alles ruhig. Die Vögel zwitscherten in den Bäumen, aus der Ferne erklang das Blöken von Schafen, und ein paar Insekten tanzten über dem alten Gemäuer.

»Rionach«, rief Dana irgendwann leise. Angespannt lauschte sie auf eine Antwort, und als ein Windhauch ihre Haare auffliegen ließ, drehte sie sich abrupt um – doch die Keltenkriegerin war es nicht. Sie setzte sich auf die Mauerreste und wartete ab. Das englische Ehepaar besah sich mit aufreizender Langsamkeit die Informationstafeln, und Dana ließ sich entnervt zurücksinken. Möglicherweise wartete die Kriegerin, bis die beiden weg waren, denn beim ersten Mal hatte sie sich auch nicht gezeigt, als Marc, Marita und Alec dabei gewesen waren.

Sie schloss die Augen, ließ sich die warme Sonne ins Gesicht scheinen und hoffte, bald allein hier im Turm zu sein.

Als etwas ihre Nase kitzelte, setzte sie sich abrupt auf. »Rionach?«

Die ältere Engländerin sah sie überrascht an. »Suchst du deinen Hund?«

»Hund?« Fragend hob Dana die Augenbrauen.

»Riunak – ein hübscher Name übrigens.«

»Ähm, nein ich habe keinen Hund«, wehrte Dana ab. »Ich … habe nur geträumt.«

»Ach so.« Die Frau nickte ihr freundlich zu. »Ich wünsche dir noch einen schönen Tag.«

»Danke, das wünsche ich Ihnen ebenfalls.« Sie beobachtete, wie die beiden langsam durch die alte Türöffnung gingen und in Richtung Straße schlenderten. Als sie sich erleichtert umdrehte, blieb ihr der Mund offen stehen. Vor ihr baute sich Rionach auf – blau bemalt und in voller Kriegsmontur. »Ich wusste, dass du zurückkehrst!«

Vor lauter Frust hatte sich Marc gestern Abend im Pub, den sie noch aufgesucht hatten, ein paar Bier zu viel gegönnt. Alec hatte sich bereiterklärt, zurückzufahren, und es war schon deutlich nach zwei gewesen, bis er endlich ins Bett gewankt war. Als er jetzt einen verschlafenen Blick auf die Uhr warf, war es schon kurz nach elf.

Egal, wir haben ja Ferien, dachte er sich und schwang die Beine aus dem Bett. Angesichts seines dröhnenden Schädels bereute er das Saufgelage sofort. Finn, der Fischer, den er kennen gelernt hatte, hatte sich als ausgesprochen trinkfest herausgestellt, und sie waren sich darin einig gewesen, dass man es Frauen einfach nicht recht machen konnte. Ein Blick auf Danas Bett ließ ihn vermuten, dass sie schon aufgestanden war. Er stolperte ins Bad und fühlte sich nach einer ausgiebigen Dusche zumindest wieder halbwegs wie ein Mensch. Im Wohnzimmer und in der Küche war niemand – offenbar lagen Alec und Marita noch im Bett, und er nahm an, dass Dana einen Spaziergang machte. Also kochte er Kaffee und deckte den Frühstückstisch, wenngleich er keinen großen Appetit verspürte, aber vielleicht würde sich Dana darüber freuen, wenn sie zurückkam.

Das Wetter war wunderbar, doch Marc konnte sich nicht aufraffen, hinauszugehen. Zudem wusste er nicht, welche Richtung Dana eingeschlagen hatte, daher setzte er sich vor den Fernseher und wartete. Er musste wohl eingeschlafen sein, denn die Mittagszeit war schon beinahe vorbei, als auch Marita und Alec endlich auftauchten.

»Na, was macht der Kopf?«, erkundigte sich sein Freund grinsend.

»Geht so«, grummelte Marc.

Marita ließ sich am Frühstückstisch nieder, griff nach einer Scheibe Toast und fragte: »Ist Dana gar nicht hier?«

»Nein.« Leise stöhnend richtete sich Marc auf. »Ich denke, sie ist rausgegangen, ihre Wanderschuhe standen nicht vor der Tür.«

»Ach so.« Unbekümmert ließ sich Marita das Frühstück schmecken, aber als anschließend Dana nach wie vor nicht aufgetaucht war, holte sie ihr Handy hervor und wählte deren Nummer. »Keine Verbindung.«

Jetzt wurde Marc nervös, und eine böse Vorahnung beschlich ihn. »Ich gehe mal kurz hoch.« Er stürmte die Treppen hinauf, öffnete den Schrank und fluchte dann laut. Danas Sachen waren fort, und jetzt bemerkte er auch den Brief, der auf ihrem Bett lag.

Ich muss etwas erledigen, seid nicht sauer und habt einen schönen Ur-

laub. Marita, falls ich in einer Woche nicht am Flughafen bin, flieg ohne mich nach Hause und macht euch keine Sorgen.

Liebe Grüße, Dana

»Verfluchte Scheiße, ist sie denn komplett bescheuert?«, schrie Marc und sprang in wenigen Sätzen die Treppe hinab.

Marita und Alec kamen ihm mit fragenden Gesichtern entgegen.

»Sie ist weg!« Vor Wut schäumend, reichte er Marita den Zettel.

»Wo ist sie denn hin?«, fragte Marita mit einem leicht dümmlichen Gesichtsausdruck.

»Na, dreimal darfst du raten«, fuhr Marc sie an. »Zu dem verfluchten Turm natürlich.«

»Wie soll sie denn ...« Marita runzelte die Stirn. »Na ja, vermutlich fährt von Portree ein Bus. Wenn sie irgendwann heute Früh losgelaufen ist, kann sie noch nicht allzu weit gekommen sein.«

Ohne ein weiteres Wort schnappte sich Marc seine Jacke und den Autoschlüssel, stürmte hinaus und rannte beinahe Bobby über den Haufen.

»Holla, holla, Laddie, nicht so stürmisch!«

»Sorry, ich hab's eilig«, brummte Marc.

»Ist alles in Ordnung?« Bobby sah sie der Reihe nach an.

»Dana ist verschwunden«, erklärte Alec, während Marc sich schon ins Auto setzte und ungeduldige Zeichen machte.

»Ach wirklich?« Der ältere Mann fuhr sich über die Stirn. »Gestern wollte sie zu Scott MacRae. Seitdem habe ich sie nicht mehr gesehen, allerdings bin ich selbst erst spät nach Hause gekommen.«

»Scott MacRae!«, hakte Marc alarmiert nach und stieg wieder aus dem Auto. Sie wussten nicht, wann Dana die Nachricht geschrieben hatte, und er verfluchte sich dafür, gestern in seinem Suff nicht nachgesehen zu haben, ob sie in ihrem Bett lag. »Vielleicht ist sie dann bei ihm«, murmelte er und raufte sich die Haare.

»Oder doch auf dem Weg zum Broch«, überlegte Alec.

»Habt ihr euch gestritten?«, wollte Bobby wissen.

»Na ja, nicht direkt.« Marita zuckte mit den Schultern. »Es könnte sein, dass sie auf dem Weg nach Portree ist und den Bus aufs Festland nimmt.«

»Oder bei diesem eigenartigen Scott«, fügte Marc hinzu, wobei ihm überhaupt nicht wohl bei diesem Gedanken war.

»Also, dann teilt euch auf«, schlug Bobby vor. »Ich muss ohnehin nach Portree zum Einkaufen, und ob ich das heute oder morgen erledige, ist egal.« Er nickte Marc zu. »Fahr du zu Scott MacRae, ich nehme deine Freunde nach Portree mit. Ihr könnt euch ja per Handy verständigen.«

Froh über diese Lösung nickte Marc, stieg wieder ins Auto und fuhr mit quietschenden Reifen davon. Was hatte sich Dana nur dabei gedacht, diesen Scott allein aufzusuchen? Der Mann war seltsam genug gewesen, und auch wenn er selbst glaubte, dass Scott mehr wusste, als er preisgab, war es für eine hübsche, junge Frau mehr als gefährlich, ohne Begleitung zu so einem finsteren Kerl zu gehen. Insgeheim machte sich Marc aber auch Vorwürfe, denn er hatte es abgelehnt, sie zum Turm zu begleiten, und er würde es sich niemals verzeihen, wenn ihr jetzt durch seine Schuld etwas zustieß. Mit jeder Meile steigerte sich Marc mehr in Horrorvisionen hinein, was Scott möglicherweise mit ihr anstellen könnte. Als er endlich vor dem verwilderten Grundstück hielt, war er voller Zorn, sprang aus dem Auto und rannte auf das Gatter zu. Er musste nicht lange suchen, denn Scott MacRae kam ihm schon entgegen, einen Rucksack auf dem Rücken und den unheimlichen Hund an der Leine.

»Wo ist Dana?«, schrie Marc ihm entgegen.

»Dana?« Scott MacRae blieb stehen und bedeutete dem Hund mit einer Handbewegung, sich hinzulegen.

»Sie war bei Ihnen«, fuhr Marc ihn an. »Das brauchen Sie gar nicht zu leugnen. Was haben Sie mit ihr gemacht? Wollten Sie etwa abhauen?«

Er riss an dem Tor und wäre dem Mann wohl trotz des Hundes an die Kehle gegangen, hätte sich das verdammte Ding nicht verklemmt, und so rüttelte Marc nur verzweifelt daran herum.

»Jetzt beruhige dich mal, Junge.« Scott sah über die Schulter und wirkte irgendwie nervös, was Marc verdächtig vorkam. »Ja, Dana war bei mir, aber ich habe sie wieder nach Hause geschickt. Sie hat sich ein Taxi gerufen.«

»Und woher wissen Sie das?«, erkundigte sich Marc misstrauisch.

»Ich habe es gesehen.«

»Und wo wollten Sie jetzt hin?« Er deutete auf den Rucksack.

Wieder ein nervöser Blick über die Schulter, Scott senkte seine Stimme und beugte sich zu Marc vor. »Zum Dun Telve. Dana war sehr beharrlich, und ich befürchte, dass sie zu dem Broch geht.«

Jetzt war Marc wirklich verwirrt. »Und was wollen Sie dort?«

»Nachsehen, ob alles in Ordnung ist.« Er zeigte auf das Auto. »Wir können gemeinsam fahren, dann geht es schneller.«

Völlig hin- und hergerissen zögerte Marc. Wollte Scott ihn von hier weglocken? Hatte er Dana möglicherweise wirklich etwas angetan und beabsichtigte jetzt, ihn abzulenken? Diese Vorstellung ließ ihm einen eisigen Schauer über den Rücken jagen, aber schließlich beschloss er, das Beste zu hoffen, und nickte. »Gut, steigen Sie ein.«

Scott machte den Hund von der Leine los, rief ihm irgendetwas zu und sprang dann mit einem eleganten Satz, der seiner Statur trotzte, mitsamt dem Rucksack über das Gatter.

Während der Fahrt beobachtete Marc ihn aus dem Augenwinkel. Er traute dem Kerl nicht und konnte sich keinen Reim darauf machen, weshalb er sich auf einmal um Danas Wohlergehen sorgte. Schließlich brachte er seine Bedenken zum Ausdruck. »Sie haben uns gestern ziemlich deutlich abgewiesen. Weshalb wollen Sie mir plötzlich helfen?«

»Das will ich nicht.« Scott MacRae musterte ihn kühl. »Auch

das Mädchen ist mir reichlich egal, ich möchte nur Schlimmeres verhindern.«

»Und das wäre?«

Statt einer Antwort starrte Scott MacRae nur aus dem Fenster.

»Was wollen Sie verhindern?«, wiederholte Marc. Als der Mann weiterhin schwieg, bremste er so abrupt, dass der Hüne nach vorne geschleudert wurde und sich den Kopf am Türrahmen stieß.

»Hast du sie nicht mehr alle?«, brüllte er.

Marc spannte sich an und sah ihm herausfordernd ins Gesicht. »Haben Sie ihr etwas angetan?«

»Was?« MacRae tastete nach seinem Kopf, dann drehte er sich mit ehrlicher Verwunderung im Gesicht zu ihm. Auf einmal erschien jedoch ein zynischer Ausdruck um seinen Mund. Er beugte sich zu Marc hinüber und hatte plötzlich ein Messer in der Hand. »Natürlich habe ich das, und dich werde ich jetzt abmurksen und ebenfalls im nächsten Moor versenken!«

Hektisch tastete Marc nach dem Türöffner, glaubte, sein letztes Stündchen hätte geschlagen, aber da setzte sich Scott MacRae zurück auf seinen Sitz. »Jetzt red keinen Mist und fahr weiter, sonst holen wir deine Freundin nie ein.«

»Ha!« Marcs Hand zitterte so heftig, dass er kaum noch den Gang einlegen konnte. Er starrte noch einmal zu Scott MacRae hinüber, der ihn kopfschüttelnd musterte. »Verdammt, Junge, ruf meinetwegen die paar Taxigesellschaften an, die es auf der Insel gibt, eine wird dir bestätigen, dass Dana nach Hause gefahren ist.«

»Darauf können Sie sich verlassen.« Marc merkte selbst, wie dünn seine Stimme klang, aber dann räusperte er sich, bevor er endlich weiterfuhr. »Ich werde herausbekommen, was Sie zu verbergen haben!«

»Das haben schon andere versucht.« Ein wölfisches Lächeln erschien auf MacRaes Gesicht.

Nachdem Dana ihren ersten Schrecken überwunden hatte, sah sie die Kriegerin herausfordernd an. »Komisch, ich war mir bis vor wenigen Minuten überhaupt nicht sicher, dass ich noch einmal hierherkomme.«

Geschmeidig ließ sich Rionach auf die Mauer sinken, dann sah sie Dana lächelnd an. »Du hast den Mut und die Entschlossenheit einer Kriegerin in dir, *mo piuthar.*«

Dana hatte keine Ahnung, was die Worte bedeuteten, aber sie fragte auch nicht nach, denn ihr gingen völlig andere Dinge durch den Kopf. »Ich bin davor gewarnt worden, wieder hierherzukommen.«

»Von wem?« Rionachs sanft geschwungene Augenbrauen hoben sich ein Stück weit, was ihre meerblauen Augen noch größer erscheinen ließ.

»Scott MacRae.«

»Wer nennt sich so?«, fragte Rionach nach.

»Ein hochgewachsener Mann, dichter Bart, um die fünfzig, breit gebaut.«

Plötzlich schien sich die Kriegerin zu erinnern, sie legte den Kopf in den Nacken und lachte laut auf. »Ein furchtsamer Narr, der nicht über die Kräfte verfügt, wie sie dir zu eigen sind.«

»Dann hat er auch schon versucht, in der Zeit zurückzureisen?«, staunte Dana.

»Ja, und er ist gescheitert.« Für einen Moment huschte ein Schatten über Rionachs anmutiges Gesicht, aber dann fixierte sie Dana mit ihrem Blick. »Dir ist eine heutzutage seltene Gabe geschenkt worden, nur noch wenige verfügen über magische Kräfte.«

»Aber ich kann nicht zaubern!«, beharrte Dana. Sie blickte auf ihre Hände. »Das hätte ich doch schon längst merken müssen.«

»Wer sein Leben lang nicht mit Magie in Berührung kommt, weiß zumeist nichts von seinen Fähigkeiten«, belehrte Rionach sie. »Aber dass du mich sehen kannst und deine Freunde nicht, ist doch Beweis genug. Durch den Kontakt zu mir erhieltest du deine Weihe.«

Unwillig runzelte Dana ihre Stirn. Sie mochte nicht glauben, dass sie sich so völlig von den meisten anderen Menschen unterscheiden sollte.

»Also gesetzt den Fall, ich lasse mich auf dieses verrückte Abenteuer ein«, begann sie und sah, wie Rionachs Augen aufleuchteten, »welche Gefahren würden auf mich warten?«

»Ich werde dich gut vorbereiten«, versicherte Rionach. Aufregung schwang in ihren Worten mit, und ihr vorgerecktes Kinn und ihre gestrafften Schultern drückten eine gewisse Anspannung aus. »Du wirst unsere Sprache lernen, ich bringe dir bei, dich deiner Feinde zu erwehren und wie es dir möglich ist, zurückzukehren.«

»Ich will aber nicht kämpfen«, protestierte Dana. Sie war ein friedliebender Mensch, und selbst wenn sie sich nicht scheuen würde, sich im Notfall zu verteidigen, so konnte sie es sich beim besten Willen nicht vorstellen, irgendjemanden umzubringen.

Rionachs Gesicht verzog sich voller Missbilligung. »Dann mag es sein, dass du in der Tat großen Gefahren gegenüberstehen wirst.« Sie schüttelte ihre langen Haare. »Niemals werde ich verstehen, weshalb Frauen in dieser Zeit nicht mehr kämpfen wollen.« Ihre Augen blitzten auf, als sie den Kopf hob und in die Ferne sah, dorthin, wo die hohen Berge des Glen Shiel aufragten. »Der Clan meiner Mutter brachte die stärksten Kriegerinnen hervor, die dieses Land jemals gesehen hat. Wir fürchteten weder die Nordmänner noch die Krieger aus Dalriada, die unser Land für sich beanspruchten. Furchtlos waren wir, wussten das Schwert besser zu schwingen als jeder Mann, und unsere Reitkunst gereichte der Pferdegöttin Epona zur Ehre.« Unwillkürlich bemerkte Dana, wie Rionachs Leidenschaft sie mitriss, sie durchströmte wie glühende Lava. Sie glaubte, blau bemalte Kriegerinnen, ebenso schön und beeindruckend wie Rionach, auf dem Rücken von stolzen Pferden über das weite Land galoppieren zu erspähen, hatte das Gefühl, mitzuerleben, wie sie gekämpft und gesiegt hatten, und plötzlich kamen ihr die eigenartigen Träume in den Sinn, in denen sie dies alles schon einmal gesehen hatte.

»Diese beiden Brochs«, Rionach deutete auf die Ruine, auf der sie saßen, dann auf Dun Troddan in einiger Entfernung, »wurden für meine Großmutter und ihre Schwester erbaut. Sie erblickten am gleichen Tag das Licht der Welt, was als Zeichen der Götter angesehen wurde, dass sie starke und gerechte Kriegerprinzessinnen werden würden. Diese Brochs sollten bis in alle Ewigkeit ein Zeichen ihrer Macht sein. Beinahe fünfzig Sonnenwenden lebten sie dort, gebaren Söhne und Töchter und herrschten über ihr Volk.«

Gespannt hörte Dana zu, denn von den Tafeln wusste sie, dass man lange überlegt hatte, weshalb die Türme so nahe beieinander erbaut worden waren, und man hatte nicht völlig rekonstruieren können, welcher der ältere war.

»Dann fielen Krieger aus Dalriada ein, es gab harte Kämpfe, die wir zunächst gewannen, aber schließlich waren wir doch zu wenige, um beide Brochs zu halten. Sie töteten die Schwester meiner Großmutter und deren Gefährten und besetzten den Broch.« Sie deutete zu Dun Troddan hinüber.

»Wie ging es weiter?«, fragte Dana atemlos.

Rionach, anscheinend erfreut über Danas Interesse, kam näher. »Viele Sonnenwenden lebten wir im Streit mit den Eindringlingen. Wir stahlen uns gegenseitig Vieh, Männer und Frauen wurden getötet, es gab Kämpfe um das Land und den Zugang zum Wasser.« Rionachs Hand zeigte auf den kleinen Fluss, der in kurzer Entfernung plätscherte. Plötzlich erschien jedoch ein Lächeln auf ihrem Gesicht. »Am Ende war es meine Mutter Alauna, die diesen Streit beendete.«

»Und wie?«

»Eines kalten Wintermorgens traf sie auf Brude mac Ungost, den zweiten Sohn des Clanführers der Dalriadaner. Er wusch sich im Fluss, und sie sprang ihn an, trieb ihm den Dolch in die Seite und hätte ihn um ein Haar ertränkt.«

»Und damit soll der Streit beendet gewesen sein?«, rutschte es Dana heraus.

Rionach schien sich köstlich zu amüsieren. Sie grinste über das ganze Gesicht, in ihren Augen blitzte der Schalk. »Sie rangen erbittert miteinander, beide fielen in den Fluss, der damals noch sehr viel reißender war. Letztendlich zog Brude meine Mutter ans Ufer, wenngleich der Dolch noch immer in seiner Seite steckte, aber er war nicht lebensgefährlich verletzt. Später sagte er, es sei eine Eingebung der Götter gewesen, sie zu retten. Meine Mutter war eine schöne Frau, und er hat sich in sie verliebt.«

»Wirklich?« Jetzt war Dana überrascht. Zwar konnte sie sich vorstellen, dass sich viele Männer zu Alauna hingezogen gefühlt haben mochten, war sie auch nur annähernd so faszinierend wie Rionach. Aber wie jemand, den sie versucht hatte umzubringen, sich unsterblich in sie verlieben konnte, fand sie seltsam.

Nun gut, andere Zeiten, andere Sitten, dachte Dana.

»Zunächst waren beide Familien gegen die Verbindung, denn du musst wissen, nach den Gesetzen der Cruithni, des Volkes meiner Mutter, wird die Führerschaft des Clans von Mutter zu Tochter vererbt, bei den Männer aus Dalriada jedoch von Vater zu Sohn. Doch da Brude ohnehin der zweite Sohn des Ungost war, einigten sie sich schließlich darauf, dass er sich mit meiner Mutter verbinden durfte, und so verbrachten sie hier ein gutes Leben, während die Dalriadaner den Nachbarbroch bewohnten und sich mit der Zeit auch mit meinen Leuten mischten. Vater trug seine Narbe stets mit Stolz und verehrte meine Mutter sehr für ihr kriegerisches Blut, auch wenn sich die beiden an manch einem Tag stritten, und viele von uns fürchteten, die Wände des Brochs könnten einstürzen. Wie du siehst, war es zu meiner Zeit üblich, dass Frauen kämpften. Aber wenn das nicht dein Begehren ist, wird mein Clan dich beschützen, solange du unter ihnen weilst.«

Jetzt hatten Dana die Geschichten aus der lange vergangenen Zeit gepackt, und obwohl sich ihr Verstand noch dagegen sträubte, drängte ein Teil von ihr, dies alles mit eigenen Augen zu sehen.

»Es würde Monate oder gar Jahre dauern, bis ich die Sprache von damals erlernt habe«, zweifelte sie.

»Ich nehme dich mit ins Feenreich. Dort besitzt die Zeit eine andere Bedeutung, und es wird kein Tag vergangen sein, bis du alles weißt, was du wissen musst«, versicherte Rionach ihr.

»Ins Feenreich?« Dana sprang auf. »Du willst mich wohl verarschen.«

»Ver… was soll ich mit dir tun?«

»Verarschen, auf den Arm nehmen, mich verspotten«, versuchte Dana zu erklären, dann stutzte sie. »Woher kannst du überhaupt Englisch?«

»Ich hatte über zweitausend Wintersonnenwenden Zeit, die Worte der Menschen, die nun mein Land bevölkern, zu erlernen.« Eine große Bitterkeit schwang in dieser Antwort mit, und Dana wagte es, eine weitere Frage zu stellen.

»Warum bist du ein Geist, Rionach? Warum konntest du nicht … na ja … weitergehen. Wo auch immer das sein mag?«

Erneut huschte ein Schatten über das Gesicht der Frau, die so jung aussah und doch so viel älter war als jeder Mensch, den Dana bisher kennen gelernt hatte. Es dauerte eine Weile, bis Rionach sprach, und Dana befürchtete beinahe, sie würde die Antwort verweigern.

»Ich wollte mein Volk vor dem Untergang bewahren«, sagte Rionach leise und sichtlich bedrückt. »Zu meinen Lebzeiten war ich sowohl Kriegerin als auch *ban-draoidh*, und ich hatte, so wie du, die Gabe, Kontakt mit dem Geisterreich aufzunehmen.«

»Ich verstehe dieses *ban-draoidh* nicht«, fiel ihr Dana ins Wort, wenngleich sie eine vage Ahnung überkam.

»*Ban-draoidh.*« Rionach kaute auf ihrer Unterlippe herum, wahrscheinlich suchte sie nach einer Übersetzung. »Ich war eine Zauberin, eine Magierin. Ich glaube, den Begriff *Druide* in der heutigen Zeit gehört zu haben, und wir Frauen nannten uns *ban-draoidh.*«

Das war es, was Dana dem Klang des Wortes nach ebenfalls

vermutet hatte, aber jetzt besaß sie die Gewissheit. Rionach war eine Druidin der alten Zeit, und nachdem die Kriegerin kurz abgewartet hatte, führte sie ihre Ausführungen fort.

»Domech, unser Druide und weiser Mann wusste um meine Fähigkeit. Er verleitete mich zu immer neuen Reisen in die Geisterwelt, um diese zu erforschen. Doch ich ging zu weit und wurde von den Sídhe, den Hütern der Geisterwelt, von euch auch Feen genannt, dazu verbannt, auf ewig hier am Broch meiner Vorfahren zu verweilen und den unausweichlichen Niedergang meines Volkes mitzuerleben.« Bestürzt bemerkte Dana, wie Tränen in Rionachs Augen traten, und ihre Stimme zitterte, als sie fortfuhr: »Besitzt du die Gabe, dir vorzustellen, wie es ist, mit anzusehen, wie alle Menschen, die du liebst, sterben? Wenn dein Zuhause von Fremden erobert wird, wenn selbst deine Nachkommen nicht in der Lage sind, sich gegen so einen Abschaum wie die Römer zu behaupten, die meinem Volk ihre Gottheiten, erst viele, dann nur noch einen, aufzwingen wollten.« Rionach spuckte aus, eine durchscheinend silbrige Flüssigkeit, die den Boden nicht erreichte. »Verflucht seien ihre Seelen«, rief sie hasserfüllt.

Dana wusste nicht, was sie erwidern sollte, denn ein Teil von ihr konnte den Schmerz von Rionach sogar nachvollziehen. »Wie wolltest du deine Familie retten?«, hakte sie nach.

»Ich reiste in die Zukunft, sah, wie Nordmänner über unser geliebtes Land herfielen, es verwüsteten und entweihten, und sogar, wie unsere mächtigen Brochs der Zeit zum Opfer fielen.« Liebevoll strichen ihre Hände über die uralten Steine. »Lange Zeit konnte ich diesen Turm vor dem Verfall bewahren, ich schützte ihn vor Sturm und Regen, vertrieb räuberische Bauern, die seine Steine entwenden wollten, aber meine Macht vergeht.« Sie seufzte tief.

Plötzlich wurde Dana klar, weshalb ausgerechnet dieser Turm so gut erhalten war. Rionach hatte ihn über Jahrtausende hinweg behütet. »Aber warum wollten diese Sídhe denn nicht, dass du dein Volk beschützt?«

»Sie sind selbstsüchtig«, zischte Rionach. »Sie konnten es nicht verkraften, dass ein Mensch ebenso wie sie in die Zukunft sehen kann. Daher verdammten sie mich dazu, stets an diesem Ort zu verweilen, bis das Ende der Zeit gekommen ist. Meine Gabe sollte mein Fluch werden. Aber an allem ist Domech schuld. Er hätte mich warnen müssen, er hielt mich dazu an, mich immer weiter in die Geisterwelt hineinzuwagen.« Sie legte eine Hand auf Danas Arm – eine seltsam kühle Berührung, die ihr einen Schauer über den Rücken jagte. »Du musst Ardan, meinem Gefährten, berichten, dass an meinem Tod Domech Schuld trägt. Er trieb mich in die Arme der feindlichen Übermacht. Wenn Ardan mich rächt, findet seine Seele Frieden und kann wiedergeboren werden.«

»Ich weiß nicht«, zögerte Dana, aber Rionach fuhr beschwörend fort.

»Und führe meine Tochter Mael durch die Zeit ins Jetzt. Sie hat es nicht verdient, von Nordmännern entführt und vermutlich geschändet zu werden. Bring sie hierher, wo sie ein besseres Leben erwartet.«

»Aber ich kann doch kein Kind entführen!«, regte sich Dana auf. »Was soll ich denn hier mit ihr tun?«

»Überlass sie mir, ich werde einen Weg finden.« Rionach nickte ernsthaft.

»Darf ich dich daran erinnern, dass du ein Geist bist? Wie willst du dich um ein kleines Kind kümmern? Vielleicht sieht sie dich gar nicht.«

»Mael trägt mein Blut in sich, sie wird mich sehen«, fauchte die Kriegerin, baute sich bedrohlich vor Dana auf, und sie wich eilig zurück.

Auch wenn Dana jetzt Angst verspürte, sprach sie weiter. »Und warum hast du sie dann nicht schon damals aufgesucht, bevor sie entführt wurde?«

Die Schultern der Kriegerin entspannten sich wieder und sanken nach vorne. »Zu diesem Zeitpunkt war ich schon tot, und zuvor war es mir nicht gegeben, alle Schicksalsschläge zu erkennen. Mael hatte gerade ihre dritte Wintersonnenwende gesehen, als sie von den verfluchten Nordmännern geraubt wurde, und ich brauchte über hundert Sommer und Winter, bis ich gelernt hatte, mich überhaupt einem lebenden Wesen zu zeigen. Es kostet viel Kraft, mich den Sterblichen bemerkbar zu machen.«

Das leuchtete Dana ein, warf jedoch auch neue Fragen auf. »Also kannst du mir in der anderen Zeit nicht zur Seite stehen, falls ich mich entschließe, dir zu helfen.«

»Nein, und das bedauere ich sehr.« Jetzt klang ihre Stimme wieder einnehmend, und ihr Gesicht war freundlich. »Dana, ich werde dir zeigen, wie du hierher zurückkehren kannst, wenn du meinen Rat brauchst. Ich bitte dich, hilf meiner Tochter, sie ist doch nur ein kleines, unschuldiges Mädchen.«

Dana war innerlich völlig zerrissen, zum einen, weil ihr die kleine Mael, auch wenn sie das Kind nicht kannte, unendlich leidtat, zum anderen fürchtete sie sich davor, in die Vergangenheit zu reisen. Außerdem wurde sie den Eindruck nicht los, dass Rionach ihr etwas verschwieg.

»Wie gefährlich ist es für mich? Ich meine, ich habe keine Ahnung von diesen magischen Dingen, Rionach.«

»Ich werde es dich lehren«, beschwor die Kriegerin sie. »Der Umgang mit Magie und die Reise in eine fremde Zeit ist niemals völlig frei von Gefahren. Aber möchtest du dein Leben lang ohne jegliche Wagnis leben, oder willst du nicht die Welt deiner Vorfahren kennen lernen, sehen, wie sie gekämpft, gelebt und geliebt haben?«

Feuer und Leidenschaft sprachen aus diesen Worten, und Dana spürte, wie diese auch von ihr Besitz ergriffen. Genau das war es, was sie schon die ganze Zeit über beschäftigte. Sicher konnte sie, bis sie alt und runzelig war, ein behagliches, bequemes Leben führen, aber war es wirklich das, was sie wollte? Gab es nicht noch mehr? Abenteuer, Magie, eine fremde Kultur, die niemals jemand zuvor so erlebt hatte, wie sie es möglicherweise erleben würde?

Durch Dana ging ein Ruck. Sie hob das Kinn und sah Rionach entschlossen an. »In Ordnung, ich tue es, aber ich muss meinen Eltern und meinen Freunden Bescheid sagen, damit sie sich keine Sorgen machen.« Erneute Zweifel keimten in ihr auf. »Wie lange werde ich denn in deiner Zeit bleiben?«

»So lange du möchtest. Ich werde dich zu einem Zeitpunkt zurückschicken, der möglichst kurz nach meinem Tod liegt.« Rionachs Blick wanderte zur Sonne. »Der Herbstmond ist angebrochen und ich starb zu der Zeit von Lughnasadh.« Auf Danas fragenden Blick hin erklärte sie: »Unser Erntefest, das zur wärmsten Zeit gefeiert wurde, wenn das Korn in voller Pracht stand und das Gras reif war, geschnitten zu werden. Allerdings musst du mit Mael hierher zurückkehren, bevor du die zweite Wintersonnenwende in meiner Zeit erlebt hast. Zehn Tage nach der Tag- und Nachtgleiche des Herbstes wurde Ardan in einem Kampf mit den Nordmännern getötet und Mael kurz darauf geraubt.«

Dana nickte vorsichtig, denn sie hatte ohnehin nicht vor, so lange zu bleiben. Eine weitere Frage lag ihr auf der Seele. »Welches Jahr werden wir haben?«

Offenbar war Rionach nicht klar, was sie damit meinte, und Dana bemühte sich, es ihr verständlich zu machen. »Wie viele Sonnenwenden werde ich zurückreisen?«

Rionach lächelte verständnisvoll. »Der Brauch, der Zeit Zahlen zu verleihen, ist mir noch immer fremd.« Sie zog die Stirn kraus, ihre Lippen bewegten sich stumm, dann sah sie Dana triumphierend an. »Ich denke, es müssten zweitausendeinundneunzig Wintersonnenwenden vergangen sein.«

Bei dieser Zahl zuckte Dana zusammen, und sie rechnete hektisch nach. Das hieß, sie würde etwa in die Zeit achtzig vor Christus reisen – eine für sie unfassbare Epoche, die sie sich gar nicht auszumalen vermochte. »Habt ihr die Zeit damals nicht gemessen?«, erkundigte sie sich.

»Darin sahen wir keinen großen Sinn. Wir wussten, was zu unseren Lebzeiten geschah, und konnten benennen, wer vor zehn oder fünfzehn Sonnenwenden herrschte. Alles, was vorher lag, machten wir an der Zeit fest, in der unsere Vorväter regierten. Beispielsweise die fünfte Wintersonnenwende zu Zeiten Brude mac Ungosts, um bei meinem Vater zu bleiben.«

Dana erschien dies kompliziert, aber sie lächelte Rionach dennoch an. »Wenn ich also deinem Mann erzähle, ich komme aus der Zeit 2011 nach Christus, wird er damit wohl kaum etwas anfangen können.«

»Welcher Clanführer war dieser Christus?«, erkundigte sich Rionach mit solch einer Ernsthaftigkeit, dass Dana laut lachen musste.

»Na ja, Jesus Christus, mit seiner Geburt begann eine neue Zeitrechnung.« Als die Kriegerin sie nur verdutzt ansah, fügte Dana hinzu: »Der Sohn des Gottes, an den die meisten Menschen heutzutage glauben.«

»Der Eingott der Römer«, spie Rionach geradezu aus. Ihre Augen funkelten voller Wut, dann sah sie Dana herausfordernd an. »Betest du zu ihm?«

»Ähm, nein, nicht direkt«, stammelte sie, denn sie konnte mit gutem Gewissen behaupten, nicht christlich erzogen worden zu sein. Ihre Eltern waren recht offen gegenüber allen Religionen gewesen und hatten sie und ihre Schwester daher nicht taufen lassen.

Offenbar beruhigte sich Rionach etwas, dann bildete sich eine Falte zwischen ihren Augenbrauen. »Ich bekam Gespräche meiner Nachfahren mit, die lange nach mir hier an diesem Broch lebten. Sie sagten, die Römer behaupteten, unsere Götter existierten nicht, wir seien Barbaren, Heiden und dazu verdammt, an einem Ort namens Hölle zu verweilen, wenn wir uns nicht lossagen würden. Später verbrannten ihre Anhänger sogar *ban-draoidh*.«

»Ja, das war im Mittelalter«, räumte Dana ein, aber die Kriegerin schien ihr gar nicht zugehört zu haben.

»Muss es nicht für einen einzigen Gott ausgesprochen mühsam sein, sich um die Wünsche und Belange so vieler Menschen zu kümmern? Dann ist es kein Wunder, dass er nach einer viele Sonnenwenden währenden Herrschaft den Überblick verlor. Vermutlich war es zu viel Arbeit für ihn, und er wurde verrückt oder drückte sich unklar aus und gab solch absurde Aufträge an seine Anhänger, wie Frauen von großer Weisheit zu verbrennen. Es wundert mich, dass sich nicht mehr Menschen von ihm losgesagt haben. Es gibt sicherlich Götter von größerer Weisheit.«

»Rionach, du hast einen eigenartigen Humor.«

»Was habe ich?«

Schmunzelnd schüttelte Dana den Kopf, denn sie konnte einem zweitausend Jahre alten Geist wohl kaum erklären, dass die meisten Gläubigen ausgesprochen empört über ihre Sicht der Dinge sein würden.

»Nun gut, was muss ich tun?«, fragte Dana aufregt.

»Wie ich sagte, werde ich dich zunächst in unserer Sprache unterweisen. Kurz vor Sonnenaufgang kann ich dich mit ins Reich der Sídhe nehmen, dann ist meine Macht am größten.«

Das war Dana recht, denn sie musste ohnehin noch einige Anrufe tätigen, und hier am Broch war kein Empfang.

»Gut, Rionach, ich muss kurz telefonieren.« Sie fuchtelte mit ihrem Handy herum, was die Kriegerin nur zu einem verwirrten Stirnrunzeln animierte. »Wie gesagt, ich will meinen Freunden Bescheid geben.«

Jetzt kam Rionach interessiert näher. »Schon seit geraumen Sommern und Wintern sehe ich immer wieder Menschen, die so kleinen Truhen mit sich tragen.«

Wenig erfolgreich versuchte Dana, ein Glucksen zu unterdrücken. »Ich kann damit mit Menschen sprechen, die an weit entfernten Orten leben.«

Rionachs Augen weiteten sich. »Dann weißt du deine Magie doch zu nutzen!«

»Nein, das kann jeder Mensch heutzutage. Aber es funktioniert hier nicht, deshalb muss ich ein Stück weit gehen.«

»Die Sídhe wollen diese Art von Magie sicher verhindern«, flüsterte die Kriegerin, wobei sie wachsam um sich blickte.

»Nein, das sind einfach …« Dana kam zu dem Schluss, dass es vermutlich sinnlos war, Rionach technische Details zu erklären. »Ich bin bald zurück.«

»Wirst du in der Tat zurückkehren?« Jetzt sah sie sehr angespannt aus, aber Dana nickte nachdrücklich und meinte es auch so.

»Ganz sicher, ich bin schon sehr gespannt auf deine Zeit.« Sie schulterte ihren Rucksack, winkte Rionach noch einmal zu und verließ den Broch.

Kapitel 8

Zwielichtige Begleitung

Die ganze Fahrt über warf Marc Scott MacRae nervöse Blicke zu. Der Mann war ihm nicht geheuer. Wer in Gottes Namen trug so ein riesiges Messer bei sich, und was verbarg der Kerl?

Als Marc in Glenshiel tanken musste, rief er, nachdem er gezahlt hatte, bei Alec an und erzählte ihm mit hastigen Worten, dass Dana tatsächlich bei Scott MacRae gewesen war und sie sich nun auf dem Weg zum Broch befanden.

»Haltet euch in Portree auf«, schlug Marc vor. »Sollte ich bis zum Abend nicht bei euch sein, ruft die Polizei.«

Kurz herrschte Stille, dann fragte Alec aufgeregt: »Was ist denn los, stimmt etwas nicht?«

Marc warf einen nervösen Blick auf Scott MacRae, der seinen massigen Körper gerade aus dem Auto quälte und ungeduldig winkte.

»Nein, ich weiß nicht. Mach einfach, was ich sage.« Damit legte er auf, und als nur wenige Sekunden später Alecs Telefonnummer auf dem Display erschien, schaltete er sein Handy aus, denn er wollte jetzt keine weiteren Erklärungen abgeben.

Schweigend holperten sie die einsame Straße zum Dun Telve entlang, aber als ein schmaler Feldweg links in eine Kuhweide führte, legte Scott ihm eine Hand auf den Arm.

»Halt hier an.«

»Warum das denn?«, wunderte sich Marc, lenkte das Auto jedoch in die Einfahrt. »Es sind bestimmt noch zwei Meilen.«

»Wir laufen.« Schon öffnete Scott die Tür und schien wohl keinen Zweifel daran zu haben, dass Marc ihm gehorchte.

»Wenn Sie mir nicht sagen, welchen Grund das hat, werde ich garantiert nicht mitkommen.«

»Dann bleibst du eben hier.« Völlig ungerührt kletterte der große Mann über einen Stacheldraht und eilte mit festen Schritten über die nächste Schafweide.

Marc fluchte leise, sperrte dennoch sein Auto ab und folgte dem seltsamen Zeitgenossen.

»Ich möchte wirklich wissen, was hier gespielt wird«, schnaubte er, nachdem er Scott eingeholt hatte.

»Glaub mir, das willst du nicht!«

»Dana hat irgendeine verrückte Geschichte erzählt, sie hätte einen Geist am Broch gesehen«, erwiderte Marc.

»Du willst mir doch nicht im Ernst erzählen, du glaubst an Geister«, gab Scott spöttisch zurück.

»Nein, natürlich nicht, aber viele Dinge kommen mir seltsam vor. Nicht zuletzt Ihr eigenartiges Verhalten.«

Ruckartig blieb Scott MacRae stehen, und seine dunklen Augen bohrten sich in die von Marc. »Willst du dem Mädchen helfen, ohne dich selbst in Schwierigkeiten zu bringen?«

»Ja, natürlich, aber …«

»Dann komm mit und stell keine dummen Fragen mehr.« Mit diesen Worten stapfte er weiter.

»Weshalb können wir denn nicht einfach über die Straße zum Broch gehen? Was ist los? Ist Dana in Gefahr?«, beharrte Marc.

Scott MacRae stieß ein dumpfes Knurren aus, das verdächtig an seinen Hund erinnerte. »Du bist geschwätziger als ein Weib. Falls deine Dana am Broch ist, nehmen wir sie mit und alles ist gut, und falls nicht …«

»Falls nicht?«, drängte Marc atemlos.

»Dann hat sie hoffentlich eingesehen, dass sie einem Hirngespinst nachjagt.«

Bald tauchte die Ruine des mächtigen Turmes in der Ferne

auf, nur ein Rabe schwang sich von einem der grauen Steine und flog mit empörten Gekrächze davon. Wie ein Mahnmal aus vergangener Zeit stand der Broch in der Sonne. Nichts rührte sich.

»Vielleicht ist sie im Inneren«, meinte Marc und wollte über den nächsten Zaun klettern, der die Schafskoppel vom Gelände des Brochs trennte.

Doch Scott hielt ihn fest und deutete auf ein Gebüsch. »Einen Augenblick, du wartest hier.«

»Was ist denn jetzt wieder los?«, stöhnte Marc.

Selbstverständlich ließ sich der Hüne nicht zu einer Antwort herab, sondern schlich geduckt auf das Ginstergebüsch zu.

»Verdammt, pinkeln hätte er hier auch können«, grummelte Marc, während er den Broch im Auge behielt. Irgendetwas war verdammt seltsam, und er hoffte inständig, dass er Dana finden und von hier fortbringen konnte. Unbehaglich sah er sich um. Gefahr lag in der Luft, das spürte er ganz genau, und es war umso schlimmer, dass er nicht wusste, worin diese Gefahr lag.

Ein eigenartiges Geräusch aus Richtung des Gebüsches ließ ihn herumfahren, und Sekunden später kam Scott herbeigeeilt. Jetzt sah er deutlich entspannter aus.

»Was war das denn?«, fragte Marc misstrauisch.

»Was?« Scott zog, wie es Marc schien, betont unschuldig die Augenbrauen nach oben.

»Das Geräusch – es hat wie ein erstickter Schrei geklungen.«

»Ich hatte ein dringendes Bedürfnis und bin aus Versehen auf ein Moorhuhn getreten.«

»Ein Moorhuhn? Sie treten beim Pinkeln auf ein Moorhuhn?«

Ein breites Grinsen, das überhaupt nicht zu dem grimmigen Mann passte, überzog sein Gesicht. »Jetzt komm, lass uns deine Dana suchen.«

»Sie ist nicht meine Dana«, knurrte Marc. *Leider*, fügte er in Gedanken hinzu.

»Was nicht ist, kann ja noch werden.«

Scott eilte auf den Broch zu. Es herrschte eine unheimliche Stille, nur ein paar Insekten schwirrten in der warmen Nachmittagssonne umher. Marc sah sich ganz genau um, untersuchte auch die Treppe und die Umgebung rund um den Broch – von Dana war keine Spur zu entdecken.

»Mist!«, schimpfte er.

Als ein Auto an der Straße anhielt, zog Scott ihn abrupt in den Schutz eines Felsens.

»Was ist denn jetzt wieder?«

»Halt mal für fünf Minuten die Klappe«, drohte Scott, und seine Hand fuhr unter seine ausgewaschene, braune Jacke. Erst nachdem eine Familie mit zwei kleinen Kindern auf dem Gelände erschien, ließ er Marcs Arm los.

»Okay, alles in Ordnung. Dana ist offensichtlich nicht hier.«

»Ähm, ja, das sehe ich.« Voller Unbehagen rieb sich Marc seinen Unterarm. »Aber vielleicht war sie hier oder kommt erst später, schließlich ist sie möglicherweise zu Fuß unterwegs.«

Abermals bekam Marc keine Antwort, stattdessen ging Scott auf die Besucher zu. Er befragte den Familienvater, ob sie auf der Fahrt hierher eine junge rothaarige Frau mit Rucksack gesehen hätten. Der Mann schüttelte bedauernd den Kopf, und Scott kam zu Marc zurück. »Er hat sie nicht getroffen. Also komm, lass uns fahren, unterwegs kannst du nochmal versuchen, sie anzurufen, oder wir treffen sie auf der Strecke.«

»Ich weiß nicht«, zögerte Marc, stemmte die Hände in die Hüften und sah sich um. Scott jedoch winkte ihm zu und machte sich daran, über die Koppeln zurückzugehen. »Können wir nicht wenigstens die Straße nehmen?«

»Könnten wir, aber so ist es kürzer.«

Kopfschüttelnd sah Marc Scotts kräftiger Gestalt nach, die entschlossen über die Weide lief. Noch einmal ließ er seinen Blick über den Turm schweifen. Gut, der Mann mit den Kindern hatte Dana nicht gesehen und sicher war sie auch nicht querfeldein gelaufen. Aber vielleicht hatte sie jemand mitgenommen, und er würde sie verpassen. Andererseits konnte er kaum den ganzen Tag hier verbringen, und er musste auch noch Alec und Marita abholen. Also folgte er Scott und würde Dana anrufen, sobald er Empfang hatte, oder ihr zumindest eine SMS schreiben, damit sie sich meldete.

Er war etwas zu weit nach links abgedriftet, wo ein ausgesprochen sumpfiges Gebiet sich vor ihm ausbreitete. Also schlug er einen Bogen und kam daher hinter dem Ginstergebüsch heraus, in dem Scott kurz zuvor verschwunden war. Sein Fuß blieb in einem Sumpfloch stecken, und er schüttelte fluchend die Nässe ab, dann blieb ihm jedoch jede weitere Schimpftirade im Hals stecken. Vollkommen perplex starrte er auf den Boden – halb unter der Hecke versteckt ragten zwei Beine aus dem Gras hervor.

Erst nach drei Meilen fand Dana endlich eine Stelle, wo sie genügend Empfang hatte. Zuerst rief sie zu Hause an und bekam ihre Schwester ans Telefon. Sie erzählte kurz von ihrem Urlaub und sagte, sie würde möglicherweise noch ein paar Wochen länger bleiben, hätte eine Gruppe Aussteiger kennen gelernt, die abseits jeglicher moderner Errungenschaften in den Bergen lebten, und dort wollte sie eine Art Selbstfindungstrip machen. Wie Dana es nicht anders erwartet hatte, zeigte Laura wenig Verständnis, und sie musste selbst zugeben, dass diese Erklärung an den Haaren herbeigezogen wirken musste. Aber was sonst hätte sie sagen sollen? Ihre Eltern hätten Himmel und Hölle in Bewegung gesetzt, um sie zu finden, wenn sie nicht in einer Woche nach Hause gekommen wäre – und hätten, sofern sie tatsächlich in die Vergangenheit reisen konnte, doch keine Spur von ihr gefunden. Sie bläute ihrer Schwester ein, ihren Eltern zu sagen, sie sollten sich ja keine Sorgen machen, wenn sie sich nicht meldete, und legte dann halbwegs erleichtert auf.

Bei Marita würde es schwieriger werden. Sie war hier in der Nähe und würde ganz sicher vehement versuchen, sie umzustimmen. Angestrengt kaute Dana auf ihrer Unterlippe herum, schließlich schickte sie eine SMS, in der in Kurzform das Gleiche stand, was sie schon Laura erzählt hatte, und fügte noch hinzu, sie sei mit dem Bus in die Cairngorm Mountains gefahren – das war weit genug weg, und niemand würde hier nach ihr suchen. Dana hatte ein schlechtes Gewissen, aber sie wollte sich dieses Abenteuer, diese einmalige Chance nicht entgehen lassen und drückte daher den Senden-Knopf. Anschließend atmete sie erleichtert auf und ging langsam die Straße zurück. Schon auf dem Hinweg war ihr ein Schild aufgefallen, das ein Café anpries. Kurz entschlossen folgte Dana dem Hinweis und überlegte schmunzelnd, dass dies möglicherweise ihre letzte zivilisierte Mahlzeit für die nächste Zeit wäre. Eine hölzerne Bank stand in der Sonne, auf einer Tafel wurden Kaffee, Tee und einige Gebäcksorten angeboten, und bald kam ein Mädchen in Danas Alter aus dem bunten Zigeunerwagen heraus.

»Was kann ich dir bringen?«

»Einen Kaffee und ein Stück Apfelkuchen«, bestellte Dana und unterhielt sich kurz mit ihr. Stella kam aus Schweden und machte hier den Sommer über ein Praktikum auf einer Farm, die auch dieses kleine Café betrieb. Stellas Aufgabe war es, Gemüse zu ernten, Hecken zu schneiden, die Weiden von Farn zu befreien und gelegentlich auch Gäste zu bedienen. Dafür bekam sie ein kleines Taschengeld und durfte, zusammen mit einer Studentin aus England, in dem Blockhaus auf dem Gelände wohnen.

Für Dana klang das recht interessant, und vielleicht hätte sie sich sogar ebenfalls für diesen Job beworben – wäre es nicht ihr auserkorenes Ziel, in die Vergangenheit zu reisen, was sicher noch sehr viel aufregender werden würde. Also genoss sie ihren Milchkaffee und den saftigen Kuchen, während sie ihr Gesicht von der Sonne wärmen ließ.

Marc starrte auf den Boden und fuhr mit einem Keuchen herum, als sich eine Hand auf seine Schulter legte.

Mit ernster Miene stand Scott hinter ihm und runzelte missmutig die Stirn.

»Was ist das?«, brachte Marc stockend hervor. Seine Hand zitterte, als er auf den leblosen Körper deutete.

»Nichts.« Scott wollte ihn weiterschieben, aber diesmal ließ sich Marc nicht beirren.

»Ihr Moorhuhn trägt offenbar Wanderstiefel!« Ganz langsam wich Marc zurück, sah sich nach einer Waffe um, glaubte aber nicht ernsthaft, Scott MacRae gewachsen zu sein.

»Der Kerl wacht bald wieder auf, keine Sorge.«

Marc war sich alles andere als sicher, ob der Mann nicht tot war, und ging nun näher heran, während er Scott nicht aus den Augen ließ. Dieser schien ihn jedoch nicht aufhalten zu wollen. Ganz langsam bog Marc das Gebüsch zur Seite. Ein blonder Mann mit beginnender Halbglatze, er mochte um die dreißig sein, lag mit geschlossenen Augen auf dem Boden. Er tastete nach dem Puls und verspürte Erleichterung, als er das regelmäßige und ausreichend starke Pochen fühlte.

»Sein Kopf wird etwas dröhnen, sonst nichts. Bist du jetzt zufrieden?«, erkundigte sich Scott in genervtem Tonfall.

»Selbstverständlich«, höhnte Marc. »Ich bin ständig mit Leuten unterwegs, die Touristen niederschlagen und im Gebüsch verstecken.«

»Junge, glaub mir, es ist besser, wenn du nicht mehr weißt«, versicherte Scott. »Der Kerl ist bestimmt kein Tourist und hatte noch eine Rechnung mit mir offen. Es war besser, ihn auszuschalten – auch im Namen deiner Freundin.«

»Woher wusste er denn, dass wir hierherkommen? Und was hat das mit Dana zu tun?«

Scott zog Marc an seinem Pullover mit sich weiter, und auch wenn es ihm widerstrebte, den Bewusstlosen einfach liegen zu lassen, stolperte er schließlich vorwärts. »Es sind Männer, die ein gewisses Interesse an dem Broch haben. Sie sind Fanatiker, und es ist sinnvoll, wenn man ihnen aus dem Weg geht.«

»Ist Dana in Gefahr?«

»Nicht, wenn wir sie davon abhalten können, diesen Broch aufzusuchen.«

Marc schüttelte den Kopf und beeilte sich, zum Auto zurückzukehren – dieser Urlaub war mit Abstand das Verrückteste, was er jemals erlebt hatte.

Nachdem Dana Kaffee und Kuchen, später noch zwei Tassen Tee genossen hatte, schlenderte sie langsam die Straße entlang in Richtung Broch. Bis zur Morgendämmerung war es noch lange hin, ja, es war nicht einmal dunkel. Sie versuchte, sich auszumalen, wie die Welt vor über zweitausend Jahren ausgesehen hatte, es gelang ihr jedoch nicht.

Vielleicht gar nicht so viel anders als heute, zumindest in diesem Teil der Welt, überlegte sie. Hier, in diesem verlassenen Tal lebten kaum Menschen, und abgesehen von der Straße und ein paar Stachelzäunen zeugte wenig von Zivilisation. Möglicherweise würde sich die Welt von damals gar nicht so stark unterscheiden. Natürlich wusste Dana, dass sie auf Annehmlichkeiten wie Heizung, fließendes Wasser und Strom würde verzichten müssen, und wenn sie ehrlich mit sich selbst war, graute ihr davor. Andererseits war der Ausflug in die Vergangenheit ganz sicher ein großes Abenteuer, das sie ihr Leben lang nicht vergessen würde. Sie fragte sich, ob es ihr tatsächlich gelingen würde, Rionachs Tochter mit in diese Zeit zu nehmen, und was für ein Mensch ihr Mann, dieser Ardan, wohl war.

Als die mächtigen Ruinen von Dun Telve und Dun Troddan vor ihr auftauchten, wurden ihre Schritte dennoch zögernder.

Jetzt kann ich noch zurück, schoss es Dana durch den Kopf, *ich könnte am Turm vorbeilaufen und nie mehr zurückkehren*. Gleichzeitig wusste sie, dass sie das nicht fertigbringen würde. Rionach verließ sich auf sie, und Dana fieberte vor Neugierde darauf, was es mit ihren angeblichen magischen Fähigkeiten auf sich hatte.

»Ich dachte schon, du wärst geflohen!« Schon kurz nachdem

Dana durch das Gatter getreten war, das zum Broch führte, manifestierte sich Rionach vor ihr. Ihr faszinierendes Gesicht wirkte sehr ungehalten, und ihre Augen hatten sich bedrohlich verengt.

»Nein, aber du hast doch gesagt, ich könnte erst in der Morgendämmerung in dieses Reich der Sídhe reisen.«

»Natürlich, aber ich dachte …« Die Kriegerin machte eine wegwerfende Handbewegung, dann sah sie Dana von oben bis unten an. »Man wird Anstoß an deiner Kleidung nehmen. Sobald du in der anderen Zeit bis, solltest du dich in einer der Siedlungen rund um den Broch um angemessene Kleider bemühen.« Sie legte einen Finger an ihre Nasenspitze. »Ein langer Rock und ein Hemd wären passend, schließlich bist du keine Kriegerin. Du solltest sagen, du wärst eine Verwandte aus dem Osten, die Schwestertochter von Orrea, Tochter von Turesis, Herrin der Sealg-chù, dem Clan der jagenden Hunde. Du kannst meinen Eltern die Botschaft überbringen …«

»Dem Clan der jagenden Hunde?«, fiel Dana ihr ins Wort, »Weshalb sollte ich das sagen?«

»Weil man dich sonst möglicherweise tötet. Tuesis war die Schwestertochter meiner Großmutter, und somit bist du mit unserem Clan, den Each fiadhaich, verwandt.«

»Hat dieser Name auch eine Bedeutung?«

Rionach hob ihr Kinn, und ihre Augen blitzten. »Es bedeutet Clan der wilden Pferde. Unser größtes Begehren war es stets, unsere Freiheit zu wahren, und unsere Ahnen sind bekannt dafür, die besten Reiter hervorgebracht zu haben. Wir stehen in der Gunst der Pferdegöttin Epona.« Der kritische Blick der Kriegerin traf sie. »Ich hoffe, du weißt es zumindest, dich auf einem Pferd zu halten, wenn du schon kein Schwert zu führen vermagst.«

»Ähm, ja«, antwortete Dana zögernd. »Ich hatte einige Zeit Reitunterricht, aber …«

»Das wird hilfreich sein.«

Dana hingegen sah die ganze Sache deutlich kritischer, denn seitdem ihr Lieblingsreitstall vor fünf Jahren geschlossen hatte,

hatte sie auf keinem Pferderücken mehr gesessen, und sie hielt sich für alles andere als eine geübte Reiterin.

»Du musst meinem Clan die Botschaft überbringen, dass Tamia gestorben ist.«

»Wer ist diese Tamia? Und starb sie damals tatsächlich?«

Rionach nickte ernst, sie musterte Dana durchdringend, und für einen Moment schien es ihr, als wolle sie etwas Wichtiges sagen, dann schüttelte sie jedoch ihren Kopf. »Tamia starb im Frühling nach meinem Tod an einem Fieber, aber das spielt keine Rolle, denn mein Clan wurde erst sehr viel später benachrichtigt. Sie war meine ältere Schwester, und eine der mächtigsten *ban-draoidh*, die in den heiligen Tälern des Clans der Eponaer leben. Sie studieren die Kunst der Magie, beobachten die Sterne und huldigen den Göttern.«

»Ich soll so tun, als wäre ich eine von ihnen?« Dana war ausgesprochen skeptisch.

»Du wirst sagen, du hättest erst deinen ersten Sommer der Ausbildung durchlaufen und seiest als Botin geschickt worden. Behaupte, zwei Krieger hätten dich begleitet, die jedoch von Männern der Domnann, die in der Mitte des Landes leben, getötet wurden.«

»Von mir aus«, grummelte Dana.

»Und in jedem Fall«, gemahnte Rionach aufs Neue, »musst du dir passende Kleidung stehlen. Der Sommer ist noch nicht vorüber, und eine der Frauen wird sicher ihre Kleidung zum Trocknen ins Freie gehängt haben. Der vermeintliche Überfall wird auch ein ärmliches Erscheinungsbild erklären.«

»Ich soll die Menschen bestehlen?«, empörte sich Dana. »Das ist ja ein toller Einstand, um ihr Vertrauen zu gewinnen.«

Rionach dagegen zuckte nur gelassen mit ihren Schultern. »Du kannst sie ihnen ja später zurückgeben.« Ein Grinsen machte sich auf ihrem Gesicht breit. »Häng sie doch einfach wieder dort auf, wo du sie gefunden hast.«

Dana konnte Rionachs Humor nicht nachvollziehen, denn

noch immer war ihr nicht wohl bei der Sache, aber schließlich nickte sie.

Eine Weile sprach Rionach über ihren Clan, und Dana schwirrten schon nach kurzer Zeit die unterschiedlichen, für sie völlig fremd klingenden Namen wirr durch den Kopf. Einzig die Namen Mael, Ardan sowie Alauna und Brude, Rionachs Eltern, konnte sie sich merken. Rionachs Worten zufolge herrschte Brude hart, aber gerecht über sein Volk, doch Alauna war die wirkliche Herrin, welche die Fäden zog und die wichtigsten Entscheidungen traf.

»Warum hat sich eigentlich deine Mutter nicht um Mael gekümmert?«, wunderte sich Dana. »Es wäre doch die naheliegendste Lösung, wenn sich die Großmutter ihrer Enkelin annimmt.«

Rionach schüttelte den Kopf. »Mutter hat wenig Geduld mit kleinen Kindern. Wenngleich sie schon über vierzig Sommer gesehen hat, so liebt sie es doch, in den Krieg zu ziehen, sich im Umgang mit der Waffe zu üben und Handelsbeziehungen zu den anderen Clans zu unterhalten. Sie ist häufig auf Reisen.«

Plötzlich musterte Rionach sie ganz eindringlich, und Dana wurde unwohl zu Mute.

»Was ist?«, fragte sie misstrauisch.

Rionachs Hand streifte sie am Kopf. Ein kaum spürbarer, kühler Luftzug, der sie erneut schaudern ließ. »Du könntest Ardan aus seiner Trauer befreien, und wenn er mich erst gerächt und Domech getötet hat …«

»Warte, kann ich nicht so weit in der Zeit zurückreisen, dass ich dich warne und deinen Tod damit verhindere?«

»Das wird nicht möglich sein«, bemerkte Rionach düster, »denn dann wäre ich heute nicht hier und würde mit dir sprechen.«

»Da ist was dran«, murmelte Dana, wenngleich das alles sehr paradox klang. Dennoch wurde ihr mulmig bei dem Gedanken, möglicherweise indirekt für den Tod eines Menschen verantwortlich zu sein. Wie es aussah, war Domech schuld daran, dass Rionach jetzt als ruheloser Geist durch die Jahrtausende streifen musste, aber ob Dana tatsächlich in der Lage wäre, seinen Tod herbeizuführen, das wusste sie nicht.

»Dein Flammenhaar wird ihn betören«, fuhr Rionach fort.

»Bitte was?«

Wieder diese flüchtige Berührung, und Rionachs Augen wanderten an ihr herab. »Auch wenn du nicht allzu üppig gebaut bist, so mag es sein, dass Ardan Gefallen an dir findet.«

Unwillkürlich zupfte Dana an ihrem Ausschnitt herum, und ihr fehlten für einen Moment die Worte. »Na hör mal!« Im Gegensatz zu Rionach ließ ihre Oberweite tatsächlich zu wünschen übrig, aber was sie da von sich gab, war unverschämt. »Du willst mich doch nicht im Ernst mit deinem … Witwer verkuppeln«, stieß sie schließlich hervor.

Nun war es an Rionach, verdutzt dreinzublicken.

»Ich verstehe den Sinn deiner Worte nicht.«

Dana verdrehte die Augen. »Ardan – denkst du wirklich, ich würde diesen …« Sie verkniff es sich, *stinkenden Urzeitmenschen* zu sagen, »… na ja, eben deinen Platz bei ihm einnehmen wollen?«

»Weshalb nicht?« Rionach schüttelte verwundert den Kopf. »Ardan ist ein starker Krieger und weiß es, eine Frau glücklich zu machen. Er hat schon seine zweiundzwanzigste Sonnenwende gesehen, und mit ihm das Lager zu teilen kam stets einem Frühlingssturm gleich. Außerdem …«

»Bitte keine Details«, unterbrach Dana und wedelte abwehrend mit der Hand. »Außerdem ist er jünger als ich und käme deshalb sowieso nicht infrage. Ich stehe auf …«, sie erinnerte sich daran, dass Rionach mit neuzeitlichen Ausdrücken wenig anfangen konnte, »… wenn ich jemanden erwählen sollte, dann jemanden, der schon einige Sommer mehr gesehen hat als ich.«

»Wie viele Sonnenwenden hast du denn gesehen?«, wunderte sich Rionach.

»Ich bin vierundzwanzig, und mit meinem Flammenhaar ist es in spätestens drei oder vier Wochen ohnehin vorbei.« Wieder einmal schien Rionach ihre Worte nicht zu verstehen. »Na ja, es ist gefärbt – die Farbe wäscht sich aus und dann habe ich stinklangweilige dunkelbraune Haare.«

Danas Haarfarbe war aber offenbar Rionachs geringstes Problem. »Du bist alt! Was sagen denn dein Mann und deine Kinder dazu, wenn du ihnen so lange fernbleibst? Ich dachte, unsere Lebenszeit wäre sehr ähnlich.« Abermals wanderten Rionachs Augen über Dana, und ihr wurde schlagartig klar, dass das Alter in der lange vergangenen Epoche eine ganz andere Bedeutung hatte als heute, da sie mit Mitte zwanzig noch als sehr jung galt.

»Ich habe weder einen Mann noch Kinder«, erläuterte Dana, was Rionach erneut in sichtliches Erstaunen versetzte. »Und in meiner Zeit ist das auch völlig normal. Wie alt warst du denn, als du … na ja … gestorben bist?«

»Ich hatte beinahe meine neunzehnte Wintersonnenwende gesehen.«

»Und hattest schon ein zweijähriges Kind?«

»Selbstverständlich!«

»Puh!« Dana stieß die Luft heftig aus.

Ganz offenbar verstand die Kriegerin nicht, weshalb Dana das wunderte, aber schließlich seufzte sie tief. »Wie auch immer, der Zahn der Zeit hat noch nicht sonderlich an dir genagt, und das Wichtigste ist, dass Ardan mich rächt und du Mael hierherbringst.«

Froh, Rionach von dem verhängnisvollen Verkuppelungsthema abgebracht zu haben, konzentrierte sie sich nun auf deren Versuche, sie schon einmal in die Sprache der damaligen Zeit einzustimmen. Es dauerte nicht lange, und Dana rauchte der Kopf. Zu fremd klangen für sie die sonderbaren Ausdrücke, und sie zweifelte daran, die seltsam kehlige, jedoch auch irgendwie melodisch klingende Sprache jemals zu erlernen.

Dana hatte nicht bemerkt, wie die Zeit verging, und nur nebenbei mitbekommen, dass die ersten Sterne am Himmel zu leuchten begannen. Als Rionach plötzlich nach Osten deutete, machte sich ein ausgesprochen flaues Gefühl in ihrer Magengrube breit.

»Der Morgen graut.«

Jetzt wurde es also ernst. Ein riesiger Klumpen wanderte Danas Kehle hinauf, und am liebsten wäre sie einfach davongerannt, allerdings zweifelte sie an der Tragfähigkeit ihrer zittrigen Beine. Auch in der Stimme der Kriegerin war nun deutliche Aufregung hörbar.

»Folge mir, Dana, die Zeit ist gekommen.« Sie sah ihr tief in die Augen. »Hab keine Furcht, ich werde dich im Reich der Sídhe beschützen.«

Rionach murmelte irgendwelche undeutlichen Worte in einer fremden Sprache, und auf einmal wirkten ihre Konturen im Licht des anbrechenden Morgens viel fester und deutlicher. Sie griff nach Danas Hand, und auch wenn sie kurz zurückzuckte, spürte sie nun eindeutig Haut und Knochen, wenn auch ungewohnt kühl. Noch einmal nickte Rionach ihr aufmunternd zu, dann zog sie Dana an der Hand mit sich.

»Folge mir, ich werde dich lehren, in meiner Welt zu überleben.«

Sobald sein Handy wieder Empfang hatte, gab Marc Alec und Marita Bescheid, damit die beiden nicht bei der Polizei anriefen, und versprach, sie abzuholen, nachdem er Scott zu Hause abgesetzt hatte.

»Du kannst mich auch in Portree rauslassen.« Der bärtige Mann warf einen Blick auf seine Armbanduhr. »Ein Bekannter arbeitet in einem der Pubs und wird mich sicher später mit nach Glendale nehmen.«

Eine Weile sagte Marc nichts, starrte stumm auf die Straße und wusste nicht, wie er reagieren sollte. Als sich eine große Hand auf seinen Arm legte, zuckte er zusammen.

»Ich habe eurer Freundin nichts getan, wenn du willst, durchsuch mein Haus und mein Grundstück.«

Genau das war es, was Marc eigentlich im Sinn gehabt hatte. Dass Scott es ihm jedoch freiwillig anbot, wunderte ihn, aber vielleicht war das ja auch nur ein Trick. »Gut, das Angebot nehme ich an.«

Der große Mann seufzte, erwiderte jedoch nichts, und so brachten sie den Rest der Strecke schweigend hinter sich. In Glendale rief Scott seinen Hund zu sich, leinte ihn an, und Marc durchforstete jeden Zentimeter des verwilderten Grundstücks. Auch das Haus ließ er nicht aus und war sich nicht sicher, ob er erleichtert oder wütend sein sollte, als er keine Spur von Dana fand.

»Sie könnten sie schon wer weiß wo verscharrt haben.«

Scott MacRae raufte sich die Haare. »Verdammt, Junge, was soll ich denn noch tun? Wenn es dich irgendwie erleichtert, dann ruf meinetwegen die Polizei, damit die alles durchsuchen, aber ich habe dem Mädchen wirklich nichts angetan.«

Noch einmal blickte sich Marc in dem unordentlichen Wohnzimmer um, danach sah er Scott MacRae entschlossen in die Augen. »Fürs Erste werde ich nichts unternehmen, aber sollte sie sich bis morgen nicht melden, dann …« Er zögerte, riss schließlich die Tür ruckartig auf. »Ich werde Sie im Auge behalten.«

Auf der Rückfahrt nach Portree überlegte Marc, was er Alec und Marita erzählen sollte. Ganz sicher nichts von dem bewusstlos geschlagenen Mann, denn das würde die beiden noch mehr verunsichern. Am Parkplatz an der Bucht warteten sie schon auf ihn, beide mit sehr aufgeregten Gesichtern, doch bevor Marc etwas erklären konnte, plapperte Marita schon los.

»Ich habe eine SMS von Dana bekommen!«

»Was?« Jetzt war er wirklich perplex, allerdings auch sehr misstrauisch, als Marita ihm erzählte, Dana hätte sich verabschiedet und wäre auf einem Selbsterkundungstrip im Osten. Was hatte das zu bedeuten, und weshalb hatte sie nicht angerufen? Stammte die SMS am Ende gar nicht von ihr, und hatte möglicherweise

Scott, oder ein Handlanger von ihm, sie geschrieben, damit sie nicht weiter nachforschten.

»Kennst du die Nummer ihrer Eltern?«, erkundigte sich Marc ernst.

»Ja, schon?« Marita blinzelte ihn verwirrt an.

»Dann ruf sie an und frag nach, ob sie sich bei ihnen gemeldet hat oder auch nur so eine seltsame Nachricht geschickt hat.«

»Was meinst du damit, Marc?«, erkundigte sich Alec.

»Na hört mal, kommt euch das nicht ein bisschen merkwürdig vor? Dana verschwindet spurlos, dann schreibt sie nur eine SMS mit einer absurden Nachricht und verabschiedet sich nicht mal persönlich von uns.«

»Meinst du, ihr ist was passiert?«, fragte Marita mit dünner Stimme, woraufhin Marc ihr beruhigend eine Hand auf den Arm legte.

»Nein, ich hoffe nicht, ich wäre nur gerne sicher, dass sie zumindest ihren Eltern persönlich Bescheid gegeben hat.«

»Was war das denn für eine komische Sache mit diesem Scott?«, fragte Alec, nachdem Marita ein Stück abseits gegangen war und in der ihm fremden Sprache hörbar aufgeregt zu sprechen begann.

»Ich weiß nicht, der Kerl war mir unheimlich, und ich wollte auf Nummer sicher gehen«, wich Marc aus. Weitere Erklärungen wurden ihm erspart, denn Marita kam mit deutlich entspannterer Miene zurück.

»Dana hat heute Nachmittag mit ihrer Schwester telefoniert und ihr genau die gleiche Geschichte erzählt. Die hat sie zwar für verrückt erklärt, meinte aber, sie wäre gesund und munter gewesen.«

Während Alec sie lächelnd in den Arm nahm, blieb Marc skeptisch. »Um welche Zeit war das denn?«

»Keine Ahnung, ich kann ihr nochmal eine SMS schicken und sie fragen, aber auch wenn Dana offenbar völlig durchgeknallt ist, bin ich doch froh, dass es ihr gut geht.«

Im Gegensatz zu den beiden anderen waren Marcs Bedenken alles andere als zerstreut, auch als Marita ihm später berichtete, Dana hätte gegen fünf Uhr nachmittags mit ihrer Schwester gesprochen, machte er sich noch immer Sorgen. Zu dieser Zeit war er mit Scott unterwegs gewesen, also konnte er Dana zu keinem Telefonat gezwungen haben. Aber vielleicht hatte er Komplizen, denn irgendetwas stimmte mit dem Kerl nicht, und auch wenn er nicht wusste, weshalb sie Dana gefangen halten sollten, blieb dieser Gedanke in seinem Kopf haften.

Marita lächelte ihm aufmunternd zu. »Sicher wird Dana noch einmal anrufen, vielleicht war die Verbindung schlecht, oder sie wollte nicht, dass wir ihr diese idiotische Idee ausreden. Komm, lass uns nach Hause fahren.«

Den ganzen Abend über hoffte Marc auf ein weiteres Lebenszeichen von Dana, wurde jedoch enttäuscht.

Kapitel 9

Jenseits der Zeit

Eine hartnäckige Stimme in ihrem Inneren flüsterte Dana wieder und wieder zu, dass sie sich hier auf etwas sehr Gefährliches einließ, und so stand sie unsicher und abwartend vor Rionach, die ihr auffordernd die Hand entgegenstreckte. Was, wenn sie nicht mehr aus dem Feenreich zurückkehrte oder am Ende sogar starb? Andererseits war sie vermutlich einer der wenigen Menschen, der jemals die Gelegenheit dazu hatte, diese einzigartige Erfahrung zu machen. Sie selbst konnte herausfinden, ob es tatsächlich eine Art Zwischenreich gab, in dem die Sídhe, geheimnisvolle Feenwesen, lebten, die laut Rionach frei in der Zeit reisten und gelegentlich die Menschen beobachteten. Ihr Blick schweifte umher. Wurden sie vielleicht genau in diesem Augenblick schon von einer dieser mysteriösen Sídhe beobachtet?

»Worauf wartest du?« Rionachs Stirn runzelte sich, also atmete Dana einmal tief durch, schloss die Augen und ergriff die Hand der Kriegerin, wobei sie ein leichtes Zittern nicht unterdrücken konnte.

Die Berührung fühlte sich seltsam an, kühl, prickelnd, dann durchfuhr Dana ein Strom von Energie. Ihr stockte der Atem, als die Umgebung vor ihren Augen verschwamm. Für einen Moment konnte sie sich nicht rühren, starrte nur auf die wirbelnden Farbexplosionen, die sie umtanzten.

»Gedulde dich«, drang Rionachs Stimme an ihr Ohr. »Als Mensch benötigst du eine Weile, um dich an die neue Umgebung anzupassen. Atme ruhig, schließ die Augen und öffne sie dann erneut.«

Dana tat, wie ihr geheißen, aber sie brauchte drei Anläufe, bis sie wieder halbwegs klar sehen konnte. Schemenhaft erkannte sie den Broch, aber von den Steinen ging ein eigenartiges silbergraues Leuchten aus, und sie glaubte sogar, eine Art Pulsieren zu spüren. Außerdem war das Gemäuer vollständig intakt. In fassungslosem Staunen ließ sie ihren Blick wandern, als sie der Bäume, des Grases und der unzähligen Insekten gewahr wurde, verblasste selbst die Faszination für den Broch. Alles pulsierte geradezu vor Leben, die Insekten waren von einem bläulichen Schimmer umgeben, während die Bäume, Büsche und das Gras ein eher grünlich-silbriges Leuchten umhüllte. Auf Dana wirkte es, als hätte hier nichts eine wirklich feste Form, mutete aber dennoch seltsam real an.

»Was hat das zu bedeuten?«, fragte sie atemlos.

»Du siehst die Umgebung in ihrer reinsten Geistesform«, erklärte Rionach mit ehrfürchtiger Stimme. »Manch einer mag auch sagen, hier im Reich der Sídhe siehst du die Seelen aller Wesenheiten.«

»Die Steine – haben auch sie eine Seele?«, staunte Dana.

»Natürlich. Die Steine des Brochs sind sehr alt, und ihre Lebenskraft ist nur noch ein schwaches Glimmen.« Rionachs schlanke Hand deutete auf die Bäume. »Sie dagegen stehen in der Blüte ihres Lebens.«

Bewundernd folgte Danas Blick einem Schmetterling, der an ihr vorbeiflog, und dabei einen rot schimmernden Energiestrahl hinter sich her zog.

»Wahnsinn.«

»Folge mir«, drängte Rionach nun, wobei sie sich unbehaglich umsah. »Die Sídhe sollen uns nicht entdecken.«

»Weshalb denn nicht?« Eigentlich hätte Dana ganz gerne eines dieser rätselhaften Wesen gesehen, aber Rionach fasste sie an der Hand und zog sie mit sich.

»Die Sídhe sind ein seltsames Volk. Viele spinnen ihre Intrigen, und nicht alle sind den Menschen wohlgesinnt. Komm mit zum Wasser, dort ist die Kraft der Elemente so stark, dass sie uns vermutlich nicht bemerken.«

Trotz Rionachs Warnung spähte Dana ständig über die Schulter, in der Hoffnung, doch einen Blick auf eine der Feen werfen zu können, doch sie konnte keines der Wesen entdecken. Während Dana der Kriegerin folgte, staunte sie, dass diese geradezu durch die Büsche hindurchzugehen schien, und als sie es ihr gleichtat, spürte sie ein eigenartiges, aber nicht unangenehmes Prickeln.

Am Fluss herrschte ein faszinierendes Farbenspektakel. Blau, silbern, weiß und grün wirbelten Lichtstrudel über dem munter schäumenden Bach, und immer wieder ließen Sonnenstrahlen kleine Regenbögen entstehen. Die Geräusche in diesem wundersamen Feenreich übertrafen jene in ihrer eigenen Welt bei Weitem an Klarheit, und auch eine Vielzahl an Gerüchen lag in der Luft, von denen Dana die meisten nicht zuordnen konnte. Mal glaubte sie Flieder zu riechen, dann wieder war es Rosenduft oder der Geruch von frischem Baumharz. Mit offenem Mund bestaunte sie dieses Wunder.

»Setz dich«, verlangte Rionach. »Nun werde ich dich unsere Sprache lehren. Die der Cruithni, des Volkes meiner Mutter, und die der Dalriadaner ähnelten sich von jeher, auch wenn sie sich in einigen Bereichen unterschieden, doch haben sie sich im Laufe der Zeit angeglichen, sodass du keine Schwierigkeiten haben wirst, die Worte zu formen.«

Vorsichtig setzte sich Dana auf das schimmernde Gras und sah Rionach gespannt an. Im Gegensatz zu den Pflanzen und Felsen war die Kriegerin deutlich erkennbar, und auch als Dana ihre eigene Hand betrachtete, sah diese ganz normal aus.

»Wir gehören nicht wirklich hierher«, erläuterte Rionach knapp, »deshalb besitzen wir festere Konturen.«

Nun begann sie, Dana nach und nach einzelne Worte in

der fremden Sprache beizubringen. Schon nach kurzer Zeit schwirrten die Begriffe durch Danas Kopf, und sie war sich sicher, niemals die Worte aus der grauen Vorzeit behalten zu können. Aber Rionach forderte sie wieder und wieder auf, Begriffe oder kurze Sätze nachzusprechen, ermunterte sie, von dem Wasser des Baches zu trinken, und komischerweise fühlte sich Dana danach stets ausgeruht und frisch. Nach einer Weile bemerkte sie, wie es ihr leichter fiel, die kehligen, dem Gälischen ähnelnden Wörter zu sprechen, und sie fand sogar Spaß daran, immer neue Sätze zu lernen. Sie wunderte sich, dass es nicht dunkel wurde, denn sie hatte das Gefühl, der Tag müsse schon lange vergangen sein, als sie und Rionach sich in das schimmernde Gras legten. Federleicht kitzelte es Danas Haut und sandte winzige Energiestöße in ihren Körper, die sie zum Lachen brachten.

»Wie lange sind wir schon hier?«, erkundigte sich Dana.

»Im Reich der Sídhe vergeht keine Zeit. Dieses Land existiert unabhängig davon. Wenn die Feen sich bewusst entscheiden, können sie die Gegenwart, die Vergangenheit oder Zukunft sehen. Meist verweilen sie jedoch hier, deshalb altern sie auch nicht.«

Gespannt drehte sich Dana auf die Seite. »Und wie reisen sie durch die Zeit?«

»Es ist ihre Magie, die ihnen das ermöglicht.« Offensichtlich war es Rionach unangenehm darüber zu sprechen, auch wenn Dana nicht wusste weshalb, aber die Kriegerin verschränkte die Arme vor der Brust und schloss die Augen. »Ruh dich eine Weile aus, dann fahren wir fort.«

Danas Gedanken wurden träger, schwerer, und irgendwann wusste sie nicht einmal mehr, ob sie wachte oder schlief. Leiser Gesang drang auf einmal an ihr Ohr und lullte sie noch mehr ein. Wohlig seufzend drehte sie sich auf die Seite, und als sie eine sachte Berührung an ihrer Wange spürte, glaubte sie, ein Schmetterling oder ein anderes Insekt hätte sich darauf niedergelassen. Träge wischte sie mit der Hand über die Stelle, aber da kitzelte es sie schon wieder.

»Lass mich in Ruhe!«, murmelte sie, öffnete dennoch langsam die Augenlider. Ruckartig erhob sie sich, denn vor ihr im Gras kniete ein silberhaariges Mädchen, musterte sie fragend und grinste dann frech. In der Hand hielt sie einen langen Grashalm. Das Mädchen war in ein schimmerndes Licht getaucht, so wie alles, was sie umgab. Ein fließendes, hellgelbes Gewand mit silbernen Nähten umschmeichelte ihre schlanke Figur und nackte Zehen lugten unter dem langen Rock hervor.

»Wer bist du?« Ihre Stimme klang weich und melodisch, beinahe schon singend.

»Dana.« Hilfe suchend sah sie sich nach Rionach um, doch die Kriegerin lag nicht an ihrem Platz.

»Ich bin La'fira. Aber du bist ein Mensch. Was tust du in unserem Reich?« Helle Augen von einem so intensiv blauen Farbton, wie Dana ihn noch niemals zuvor gesehen hatte, betrachteten sie ohne jegliche Furcht.

»Ich … also … ich kam mit jemandem her«, stammelte sie, während sie weiterhin mit den Augen die Umgebung nach Rionach absuchte. »Ich sollte etwas lernen.«

»Ach so.« Dies schien La'fira als Erklärung zu genügen. Anmutig stand sie auf und hielt Dana die Hand hin. »Komm mit mir, ich zeige dir mein Reich.«

»Ich weiß nicht, ich sollte in der Nähe des Wassers bleiben.«

Ein glockenhelles Lachen entstieg der Kehle der jungen Fee. »Aber dann kannst du doch mein Volk gar nicht kennen lernen.«

»Sie sollen mich auch nicht sehen.«

La'firas kleine Stupsnase kräuselte sich. »Dann werde ich sie dir aus der Ferne zeigen.«

Noch immer wusste Dana nicht, was sie tun sollte. Wo zum Teufel war Rionach? Sie hatte sie vor den Feen gewarnt, aber dieses junge Mädchen wirkte harmlos. Und sich etwas umzusehen, konnte ja nicht schaden. Letztendlich siegte Danas Neugierde. Sie nahm die dargebotene Hand, die sich glatt und kühl um die ihre schloss, und folgte der kleinen Fee flussabwärts, anschließend durch dichtes Gebüsch, und plötzlich standen sie unweit des Brochs. Erneut wunderte sich Dana, dass er vollkommen intakt war. War sie womöglich schon in der Vergangenheit gelandet?

Rund um den Turm tanzten Feen in prächtigen Gewändern, alle von einem irisierenden Schein umgeben, ihr langes Haar flog im leichten Wind. Die Musik von Harfe und Flöte drang an ihr Ohr, und eine Gruppe Feen begann gerade wieder zu singen.

»Warum ist der Turm nicht zerstört?«

»Möchtest du in einem baufälligen Turm leben?«, fragte La'fira verwirrt.

»Nein, aber in dem Broch leben doch normalerweise Menschen.«

»Nicht in unserem Reich.«

Dana verstand das alles nicht, aber La'fira fuhr nun erklärend fort – offenbar stolz, mehr zu wissen als Dana. »Unsere Reiche existieren nebeneinander. Das Reich der Sídhe, das ewig währt, und das Reich der Menschen, unterteilt in Vergangenheit, Gegenwart und Zukunft.«

»Aha.« Das hatte auch Rionach erwähnt, trotzdem war Dana nicht sehr viel schlauer als zuvor, denn dass es unterschiedliche Reiche geben sollte, die parallel bestanden, war für ihren Verstand doch zu viel.

Geschmeidig ließ sich La'fira auf einem Stein nieder. »Manchmal besuchen wir Sídhe die Welt der Menschen, aber nicht mehr so häufig.«

»Weshalb nicht?«

Die junge Fee hob unschlüssig ihre Arme. »Früher hat man uns mit Ehrerbietung behandelt, uns Opfergaben dargebracht oder gar angebetet. Heute glaubt niemand mehr an uns, eure Welt ist krank, die Wasser- und Windgeister sind erzürnt, und an vielen Orten stehen diese grässlichen, stinkenden Menschenstädte. Nur hier, am Feenturm und in einigen Teilen des Landes, das du als

Schottland kennst, ist die Umwelt noch rein, und deshalb besuchen manche Sídhe eure Welt, um sie zu erforschen.«

»Warst du schon in der Menschenwelt, La'fira?«

Sie nickte stolz. »Jede Fee muss die Menschenwelt besuchen, wenn dort der dreihundertste Sonnenzyklus vergangen ist.«

»So alt bist du schon?«, platzte Dana heraus. Spontan hätte sie La'fira auf höchstens fünfzehn oder sechzehn geschätzt.

»Ich bin noch sehr jung, sagen die anderen Sídhe!«

»Puh!« Dana fuhr sich durch die Haare, dann duckte sie sich erschrocken hinter einem Busch, denn in diesem Moment raste eine grässliche Gestalt durch die feiernden Feen. Ihr bleiches Gesicht war zu einer Maske verzerrt, lange, schwarze Haare wehten um hervorstehende Knochen, und aus ihrem Mund ragten spitze Zähne.

La'fira dagegen schien sich nicht zu fürchten. »Das ist doch nur Raluran«, lachte sie.

»Und was ist er?«

»Na, auch einer von uns.«

»Aber er ist grässlich«, wunderte sich Dana, dann glitt ihr Blick an La'fira herab. »Feen sind doch schöne, zarte Wesen.«

»Wir können das sein, was wir wollen.« Vor Danas Augen verwandelte sich die junge Fee. Ihre Miene glich nun einer erschreckenden Maske mit nadelspitzen Zähnen, und ihre zuvor so sanften Augen funkelten plötzlich bedrohlich und kalt. Ein heftiges Zischen entfuhr ihrer Kehle.

Unwillkürlich wich Dana zurück, aber da hatte sich La'fira schon wieder zurückverwandelt.

»Also so gefällst du mir besser.«

Dies brachte die Fee zum Schmunzeln, dann beugte sie sich vertraulich zu Dana vor. »Und manchmal verwandeln wir uns sogar in Menschen.«

»Ach wirklich?«

Ein neues Lied begann, dessen auf- und abschwingende Töne es Dana schwer machten, sich aufs Sprechen zu konzentrieren.

Selbst La'fira verschwamm vor ihren Augen, und sie streckte Hilfe suchend die Hand aus.

»Genug geschlafen.« Dana zuckte zusammen, denn dies war eindeutig Rionachs kräftige, befehlsgewohnte Stimme.

Sie schlug die Augen auf und blickte verwirrt zu der Kriegerin auf. Kein Turm, keine La'fira, kein Fest – was war hier los?

»Weshalb siehst du mich so an?«, wunderte sich Rionach.

»Ich weiß nicht.« Dana zögerte, ihr von der jungen Fee zu erzählen, denn entweder war das ohnehin nur ein Traum gewesen, und falls nicht, wäre Rionach möglicherweise wütend, weil Dana einfach weggegangen war. Also erhob sie sich, sah sich suchend um, aber die Sídhe blieb verschwunden.

Erneut lehrte Rionach sie die fremde Sprache, brachte ihr die Namen der wichtigsten Vertreter ihrer Familie bei und bemühte sich, sie in die alten Gebräuche einzuweisen. Immer wieder sah sich Dana nach La'fira um, aber die tauchte nicht mehr auf, und selbst als sie sich hinlegte, um sich auszuruhen, erschien ihr die Fee nicht mehr, und Dana kam zu der Überzeugung, dass sie tatsächlich geträumt hatte. So verstrichen die Tage und die Nächte, obwohl Dana beides nicht voneinander unterscheiden konnte, wahrscheinlich weil es weder das eine noch das andere gab. Es wurde nicht einmal richtig dunkel, stets dominierte dieses eigentümliche Glimmen. Inzwischen beherrschte Dana die Sprache der Menschen aus alter Zeit fließend, und selbst wenn ihr noch das eine oder andere Wort fehlen mochte, glaubte sie nun doch zurechtzukommen. Rionachs erneutes Angebot, sie in der Kunst des Kampfes zu unterrichten, schlug sie aus.

»Dann bist du bereit, in meine Zeit zu reisen?«, erkundigte sich Rionach.

Dana nickte bestätigend, und plötzlich wurde ihr bewusst, dass heute die Schatten länger waren, so als würde es bald Nacht werden.

»Wie lange sind wir denn nun schon hier?«

»Ich erklärte es dir bereits«, antwortete Rionach ungeduldig.

»Nicht einmal ein Tag wird in deiner Welt vergangen sein, wenn du zurückkehrst. Hier herrschen andere Gesetze.«

Rionach bedeutete ihr, ihr zu folgen, schritt selbstbewusst durch das schimmernde Gras etwas abseits des Baches. Dann nahm sie Dana an der Hand, grinste ihr zu, und sofort wurden sie erneut von diesem energetischen Farbenwirbel erfasst.

Kapitel 10

Wahre Freunde

Nach einer schlaflosen, sorgenvollen Nacht stand Marc kurz nach acht auf und klopfte ans Zimmer seiner Freunde, bevor er die Tür einen Spaltbreit öffnete.

»Was denn?«, murmelte Alec verschlafen.

»Wir müssen nochmal nach Glenelg«, verlangte er.

Stöhnend fuhr sich Alec durch die verstrubbelten Haare, während Marita sich einfach die Bettdecke über den Kopf zog. »Was willst du denn dort?«

»Fragen, ob jemand Dana gesehen hat.«

»Du warst doch schon an dem Turm«, wandte Alec ein.

»Aber nicht in Glenelg selbst, oder vielleicht ist sie zum Zeltplatz zurückgekehrt und hat dort mit jemandem gesprochen.« Kopfschüttelnd sah er seinen Freund an. »Wenn sie euch so gleichgültig ist, fahre ich auch allein, dann könnt ihr in Ruhe euer Matratzentraining fortsetzen.«

»Schon gut, wir kommen mit«, brummelte Alec, »gib uns eine halbe Stunde.«

Voller Ungeduld wartete Marc im Auto, bis die beiden endlich aus dem Haus traten. Die Fahrt verlief größtenteils schweigend, und er sah Marita an, dass er sie mit seiner Beunruhigung angesteckt hatte. Weder auf dem Campingplatz noch in Glenelg hatte jemand Dana gesehen, und auch ein Farmer, der seine Schafe über die schmale Straße trieb, wusste nichts von einer jungen, rothaarigen Frau mit Rucksack.

»Das hat doch keinen Sinn, Marc«, sagte Alec zu seinem Freund, als sie an den beiden Brochs vorbeifuhren, die verlassen im trüben Licht dieses Tages lagen.

Aber er blieb stur. Seine Augen suchten die nähere Umgebung ab, und er war fest entschlossen, die Straße bis zum Ende abzufahren. Möglicherweise trafen sie ja doch jemanden, der Dana gesehen hatte. Wenn die Geschichte von Danas Schwester stimmte, musste sie ja irgendwo diese vermeintlichen Aussteiger getroffen haben, und da sie zum Broch gewollt hatte, lag es nahe, dass es hier geschehen war.

»Dort ist ein Café«, meinte Marita irgendwann und zog gereizt die Augenbrauen zusammen. »Vielleicht sollten wir erst mal was frühstücken.«

»Später«, beharrte Marc. Die Single Track Road zog sich endlos dahin, von Menschen keine Spur, und auch am Ende der Straße, in Balvraid, zeigten sich nur ein paar vereinzelte Farmhäuser. Marc bestand darauf, an jedem Haus zu klingeln, aber leider konnte ihm hier ebenfalls niemand helfen. Resigniert fuhren sie wieder zurück, und Marc tat Marita den Gefallen, am Café anzuhalten, denn dort hatte er schließlich noch nicht gefragt.

Die Bedienung, ein blondes Mädchen mit skandinavischem Akzent, lud sie ein, in dem kleinen Pavillon aus Weidenstöcken Platz zu nehmen und nahm ihre Bestellung auf. Als sie mit Kaffee, Tee und Scones zurückkam, fragte Marc ohne große Hoffnung: »Hast du zufällig gestern ein Mädchen gesehen? Etwa deine Größe, rote Haare, Rucksack …«

»Klar, Dana«, freute sich die junge Bedienung, und Marc blieb sein angebissener Scone im Hals stecken. Er hustete so heftig, dass Alec ihm auf den Rücken klopfen musste, bis er wieder sprechen konnte.

»Sie war hier?«, keuchte er.

»Ja, wir haben uns eine Weile unterhalten. Sie kommt aus Deutschland.«

»War sie allein?«, erkundigte sich Marc aufgeregt.

»Ja, ganz allein«, bestätigte die junge Frau, dann lachte sie. »Hat mir erzählt, sie hätte auf dem Weg hierher eine Gruppe von Aussteigern kennen gelernt, und mit denen wollte sie später in die Cairngorm Mountains fahren.«

»Na siehst du«, seufzte Marita erleichtert.

»Hat sie irgendwie unsicher oder verängstigt gewirkt?« Noch immer ließen Marc seine Bedenken nicht los, aber die Bedienung schüttelte den Kopf.

»Nein, könnte ich nicht sagen. Warum, stimmt etwas nicht?«

»Ach was, alles in Ordnung«, versicherte Marita, dann biss sie genüsslich in ihr spätes Frühstück.

Marc hingegen rührte grübelnd in seiner Kaffeetasse herum und sagte keinen Ton. Wenig später legte ihm Marita eine Hand auf die Schulter. »Hey, tut mir leid für dich, ich weiß, du hast dir Hoffnungen gemacht. Aber vielleicht ist Dana auch ohne großen Abschied gegangen, weil sie gemerkt hat, dass du mehr von ihr willst als nur Freundschaft. Ich glaube, im Moment möchte sie wirklich keine neue Beziehung eingehen, und dieser Selbsterfahrungstrip wird ihr möglicherweise sogar guttun.«

Stumm nickte Marc. Das Mädchen hatte ihm versichert, Dana sei wohlauf, und darüber verspürte er auch eine enorme Erleichterung, dennoch durchflutete ihn nun Enttäuschung. Warum hatte sie ihm nicht einmal persönlich gesagt, dass sie ihn nicht mehr sehen wollte? Er hatte sich doch wirklich zusammengenommen und sie in keiner Weise bedrängt. Seine Augen wanderten über das Tal, das inzwischen von einem dünnen Regenband durchzogen wurde. Vermutlich sollte er versuchen, Dana zu vergessen. Offenbar ging es ihr gut, und wenn sie es nicht einmal für nötig hielt, sich von ihm zu verabschieden, war es wohl besser so. Trotzdem blieb ein winziger Zweifel in seinem Hinterkopf.

Schon seit Stunden wartete Rupert Winslow an der Tankstelle in Kyle of Lochalsh und wurde immer unruhiger. Er hatte Timothy nicht erreichen können, was kein Wunder war, denn am Broch funktionierten keine Mobiltelefone. So hatte er seinen Beobachtungsposten in der Nähe von Scotts Haus aufgegeben, denn dieser hatte sich bisher unauffällig verhalten. Die Tankstelle hatten er und Timothy als Treffpunkt vereinbart, sobald Timothy das Mädchen hatte oder er sonst etwas Auffälliges beobachtete. Erneut blickte er auf sein Handy, aber noch immer war keine Nachricht zu sehen. Nervös trommelten seine Finger auf der Motorhaube des dunkelblauen Fords herum, den er sich in Glasgow gekauft hatte. Vielleicht sollte er weitere Männer herbeordern, die den Broch und auch Scott beobachten sollten. Plötzlich sah er in der Abenddämmerung, wie ein roter Vauxhall die Straße entlanggefahren kam, und er spannte seine hageren Schultern an, denn es handelte sich eindeutig um Timothys Rostlaube. Doch dann stutzte er, denn der Mann fuhr, als wäre er betrunken, gab einmal viel zu viel Gas, blieb dann beinahe stehen und schlingerte über die Straße.

»Verdammt, wenn sich der Mistkerl im Pub vergnügt hat, anstatt den Broch zu bewachen, dann kann er was erleben«, grollte Rupert und ging mit energischen Schritten auf das alte Auto zu. Zornig riss er die Fahrertür auf, doch seine Strafpredigt blieb ihm im Halse stecken. Timothy hatte sich stöhnend zurückgelehnt und ein blutiges Tuch gegen seinen Kopf gepresst.

»Was ist denn mit dir los?«

»Irgend so ein verdammter …« Der Mann, dessen blonde Haare von Blutspuren durchsetzt waren, würgte plötzlich, beugte sich nach rechts – und übergab sich auf Ruperts neue Lackschuhe.

»Verflucht, was für eine Sauerei!« Ohne jegliches Mitleid schob er Timothy auf seinen Sitz zurück. Der Mann atmete schwer und war kreidebleich im Gesicht. »Jetzt sag endlich, was los war, und wenn du kotzen musst, dann warn mich wenigstens vor.«

»Ich habe am Broch gewartet. Alles war ruhig, nur ein paar vereinzelte Touristen waren dort«, stieß Timothy keuchend hervor, wobei sich seine Hände um das Lenkrad krampften. »Plötzlich hat mich jemand von hinten niedergeschlagen, und es war schon später Nachmittag, bis ich wieder zu mir kam …«

»Ja, ja«, fiel ihm Rupert ins Wort. »Wer war es?«

»Ich habe ihn nicht gesehen, er kam von hinten.«

»Verfluchte Scheiße, jetzt kann es sein, dass dieses Mädchen dort war, und wir haben es nicht mitbekommen!« Zornig funkelte er den sichtlich lädierten Timothy an. »Alles muss man selbst machen, ich fahre zum Broch.«

»Warte.« Timothys Stimme hatte einen jämmerlichen Tonfall angenommen. »Kannst du mich nicht erst ins Krankenhaus bringen?«

»Schlaf dich aus, das wird schon wieder.«

»Rupert, mir geht's echt dreckig«, stöhnte Timothy. »Vorhin, als ich weggefahren bin, war das Mädchen nicht dort.« Schon wieder begann er zu würgen, und Rupert verdrehte die Augen.

Er hatte absolut nicht vor, sich um Timothy zu kümmern, schließlich hätte der besser aufpassen können, aber in diesem Moment kamen zwei Frauen auf ihn zu, die sich schon von Weitem erkundigten, ob sie nicht helfen könnten.

»Rutsch rüber«, zischte Rupert, dann schlug er eilig die Fahrertür zu und lächelte die Damen an. »Alles in Ordnung.« Er lachte laut. »Mein Freund hat nur zu tief ins Bierglas gesehen.« Unter keinen Umständen wollte er keine Aufmerksamkeit erregen, und die beiden Frauen starrten bereits neugierig ins Auto.

»Ich fahre ihn jetzt nach Hause. Vielen Dank der Nachfrage.«

Nur zögernd entfernten sich die beiden, warfen immer wieder neugierige Blicke über die Schulter, und so setzte sich Rupert auf die Fahrerseite und fuhr los. Ins Krankenhaus wollte er Timothy nicht bringen, denn die Ärzte würden möglicherweise unbequeme Fragen stellen. Das Ferienhaus, das er gemietet hatte, lag abseits, dort konnte der Dummkopf seine Gehirnerschütterung ausschlafen. Jetzt dunkelte es schon deutlich, und er glaubte kaum, dass das Mädchen sich in der Nacht zum Broch trauen würde – morgen war auch noch ein Tag. Wer hatte Timothy niedergeschlagen? Das Mädchen vermutlich nicht, da tippte er schon eher auf Scott. Hatte der vielleicht doch mehr mit der Kleinen zu tun, als er behauptete? Er würde noch einmal ein ernstes Wort mit seinem ehemaligen Freund reden müssen.

Kapitel 11

Zeitreise

Innerlich völlig aufgewühlt stand Dana in der Morgendämmerung vor den Ruinen von Dun Telve. Nur langsam klärte sich ihr Blick. So faszinierend das Reich der Sídhe gewesen war, jetzt war sie froh, wieder alles so zu sehen, wie sie es gewohnt war. Sollte tatsächlich keine Zeit vergangen sein? Rionach hatte es ihr mehrfach versichert, und in der Tat sah noch alles so aus, wie sie es in Erinnerung gehabt hatte. Wäre die Zeit hier in ähnlicher Weise verstrichen, wie sie es empfunden hatte, wäre der Herbst schon deutlich weiter fortgeschritten, hätten die Blätter bunter und das Heidekraut noch viel mehr erblüht sein müssen. Auch wenn sie das Gefühl hatte, Monate oder gar Jahre im Feenreich verbracht zu haben, ohne geschlafen oder gegessen zu haben, fühlte sie sich seltsam ausgeruht, frisch und überhaupt nicht hungrig. Dana schlang die Arme um ihren Oberkörper. Sie mochte es selbst noch kaum glauben, doch jetzt konnte sie die alte Sprache fließend sprechen, aber trotzdem zögerte sie, den letzten Schritt zu gehen.

Rionach stand erwartungsvoll vor ihr, und auch in ihren anmutigen Gesichtszügen stand eine gewisse Anspannung. »Nun ist es so weit, Dana, du kannst in meine Zeit reisen.«

Wieder keimten Zweifel in ihr auf, Panik drohte ihr die Luft abzuschnüren, und sie hatte das Gefühl, auf ihrem Brustkorb läge ein gewaltiger Felsbrocken.

»Was war mit den anderen vor mir, die versucht haben, in deine Zeit zurückzureisen?«

Kurz glaubte sie, einen Schatten über Rionachs Gesicht huschen zu sehen. »Sie waren nicht so stark wie du.«

»Und was ist mit ihnen geschehen?«

Die Kriegerin hob ihre Schultern. »Es waren ihrer nur wenige, und es gelang ihnen nicht, die Grenzen der Vergangenheit zu durchbrechen.«

»Haben sie überlebt?«

»Es ist viele hundert Sonnenwenden her, dass eine starke *bandraoidh* hier erschienen ist, und natürlich ist sie jetzt nicht mehr am Leben.«

Dana atmete tief durch. Nach ihrem Besuch im Feenreich hatte sie gespürt, oder zumindest eine Ahnung davon erhalten, was es bedeutete, magische Kräfte zu besitzen, trotzdem beschlich sie das unweigerliche Gefühl, diese nicht wirklich zu beherrschen. Aber jetzt konnte und wollte sie nicht mehr zurück.

»Komm mit mir, Dana, du wirst auf eine Reise gehen, die du niemals vergessen wirst.«

»Warte, meine ... Sachen.« Dana musste sich räuspern, denn der Kloß im Hals steckte noch immer fest. »Ich sollte meinen Rucksack irgendwo verstecken, denn wenn ich zurückkomme, werde ich ihn brauchen«, erklärte sie.

»In der Tat.« Rionach sah sich suchend um, dann führte sie Dana ins Innere des Brochs. Auf halber Höhe der noch intakten Treppe deutete sie auf die Wand. »Diese Steine kannst du lösen, dahinter befindet sich ein Hohlraum.«

Ohne große Mühe zog Dana einige Steine aus der Wand, bis eine Vertiefung sichtbar wurde, in der ihr Rucksack und das Zelt passen würden. Zögernd steckte sie ihre Sachen hinein, und beinahe kam es ihr so vor, als würde sie sich von einem Teil ihres Selbst verabschieden. Schließlich fischte sie noch kurz entschlossen ihr Deo, die Zahnbürste und einen Kamm heraus, denn zumindest sie wollte in der anderen Zeit halbwegs zivilisiert aussehen. Auch ein paar Schokoriegel nahm sie als Notration mit – man wusste ja nie!

Die Kriegerin betrachtete dies mit zusammengezogenen Augenbrauen. »Diese Reliquien solltest du versteckt halten, niemandem werden sie vertraut sein.«

Dana musste über den Begriff Reliquie schmunzeln, aber vielleicht war diese Bezeichnung gar nicht so abwegig, denn für sie war es eine Verbindung zu ihrer eigenen Zeit.

Nun atmete sie tief durch, presste den kleinen Stoffbeutel mit ihren wenigen Habseligkeiten an sich und nickte Rionach zu.

Festen Schrittes ging die Kriegerin voran und steuerte direkt auf eine Eberesche zu, die sich am östlichen Ende des eingezäunten Areals befand.

»Müssen wir schon wieder zur Eberesche?«, erkundigte sich Dana, die ihrer Nervosität kaum noch Herr wurde. Ihr Mund war so trocken, dass sie befürchtete, an ihrer eigenen Zunge zu ersticken.

»Wir beschreiten einen ähnlichen Weg wie jenen, den wir ins Reich der Sídhe gegangen sind«, erläuterte Rionach. »Nur wird deine Reise jetzt weiter führen.« Sie deutete auf den Stamm des mächtigen Baumes, an dem die Beeren rot leuchteten.

»Du musst an der Wurzel graben, dort liegen einige Flaschen des Zaubertrankes, den du benötigst, um in der Zeit zurückzureisen.«

»Du hast vorhin nichts von einem Zaubertrank erwähnt«, wunderte sich Dana.

Rionach verdrehte die Augen. »Es ist niemandem gegeben, ohne Hilfsmittel in die Vergangenheit zu reisen. Dies ist ein machtvoller Trank, also sieh zu, dass du ihn ausgräbst.«

»Was ist denn da drin?« Wenngleich Dana nicht wohl bei der Sache war, begann sie, mit den bloßen Händen an der von Rionach bezeichneten Stelle zu graben. Flüchtig dachte sie daran, dass Marita sich jetzt wegen ihrer Fingernägel aufregen würde.

»Nur einige Kräuter«, meinte Rionach beiläufig. »*Deagha, belene*, Alraune, etwas *woad* und einige weitere Kräuter, die den Saft verträglicher machen.«

Dana verstand nicht alles, was die Kriegerin aufzählte. Obwohl sie die alte Sprache nun beherrschte, so hatte Rionach ihr offenbar doch nicht alles beigebracht, denn diese Begriffe waren ihr nicht vertraut. Jetzt hielt sie eine mit Erde verklebte Flasche in der Hand, in der ein halb vergammelter Korken steckte.

»Wie alt ist das Zeug denn?« Sie öffnete die Flasche und roch daran, dann verzog sie das Gesicht. »Du hast gesagt, dir fällt es schwer, in der realen Welt etwas anzufassen, du willst mir doch nicht im Ernst sagen, das Gebräu hier wäre über zweitausend Jahre alt und stammt aus der Zeit, als du noch ein Mensch warst? Das trinke ich garantiert nicht.«

»Natürlich nicht!«, empörte sich Rionach. »Ich erwähnte bereits, dass andere vor dir versuchten, zurückzureisen. Der letzte Versuch ist nicht einmal dreißig Sonnenwenden her, und ich ließ ihn gleich mehrere Flaschen des Zaubertranks herstellen und vergraben.«

»Ihn?« Dana blickte überrascht auf. Es widerstrebte ihr, einen dreißig Jahre alten Zaubertrank zu sich zu nehmen, von dem sie nicht einmal wusste, was er genau beinhaltete.

»Der Mann, den du Scott nennst. Ich erwähnte, dass er hier war.«

»Oh.« Dana konnte sich kaum vorstellen, dass dieser finstere Hüne sich auf solch eine verrückte Sache eingelassen hatte. Aber zumindest war der Mann noch am Leben, und er hatte diesen Trank ebenfalls zu sich genommen.

»Meinst du, der ist noch gut?« Das Gebräu roch einerseits erdig und nach Kräutern, andererseits auch etwas süßlich, und die bräunlich trübe Färbung sah nicht gerade wohl schmeckend aus.

»Zaubertränke verlieren ihre Wirkung bis zu zweihundert Sommer und Winter lang nicht«, wurde sie von Rionach belehrt. »Du kannst ihn getrost zu dir nehmen. Nimm dir eine weitere Flasche mit, denn auch Mael muss davon trinken, allerdings ist sie noch klein. Gib ihr den dritten Teil der Flasche, du musst die Hälfte zu dir nehmen.«

Noch einmal atmete Dana tief durch, dann führte sie die Flasche zögernd an die Lippen und trank den ersten Schluck. Es schmeckte weniger schlimm, als sie erwartet hatte, nur die Kombination aus würzigen Kräutern und Süße war gewöhnungsbedürftig.

»Eile dich, du musst mehr trinken«, ermahnte Rionach sie, woraufhin Dana die halbe Flasche leerte.

Es dauerte nur wenige Augenblicke, und ihr Blick trübte sich. Sie hörte das Blut in ihren Adern rauschen, nahm die Geräusche und Gerüche der Umgebung überdeutlich wahr und hatte das Gefühl, ihr Atem würde aussetzen.

»Rionach!«, presste sie hektisch hervor, denn vor ihren Augen verschwamm plötzlich alles.

»Entsinne dich, du musst dreimal gegen den Lauf der Sonne die Eberesche umrunden«, klang die verzerrte, aber zugleich auch drängende Stimme der Kriegerin an ihr Ohr. »Bei deiner Rückkehr folgst du dem Lauf der Sonne.«

Dreimal um die Eberesche, dachte Dana, und sie bekam mit einiger Verzögerung mit, wie ihrer eigenen Kehle ein hysterisches Kichern entwich. *Ich befürchte, ich kann nicht einmal einen Fuß vor den anderen setzen.*

Irgendetwas streifte ihren Rücken – sie vermutete, dass es Rionach war. Sie hörte, wie die Kriegerin zu schimpfen begann, aber die genauen Worte drangen nicht mehr zu ihr durch.

Dreimal gegen den Lauf der Sonne um die Eberesche. Dana schwankte los, hoffte, in die korrekte Richtung zu laufen. Das Blut rauschte in ihren Ohren, und der mächtige Baum hatte eine silbrige Färbung angenommen, nachdem sie – wie sie vermutete – einmal um den Stamm herumgestolpert war. Die Umgebung hatte die gleiche Form angenommen, wie im Reich der Sídhe, und sie verharrte staunend.

Schon stand die Kriegerin mit wutverzerrter Miene vor ihr.

»Du … musst … weitergehen!«

Weitergehen! Dana riss sich von dem Anblick los, ihre Schritte fühlten sich seltsam schwebend und beschwingt an, nichts mehr war von der trägen Schwere übrig, und sie tanzte um die Eberesche herum. Einmal und ein weiteres Mal, dann drehte sich alles um sie. Unfassbar intensive Farben explodierten vor ihren Augen. Sie sah schimmernde Wesen, Feen und Kobolde, die in irrsinniger Geschwindigkeit um sie herumwirbelten, dann kam der Boden immer näher.

Ich falle, fuhr es ihr durch den Kopf, und eine Art schwarzer Tunnel tat sich vor ihr auf. Sie fürchtete den Aufprall, aber bevor es dazu kam, verlor sie das Bewusstsein.

Weiße Wolken zogen über einen Himmel, den das erste Morgenrot erhellte. Vögel zwitscherten in den Bäumen, und das Gras roch nach einem Regenschauer frisch und erdig. Dana war nicht in der Lage, sich zu bewegen. Ihre Glieder fühlten sich bleischwer an, und sie hatte das Gefühl, sie würde gar nicht atmen. Nur ihr Herz schlug so schnell, dass ihr eigentlich hätte himmelangst werden müssen, doch drang dieses unablässige Pochen nicht völlig zu ihrem Bewusstsein durch. Und so starrte sie nur in die Wolken, die immer neue Formationen bildeten, und beobachtete einen Bussard, der träge seine Kreise über den Wipfeln zog.

Auf einmal brach jedoch eine Welle der Übelkeit über sie herein, wie Dana sie in dieser Intensität noch niemals zuvor erlebt hatte. Obwohl ihr Körper bleischwer war, gelang es ihr, sich auf die Seite zu drehen, und sie erbrach ihren gesamten Mageninhalt, bis ihr schwarz vor Augen wurde. Sie hatte das sichere Gefühl, auf der Stelle sterben zu müssen, lag wimmernd und zusammengekrümmt im Gras, bis sie auch nur wieder halbwegs klar sehen konnte.

Verdammt, Rionach, ich bringe dich um, falls ich das hier überleben sollte, dachte sie. Sie hatte ja gleich befürchtet, dass dieser Zaubertrank nicht so harmlos war, wie die Kriegerin sie glauben gemacht hatte.

Trotzdem kam Dana nach und nach wieder zu sich, richtete sich langsam auf und schaffte es, sich gegen den Stamm der Eberesche zu lehnen, auch wenn vor ihren Augen alles erneut verschwamm. Ihr war kalt, und sie zog ihr Sweatshirt enger um sich, steckte ihre Hände unter die Achseln und öffnete mit Mühe die Augen. Für einen Moment vergaß sie sogar ihre Übelkeit und sah sich staunend um. Nur wenige Meter entfernt erhob sich Dun Telve, der vom Morgenlicht sanft beleuchtet wurde. Um ihn herum befanden sich schätzungsweise zehn runde, mit Stroh, Heidekraut oder Farn gedeckte Häuser. Gespannt richtete sich Dana auf, presste sich an den Stamm und erkannte nun auch vereinzelte Schafe sowie gedrungene, zottelige Rinder mit langen Hörnern, die am gegenüberliegenden Hang grasten. Ganz vorsichtig kam sie auf die Beine, wobei sie befürchtete, diese könnten sie nicht tragen, aber das war nicht der Fall. Sämtliche Beschwerden waren plötzlich wie von Geisterhand verschwunden, und sie verspürte lediglich Durst und etwas Hunger.

»Ich bringe Rionach trotzdem um, und wenn sie dreimal ein verdammter Geist ist«, knurrte Dana missmutig, doch in diesem Moment wurde ihr klar, dass der Zeitsprung in der Tat geglückt sein musste. Die Rundhäuser, der intakte Turm – das alles sprach eindeutig dafür. Auch das Tal sah anders aus, als sie es in Erinnerung hatte. Selbstverständlich waren sämtliche Stacheldrahtzäune verschwunden, stattdessen erstreckte sich rund um die Ansiedlung ein weitläufiger Erdwall, auf den zusätzlich eine Steinmauer aufgeschichtet war. Die Hänge waren allesamt stark bewaldet, mit teils uralten, knorrigen Bäumen und von dichtem Gebüsch durchzogen. Nur hier und da waren Flächen gerodet worden, auf denen Vieh graste. Heu und Stroh, auf hölzernen Gestellen aufgetürmt, sprach von einer noch nicht allzu lange zurückliegenden Ernte.

»Also gut, Dana, auf ins Abenteuer«, sagte sie zu sich selbst, bedeckte ihr Erbrochenes angeekelt mit Erde und ging auf Erkundungstour. Das kleine Dorf lag noch in tiefem Schlaf, nur ein paar Ziegen mit gewaltigen Hörnern sahen sie verschreckt an. Rionach hatte ihr geraten, sich passende Kleidung zu besorgen, und zum Glück musste sie nicht lange suchen, denn hinter einer Hütte an einem niedrigen Ginsterbusch hingen zwei graubraune Röcke, eine verschlissene, helle Bluse und ein paar gräuliche Männerhosen.

Dana überkam ein schlechtes Gewissen, die Sachen an sich zu nehmen, denn vermutlich hatten die Menschen hier wenig zum Leben. Zudem befürchtete sie, ihr Diebstahl würde bald entdeckt werden, aber ihr blieb wohl keine Wahl. In Jeans und Sweatshirt würde sie viel zu sehr auffallen, und auch ihre braunen Wanderschuhe könnten Blicke auf sich ziehen, doch von denen wollte sie sich nicht trennen, denn barfuß zu gehen, kam bei allem Abenteuersinn für sie nicht infrage. Also zog Dana den schmaleren der Röcke an, musste leider feststellen, dass er zu weit war, konnte jedoch ihren Gürtel benutzen, um ihn festzuzurren. Dann schlüpfte sie in die Bluse, die ihr unförmig und sackartig vom Körper hing. Alles war klamm – vermutlich hatte es nachts einen der typischen Schauer gegeben.

Marita wäre entsetzt, dachte sie grinsend.

Als Dana Stimmen aus dem Inneren des Hauses hörte, zuckte sie zusammen, kletterte schnell über die Mauer und schlug sich bis zum Bach durch, wo sie sich endlich den ekelhaften Geschmack aus dem Mund spülen konnte. Anschließend versteckte sie ihre alten Kleider unter einer dicken Wurzel, wo sie hoffentlich vor Regen geschützt sein würden. Auch die beiden Flaschen mit dem Zaubertrank legte sie dazu, selbst wenn ihr schon jetzt davor graute, das schreckliche Gebräu noch einmal trinken zu müssen. Ob sie einem Kind diese Tortour zumuten konnte, darüber würde sie noch ernsthaft nachdenken müssen. Jetzt schob sie derartige Grübeleien aber hartnäckig zur Seite und wanderte in westlicher Richtung am Fluss entlang.

Wenn sie bei der von Rionach ersonnenen Geschichte bleiben wollte, musste sie aus Westen eintreffen, aus dem Tal der Druiden. Während sie im Schutz einiger Büsche entlangschritt, erfassten sie auf einmal andere Sorgen. Wie würden die Menschen dieser Epoche auf sie reagieren? Waren es tatsächlich ungehobelte Barbaren, wie man vermutete? Würde sie irgendein vorchristlicher Krieger in seine schmutzige Hütte zerren und vergewaltigen, bevor sie auch nur ein Wort gesagt hatte? Plötzlich wirkten selbst die Nebenwirkungen des Trankes auf sie gar nicht mehr so schlimm, und sie erwog ernsthaft, in ihre Zeit zurückzukehren, aber dann schüttelte sie den Kopf. Rionach hatte ihr Aufnahme und Schutz durch ihren Clan versichert, und obwohl die Kriegerin ihr bezüglich des Trankes nicht die Wahrheit gesagt hatte, so hatte sie weder einen barbarischen noch einen völlig unzivilisierten Eindruck hinterlassen.

Dana schlug einen weiten Bogen um den Broch, bestaunte die ihr völlig unbekannten Gräser und Kräuter, die hier wuchsen. Der Boden war weniger moorig, als sie ihn in ihrer Zeit in Erinnerung hatte, aber vielleicht lag das an den vielen Bäumen und Büschen, die Feuchtigkeit aus der Erde zogen. Der Bach war, wie Rionach gesagt hatte, deutlich tiefer und breiter als im einundzwanzigsten Jahrhundert. Hier und da erkannte Dana Vertiefungen, an denen die Menschen vermutlich Wasser schöpften oder wo Tiere ihn als natürliche Tränke nutzten. »Ich bin hier, ich bin tatsächlich hier«, flüsterte sie, »über zweitausend Jahre vor meiner Zeit.«

Nachdem sie glaubte, weit genug vom Broch entfernt zu sein, schlug sie sich nach rechts durch, wanderte durch ein dichtes Waldgebiet mit Buchen, Eichen und Birken und überquerte dann eine Schafweide, die leidlich gerodet war. Ginsterbüsche standen hüfthoch, Eichenschösslinge sprossen überall hervor. Die Schafe waren deutlich kleiner, als Dana sie aus den Highlands ihrer Zeit kannte. Viele besaßen mächtige Hörner, und die meisten waren von eher gräulicher als weißer Farbe. Was die Tiere gemein hatten, war, dass sie sehr scheu waren und blökend das Weite suchten, als der menschliche Eindringling ihnen zu nahe kam.

Auf Verdacht hielt Dana auf den nächsten Abhang zu, und nachdem sie über einen kleinen Bachlauf gesprungen war, erkannte sie erleichtert einen Trampelpfad, der sich in Windungen durch das Tal zog.

Gut, das müsste der Weg sein, der in Richtung Meer führt, überlegte sie und ging zögernd weiter. Ein wenig fürchtete sie sich schon vor ihrer ersten Begegnung mit den Menschen hier, aber sie hatte sich etwas vorgenommen und würde es auch durchziehen.

Bald erkannte sie in der Ferne Dun Troddan, der höher gelegen war – auch dieser Broch vollständig erhalten. Bei genauerem Hinsehen ragte rechts von ihr Dun Telve über den Wipfeln auf, ein monumentales Bauwerk, das sich wie ein grauer Riese aus dem endlosen Grün erhob. Noch immer war Dana völlig fasziniert davon. Auf der Spitze des Turmes glaubte sie, eine Bewegung zu sehen, war sich aber nicht völlig sicher. Hatte man sie am Ende schon entdeckt?

Angespannt setzte sie ihren Weg fort, und ihre Vermutung wurde zur Gewissheit, als sie Hufschlag hörte, das Schnauben von Pferden, und kurz darauf erschienen vor ihr auf dem Weg drei Reiter. Die Männer saßen auf ungesattelten, kleinen Pferden mit langer Mähne. Zwei hielten kurze Schwerter in den Händen, waren blond, und ihre Haare hingen ihnen bis zur Brust. Ein Schnurrbart ragte über ihr Kinn hinaus. Der dritte Mann hatte etwas dunklere, kürzere Haare, einen leicht stoppeligen Bart, und sein Gesichtsausdruck wirkte auf Dana weniger feindlich als der der anderen. Seine graublauen Augen musterten sie forschend.

Im ersten Moment war sie nicht in der Lage, sich überhaupt zu rühren, dann hob sie die Hände und sagte kleinlaut: »Ich bin unbewaffnet.«

Die Männer tauschten verwirrte Blicke aus, dann ließ der älteste Krieger sein braunes Pferd noch einen Schritt vortreten. Sein Gesicht war wettergegerbt, er besaß hohe Wangenknochen, die an die von Rionach erinnerten, auch die blauen Augen waren den ihren sehr ähnlich. Zahlreiche Narben zeichneten sich auf seinen bloßen Unterarmen ab, am Körper trug er ein langes, graues Hemd, mit einer Kordel gegürtet, und hellbraune Hosen.

Seine Füße steckten in groben, unförmigen Lederschuhen, die über den Knöcheln zusammengeschnürt waren.

»Ich bin Brude mac Ungost«, erklang seine feste, dunkle Stimme, und Dana zuckte zusammen – das war Rionachs Vater. »Wie nennst du dich?«

»Da … Dana«, brachte sie stockend hervor, denn sein stechender Blick beunruhigte sie. Seine Kieferknochen waren angespannt, und sie bemerkte, wie er, obwohl er sie nicht aus den Augen ließ, trotzdem die Umgebung genau nach weiteren Gefahren absuchte. Vermutlich hielt er sie für eine Bedrohung, und sie wich unwillkürlich einen Schritt zurück.

Jetzt ritt auch der zweite Krieger, sein Gesicht zeigte noch wenige Falten, näher. Vermutlich war er etwas kleiner als Brude, dafür aber sehr muskulös.

Schlagartig erinnerte sich Dana an das, was Rionach ihr aufgetragen hatte, zu sagen. »Ich bin eine *ban-draoidh* aus den Tälern der Eponaer«, stieß sie hektisch hervor, woraufhin die Männer verharrten und ihre Waffen senkten. »Ich bin die Schwestertochter von Tuesis von den Sealg-chù.«

Die bedrohliche Miene von Rionachs Vater wandelte sich augenblicklich. Geschmeidig sprang er vom Pferd, steckte sein Schwert in seinen Gürtel, und ehe Dana sich's versah, hatte er sie an seine Brust gepresst und ihr einen Kuss auf die Stirn gedrückt. Sie hielt die Luft an ob des überragend männlichen Geruches nach Schweiß, Leder, Pferd und Moschus.

»Ich heiße dich willkommen, Dana von den *ban-draoidh.*« Ein äußerst liebenswürdiges Lächeln zauberte eine Vielzahl an Fältchen auf sein sonnengebräuntes Gesicht, und seine Stimme klang nun deutlich freundlicher, wenn auch noch immer sehr fest und energisch. »Bringst du Neuigkeiten von meiner ältesten Tochter?«

Die Freude von Brude mac Ungost war so deutlich spürbar, dass sich Danas Herz zusammenkrampfte, und vielleicht wurde ihr erst jetzt richtig bewusst, was Rionach ihr da aufgetragen hatte. Erst vor kurzer Zeit war die Kriegerin gestorben, und jetzt sollte sie ihrem Vater sagen, dass auch seine älteste Tochter Tamia nicht mehr lebte.

Unwillkürlich nahm sie seine Hand, die sich fest, schwielig und sehr stark anfühlte. »Ja, die bringe ich, nur leider sind es keine erfreulichen Neuigkeiten«, erklärte sie vorsichtig.

»Ist Tamia in der Anderswelt bei unseren Ahnen?« Seine Stimme klang seltsam gefasst, wenn sie auch ein kleines Zittern um seine Mundwinkel herum wahrnahm.

»Ja, leider. Ein schweres Fieber hat sie getötet oder in die andere Welt geschickt.«

Für einen Moment schloss er die Augen, dann nickte er und drückte sie erneut an sich. »Ich danke dir, dass du den weiten Weg auf dich genommen hast.« Er sah sich um. »Wo ist dein Geleitschutz?«

»Wir wurden von Kriegern der Domnann überfallen«, erklärte Dana schnell, so wie Rionach es ihr geraten hatte, und sie musterte Brude voller Mitgefühl, denn auch wenn er es nicht offen zeigte, musste ihn die Nachricht doch sehr mitnehmen. »Nur ich konnte entkommen.«

»Verflucht seien die Domnann«, stieß der jüngere Blonde hervor, und reckte sein kurzes, mit braunem Leder umwickeltes Schwert in die Höhe. »Lass mich einen Kriegstrupp zusammenstellen und gegen die Domnann in den Krieg ziehen.«

»Zügle deinen Zorn, Garnait«, wies ihn Brude harsch zurück, dann wandte er sich deutlich freundlicher an Dana. »Konntest du Nachricht an die *ban-draoidh* senden?«

Zunächst wusste Dana nicht, was sie erwidern sollte, dann nickte sie vorsichtig.

»Siehst du, die heiligen Männer und Frauen werden sich darum kümmern.«

Garnait knirschte laut mit den Zähnen und funkelte Dana an. Offensichtlich hätte ihm ein Kriegszug deutlich mehr behagt, und Dana war er, im Gegensatz zu Brude und dem schweigsamen anderen Mann, auf Anhieb unsympathisch.

»Reite zurück, und sag den Frauen, sie sollen ein Mahl für Dana herrichten«, befahl Rionachs Vater.

Der junge Krieger riss sein Pferd so heftig herum, dass Dana befürchtete, es könnte stürzen, dann hieb er ihm die Fersen in die Flanken und stürmte in halsbrecherischem Tempo über den holprigen Weg davon.

»Eleganter Reitstil«, murmelte Dana.

Jetzt stieg auch der dritte Mann ab, lächelte ihr zu und sagte mit einer überraschend sanften Stimme: »Ich bin Drostan mac Talorc vom Dun Bheinn.«

Dun Bheinn – das bedeutete so viel wie *Turm am Berg* und war damit wohl gleichzusetzen mit Dun Troddan der anderen Zeit.

»Er ist der Steinmetz und Barde des Nachbarclans«, erzählte Brude nun. »Drostan hielt Wache und entdeckte dich als Erster.«

Der junge Mann, Dana schätzte ihn auf Mitte bis Ende zwanzig, wobei er auch deutlich jünger sein konnte, denn die Menschen dieser Zeit alterten bekanntlich schneller, verbeugte sich, ließ sie jedoch nicht aus seinen sanften graublauen Augen. Dana räusperte sich verlegen.

»Du kannst auf meinem Pferd reiten«, bot er an, woraufhin Brude kritisch die Stirn runzelte.

Okay, super, ich habe noch nie auf einem ungesattelten Pferd gesessen, dachte Dana voller Unbehagen. Andererseits war der Grauschimmel kaum so groß wie die Highlandponys, die sie kannte. Als sie neben ihm stand, konnte sie bequem über das Tier hinwegblicken und legte die Hände auf den breiten Rücken. Schon hatte sie Drostan um die Hüfte gefasst und auf das Pferd gehoben, bevor sie auch nur erschrocken aufquietschen konnte, dann fasste er die Zügel, nickte ihr noch einmal zu und schritt voran.

Dana hielt sich krampfhaft an der dichten, borstigen Mähne des Pferdes fest, umklammerte mit den Schenkeln den Bauch und befürchtete, jeden Moment herunterzurutschen. Überraschenderweise war der breite Rücken jedoch sehr bequem, außerdem lief das Pferd vorsichtig.

Brude trieb sein Pferd neben sie und betrachtete sie eingehend. »Später wirst du im Rat von Tamias Übertritt in die Anderswelt berichten.«

»Ähm, ja.« Jetzt wurde Dana wieder unwohl zu Mute, aber zumindest hatten die Männer sie freundlich aufgenommen und ihr ihre Geschichte abgekauft.

»Erst vor kurzer Zeit starb meine jüngste Tochter Rionach«, erzählte Brude weiter, und Dana spürte den Schmerz in seinen Worten.

»Ich weiß, und das tut mir sehr leid«, rutschte es ihr heraus. Als sie Brudes erstauntes Gesicht sah, biss sie sich auf die Lippe, denn vermutlich hätte sie das gar nicht wissen dürfen.

»Bist du denn eine Seherin?«, erkundigte er sich voller Ehrfurcht in der Stimme.

»Ja, genau, manchmal kann ich in die Zukunft sehen.« Zumindest war das nicht völlig gelogen, denn immerhin kam sie aus der Zukunft.

Auch der junge Drostan warf ihr einen beeindruckten Blick zu, und Dana schalt sich innerlich dafür, nicht nachgedacht zu haben. Sie würde aufpassen müssen, damit sie nicht aufflog, und ihre Worte mit mehr Bedacht wählen.

Inzwischen herrschte viel Leben in dem kleinen Dorf. Menschen standen tuschelnd beisammen und sahen Dana neugierig an. Vermutlich kamen selten Fremde ins Dorf, und sie war jetzt so etwas wie eine Sensation. Einige Kinder, Dana fragte sich, ob Mael unter ihnen war, rannten umher. Gekleidet in sackartige Gewänder, alle barfuß und die meisten von ihnen schmutzig, hüpften die Kleinen aufgeregt über den teils morastigen Boden. Zwei schwarze Hunde balgten sich um einen Knochen, und eine alte Frau kam mit zwei runden hölzernen Gefäßen, an denen Seile als Henkel befestigt waren und die vermutlich eine Art Eimer darstellen sollten, langsam über die freie Fläche vor dem Broch gelaufen. Wasser schwappte über den Rand, als sie ruckartig stehen blieb und Dana mit offenem Mund anstarrte.

»Dein Flammenhaar verwundert sie«, erklärte Drostan, der Danas Unsicherheit wohl bemerkt hatte.

Verdammt, was soll ich ihnen denn sagen, wenn ich bald wieder braune Haare habe?

»Also ich …«, begann sie, »habe meine Haare für ein … geheimes Ritual gefärbt.« Diese Erklärung kam ihr ziemlich dämlich vor, aber sowohl Brude als auch Drostan schienen beeindruckt. »Bald wird sich wieder die braune Farbe zeigen.«

»Man muss den Göttern Ehre erweisen«, war Brudes einziger Kommentar, dann half er ihr vom Pferd und nickte Drostan zu. »Verkünde Nectan die traurige Botschaft.«

Der jüngere Mann verbeugte sich leicht und nickte Dana noch einmal zu, bevor er davoneilte. Leises Bedauern machte sich in ihr breit, denn Drostan war freundlich gewesen, aber da er zum anderen Broch gehörte, hatte er wohl in der bevorstehenden Versammlung nichts zu suchen.

Ein kleiner Junge nahm Dana das Pferd ab und fiel dabei immer wieder über seine Füße, weil er sie so auffällig anstarrte. Brude fasste sie am Arm und führte sie unter den neugierigen Blicken der Dorfbewohner zum Broch. In seiner eigenen Zeit war der Turm noch imposanter als in Danas. An die zehn Meter ragte er über den Bäumen auf, hier und da sah man Schlitze, die Licht ins Innere ließen. Möglicherweise waren sie auch zur Verteidigung gedacht, und ganz oben standen Männer, die Wache hielten.

Brude führte sie durch die Tür, dort, wo sie sich auch in Danas Zeit befand, ins Innere. Düsternis und klamme Luft empfingen Dana in der dämmrigen Dunkelheit des alten Gemäuers. Zwei junge Frauen, die ähnliche Kleider wie sie selbst trugen, verbeugten sich vor ihnen und versicherten, das Essen sei angerichtet. Über die Steintreppe begaben sie sich in den ersten Stock, und Dana erkannte, dass hier ein hölzerner Boden eingezogen war. Mächtige Holzbalken ragten aus dem unteren Teil des Brochs hervor, wo sie vermutlich im Erdreich verankert waren, und stützten auch ein zweites Stockwerk. In der Mitte befand sich eine Steinplatte, auf der ein Feuer prasselte. Zu Danas Verwunderung war es gar nicht so qualmig, wie sie befürchtet hatte, sondern der Rauch zog nach oben durch ein Loch ab. Der runde Raum war im hinteren Teil durch Vorhänge abgeteilt, nur wenig Licht fiel durch die schmalen Schlitze rechts und links in den Wänden.

»Setz dich«, lud Brude sie ein und ließ sich selbst auf einem Fell am Feuer nieder.

Nach und nach kamen weitere Männer herein, auch sie trugen das Haar schulterlang, die meisten lange Schnurrbärte, und waren entweder in Hosen oder Gewänder gekleidet, die an den moderneren Kilt erinnerten. Nur waren sie eher selten kariert, sondern in einfachen Erdtönen gehalten.

Einer nach dem anderen stellten sie sich vor, wobei Dana ihre Namen nicht behalten konnte, und setzten sich dabei rund um das Feuer. Die beiden jungen Mädchen brachten hölzerne Schalen mit einem gräulichen Brei und Stücken von Gemüse. Dana war hungrig, dennoch musste sie sich überwinden, davon zu kosten, und tauchte den Holzlöffel nur zögernd in die Pampe. Der Getreidebrei war ungewürzt und zäh, das Gemüse mochte eine Rübenart sein, die halbwegs genießbar war, aber zumindest füllte das Zeug ihren Magen. Aus tönernen Bechern bekam sie etwas zu trinken, das Dana als dünnes Bier identifizierte und überraschend gut schmeckte. Die Männer, auch der grimmige Garnait hatte sich zu ihnen gesellt, warfen ihr immer wieder fragende Blicke zu, ließen sie jedoch in Ruhe essen und unterhielten sich dabei über die Ernte, die bevorstehende Schafschur und irgendeinen Clan aus dem nächsten Tal.

Ganz langsam entspannte sich Dana, ein Zustand, an dem der Alkohol nicht unbeteiligt war, und sie ließ die fremde Atmosphäre auf sich wirken. Die Männer muteten rau und derb an, aber nicht unbedingt feindselig. Ihnen allen haftete ein strenger Geruch an, was jedoch nicht verwunderlich war, wenn man bedachte, dass sie vermutlich alle körperlich arbeiteten, die Erfindung von Deos und ähnlichen Dingen noch in weiter Ferne lag, und man seine Sachen um 80 v. Chr. sicher auch deutlich weniger oft wusch.

Ein schmächtiger Mann, der kaum Bartwuchs vorzuweisen hatte, stand plötzlich in der Tür, und Brude sah alarmiert auf. »Konntest du Alauna und Ardan ausfindig machen?«

Dana zuckte zusammen. Rionachs Mutter und ihr Mann!

»Alauna befindet sich auf dem Weg hierher, und Ardan …«, er zögerte sichtlich, »… ist nicht wachzurütteln.«

»Verfluchter Narr«, knurrte Brude und warf ein Holzstück ins Feuer, sodass Funken in die Höhe stoben. Eine Zornesfalte bildete sich auf seiner Stirn, dann entließ er den Jungen mit einer ungeduldigen Kopfbewegung.

Plötzlich vernahm Dana aufgeregte Stimmen, und kurz darauf stand eine hochgewachsene Frau im Raum. Auf den ersten Blick erschien sie noch jung, kraftstrotzend, mit hüftlangem Haar, das an der Seite zu zwei Zöpfen geflochten und mit einem schmalen blauen Tuch aus der Stirn gehalten war. Sie trug einen bodenlangen, rostfarbenen Rock, eine eng anliegende, helle Bluse, deren Ärmel weit ausgestellt und mit blauen Zierborten verschönert waren. Ketten und ein bronzefarbener Halsring schmückten ihre Erscheinung. An den Gesichtszügen erkannte man sofort, dass es sich um Rionachs Mutter handelte, auch wenn Alaunas Nase weniger wohl geformt, sondern leicht krumm war. Nun, da die Flammen ihre Gesichtszüge erhellten, zeigten zudem Falten um Mund und Nase ihr fortgeschrittenes Alter. Doch noch immer war sie eine beeindruckende Frau, und ihr energisches Kinn und die stechend braunen Augen ließen vermuten, dass sie genau wusste, was sie wollte.

»Du bist eine *ban-draoidh* aus den Tälern der Weisen?«, verlangte sie mit messerscharfer, klarer Stimme zu wissen.

Dana wusste nicht, ob es angemessen war, aber sie erhob sich, sah zu der Frau, die sie einen halben Kopf überragte, auf und nickte. Auch Brude stand auf, stellte sich neben seine Frau und legte ihr einen Arm um die Schulter.

»Dana ist eine Seherin, und sie sah, dass Rionach in die Anderswelt ging.«

Auf der Stelle verfinsterten sich Alaunas Züge, ihre dünne Haut spannte sich über die markanten Wangenknochen. »Dann hoffe ich, du bringst gute Nachricht von Tamia. Ist sie in den Rat der Weisen aufgestiegen?«

Brude blickte betrübt zu Boden, und Dana traute sich plötzlich nicht, von Tamias Tod zu erzählen.

»Sprich!«, herrschte Alauna sie an, und Dana vermutete, dass sie schon etwas ahnte, es nur nicht wahrhaben wollte. Alaunas Hände zitterten, und obwohl ihre Miene hart und kalt war, konnte sie die Angst in ihren Augen nicht verbergen.

»Sie ist eine *ban-draoidh*«, wies Brude seine Frau zurecht, jedoch mit deutlich weniger Nachdruck, als er es bei seinen Männern tat. »Behandle sie mit Respekt.«

»Und wenn sie Epona in leibhaftiger Gestalt wäre«, schäumte Alauna, wobei sie vor Anspannung bebte. »Sie soll mir sagen, welche Nachricht sie von Tamia bringt.«

»Tamia ist gestorben«, erwiderte Dana leise und zog unwillkürlich die Schultern ein.

Alauna starrte sie an, offenbar unfähig, das Gehörte zu verarbeiten, dann stieß sie ein heiseres Schluchzen aus, trat mit dem Fuß gegen einen Kessel, der scheppernd gegen die Steinwand krachte, und stürmte aus dem Raum.

Brude ließ seufzend die Arme hängen. »Damit habe ich gerechnet, aber die Ehre gebot es uns, auf Alauna zu warten.« Er setzte sich wieder hin und sah Dana auffordernd an. »Nun kannst du berichten.«

»Ähm … Und Alauna?«, wagte sie zu fragen.

»Sie wird sich in einen Kampf stürzen und in der Abenddämmerung zurückkehren, dann kann ich ihr alles erzählen.« Offenbar war Brude ein derartiges Verhalten seiner Frau gewohnt.

So wie sie es mit Rionach abgesprochen hatte, berichtete Dana von ihrer noch nicht beendeten Ausbildung als Druidin, dass sie Tamia nur flüchtig gekannt hatte und dazu auserwählt worden war, die traurige Nachricht von deren Tod zu überbringen. Es sei ein schweres Fieber gewesen, das im Tal gewütet und viele dahingerafft hatte.

Die Männer stießen bedauernde Laute aus, schüttelten gramvoll die Köpfe und betrauerten den Tod der ältesten Tochter ihres Clanführers.

»Sie wird den Ahnen mit ihrer Weisheit zur Seite stehen und nun mit ihrer jüngeren Schwester vereint sein«, sagte Brude am Ende und wirkte jetzt etwas weniger bedrückt.

Nein, Rionach hat sie garantiert nicht gesehen, dachte Dana, hütete sich jedoch, das laut auszusprechen.

»Musst du sofort zu deinesgleichen zurückkehren, oder ist es dir erlaubt, noch bei uns zu verweilen?«, fragte Brude.

»Es war Tamias letzter Wunsch, dass ich euch zur Seite stehe«, behauptete Dana.

Brude musterte Dana einen Augenblick lang, dann stand er auf. »Und Tamias Wunsch soll ihr gewährt sein«, rief er laut, dabei drehte er sich im Kreis und erfasste jeden der Anwesenden mit seinem Blick. »Betrachtet Dana von den *ban-draoidh* nun als eine von uns.«

Die Männer erhoben sich, verneigten sich vor Dana und verließen dann nacheinander den Raum.

Dana atmete auf. Brude mac Ungost hatte sie in seinen Clan aufgenommen, das war offensichtlich ein gutes Zeichen. Jetzt musste sie nur noch diesen Ardan und die kleine Mael finden.

»Eine der Frauen wird dir ein Lager herrichten und dir angemessene Kleider bringen«, versprach Brude. Kurz legte er ihr eine Hand auf den Arm. »Solltest du etwas benötigen, scheue dich nicht, danach zu fragen.«

»Danke.« Dana räusperte sich. »Ich würde mich gerne etwas umsehen.«

»Gut, aber entferne dich nicht zu weit von unserem Broch. Es mögen Feinde in den Wäldern lauern.« Sein Blick wanderte über sie. »Du bist eine *ban-draoidh* und wirst dich zu verteidigen wissen, dennoch wäre mir wohler, einen unserer Krieger an deine Seite zu stellen, wenn du dich weiter entfernst.«

Das wäre mir ebenfalls lieber, dachte Dana, dann nickte sie, ging die Stufen hinab und war froh, wieder in der Sonne zu sein, denn im Inneren war es trotz des Feuers recht kühl gewesen.

Die Menschen betrachteten Dana mehr oder weniger auffällig, aber ihre Blicke drückten lediglich Neugierde aus, und so entspannte sie sich. Überall herrschte große Geschäftigkeit. Auf den Berghängen wurde Heu mit einem Pferdefuhrwerk abtransportiert, nicht weit entfernt ein Lamm geschlachtet, Frauen saßen am Boden, drehten irgendetwas – bei näherem Hinsehen vermutete Dana, dass es sich um Heidekraut handelte – zu Stricken und unterhielten sich dabei angeregt miteinander. Ein gebeugter Mann, der kaum noch Haare am Kopf trug, schlurfte an ihr vorbei. Als er sich kurz aufrichtete und sie anlächelte, sah sie, dass er nur noch einen einzigen Zahn im Mund hatte. Selbst auf drei Schritte Entfernung war sein Mundgeruch überwältigend.

Ein kleines Mädchen mit hellbraunen Haaren verrichtete seine Notdurft mitten auf dem Platz, und unangenehm berührt stellte Dana fest, dass die hygienischen Zustände dieser Zeit wirklich so schlimm waren, wie sie befürchtet hatte.

Allerdings eilte da auch schon eine junge Frau herbei, fasste die Kleine am Oberarm und sah sie zornig an.

»Wie oft soll ich dir denn noch sagen, dass du zur Grube gehen sollst, wenn du ein Bedürfnis hast?«

Das Gesicht der Kleinen verschloss sich, sie wich zurück und sah mit großen Augen zu der Frau auf.

Also haben sie doch so etwas wie eine Toilette, dachte Dana erleichtert. Das Mädchen tat ihr plötzlich leid, sie war sicher noch nicht älter als zwei oder drei Jahre, und hatte es vermutlich einfach nicht mehr geschafft, diese ominöse Grube aufzusuchen.

»Orrea!«, rief die Frau, woraufhin sich ein älteres Mädchen, in ein sackartiges Kleid gewandet, näherte. »Geh mit Mael nächstes Mal zur Grube, damit sie es endlich versteht.«

Mael – Dana fuhr zusammen, aber die Kleine war wie der Blitz davongerannt.

Die junge Frau fluchte lauthals. »Es wird Zeit, dass sich ihr Vater um sie kümmert!«

Dana sah dem Mädchen hinterher, das zwischen den nächsten beiden Rundhäusern verschwunden war. Sie selbst machte sich an die Verfolgung des Kindes, da die junge Frau offenbar das Interesse verloren hatte und sich wieder dem Drehen der Seile widmete.

»Habt ihr die kleine Mael gesehen?«, wagte Dana zwei Männer zu fragen, die auf einem der Rundhäuser das Dach ausbesserten.

»Irgendein Kind ist dort hinten ins Gebüsch gelaufen«, erklärte ein Kerl von vielleicht knapp achtzehn Jahren.

Sie bedankte sich kurz und rannte los. Erst nach einigem Suchen entdeckte Dana das kleine Mädchen, das sich hinter einen großen Findling gekauert hatte. Tränenspuren zeigten sich auf ihrem schmutzigen Gesichtchen, und sie zog ihre Beine noch weiter vor die Brust, als sie Dana sah.

»Ich tue dir nichts.« Dana ließ sich in die Hocke nieder, aber Mael drehte den Kopf zur Seite.

Dana hatte nicht viel Erfahrung mit kleinen Kindern, und sie wusste auch nicht, wie sie das Mädchen trösten sollte, aber sie hatte Rionach versprochen, sich um sie zu kümmern. Zu gerne hätte sie Mael Grüße von ihrer Mutter ausgerichtet, aber das ging ja schwerlich.

»Sei nicht traurig, die Frau ist sicher nicht mehr böse auf dich«, versicherte Dana.

Die Kleine biss sich nur auf die Lippe und sagte keinen Ton. Noch eine ganze Weile redete Dana beruhigend auf das Kind ein, aber Mael schwieg. Dana überlegte, ob sie überhaupt schon sprechen konnte, aber mit zwei sollte das eigentlich der Fall sein.

Nachdem Mael jedoch überhaupt keine Reaktion zeigte und den Kopf nur in den Armen vergrub, stand sie schließlich seufzend auf und nahm sich vor, ein anderes Mal mit dem Mädchen zu reden. Einerseits tat es ihr leid, sie einfach hier sitzen zu lassen, aber dass Mael ihr nicht traute und völlig in sich gekehrt war, konnte ihr auch niemand verübeln.

Dana schlenderte durch die kleine Siedlung, beobachtete aus der Ferne eine Gruppe Frauen, die am Bach Kleidungsstücke wuschen und dabei sangen, was durchaus harmonisch und sehr lebenslustig klang. Überhaupt verwunderte es sie, dass die Menschen hier, trotz ihrer offensichtlichen Armut, so fröhlich wirkten. Aber vielleicht waren sie es einfach nicht anders gewohnt oder machten Reichtum an ganz anderen Dingen fest.

Laute Rufe und ein gelegentliches Krachen zogen Danas Aufmerksamkeit an, und als sie hinter einem der Rundhäuser hervortrat, erblickte sie auf dem Dorfplatz eine Gruppe von Männern und Frauen, die mit Holzstöcken kämpften. Einige wirkten noch sehr jung, möglicherweise erst dreizehn oder vierzehn, aber auch ältere Männer, in deren Haaren bereits das Grau des Lebensherbstes Einzug gehalten hatte, beteiligten sich an den Fechtübungen und zeigten den Jüngeren Angriff- und Abwehrtechniken.

Eine Weile beobachtete Dana die Krieger, und als sich eine Hand auf ihren Arm legte, fuhr sie zusammen. Hinter ihr stand Rionachs Vater. »Was hältst du von ihnen?«

»Beeindruckend.« Dana vermochte es nicht anders auszudrücken, denn auch wenn sie vom Stock- oder Schwertkampf keine Ahnung hatte, so merkte sie doch, mit wie viel Leidenschaft und Geschick diese Menschen kämpften.

»Bist du, so wie meine Tochter Rionach, auch dem Kampfe zugetan?«, wunderte sich der Clanführer.

»Nein, nein«, versicherte Dana eilig, »ich finde ihre Fähigkeiten nur bemerkenswert.«

»Das ehrt unseren Clan.« Brude sah sie ernst an. »Heute, nach Sonnenuntergang wird eine Trauerfeier am Fluss stattfinden. Es wäre mir eine Ehre, wenn du die rituellen Worte sprechen könntest.«

Jetzt durchfuhr es Dana heiß und kalt. Auf etwas Derartiges hatte Rionach sie nicht vorbereitet, und sie besaß nicht den Schimmer einer Ahnung, was sie sagten sollte. Daher sah sie nur mit großen Augen zu Brude auf, der sie abwartend musterte.

»Ähm … also … wie soll ich es sagen?«

»Sprich frei heraus, Kind.«

Ja, wie ein Kind komme ich mir gerade vor, dachte sie mit einem Stirnrunzeln, und unwillkürlich schoss ihr Mael durch den Kopf. Wenn sie sich aus dieser misslichen Lage befreit hatte, wollte sie Brude nach seiner Enkelin fragen, aber jetzt galt es, sich aus der Affäre zu ziehen.

»Ich weiß nicht …«

Bevor Dana weitersprechen konnte, schlug sich Rionachs Vater plötzlich gegen die Stirn. »Verzeih, ich wollte dich nicht beleidigen.«

Jetzt war Dana verdutzt. »Aha.«

»Du erzähltest, dass du erst seit der letzten Winterwende zur *ban-draoidh* ausgebildet wirst.« Betrübt schüttelte er den Kopf. »Selbstverständlich ist es dir nicht erlaubt, ein derartiges Ritual in deinem Alter durchzuführen.«

»So ist es!«, stieß Dana erleichtert hervor. Und da Brude so zerknirscht wirkte, versicherte sie ihm: »Du hast mich in keiner Weise beleidigt.« Dann räusperte sie sich. »Die kleine Mael, sie ist doch Rionachs Tochter, oder?«

»Mael.« Ein Schatten legte sich auf Brudes Gesicht. »In der Tat.«

»Ich habe versucht, mit ihr zu sprechen, aber sie wirkte ganz verstört.« Dana lächelte. »Eine der Frauen hat mit ihr geschimpft, weil sie … na ja, nicht die Grube aufgesucht hat.«

»Mael spricht nicht mehr, seit ihre Mutter in die Anderswelt ging«, entgegnete er knapp.

»Oh, kann man denn da nichts tun?«

»Devana kümmert sich um sie.«

Die junge Frau, die vorhin mit Mael geschimpft hatte, kam näher, nickte Dana zu und ging dann in Richtung Fluss.

»Du kümmerst dich um Mael?«, versuchte Dana mit ihr ins Gespräch zu kommen.

Das schmale Gesicht Devanas verzog sich spöttisch. »Irgendjemand muss es ja tun. Ardan will es nicht, Brude und Alauna sind alt und außerdem sehr beschäftigt.« Sie zog ihre Stirn kraus. »Als hätte ich mit vier Kinder nicht genug zu tun.«

»Vier Kinder!«, stieß Dana hervor. Devana war sicher kaum älter als sie selbst, und sie konnte sich vorstellen, dass sie damit überfordert war.

»Ja, eine Tochter und drei Söhne!« Stolz schwang in ihren Worten mit, dann wanderte ihr Blick über Dana. »Ihr *ban-draoidh* bekommt ja meist erst sehr spät Kinder oder verzichtet ganz darauf.«

»Hm«, murmelte Dana ausweichend, denn davon hatte sie wirklich keine Ahnung.

Jetzt deutete Devana nach vorne, aber eigentlich wäre das gar nicht nötig gewesen, denn der Gestank war überwältigend. Hinter einem niedrigen Ginstergebüsch war eine Grube ausgehoben, über der Fliegen summten. Ein Brett lag darüber, und Dana drehte sich der Magen um. In der Tiefe sah man vergammeltes Gemüse und menschliche Exkremente.

»Du findest zurück?«

Dana nickte, vermied es, zu atmen, und sah erleichtert, wie Devana ging, ohne sich noch einmal umzudrehen. Unter keinen Umständen würde sie ihre Notdurft hier verrichten. Sie umrundete die Grube mit zugehaltener Nase und schlug sich ins nächste Gebüsch. Vermutlich war es sinnvoll, einen solchen Ort anzulegen, und vielleicht ein Zeichen dafür, dass die Menschen hier sogar einen Sinn für Hygiene besaßen, aber beim besten Willen würde sie nicht auf diese Art von Toilette gehen.

»Und was ist mit Maels Vater?«, hakte Dana nach.

»Ardan ist ein Fall für sich.« Ruckartig wandte sich Brude ab und stapfte davon.

»Okay, da habe ich wohl einen wunden Punkt getroffen«, murmelte Dana.

Nachdem sie noch eine Weile durchs Dorf geschlendert war, ließ sie sich schließlich auf einem niedrigen Stein nieder und genoss die Wärme der Sonnenstrahlen auf ihrer Haut. Eine der Frauen, die schon im Turm das Essen serviert hatte, stellte sich vor sie, verbeugte sich leicht und fragte: »Möchtest du etwas essen, *ban-draoidh*?«

»Dana genügt«, versicherte sie ihr und spähte dann skeptisch auf die hölzerne Platte, auf der ein eigenartiger Fladen und Käse lagen. Die Frau sah sie erwartungsvoll an, und daher nahm Dana die Platte an sich. Der Fladen war recht geschmacklos und mochte aus Hafermehl bestehen, der Käse dagegen war würzig und vermutlich aus Ziegenmilch gemacht. »Vielen Dank, es schmeckt sehr gut«, versicherte sie.

»Ein Kleid liegt bereit, und das Gemach ist ebenfalls gerichtet.« Die Frau lächelte und eilte dann zum Broch zurück.

Gemach! Dana schmunzelte, ließ sich ihr Essen schmecken und beobachtete dabei die Kinder, die je nach Alter entweder mit Stöcken oder Steinen auf dem Boden spielten oder sich schon die ersten kleinen Kämpfe lieferten. Irgendwann wurde sie schläfrig, verspürte jedoch ein dringendes Bedürfnis und ging daher zu einer Frau, die in einem hölzernen Zuber herumstampfte. Bei näherem Hinsehen erkannte Dana, dass sie Butter herstellte, und war sehr darüber verwundert, dass so etwa wie Butter zu dieser Zeit bereits bekannt war.

»Entschuldigung, wo bitte finde ich die Grube?«, erkundigte sie sich.

Die Frau wischte sich eine verschwitzte Haarsträhne aus dem Gesicht. »Etwa fünfzig Schritte in Richtung Fluss.« Sie sah sich um und rief dann: »Devana, zeig der *ban-draoidh* die Grube!«

Kapitel 12

Seltsame Begegnungen

Bis zum Abend hatte Dana noch ein wenig Zeit, daher wollte sie sich die Kleider und ihr sogenanntes Gemach ansehen. Sie traf abermals auf die Frau, die ihr das Essen gebracht hatte, und diese führte sie in den zweiten Stock des Brochs, wo eine erkaltete Feuerstelle in der Mitte zu finden war. Rings herum lagen Decken und Felle, die anscheinend die Schlafstätten bezeichneten. Eine davon war für Dana auserkoren worden, denn ihre Begleiterin wies nun auf eine Felldecke.

»Hier kannst du schlafen und die Nacht verbringen.«

»Wie heißt du eigentlich?«, wollte Dana wissen.

»Ich bin Áine«, erzählte die Frau schüchtern. Sie war etwas kleiner als Dana, hatte dunkelblondes Haar, das sie zu einem unordentlichen Pferdeschwanz gebunden trug. Wenngleich sie noch relativ jung aussah, waren ihre Hände abgearbeitet und Schmutz hatte sich in zahlreichen Furchen verfangen. So wie viele Menschen hier ging sie barfuß.

»Arbeitest du hier als … Köchin?« Dana wusste nicht, ob das die korrekte Bezeichnung war, und Áine sah auch überrascht auf. »Ich koche, wasche die Wäsche und erfülle die Wünsche der Clanführer.«

Also eine Art Haushälterin, schlussfolgerte Dana. »Bist du schon lange hier beschäftigt?«

Áine nickte. »Meine Mutter stand im Dienste von Alauna, und als sie vor vier Wintern starb, übernahm ich ihren Platz.«

»Wie alt bist du?«

»Bald werde ich meine neunzehnte Sonnenwende sehen.«

Dana sog scharf die Luft ein. Dann hatte sie schon mit fünfzehn Jahren hier gearbeitet, aber vermutlich war das nicht ungewöhnlich. Sie lächelte Áine zu, denn sie mochte das ruhige, bescheidene Mädchen. Bewundernd nahm sie das bodenlange Kleid, das hellblau gefärbt und mit etwas dunkler gehaltenen Borten versehen war, in die Hand. Sie hatte befürchtet, kratzige Wollkleider anziehen zu müssen, aber dieses hier war überraschend weich. Dann sah sie sich um. »Hättet ihr auch noch Unterwäsche übrig?«

Verständnislos sah Áine sie an. »Was möchtest du haben?«

Dana schwante, dass es damals nicht üblich gewesen war, Unterhosen oder gar BHs zu tragen, daher winkte sie ab. »Schon gut. Wenn du mir bei Gelegenheit ein Stück Stoff, Nadel und Faden bringst, würde ich mich freuen.«

Áine lächelte zaghaft, dann deutete sie auf die Schlafstätte. »Ich hoffe, alles ist zu deiner Zufriedenheit.«

»Danke, es ist … bequem.« Dana hatte sich darauf gesetzt und musste nun feststellen, dass sie lediglich aus Stroh bestand, denn sie sank beinahe bis zum Boden ein. Außerdem roch die bräunliche Felldecke, als wäre sie seit Jahren nicht mehr gewaschen worden. Angeekelt verzog sie den Mund, aber sie würde derartige Gerüche für die nächste Zeit aushalten müssen. Jetzt schälte sie sich aus den kratzigen und viel zu großen Wollsachen und nahm sich vor, diese in den nächsten Tagen wieder unauffällig zurückzugeben. Sie streifte das Kleid über den Kopf, das ihr ausgezeichnet passte, am Oberkörper eng anliegend, der Rock weit und bequem und angenehm auf der Haut. Die Trompetenärmel waren ungewohnt, das Kleid insgesamt etwas zu lang, aber obwohl Dana sonst meist nur Hosen trug, fühlte sie sich nicht einmal unwohl darin. Aus ihrem Säckchen holte sie ihren Kamm und begann, ihre Haare zu kämmen, denn sie waren doch schon recht verknotet. Da es im Inneren des Turmes düster und kühl war, ging sie bald wieder hinaus ins Freie und begegnete dabei erneut Áine, die, zwei Kupferkessel in der Hand, geschäftig an ihr vorbeieilte.

»Wo gehst du hin?«, hielt Dana sie auf.

»Zum Fluss, Wasser holen.«

»Kann ich dir helfen?«

Die junge Frau sah Dana erstaunt an. »Das wäre nicht angemessen!«

»Weshalb denn nicht?«, lachte Dana. »Ich bin hier, also kann ich mich auch nützlich machen.«

»Du bist eine *ban-draoidh*!«

»Auch die müssen alltägliche Arbeiten verrichten.« Resolut nahm Dana ihr einen der Kessel ab.

Noch einmal schüttelte Áine den Kopf, bevor sie weiterlief. »Ein großes Festessen wird heute zur Dämmerung stattfinden, ich weiß gar nicht, wie ich alles schaffen soll«, jammerte sie.

»Wegen Tamia?«, erkundigte sich Dana vorsichtig.

»Natürlich.«

Zu gern hätte Dana nachgefragt, wie so eine Trauerfeier ablaufen würde, traute sich jedoch nicht, denn sie wollte nicht preisgeben, dass sie von den Ritualen der Menschen hier keine Ahnung hatte. Also würde sie sich wohl überraschen lassen müssen. Sie half Áine, mehrere Kessel voll Wasser vom Bach zu holen, die in einen weitaus größeren gekippt wurden, der inzwischen im Zentrum des Dorfes mittels eines einfachen Eisengestells über einen großen Stapel Holz gehängt worden war.

Dana wurde auch einer Frau gewahr, die mit angestrengtem Gesichtsausdruck ein äußerst eigenartiges Gerät bediente. Es bestand aus zwei dicken Steinscheiben. An der obersten befand sich eine Art Griff, den die Frau immer wieder im Kreis herumbewegte und somit ein schabendes Geräusch verursachte. Als sie kurz innehielt und Körner aus einem Weidenkorb durch eine Öffnung hineinrieseln ließ, schwante Dana, dass dies eine Mühle sein musste.

»Wahnsinn, was das für eine Kraftanstrengung war«, murmelte sie vor sich hin, denn sie kaufte ihr Mehl im Supermarkt und hatte sich niemals Gedanken darüber gemacht, wie schwierig es ohne Maschinen herzustellen war.

Nachdem der große Wasserkessel zu drei Vierteln voll war, wurde das Feuer entzündet, und kurz darauf brachte einer der Männer Stücke blutigen Fleisches. Dana wurde etwas übel, da er auch nicht davor zurückschreckte, die Innereien und einen ganzen Schafskopf mit in den übergroßen Suppentopf zu werfen. Áine schnitt Rüben und längliche, graubraune Pflanzen hinein.

Dana trat einen Schritt auf den Kessel zu und spähte mit gerunzelter Stirn hinein. »Was ist das?«

»Getrockneter Seetang. Benutzt ihr ihn nicht zum Würzen?«, wunderte sich Áine.

»Ich war selten fürs Kochen zuständig«, redete sich Dana heraus, was die junge Frau mit einem Achselzucken quittierte.

Bald blubberte der Eintopf vor sich hin, und einige Frauen machten sich nun daran, das frischgemahlene Mehl mit Wasser zu vermischen. Dana bemerkte mit Entsetzen, dass sie alle nicht die saubersten Hände hatten, und nahm sich vor, nichts von dem Brot zu essen. Die länglichen Fladen wurden später auf einem erhitzten Stein gebacken, und bald lag ein verführerischer Duft in der Luft, der sie an ihren Vorsätzen zweifeln ließ.

Nach und nach strömten immer mehr Menschen auf den Platz. Viele brachten etwas zu essen mit, ob geräuchertes Fleisch, Schüsseln mit einem ominösen grünen Brei, Holz- oder Bronzeschüsseln mit Beeren. Ein sehr breitschultriger, untersetzter Mann trug gar ein ganzes Fass, das mit kunstvollen Spiralen verziert war, auf seinen Schultern. Auf zwei flache Steine waren Holzbretter gelegt worden, die sich bald unter den Gaben bogen. Später brachten Áine und zwei weitere Frauen Platten und Kelche aus Bronze, bei denen Dana die Augen übergingen. Sie hatte gedacht, die Menschen hier seien arm, aber diese kunstvoll gearbeiteten und mit Blumen-, Tier- oder Menschenmotiven verzierten Gegenstände mussten ein Vermögen wert sein.

Bei Anbruch der Dämmerung waren schätzungsweise hundert Menschen versammelt, und weitere strömten herbei. Manche in edle Gewänder gekleidet, so wie Dana nun eines trug, andere in einfachere Kleider, aber es wurde deutlich, dass sie sich alle herausgeputzt hatten, um heute an einem besonderen Ereignis teilzuhaben. Erfreut stellte Dana fest, dass die Menschen nun deutlich weniger rochen als noch heute früh. Bei vielen sahen die Haare frischgewaschen und neu geflochten aus, die Schnurrbärte der Männer waren akkurat in Form gebracht. Auch Brude und Alauna tauchten auf dem Festplatz auf, und Dana staunte, als sie die beiden sah. Selbst wenn Alaunas Gesicht von Trauer gezeichnet war, stellte sie doch eine faszinierende Erscheinung dar. Ihr langes Haar war an den Seiten zu einem kunstvollen Grätenmuster geflochten und mit Bändern geschmückt. Um den Hals trug sie einen wuchtigen bronzefarbenen Ring, ebenso wie ihr Mann. Ihre Arme zeigten mehrere Spangen aus Silber und Gold, und auch die Nähte ihres rostroten Kleides schienen mit Goldfäden durchwirkt zu sein. Sie hielt ihren Kopf stolz erhoben, als sie an der Seite von Brude herbeischritt. Seine langen Haare wallten über seine muskulösen Schultern, an seiner Seite hing ein kurzes Schwert, dessen Knauf ein Pferdekopf zierte. Auch seine bloßen Unterarme schmückten zahlreiche Armbänder in Gold, Silber und Bronze. Insgesamt gaben die beiden ein beeindruckendes Herrscherpaar ab, wie Dana fand.

Als sich die Menge jedoch plötzlich teilte, wurde ihre Aufmerksamkeit von Brude und Alauna abgelenkt. Ein leises Murmeln erhob sich, und sie hatte den Eindruck, die Menschen würden beinahe schon ängstlich zurückweichen. Ein Mann näherte sich der Gesellschaft. Er war kleiner als die meisten Krieger hier – Dana verwunderte es ohnehin, wie hochgewachsen die meisten Menschen waren. Sein Gesicht war glatt rasiert, die grauen Haare hingen ihm üppig über den Rücken, doch zeigte sein Vorderkopf eine deutliche Halbglatze. Er hinkte auf einen Stock gestützt, dessen Knauf ein goldener Vogelkopf bildete, heran. Sein grauer

Mantel schleifte beinahe über den Boden, darunter blitzte eine helle Tunika hervor, und seine Beine steckten in grauen Hosen. Ganz sicher war es nicht seine körperliche Erscheinung, die sie beeindruckte, aber als er näher kam, traf sie sein Blick und nun wich auch Dana unwillkürlich zurück. Erst jetzt erkannte sie, dass eines seiner Augen milchig weiß und höchstwahrscheinlich blind war, das andere betrachtete die Versammelten dafür umso stechender, war grünlich grau und so intensiv, dass Dana die Luft anhielt. Um seinen schmalen Mund lag ein harter, unerbittlicher Zug, und obwohl er hinkte, hielt er sich sehr aufrecht. Der Mann blieb nicht stehen, aber sie spürte, wie sein Auge über sie glitt, und für einen Moment hatte sie das Gefühl, er wusste ganz genau, dass sie eigentlich nicht in diese Zeit gehörte und keine *bandraoidh* aus den heiligen Tälern war. Ein Schauer lief über ihren Rücken, und als der Mann endlich an ihr vorbeigegangen war, schüttelte sie sich kurz, um ihr Unbehagen wieder loszuwerden.

»Wer war das?«, fragte Dana einen Jungen, der neben ihr stand.

»Domech, unser weiser Mann. Er sieht alles und kann Gedanken lesen«, flüsterte er.

Der Druide – Dana sog scharf die Luft ein, und ihr Blick folgte Domechs Gestalt, die nun auf Brude und Alauna zuhielt. Die beiden, obwohl die Herrscher dieses Tals, verbeugten sich ehrfürchtig vor ihm. Dies sollte also der Mann sein, der Rionach auf dem Gewissen hatte? Auf Dana machte er einen äußerst unangenehmen Eindruck, und das ängstliche Verhalten der Menschen hier verwunderte sie nicht im Geringsten.

»Dana, du wirst gesucht.« Die Wangen gerötet, einige Haarsträhnen klebten an ihrem Gesicht, stand Áine vor ihr.

»Ich?«, wunderte sie sich.

»Alauna und Brude wollen dich, Domech und Brudes Bruder dem Herrn über unseren Nachbarbroch, vorstellen.«

Ein kalter Schauer lief erneut über Danas Rücken, dennoch folgte sie Áine durch die Menge. Wieder traf sie Domechs Blick, und es war ihr, als würden hunderte Messer direkt in ihr Innerstes dringen.

Brudes kräftige Hand, die sich auf ihre Schulter legte, hatte etwas Beruhigendes.

»Dana von den *ban-draoidh* aus den heiligen Tälern der Eponaer«, stellte er sie vor. »Sie brachte uns die Nachricht von Tamias Übertritt in die Anderswelt.«

Domech trat einen Schritt auf Dana zu und reckte seinen Kopf nach vorne. Stumm wanderte sein Auge über Dana, und sie wäre am liebsten im nächsten Mauseloch verschwunden, dann deutete er ein Nicken an. »Den *ban-draoidh* gebührt Dank, dass sie eine der ihren auf diese gefahrvolle Reise schickten«, sagte er mit seltsam kühler, schnarrender Stimme.

»Dana, willkommen in unserem Tal.« Jetzt drängelte sich ein hochgewachsener Mann vor. Er überragte Brude um einen halben Kopf und war sogar noch muskulöser als dieser. Sein Bart war bereits vollständig ergraut, und eine Vielzahl an Falten zeigte sich auf seinem sonnengebräunten Gesicht. »Mein Bruder Nectan«, erklärte Brude, während Dana sich bemühte, in seiner kräftigen Umarmung nicht zu ersticken. »Und seine Gefährtin Scetis.« Neben Nectan wirkte die zierliche Scetis ausgesprochen unscheinbar. Sie lächelte schüchtern, strich sich eine graublonde Haarsträhne aus dem Gesicht und zog sich schnell zurück.

»Lasst uns beginnen«, befahl Alauna, hob ihren Arm, wobei die Armreifen vernehmlich klimperten, und Musik setzte ein. Dana war froh über diesen Aufruf, denn der alte Druide hatte sie erneut eines prüfenden Blickes unterzogen.

Männer und Frauen fingen nun an, auf Flöten zu spielen. Ganz dezent wurden leise Trommeln geschlagen, und dann stimmte Domech ein Lied an, bei dem sich jedes einzelne Haar an Danas Körper aufrichtete. Seine Stimme war leise, aber unglaublich intensiv, und er ließ die Töne regelrecht vibrieren, während er sang.

Das Lied handelte von Geburt, Leben und Wiedergeburt und offenbarte dem Zuhörer, dass die Götter bestimmte Menschen mit einer besonderen Gabe segneten. Als sein Gesang verstummte, brachten Frauen und Männer große Schalen zu Domech, dann zogen alle gemeinsam zum Fluss, und Dana ließ sich einfach vom Menschenstrom mittragen.

»Tamia, Tochter von Brude und Alauna, bereitete ihrem Volk große Ehre«, schallte Domechs harte Stimme über das Land. Rund um Dana war alles still, die Menschen lauschten andächtig, lediglich das leise Rauschen des Gewässers erfüllte die Luft. »Jetzt wurde sie von den Göttern an ihre Seite gerufen, um den Ahnen mit ihrer Weisheit beizustehen.«

Eine eigenartige Sicht der Dinge, dachte Dana, aber was dann geschah, überraschte sie noch mehr.

Domech nahm einen kunstvoll gearbeiteten, goldenen Halsreif an sich. Er war mehrfach in sich verschlungen und endete in zwei Blütenkelchen, in denen Bernsteine eingearbeitet waren. »Möge sie Frieden und Erleuchtung in der Anderswelt finden, bis zu jenem Tage, an dem sie in diese Welt zurückkehrt.« In einem hohen Bogen warf er den Halsreif in den Fluss, wo er mit einem lauten Platschen versank. Erneut setzten Flöten und Trommeln ein, aber diesmal nicht leise und klagend, sondern laut und lebhaft. Dana konnte die dumpfen Schläge in ihrem Körper förmlich pochen spüren. Nacheinander verbeugten sich die Menschen vor Domech, Alauna und Brude, nahmen eines der Schmuckstücke aus der Bronzeschale und warfen es ebenfalls in den Fluss. Angesichts dieser Verschwendung blieb Dana der Mund offen stehen. Brudes Bruder Nectan schleuderte gar ein ganzes Schwert ins Wasser, dann folgten die besser gekleideten Männer und Frauen, vermutlich Höhergestellte, die ebenfalls Schmuckstücke, Kelche oder silberne Platten versenkten. Die Menschen in einfacherer Kleidung opferten lediglich kleine Schnitzereien, manchmal auch eine bunte Haarschleife oder ein Stück Fleisch.

Während Dana noch staunend zusah, hörte sie plötzlich die unangenehm kalte Stimme Domechs hinter sich. »Möchtest du den Göttern nichts zu Tamias Ehren übergeben?«

Sie zuckte heftig zusammen, drehte sich um und sah in Domechs unheimliche Augen. »Ich … ähm … mir wurde alles gestohlen.«

Er griff unter seinen Mantel und holte einen silbernen Dolch hervor. »Dies wird Tamia in der Anderswelt von Nutzen sein.«

Dana brachte nur ein vorsichtiges Lächeln zu Stande, griff nach dem Dolch, aber Domechs Hand schloss sich um die ihre, sodass sie die Luft anhielt. Hart und kalt krallten sich seine Finger um die ihren.

»Du wirst mich in den nächsten Tagen am Dun Bheinn aufsuchen.« Seine Worte ließen keinen Widerspruch zu, und Dana nickte nur, wenngleich allein der Gedanke sie mit Panik erfüllte. Dann nahm sie den Dolch eilig an sich, stolperte vorwärts und warf ihre Opfergabe in den Fluss.

Ich bezweifle, dass Tamia – wo auch immer sie jetzt sein mag – viel davon haben wird, aber gut, so ist offenbar das Ritual dieser Zeit, überlegte sie.

Allmählich zerstreuten sich die Menschen, gingen laut schwatzend zurück ins Dorf, und Dana wunderte sich über die gefasste Haltung der Menschen hier, denn weder Wehklagen ertönte, noch jammerte irgendwer, nicht einmal Tränen sah sie. Möglicherweise hatten Brude und Alauna um ihre Tochter geweint, heimlich, als sie allein gewesen waren, aber jetzt glich dieses Fest eher einer großen Party als einer Trauerfeier. Die Musik wurde zunehmend lauter und lebhafter, die Menschen ließen sich auf Steinen oder Baumstümpfen nieder und aßen von den üppigen Speisen. Große Tonkrüge machten die Runde. Manch einer trank direkt daraus, man prostete sich zu, und Geschichten von Tamia, die meist von der Zeit handelten, als sie noch ein kleines Mädchen gewesen war, wurden laut.

So fremd Dana dieses Ritual anmutete, ein Teil von ihr fand durchaus Gefallen daran. Sie war auf der Beerdigung ihrer Großtante gewesen – einer äußerst garstigen Frau, die niemand gemocht hatte –, und die heuchlerischen Reden des Pfarrers und früherer Bekannter und Verwandter sowie die unechten Tränen hatten sie eher abgestoßen. Hier hingegen erzählten die Menschen mal lustige, mal traurige oder auch verrückte Geschichten aus Tamias Leben. Offenbar hatte sie einer Vielzahl junger Männer den Kopf verdreht, bevor sie zu den *ban-draoidh* gegangen war, und einer ihrer Verehrer hatte sogar sein Leben gelassen, als er mit einem anderen Krieger in Streit um ihre Gunst geraten war.

Dana saß in der Nähe von Rionachs Eltern und beobachtete das Geschehen interessiert und stumm. Alauna wirkte recht still, aber auch sie schien sich mit dem Tod ihrer ältesten Tochter abgefunden zu haben, lächelte sogar bei den Erinnerungen an Tamia.

»Du trinkst ja gar nichts«, ertönte plötzlich eine kräftige Stimme neben ihr. Nectan, er hielt eine junge Frau mit rotblondem Haar im Arm, streckte ihr einen goldenen Kelch entgegen. Insgeheim erstaunte es Dana, dass er das Mädchen so offen küsste, obwohl doch seine Frau Scetis in unmittelbarer Nähe stand.

Zögernd nahm Dana den Kelch an. Verschlungene keltische Muster zierten seinen Rand, und im Inneren schwappte eine goldgelbe Flüssigkeit. Sie nippte ganz vorsichtig, in Erwartung eines scharfen Getränks, wurde jedoch positiv überrascht.

»Das ist ja Met!«, rutschte es ihr heraus. Der Honigwein hatte einen angenehm süßen, schweren Geschmack.

»Wie nennst du ihn? Bei uns heißt er *fionmil*«, lachte Nectan. Anscheinend hatte er schon mehrere Kelche genossen, denn seine Schritte wirkten etwas unsicher, als er mit dem Mädchen zu tanzen begann.

Wieder suchten Danas Augen Scetis, aber diese blickte nur zu Boden und machte keine Anstalten, Einwände zu erheben.

Schließlich hielt sie nach Áine Ausschau, denn sie hätte sich gerne mit ihr unterhalten und versucht, sie unauffällig über dieses eigenartige Fest auszufragen, aber sie konnte die junge Frau nirgends ausmachen. Stattdessen entdeckte sie plötzlich den jungen Mann, der heute Früh Brude und den grimmigen Garnait begleitet hatte. Sie glaubte sich zu erinnern, dass er Drostan hieß.

Ein schelmisches Lächeln umspielte seine Lippen, und Dana hatte plötzlich das Gefühl, er hätte sie schon länger beobachtet. Eilig sah sie zur Seite, doch er kam mit geschmeidigen Schritten auf sie zu, einen Tonkrug, mit Pferdeköpfen verziert, in der Hand.

»Gefällt es dir in unserem Tal, *ban-draoidh*?« Er legte den Kopf leicht schief, und seine graublauen Augen sahen sie erwartungsvoll an.

»Ähm, ja.« Sein Blick machte sie nervös, Dana straffte jedoch die Schultern. »Du kannst mich aber gerne Dana nennen.«

»Das wäre mir eine Ehre.« Offenbar sah er diese Vertraulichkeit als Einladung an, setzte sich neben sie auf den Stein und goss ihr neuen Met ein.

»Große Verluste mussten Brude und Alauna während der letzten Zeit erleiden«, seufzte er.

»Ja, erst Rionach, dann Tamia«, stimmte Dana zu. »Kanntest du Rionach?«

»Wer kannte sie nicht?«, lachte er, wobei er eine Reihe erstaunlich gerader und weißer Zähne zeigte. »Eine feurige Kriegerin und eine gute *ban-draoidh*. Sie war Alaunas ganzer Stolz, vielleicht sogar noch mehr als Tamia, denn die Herrin ist ebenfalls eine Kriegerin mit Leib und Seele.«

»Ja, das glaube ich gern.« Sie zog kritisch eine Augenbraue nach oben, als Nectan in aller Öffentlichkeit der Rothaarigen unter die Röcke griff. Das Mädchen kicherte albern, und er schob sie nun eilig hinter den nächsten Felsen.

»Würde Brude das tun, Alauna würde ihm den Kopf abreißen«, stellte Drostan kichernd fest.

»Und Scetis stört es nicht?«

»Scetis ist keine Kriegerin und Nectan der unangefochtene Herr über Dun Bheinn.« Er forschte in Danas Gesicht. »Du stammst ebenfalls vom Geschlecht der Cruithni ab, daher wird dir dieses Verhalten fremd sein«, bemerkte er.

Wenn du wüsstest, wie fremd mir hier alles ist. Dana lächelte zaghaft. »Und von wem stammst du ab?«

»Mein Volk sind die Dalriadaner«, berichtete er voller Stolz. »Wir haben mit dem Clan von Alaunas Vorvätern Frieden geschlossen, und viele unserer Bräuche haben sich angeglichen, aber dennoch bestehen Unterschiede.«

Drostan deutete Danas Stirnrunzeln richtig und fuhr daher mit seinen Erklärungen fort: »Brude ist der Herr über diesen Broch und alle Menschen, die unter seinem Schutz stehen, doch die wichtigen Entscheidungen trifft Alauna, und auch nur eine weibliche Nachfahrin kann die neue Herrin werden, wenn Alauna in die Anderswelt einzieht. In unserem Broch hingegen herrscht Nectan mit harter Hand. Scetis vermag wenig zu entscheiden, was über die Führung des Haushalts hinausgeht. Nectan holt schon seit langer Zeit jüngere Geliebte zu sich, und solange er sich an die Regeln hält, nimmt auch niemand Anstoß daran.«

»Welche Regeln?«

»Nicht länger als zwölf Mondzyklen darf er die gleiche Geliebte haben, sonst würde das Scetis entehren.«

Eine eigenartige Regelung, dachte Dana kopfschüttelnd.

»Ich würde auf eine Geliebte verzichten, hätte ich nur die richtige Gefährtin gefunden«, stellte Drostan klar und bedachte Dana schon wieder mit einem Blick, der sie unwillkürlich von ihm abrutschen ließ.

Okay, der Kerl will mich jetzt aber nicht anmachen, oder?, fragte sie sich voller Unbehagen.

Doch Drostan wurde in keiner Weise zudringlich, sondern erzählte von seiner Arbeit als Steinmetz, was sie durchaus interessant fand. Eigentlich hatte sie gedacht, die meisten Männer hier wären Krieger, aber Drostan berichtete, dass er zwar ein Schwert führen konnte, jedoch keinen großen Gefallen am Kampf fand. Er hatte bei seinem Onkel Etharnan gelernt, stellte nun aber selbst Steinarbeiten her, die als wichtiges Tauschgut für sein Volk dienten. Dana fiel auf, dass die Menschen, die an ihnen vorübergingen, Drostan stets grüßten, kurze Worte mit ihm wechselten oder ihm auch Wein oder Essen anboten. Er schien ein geachteter Mann zu sein, und als er sich erhob, fühlte sie deshalb beinahe so etwas wie Bedauern.

»Ich werde jetzt gehen, morgen sehen wir uns wieder.«

»Ja, vielleicht.« Dana lächelte zaghaft.

»Selbstverständlich treffen wir uns.«

»Und wieso bist du dir da so sicher?«, fragte sie herausfordernd.

Drostan schien gänzlich verwirrt. »Wirst du etwa nicht bei den Reiterspielen anwesend sein?«

»Reiterspiele?«

»Die Reiterspiele zu Tamias Ehren.« Er sah sie an, als hätte sie nicht alle Sinne beisammen. »Ein dreitägiges Fest, um ihren Einzug in die Anderswelt zu feiern und die Götter zu erfreuen.«

»O ja, wie konnte ich das nur vergessen. Es muss am Wein liegen«, redete Dana sich heraus.

»Dann solltest du ihm besser nicht weiter zusprechen.« Drostan zwinkerte ihr zu, deutete eine Verbeugung an und verschwand in der Menge.

»Da könntest du Recht haben«, murmelte Dana. Dieser Honigwein war ausgesprochen süffig, aber er war auch stark und machte sie müde, daher stellte sie den Kelch eilig zur Seite. Erfreut bemerkte sie, dass jetzt Áine auf sie zusteuerte. Die junge Frau hatte einen geflochtenen Korb in der Hand, verteilte irgendwelche länglichen Stäbe an alle Vorbeilaufenden und ließ sich dann neben Dana auf den Stein plumpsen.

»Ich konnte noch gar nichts essen«, jammerte sie und hielt ihr seufzend den Weidenkorb hin. »Möchtest du?«

Im Inneren befanden sich an die fünfzig, etwa fingerlange Stöckchen, und Dana hatte keinen blassen Schimmer, was sie damit tun sollte, nahm jedoch einen an sich, da Áine sie so auffordernd ansah.

»Isst du das noch?« Hoffnungsvoll blickte die junge Frau auf die kalten Fleischreste und das angebissene Brot auf der Platte, die neben Dana stand. Immer wieder waren Männer und Frauen gekommen und hatten ihr Fleisch oder Brot angeboten, aber sie war jetzt wirklich mehr als satt. Als sie den Kopf schüttelte, griff Áine ohne jegliche Skrupel zu, vertilgte auch das fetteste Fleisch und den seltsamen grünen Brei, von dem Dana noch immer nicht wusste, um was es sich dabei handelte. Nachdem Áine offenbar gesättigt war, nahm sie einen der kurzen Äste aus dem Korb und begann, darauf herumzukauen. Dana musste sie wohl sehr auffällig angestarrt haben, denn Áine hielt inne und sah sie verdutzt an.

»Kennst du diesen Brauch nicht?«

»Welchen Brauch meinst du?«, erkundigte sich Dana vorsichtig.

»Wir huldigen nach dem Essen den Geistern, die in den Weiden wohnen«, erklärte sie ernsthaft. »Es ist ein Ritual, das Domech eingeführt hat.«

»Nein, das kannte ich nicht.« Nachdem Dana niemanden vor den Kopf stoßen wollte, schon gar nicht Domech oder irgendwelche Geister, kaute auch sie auf dem Weidenstab herum, selbst wenn ihr der Sinn schleierhaft war. Allerdings bemerkte sie nach kurzer Zeit, dass sich ihre Zähne überraschend sauber und glatt anfühlten und die Essensreste größtenteils aus den Zahnzwischenräumen entfernt waren. So kam sie zu dem Schluss, dass das hier eine Art altertümliche Zahnpflege war. Jetzt war ihr auch klar, weshalb die Menschen in diesem Dorf so überraschend gute Zähne hatten, wenn auch nicht alle.

Áine schien für heute mit ihrer Arbeit fertig zu sein. Sie blieb sitzen und versuchte ihr, die vielen Menschen vorzustellen, wobei es Dana schwerfiel, sich die ganzen Namen zu merken. Der Mond stand schon hoch am Himmel, sie wurde langsam schläfrig und überlegte, ob es unhöflich wäre, sich jetzt zurückzuziehen, obwohl noch kräftig getrunken und getanzt wurde. Auf einmal erschien jedoch eine Gruppe von fünf Kriegern, die ihre Aufmerksamkeit erregten. Sie alle sahen zerlumpt aus, mit schmutzigen grauen Hosen, um die Unterschenkel Lederfetzen gewickelt. Auf den Gesichtern der Männer waren die Überreste von blauen Spiralen und Kreisen zu sehen, die jedoch entweder verwischt oder mit Blut verschmiert waren. Einer von ihnen wirkte ganz besonders finster und ungepflegt. Statt des typischen Schnurrbartes trug er einen unordentlichen Vollbart, seine Haare waren verfilzt und hingen ihm auf die Schultern herab. Eine rot schimmernde Narbe zog sich von seinem rechten Ohr bis zum Mundwinkel, und als er an Dana vorbeiging, überwältigte sie der Gestank von Schweiß, Leder und Alkohol.

»Wer ist das denn?«, fragte sie angewidert.

»Das sind Ardan und seine Männer«, flüsterte Áine. »Sie sind wohl gerade von einem Raubzug zurückgekehrt.«

»Das ist Ardan?« Dana war entsetzt, denn Rionachs Mann hatte sie sich anders vorgestellt. Gebannt beobachtete sie, wie er zu Brude und Alauna ging, offenbar mit ihnen in Streit geriet und dann mit finsterer Miene und wildem Blick einem Jüngling seinen Metkrug entriss. Diesen trank er in einem Zug leer und warf ihn anschließend gegen einen Felsen, wo das kunstvolle Stück scheppernd zerbarst. Anschließend walzte er durch die Menge davon.

Viele der Menschen hier erschienen Dana gewöhnungsbedürftig, aber Ardan empfand sie spontan als den Abstoßendsten, und ihr war nicht wohl bei dem Gedanken daran, mit ihm über seine Tochter oder gar die Rache an Rionach zu sprechen.

»Ardan kann Rionach nicht loslassen«, erklärte Áine. »Er stürzt sich in Kämpfe, sucht das Vergessen, indem er sich betrinkt, aber er müsste sie gehen lassen.«

»Denkt er denn gar nicht an seine kleine Tochter?«, regte sich Dana auf.

»Das tun Krieger nur sehr selten«, seufzte Áine. »Bis die Kinder nach ihrer achten oder neunten Winterwende nicht in der Lage sind, ein Schwert zu führen, wissen Männer meist wenig mit ihnen anzufangen.«

»Bescheuerter Macho«, murmelte Dana auf Deutsch, was ihr

einen fragenden Blick von Áine einbrachte. »Ich finde sein Verhalten nicht richtig«, sagte sie.

Die junge Frau zuckte nur mit den Schultern und plapperte dann munter über Vor- und Nachteile, die es mit sich brachte, einen Krieger zu erwählen oder besser doch mit einem Bauern vorliebzunehmen. Dana hörte jedoch gar nicht richtig zu. Ihre Augen suchten Ardan in dem Gedränge, und irgendwann entdeckte sie ihn sogar. Mit einem neuen Weinkrug saß er, an einen Felsen gelehnt, auf dem Boden und betrank sich. Auf die Entfernung konnte sie kaum etwas von ihm erkennen. Die Haare und der Bart verdeckten beinahe alles von seinem Gesicht, und seine Augen schienen die Umgebung nicht wahrzunehmen. Als ihm ein jüngerer Krieger eine Hand auf die Schulter legte, zeigte er keine Reaktion, sondern starrte nur weiter vor sich hin. Beim besten Willen konnte sich Dana nicht vorstellen, was die hübsche, faszinierende Rionach an diesem abscheulichen Kerl gefunden hatte.

Einige Krieger tranken, lachten oder sangen noch in den schrägsten Tönen am Feuer, doch Áine verkündete, sie würde jetzt schlafen gehen, und so schloss sich Dana, froh in ihre Schlafstätte zu kommen, an. Der Weg zum Broch wurde nur vom Licht der Sterne erhellt, im Inneren brannten kurze Wandfackeln. Dana musste aufpassen, nicht auf Menschen zu treten, die auf dem Boden lagen, und war erleichtert, als sie ihr Lager endlich gefunden hatte. Den Geruch der Felldecke empfand sie noch immer als äußerst unangenehm und nahm sich vor, diese am nächsten Tag zu waschen. Wenngleich sie todmüde war, ließen sie die vielen Eindrücke dieser ihr völlig fremden Welt nicht einschlafen. Unzusammenhängende Bilderfetzen des heute Erlebten wirbelten in ihrem Kopf umher. Mit offenen Augen starrte sie in die Finsternis. Gelegentliches Schnarchen ließ sie immer wieder hochfahren, wenn sie gerade einschlummerte, und zwei Neuankömmlinge bahnten sich laut kichernd ihren Weg zur hintersten Wand. Als wenig später sehr eindeutige, lustvoll stöhnende Geräusche ertönten, verdrehte Dana die Augen, zog sich trotz des Geruches die Decke über den Kopf und wünschte sich in ihre kleine Wohnung in Neuss zurück.

»Dana, möchtest du nicht aufstehen?« Eine weibliche Stimme, die Dana vage bekannt vorkam, drang unangenehm laut an ihr Ohr.

»Lass mich, Marita«, murmelte sie schlaftrunken.

»Ich verstehe dich nicht!«

Ruckartig setzte sie sich auf, blinzelte verdutzt und fand sich im Inneren eines düsteren Gebäudes wieder. Der Broch – ihre Zeitreise – Dana hatte für einen Augenblick das Gefühl gehabt, alles wäre nur ein Traum gewesen. Aber jetzt stand Áine mit verwirrtem Gesichtsausdruck vor ihr.

»Ist es schon Morgen, Áine?«

»Die Dämmerung hat bereits eingesetzt!«

Stöhnend ließ sich Dana zurück auf ihr Lager sinken. Es war also höchstens sechs Uhr, und warum zum Teufel sollte sie schon so früh aufstehen?

»Warum weckst du mich dann?«, grummelte sie.

»Ich dachte, du wolltest noch das rituelle Bad im Fluss nehmen, bevor die Reiterspiele beginnen.« Die Stimme Áines hatte einen sehr verwunderten Klang angenommen, und Dana schwante, dass sie schon längst hätte auf sein sollen.

»Waschen – gute Idee.« Sie zog sich das Kleid, das sie gestern getragen hatte, wieder über den Kopf und schnappte sich dann die Decke, was Áine erneut in sichtliches Erstaunen versetzte.

»Draußen ist es warm, ich denke die Decke wird unnötig sein.«

»Ich möchte sie waschen«, stellte Dana klar.

»Das werde ich für dich tun.« Áine nahm die Decke, roch daran und schüttelte verständnislos den Kopf, verließ dann jedoch ohne weitere Frage den Raum.

Dana verspürte einen leichten Kater von dem starken Honigwein und sehnte sich nach einer Tasse Kaffee, wusste jedoch, dass dies ein vergeblicher Wunsch bleiben würde. Also zog sie noch ihre Stiefel an und ging dann die Treppe hinunter ins Freie.

Draußen herrschte bereits eifrige Geschäftigkeit. An die fünfzig Pferde waren rund um den Broch zu sehen. Jungen und Mädchen putzten Ledergeschirr, Frauen rührten in dampfenden Kesseln oder schleppten Wasser heran, und irgendjemand stellte in der Ferne ein eigentümliches Gerät auf, das Dana unangenehm an einen Galgen erinnerte.

»Ich hoffe, sie bringen jetzt keine Menschenopfer dar«, sagte sie leise zu sich selbst, dann eilte sie zum Fluss. Auch dort war einiges los. Splitternackte Männer und Frauen stiegen aus den Fluten und schienen absolut keine Scham zu kennen, lachten und redeten miteinander, bevor sie sich wieder anzogen.

Dana hielt sich nicht für sonderlich prüde, aber vor ihr völlig fremden Menschen wollte sie sich dennoch nicht nackt zeigen. Daher suchte sie sich ein geschütztes Fleckchen, und zwar dort, wo sie ihre Tasche und ihre Kleider versteckt hatte. Zuerst putzte sie sich die Zähne und fühlte sich anschließend deutlich besser, dann nahm sie sich eine frische Unterhose, wusch ihre alte gleich im Fluss, der ihr eisig kalt erschien.

»Darin soll ich allen Ernstes baden?« Kritisch hielt Dana ihren Fuß in das kühle Nass und zog ihn kurz darauf wieder quietschend zurück.

Heute muss eine Katzenwäsche reichen, sagte sie sich, begnügte sich mit einer flüchtigen Reinigung vom Ufer aus und benutzte anschließend ihr Deo. Ihre Gedanken waren zu Mael gewandert, und als sie in der Tasche einen Schokoriegel ertastete, stahl sich ein Grinsen auf ihr Gesicht. Vielleicht war das die Lösung!

Erfrischt machte sich Dana zurück auf den Weg zum Broch, mied die Grube, die sie schon von Weitem roch, und sah sich nach Mael um, konnte sie in dem Durcheinander allerdings nicht finden.

»Wie war deine Nachtruhe?« Plötzlich stand Alauna vor ihr.

»Vielen Dank, ich habe gut geschlafen«, erwiderte sie.

»Hast du dein Morgenmahl schon zu dir genommen?«

»Nein, ich war am Fluss.«

Die Kriegerin nickte anerkennend, dann nahm sie Dana am Unterarm und führte sie zu einem der Kessel, vor dem sich eine lange Schlange gebildet hatte. Sie musste sich jedoch nicht hinten anstellen, sondern Alauna geleitete sie direkt zu dem Mädchen, welches das Essen austeilte. Dieses verbeugte sich, lächelte Dana scheu zu und klatschte ihr anschließend einen grauen Brei in eine Holzschüssel.

»Danke.« Kritisch linste Dana in das Gefäß, nahm einen Holzlöffel an sich und ging dann an Alaunas Seite zu einem der flachen Felsen.

Der Brei sah alles andere als appetitlich aus, aber nachdem Dana der Magen knurrte, tauchte sie ihren Löffel hinein. Der Getreidebrei war zäh, hatte keinerlei Geschmack, und schon nach einigen Löffeln hatte Dana das Gefühl, einen dicken Klumpen im Magen zu haben. Alauna dagegen schien es zu schmecken, denn sie hatte ihre Schale erstaunlich schnell geleert.

Wenn ich wenigstens Zucker oder Honig zum Süßen hätte, dachte Dana sehnsüchtig.

»Wie gut kanntest du Tamia?«, wollte Alauna plötzlich wissen.

Dana verschluckte sich fast an ihrem Frühstück. »Kaum, sie war in ihrer Ausbildung schon weit fortgeschritten.«

»In der Tat.« Leises Bedauern schwang in Alaunas Worten mit, denn vermutlich hatte sie gehofft, etwas aus dem Leben ihrer Tochter zu erfahren, die sie schon lange Zeit nicht mehr gesehen hatte.

»Tamia sprach immer voller Liebe von ihrer Familie und ihrem Tal«, sagte Dana deshalb sanft, um die Frau zu trösten.

Dies versetzte Alauna offenbar in Erstaunen, und sie riss ihre Augen weit auf. »Tatsächlich? Als sie jung war, wollte sie stets fort.«

Insgeheim verfluchte sich Dana, aber plötzlich wurde Alaunas Stimme weicher. »Vielleicht dachte sie nun anders und wäre sogar eines Tages zu uns zurückgekehrt.«

»Ja, bestimmt«, versicherte Dana.

Rionachs Mutter erhob sich geschmeidig und nickte ihr zu. »Ich danke dir und hoffe, du wirst den heutigen Tag genießen.« Damit ging sie mit festen Schritten davon, eine aufrechte, starke Frau – die Führerin ihres Clans.

Erneut machte sich Dana auf die Suche nach Mael und beobachtete dabei interessiert das geschäftige Treiben. Männer, Frauen und Kinder trugen Lebensmittel und Geschirr durch die Gegend. Bei den Pferden brach eine Prügelei zwischen zwei halbstarken Jungen aus, und ein älterer Krieger, vermutlich der Vater einer der beiden, beendete das Ganze mit zwei heftigen Ohrfeigen. Im Laufe des Vormittags zogen Wolken auf. Nieselregen setzte ein, und Dana befürchtete schon, die Reiterspiele würden ins Wasser fallen, doch die Menschen machten keinerlei Anstalten, ihr Fest abzublasen, sondern sattelten völlig ungerührt ihre Pferde. Einige der Frauen zogen sich Umhänge an, die von Fibeln zusammengehalten wurden. Kapuzen schützten ihr geflochtenes Haar. Dana wünschte sich ebenfalls einen solchen Schutz, denn inzwischen war ihr Kleid durchnässt und sie fröstelte. Doch aufkommende Sturmböen vertrieben die finsteren Regenwolken, die Sonne brach hervor.

Die Bewohner des Brochs und der umliegenden Hütten folgten den Reitern mit ihren Pferden zu einer Wiese, auf der das eigentümliche Holzgestell aufgebaut war. Kurz darauf erschien Domech, ging durch die Reihen der Reiter, die ehrfürchtig die Köpfe verneigten, und berührte sowohl sie als auch ihre Tiere mit einem Mistelzweig. Anschließend traten Brude und Alauna vor die Krieger.

»Die Reiterspiele zu Ehren Tamias, Tochter von Brude und Alauna, sind eröffnet. Mögen eure Siege ihr Ehre in der Anderswelt bringen«, verkündete Alauna laut und deutlich.

Und dann begann das kriegerische Spektakel. In einem irrsinnigen Tempo preschte der erste Krieger auf seinem Pferd davon, schwang dabei einhändig sein Schwert zu beiden Seiten und stellte sich am Ende der Wiese gar freihändig in den Sattel. Jubel ertönte, sofort galoppierte der Nächste los, und so ging es in einem fort. Männer und Frauen führten gewagte Kunststücke vor, hängten sich seitlich an ihr Pferd, sprangen mitten im Galopp auf und ab oder schossen zu Pferd mit kurzen Bögen durch einen Ring, der an dem Holzgestell befestigt war, das Dana irrtümlicherweise für einen Galgen gehalten hatte.

Immer wieder blieb ihr der Mund offen stehen – dies war ein beeindruckendes Schauspiel, und sie konnte den Mut und die Geschicklichkeit, mit der selbst Kinder von vielleicht zehn Jahren ihr Pferd lenkten, nur bewundern.

Irgendwann trat Drostan zu ihr und reichte ihr einen Becher mit Met. »Denkst du, die Reiterspiele gereichen Tamia in der Anderswelt zur Ehre.«

»Auf jeden Fall!«, beteuerte Dana. »Ich habe noch niemals jemanden so reiten sehen.«

»Viele von uns beten zu Epona«, erklärte er. »Und sie segnet die Clans mit der Gabe des Reitens.« Seine graublauen Augen suchten die ihren. »Ich bin kein begnadeter Reiter, werde jedoch später am Rennen teilnehmen. Wirst du meinen Ritt segnen und mir Glück wünschen?«

»Ähm, ja natürlich.« Dana räusperte sich verlegen, denn Drostan sah sie so gespannt an, als erwartete er irgendetwas von ihr. Aus dem Augenwinkel heraus bekam sie mit, wie ein junges Mädchen einem der Krieger ihre Haarschleife an das Zaumzeug seines Pferdes band, und glaubte zu verstehen.

»Welches ist dein Pferd?«

Drostan deutete auf einen kräftigen Schimmel, der gerade von einem hochgewachsenen Krieger geritten wurde.

»Ich werde zu dir kommen.«

Der junge Mann lächelte zufrieden, dann verfolgte er ebenso gebannt wie Dana, wie zwei Reiter, mit Lanzen bewaffnet, gegeneinander kämpften. Dana hielt die Luft an, als einer von ihnen hart getroffen und beinahe aus dem Sattel gestoßen wurde.

»Die bringen sich ja um!«, brach es aus ihr hervor.

»Nein, sie nehmen nur Weidenstöcke, die keine Spitze haben.« Drostan jubelte lautstark, als der Gewinner in Siegespose an ihnen vorbeigaloppierte. »Taron, der Schwestersohn meiner Mutter.«

»Dann hat euer Broch gesiegt?«

Der junge Mann nickte voller Stolz. Die Spiele dauerten noch den ganzen Tag an, unterbrochen von Musik und Tanz, und die ganze Zeit über liefen Frauen mit Platten voller Essen herum. Schließlich fasste sich Dana ein Herz, als sie sah, wie genüsslich Drostan eine Schale mit Brei verspeiste. »Was ist das?«

»Das sind Algen.« Er sah sie verwundert an. »Ist diese Speise bei den *ban-draoidh* nicht bekannt?«

»Doch, ähm, es sieht nur etwas anders aus als bei uns.«

»Du solltest es kosten, Áine versteht sich hervorragend auf die Zubereitung.«

Zögerlich probierte sie von dem Brei und musste zugeben, dass er gar nicht so übel schmeckte, würzig und etwas salzig, aber nicht unangenehm schleimig, so wie sie befürchtet hatte.

Ganz offensichtlich freute sich Drostan, dass es ihr schmeckte. »Ich hole dir eine Schale«, bot er sogleich an und schlängelte sich durch die Menge.

Dana hingegen beobachtete weiterhin die Reiter und reckte ihren Hals, als sie Ardan erkannte. Geschmeidig saß er im Sattel, das Gesicht verbissen auf seinen Gegner gerichtet, und hielt mit einem Holzschwert geradewegs auf den anderen zu. Dana befürchtete, sie könnten zusammenstoßen, aber der andere riss sein Pony im letzten Moment herum, und so gelang Ardan ein Schlag auf die Schulter seines Kontrahenten. Jubel setzte ein, und schon stellte sich der nächste Gegner Ardan. Offensichtlich traten nun die Gewinner der jeweiligen Runden gegeneinander an, und schnell wurde Dana klar, dass kaum jemand Ardan gewachsen war. Dieser schien eins mit seinem Pferd zu sein, brauchte kaum einmal die Zügel, lenkte es lediglich mit Gewicht und Schenkeln, und er war so unerschrocken, dass letztendlich alle unterlagen und er selbst kaum einen Schlag einstecken musste. Trotzdem zeigte sein Gesicht keine Freude, nur weiterhin Verbissenheit und am Ende vielleicht eine Spur grimmiger Genugtuung, als er auf seinem Braunen rund um den Festplatz jagte.

»Ardan ist ein brillanter Krieger«, erklärte Drostan mit leisem Neid in der Stimme und hielt Dana eine Schüssel mit dem Algenbrei und einem Stück Brot hin. »Leider hat sich auch ein Hauch von Wahnsinn in seinen Geist geschlichen.«

Dem konnte Dana im Stillen nur beipflichten, und während sie aß, beobachtete sie, wie er sein schweißnasses Pferd abrieb und den Sattel abnahm. Plötzlich trat ein kleines Mädchen zu ihm und zupfte schüchtern an seinem Hemd. Auf die Ferne konnte sie nicht mit Sicherheit sagen, wer es war, vermutete jedoch, dass es sich um Mael handelte. Kurz erstarrte er, dann sagte er offenbar etwas und schob sie von sich.

»So ein Rüpel, ich glaub's ja nicht!« Sie drückte dem verdutzten Drostan ihre Schüssel in die Hand und bahnte sich ihren Weg durch die feiernden Menschen. Bis sie bei Ardan angekommen war, war Mael bereits verschwunden, aber sie baute sich trotzdem vor ihm auf.

»Ardan!«

Langsam und mit sichtlichem Desinteresse drehte er sich zu ihr um. Seine Augen musterten sie von oben bis unten, und er deutete eine leichte Verbeugung an. »*Ban-draoidh.*«

»Wie kannst du so mit deiner Tochter umgehen?«

Er starrte sie an, als hätte sie nicht alle Sinne beisammen. »Ich dachte, du wärst gekommen, um mich zu meinem Sieg zu beglückwünschen.«

Dana stieß scharf die Luft aus. »Dein Sieg ist mir …« Sie unterbrach sich selbst, riss sich zusammen. »Ja, sehr beeindruckend, Tamia wird das Ehre bringen. Aber weshalb bist du zu deiner Tochter so ruppig?«

Er übergab sein Pferd einem kleinen Jungen, der ehrfürchtig zu ihm aufsah. »Ich sagte, sie solle zu Devana gehen.«

»Mael braucht dich! Vor allem jetzt, da ihre Mutter tot ist.«

Obwohl Dana es nicht für möglich gehalten hätte, verfinsterte sich sein Gesicht noch mehr.

»Die … Götter werden dich strafen, wenn du dich nicht um sie kümmerst.« Das war das Einzige, was ihr einfiel, und sie hoffte inständig, ihre Drohung würde Eindruck auf den verbitterten Krieger machen. Aber ihre Rechnung ging nicht auf. Abrupt wandte sich Ardan ab.

»Mehr können sie mich nicht strafen.« Damit stapfte er davon und ließ sie einfach stehen.

»So ein verfluchter Idiot!« Fassungslos sah Dana ihm nach, wollte ihm schon folgen, bemerkte jedoch im selben Moment, wie Domech sie aus kurzer Entfernung mit seinem seltsamen Blick musterte. Ihr fuhr eine Gänsehaut über den Rücken, und sie ertappte sich bei dem Gedanken, dass der einäugige Druide möglicherweise ahnte, was sie über ihn wusste, selbst wenn ihre Vernunft diese Überlegung sogleich verwarf. Eilig wandte sie sich ab, tauchte in der Menge unter und lehnte Einladungen, etwas zu trinken oder zu essen, ab und machte sich stattdessen auf die Suche nach Mael.

Nach einer Weile hatte sie sich bis zu Devana durchgefragt, die gerade große Teigbrocken knetete. Ihr Gesicht war vor Anstrengung gerötet.

»Hast du Mael gesehen?«, fragte Dana.

Mit ihrer teigverklebten Hand deutete sie vage nach links. »Vorhin hat sie dort hinter den Steinen gespielt.« Anschließend fuhr sie ihre älteste Tochter an. »Verdammt, nun geh schon und hol mehr Mehl!«

»Danke, Devana.«

Dana eilte weiter, und nach einer Weile fand sie tatsächlich das kleine Mädchen. Mael saß auf dem Boden und rührte mit einem Stock in einer Matschpfütze herum. Als sie Dana entdeckte, riss sie die Augen weit auf und kauerte sich zusammen.

»Guten Tag, Mael.« Dana kniete sich zu ihr. »Wie geht es dir?«

Erwartungsgemäß antwortete die Kleine nicht, stattdessen presste sie ihre Lippen noch fester aufeinander.

»Sieh mal, ich habe hier etwas für dich.« Aus ihrer Tasche zog Dana den mitgebrachten Schokoriegel hervor, entfernte das Papier und hielt ihn Mael hin. Wenngleich das Mädchen interessiert wirkte, traute es sich offenbar nicht, zuzugreifen. Also biss Dana ein kleines Stück davon ab und reichte es Mael erneut. »Hm, lecker! Du kennst das nicht, aber es schmeckt wirklich gut.«

Ganz langsam näherte sich Maels kleine, schmutzige Hand der von Dana. Sie ergriff den Riegel, beäugte ihn und biss dann hinein. Kurz darauf erhellte ein Lächeln ihr Gesicht, und sie stopfte sich den Rest in den Mund.

»Schmeckt es dir?«

Die Kleine brachte zwar keinen Ton heraus, nickte jedoch zumindest, und so ließ sich Dana neben ihr im Gras nieder.

Da sie nicht so recht wusste, was sie sagen sollte, begann sie einfach von ihrer eigenen Kindheit zu erzählen, von ihren Freundinnen und wie sie im Wald miteinander gespielt hatten. Das Mädchen hörte aufmerksam zu, betrachtete Dana mit großen Augen, und auch wenn sie nichts erwiderte, glaubte Dana dennoch, die Kleine freute sich darüber, dass sich endlich mal jemand Zeit für sie nahm.

Später lieferte Dana sie bei Devana ab, obwohl es ihr in der Seele wehtat, dass Mael sofort wieder diesen verschlossenen Gesichtsausdruck bekam, als die junge Frau sie ruppig zu Bett schickte.

Die Spiele waren inzwischen beendet, und die Brochbewohner widmeten sich dem üppigen Essen. Aufziehender Regen trieb die Feiernden ins Innere der Hütten und des Brochs, aber bevor Dana in den Turm fliehen konnte, hielt sie eine Hand am Ärmel ihres Kleides fest.

»Drostan!« Sie hatte ihn völlig vergessen, und sein vom Regen nasses Gesicht drückte Enttäuschung aus, als er sie ansah. »Du hast meinen Ritt nicht verfolgt.«

»Ja, tut mir leid. Ich musste mich um Mael kümmern, sie war traurig.«

»Ich wurde Zehnter.«

»Das ist doch toll!«, freute sie sich.

»Wirst du mich morgen in der Abendzeit besuchen?«, fragte er erwartungsvoll. »In wenigen Tagen muss ich aufbrechen, um meine Arbeit auf der Insel im Westen abzuliefern. Es würde mich freuen, wenn ich dir zuvor zeigen könnte, was ich hergestellt habe.«

»Ja, sehr gerne.« Dana lächelte ihm zu, musste allerdings mit Unbehagen an das bevorstehende Treffen mit Domech denken, aber vielleicht konnte sie das ja am gleichen Tag hinter sich bringen. Wenn Drostan dabei war, würde sie sich sicherer fühlen.

Den restlichen Abend saß Dana an der Seite von Alauna und Brude ums Feuer im untersten Geschoss des Brochs. Erneut drehten sich viele Geschichten um Tamia, aber auch um vergangene oder bevorstehende Kriegszüge, bei denen die jungen Kriegerinnen und Krieger mit ihrem Können prahlten. Dana beteiligte sich kaum an den Gesprächen, ließ die Atmosphäre in dem düsteren Raum, der nur von einem in der Mitte brennenden Feuer und den an den Wänden flackernden, zwischen dreißig und fünfzig Zentimeter großen Fackeln beleuchtet wurde, auf sich wirken. Später spielten zwei Männer und eine Frau auf ihren Flöten, und trotz der Enge schafften es sogar noch einige Brochbewohner, zu tanzen. Irgendwann wurde es Dana zu stickig, außerdem war sie müde, deshalb verabschiedete sie sich höflich von Alauna und Brude und legte sich auf ihr Lager. Zum Glück war die Decke schon wieder trocken, roch deutlich angenehmer, und so fiel sie alsbald in einen erschöpften Schlummer.

Kapitel 13

Eine andere Welt

Auch der folgende Tag war Tamia gewidmet, doch gab es statt wilden Spielen, Musik und Tanz traurige Lieder, die am Fluss gesungen wurden. Ein Festessen fand heute ebenfalls nicht statt, und als sie gegen Mittag einen gewissen Appetit verspürte, fragte sie einen kleinen Jungen nach Brot.

Der sah sie aus entsetzt aufgerissenen Augen an. »Die Götter würden mich strafen, wenn ich dir etwas bringe.«

»Weshalb?«

»Heute ist der Tag der Enthaltsamkeit zu Tamias Ehren.«

»Oh.« Dana straffte die Schultern und bemühte sich um einen strengen Blick. »Gut so, ich wollte nur prüfen, ob du das schon weißt.«

Zunächst wirkte der Junge verwirrt, aber dann grinste er zaghaft und rannte davon.

Dana atmete tief durch. Das hätte ja ordentlich in die Hose gehen können. An diesem Tag wurde also gefastet – nun gut, vielleicht gelang es ihr ja, später unauffällig etwas zu essen zu besorgen.

Nach den Gesängen zogen sich die Menschen in ihre Behausungen zurück, denn es peitschten dichte Regenschauer durch das Land. Man saß in der Enge des stickigen Brochs zusammen und unterhielt sich leise.

»Wir werden Bannatia bald hierherholen müssen«, lauschte Dana dem Gespräch von Brude und Alauna.

Die Kriegerin nickte betrübt. »Sie hat erst ihre vierzehnte Winterwende gesehen, aber es ist nicht zu ändern.«

Dana fragte sich, wer diese Bannatia war, doch kurz darauf wurde ihre stumme Frage beantwortet, als Brude mit einem vorsichtigen Lächeln erwähnte: »Ich war sehr erzürnt, als Tamia schon mit vierzehn Sommern ihr erstes Kind bekam, aber nun stellt es sich als Geschenk der Götter heraus.«

Tamia hatte eine Tochter?, dachte Dana verwundert. *Verdammt, Rionach, das hättest du mir sagen sollen.* Nachdem Tamia eine Druidin gewesen war, hatte wahrscheinlich auch ihre Tochter diese Gabe geerbt, und daher konnte Dana kaum fragen, wo sie sich im Moment aufhielt. Also lauschte sie weiterhin stumm dem Gespräch von Brude und Alauna über ihre Enkelin.

»Drest wird froh sein, sie schon vorzeitig zurückschicken zu können«, lachte Brude.

»Bannatia ist genauso ungestüm, wie Rionach es als junges Mädchen war. Ich denke, Drests Unterweisungen im Schwertkampf werden ihr gefallen haben, er weiß die Klinge meisterhaft zu führen.« Jetzt klang Alaunas Stimme bedrückt, und Brude legte seine große Hand tröstend auf die ihre.

Also doch keine Druidin, eher eine Kriegerin, schlussfolgerte Dana und wagte daher zu fragen: »Wo ist Bannatia denn jetzt?«

»Bei einem Clanführer auf der Insel im Westen«, erklärte er. »Sie zeigte keine Begabung zur *ban-draoidh*, daher schickten wir sie zu einem befreundeten Clan, damit sie dort zur Kriegerin ausgebildet wird. Dort sollte sie bleiben, bis sie ihre siebzehnte Wintersonnenwende gesehen hat, aber nun muss sie zurückkehren, denn Bannatia wird eines Tages Alaunas Nachfolgerin sein.«

Dana nickte nachdenklich und überlegte, ob das mangelnde Interesse an Mael daher rührte, dass es eine ältere Erbin gab und nicht sie die nächste Clanführerin werden würde.

Vielleicht kann ich Alauna überreden, sich um sie zu kümmern, bei Ardan sehe ich da schwarz, grübelte Dana und trank noch einen Kelch voll Wasser.

Auch am Nachmittag besserte sich das Wetter nicht. Dräuende Wolken, aus denen wahre Sturzbäche rannen, hingen am Himmel, und Dana überlegte schon, ob sie den Besuch im Nachbarbroch nicht auf den nächsten Tag verschieben sollte. Allerdings kam Áine kurz darauf zu ihr und hielt ihr einen braunen Umhang entgegen.

»Du wolltest doch zu Domech gehen.«

»Bei diesem Wetter?« Dana rümpfte die Nase, während sie auf das beständige Plätschern und den heftigen Wind lauschte.

»Den weisen Mann kannst du nicht warten lassen!«, empörte sich Áine.

»Vermutlich nicht«, grummelte Dana zustimmend, nahm sich den Umhang und trat ins Freie. Sie bahnte sich ihren Weg durch Pfützen und kleine Rinnsale, die von den Berghängen flossen, und erreichte bald den Turm am Berg, über den Brudes Bruder Nectan herrschte. Zwei bewaffnete Krieger traten ihr entgegen, erkannten sie aber wohl und verbeugten sich.

»Ich möchte gerne zu Drostan«, erklärte sie und wurde zu einer Hütte rechts des Turmes geführt.

Dort arbeiteten ein gebeugter Mann mit schlohweißem Haar und Drostan. Das Gesicht des jungen Steinmetzen erhellte sich, als er Dana erblickte.

»Es freut mich, dass du gekommen bist.«

Schnell trat Dana in den spärlichen Schutz des strohgedeckten Unterstandes, wo jede Menge grob behauener Steine und Werkzeuge zu finden waren. Der Alte bearbeitete einen großen Steinklotz und schien den Besuch gar nicht zu bemerken.

»Das ist mein Onkel«, erklärte Drostan. »Er ist beinahe taub. Ich kam vor zehn Sonnenwenden von unserem Clan aus dem Norden hierher. Von ihm habe ich mein Handwerk erlernt.«

Dana nickte, sah sich neugierig um und stutzte, als sie einen etwa schulterhohen Stein entdeckte, in den kunstvolle Spiralen gemeißelt waren. Er kam ihr bekannt vor, aber sie konnte sich nicht daran erinnern, wo sie ihn schon einmal gesehen hatte.

»Ich habe ihn für einen Herrscher auf der Insel im Westen angefertigt«, erzählte Drostan voller Stolz, während seine Finger sanft darüberstrichen. »Er ist beinahe fertig, und in den nächsten Tagen werden wir ihn ausliefern.«

»Auf die Insel im Westen«, murmelte Dana vor sich hin, dann zuckte sie zusammen. Jetzt wusste sie, woher sie den Stein kannte. Auf dem Flyer im Tourist Office in Portree war genau dieser Stein abgebildet gewesen, wenn auch deutlich verwitterter.

»Du hast ihn hergestellt«, staunte sie und sah Drostan voller Bewunderung an. Sie hatte damals überlegt, sich mit Marc den alten Stein anzusehen.

»Findet er deinen Gefallen?«

Dana sah Drostan genau an, wie sehr er sich über ihr Interesse freute, und sie nickte nachdrücklich, wenn auch aus einem anderen Grund, als er vermutlich dachte. Sie konnte kaum glauben, vor dem Erschaffer eines Relikts aus uralter Zeit zu stehen, und sah völlig verzaubert von Drostan zu dem Piktenstein. »Wofür stehen die Symbole?«, fragte sie atemlos.

Fast liebevoll strich Drostan über die Spiralen. »Sie symbolisieren die ewige Wiederkehr von Leben und Tod. Die Oberste steht für die Anderswelt, die untere Spirale für die unsere, und dazwischen liegt das Reich der Sídhe.« Er zeigte auf eine halbmondförmige Vertiefung. »Der Clanführer und seine Leute sind große Verehrer der Mond- und Himmelsgöttin Arianhrod, deshalb habe ich auch ihr Symbol eingearbeitet. Himmel, Erde, Mond und die unterschiedlichen Welten sind alle miteinander verbunden.«

»Danke, Drostan.«

»Wofür?«, fragte er verwundert.

»Dass du mir das alles erklärst.«

Er lachte leise auf. »Du bist eine *ban-draoidh*, bei wem sollte das Geheimnis unserer Kunst besser aufgehoben sein.«

Ihre Blicke trafen sich, und Dana durchfuhr ein ganz eigenartiges Gefühl, als Drostans graublaue Augen sie sanft ansahen.

Doch genau in diesem Augenblick dröhnte eine Stimme hinter ihr.

»Ah, Besuch!«

»Onkel, das ist Dana von den *ban-draoidh.*«

»Willkommen!« Er schrie so laut, als wäre nicht nur er, sondern auch der Rest der Menschheit taub, und klopfte Dana mit seiner staubigen Hand auf die Schulter. »Sieh zu, dass du fertig wirst, Drostan, sonst ziehst du dir Domechs Zorn zu.« Ein verschmitztes Kichern überzog das runzelige Gesicht des Alten. »Um die junge *ban-draoidh* kannst du später noch werben.«

Dana spürte, wie ihre Wangen zu glühen anfingen, und auch Drostans Gesicht überzog ein verräterisches Rot. Ganz sicher wollte sie nicht, dass er um sie warb! Drostan war ein netter Kerl, aber sie beabsichtigte keineswegs, sein Werben, falls es wirklich eines war, zu erwidern.

»Also, ich muss jetzt zu Domech«, sagte sie daher eilig, obwohl die Aussicht, den Druiden zu treffen, ihr noch weniger verlockend schien als umworben zu werden.

»Ich führe dich zu ihm«, versprach Drostan, seinen kichernden Onkel ignorierend.

Er fasste Dana am Arm und geleitete sie zum Eingang des Brochs. Dieser war wirklich beinahe baugleich mit dem von Alauna und Brude, ebenso düster und beeindruckend. Gerade wollten sie eintreten, da stürmte ein junger Mann aus dem Inneren und knallte gegen den Türrahmen.

»Ahh!« Stöhnend hielt er sich seine Stirn und torkelte dann ins Freie.

»Oje, ist es schlimm?«, erkundigte sich Dana.

Der rothaarige Krieger schüttelte mit zusammengebissenen Zähnen den Kopf, eilte weiter, nur um ein paar Schritte weiter gegen einen Baum zu laufen.

»Vermutlich hat er sich ernsthaft verletzt«, meinte Dana, aber Drostan zuckte nur mit den Schultern.

»Nein, das ist nichts Ungewöhnliches. Cinod, wir nennen ihn

auch den Seher«, fügte er augenzwinkernd hinzu, »läuft ständig gegen Häuser, Bäume und Büsche. Domech wollte ihn als Kräutermann ausbilden, aber Cinod weigert sich hartnäckig. Er möchte ein großer Krieger wie sein Vater werden. Nur leider wird es ihm wohl unmöglich sein, seinen Feind zu treffen, ohne jedes Clanmitglied in seiner Nähe zu gefährden.«

»Der arme Kerl bräuchte vermutlich nur eine Brille«, murmelte Dana vor sich hin.

Drostan runzelte fragend die Stirn, aber sie winkte ab und sah dem Jungen nach. Hier, in dieser Zeit, würde er wohl gezwungen sein, halb blind durch die Welt zu laufen, und der junge Mann tat ihr leid.

Über die breite Treppe führte Drostan sie in eines der obersten Stockwerke des Turmes und sprach vor einer Tür, die mit einer dicken Decke zugehängt war, eine Magd an. »Sag Domech, Dana von den *ban-draoidh* wünscht ihn zu sprechen.«

Das Mädchen verbeugte sich eilig und schlüpfte durch die Tür. Kurz darauf kehrte sie zurück und machte eine einladende Handbewegung. »Er möchte dich empfangen.«

»Gut, dann gehe ich wieder an meine Arbeit«, verkündete Drostan.

»Danke.« Dana zögerte, denn sie hätte ihn gerne gebeten, sie zu begleiten, aber nach der Äußerung seines Onkels ließ sie das lieber bleiben.

Die Luft roch nach ätherischen Ölen, der Druide stand an einer Vertiefung in der Mauer und sortierte getrocknete Kräutern, bevor er sich dazu herabließ, sich zu ihr umzudrehen.

»Setz dich.« Er deutete auf eine mit Fellen bedeckte Kiste, die vor einem einfachen Holztisch stand. »Ich bin froh, dass du mich aufgesucht hast.« Trotz dieser vermeintlich freundlichen Worte klang seine schnarrende Stimme kalt, und ein Blick aus seinem stechenden Auge ließ Dana eine Gänsehaut über den Rücken laufen.

Sie lächelte zaghaft und ließ sich auf dem Schaffell nieder.

»In wenigen Tagen werde ich mit einigen Männern auf unsere Nachbarinsel aufbrechen, um den von Drostan gefertigten Stein an seinem Bestimmungsort zu segnen.«

»Hm.« Dana wagte kaum zu atmen.

»Ich möchte, dass du dich in meiner Abwesenheit um die Menschen hier kümmerst. Man hat dich sicher einer Einführung in die Kräuterkunde unterzogen.«

Mehr als ein Keuchen brachte Dana nicht zu Stande. Was wollte Domech von ihr? Sie sollte seinen Platz einnehmen? Das konnte doch nicht sein Ernst sein!

»Meine Ausbildung ist noch nicht weit fortgeschritten«, erwiderte sie kleinlaut. »Ich bin erst ein … ähm … seit dem letzten … also … Sommer … bei den *ban-draoidh.*«

Missbilligend zogen sich seine Augenbrauen zusammen, und sein hageres Gesicht legte sich in Runzeln. »Dann wirst du ihnen zumindest zur Seite stehen und ihnen den Willen der Götter aufzeigen.«

Dana hatte keine blassen Schimmer, was sie antworten sollte, aber sie wagte es auch nicht, dem unheimlichen Mann zu widersprechen.

»Viel mehr als zehn oder fünfzehn Tage werden wir nicht fort sein. Du wirst dir Mühe geben, deine Aufgabe zufriedenstellend zu erledigen.« Mit einer harschen Handbewegung bedeutet er ihr, zu gehen, was Dana nur allzu gerne tat, auch wenn sie sein Verhalten äußerst unhöflich fand.

Super, dachte sie, während sie die Treppen hinabeilte, *jetzt kann ich hier die Botin der Götter spielen.* Ein bitteres Lachen entstieg ihrer Kehle, und sie überlegte ernsthaft, auf der Stelle in ihre Zeit zurückzukehren. Doch dann fiel ihr Rionach ein, und die würde garantiert sehr zornig sein, wenn sie ihr Versprechen nicht einlöste.

Wieder im Freien stellte Dana erleichtert fest, dass der Regen endlich aufgehört hatte. Trotzdem schlang sie ihren Umhang fester um sich, als sie zurück zum Dun Telve eilte, hatte sie doch das

Gefühl, Domechs Auge würde ihr durch eine Ritze im Gemäuer des Dun Troddan folgen. Während sie den schlammigen Pfad entlangeilte, blickte sie ständig über die Schulter. Jedes Knacken, jedes laute Heulen des Windes ließ sie zusammenzucken. Wieder glaubte sie, etwas aus dem Augenwinkel heraus zu sehen. Sollte es sich etwa um Sídhe handeln? Die Feenwesen, die laut Rionach die Welt der Menschen regelmäßig heimsuchten? Nein, das konnte nicht sein, denn selbst wenn sie im Feenreich gewesen war, weigerte sich ihr Verstand noch immer, an übernatürliche Dinge zu glauben. Als jedoch auch noch Nebel vom Fluss her aufstieg, war es mit Danas Beherrschung vorbei. Sie raffte ihren langen Rock und rannte auf den schützenden Turm zu. Plötzlich stolperte sie und schlug der Länge nach hin. Fluchend landete Dana im Matsch, denn sie hatte offenbar eine Wurzel übersehen. Schnell rappelte sie sich wieder hoch. Als sie dabei jedoch nach links sah, erstarrte sie. Auf einem Stein, im Schutz einer ausladenden Eiche, saß ein Rabe und beobachtete sie. Zunächst wollte sie einfach weitergehen, aber sie wurde das Gefühl nicht los, Blicke in ihrem Nacken zu spüren. Irritiert drehte sie sich noch einmal um. Der Vogel verharrte regungslos und beäugte sie unentwegt. Dana wusste nicht, warum, aber etwas kam ihr seltsam vor, dann zuckte sie plötzlich heftig zusammen, und auch der Rabe erhob sich krächzend. Aus dem Unterholz traten zwei bewaffnete Männer hervor. Beide mit schartigen Schwertern in den Händen, die ungepflegten Bärte hingen ihnen nass im Gesicht, und ihre zerrissene Kleidung starrte vor Schmutz.

Unwillkürlich wich Dana zurück, aber die beiden stürzten sich auf sie, und schon lag sie erneut im Matsch.

»Aufhören, ich stehe unter dem Schutz von Brude mac Ungost!«, stieß sie geistesgegenwärtig hervor.

Der Bärtige, der über ihr kniete, grinste nur, wobei er einige gelbliche Zähne entblößte.

»Umso besser, dann wird er uns für deine sichere Rückkehr reich entlohnen.«

Verdammt, dachte Dana und suchte verzweifelt nach einem Ausweg. Sollte sie schreien? Allzu weit war sie nicht mehr vom Dun Telve entfernt, andererseits übertönte der Wind jedwedes Geräusch. Sie war nicht bewaffnet und hatte gegen die beiden Männer keine Chance, denn als der Kerl sie jetzt in die Höhe zerrte, war sein Griff eisern. *Ich will nach Hause*, schoss es ihr durch den Kopf, und Panik drohte sie zu übermannen. Wie hatte sie nur so naiv sein können zu glauben, dass sie in dieser ihr vollkommen fremden Zeit allein bestehen konnte? Als der zweite Mann ihr einen schmutzigen Knebel in den Mund stecken wollte, hatte sie einen Einfall. Das war die Lösung!

»Ich bin eine *ban-draoidh*«, keuchte sie. »Wenn ihr mir Gewalt antut, verfluche ich euch.«

Sichtlich erschrocken torkelte der Mann zurück, und auch derjenige, der sie festhielt, lockerte seinen Griff. Dana nutzte den Moment und trat ihm kräftig gegen das Schienbein. Sie wollte verschwinden, bevor die Männer bemerkten, dass ihr Versprechen nicht mehr als eine leere Drohung war.

In diesem Augenblick jedoch stürmte eine Gruppe Krieger den Pfad entlang, allen voran Drostan. Danas Entführer versuchten zu fliehen, aber der Erste wurde von Drostan überwältigt. Mit einem gewagten Hechtsprung riss der Steinmetz seinen Gegner zu Boden und schlug auf seinen Schädel ein, woraufhin der Mann benommen liegen blieb. Der andere konnte sich noch in die Büsche schlagen, doch kurz darauf hörte Dana einen Schrei, der gurgelnd verstummte.

»Was hatten sie vor?«, fragte Drostan und eilte zu Dana.

Jetzt, da die Gefahr vorüber war, fühlte sie sich seltsam zittrig.

»Sie wollten mich fassen und wohl gegen Gold oder sonst was eintauschen.«

»Gar nicht, wir …«, wollte der fremde Krieger sich rechtfertigen, aber Drostan drückte sein Gesicht in den Matsch. Dann holte er aus und trieb dem Mann sein kurzes Schwert geradewegs in den Rücken.

Dana presste ihre Hand vor den Mund, als Blut spritzte, der Mann noch kurz zappelte, dann jedoch erschlaffte.

Sofort war Drostan wieder bei ihr und legte ihr fürsorglich einen Arm um die Schulter. »Geht es dir gut?«

»Ähm, ja, also … Du hättest ihn doch nicht gleich töten müssen«, brachte sie heraus. »Als ich sagte, ich wäre eine *ban-draoidh*, hat er von mir abgelassen.«

Völlig verwirrt sah Drostan sie an. »Sie haben dich bedroht. Es waren Männer ohne eigenen Clan und eigenes Land, die Vieh oder Frauen stehlen wollten. Der Tod war eine gerechte Strafe.«

Doch so sehr sie der Überfall bis in die Knochen erschreckt hatte, fand sie es grausam und überflüssig, dass Drostan ihn getötet hatte.

»Komm, ich begleite dich nach Hause«, versprach er sanft.

Ohne zu widersprechen, ließ Dana sich vorwärtsschieben, ihre Beine drohten noch immer einzuknicken.

»Warum seid ihr mir überhaupt gefolgt?«, fragte sie nach ein paar Schritten.

»Domech meinte, dir würde Gefahr drohen.«

Ruckartig blieb sie stehen. »Domech?«

Drostan schien überhaupt nicht verwundert, sondern nickte nur. »Er ist ein weiser Mann, er kann Gefahr sehen.«

Skeptisch runzelte Dana die Stirn, ließ sich jedoch nichts anmerken, denn letzten Endes war sie froh, nicht von diesen Kerlen gefangen worden zu sein.

Kapitel 14

Große Verantwortung

Mehrere Tage lang hatte Scott MacRae den Broch aus sicherer Entfernung im Blick behalten. Dieses Mädchen war nicht wieder aufgetaucht, was gut war, denn noch immer hielten sich Rupert oder einer seiner Männer in der Nähe auf. Scott überlegte, zu Rionach zu gehen und sie zu befragen, aber er verwarf diesen Gedanken, denn die Kriegerin würde ihm ohnehin nicht die Wahrheit sagen, sollte es in ihre Pläne passen.

Nun gut, dachte er und pfiff nach seinem Hund. *Ich habe getan, was ich konnte. Ich hoffe, die Kleine ist vernünftig genug, nie wieder herzukommen.* Manchmal vermisste er durchaus die alte Zeit, die Treffen mit Freunden und Gleichgesinnten, sehnte sich nach dem Zusammengehörigkeitsgefühl, den Gesprächen und den Ritualen. Für einen Moment glaubte er, den Rauch der Feuer über Kilmartin Valley zu riechen, ihre Wärme zu spüren, den Gesang der jungen Sarah zu hören, das Mädchen, in das er lange Zeit verliebt gewesen war. Sarah, die den gälischen Liedern eine unfassbare Mystik verliehen und die Zeit der Kelten hatte wieder aufleben lassen. Doch mit Rupert hatte sich alles zum Schlechten gewandt, und es war besser, dass sich die Gruppe aufgelöst hatte. Er wandte sich ab und machte sich auf den Heimweg.

In den folgenden Tagen lebte Dana in der ständigen Furcht, irgendjemand könnte sie als Heilerin oder Ratgeberin aufsuchen, aber zum Glück behelligte sie niemand außer einer alten Frau, die vermutlich unter Rheuma litt. Dana riet ihr zu einem warmen Bad in einem Zuber, womit sie zumindest nichts falsch machen konnte. Schon am nächsten Morgen drückte die Greisin voller Dankbarkeit ihre Hand und meinte, die Wassergeister seien ihr wohlgesinnt gewesen.

Sie lebte und arbeitete im Haushalt von Brude und Alauna mit, unterhielt sich oft mit Áine, die ihr immer sympathischer wurde. Die junge Magd sprach häufig von ihrem Gefährten Cron, der nach wie vor nicht von einem Rindertrieb zurück war und auf den sie sehnsüchtig wartete. Interessant fand Dana, wie gut das Leben im Tal organisiert war. Jeder schien seine Aufgabe zu haben, sogar Greise wie der uralte Coll. Bei Sonnenschein sah man den verhutzelten Mann vor dem Turm sitzen und den Kindern Geschichten erzählen, oder er lehrte sie Pfeile oder Löffel zu schnitzen, wobei es für Dana an ein Wunder grenzte, dass er mit seinen arthritischen Fingern überhaupt etwas zu Stande brachte. Die Kinder wurden ganz selbstverständlich in tägliche Arbeiten auf den Feldern oder bei den Tieren einbezogen. Außerdem unterrichteten sie die Alten im Singen oder über die Geschichte der Clans. Wer alt genug war, erlernte das Kriegshandwerk oder ging mit den Männern auf die Jagd in den Bergen.

Weiterhin bemühte sich Dana um die kleine Mael. Das Mädchen war jetzt nicht mehr ganz so scheu wie zu Anfang, rannte seltener fort, wenn sie Dana sah, aber leider sprach die Kleine noch immer keinen Ton. Meist brachte Dana ihr ein Stück Schokolade mit, woraufhin Maels Augen stets zu leuchten begannen, aber wirkliches Vertrauen fasste das Kind nicht zu ihr.

Die Spätsommertage zeigten sich häufig noch angenehm warm, aber in den stürmischen, kühlen Nächten war Dana doch froh um ein Feuer, auch wenn sie sich noch immer nicht recht an das verräucherte Innere des Brochs gewöhnen mochte. Heute war sie auf dem Weg zurück vom Bach, denn sie hatte sich unbedingt mal wieder richtig waschen wollen. Obwohl ihr von den eisigen Wassertemperaturen die Zähne klapperten, fühlte sie sich nun deutlich besser. Sie bemerkte, dass sie unbeabsichtigt weiter als gewöhnlich flussaufwärts gegangen war und kam deshalb am Ende des Erdwalls heraus. Düstere Wolken hatten sich über den entfernten Bergen gebildet, ein breites Regenband verdeckte den Blick nach Osten. Aber in diesem Moment brach die Sonne heraus, und ein atemberaubend großer Regenbogen spannte sich über das Land. Dana stieg auf den Wall, um besser sehen zu können. Sie hielt eine Hand vor die Augen, war ganz gefangen von dem grandiosen Anblick und bekam einen gehörigen Schrecken, als sie jemand von unterhalb des Walls ansprach.

»*Ban-draoidh*, dürfte ich ein Wort an dich richten?«

Eine schlanke Frau mit zwei Holzeimern stand unter ihr auf der Wiese. Sie wirkte verschreckt und unsicher auf Dana, denn sie zog den Kopf ein und sah zu Boden. Inzwischen wusste Dana, dass die Siedlung stetig wuchs, und die weniger angesehenen Familien, die kaum eigenen Besitz hatten, sich zwar jenseits des Schutzwalls, aber noch immer in der Sicherheit des Brochs ansiedelten.

»Ja, natürlich.« Sie kletterte zu der Frau hinunter, die sie bei näherem Hinsehen auf Mitte vierzig schätzte. Ihre Kleidung wirkte ärmlich, entbehrte jeglicher Verzierung, Rock und Bluse waren von einem undefinierbaren Grau, jedoch zumindest sauber.

»Ich bin Brega«, stellte sie sich mit dünner Stimme vor.

»Und ich heiße Dana. Wie kann ich dir helfen?« Sie hoffte inständig, dass nicht Brega oder eines ihrer Kinder ernsthaft krank waren.

»Es ist so«, begann die Frau zögernd. »Epona hat mich mit vier starken Söhnen gesegnet, und auch wenn einer von ihnen nun schon bei den Ahnen ist, so darf ich mich nicht beschweren, denn er ist ehrenvoll im Kampf gegen den Feind gestorben.«

Dana nickte aufmunternd, damit sie weitersprach.

»Ich möchte nicht den Zorn der Götter auf mich ziehen oder undankbar erscheinen …«

»Sag es, Brega, was bedrückt dich?«

»Meinst du, *ban-draoidh*, Epona zürnt mir, weil ich sie beinahe jeden Tag um eine Tochter bitte. Soll ich vielleicht besser zu Mebd beten, um ihren Segen zu erhalten? Andererseits hat mir Epona stets gute Dienste erwiesen, und sie könnte gekränkt sein.«

»Oh!« Jetzt war Dana überrascht, dann erinnerte sie sich daran, dass es laut Rionach durchaus üblich war, sich anderen Göttern zuzuwenden, wenn die ursprünglich erwählten den eigenen Zielen nicht zweckdienlich waren. Erneut brachte sie dies zum Schmunzeln, aber dann legte sie der schüchternen Frau eilig eine Hand auf den Arm. »Nein, Epona ist sicher nicht wütend, nur weil du dir noch ein Mädchen wünschst, und ich denke nicht, dass es nötig ist, eine andere Göttin anzubeten.« Krampfhaft dachte sie nach, wie sie ihr helfen konnte. Vielleicht sollte sie sich ein Ritual ausdenken und darauf hoffen, dass Brega tatsächlich noch einmal schwanger wurde. »Wie alt … ich meine … wie viele Winterwenden hast du denn schon gesehen?«

»Achtunddreißig.«

Dana überlegte, wie lange Frauen in dieser Zeit fruchtbar blieben, aber vermutlich weniger lang als in ihrer, und eine erneute Geburt barg sicher einige Risiken. »Weißt du was, Brega«, sagte sie schließlich. »Du solltest viel frisches Obst und Gemüse zu dir nehmen, das, ähm … mögen die Götter. Wenn du in den Tagen kurz nach deiner Blutung mit deinem Mann … also wenn du bei ihm liegst.« Sie rang nach Worten, denn Brega sah sie derart hoffnungsvoll an und nickte eifrig bei jedem ihrer Worte, dass es ihr beinahe unangenehm war, Ratschläge zu erteilen, deren Wirksamkeit sie anzweifelte. »Also … so mag es sein, dass du noch einmal mit einem Kind gesegnet wirst. Ob es allerdings ein Mädchen wird, das kann ich nicht versprechen. Versuche es bis zur Wintersonnenwende, falls bis dahin kein Kind in dir heranwächst, dann ist es der Wille der Götter, dass du dich an deinen Jungen erfreust.«

»Danke, *ban-draoidh*.« Brega kniete sich vor ihr auf die Erde, was Dana äußerst unangenehm war.

»Steh bitte auf, und nenn mich einfach Dana, das ist mir lieber.«

»Herzlichen Dank für diesen Rat.« Die schlanke Frau lächelte Dana an, und plötzlich wirkte sie sehr erleichtert und ihre entspannten Gesichtszüge ließen sie viel jünger erscheinen.

»Schon gut, ich hoffe, es war dir eine Hilfe.«

»Das war es ganz sicher.« Beschwingten Schrittes ging Brega davon, und Dana wandte sich kopfschüttelnd ab. Offenbar hatte sie den richtigen Ton getroffen.

Wiederholt versuchte Dana, mit Ardan in Kontakt zu kommen, aber der finstere Krieger war oft auf der Jagd, und wenn sie ihn doch einmal sah, weigerte er sich, mit ihr über Mael zu sprechen. Außerdem wurde sie den Eindruck nicht los, er ginge ihr aus dem Weg. Es war zum Verzweifeln, denn obwohl sie das Leben hier durchaus interessant fand, wollte sie doch nach Hause zurückkehren.

Acht Tage nach der Abreise von Drostan und Domech herrschte urplötzlich große Aufregung. Dana saß am Feuer und bemühte sich – nicht sehr erfolgreich – mit einer groben Knochennadel einen Riss in ihrem Rock zu nähen.

»*Ban-draoidh*, schnell, du musst kommen!« Eine völlig aufgelöste Bäuerin, die Dana schon einmal gesehen hatte, stand in der Türöffnung, ihre Augen vor Entsetzen geweitet.

»Was ist denn los?« Sie ließ alles stehen und liegen und folgte ihr die Treppe hinab.

»Unsere Krieger, sie wurden jenseits des Passes von den Creonen überfallen.«

Die Frau lief so schnell, Dana konnte ihr kaum folgen. Creonen – schon häufiger hatte Dana diesen Namen gehört. Sie waren Feinde der Each fiadhaich, Alaunas Clan. Draußen vor dem Turm lagen fünf Männer auf der Wiese, alle blutüberströmt, zwei rührten sich schon nicht mehr, einer schrie vor Schmerzen. Ihm war der halbe Arm abgehackt worden, Blut spritzte aus einer Arterie.

Übelkeit überkam Dana. Sie hielt sich an einem Baum fest und hatte das Gefühl, ihre Beine würden gleich unter ihr wegknicken.

»Beeile dich, du musst ihnen helfen.« Die Frau zerrte an Danas Ärmel, und auch wenn sie vor Entsetzen beinahe gelähmt war, holte sie tief Luft, raffte schließlich ihr Kleid hoch und überwand sich, sich die Verletzten anzusehen. Obwohl sie keine Ärztin war, wurde ihr sofort klar, dass alle schwer verletzt waren, und sie hatte keinen blassen Schimmer, was sie zu ihrer Rettung tun konnte. Die Schreie des einen Mannes waren inzwischen verstummt. Irgendjemand hatte ihm ein schmutziges Tuch auf den abgetrennten Arm gepresst, aber sie glaubte kaum, dass er den Blutverlust überleben würde.

»Kocht Wasser«, sagte sie lahm zu den Männern und Frauen, die sie alle Hilfe suchend ansahen.

Fragende Blicke trafen sie.

»Jetzt macht schon«, drängte sie. »Bevor ihr die Wunden auswascht und verbindet, müsst ihr die Tücher in kochendes Wasser tauchen.«

»Wozu das?«, wagte ein Krieger zu fragen. Offenbar war er einer der Überlebenden, der die anderen mit hergebracht hatte. Ein blaues Auge prangte in seinem Gesicht, überall hatte er Kratzer, doch zumindest schien er nicht lebensbedrohlich verletzt zu sein.

»Weil … weil die Wassergeister sonst zornig werden und die Männer noch mehr krank machen.« Das war Einzige, was ihr auf die Schnelle als Erklärung einfiel. »Habt ihr irgendwo Heilkräuter?«

Eine zahnlose Alte nickte ihr zu, und Dana hoffte, dass sie so etwas wie eine Kräuterfrau war, die vielleicht das Schlimmste zu verhindern wusste. Die Krieger waren allesamt übel zugerichtet, zwei bereits tot, der mit dem abgeschlagenen Arm tat wenige Momente später seinen letzten Atemzug. Dana schluckte die Tränen hinunter und wandte sich den beiden noch Lebenden zu. Einer von ihnen war ohnmächtig. Seine Stirn wies eine schmutzige Platzwunde auf, vermutlich hatte er eine Gehirnerschütterung, und sie hoffte, dass nicht auch der Schädel verletzt war.

»Wascht die Wunde mit dem abgekochten Wasser aus«, wies sie zwei Frauen an. »Tragt ihn dann vorsichtig in den Turm, er soll sich ein paar Tage möglichst wenig bewegen.«

Den anderen schien es noch schlimmer erwischt zu haben. In seinem linken Oberschenkel klaffte eine tiefe Wunde. Er warf sich stöhnend hin und her, und als sie sein blutiges Hemd hochhob, entdeckte sie eine Reihe blau und schwarz verfärbter Prellungen.

»Auch … auswaschen und dann verbinden«, befahl Dana einem jungen Mädchen und musste beim Anblick der offenen, blutigen und eiternden Beinwunde erneut ihre Übelkeit niederringen. Sie wandte sich kurz ab, atmete tief durch und überlegte, was sie jetzt tun sollte. Sie besaß keine medizinische Ausbildung, ihr Erste-Hilfe-Kurs war schon eine ganze Weile her, und mehr als einen Druckverband anzulegen und die beiden Männer anschließend in die stabile Seitenlage zu befördern, fiel ihr nicht ein.

Sie wurde aus ihren Gedanken gerissen, als Áine angerannt kam. Sie stieß einen leisen Schrei aus, dann kniete sie sich neben den Mann mit der Beinwunde und strich mit zitternden Händen über sein schmutziges, zerkratztes Gesicht.

»Cron«, schluchzte sie und versteckte ihr Gesicht an seiner Schulter.

»Das ist … o verdammt!« Dana riss entsetzt die Augen auf.

»Dana, du musst ihm helfen, du musst ihn heilen!«

Áine sah sie so flehend an, dass es ihr durch Mark und Bein ging. Sie hätte liebend gerne geholfen, wusste jedoch nicht, wie. Schließlich rang sie sich zu einem Lächeln durch, dann ging sie zu der alten Frau.

»Hast du ein starkes Kraut, das Blutungen stillt, und eines, das gegen Entzündungen und Schmerzen hilft?«

Die Alte brummte bestätigend, kramte in ihrem Beutel herum und zog getrocknete Kräuter heraus. Eines von ihnen konnte Dana am Geruch als Kamille identifizieren, das andere mit den kleinen weißen Blüten kannte sie nicht. »Gut, weißt du, was zu tun ist?«

»Ja, ich werde eine Paste herstellen und später Tee brauen.«

Flüchtig nahm Dana wahr, dass in der Baumkrone über ihr ein Rabe krächzte, aber sie achtete nicht weiter darauf, denn in diesem Moment wünschte sie sich nur, tatsächlich eine *ban-draoidh* zu sein. Oder noch besser, Marc an ihrer Seite zu haben. Der hätte zumindest gewusst, wie er Cron helfen konnte.

Nachdem die beiden Schwerverletzten notdürftig versorgt waren, wurden sie so vorsichtig wie möglich ins Innere des Brochs getragen und nahe ans Feuer gelegt, damit sie es zumindest warm hatten. Áine weinte die ganze Zeit über, säuberte ihrem Geliebten Gesicht und Arme und wich keinen Augenblick von seiner Seite. Dana hätte ihr so gerne etwas Tröstendes gesagt, aber sie hegte starke Zweifel, dass er auch nur die Nacht überstehen würde. Die Wunde war eitrig und entzündet und hätte schon längst genäht werden müssen. Vier Tage war der Überfall her. Vier Tage in Kälte, Nässe und Schmutz – es grenzte an ein Wunder, dass überhaupt jemand überlebt hatte.

Am Abend wurden die Leichen der drei toten Krieger verbrannt. Panik erfasste Dana, als Brude sie bat, den Segen zu sprechen, doch sie wusste nicht, wie sie sich herausreden sollte.

Ihr war eiskalt, und das lag nicht nur am frischen Wind, während sie zusah, wie die Flammen in die Höhe schlugen und die aufgebahrten Krieger verzehrten. Verwandte und Freunde der Toten standen mit ernsten Mienen im Kreis, in den Händen Gegenstände, die sie später im Fluss versenken würden. Brude und Alauna sahen Dana auffordernd an, und sie schluckte schwer, dann erinnerte sie sich der Worte, die Domech bei Tamias Trauerfeier gesprochen hatte und wandelte sie nur ein wenig ab.

»Diese drei jungen Krieger bereiteten ihrem Volk große Ehre, da sie im Kampf gegen einen starken Gegner fielen«, sprach sie leise, aber als die Menschen vordrängten, erhob sie die Stimme. »Jetzt wurden sie von den Göttern gerufen, um den Ahnen mit ihrer Weisheit zur Seite zu stehen. Mögen sie Frieden in der Anderswelt finden, bevor sie eines Tages zurückkehren.«

Offensichtlich nahm niemand Anstoß an ihrer kurzen Rede. Später wurde die Asche der Toten in den Fluss gestreut, dann folgten die Opfergaben. Nicht so viele wie bei Tamia, aber dennoch eine bemerkenswerte Anzahl an Schmuck, Getreide und Waffen, die den Dahingeschiedenen das Leben in der Anderswelt erleichtern sollten. Anschließend wurde gegessen, und Geschichten über die Krieger machten die Runde. Dana sah Ardan mit Alauna sprechen; den rüden Gesten nach stritten sie miteinander. Schließlich wandte sich der düstere Krieger ruckartig ab und bellte einige Namen, woraufhin sich ein paar Männer erhoben. Dana zog die Stirn kraus und ging zu Alauna.

»So ein verdammter Narr«, fauchte sie gerade und sah ihren Ehemann an, als wäre dieser an allem schuld.

»Was war denn los?«, erkundigte sich Dana.

»Ardan stürmt davon, um Rache zu nehmen«, erklärte Brude ruhig, während er die letzten Reste einer Lammkeule verspeiste.

»Konntet ihr ihn nicht aufhalten?« Dana sah die beiden auffordernd an.

»Aufhalten?«, fragte Alauna zornig. »Es liegt nicht in meiner Absicht, ihn aufzuhalten. Er soll nur warten, bis die Gedenkfeier zu Ende ist, dann schließe ich mich ihm an und ziehe gegen die Creonen.«

»Oh.« Dana hatte gedacht, Alauna wolle den Vater ihrer Enkeltochter davor bewahren, sich in Gefahr zu bringen, aber mit dieser Ansicht lag sie falsch.

Sichtlich aufgebracht stürmte Alauna von dannen.

»Also – warum geht sie denn dann nicht mit ihm?«, hakte Dana vorsichtig nach.

»Es würde die Ehre der Toten beleidigen, wenn Alauna als Herrin über dieses Tal nicht bis zum Ende bliebe«, erwiderte Brude mit großer Verwirrung in der Stimme, und Dana schwante, dass sie das hätte wissen müssen. »Oder denkst du, die Götter …«

»Den Göttern würde es sicher genügen, wenn du hierbleibst«, versuchte Dana, die Situation zu retten.

Der Herr über den Broch sah sie überrascht an, dann lächelte er. »Das wird Alauna gefallen.« Dennoch fuhr er sich über seinen langen Schnurrbart. »Sollte es weitere Streitigkeiten mit den Creonen geben, werde ich Eoganan mac Drest um Unterstützung bitten.«

»Eoganan mac Drest?«

»Unser König, der Herr über die Clans der Westküste.« Brude musterte sie argwöhnisch. »Hat er die heiligen Täler noch niemals besucht?«

»Also … nein. Nicht zu meiner Zeit«, redete sich Dana heraus. »Wie du weißt, kommt mein Clan aus dem Osten.«

Brude brummte zustimmend, dann schien er sich keine weiteren Gedanken um Danas Wissenslücken zu machen, nickte ihr kurz zu und folgte seiner Gemahlin mit langen Schritten.

Dana fuhr sich durch die Haare, während sie scharf die Luft ausstieß. »Hoffentlich habe ich damit Alauna nicht in den sicheren Tod getrieben«, sagte sie zu sich selbst, wurde jedoch von einem mageren Jungen, einer von Devanas Kindern, aus ihren Gedanken gerissen.

»Áine schickt mich. Ich soll dich holen«, sagte er verschüchtert.

»Ja, ich komme«, versicherte sie ihm und reichte ihm lächelnd ihre Schüssel mit gekochtem Fleisch und Brot, was den Kleinen zum Strahlen brachte.

Im Turm empfing Áine sie mit ängstlich geweiteten Augen.

»Cron hat Fieber bekommen, was soll ich denn nur tun?«, schluchzte sie.

Eiligen Schrittes trat Dana zum Krankenlager, und als sie eine Hand auf Crons glühende Stirn legte, erschrak auch sie. Verzweifelt überlegte sie, was sie unternehmen sollte. Vielleicht würde

Domech schon in wenigen Tagen zurück sein, aber sie wusste nicht, ob Cron so lange durchhielt.

»Weidenrinde!«, stieß sie schließlich hervor. »Du musst ihm Tee aus Weidenrinde kochen.« In irgendeinem Film hatte sie mal gesehen, dass die Menschen früher Weidenrindentee benutzt hatten, um Fieber zu senken, und jetzt hoffte sie inständig, dass dies der Wahrheit entsprach. »Außerdem kannst du ihm kalte Tücher um die Unterschenkel wickeln, das senkt das Fieber.«

Sofort eilte Áine davon, und Dana ließ sich erschöpft auf dem Boden nieder. Der andere Mann mit der Kopfwunde schlief und sah ungesund blass aus, doch zumindest hatte er kein Fieber und atmete gleichmäßig.

Die ganze Nacht und den folgenden Tag bangten Dana und Áine um Crons Leben. Sie konnte kaum mehr tun, als ihrer Freundin beizustehen, sie in den Arm zu nehmen und mit ihr gemeinsam zu hoffen. Aus eigenem Interesse, und auch um Áine von ihren Sorgen abzulenken, erkundigte sich Dana bei ihr über Eoganan mac Drest, und die junge Frau gab nur zu gern Auskunft.

»Alauna und Brude sowie Nectan stehen unter dem Schutz König Eoganans«, begann Áine und warf einen Seitenblick auf Cron. »Sie leisten ihm Abgaben, wie Schafe oder Getreide und manchmal auch Waffen, und als Gegenleistung können wir in Zeiten der Not auf seine Unterstützung zählen. Jeder Clan und das zugehörige Land wird von den Clansherren eigenständig verwaltet und selbst Streitigkeiten um Weideland oder Tauschgüter finden Eoganans Beachtung eher selten.« Erneut blickte sie auf Cron, der sich unruhig herumwälzte. »Sollte allerdings größere Gefahr nahen und feindliche Stämme aus den Nordlanden oder eine Invasion aus dem Süden uns bedrohen, dann stehen uns die Krieger von Eoganan mac Drest bei. Im Gegenzug fordert der König aber auch Alaunas und Nectans Männer und Frauen im Falle eines Krieges.«

Abermals wurde Cron von einem Fieberkrampf geschüttelt, Áine strich ihm über den Kopf und sah Dana fragend an.

»Mach ihm neue Wadenwickel«, schlug sie hilflos vor. Sie klopfte ihrer Freundin tröstend auf die Schulter und erhob sich schließlich.

Leider ging es Cron auch am nächsten Morgen nicht besser. Er erlangte das Bewusstsein nicht zurück, und die Wunde sah entsetzlich aus und stank. Dana hatte keinen blassen Schimmer, was sie tun konnte. Als gegen Abend Domech, Drostan und die übrigen Krieger von der Insel auftauchten, konnte sie ihr Glück kaum fassen. Wortlos hörte der Druide sich an, was geschehen war, verschwand dann eilig und kehrte kurze Zeit später mit seinem Bündel zurück. Er warf ätherische Kräuter ins Feuer, braute irgendeinen geheimnisvollen Tee, und als er Cron eine Hand auf die Stirn legte und leise zu singen begann, verstummte dessen qualvolles Stöhnen. Froh und erleichtert, endlich jemanden hierzuhaben, der den Männern helfen konnte, sank Dana auf ihre Schlafstätte. Sie war derart erschöpft, dass sie auf der Stelle in einen tiefen Schlaf fiel.

Anschließend fühlte Dana sich besser, aber als Brude sie zur Seite nahm, noch bevor sie den untersten Raum des Brochs betreten hatte, ahnte sie, dass etwas Schlimmes geschehen sein musste.

»Heute werden wir den Segen erneut sprechen müssen, Dana. Cron ging im Morgengrauen in die Anderswelt.«

»Was?« Sie spürte förmlich, wie jegliches Blut aus ihrem Gesicht wich. »Das kann nicht sein! Domech war bei ihm. Es ging ihm doch besser und …«

»Nein, auch Domech konnte ihm nicht mehr helfen.«

Heiße und kalte Schauer überliefen Dana. Sie hatte das Gefühl, jegliches Leben würde aus ihrem Körper weichen. »Nein, das darf nicht sein«, flüsterte sie, dann stürmte sie hinaus ins Freie, wo leichter Nieselregen vom Himmel fiel. Tränen stürzten aus ihren Augen und vermischten sich mit den Regentropfen. Planlos rannte sie in Richtung Fluss, wo sie sich bebend auf einem Stein niederließ. Sie war schuld, dass Cron gestorben war. Sie hatte sich fälschlicherweise als Druidin ausgegeben. Alles hatte sie falsch gemacht. Ein verzweifeltes Schluchzen entstieg ihrer Kehle. Die arme Áine, sie würde sie sicher hassen, und das zu Recht. In diesem Augenblick wollte sie nur noch zurück nach Hause. Sie war keine *ban-draoidh*, sie war keine Heilerin, sie gehörte noch nicht einmal in diese Zeit! Wie hatte sie sich nur auf diese absurde Geschichte einlassen können? Ein Mann war tot, Áines Gefährte, den sie geliebt und mit dem sie sich eine gemeinsame Zukunft gewünscht hatte.

Mit schwachen Knien erhob sie sich und machte sich auf zu der Stelle, an der sie den Trank versteckt hatte, der sie zurück in ihre Zeit bringen würde. Sie schämte sich entsetzlich, und auch wenn es ihr nicht richtig erschien, sich nicht von den Menschen zu verabschieden, die ihr Unterkunft und Schutz gewährt hatten, konnte sie doch keinem mehr unter die Augen treten. Im Moment kam sie sich wie eine Mörderin vor.

Ein Dornengestrüpp versperrte ihr den Weg, und Dana musste auf die Wiese ausweichen, um zu jener Stelle zu gelangen, wo sie ihr Bündel versteckt hatte. Plötzlich stand jedoch Mael vor ihr. Die Haare verfilzt und ungewaschen, die braunen Augen weit aufgerissen.

»Mael, was tust du denn hier?«, schniefte Dana und wischte sich über die Augen.

Die Kleine kaute auf ihrer Unterlippe herum, dann sah sie treuherzig zu Dana auf. »Lade?«, fragte sie kaum hörbar.

Dana stutzte. Das war das erste Mal, dass sie Mael hatte sprechen hören. »Was möchtest du?«, erkundigte sie sich sanft und ließ sich auf die Knie nieder.

»Lade!« Das Mädchen leckte sich über die Lippen, und dann verstand Dana.

»Du möchtest Schokolade?«

Jetzt nickte Mael vorsichtig, und schon wieder quollen Tränen aus Danas Augen. Sie wollte wirklich von hier fort, aber konnte sie denn die Kleine ihrem Schicksal überlassen? Wie Rionach es vorausgesagt hatte, würde Mael entführt und am Ende gar ermordet werden, und an einem weiteren Tod wollte sie nicht schuld sein.

»Gut, komm mit.« Sie streckte Mael ihre Hand hin, die diese zögernd annahm. Sollte sie jetzt mit der Kleinen in die andere Zeit reisen? Konnte sie ihr die Nebenwirkungen des Zaubertrankes tatsächlich zumuten? Auf dem Weg zu dem Versteck durchzuckte Dana plötzlich ein Gedanke, der, wie sie fand, zu einem guten Einfall heranreifte. Jetzt wusste sie, wie sie Mael helfen konnte! Dann runzelte sie die Stirn, denn das würde bedeuten, dass sie noch eine Weile bleiben musste. Aber ein Blick auf das Mädchen überzeugte Dana. Sie gab Mael das vorletzte Stück Schokolade aus ihrem Vorrat und kehrte mit großem Unbehagen zurück zur Siedlung.

»Mael, es freut mich, dass du mit mir sprichst«, sagte sie ernst, drückte die Kleine kurz an sich und streichelte ihr über die Haare.

Das Mädchen lächelte zaghaft, dann flitzte es davon, und Dana sah ihr ein wenig wehmütig hinterher. Als sie ihren Blick abwandte, erkannte sie eine Gruppe Menschen, die sich versammelt hatten. Holz wurde aufgeschichtet, und nun entdeckte sie in der Ferne auch Áine. Bleich, mit hängenden Schultern stand sie da und beobachtete alles regungslos.

Als Drostan auf sie zukam, wollte sich Dana entfernen, aber er holte sie schnell ein und sah sie erschrocken an.

»Was fehlt dir denn?«

»Nichts.« Heiße Tränen brannten in ihren Augen.

»Hat dir jemand etwas angetan?«

»Nein … ich …« Hilflos bemühte sie sich, die Tränen wegzublinzeln. Behutsam nahm Drostan sie in den Arm, womit er den Damm brach. »Cron, er ist tot. Alles ist meine Schuld«, schluchzte sie.

Er ließ sie eine Weile weinen, dann hob er ihr Kinn an und sah sie fragend an. »Weshalb denkst du, Cron wäre durch deine Schuld gestorben?«

»Ich konnte ihm nicht helfen, ich habe alles falsch gemacht«, flüsterte sie kaum hörbar.

»Aber nein, du hast dein Bestes getan. Er ist seiner schweren Verwundung erlegen. Domech selbst meinte, es wundere ihn, dass er nicht an Ort und Stelle in die Anderswelt gegangen sei.«

»Ich hätte mehr tun müssen«, widersprach Dana. »Ich habe keine Ahnung von Heilkunde und …«

»Du bist noch jung, Dana, du musst lernen. Auch Domech hätte ihn nicht zu retten vermocht.«

»Es ging ihm besser, als Domech bei ihm war.«

»Das war sicher ein Zauber, den du erst mit Fortschreiten deiner Ausbildung erlernst.« Drostan lächelte sie aufmunternd an. »Komm jetzt, Áine hat schon nach dir gefragt.«

»Nein!«, protestierte Dana entsetzt. »Ich kann nicht zu ihr.«

»Weshalb nicht?«

»Sie hasst mich doch jetzt sicher.«

»Aber nein!« In seinem Gesicht stand aufrichtige Verwirrung. »Sie braucht eine Freundin, die ihr zur Seite steht, und Áine war ganz verzweifelt, weil sie dich nicht finden konnte.«

Dana mochte kaum glauben, was sie hörte, ließ sich jedoch von Drostan sanft vorwärtsschieben.

Leise tuschelnd stand die Menge beisammen, und Dana glaubte in jedem einzelnen Blick eine stumme Anklage zu erkennen. Als Áine sie ansah, wollte sie sich am liebsten in Luft auflösen. Doch plötzlich umarmte die junge Frau sie und flüsterte tränenerstickt: »Danke Dana, danke, dass du versucht hast, ihn zu heilen.«

Vollkommen perplex streichelte Dana ihrer Freundin über den Rücken. Wie es aussah, hatte Drostan Recht gehabt. Áine gab ihr keinerlei Schuld. »Es tut mir so leid, Áine«, sagte sie unbeholfen.

Ihre Freundin wischte sich über die Augen, dann nickte sie und sah zu Boden. »Wir wollten uns ein gemeinsames Leben aufbauen, aber nun wird er in der Anderswelt auf mich warten, bis ich zu ihm komme.«

»Ganz sicher wird er das.« Dana war froh, dass Áine diesen

Glauben hatte, der ihr half, mit dem Verlust fertigzuwerden. Trotzdem ließen die Schuldgefühle sie nicht los, und an ihrem Vorhaben, in ihre Zeit zurückzukehren, hielt sie nach wie vor fest.

Sie war erleichtert, dass Domech die rituellen Worte sprach, die Cron auf seiner Reise in die Anderswelt begleiten sollten – sie selbst hätte vermutlich keinen Ton herausbekommen. Stumm sah sie zu, wie sein Körper von den Flammen verzehrt wurde.

Noch während der Trauerfeier entfernte sie sich und kletterte über den Erdwall zu der Hütte, bei der sie Brega zuletzt gesehen hatte. Allerdings kläffte sie nur ein dürrer Hund an, als sie sich der Tür näherte.

»Sei still, ich tu dir nichts«, sagte Dana schmeichelnd. Der Hund wich zurück, knurrte aber noch immer, doch Dana ließ sich nicht beirren und öffnete die Tür. Niemand war da, und es widerstrebte ihr, das fremde Haus einfach zu betreten. Dennoch wollte sie sich vergewissern, dass Brega und ihre Familie nicht in vollkommener Armut oder inakzeptablem Schmutz lebten. Im Inneren des kleinen Steinhauses herrschte Düsternis. Durch die Tür und drei schmale Öffnungen drang kaum Licht. In der Mitte befand sich eine Feuerstelle mit einem Kochgestell darüber, ein paar Kessel lagen herum. Mit Wolldecken überzogene Lagerstätten waren an den Wänden zu finden. Die Decke war niedrig, und eine Reihe eingezogener Balken verstärkte die Dachkonstruktion und bildete zugleich so etwas wie ein zweites Stockwerk. Als Dana vorsichtig die morsche Holzleiter hinaufstieg, wunderte sie sich, dass dort oben alles leer war. Offensichtlich wurde nur der untere Teil bewohnt. In Anbetracht der Zeit, in der sie sich aufhielt, befand sie den Zustand des Hauses als ausreichend sauber und ordentlich. Sicher hätte man die Decken waschen müssen, und auch die Kleider, die auf einer Truhe lagen, waren nicht mehr die reinlichsten, aber daran war Dana inzwischen gewöhnt. Sie entdeckte Gemüse, Kräuter und einen Rest des üblichen Fladenbrots auf einem Regal, und in den Vertiefungen zwischen den Steinen befanden sich Tiegel mit Honig, Fett oder irgendwelchen

Salben. Natürlich waren Brega und ihre Familie nicht reich, aber Hunger schienen sie nicht zu leiden. Zufrieden verließ sie das Rundhaus und machte sie sich auf den Rückweg.

Bevor sie über den Wall klettern konnte, kam ihr Brega in Begleitung eines etwa gleichaltrigen Mannes mit grauem Schnurrbart und kräftigen Schultern entgegen. Neben ihr liefen zwei Jungen her, die ihr kurz zunickten und dann im Inneren des Hauses verschwanden.

»Dana, wolltest du mich besuchen?« Bregas Stimme klang freudig, aber auch ein wenig verwundert. Sie strich über ihren flachen Bauch. »Ich habe getan, was du mir geraten hast.«

»Ich muss Holz holen«, erklärte Bregas Mann, sah Dana mit einer Mischung aus Ehrfurcht und Misstrauen an und eilte davon.

»Brega, ich wollte mit dir über etwas reden.« Dana lehnte sich gegen den Stamm einer Linde. »Ich habe mir überlegt, ob es nicht vielleicht doch der Wille der Götter sein könnte, dass du kein eigenes Kind mehr bekommst.«

Erschrocken trat Brega einen Schritt zurück und wurde blass um die Nase. »Meinst du?«

»Du bist sicher eine hervorragende Mutter«, beschwichtigte Dana sie eilig, »aber du versuchst nun schon seit Längerem, schwanger zu werden, und es gelingt dir nicht.«

»Ja, das stimmt«, räumte sie traurig ein.

Dana trat vor und fasste ihre Hand. Sie fühlte sich rau, schwielig, aber trotzdem sanft an. »Wie wäre es, wenn du ein kleines Mädchen aufziehen würdest, das keine Mutter mehr hat.«

Dieser Vorschlag schien Brega zu überraschen, und sie runzelte stumm die Stirn.

»Maels Mutter, Rionach, starb vor einigen Monden, und momentan lebt die Kleine bei Devana, aber die ist mit ihrer Arbeit und den kleinen Kindern überfordert, und Mael fühlt sich nicht wohl bei ihr.« Eindringlich sah Dana ihr in die Augen. »Mael bräuchte eine liebevolle, sanfte Mutter, und ich denke, das könntest du sein.«

»Rionachs Tochter«, hauchte Brega. »Ihre Großeltern würden nicht erlauben, dass sie bei mir lebt.«

»Weshalb nicht?«

»Meine Familie steht weit unter der von Rionach!«

»Würdest du Mael denn bei dir aufnehmen wollen?«

Ein verträumtes Lächeln umspielte Bregas Züge. »Sie ist ein süßes Mädchen. Gelegentlich habe ich sie gesehen, wie sie am Bach gespielt hat …« Sie wurde wieder ernst und schüttelte den Kopf. »Aber es wird nicht möglich sein.«

»Ich spreche mit Brude und Alauna. Sie haben keine Zeit, sich um sie zu kümmern, und es wird ihnen wichtiger sein, dass es Mael gut geht. Und Devana ist auch nur eine Magd.«

Offene Zweifel standen in Bregas Blick, aber auch eine gewisse, zögerliche Vorfreude. »Das würdest du für mich tun?«

»Du wünschst dir ein Kind und Mael eine liebevolle Mutter – es ist zu euer beider Vorteil.« Dana drückte ihre Hand. »Komm mit, vielleicht kannst du dich schon ein wenig mit Mael anfreunden. Ich spreche mit ihren Großeltern.«

Zögernd folgte Brega ihr über den Erdwall. Das Essen zu Crons Ehren war noch in vollem Gange, und irgendwann entdeckte Dana auch Mael. Als Mael Dana erblickte, kam sie langsam näher.

»Sieh mal, Mael, das ist Brega, sie würde gerne mit dir spielen.«

Mael versteckte sich hinter einem Baum.

»Sie ist etwas scheu, man muss Geduld mit ihr haben«, erklärte Dana, aber das wäre gar nicht nötig gewesen.

Brega ließ ich auf dem Boden nieder und begann, von einem diebischen kleinen Kobold zu erzählen, woraufhin Mael hinter ihrem Baum hervorspitzte und lauschte, auch wenn sie nicht näher kam. Kurz lächelte Dana Brega zu, dann machte sie sich auf die Suche nach Brude und Alauna.

Letztere war allerdings tatsächlich mit Ardan und einigen anderen Kriegern aufgebrochen, daher sprach Dana mit Brude, den sie ohnehin für umgänglicher hielt. Sie erklärte ihm ihr Anliegen, und obwohl er zunächst abweisend wirkte, ließ er sie doch ausreden.

»Mael sollte in unmittelbarer Nähe des Brochs leben, sie ist Rionachs Tochter.«

»Brude«, beschwor sie ihn eindringlich. »Wann hast du dich zuletzt mit Mael beschäftigt? Du trägst eine große Verantwortung und hast viel zu tun, da ist es kein Wunder, dass du keine Zeit hast«, lenkte sie ein, als sie sah, wie sich seine Miene verfinsterte. »Aber Devana kann sich auch nicht richtig um so ein schüchternes Mädchen kümmern, und sie behandelt sie häufig ungerecht.«

»Dann lasse ich sie auspeitschen«, knurrte Brude.

»Nein – das würde nichts ändern! Lass Brega Rionachs Ziehmutter sein, sie wünscht sich so sehr ein kleines Mädchen und würde gut auf sie achten.«

Grübelnd fuhr sich Brude über seinen imposanten Schnurrbart. »Ich könnte Brega als Magd zu mir nehmen, dann wäre das Kind trotzdem in unserer Nähe«, überlegte er laut.

»Eine gute Idee!«, bekräftigte Dana seinen Entschluss.

»Aber Devana könnte sich in ihrer Ehre beleidigt fühlen.«

»Nein, das glaube ich nicht. Du ... du könntest ihr etwas schenken.«

»Ihr Mann wünscht sich ein neues Pferd«, brummte Brude.

»Na siehst du«, lächelte Dana aufmunternd. »Denk an Mael, sie hat es verdient, glücklich zu sein.«

»Ich werde darüber nachdenken«, versprach Brude.

Kapitel 15
Die Rückkehr

Dana war sehr erleichtert, als Brude ihr schon am nächsten Morgen mitteilte, er habe über ihren Vorschlag nachgedacht und wolle Mael in Bregas Familie aufwachsen lassen, bis sie alt genug sei, um ihre Ausbildung als Kriegerin in einem befreundeten Clan anzutreten. Dana freute sich, denn nun wusste sie die Kleine in der Obhut einer liebevollen Frau. Etwas lag ihr allerdings noch auf dem Herzen.

»Brude, bitte seid wachsam, wenn sich die nächste Tag- und Nachtgleiche des Herbstes nähert, die dieser folgt«, sagte sie ernst. »Euch droht große Gefahr, stellt Wachen auf und bringt Kinder und Frauen vorsorglich in Sicherheit.«

»Hattest du eine Vision?«, stieß Brude ehrfürchtig hervor.

Dana nickte vorsichtig. Das war wohl für den Clanführer die einleuchtendste Erklärung. »Besonders Mael ist in Gefahr, bitte achtet gut auf sie!«

»*Ban-draoidh*, ich danke dir.« Er drückte ihre Hand, dann blickte er sie fragend an. »Wirst du zu dieser Zeit nicht mehr bei uns weilen?«

»Nein, das werde ich nicht.« Sie hatte ein schlechtes Gewissen, denn sie musste ohne ein Wort des Abschieds gehen, und das schon bald. Würde sie behaupten, sie ginge zu den Druiden zurück, würde man ihr Wachen mitgeben, und wie sollte sie die wieder loswerden? Nein, sie musste einfach verschwinden. Plötzlich wurde ihr bewusst, dass sie den ein oder anderen hier im Tal durchaus vermissen würde. Brude war gut zu ihr gewesen, Áine eine Art Freundin geworden, Drostan war sehr freundlich, und auch Mael war ihr ans Herz gewachsen. Aber es half nichts. Sie gehörte nicht hierher. »Ich gehe jetzt zu Brega und bringe ihr Mael«, erklärte sie.

Brude nickte zustimmend, dann schritt er durch die Tür. Dana hatte ihre Aufgabe erfüllt, also ging sie nur noch einmal zur Kochstelle, wo Áine mit blassem Gesicht und rot geweinten Augen saß und gedankenverloren Rüben schnitt.

»Áine, ich hoffe, du wirst eines Tages wieder glücklich sein.«

Die junge Frau sah zu Dana auf, und beinahe hatte sie den Eindruck, Áine ahne etwas von ihren Absichten, denn sie fragte: »Wirst du uns bald verlassen?«

»Ja.« Dana biss sich auf die Lippe. »Bitte mach dir keine Sorgen um mich.«

Sichtlich verwirrt, aber wohl viel zu sehr mit ihrer eigenen Trauer beschäftigt, nickte Áine, stand auf und umarmte Dana. Diese musste wirklich um ihre Beherrschung kämpfen, eilte davon und holte ihr Bündel und das letzte Stückchen Schokolade heraus. Anschließend machte sie sich auf die Suchen nach Mael, die sie erst nach einiger Zeit mit anderen Kindern beim Beerensammeln fand.

Maels Mund war rot verschmiert, und gerade wurde sie von Orrea, Devanas ältester Tochter, ermahnt, nicht alle Beeren in ihren Mund zu stecken.

»Mael, komm bitte zu mir«, rief Dana. »Ich möchte dich zu Brega bringen.«

Gehorsam ließ sich die Kleine an der Hand nehmen, lachte, als sie die Schokolade entgegennahm und folgte Dana am Fluss entlang. »Mael, du wirst ab jetzt bei Brega wohnen. Sie wird gut zu dir sein und sich um dich kümmern.«

Dana ging in die Hocke und blickte das Mädchen an. Sie sah Rionach nicht sonderlich ähnlich, die braunen Augen hatte sie von ihrem Vater, die kleine Stupsnase und die rundlichen Wangen glichen keinem von beiden, aber vermutlich würden sich ihre Züge mit der Zeit noch verändern. Seufzend wischte Dana ihr einen Schokoladenkrümel von der Lippe. »Magst du Brega?«, fragte sie.

Mael zögerte zunächst, zu Danas Erleichterung nickte sie dann aber.

»Du wirst es gut bei Brega haben, glaub mir.«

Dana nahm Mael erneut an die Hand, und nach einem kurzen Fußmarsch erreichten sie das strohgedeckte Rundhaus. Dana atmete tief durch, bevor sie an die Tür klopfte und eintrat. Im Inneren rauften die beiden halbwüchsigen Jungen miteinander, wurden jedoch sofort von Brega zurechtgewiesen und nach draußen geschickt.

»Entschuldige bitte!« Brega beugte sich zu Mael hinab, die sich an Danas Hand festklammerte. »Ja, wer ist denn hier zu Besuch?«

»Nicht zu Besuch, sie darf bleiben.«

»Wirklich?« Ungläubig riss Brega ihre Augen auf, und ihre Stimme klang heiser, als sie weitersprach. »Mael, ich freue mich, dass du zu uns kommst.«

Die Freude schien noch etwas einseitig zu sein, denn das Mädchen versteckte sich hinter Dana.

Brega redete ruhig und liebevoll auf das Mädchen ein, gab ihm eine Schüssel mit Haferbrei, und als sie Mael anschließend vorsang, lächelte die Kleine sogar. Kurz darauf war sie auf dem Strohlager eingeschlafen.

»Sie wird sich bald eingewöhnen«, meinte Brega.

»Ja, das glaube ich auch. Vielleicht kannst du irgendwann versuchen, Ardan begreiflich zu machen, dass er sich um seine Tochter kümmern muss.«

»Er ist ein Krieger!«, wehrte Brega entsetzt ab.

»Ja, aber sie ist sein Kind.« Dana seufzte und glaubte nicht, dass Brega in dieser Beziehung mehr ausrichten würde als sie selbst. Schließlich überreichte sie Brega einige silberne, goldene und bronzene Schmuckstücke, die sie von Brude und Alauna erhalten hatte. Zunächst hatte sie erwogen, zumindest ein Schmuckstück als Andenken mitzunehmen, doch der Gedanke daran, dass ein bisschen Silber in dieser Epoche über Leben oder Tod von Bregas Familie entscheiden konnte, hielt sie davon ab.

Die Augen der Frau weiteten sich. »Das ist viel zu wertvoll! So viel kann ich nicht annehmen.«

»Nimm es, Rionach hätte das so gewollt.« Eilig drückte Dana den Arm der Bäuerin, streichelte Mael über den Kopf und verließ überstürzt das Haus. Draußen blieb sie kurz stehen, sog die klare Luft ein, dann eilte sie rasch weiter.

Den restlichen Tag und auch die feuchtkalte Nacht verbrachte Dana im spärlichen Schutz des Waldes am Fluss. Sie wollte bis zum Morgengrauen warten, denn bei ihrer Reise hierher hatte Rionach gemeint, es wäre der beste Zeitpunkt. Zu gern hätte sie sich noch von Drostan verabschiedet, aber sie wagte es nicht, denn vermutlich würde auch er etwas ahnen. Dana hoffte inständig, Mael jetzt eine glücklichere Zukunft verschafft zu haben. Bei Ardan war sie gescheitert, aber durch ihre Warnung würde Brude sicher auf der Hut sein und Vorkehrungen treffen. Mit Grauen dachte sie an den Trank, der drohend in ihrem Bündel lauerte. Die Nebenwirkungen waren erschreckend gewesen, aber sie hatte es einmal überlebt, und würde es hoffentlich ein zweites Mal tun.

Das erste Sonnenlicht kroch über die östlichen Berge, als Dana vorsichtig die Flasche an ihre Lippen setzte. Ein Flattern über ihrem Kopf hätte sie beinahe den Zaubertrank fallen lassen. Direkt über ihr saß ein Rabe – und der seltsame Gedanke überkam sie, dies könne derselbe sein, der sie schon öfters beobachtet hatte.

»Verschwinde!« Aus einem Impuls heraus hob sie einen Stein auf und warf ihn nach dem Tier, das daraufhin empört krächzend davonflatterte.

Jetzt oder nie! Beherzt setzte Dana den Rand der Flasche an ihre Lippen, trank die halbe Flasche aus und schwankte dreimal dem Verlauf der Sonne folgend um die Eberesche. Es war wie beim ersten Mal, die wirbelnden Farben, der Sog, der sie zu zerreißen schien, schließlich lag sie flach auf der Erde – unfähig, sich zu rühren. Zögernd öffnete sie die Augen und sah sich um. Der graue Schleier, den sie erspähte, entpuppte sich als die Überreste des Brochs. Sie stöhnte auf und erhob sich. Sofort überkam sie diese fürchterliche Übelkeit, und nachdem sich Dana ihres Mageninhalts entledigt hatte, rief sie sogleich nach Rionach. Es dauerte keine zwei Sekunden, und die Kriegerin stand vor ihr. Ihr Gesicht war angespannt, suchend blickte sie sich um.

»Wo ist Mael?«

Noch einmal wischte sich Dana über den Mund. »Was fällt dir eigentlich ein, mir nicht zu erzählen, dass man an diesem verfluchten Trank beinahe stirbt«, fuhr sie die Kriegerin an und eilte auf den Broch zu, denn sie wollte so schnell wie möglich frische Sachen anziehen.

»Wo ist meine Tochter, weshalb ist sie nicht bei dir?« Mit vor Zorn funkelnden Augen stellte sich Rionach Dana in den Weg, aber diese war noch immer wütend und ging einfach an ihr vorbei.

»Ich habe eine gute Lösung für Mael gefunden.«

Ein wildes Kreischen ertönte hinter Dana, doch sie ließ sich nicht beirren, auch nachdem sie eine kalte Berührung an ihrer Schulter fühlte. Sie hatte bereits die verfallene Mauer des Brochs erklommen und hielt nun auf das Innere zu. Kurz blickte sie nach oben, wo sich noch letzte Nacht oder, besser gesagt, vor zweitausend Jahren ihre Schlafstätte befunden hatte. Von diesem Teil des Brochs war jedoch nichts mehr übrig. Kurz sah sie Brude und Alauna, dann Áine und Mael vor ihrem geistigen Auge, dann wandte sie ihre Aufmerksamkeit wieder Rionach zu. »Ich hole zuerst meine Sachen, danach erzähle ich alles.«

Sie sah Rionach an, wie sehr es in deren Inneren brodelte. Schließlich kniff die Kriegerin jedoch ihre Lippen zusammen und wartete. Nachdem Dana einen Schluck aus ihrer Mineralwasserflasche getrunken und sich Jeans, T-Shirt und Pullover angezogen hatte, fühlte sie sich schon deutlich besser. Sie war zurück in ihrer Zeit und außer Gefahr.

Wieder draußen im Freien verspürte Dana sogar eine Spur von Mitleid mit Rionach, die angespannt auf der Mauer stand.

»Mael geht es gut«, versicherte sie, »sie ist ein niedliches kleines Mädchen, und …«

»Ich weiß, dass sie niedlich ist«, fauchte die Kriegerin. »Weshalb kam sie nicht mit dir?«

Dana erzählte, wie sie vergeblich versucht hatte, auf Ardan Einfluss zu nehmen, aber dies schien Rionach nicht im Geringsten zu interessieren. Drohend kam sie näher, plötzlich erschienen auch wieder die verschlungenen blauen Muster auf ihrer Haut, vermutlich ein Zeichen von Rionachs kriegerischem Temperament, das sie in diesem Augenblick übermannte. »Sagte ich nicht deutlich, du sollst Mael mit in diese Zeit bringen?«

»Verdammt, Rionach, dieser Trank hätte sie umgebracht!«, regte sich Dana auf. »Ich habe sie bei Brega untergebracht, dort wird sie ein liebevolles Zuhause und eine gute Ersatzmutter finden.«

»Mael wird im nächsten Herbst entführt und vermutlich sterben«, schrie Rionach sie an. Urplötzlich hielt sie ein Schwert in der Hand. Die Luft schwirrte geradezu, als die Kriegerin damit nach Dana hieb, und sie sprang erschrocken zurück, selbst wenn dieses Schwert ebenso wenig feste Formen besaß wie Rionach. »Meine Tochter gehört zu mir, und du sollest Ardan dazu bringen, dass er mich rächt und Domech tötet.«

Langsam bekam es Dana doch mit der Angst zu tun, denn sie konnte nicht mit Sicherheit sagen, ob es Rionach nicht irgendwie möglich war, ihr etwas anzutun. Also packte sie ihren Rucksack und rannte davon. »Ich habe deinen Vater gewarnt, er wird im nächsten Jahr zur Herbstzeit gut Acht geben. Deine Leute sind in Sicherheit.«

»Nein, das sind sie nicht!«, tobte Rionach, stellte sich mit erhobenem Schwert vor Dana, die auf die Straße zustrebte.

»Rionach, es war das Beste, bitte glaub mir. Was hättest du als Geist denn mit einem kleinen Kind tun wollen?«

Rionachs Lippen waren nur noch ein schmaler Strich, ihre Augenbrauen bedrohlich zusammengezogen. »Du hast versagt, Dana!«

Ein schlechtes Gewissen durchzuckte sie, weniger wegen Mael, denn sie glaubte, das Richtige getan zu haben. Aber sie hatte die Menschen in Rionachs Zeit belogen, und Crons Tod belastete sie noch immer.

»Ich habe getan, was ich konnte. Lass mich jetzt gehen.«

»Du musst zurückkehren, Dana! Bring in Ordnung, was du falsch gemacht hast. Meine Tochter muss zu mir kommen, und ich sollte schon lange gerächt sein!«

»Nein, ich gehe jetzt nach Hause.« Beherzt versuchte Dana, die Kriegerin zu umgehen, aber diese stellte sich ihr erneut in den Weg, und so atmete sie tief ein und ging einfach durch Rionach hindurch. Sie hörte einen Schrei, spürte ein unangenehmes Kribbeln am ganzen Körper, doch es war ihr gelungen. Sie rannte in Richtung der Straße, während Rionachs Stimme sie verfolgte.

»Du hast das Leben eines kleinen Mädchens auf dem Gewissen, außerdem verrätst du die von deinem Blute. Du bist eine von uns, Dana! Rette dein Volk!«

Blödsinn, alles Blödsinn, sie will mich nur von ihrer Sache überzeugen, dachte Dana, aber als sie in sicherer Entfernung auf der Straße stand, drehte sie sich noch einmal um. Sie glaubte die Tränen, die der stolzen Kriegerin über das Gesicht liefen, erkennen zu können. Rionachs übersprudelnder Zorn schien im Sande zu verrinnen und großer Verzweiflung Platz zu machen.

»Du bist eine Nachfahrin der Menschen, die du kennen gelernt hast. Wie kannst du sie nur einfach ihrem grausamen Schicksal überlassen?«, rief die Kriegerin ihr nach.

Abrupt drehte sich Dana um und eilte im Laufschritt die Straße entlang. Sie war keine Nachfahrin von Rionach oder sonst jemandem hier. Ihre Eltern waren beide Deutsche, keine Schotten.

Außerdem hatte sie Rionachs Verwandte ausreichend gewarnt, und Brude hatte ihr geglaubt. Sie sah kein zweites Mal zurück und verdrängte mit Vehemenz die Bilder, die vor ihrem inneren Auge aufstiegen. Die kleine Mael, Drostan mit seinen sanften Augen. Nein – Brude würde auf sie aufpassen und sie vor der drohenden Gefahr retten.

Langsam wurde es heller, und je weiter sich Dana von Dun Telve entfernte, umso mehr beschlich sie der Eindruck, alles nur geträumt zu haben. Jegliches Schuldgefühl schob sie weit von sich. Um diese frühe Morgenzeit war kein Mensch unterwegs, und sie beeilte sich, in das nächstgelegene Dorf Glenelg zu kommen. Vielleicht konnte sie dort den Bus nehmen oder per Anhalter mitfahren. Sie wollte nach Hause, sich bei ihren Eltern, Marita und auch bei Marc melden. Ihr Handy war selbstverständlich nach der langen Zeit leer. Schließlich hatte sie mehrere Wochen in der anderen Zeit verbracht. Sie schüttelte den Kopf. Was für eine verrückte Geschichte.

Als nach etwa drei Meilen ein Auto neben ihr hielt, freute sich Dana zunächst.

»Steig ein, ich bringe dich ins nächste Dorf«, bot der Fahrer an.

Aber ihr war der hagere Mann mit den wässrig blauen Augen vom ersten Moment an unsympathisch. Seine leise Stimme hatte etwas Bedrohliches, Kaltes, und sie trat unwillkürlich einen Schritt zurück.

»Nein danke.« Dana rang sich zu einem Lächeln durch. »Ich laufe gerne.«

»Jetzt komm schon, es ist weit bis nach Kyle of Lochalsh.« Er stieg aus seinem blauen VW Kombi aus und baute sich vor Dana auf.

»Nein, wirklich nicht. Ich gehe jetzt«, sagte sie entschieden.

»Was hast du bei dem Turm gemacht? Wo kommst du so plötzlich her?« Jegliche Freundlichkeit war aus seiner Stimme verschwunden.

»Wie bitte? Was soll denn das?« Dana wollte sich an ihm vorbeidrängen, aber er hielt sie am Arm fest. Jetzt bekam sie es wirklich mit der Angst zu tun. Wer war der Kerl? Und was wollte er von ihr? Ehe sie sich's versah, hatte er ihren Rucksack von den Schultern gerissen und schüttete den gesamten Inhalt auf der Straße aus.

»Haben Sie nicht mehr alle?«, fuhr sie ihn an, überlegte jedoch gleichzeitig, ob sie nicht die Gunst der Stunde nutzen und weglaufen sollte.

Der Mann schien dies jedoch zu bemerken, denn er fasste sie erneut mit eisernem Griff am Arm. »Was hast du beim Turm getan? Ist es dir gelungen, zurückzureisen?«

Dana erstarrte. Wusste der Kerl etwa von Rionach?

»Ich habe keine Ahnung, wovon Sie sprechen.« Energisch bemühte sie sich, von ihm loszukommen, trat ihm gegen das Schienbein, aber er packte sie nur noch härter.

»Lassen Sie mich los, verdammt«, schrie sie mit wachsender Panik, trat und biss um sich, aber der Mann presste sie mit erstaunlicher Kraft an sich.

»Du wirst mir auf der Stelle verraten …«

»Lassen Sie das Mädchen los!« Plötzlich tauchte ein älterer Mann in Begleitung zweier schwarz-weißer Bordercollies auf. Er hielt seinen Stock drohend erhoben, und die Hunde fletschten ihre Zähne.

»Mischen Sie sich nicht ein, das ist – eine kleine Diskussion mit meiner Tochter.«

»Ich bin nicht seine Tochter!« Dana zappelte erneut. Vielleicht war dieser Bauer ihre Rettung.

»Wenn Sie das Mädchen nicht auf der Stelle frei geben, hetze ich meine Hunde auf Sie, und sofern sie etwas von Ihnen übrig lassen, werde ich die Polizei informieren und die kann dann Ihre Reste einsammeln.« Die Stimme des Bauern klang zwar sehr ruhig, aber seine dunklen Augen kündeten davon, dass es ihm ernst war.

Danas Peiniger wand sich sichtlich unentschlossen. »Mischen Sie sich nicht in Dinge …«

»Toby – fass!« Blitzartig hing der kleinere Hund dem Mann am Bein. Dieser schrie auf, ließ Dana los und flüchtete in sein Auto, bevor er mit quietschenden Reifen davonfuhr.

Sofort war der Bauer bei Dana und fasste sie vorsichtig am Arm. »Bist du in Ordnung?« Seine Augen blickten besorgt und freundlich. Der Hund leckte ihr tröstend über eine Hand.

»Ja, ich bin okay«, antwortete sie ein wenig zittrig.

»Verdammt, ich konnte mir die Autonummer nicht merken«, schimpfte er.

»Schon in Ordnung, ist ja noch einmal gut gegangen, und vielen Dank, Mr. …« Sie sah zu dem Mann auf und machte sich dann daran, ihre Sachen einzusammeln.

»Robert MacLean. Aber sag mal, was wollte er denn von dir?«

»Keine Ahnung, offenbar ein Verrückter.« Mehr wollte sie nicht verraten, denn sie musste erst selbst damit klarkommen, dass auch dieser Mann von Rionach und den möglichen Zeitreisen wusste.

»Also aus der Gegend kommt der aber nicht.« Robert MacLean kratzte sich am Kopf, dann half er Dana, ihre Kleider in den Rucksack zu stopfen. »Komm mit mir nach Hause, Mädchen, meine Frau Morna wird dir ein ordentliches Frühstück machen. Das kannst du nach diesem Schrecken sicher gebrauchen.«

»Ich heiße Dana, aber nein danke, ich möchte lieber nach Hause.« Obwohl sie hungrig war und die Aussicht auf eine Tasse Kaffee äußerst verlockend schien, stand ihr der Sinn nicht nach Gesellschaft.

»Wo wohnst du denn?«

»In Düsseldorf – Deutschland.«

»Na, bis dahin wirst du wohl heute kaum laufen können«, lachte der ältere Mann. »Keine Widerrede, du kommst mit zu uns, und anschließend werden entweder mein Sohn oder ich dich zum Bus fahren. Fliegst du ab Glasgow oder Edinburgh?«

»Ich habe noch gar keinen Flug«, gab sie kleinlaut zu.

»Also gut. Dann kannst du von uns aus telefonieren und einen Flug buchen.« Mr. MacLean sah sie ernst an. »Am Ende lauert dir dieser garstige Zeitgenosse noch einmal auf. Das möchte ich nicht riskieren.«

Dies gab den Ausschlag, denn das wollte auch Dana auf keinen Fall. Also folgte sie Robert MacLean, der zielstrebig voranging. Unterwegs erzählte er davon, wie er nach einem seiner kranken Schafe gesehen hatte, und es wirklich Glück gewesen war, dass er schon so früh auf den Beinen war. Dem stimmte Dana aus vollem Herzen zu, und als sie das Örtchen Eilanreach erreichten, war sie froh, ihm gefolgt zu sein. Mitten in einem halb verwilderten Garten, in dem bunte Herbstblumen blühten, stand ein hübsches Haus mit zwei Erkern. Ein Schild mit der Aufschrift Bed & Breakfast kündigte an, dass hier Zimmer vermietet wurden. In einem der Gemüsebeete arbeitete eine Frau mit langem karierten Rock und kurz geschnittenen, grauen Haaren.

»Morna, ich habe einen Frühstücksgast mitgebracht.«

Die Frau erhob sich, und fröhliche blaue Augen funkelten Dana durch eine Brille an. Sie wischte sich die Hände am Rock ab. »Na, dann will ich mal hineingehen. Guten Tag, ich bin Morna.«

»Ich heiße Dana. Aber bitte machen Sie sich meinetwegen keine Umstände. Ich kann auch …«

Sie winkte ab. »Das sind keine Umstände, wir haben ohnehin Gäste, und ein paar Eier mehr machen keinen Unterschied.«

»Möchtest du dich vielleicht vorher frischmachen und duschen?«, erkundigte sich Robert MacLean.

Möglichst unauffällig schnupperte Dana an ihrem Pullover. Durch die Lagerung in dem alten Gemäuer roch er muffelig, und sie selbst hatte sich in letzter Zeit auch nicht richtig gewaschen. Daher lief sie nun rot an und nickte. »Das wäre toll.«

Robert MacLean ließ sich nicht anmerken, ob sie tatsächlich stank, sondern zeigte ihr das Badezimmer und gab ihr ein frisches Handtuch. Ein Blick in den Spiegel zeigte ihr, dass sie in der Tat alles andere als sauber war. Ihre Haare waren fettig, die rote Tönung war verschwunden. Dana schloss die Tür ab, entledigte sich ihrer Kleider und genoss die erste heiße Dusche seit Wochen. Das warme Wasser und die Seife waren eine Wohltat, und sie musste sich zusammenreißen, nicht stundenlang darunter stehen zu bleiben. Mit Bedauern schlüpfte sie wieder in ihre klamme Kleidung und föhnte sich die Haare, bevor sie in den Gang trat.

»Zweite Tür links«, vernahm sie Robert MacLeans Stimme. Er saß bereits am Tisch, auf dem Mrs. MacLean alle möglichen Leckereien aufgetischt hatte. Ein so üppiges Frühstück war Dana gar nicht mehr gewohnt, daher ließ sie sich gebratenen Speck, Eier, Tomaten und Toastbrot genussvoll schmecken.

»Das war wundervoll!«, seufzte sie am Ende.

Mrs. MacLean lächelte mütterlich. »Gern geschehen. Robert hat mir erzählt, was dir zugestoßen ist.« Sie legte Dana eine Hand auf den Arm. »Normalerweise ist unsere Gegend so friedlich. Ich hoffe, du behältst Schottland jetzt nicht in schlechter Erinnerung.«

»Nein, ganz sicher nicht«, versprach sie.

»Wenn du möchtest, kannst du den Computer unseres Sohnes benutzen und deinen Flug buchen«, schlug Robert MacLean vor, was Dana gerne annahm.

Sie folgte ihm in den ersten Stock und fand sich in einem unordentlichen Zimmer wieder, in dem Auto- und Landwirtschaftszeitungen kreuz und quer lagen, ebenso wie benutzte Kleidung und irgendwelche Rechnungen.

»Donald ist eben ein typischer Junggeselle«, brummelte Robert MacLean entschuldigend.

Schnell hatte Dana einen Flug für den nächsten Tag gebucht, gegen Mittag würde ein Bus nach Glasgow fahren. Anschließend brachte Robert MacLean sie nach Glenshiel zum Bus, lehnte Bezahlung für das Frühstück kategorisch ab und verabschiedete sich herzlich von ihr, mit der Einladung, ihn und sein Frau zu besuchen, wenn sie mal wieder in Schottland wäre.

Als Dana im Bus saß, dachte sie über ihre Erlebnisse nach. Schottland hatte etwas in ihr bewegt, sie verändert, ihr einen Blick in die Vergangenheit erlaubt. Aber ob sie jemals wieder hierherkommen würde? Die Sache mit Rionach steckte ihr noch in den Knochen, doch während der Bus durch wilde Täler rumpelte, wurde ihr klar, dass sie das alles hier schmerzlich vermissen würde. Allerdings dauerte es nicht lange, und sie schlief vor lauter Erschöpfung ein. In ihren Träumen plagten sie wirre Szenen. Sie sah Rionach, die sie verfluchte, Mael vor dem Broch, wie sie von Fremden verschleppt wurde, Brude und Alauna, wie sie gegen feindliche Krieger kämpften – bis sie aus ihrem Schlaf hochschreckte.

In Glasgow gönnte sich Dana ein Zimmer in einer kleinen Pension. Müde ließ sie sich auf das wunderbar weiche Bett sinken. Das war doch etwas anderes als das unbequeme Strohlager im Broch. Dennoch wanderten ihre Gedanken zurück in die Vergangenheit. Wie war es Brude, Áine, Drostan ergangen? Hatte sich Mael bei Brega eingewöhnt, war irgendwann zur Frau herangereift und hatte ein glückliches Leben geführt? War Drostan sehr enttäuscht über ihr plötzliches Verschwinden gewesen? Auf einmal tat es ihr leid, ohne Abschied gegangen zu sein, denn Drostan war etwas Besonderes gewesen. Beinahe glaubte sie, ihre neuen Freunde am Feuer sitzen und sich über die Arbeit des vergangenen Tages unterhalten zu sehen. »Verdammt, was soll denn der Mist«, schimpfte sie sich. »Ich bin wieder dort, wo ich hingehöre, und sie alle werden schon zurechtkommen.« Sie sprang auf, brühte sich eine Tasse Tee auf und betrachtete das im Moment für sie ungewohnte Treiben draußen auf der Straße. War ihr jemals bewusst gewesen, wie laut ihre Zeit war?

Nach ein paar Stunden war der Akku ihres Handys endlich aufgeladen. Sie rief zuhause an, aber niemand ging ans Telefon. Daher sprach sie auf den Anrufbeantworter, dass es ihr gut gehe und sie morgen gegen Mittag in Düsseldorf landen würde.

Auch bei Marita, die inzwischen wieder in Deutschland war, meldete sie sich, und ihre Freundin überhäufte sie auf der Stelle mit Vorwürfen.

»Verdammt, Dana, weißt du eigentlich, was für Sorgen wir uns während der letzten Wochen gemacht haben? Was ist denn in dich gefahren, auf so eine blödsinnige Idee zu kommen.«

»Die Idee war nicht blödsinnig – höchstens ungewöhnlich.«

»Was hast du denn bei diesen Aussteigern getrieben?«

Aussteiger – wohl kaum die geeignete Bezeichnung. »Du, Marita, das ist jetzt echt zu teuer aus dem Ausland. Ich komme morgen nach Hause, dann erzähle ich dir mehr.« Eigentlich wusste Dana gar nicht genau, was sie von ihrem Urlaub berichten sollte, aber im Moment war sie einfach zu erschöpft und durcheinander.

»Ja, von mir aus«, hörte sie Marita grummeln. »Aber ruf zumindest Marc noch kurz an. Der hat sich völlig verrückt gemacht und ruft auch jetzt noch fast jeden zweiten Tag an und fragt, ob ich etwas von dir gehört habe.«

»Ja, das mache ich.« Einerseits war Dana gerührt, und ein warmes Gefühl durchströmte sie, andererseits hatte sie selbst kaum an den jungen Schotten gedacht, während sie fort gewesen war. Daher zögerte sie, bevor sie die Nummer wählte.

»Marc Anderson«, vernahm sie die vertraute Stimme. Jetzt wusste Dana plötzlich nicht mehr, was sie sagen oder wie sie ihm erklären sollte, weshalb sie ohne ein Wort verschwunden war.

»Hallo?«

»Marc, hier ist Dana.«

Einen Moment lang folgte Schweigen. »Dana? Wirklich? Geht es dir gut? Wo warst du denn so lange?« Sein aufgeregter, aber zugleich auch hörbar erleichterter Tonfall vergrößerte ihre Schuldgefühle.

»Ich bin in Glasgow. Morgen fliege ich nach Hause.«

»Wo wohnst du? Ich komme auf der Stelle zu dir, dann können wir reden.«

Im Augenblick war sie sich überhaupt nicht sicher, ob sie Marc wirklich sehen wollte. »Du, ich bin müde, und mein Flug geht morgen ziemlich früh.«

»Du willst mich nicht sehen«, schlussfolgerte er enttäuscht.

»Doch eigentlich schon, nur eben nicht heute.«

Wieder schwieg er für einen Moment.

»Marc, ich möchte dich gerne wiedersehen, aber lass mich erst mal nach Hause fliegen und meine Gedanken ordnen.«

Seine Stimme klang ein wenig kühl, als er antwortete. »Ja, von mir aus.«

»Bitte sei nicht beleidigt. Marita hat erzählt, dass du dir Sorgen um mich gemacht hast, und dafür bin ich dir auch dankbar. Du bist mir wichtig, und …«

»Ist schon gut, du musst mir nichts erklären«, lenkte er ein, auch wenn sie glaubte, noch immer einen verletzten Unterton zu vernehmen. »Bleiben wir per E-Mail in Verbindung? Du kannst Bescheid sagen, wenn du Lust hast, zu telefonieren, oder falls es dich mal wieder in die Highlands zieht.«

»Ja, so können wir es machen.« Dana war ehrlich erleichtert, ihn nicht völlig verprellt zu haben, denn sie wollte ihn als Freund auf keinen Fall verlieren.

»Gute Heimreise, Dana.« Dann legte er auf.

Den Flug nach Hause verbrachte sie wie in Trance. Die Hektik am Düsseldorfer Flughafen war erdrückend, und Dana fragte sich, weshalb sie sich zwischen all diesen Menschen plötzlich so fremd und fehl am Platz fühlte.

Ihr Vater – die braunen Haare wie immer etwas wirr und verwuschelt – trat mit einem liebevollen Lächeln auf sie zu.

»Na, da ist ja meine Weltenbummlerin!« Er schloss sie in seine starken Arme, und Dana drückte erleichtert ihr Gesicht an sein kariertes Hemd. »Du hast aber auch verrückte Ideen«, lachte er, »gehst in so ein Aussteigercamp mitten in der schottischen Wildnis! Wie war es denn dort?«

Er nahm ihren Rucksack, während sie auf den Ausgang zugingen.

»Ähm, na ja, sehr interessant.« Wieder wusste Dana nicht, was sie sagen sollte.

»Haben sie dort tatsächlich wie die Menschen vor hunderten von Jahren gelebt?«, fragte ihr Vater. Er als Geschichtslehrer hatte sich für solche Dinge stets begeistern können und Reportagen über Menschen, die freiwillig wie im Mittelalter lebten, im Fernsehen stets mit großem Interesse verfolgt.

»Na ja, eher wie vor über zweitausend Jahren«, murmelte sie. Dann entschloss sie sich, so nahe wie möglich an der Wahrheit zu bleiben. »Sie haben ein Dorf aus strohgedeckten Rundhäusern aufgebaut. Gewaschen wurde sich im Fluss, und Heizung war natürlich Fehlanzeige.«

»Faszinierend!«

»Sie haben nicht viel zum Leben«, fuhr Dana fort. »Aber sie halten zusammen, bauen Gemüse an, züchten Vieh und üben sich in der Kriegskunst.«

»Ach wirklich?«, fragte Bernhard begeistert. »So richtig mit Pferden und Schwertern?«

Dana nickte, dann erzählte sie während der Heimfahrt, was sie für unbedenklich hielt, und gegen ihren Willen plagten sie erneut Schuldgefühle. Was, wenn Rionach doch Recht und sie Brudes Clan im Stich gelassen hatte?

»Danke, Papa«, sagte sie zum Abschied, nachdem er sie vor ihrer Wohnung in Neuss abgesetzt hatte, und drückte ihm einen Kuss auf die Wange. »Ich komme dann morgen Abend bei euch vorbei.«

»Das hoffe ich! Und bring Fotos mit.«

»Fotos.« Dana zuckte zusammen. »Meine Kamera war kaputt, aber Marita müsste einige haben.«

»Ach, wie schade, ich hätte zu gern dieses Dorf gesehen, in dem du gelebt hast«, meinte Bernhard enttäuscht.

Hastig zerrte Dana ihre Sachen aus dem Auto, dann eilte sie

auf das Mehrfamilienhaus zu, in dem sie mit Marita eine kleine Dreizimmerwohnung gemietet hatte. Die typische abgestandene Luft schlug ihr entgegen, als sie den kahlen Flur in den ersten Stock hinaufging. Wie erwartet, war Marita nicht zu Hause. Sicher arbeitete sie noch.

Als Erstes packte Dana ihre Sachen aus und warf sämtliche Kleider sofort in die Waschmaschine. Anschließend gönnte sie sich einen Cappuccino und ließ sich auf das Sofa plumpsen.

Was für ein verrückter Urlaub! Sie schaltete den Fernseher ein, aber wirklich Gefallen fand sie an dem Programm nicht. Ihre Gedanken wanderten zurück nach Schottland. Während ihrer Grübeleien musste sie wohl eingenickt sein, denn als Marita plötzlich einen spitzen Schrei ausstieß, schoss sie in die Höhe und brauchte einen Moment, um sich zu orientieren.

»Da bist du ja, du verrücktes Huhn«, schimpfte Marita spaßhaft, umarmte sie kurz und setzte sich zu ihr. »So, jetzt erzähl mal.«

Ähnlich wie bei ihrem Vater hielt sich Dana sehr zurück und berichtete nur von dem einfachen Leben in einem vermeintlichen Dorf an der Ostküste. Allerdings schien Marita ohnehin nicht an Details interessiert zu sein, sondern meinte nur: »Sag mal, hat da ein Kerl dahintergesteckt? Hast du dich etwa Hals über Kopf in so einen Aussteiger verliebt?«

Dana warf ein Sofakissen nach ihr. »Ach du wieder! Nein, das war eine tolle Erfahrung, die ich mir nicht entgehen lassen wollte.«

»Marc war ziemlich enttäuscht.«

»Ja, ich weiß«, gab Dana zu, dann sah sie ihre Freundin auffordernd an. »Und was ist mit dir und Alec?«

Marita drehte eine ihrer blonden Haarsträhnen um ihren Finger. »Na ja, der nervt etwas. Hab mich schon ein paar Tage nicht mehr bei ihm gemeldet.«

»Ach, ich dachte, er wäre die große Liebe.«

»Nein, eher nicht«, seufzte Marita. »Allerdings hat da ein neuer Oberarzt bei uns im Krankenhaus angefangen …«

»Du bist unmöglich!«, stöhnte Dana. »Mach du mir noch einmal Vorhaltungen wegen Marc.«

»Komm, heute Abend gehen wir in die Stadt feiern«, schlug Marita vor. »Schließlich bist du aus der Wildnis zurückgekehrt.«

»Ich weiß nicht, ich bin echt müde«, grummelte Dana.

»Nichts gibt's. Die Zivilisation hat dich wieder, das müssen wir feiern.«

Schließlich ließ sich Dana dazu überreden, nach Düsseldorf zu fahren. Aber obwohl sie einige Bekannte in ihrer Lieblingsbar trafen, war sie nachdenklich und wie abwesend. Als Tobi, ein ehemaliger Schulkamerad, sie fragte, wann sie mit ihrem Studium beginnen würde, starrte sie ihn nur stumm an. Wollte sie überhaupt noch studieren? Aus Knochen- und Tonresten rekonstruieren, wie die Menschen vor Tausenden von Jahren gelebt hatten? Ein Leben, in das sie Einblicke gewonnen hatte. »Du, ich weiß nicht«, antwortete sie schließlich ausweichend. »Wahrscheinlich zum Sommersemester im nächsten Jahr.«

Damit schien Tobi zufrieden zu sein, bestellte den nächsten Cocktail und wandte sich wieder seiner neuen Freundin zu.

An diesem Abend konnte Dana nicht einschlafen, und ihre Gedanken kreisten abermals um den alten Broch. Plötzlich kam ihr hier alles so laut vor. Der gedämpfte Straßenlärm, Stimmen von Betrunkenen auf der Straße, irgendwo schepperte es heftig. Rastlos warf sie sich von einer Seite auf die andere. Auch im Broch hatte sie zunächst wegen der vielen Menschen im gleichen Raum nicht schlafen können, aber scheinbar hatte sie sich mit der Zeit daran gewöhnt, und vielleicht waren es auch natürlichere nächtliche Geräusche gewesen wie das Rauschen des Windes um das alte Gemäuer oder der Ruf eines Nachtvogels. Es mochte absurd sein, aber sie schien in der Vergangenheit dem Leben näher gewesen zu sein als hier in einer Großstadt des einundzwanzigsten Jahrhunderts.

Wenigstens ist meine Decke sauber, dachte sie. Behaglich zog sie sich die Bettdecke bis zur Nase, trotzdem wollte sich der ersehnte Schlaf nicht einstellen. In einem Zustand zwischen Wachen und Träumen zogen die vertrauten Gesichter vor ihrem geistigen Auge vorüber. Mael, wie sie einsam vor dem Turm stand, Drostan, der mit seinem verträumten Lächeln seinen Stein behaute, Ardans verbissenes Gesicht, wenn er mit dem Schwert trainierte. War es ihnen gelungen, Crons Mörder zu finden? Ein Rabe tauchte plötzlich auf, der anklagend krächzte.

Mit einem Ruck schleuderte Dana ihre Decke von sich, denn plötzlich war es ihr zu heiß, und sie glaubte, zu ersticken. Sie riss das Fenster auf. Was hatte Rionach noch gleich gesagt? Sie würde ihre Ahnen verraten, denn Dana sei ein Nachfahre der Menschen jener Zeit. Nachdem sie nicht schlafen konnte, setzte sie sich an den Computer und fand nach einigem Suchen auch eine Webseite, auf der man Ahnenforschung betreiben konnte. Allerdings kam sie nicht weit, denn sie wusste zwar, wie ihre Groß- und Urgroßeltern hießen, doch sie kannte weder deren Geburtsdatum noch Geburtsort. Enttäuscht nahm sich vor, morgen ihre Eltern danach zu fragen. Mit schlechtem Gewissen schrieb sie Marc noch eine E-Mail, in der sie ihm von ihrer angeblichen Reise in den Osten berichtete. Der Wahrheit hätte er wohl kaum Glauben geschenkt.

Kapitel 16
Neue Fragen

Den nächsten Tag verbrachte Dana mit Jobsuche, denn bis zum Studienbeginn beabsichtigte sie, noch ein wenig Geld zu verdienen. In einigen Kneipen wurden Aushilfen gesucht, und auch ein Reisebüro wollte eine Teilzeitkraft einstellen. Also schickte sie gleich ihre Bewerbung los.

Gegen Abend fuhr sie mit der S-Bahn zu ihren Eltern. Ihr Vater war schon zu Hause, ihre Schwester Laura bereitete in der Küche das Abendessen zu.

»Hi, Dana, na, da hast du dir ja mal wieder was Schönes geleistet«, war die wenig herzliche Begrüßung ihrer jüngeren Schwester. »Mama und Papa haben sich echt Sorgen um dich gemacht, weil du überhaupt nicht mehr zu erreichen warst.« Lauras Stupsnase kräuselte sich missbilligend.

»Kann ja nicht jeder so langweilig wie du sein«, gab Dana frech zurück, stibitzte sich eine Gurkenscheibe und ging zu ihrem Vater ins Arbeitszimmer.

Sie lächelte, als sie das Chaos aus Büchern, korrigierten Schüleraufsätzen und Rechnungen sah. Ihr Vater mitten drin, die Brille schief auf der Nase.

»Dana!«, rief er erfreut. »Du rettest mich gerade vor einem entsetzlich schlecht recherchierten Aufsatz über Napoleon.«

»Na, dann ist's ja gut.« Sie setzte sich in den abgewetzten Ledersessel. »Sag mal, Papa, was weißt du eigentlich über die Kelten in Schottland?«

»Puh!« Er schob sich seine Brille auf die Stirn und kratzte sich hinter dem Ohr. »Die Kelten sind ein mysteriöses Volk. Ursprünglich kamen sie vermutlich aus Spanien und zogen auf der Suche nach besserem Weideland immer weiter gen Norden.« Er stand auf und begann, eines seiner hohen Regale zu durchforsten. »Auf den britischen Inseln haben sie sich niedergelassen. Allerdings ist nur wenig über sie bekannt, denn sie haben nichts aufgeschrieben, und erst als die Römer in den Jahrhunderten nach Christi Geburt Britannien unterjochen wollten, wurde über sie berichtet.« Er schnitt eine Grimasse. »Natürlich nur aus Sicht ihrer Feinde.«

Er hatte ein dickes, schon leicht vergilbtes Buch hervorgezogen und setzte sich zu Dana auf den breiten Sesselrand. Dann blätterte er in dem Wälzer und deutete auf einen hochgewachsenen, splitternackten Krieger. Bemalt mit blauen Zeichen, das weiß gekalkte Haar an den Seiten zu Zöpfen gebunden, ein langer Schnurrbart zierte sein Gesicht, und er trug ein Schwert in der rechten Hand.

»Man behauptet, sie wären blutrünstige Barbaren gewesen. Aber ich denke, bei den Kelten handelte es sich um eine für ihre Zeit hoch entwickelte Kultur, die ihre Kriegskunst zur Perfektion gebracht hat.« Seine Finger schlugen weitere Seiten um. »Außerdem geht man davon aus, dass sich Kelten und Pikten, das waren diejenigen, die noch vor den Kelten in Schottland lebten, mit der Zeit miteinander vermischten.« Er hielt Dana das Buch vor die Nase und deutete auf eine mit Spiralen bemalte Kriegerin. Als Dana das Bild sah, lief ihr ein Schauer über den Rücken. »Rionach!«, entfuhr es ihr leise.

»Wie bitte?« Bernhard blinzelte verwirrt, aber Dana winkte ab. »Erzähl weiter.«

»Über die Pikten ist noch weniger bekannt. Sie siedelten wohl hauptsächlich im Osten und Norden, ihr Herrschersystem war ein matriarchalisches, der Herrschaftstitel wurde von Mutter auf Tochter vererbt.«

Dana nickte fasziniert, denn das deckte sich mit Rionachs Erklärungen. »Ich habe noch niemals etwas von diesen Pikten gehört.«

»*Pictoi* war die Bezeichnung der Römer, was so viel wie ›die Bemalten‹ bedeutet«, erklärte Bernhard. Dann fand er die entsprechende Stelle in dem Buch. »Während der Zeit, als deine Mutter und ich in Schottland gelebt haben, habe ich mich ein wenig mit diesem Thema auseinandergesetzt. Vermutlich nannten sich die Pikten selbst anders.«

»Cruithni«, flüsterte Dana.

»Wie bitte?«

Dana schüttelte eilig den Kopf. »Und was ist mit den Druiden?«

Völlig in seinem Element blätterte Bernhard weiter. »Früher hielt man sie für Zauberer, aber ich denke, es waren einfach Gelehrte und weise Männer und Frauen, die sich in medizinischen Dingen, Politik und Kultur auskannten.«

Mittlerweile war sich Dana gar nicht mehr so sicher, ob Druiden wie Domech nicht auch über Zauberkräfte verfügten, aber das konnte sie selbstverständlich nicht sagen.

»Könntest du dir vorstellen, dass es möglich ist, in die fremde Zeit zu reisen und dort zu leben?«

»Das stelle ich mir sehr spannend vor.« Bernhard hob seinen Kopf und lächelte Dana an. »Vermutlich aber nur für ein paar Tage, denn ich denke, ich könnte kaum auf Zentralheizung und fließend warmes Wasser verzichten. Aber leider sind Zeitreisen ja noch etwas, das es nur in Science-Fiction-Filmen gibt. Ist wohl auch gut so.«

»Weshalb?«

»Na ja, ich denke, Menschen wie wir würden halbwegs mit den weniger hygienischen Zuständen der damaligen Zeit zurechtkommen, andersherum wäre es wohl eher fatal.«

»Wie meinst du das?« Jetzt wurde Dana hellhörig.

Die Hand ihres Vaters zeigte zum Fenster hinaus. »Sieh dir

doch nur unsere verschmutzte Umwelt an. Abgase, verseuchte Flüsse, Keime, die es vor Hunderten oder Tausenden Jahren gar nicht gegeben hat. Ich befürchte, Völker wie die Kelten würden wie die Fliegen sterben, wenn sie in diese Zeit kämen.«

Dana spürte regelrecht, wie ihr Gesicht jegliche Farbe verlor. Hätte sie Mael mitgebracht, hätte sie das Mädchen möglicherweise aus Unwissenheit zum Tode verurteilt. Wie es aussah, war ihre Entscheidung doch richtig gewesen – zumindest was Mael betraf.

»Sag mal, Papa, kann es eigentlich sein, dass wir schottische Vorfahren haben«, brach es aus Dana heraus.

»Wie kommst du denn darauf?«, lachte Bernhard, während er das Buch zurück ins Regal stellte.

»Na ja, einfach so. Ich meine, ich habe mich dort sehr wohlgefühlt.«

Er trat zu ihr und streichelte ihr liebevoll über die Haare. »Ja, Schottland hat durchaus seinen Reiz. Auch mir hat es dort gut gefallen. Aber nein, über schottische Vorfahren weiß ich nichts. Irgendwann habe ich einmal angefangen, Ahnenforschung im größeren Stil zu betreiben, bin jedoch nicht über fünf Generationen hinausgekommen. Falls es dich interessiert, die Unterlagen müssten noch auf dem Dachboden sein.«

»Ja, das wäre toll, vielleicht finde ich mehr heraus«, freute sich Dana.

»Nun gut. Dann werde ich mal mein legendäres Gulasch zaubern, sonst meckert Laura wieder, dass alles an ihr hängen bleibt.«

»Soll ich dir helfen?«

»Nein, geh nur auf den Dachboden, dein Interesse an unseren Wurzeln freut mich. Die Unterlagen könnten in der zweiten oder dritten Kiste in der linken Ecke sein. Mama schimpft schon immer, weil ich das alte Zeug nicht wegwerfe.«

Das ließ sich Dana nicht zweimal sagen, und so rannte sie die Treppe hinauf in den ersten Stock, klappte die Metallleiter herunter, die in den Dachboden führte, und hustete, als Staub auf sie herabgerieselt kam. Offenbar war schon lange niemand mehr hier gewesen. Angeekelt schob sie einige Spinnweben zur Seite, durchsuchte zwei Kartons, in denen altes Kinderspielzeug von ihr und Laura zu finden war, und entdeckte dann eine Kiste, die verheißungsvoll aussah.

Sie ließ sich vor der großen Schachtel nieder, blies vorsichtig den Staub weg und öffnete den Deckel, um mehrere Dokumente herauszuziehen. Dabei handelte es sich hauptsächlich um Unterlagen aus der Zeit ihrer Eltern in Schottland. Ein Mietvertrag, Nebenkostenabrechnungen, Dokumente aus der Schule. Dana kramte weiter, fand tatsächlich Kopien von Geburtsurkunden ihrer Groß- und Urgroßeltern sowie ältere Abschriften von deren Vorfahren. Sie legte alles zur Seite und wollte es sich später zu Hause ansehen. Dann stapelte sie die Kartons wieder aufeinander, aber einer von ihnen kippte um, und alte Puppen, Plüschtiere und kleine Plastikfiguren ergossen sich auf den Boden.

»So ein Mist.« Während sie die Sachen aufhob, erregte plötzlich etwas ihre Aufmerksamkeit. Halb verdeckt von einem alten Vorhang lugte die Spitze einer Holzkiste hervor. Als sie den Stoff beiseitezog, kam ein mit verschlungenen Mustern verziertes Kästchen zum Vorschein. Neugierig nahm es Dana in die Hand und öffnete es langsam. Ein paar Fotos, die ihre Eltern noch in deutlich jüngeren Jahren zeigten, lagen obenauf. Sie musste lächeln, denn auf einem war ihre Mutter mit einer wüsten Sturmfrisur zu sehen, wie sie an einer schottischen Steilküste stand. Sie legte die Fotos zusammen und blätterte in dem abgegriffenen Lederbüchlein, das darunter gelegen hatte. Schnell wurde klar, dass es sich um ein Tagebuch ihrer Mutter handelte. Dana zögerte, denn sie wusste, es gehörte sich nicht, darin zu lesen, trotzdem tat sie es.

Bernhard lebt nur noch für seine Schule, und ich langweile mich. Einen Job kann ich nicht finden, und wirkliche Freunde habe ich auch noch keine hier in der Stadt. Ich bin froh, wenn er ein paar Tage Urlaub hat und wir an die Küste reisen.

Heute fuhr ich eine einsame Straße entlang, Regen fiel vom Himmel, als ob die Götter die Erde ertränken wollten. Die Scheibenwischer kamen kaum gegen die Wassermassen an, und plötzlich tauchte da dieses uralte Relikt auf. Nur schemenhaft konnte ich das Gemäuer sehen, dessen intensives Grau sich hinter den nassen Blättern hoher Bäume abzeichnete. Irgendwie trieb es mir eine Gänsehaut über den Rücken …

Auch Dana bekam eine Gänsehaut. Dummerweise war die Schrift an dieser Stelle verwischt, also blätterte sie hektisch einige Seiten weiter.

Dank des netten englischen Ehepaares konnte ich mein Auto aus dem Schlamm befreien. Ich frage mich, wann sie bemerkt haben, dass ihre Kleidung von oben bis unten mit Dreck bespritzt war. Na ja, so langweilig der Tag auch begann, so aufregend war er am Ende. Und dieser merkwürdige Typ geht mir irgendwie nicht mehr aus dem Kopf …

Als Dana Geräusche von unten hörte, wollte sie das Büchlein schnell zuklappen, denn eigentlich hatte sie kein Recht, das Tagebuch zu lesen. Aber da rutschte ein Foto aus den hinteren Seiten, und sie erstarrte. Sie musste zweimal hinsehen, dann blieb ihr der Mund offen stehen. Die Aufnahme zeigte einen großen, breitschultrigen Mann in einer seltsamen weißen Kutte.

»Dana, wie schön, dass du hier bist.« Erschrocken fuhr Dana herum, und ihre Mutter lächelte sie freudig an. Offenbar bekam sie gar nicht mit, wie verstört Dana war. »Komm jetzt, Dana, das Essen ist fertig und in dem alten Zeugs kannst du auch später noch wühlen.«

»Mama, woher kennst du Scott MacRae?«, brachte Dana gepresst hervor.

»Wen?« Ihre Mutter erklomm die letzten Stufen und schimpfte leise: »Wir sollten wirklich mal aufräumen!« Dann zuckte sie sichtlich zusammen, als ihr Blick auf das Holzkästchen fiel. »Hast du … das gelesen?«

»Nein, aber woher kennst du Scott MacRae?« Dana sprang auf und hielt ihrer Mutter das Bild unter die Nase. Sie hatte auch zweimal hinsehen müssen, aber es war eindeutig dieser komische

Kauz von der Isle of Skye, vielleicht zwanzig Jahre jünger, aber doch unverkennbar er selbst.

Danas Mutter blinzelte sie verwirrt an, dann schnappte sie sich eilig das Kästchen und drückte es an ihre Brust. »Ich weiß nicht, wovon du sprichst. Das ist nur ein alter Bekannter aus Schottland. Außerdem heißt er nicht Scott, sondern Robert.« Beinahe schon panisch entriss sie ihrer Tochter das Foto.

»Mama, was soll das …« Weiter kam Dana nicht, denn ihr Vater rief laut: »Mädels, jetzt kommt, sonst wird alles kalt.«

Katharina machte sich an den Abstieg, wobei sie das Kästchen nicht losließ.

»Ich will eine Erklärung!« Energisch fasste Dana sie an der Schulter.

Der erschrockene Blick ihrer Mutter traf sie. »Du musst dich irren, woher kennst du diesen angeblichen Scott überhaupt?«

»Das war ein Mann von der Isle of Skye, er war sehr seltsam und …«

Katharina lachte laut – eine Spur zu laut – auf. »Na siehst du, Robert hat weiter im Süden gelebt, in der Nähe von Kilmartin. Das ist eine Verwechslung. Die Schotten sehen sich doch alle ähnlich.«

Das fand Dana überhaupt nicht, und das Verhalten ihrer Mutter war mehr als seltsam. Vor allem war Katharina während des Essens ungewohnt fahrig, redete viel zu laut, zu schnell und zu schrill. Dana musterte sie stumm und überlegte, was das alles bedeuten mochte. Sie glaubte nicht, dass sie sich geirrt hatte, und möglicherweise war dieser Scott ja auch während der letzten zwanzig Jahre umgezogen. Sie konnte sich kaum auf das Essen, geschweige denn die Fragen ihres Vaters und ihrer Schwester zu ihrem Urlaub konzentrieren. Beim Nachtisch fiel es ihr dann schlagartig ein. Robert Scott MacRae – dieser Name war auf dem Buch in seinem Haus gestanden. Mit einem lauten Klatschen fiel ihr Löffel in den Schokopudding.

»Mama, ich muss dringend mit dir sprechen«, presste sie hervor.

Man sah Katharina genau an, wie unangenehm ihr dies war. Sie schüttelte kaum merklich den Kopf, ihr Blick wanderte für einen Moment zu Danas Vater.

»Wohl ein Gespräch unter Frauen«, spekulierte Bernhard unbedarft. »Na gut, dann erledigen Laura und ich den Abwasch, und ihr beiden unterhaltet euch ein wenig.«

»Wir haben doch schon gekocht«, maulte Laura.

»Nächstes Mal macht Dana ein Gericht aus den Highlands.«

Stumm und ohne Appetit löffelte Dana ihren Pudding. Sie mochte gar nicht daran denken, möglicherweise Recht zu haben. Hatte Rionach am Ende doch die Wahrheit gesprochen und ihre Vorfahren stammten aus den Highlands? Sollte ihre Mutter vor fünfundzwanzig Jahren ihren Vater mit diesem seltsamen Scott betrogen haben? Dana konnte sich das kaum vorstellen. Andererseits – woher kam ihre ominöse Begabung, in der Zeit zurückzureisen und Geister zu sehen? Schließlich hatte Rionach angedeutet, auch Scott könne sie sehen. Das alles war völlig absurd. War es ein seltsamer Zufall gewesen, dass sie Scott MacRae getroffen hatte oder Schicksal? Ihr schnürte sich die Kehle zusammen, als sie sah, wie ihr Vater mit Laura scherzte und sie spaßhaft in die Nase zwickte. Dana hatte eigentlich immer gedacht, Bernhard sehr ähnlich zu sein. Vielleicht nicht unbedingt optisch, aber ihre Interessen und Lebenseinstellung stimmten doch sehr überein. Konnte das alles sich jetzt als Lüge herausstellen? Sie wollte endlich Gewissheit und stand daher entschlossen auf. »Komm, Mama, wir machen einen kleinen Spaziergang.«

»Dana, ich bitte dich«, zischte ihre Mutter mit einem Blick über die Schulter. »Mach jetzt hier keinen Wirbel wegen eines alten Fotos, das nichts zu bedeuten hat.«

»Nichts zu bedeuten!«, schnaubte Dana, schnappte sich ihre Jeansjacke und deutete auffordernd zur Tür.

Leise seufzend folgte Katharina ihr.

Frische Herbstluft schlug ihnen entgegen, als sie die schmale Siedlungsstraße in Richtung Wald liefen.

»Mama, hast du Papa mit Scott MacRae betrogen?«, wagte Dana einen Vorstoß.

Wie vom Donner gerührt blieb Katharina stehen.

»Mama!«, rief Dana und hielt ihre Mutter am Arm fest. Katharina holte tief Luft und sah schließlich betreten zu Boden.

»Dann hast du das Tagebuch doch gelesen«, sagte sie leise. »Verdammt, Dana, es war nur ein einziges Mal, dein Vater hat mich ständig allein gelassen, und als er dann auch noch in unserem lang ersehnten Urlaub an der Westküste nach Glasgow gefahren ist, weil eine ach so wichtige Konferenz stattgefunden hat, da habe ich mich einfach vergessen.«

Dana konnte nicht glauben, was sie da hörte. Sie war immer der Meinung gewesen, ihre Eltern seien glücklich miteinander, und das Letzte, woran sie bei den beiden gedacht hätte, wäre Ehebruch. Sie schüttelte den Kopf, konnte fühlen, wie es ihr kalt wurde und trat einen Schritt zurück.

»Bin ich Scotts Tochter?«, fragte sie dann zittrig.

»Aber nein! Wie kommst du denn auf so etwas?«, empörte sich Katharina.

»Könnte es theoretisch sein?«, beharrte sie. »Hast du in der Zeit, als ich gezeugt wurde, mit diesem Scott oder Robert, wie er sich wohl damals genannt hat, geschlafen?«

»Dana!«

»Jetzt sag schon!« Dana spürte, wie ihre Stimme einen hysterischen Klang annahm.

»Wie gesagt, es war nur ein einziges Mal, eine verrückte Nacht.« Ihre Mutter schnitt eine Grimasse. »Ich lernte ihn in einem Pub kennen, und er nahm mich zu seinen Freunden mit, die im Kilmartin Valley die Mittsommernacht feierten. Wir haben zu viel getrunken, auch etwas geraucht … «

»Du hast geraucht?«, wunderte sich Dana, denn Katharina war eine Verfechterin des Nichtrauchens.

Sichtlich verlegen hob ihre Mutter die Schultern. »Na ja, nicht gerade Zigaretten.«

»Oh.«

»Auf jeden Fall war das eine völlig irre Nacht, an die ich mich nur noch wie an einen Traum erinnern kann. Robert hat mich umgarnt, mich verführt, und na ja, dann ist es passiert – mitten in einem alten Steinkreis.«

»Mama!«

Ein mädchenhaftes Grinsen überzog ihr Gesicht. »Hättest du mir wohl nicht zugetraut.«

»Nein, eher nicht«, grummelte Dana, aber dann sah sie sie eindringlich an. »Könnte ich Roberts Tochter sein?«

»Ich weiß nicht, wie du überhaupt auf diesen verrückten Gedanken kommst. Hat er dir das in den Kopf gesetzt?«

»Nein, damals wäre mir die Idee niemals gekommen, und er weiß auch nicht, dass ich deine Tochter bin.«

Katharina seufzte erleichtert auf, dann nahm sie Danas Hand. »Ich gebe zu, es ist kurz vor deiner Zeugung geschehen, aber ich habe nachgerechnet, und als mir der Ausrutscher mit Robert passiert ist, war keiner meiner fruchtbaren Tage. Wie gesagt, es war nur ein einziges Mal, und ich habe mich kurz darauf mit deinem Vater versöhnt. Danach hatten wir viele romantische Nächte miteinander. Du bist Bernhard so ähnlich, Dana, es kann nicht sein.«

Angestrengt kaute Dana auf ihrer Unterlippe herum. »Aber es ist auch nicht ganz ausgeschlossen, dass nicht doch Scott mein leiblicher Vater ist.«

»Sehr, sehr unwahrscheinlich.« Katharina sah sie beinahe schon flehend an. »Bitte, Dana, lass es auf sich beruhen. Es ist schon eine halbe Ewigkeit her, dein Vater liebt dich über alles, und ich möchte nicht, dass ihm jetzt wehgetan wird.«

»Das hättest du dir vielleicht überlegen sollen, bevor du mit einem anderen in die Kiste …« Sie unterbrach sich selbst und schüttelte den Kopf. »Es war ja sogar in einem Steinkreis!« Danas Kopf brummte.

Raschen Schrittes machte sie sich auf den Heimweg und ließ

ihre Mutter einfach stehen. Sie musste über vieles nachdenken, und selbst wenn ihre Mutter Recht mit ihren Berechnungen hatte, so blieb doch ein winzig kleiner Zweifel, und dieser begann, an ihr zu nagen.

Vor dem Haus holte Katharina ihre Tochter ein und beschwor sie, nichts zu sagen. Dem stimmte Dana mit einem stummen Nicken zu, denn tatsächlich wollte sie ihrem Vater nicht unnötig wehtun.

Während sie im Wohnzimmer saßen und sich unterhielten, wanderte ihr Blick immer wieder zu ihm, suchte nach verborgenen Ähnlichkeiten. Aber alle Verwandten hatten stets gesagt, sie sähe ihrer Großmutter mütterlicherseits ähnlich. Kurz bevor sie nach Hause fahren wollte, ging sie noch einmal ins Bad. Als ihr der Kamm ihres Vaters ins Auge stach, stutzte sie, dann griff sie langsam danach und betrachtete die Haare, die zwischen den Zacken steckten. Mit dem Kamm in der Hand eilte sie aus dem Badezimmer und dummerweise direkt in die Arme ihrer Mutter. Die konnte natürlich eins und eins zusammenzählen, als sie Dana mit dem Kamm sah.

»Was soll das denn?«, zischte sie ihrer Tochter zu.

»Ich will Gewissheit!«

»Verdammt, Dana, lass den Mist.« Ruppig entriss sie ihr den Kamm, und Dana blieb der Mund offen stehen.

»Sag mal, geht's noch?« Dann schüttelte sie den Kopf und raunte: »Ich werde es auch so herausfinden!«

Zurück in ihrer eigenen Wohnung setzte sich Dana erneut an den Computer und informierte sich über Vaterschaftstests. Unzufrieden stellte sie fest, dass es nicht so einfach war, wie sie es sich vorgestellt hatte. Sie benötigte die Einwilligung von ihrem Vater, und ein heimlicher Test war nicht möglich. Seit dem 01.02.2010 gab es das neue Gendiagnostik-Gesetz, das heimliche Vaterschaftstests verbot. Sogar von hohen Geldstrafen war die Rede, wenn man es dennoch tat. Enttäuscht ließ sie sich nach hinten sinken und strich sich mit beiden Händen ihre braunen Haare zurück. Wenn sie ihrem Papa nicht reinen Wein einschenken wollte, blieb nur eine Möglichkeit – Scott MacRae. Also checkte Dana ihre Finanzen. Für einen Flug nach Schottland reichten ihre Ersparnisse noch aus. Kurz überlegte sie, dann schnellte sie wieder nach vorne und hackte in die Tastatur. Kurz entschlossen buchte sie den nächsten Flieger vom Flughafen Köln-Bonn nach Glasgow und rief anschließend Marc an. Der war hörbar erfreut, als er vernahm, dass sie so schnell wieder nach Schottland kam.

»Ich hole dich vom Flughafen ab, wenn du willst«, versprach er. »Wenn ich meinen Dienst tausche, habe ich morgen frei und kann dich fahren, wo auch immer du hinwillst.«

»Auf die Isle of Skye.«

»Okay«, antwortete er gedehnt.

»Marc, ich erkläre dir das, wenn wir uns sehen, okay? Mal was anderes, kennst du ein Genlabor in Schottland?«

Kurz entstand Schweigen. »Also jetzt machst du mich neugierig. Ich werde mich umhören, versprochen.«

Beruhigt legte Dana auf, dann überlegte sie, was sie Marita erzählen sollte, denn die würde nachbohren, bis sie alles ganz genau erfuhr. Aber sie wollte nicht über ihre ominöse Herkunft sprechen – nicht mit Marita, auch wenn sie sich sonst immer sehr viel anvertraut hatten. Irgendetwas hatte sich seit Schottland grundlegend geändert. Vielleicht war Dana erst jetzt klar geworden, dass sie und Marita eigentlich wenig gemeinsam hatten. Ihre Freundin mit ihren ewigen Männergeschichten ging ihr mittlerweile auf die Nerven, und die Art, wie sie mit dem netten Alec umsprang, fand sie nicht in Ordnung.

Zum Glück kam Marita erst spät in der Nacht nach Hause, erzählte kurz von ihrem umwerfenden Assistenzarzt und verzog sich anschließend in ihr Zimmer. Dana war froh. Sie kritzelte am Morgen eine Nachricht auf einen Zettel und legte ihn in die Küche. Dann schnappte sie sich ihren Rucksack und fuhr mit der Bahn zum Flughafen. Als die Boeing kurz nach zehn abhob und ihre Heimat unter den Wolken zurückblieb, stellte sich ein befreiendes Gefühl ein, das sie selbst erstaunte.

Knappe zwei Stunden später landete die Maschine in Glasgow, wo sie von leichtem Nieselregen begrüßt wurde. Strahlend war dagegen Marcs Lachen. Er wartete direkt hinter dem Gate auf sie, umarmte sie freundschaftlich und sah sie dann kopfschüttelnd an. »Ich glaube, du musst mir einiges erzählen. Zeit genug haben wir ja bis zur Isle of Skye.«

Dana lächelte zustimmend, folgte Marc zu seinem betagten Auto und ließ sich seufzend in den Sitz plumpsen. Sie wusste selbst nicht den Grund, aber irgendwie fiel es ihr leichter, ihm von ihrem Verdacht zu erzählen als Marita. Er hörte stumm zu, sah hin und wieder überrascht zu ihr hinüber und legte ihr irgendwann seine linke Hand auf den Oberschenkel.

»Das ist ja eine verrückte Geschichte, Dana. Ausgerechnet dieser seltsame Kauz. Ich muss sagen, eine Zeit lang dachte ich sogar, Scott MacRae hätte dir etwas angetan.« Er erzählte von dem Bewusstlosen, den er am Broch gefunden hatte, und Dana wusste gar nicht, was sie sagen sollte.

»Wow. So einen Vater kann man sich nur wünschen«, meinte sie schließlich mit Galgenhumor.

Sie erwog ernsthaft, Marc von ihrer Reise in die Vergangenheit zu erzählen, brachte diese unglaubliche Geschichte jedoch nicht über die Lippen. Stattdessen berichtete sie von dem seltsamen Kerl, der sie an der Straße nach Glenelg abgefangen hatte.

Erschrocken lösten sich Marcs Augen von der Straße, und sein Blick wanderte zu ihr. »Mensch, Dana, sei bloß vorsichtig. Irgendetwas an diesem alten Turm ist absolut nicht sauber, und ich habe keine Ahnung, was das sein könnte.«

Ich schon, dachte sie, wenngleich ihr schwante, dass auch sie nicht das ganze Ausmaß erfassen konnte. Möglicherweise waren irgendwelche geheimen Organisationen an dem Turm interessiert, Menschen, die sich mit übersinnlichen Dingen beschäftigten, oder gar die NASA oder sonstige Regierungsinstitutionen.

Vielleicht wollte man sie aus dem Weg räumen, weil sie dem Geheimnis von Dun Telve auf die Spur gekommen war. Dann schüttelte sie energisch den Kopf. Das waren abstruse Überlegungen.

Die Fahrt durch die regenverhangenen Highlands verging wie im Flug. Marc war wirklich ein angenehmer Begleiter, er konnte zuhören, sie mit lustigen Geschichten aus dem Krankenhaus und der Uni aufmuntern oder einfach nur schweigen, wenn sie sich an der Landschaft erfreute, die zunehmend einsamer und wilder wurde. Gegen Mittag gönnten sie sich in einem gemütlichen Café eine Suppe und ein paar Sandwiches.

Marc sah sie mit hochgezogenen Augenbrauen an. »Deine Freundin hat dem armen Alec übrigens das Herz gebrochen. Er hatte ernsthafte Absichten mit ihr.«

»Marita! Manchmal ist sie wirklich unmöglich«, stimmte Dana zu.

»Ja, die Lassies aus Deutschland machen es einem nicht leicht«, seufzte Marc übertrieben.

»Hey!« Abwehrend hob Dana eine Hand. »Ich habe dir von Anfang an gesagt, was Sache ist, und außerdem …«

»Schon gut«, unterbrach er sie schmunzelnd, »das war nur ein Scherz. Ich bin froh, dass wir befreundet sind, ganz ehrlich.«

Prüfend sah sie in seine dunklen Augen, suchte nach einem versteckten Begehren darin, glaubte jedoch, die Aufrichtigkeit seiner Worte darin erkennen zu können. Plötzlich sah sie ein anderes Augenpaar vor sich, ein graublaues, das zu einem anderen jungen Mann gehörte. Drostan. Wie es ihm wohl ging? War er traurig gewesen über ihr plötzliches Verschwinden und hatte er sie am Ende sogar gesucht? *Das ist völlig verrückt*, dachte sie. Sie konnte doch unmöglich einen Mann vermissen, der seit über zweitausend Jahren tot war. Er war ungebildet, unzivilisiert und … Nachdenklich rührte sie in ihrem Cappuccino herum. War er das wirklich? Vermutlich konnte Drostan weder schreiben noch lesen, aber besaß er nicht ein ganz anderes Wissen, das genauso wertvoll war? Als Steinmetz war er ein angesehener Mann, und auch wenn er kein Krieger war, hatte er sich doch zu verteidigen gewusst – und sie vor diesen Räubern beschützt. Außerdem war er einfühlsam, fürsorglich und höflich. Sie blickte hinaus in den mittlerweile strömenden Regen.

»Macht du dir wegen Scott MacRae Sorgen?«, erkundigte sich Marc.

»Ja, das auch«, murmelte sie, dann schob sie den Gedanken an Drostan weit von sich, obwohl ein gewisses Ziehen in ihrer Brust blieb.

»Ich komme mit, wenn du mit ihm sprichst«, versprach er. »Und falls er dem Gentest zustimmt, werde ich ihn zu einem Bekannten bringen, der hat einen Freund, der wiederum in einem Genlabor arbeitet.«

»Danke, Marc, du bist echt toll.« Sie lächelte ihn voller Zuneigung an. »Warum tust du das alles für mich?«

Er zuckte mit den Schultern. »Ich weiß nicht, du warst mir von Anfang an sympathisch, und ich finde, man trifft nicht allzu häufig Menschen, mit denen man sich ohne viele Worte einfach so versteht.«

»Ja, das geht mir genauso.«

Nachdem sie gezahlt hatten, fuhren sie weiter durch das regnerische Hochland. Dräuende Wolken hingen beinahe bis zur Erde, und Dana überlegte, ob sie sich auch in dieses Land verliebt hätte, wenn es sich bei ihrem ersten Besuch derart finster gezeigt hätte. Trotzdem besaß die Landschaft selbst bei diesem Wetter ihren eigenen, wenn auch eigenwilligen Reiz. Der auffrischende Wind riss hin und wieder die dunklen Wolken auf. Wenn sich die Sonnenstrahlen in den Regentropfen brachen, brachten sie Farben von einer beispiellosen Intensität hervor und verliehen der Szenerie etwas Mystisches.

»Hast du eigentlich schon ein Zimmer gebucht?«, fragte Marc, nachdem sie die Skye Bridge überquert hatten.

Daran hatte Dana in der Hektik gar nicht gedacht. »Nein, ich hoffe, das wird kein Problem.«

»Eher nicht«, beruhigte Marc sie, »jetzt im Herbst sind kaum noch Touristen unterwegs. Wir könnten auch in der Jugendherberge in Portree übernachten. Oder möchtest du noch unbedingt heute Abend zu Scott MacRae?«

Nach kurzem Überlegen schüttelte Dana den Kopf. »Nein, ich denke morgen reicht auch noch. Sag mal, wie lange kannst du eigentlich aus Glasgow wegbleiben?«

»Also übermorgen am späten Nachmittag muss ich wieder arbeiten und habe dann zwei Schichten hintereinander. Wenn du mich brauchst, kann ich die Vorlesungen nächste Woche sausen lassen und gleich wieder herkommen.«

»Nein, Marc, das will ich nicht. Mach dir meinetwegen keinen Stress.«

»Das ist kein Stress.« Er umfuhr haarscharf einen Schafbock, der träge über die Straße trottete. »Dumme Viecher! Also, falls wir morgen Scotts Speichelprobe bekommen, kann ich sie gleich mit nach Glasgow nehmen. Ich weiß nicht, wie lange du hierbleiben willst …«

»Das weiß ich auch noch nicht«, gab sie zu. Alles war sehr ungewiss. Scotts Reaktion, das Ergebnis – und was sie dann damit anfangen würde.

Wie Marc vorgeschlagen hatte, quartierten sie sich in der Jugendherberge in Portree ein, verbrachten den Abend im Isles Inn, wo ein behagliches Torffeuer im Kamin flackerte, und unterhielten sich über belanglose Dinge. Dana war nicht wirklich bei der Sache. Sie machte sich Sorgen, wie der morgige Tag ausgehen mochte.

Nach dem Frühstück fuhren sie nach Glendale, wobei Danas Aufregung mit jeder Meile stieg. Als sie das verwilderte Grundstück erreichten, legte Dana Marc eine Hand auf den Arm.

»Warte bitte draußen, ich möchte allein mit ihm sprechen.«

»Bist du sicher?« Er sah alles andere als begeistert aus, doch Dana nickte nachdrücklich.

Mit weichen Knien ging sie auf das verrostete Tor zu, sah sich nach dem unheimlichen Hund um, entdeckte diesen jedoch nicht. Ein klagendes Geräusch entwich den alten Angeln, und sie eilte den überwucherten Weg entlang.

Bald kam das kleine Haus in Sicht. Rauch stieg aus dem Kamin.

»Mr. MacRae?«, rief Dana unsicher, denn sie wollte nicht von dem großen Hund angefallen werden, falls dieser sich auf dem Grundstück herumtrieb.

Zunächst rührte sich nichts, irgendwann öffnete sich die Tür jedoch einen Spalt breit, sie hörte ein Knurren sowie eine scharfe Zurechtweisung. Kurz darauf stand Scott MacRae in der Tür. Mit schmutzigen Jeans, einem dicken Pullover und einem überraschten Ausdruck auf seinem bärtigen Gesicht.

»Was willst du denn schon wieder hier?«, blaffte er sie unfreundlich an.

»Ich muss mit Ihnen sprechen – dringend!«

Er sah sich prüfend um, dann bedeutete er ihr mit einer Geste hereinzukommen.

Im Inneren herrschte das gleiche Chaos wie beim letzten Mal. Teàrlach, der Hund, beobachtete sie aus seinen Furcht einflößenden Augen, verschonte sie jedoch mit seinem bedrohlichen Knurren.

»Also, was willst du?« Scotts angespannte Schultern, seine gerunzelte Stirn und seine verschränkten Arme sprachen Bände, während er sie prüfend ansah.

Jetzt wusste Dana nicht, wie sie beginnen sollte. Die ganze Nacht hatte sie überlegt, was man einem Mann sagen sollte, von dem man vermutete, dass er sein Vater war.

»Was haben Sie mit Rionach zu tun?«, begann sie daher erst einmal das vermeintlich unverfänglichere Thema.

Kurz glaubte sie, ihn zusammenzucken zu sehen, dann wurde seine Miene noch abweisender.

»Jetzt fängst du schon wieder damit an. Ich kenne niemanden, der so heißt.«

»Sie sind in der Lage, Rionach zu sehen, das weiß ich. Sie ist ein Geist am Dun Telve. Außerdem habe ich erfahren, dass Sie selbst einen Trank gebraut haben, der es möglich macht, in die Vergangenheit zu reisen.«

Fassungslos starrte er sie an. »Und jetzt denkst du, du warst in der Vergangenheit!« Er richtete sich so ruckartig auf, dass Teàrlach aufsprang und sich seine Lefzen hoben. Scott stieß einen kehligen Befehl hervor, und der Hund legte sich wieder hin.

»Das denke ich nicht nur, ich war dort.«

»Nein, Dana«, er lächelte milde, »die Kräuter enthalten Halluzinogene, die dich das Glauben gemacht haben. Auch ich hatte wirre Träume und war felsenfest der Überzeugung, in der Vergangenheit und ein großer Druide gewesen zu sein. Rionach hat mich dann aufgeklärt, dass ich nur beinahe einen Tag lang völlig weggetreten unter dem Baum gelegen habe.«

Kurz stutzte Dana, dann stellte sie zufrieden fest: »Also kennen Sie Rionach doch!« Etwas anderes machte ihr allerdings zu schaffen. Sollte sie sich ihre Reise zum Dun Telve der vergangenen Zeit nur eingebildet haben? Halluzinogene Pflanzen waren sicher eine rationale Erklärung, doch dann schüttelte sie energisch den Kopf.

»Ich war mehrere Wochen fort«, beharrte sie, und als sie Scotts skeptisches Gesicht sah, spürte sie Ärger in sich aufsteigen. »Rionach hat das auch gewusst, sie war nur wütend, weil ich Mael nicht dabeihatte.«

»Ich selbst habe es versucht, es ist mir nicht gelungen.« Noch immer schien Scott nicht völlig überzeugt, dennoch lief er unruhig im Zimmer auf und ab, strich sich durch die Haare und sah Dana auffordernd an. »Erzähl mir davon.«

»Moment, da ist noch etwas.« Sie räusperte sich und bemerkte, wie ihre Wangen zu glühen begannen. Schließlich zog sie ein Foto ihrer Mutter heraus, auf dem Katharina gerade mal Anfang zwanzig gewesen sein musste. »Kennen Sie die Frau?«

Scott MacRae sah zweimal hin, stutzte, dann starrte er sie mit offenem Mund an. Er blickte von ihr auf das Bild und ließ sich in den Sessel fallen. »Ich befürchte, ich brauche einen Whisky.«

»Das ist eine Reaktion, die sich jede Tochter wünscht«, murmelte Dana auf Deutsch. Sie wusste, alle weiteren Erklärungen waren überflüssig. Scott MacRae hatte schnell kombiniert.

Jetzt stand er auf, ging zu seinem Schrank und holte eine Flasche sowie zwei Gläser hervor. »Möchtest du auch?«

»Ja, ich denke schon.«

Er goss die hellgelbe Flüssigkeit in die beiden Gläser, dann betrachtete er Dana stumm, sodass ihr langsam unbehaglich zu Mute wurde.

»Ich weiß es nicht, ob Sie wirklich mein Vater sind, aber es wäre möglich. Deshalb ... also ... ich wollte fragen, ob Sie einem Gentest zustimmen.«

»Ich?« Scott runzelte die Stirn. »Nein, sicher verrennst du dich da in etwas.«

»Wohl kaum. Ich habe mit meiner Mutter gesprochen.« Jetzt hob Scott den Kopf und horchte auf. »Sie hat mir von eurer gemeinsamen Nacht erzählt.«

Scott leerte schnell sein Glas. »Es war nur eine einzige Nacht.«

»Aber der Zeitpunkt könnte passen.«

»Ich glaube nicht ...«

»Ich würde es wissen wollen, wenn ich eine Tochter hätte«, unterbrach ihn Dana.

»Ähm, ja, natürlich. Vielleicht hast du Recht. Entschuldige, Dana, ich bin gerade etwas überfordert«, gab er zu. »Ich meine, das war so eine völlig verrückte Idee damals, und Rionach ... Puh, ich hätte nicht gedacht, dass es gelungen ist.«

»Was soll nicht gelungen sein?«

»Ich befürchte, ich muss weiter ausholen.« Er goss sich noch einmal nach, kippte den Single Malt in einem Zug herunter und begann dann zu erzählen.

»Als ich noch sehr jung war, schloss ich mich einer spirituellen Gruppe an, die sich mit dem Wissen und den Riten der alten

Kelten beschäftigte. Später habe ich Keltologie studiert, und alles was damit zusammenhing, interessierte mich brennend. Wir waren eine kleine Gemeinschaft, die sich regelmäßig in Kilmartin Valley traf, eine Gegend, bei der man davon ausgeht, dass sie einst ein Zentrum der keltischen Druiden beherbergte.«

Gespannt hörte Dana zu, denn sie ahnte, dass sie bald einige unfassbare Dinge erfahren würde.

»Wir beschäftigten uns mit Kräutern, Ritualen zu den Sonnenfesten, feierten Beltane, Samhain und all die anderen Feiertage der Kelten. Manche von uns waren felsenfest der Meinung, selbst Druiden zu sein.« Er lachte leise auf. »Ich muss zugeben, es waren auch einige Spinner unter uns. Irgendwann schloss sich uns ein Mann namens Rupert Winslow an, der behauptete, seine Linie ginge nachweislich auf einen keltischen Stamm an der Westküste zurück. Sein Großvater wäre ebenfalls Druide gewesen, der das alte Wissen bewahrt hätte und der Geister sehen könne. Zunächst glaubte ihm niemand, aber da wir eine offene Gemeinschaft waren, nahmen wir ihn trotz allem herzlich in unserer Mitte auf. Irgendwann fuhren wir mit ihm zum Dun Telve – und ich hatte meine erste Begegnung mit Rionach.«

Scott MacRaes Blick kehrte aus der Vergangenheit zurück und fixierte nun Dana.

»Hat dieser Rupert sie auch gesehen?«, hakte sie nach.

»Nein, das nicht, aber er war unglaublich aufgeregt, beinahe schon hysterisch, als er mitbekam, dass ich sie sah. Er forderte mich auf, alles über den Turm herauszubekommen, über die Zeit der Kelten und Pikten, und zunächst war mir gar nicht klar, worum es ihm wirklich ging.«

»Worum denn?«

Ein bitteres Schnauben entwich Scotts Nase. »Es ging ihm nicht um das Wissen, um magische Dinge oder das Leben in alter Zeit, sondern einzig und allein um die Schätze, die nach wie vor in Schottlands Erde verborgen sind.«

»Oh.« Plötzlich durchzuckte Dana ein Gedanke. »Dieser Rupert, ist er groß, hager, hat stechende Augen und eine unsympathische Ausstrahlung?«

»Du hast ihn getroffen?«, rief Scott MacRae und richtete sich erschrocken auf.

»Ja, aber ich konnte entkommen.«

»Gott sei Dank, mit ihm ist nicht zu spaßen. Inzwischen hat er ein regelrechtes Netzwerk aufgebaut und ist auf der Suche nach Menschen mit übersinnlicher Wahrnehmung. Du musst wissen, sein Vater war ein reicher Geschäftsmann aus Amerika, und Rupert besitzt jede Menge zwielichtiger Kontakte. Zum Glück konnte ich ihn damals von deiner Spur abbringen und habe behauptet, du seist nur eine übereifrige österreichische Studentin. Wenn ich gewusst hätte, dass du möglicherweise …« Er unterbrach sich selbst. »Nun gut. Auf jeden Fall bedrängte mich Rupert, mehr aus Rionach herauszubekommen, doch sie ließ kaum etwas über die Schätze der Kelten verlauten. Wie ich heute weiß, hielt sie ihr Wissen zurück, weil sie etwas von mir wollte.«

»Dass Sie zurückreisen, Rionach gerächt wird, und Sie ihre Tochter mitbringen«, mutmaßte Dana.

Scott sah sie an, dann nickte er bedächtig. »Sie hat das Gleiche von dir verlangt, nicht wahr?«

»Ja, aber ich habe ihre Anweisungen nicht so ausgeführt, wie sie es sich vorstellte.«

»Später musst du mir unbedingt mehr erzählen.«

»Ja, gerne, Mr. MacRae.«

»In Anbetracht der Umstände solltest du vielleicht Scott zu mir sagen.«

Dana schnitt eine Grimasse, dann nickte sie zustimmend.

»Rionach versprach mir, zu verraten, wo sich Gold und Schmuck befänden, wenn ich in ihre Zeit reise. Sie nannte mir äußerst bedenkliche Zutaten für ihren Zaubertrank. Tollkirsche, Bilsenkraut und Alraune sind nicht unbedingt das, was man bedenkenlos einnehmen sollte.«

»Tollkirsche?« Dana schüttelte sich. »Deshalb dachte ich, ich sterbe. So ein Miststück, das hätte sie mir aber auch sagen können.«

»Tja, die gute Rionach offenbart nur, was ihren eigenen Zielen dienlich ist.« Er sah sie voller Mitleid an. »Nach diesem Trank fühlt man sich furchtbar, das weiß ich noch aus leidvoller Erfahrung, dennoch gelang es mir nicht, in der Zeit zurückzureisen. Doch offenbar lag es nicht an dem Trank. Rionach war entsetzlich wütend. Sie tobte wie ein Berserker, aber dann kam ihr eine meines Erachtens nach völlig verrückte Idee.«

Gespannt hob Dana die Augenbrauen.

»Sie meinte, in mir schlummere große Magie, und sie forderte mich auf«, er brach ab, zögerte, ehe er flüsternd weitersprach, »eine der Druidinnen der alten Zeit aus der Anderswelt zurück ins Leben zu holen.«

Dana schlang ihre Arme um ihren Körper, irgendwie war ihr kalt. »Wie soll das denn gehen?«

Scott räusperte sich verlegen. »Wie du vielleicht weißt, glaubten die Kelten und auch Rionach, die Seelen gingen in die Anderswelt, um eines Tages in einem neuen Körper wiedergeboren zu werden. Sie wollte, dass wir in Kilmartin ein Ritual mit Gesängen und Räucherungen durchführen und die Seele ihrer Schwester Tamia bitten, erneut in diese Welt zu kommen. Tamia muss eine mächtige Druidin gewesen sein. Rionach verlangte von mir, mich am Tag der Sommersonnenwende nach diesem Ritual mit einer Frau zu vereinigen und …«

»O verdammt, meine Mutter!«, entfuhr es Dana. Sie stand ruckartig auf. Plötzlich wurde ihr schwindlig, und sie taumelte.

Scott fasste sie vorsichtig an der Schulter. Große Unsicherheit spiegelte sich in seinen Augen wider – sie waren braun, so wie ihre eigenen.

»Damals habe ich daran geglaubt, heute kann ich mir nicht mehr vorstellen, dass es möglich ist. Dana, es tut mir leid.«

»*Mo piuthar.*« Danas Stimme war kaum mehr als ein Hauch, selbst ihre Lippen zitterten.

»Was hast du gesagt?«

»*Mo piuthar* – Rionach hat mich so genannt. Das bedeutet doch ›meine Schwester‹, oder etwa nicht?«

»Ja«, räumte Scott widerstrebend und zugleich verdutzt ein.

»Kann das wirklich sein? Kann ich wirklich Tamias Wiedergeburt sein?« Dana konnte nicht fassen, welch unermesslicher Gedanke da über ihre Lippen kam.

Auch Scott starrte sie mit offenem Mund an, schüttelte dann jedoch den Kopf. »Auch Rionach weiß nicht alles, und sie ist von Rache besessen.«

»Ich muss jetzt gehen«, stieß Dana hervor. Im Augenblick war ihr alles zu viel, und sie hatte das Gefühl, hier in diesem engen Raum zu ersticken.

Verständnisvoll nickte Scott ihr zu. »In Ordnung, du kannst jederzeit wiederkommen. Warte, ich begleite dich zum Tor.«

Dana hob die Hand. »Nein!« Obwohl Scott jetzt nicht mehr so abweisend wirkte, hatte sie das dringende Bedürfnis, alleine zu sein.

Auch das schien er zu verstehen. »Auf Wiedersehen, Dana.«

Sie beeilte sich, außer Sichtweite zu kommen, drehte sich nicht um, obwohl sie Scotts Blick im Nacken spürte. Nachdem sie hinter der nächsten Biegung verschwunden war, blieb sie stehen und lehnte sich gegen den Stamm einer Buche. Innerlich zerrissen blickte sie in die Wipfel hinauf. Das alles war so verwirrend, so völlig jenseits aller Vernunft. Nach einer Weile hatte sie sich etwas beruhigt und trat auf die Straße.

Marc eilte ihr sogleich entgegen. Gespannt sah er sie an, dann überzog ein mitleidiger Ausdruck sein Gesicht. »Sei nicht traurig, wenn er abgelehnt hat.«

»Hat er gar nicht«, stellte sie richtig und erinnerte sich schlagartig an ihr eigentliches Vorhaben, den Vaterschaftstest. »Ich bin nur ein bisschen durcheinander.«

»Das ist verständlich! Also ist er einverstanden, den Test zu machen?«

»Ja, nur …« Sie biss sich auf die Unterlippe. »Ich möchte jetzt im Augenblick nicht zu ihm zurück. Macht es dir etwas aus, wenn wir morgen noch einmal herfahren?«

»Natürlich nicht.« Marc hielt ihr die Beifahrertür auf, dann setzte er sich hinters Steuer. Auch wenn er ganz sicher mehr als neugierig war, bedrängte er sie nicht mit Fragen, worum Dana mehr als froh war.

Sie ließ die schottische Landschaft an sich vorbeiziehen, nahm sie jedoch nur am Rande wahr. Vielmehr kreisten ihre Gedanken um das, was sie soeben erfahren hatte. Dieses Ritual war abwegig, es konnte wohl kaum möglich sein, die Seele einer keltischen Priesterin wiederzuerwecken. Andererseits war es auch absurd, mit einem Geist zu sprechen und über zweitausend Jahre in der Zeit zurückzureisen. Dana lehnte ihre Stirn gegen die Scheibe. Sollte sie tatsächlich Tamia gewesen sein – in einem früheren Leben? Sie konnte sich an nichts erinnern, dennoch sagte eine Stimme in ihrem Inneren, dass es kein Zufall war, gleich eine große Liebe zu diesem Land verspürt zu haben. Auch das Leben in der vergangenen Zeit war ihr weniger schwergefallen, als sie zunächst gedacht hatte, und Brude und all die anderen waren ihr auf Anhieb mehr oder weniger sympathisch gewesen. Selbst Alauna, deren Auftreten streng und herrisch gewesen war, hatte kein wirkliches Unbehagen in ihr erweckt. Trotzdem – dies alles waren keine eindeutigen Beweise.

Ihr Blick wanderte zu Marc, der ihr aufmunternd zulächelte.

»Sollte Scott dein Vater sein, wird er sich sicher freuen, eine so nette und hübsche Tochter wie dich zu haben, wenn er sich erst an den Gedanken gewöhnt hat.«

Wenn es das nur wäre, dachte Dana. Vielleicht wäre es für sie gar nicht so schlimm gewesen, wenn Scott sie abgelehnt hätte, schließlich hatte sie ja einen Vater – Bernhard. Aber dieses mysteriöse Ritual beschäftigte sie, ständig sah sie flackernde Feuer, tanzende Menschen und nackte Leiber, die sich im Liebesrausch umeinander wanden. Die Überlegung, ihre Mutter könnte ein

Teil eines solchen Brauches gewesen sein, wollte ihr aber nicht in den Kopf.

Bärtige Männer in Lederrüstungen fielen über die kleine Siedlung unterhalb von Dun Telve her. Schreie erfüllten den sich blutrot färbenden Himmel, der ein groteskes Spiegelbild der Erde zu sein schien, auf die sich das Blut von Brudes Clan ergoss. Dana sah, wie ein Krieger mit buschigem roten Bart Drostan sein kurzes Schwert in den Leib bohrte, und sie wollte schreien, aber es gelang ihr nicht. Ein lederbespannter Schild mit kupfernen Spitzen krachte auf Brude mac Ungosts Kopf nieder – vermutlich hatte er ihm den gesamten Schädel zertrümmert. Der Schrei einer Frau mischte sich mit dem eines Raben, der sich aus dem Wipfel der Eberesche erhob, und plötzlich sah Dana alles mit den Augen des Vogels. Unter ihr erkannte sie Áine, die von einem blutbesudelten Krieger vergewaltigt wurde, ihre Kleider zerfetzt und voller Schlamm. Hilf uns, Dana!, *hallte der Ruf in ihrem Inneren wider.*

Schweißgebadet schreckte Dana aus dem Schlaf auf. Ihr Herz schlug wild in der Brust, und sie brauchte eine Weile, bis ihr bewusst wurde, dass sie in dem kahlen Dreibettzimmer der Jugendherberge lag. Nicht weit entfernt das leise Schnarchen der dicken Belgierin, die sich mit ihr das Zimmer teilte.

Dana trat zum Fenster und ließ die klare Nachtluft herein, die sie in die Realität zurückbrachte. Sie blickte über die kleine Seitenbucht, in deren Wasser sich das Licht des Mondes spiegelte, sah die dunkle Silhouette eines der hohen Berge der Isle of Raasay, die drohend in den Sternenhimmel ragte. Konnte das tatsächlich ein Hilferuf aus der Vergangenheit gewesen sein? Es hatte sich so real angefühlt.

Plötzlich fühlte sich Dana in diesen Wänden eingesperrt. Sie schloss das Fenster, zog sich Jeans, Pullover und zur Sicherheit ihre Regenjacke an und eilte durch die verlassenen Gänge nach draußen. Ziellos schlenderte sie die menschenleere Straße in Richtung Hafen entlang und dann den Berg hinauf, der zum

Krankenhaus führte. Ein schmaler Schotterpfad wand sich linker Hand durch Bäume und Büsche, und plötzlich stand sie an einem steinernen Aussichtsturm, der auf die Portree Bay zeigte. Im Licht der Sterne und des Halbmondes schaukelten kleine Boote in der Brandung, deren gleichmäßiges Plätschern zu ihr herauf drang. Dana schloss die Augen und ließ sich vom Geräusch der Wellen einlullen. Es war entsetzlich gewesen, Drostan sterben zu sehen, aber ganz langsam verblasste der Traum, und sie redete sich ein, dass es bloß an ihren überreizten Nerven lag.

Als Dana die Augen öffnete und sich zum Gehen wandte, zuckte sie zusammen – denn sie war nicht mehr alleine. Auf der niedrigen Mauer hinter dem Turm saß eine Frau. Sie trug ein langes, helles Kleid und ließ ihre bloßen Füße in der Luft baumeln. Dana entfuhr ein Keuchen, denn sie vermutete, dass diese Frau ein Geist war.

Aber auch der Geist schien nicht weniger verwundert zu sein. »Du siehst mich?«

»Ähm, ja«, stammelte Dana.

»Ich nenne mich Alyiva.« Als sie aufstand und näher kam, erkannte Dana ein sehr schmales, blasses Gesicht, von seidigen blonden Haaren umrahmt, die jedoch, anders als ihre eigenen, nicht im Wind wehten. Ihre dunklen Augen fixierten Dana auf sehr intensive Art, und als ihr ein kühler Hauch entgegenwehte, trat sie einen Schritt zurück.

»Ich heiße Dana.«

»Menschen kommen selten zu dieser Zeit zum Turm«, erwiderte Alyiva.

»Geister wohl schon?«, bemerkte Dana, bemüht, ihre Anspannung zu verbergen.

Alyiva deutete ein dünnes Lächeln an, dann wandte sie sich ab. Etwas an ihr war anders als an Rionach und irgendwie sonderbar, fand Dana.

In diesem Augenblick fuhr Alyiva wieder herum. »Ich bin kein Geist!«, zischte sie, und plötzlich verzerrte sich ihr Gesicht zu einer Maske. Nadelspitze Zähne zeigten sich, Alyivas helles Kleid wurde zu einem zerfetzten, schwarzen Gewand, das wild um sie umherwirbelte, und klauenartige Hände streckten sich nach Dana aus. Diese torkelte zurück und wäre um ein Haar gestürzt, aber auf einmal nahm Alyiva wieder ihre ursprüngliche Gestalt an.

»Verzeih, die Menschen deines Zeitalters haben uns vergessen.« Große Traurigkeit und auch ein bitterer Unterton schwangen in ihrer Stimme mit.

Dana atmete tief durch. »Bist du eine Sídhe?«

»Ja, das bin ich«, freute sich Alyiva, dann betrachtete sie Dana prüfend. »Selten sind die geworden, die uns sehen können und um Rat fragen. Was bedrückt dich, Dana, die du unter den Menschen weilst?«

Dana wusste nicht, was sie von dieser seltsamen Sídhe halten sollte, die ihr offenbar ansah, dass sie so einiges beschäftigte.

»Glaubst du, Menschen aus der Vergangenheit können einem durch Träume eine Botschaft schicken?«

»Welch seltsame Frage.« Alyiva legte eine Hand an ihre zierliche Nase. »Ich bin kein Mensch, aber eine solche Möglichkeit ist nicht auszuschließen. Wir, das Volk der Sídhe, können uns frei durch die Zeit bewegen, auch wenn wir es kaum noch tun, denn die meisten von uns haben das Interesse an der Welt der Menschen verloren.«

»Und du nicht?«, erkundigte sich Dana vorsichtig.

Auf einmal sah Alyiva unendlich traurig aus, und eine Träne löste sich aus ihren meerblauen Augen. »Vor langer Zeit schenkte ich meine Liebe einem Fischer.« Sie deutete hinunter in den Hafen. »Doch nur eine kurze Zeit war uns vergönnt, dann kam der Krieg gegen die Engländer, und Malcom vereinte sich mit seinen Ahnen.« Ein wehmütiges Lächeln erschien auf ihrem Gesicht. »Hin und wieder komme ich hierher, wehmütig hoffend, dass er in einem anderen Körper wiedergeboren wurde und an den Ort zurückkehrt, an dem wir so glücklich waren. Aber ich befürchte, er würde mich nicht erkennen, mich wahrscheinlich nicht einmal sehen. Und selbst wenn, wäre es dann das Gleiche?«

Alyiva tat ihr plötzlich leid, und voller Staunen blickte Dana auf die Sídhe. Es wunderte sie sehr, dass sich Feen mit Menschen einließen und eine so lange Zeit um sie trauerten. »Kannst du nicht in der Zeit zurückreisen und verhindern, dass Malcom stirbt?«, fragte sie.

Auf der Stelle verzerrte sich Alyivas Gesicht, und Dana spürte, wie sie von einer Art Druckwelle gegen den Turm gepresst wurde. Sie bekam keine Luft mehr, Panik erfasste sie. Alyivas verzerrte Fratze war ganz nah an ihrem Gesicht, und ihre Stimme donnerte in ihrem Inneren.

»Es ist verboten, die Vergangenheit zu verändern. Ein schändliches Werk würde der verrichten, der es wagt.«

Wie von Geisterhand löste sich der Bann. Alyiva war verschwunden, Dana konnte wieder atmen. Sie rieb sich die Kehle, schüttelte sich und sah sich nach der Sídhe um.

»Was war das denn jetzt?«, wisperte sie in die kalte Nachtluft.

Eilig verließ sie diesen Ort und war froh, als sie zurück in der Jugendherberge war, selbst wenn sich das Schnarchen der Belgierin mittlerweile zu einem Crescendo an unterschiedlichen Grunztönen gesteigert hatte. Trotzdem waren es nicht diese unangenehmen Geräusche, die sie in dieser Nacht nicht schlafen ließen, sondern die Gedanken um Drostan und Áine, Scott und Alyiva sowie die seltsame Warnung der Sídhe, deren kalten Hauch sie noch immer auf ihrer Haut zu verspüren glaubte.

Kapitel 17

Vernunft und Schuldgefühle

Gleich nach dem Frühstück fuhren sie zu Scott. Ohne jegliches Zögern gab er seine Speichelprobe ab, dann sah er Dana auffordernd an. »Wenn ihr möchtet, könnt ihr noch eine Weile bleiben.«

»Nein, ich muss nach Glasgow.« Marc musterte den bärtigen Mann mit hochgezogener Augenbraue, denn obwohl Dana ihm versichert hatte, Scott wäre kein so unangenehmer Zeitgenosse wie anfangs vermutet, traute er ihm offensichtlich nicht.

»Vielleicht bleibe ich noch etwas«, meinte Dana zögerlich.

»Bist du sicher?«, fragte Marc besorgt.

Sie zuckte mit den Schultern, nickte schließlich jedoch.

»Ich kann später das Auto von meinem Nachbarn ausleihen, dann bringe ich Dana …«, Scott zögerte und sah sie an. »Wo schläfst du überhaupt?«

»In der Jugendherberge.«

»Gut, dann bringe ich dich dorthin. Und du sagst Bescheid, wenn das Ergebnis da ist.«

»Ja, mache ich.« Marc umarmte Dana noch einmal und flüsterte ihr ins Ohr: »Sei vorsichtig und melde dich.«

Lächelnd nickte sie und sah ihm durchs Fenster hinterher, wie er den Pfad entlang zurück zum Auto ging und sich immer wieder umdrehte.

»Dein Freund?«, erkundigte sich Scott, wobei er unsicher wirkte. Vermutlich hatte er keine Ahnung, was er mit seiner vermeintlichen und so unverhofft aufgetauchten Tochter anfangen sollte.

»Nein, aber ein guter Freund.«

»Aha. Möchtest du Tee?«

»Ja, gerne.« Sie setzte sich in den Sessel und ließ ihren Blick über die unzähligen Bücher schweifen.

Scott kehrte mit dem Tee zurück und grinste plötzlich. »Tut mir leid, aber ich weiß momentan nicht, was ich sagen soll.«

»Das geht mir genauso. Eine eigenartige Situation.«

Scott nickte, und nachdem Dana kein unverfänglicheres Thema einfiel, erzählte sie von ihrem Traum, in dem sie Drostan hatte sterben sehen, und teilte Scott ihre Überlegungen mit, noch einmal in die Vergangenheit zu reisen.

Scott schüttelte erschrocken den Kopf. »Nein, lass das besser. Du bist einmal heil zurückgekehrt, doch ob dir das ein zweites Mal gelingt, ist äußerst fraglich.«

»Aber ich habe das Gefühl, die Menschen dort im Stich gelassen zu haben. Was ist, wenn mein Traum wahr ist und sie wirklich alle auf brutale Weise starben?«

»Es war ein Traum, in dem du deine Ängste verarbeitet hast«, entgegnete er eindringlich. »Diese Menschen sind ohnehin seit Jahrtausenden tot, daran kannst du nichts ändern. Außerdem, ganz gleich, ob du jetzt meine Tochter bist oder nicht. Ich möchte nicht, dass du in Ruperts irre Pläne mit hineinschlitterst. Möglicherweise lässt er den Broch noch immer bewachen und zwingt dich, für ihn zu arbeiten.«

»Er kann mich ja kaum dazu bringen, zurückzureisen und ihm die Verstecke zu verraten.«

»Er hat so seine Methoden«, entgegnete Scott düster. »Rupert würde sich auch nicht scheuen, deiner Familie etwas anzutun. Deshalb habe ich nie geheiratet, keine Familie gegründet und lebe hier völlig zurückgezogen. Lange Zeit ist es mir gelungen, keine Spuren zu hinterlassen, aber schließlich hat er mich doch gefunden.«

»Puh. Was arbeitest du denn, wenn ich fragen darf?«

»Ich veröffentliche historische Geschichten über diese Insel und das Hochland, allerdings unter Pseudonym. Außerdem schlage ich mich mit Gelegenheitsjobs durch. Rasen mähen, Schafe scheren – was eben so ansteht.«

Dana nickte. Wie es schien, war dieser Rupert tatsächlich ein übler Geselle, und bestimmt war es besser, den alten Broch aus ihren Gedanken zu streichen – wenn das nur so einfach wäre. »Meine Mutter und du, wie war das eigentlich?«, erkundigte sie sich unsicher.

Verlegen fuhr er sich durch die dichten Haare. »Also wenn du jetzt auf eine romantische Highlandliebe hoffst, muss ich dich enttäuschen. Ich lernte sie in einem Pub kennen, fand sie sympathisch und nahm sie nach Kilmartin mit. Wir haben damals wirklich übles Zeug geraucht, ich hatte diesen abstrusen Auftrag von Rionach im Kopf, und dann ist es passiert. Ich habe ... hieß sie nicht Catherine?«

»Katharina«, korrigierte Dana.

»Nun gut, ich habe Katharina danach nicht mehr wiedergesehen, und außerdem hatte ich nach jener Nacht auch ein schlechtes Gewissen, sie in eine solche Geschichte mit hineingezogen zu haben.«

»Bist du nie auf den Gedanken gekommen, meine Mutter zu suchen und zu fragen, ob nicht vielleicht ein Kind entstanden ist?«

»Nein, ehrlich gesagt nicht. Es war doch sehr unwahrscheinlich nach nur einer Nacht! Abgesehen davon war ich zu jener Zeit in ein anderes Mädchen verliebt und habe meine, ähm, Bemühungen eher auf sie konzentriert, allerdings wurde Sarah nie schwanger.«

»Und weshalb kannst du Geister sehen?«

Ratlos hob Scott die Arme. »Das habe ich mich auch schon häufig gefragt. Eine Theorie, wenn auch eine sehr vage, ist, dass meine Familie seit Generationen in der Nähe von Kilmartin lebt. Möglicherweise bin ich ein Nachfahre der keltischen Druiden.«

»Das könnte natürlich sein«, stimmte Dana leise zu, dann trank sie ihren Tee. »Na ja, ich denke, ich gehe dann mal. Ich kann auch den Bus nach Portree nehmen.«

»Na, der fährt nur einmal am Tag«, lachte Scott, dann erhob er sich und sah Dana fragend an. »Also wenn du möchtest, könntest du auch hier bei mir wohnen. Ich müsste im ersten Stock aufräumen und sehr einfach ist das Zimmer auch. Aber zumindest würde es dich nichts kosten.«

Von diesem Angebot war Dana ehrlich überrascht. Ihr Budget war zwar nicht sehr üppig, dennoch lehnte sie ab. »Danke, das ist nett, aber ich glaube, das geht mir im Augenblick zu schnell. Außerdem wissen wir ja noch gar nicht …«

»Natürlich!«, unterbrach Scott sie und wirkte sogar erleichtert. »Wir werden uns wohl ein paar Tage gedulden müssen. Aber wenn du Lust hast, zeige ich dir etwas von der Umgebung. Momentan habe ich wenig zu tun.«

»Ja, das wäre schön«, stimmte sie zu.

Wie versprochen fuhr Scott Dana mit dem klapprigen Landrover seines Nachbarn zurück nach Portree und setzte sie vor der Jugendherberge ab.

»Okay. Ich habe kein Telefon, aber unter dieser Nummer kannst du mir eine Nachricht hinterlassen, wenn du etwas unternehmen möchtest.« Hastig kritzelte er einige Zahlen auf eine alte Tankquittung und reichte sie Dana.

Einen Moment noch musterte Dana ihn, suchte nach einer Ähnlichkeit, fand diese jedoch nicht.

»Gut, danke fürs Fahren«, meinte sie schließlich und sprang aus dem Auto. Dann ging sie in ihr Zimmer und überlegte, was sie mit dem angebrochenen Nachmittag anfangen sollte.

Die folgenden Tage waren für Dana nervenaufreibend. Ständig hoffte sie, dass Marc sich mit dem Ergebnis meldete, aber er vertröstete sie jedes Mal auf den nächsten Tag. Auch ihre Mutter hatte schon mehrfach angerufen, aber Dana hatte ihr lediglich eine E-Mail geschickt, in der sie erklärte, sie bräuchte noch Zeit.

Hin und wieder traf sie sich mit Scott und zog schließlich in eine kleine Pension in Glendale, damit er sich nicht jedes Mal das Auto seines Nachbarn ausleihen musste. Anfangs gingen sie sehr befangen miteinander um. Scott war ein zurückhaltender, teilweise auch kauziger Mann, dem man anmerkte, dass er lange Zeit allein gelebt hatte. Trotzdem fand ihn Dana inzwischen nicht mehr so unsympathisch wie zu Anfang. Als ihren Vater mochte sie ihn sich trotzdem nicht so recht vorstellen. Scott kannte sich gut in der Umgebung aus, führte sie über verborgene Pfade zu versteckten Ruinen und konnte eine Menge über die Insel und ihre Geschichte erzählen. Sogar mit Teàrlach hatte sich Dana inzwischen angefreundet. Auch wenn sie diesem großen Hund nicht völlig traute, so war sie froh, dass er sie nicht mehr anbellte und sich hin und wieder von ihr streicheln ließ. Scott hatte gemeint, er würde von selbst zu ihr kommen, wenn er Lust dazu hätte.

Auf Danas Wunsch hin fuhren sie an einem Tag auch in das Örtchen Tote, zu dem Piktenstein von Clach Ard, der Dana schon bei ihrem ersten Besuch aufgefallen war. Ein frischer Westwind blies ihr durch die Haare, als sie vor dem Relikt stand, das sich – mit einem einfachen Holzzaun umrandet – über dem einsamen Moorland erhob. Der Stein war verwittert, die Gravierungen kaum noch erkennbar, von Wind, Regen und Salzluft zerfressen. Kurzerhand kletterte Dana über den Zaun, obwohl Scott protestierte: »Hey, die Dinger sind nicht ohne Grund eingezäunt.«

Ihr lief ein Schauer über den Rücken, als sie die Markierungen berührte. »Ich kannte den Mann, der ihn gefertigt hat«, flüsterte sie. Plötzlich wurde ihre Kehle eng, sie blinzelte, und Wehmut, Drostan zurückgelassen zu haben, stieg in ihr auf.

»Wirklich?« Jetzt schwang sich auch Scott über die Umzäunung, wobei das Holz bedrohlich ächzte. »Erzähl mir davon.«

Ausführlich berichtete Dana von Drostan und was er ihr über die Zeichen geschildert hatte. Beinahe glaubte sie, seine ruhige

Stimme zu hören, sein Lächeln zu sehen, und auch wenn sie Scott nichts von ihren Gefühlen für den jungen Steinmetz verriet, schien er zu spüren, wie sehr es sie mitnahm, über ihn zu sprechen.

Unsicher legte er ihr seinen Arm um die Schultern, und sie musste zugeben, dass ihr Scotts Trost nicht einmal unangenehm war.

Nach sieben Tagen kannte Danas Ungeduld keine Grenzen mehr. Sie war gerade in dem kleinen Dorfladen von Glendale, als eine SMS eintraf. Sie stammte von Marc, und sie musste tief Luft holen. Er schrieb, die Ergebnisse seien da, aber er könne im Augenblick nicht weg, denn er hätte einen Notfall. Auf der Stelle rief Dana ihn an, doch es ging nur die Mailbox dran.

»Bitte, Marc, mach den Brief auf. Ich will wissen, was los ist«, rief sie so laut in den Hörer, dass sich die meisten Kunden nach ihr umdrehten. Sie ließ den Einkaufswagen einfach stehen und rannte hinaus. Da sie befürchtete, in ein Funkloch zu geraten, traute sie sich nur ein paar Schritte auf und ab zu laufen, doch das Telefon bleib stumm. Schließlich eilte sie, leise vor sich hin fluchend, zu Scotts Haus. Teàrlach kam ihr schwanzwedelnd entgegen, aber Dana tätschelte ihm nur beiläufig den Kopf. Nach kurzem Suchen fand sie auch Scott, der hinter dem Haus Holz hackte. Er wischte sich über die Stirn, als er sie sah, und lächelte sie an.

»Hallo Dana, na, wie geht's?«

»Die Ergebnisse sind da«, erklärte sie ohne Umschweife.

Er versteifte sich und hob fragend die Augenbrauen. Dana ließ sich seufzend auf einem moosbewachsenen Stein nieder. »Marc hat den Brief offenbar nicht geöffnet, und ans Telefon geht er nicht, weil er einen Notfall hat.«

»Oh.« Scott ließ seine Axt sinken, dann runzelte er die Stirn. »Weißt du, wo genau er in Glasgow arbeitet?«

»Ja, ich glaube schon. Er hat etwas vom General Hospital erzählt.«

»Na, dann fahren wir hin!« Scott klatschte in die Hände.

»Wirklich?«, fragte Dana skeptisch.

»Natürlich, ich möchte wissen, was Sache ist, du etwa nicht?«

»Doch, schon«, stimmte sie zu.

Scott rannte ins Haus, kam kurz darauf mit einer sauberen Hose wieder heraus und bedeutete Dana, ihm zu folgen. Mit großen Schritten eilte er durch den Wald zur nächsten Farm, wo er mit Calum, einem runzligen Farmer mit knallroter Nase, sprach. Minuten später hielt er einen Autoschlüssel in der Hand, und sie setzten sich in den verrosteten Landrover, den Dana schon kannte. Wenige Minuten später holperten sie die schmalen Straßen entlang, und die ganze Zeit über blickte sie gespannt auf ihr Handy, aber Marc meldete sich nicht. Flott lenkte Scott das klapprige Fahrzeug über die Hochlandstraßen, und nach gut sechs Stunden Fahrt kamen sie in Glasgow an.

»Ich hasse Städte«, grollte Scott, nachdem sie in einen Stau gerieten. Quälend langsam wälzte sich die Blechlawine durch die größte Stadt Schottlands, aber schließlich erreichten sie das Southern General Hospital. Völlig ungerührt parkte Scott den Landrover im Halteverbot, dann eilten sie auf den Eingang zu und fragten nach Marc. Es dauerte eine Weile, bis die Empfangsdame herausgefunden hatte, wo er gerade beschäftigt war, und schickte sie in den zweiten Stock. Dort erklärte ihnen eine Oberärztin allerdings, Marc sei mit den anderen Studenten bei einer komplizierten OP dabei, die ihn noch einige Zeit in Anspruch nehmen könne.

Also setzten sich Scott und Dana auf die unbequemen Plastikstühle im Gang und warteten. Dana musste schmunzeln, als sie sah, wie Scott verschämt die getrockneten Dreckbrocken an die Wand schob, die sich von seinen groben Wanderstiefeln gelöst hatten. Die Minuten flossen träge dahin, und als nach zwei Stunden das Telefon klingelte, zuckten sie beide zusammen.

»Marc!«, hauchte Dana, hob ab und nickte ein paar Mal, während Scott sie gespannt ansah. »Gut, Marc, wir sind hier bei dir im

Krankenhaus, zweiter Stock gleich neben der Treppe.« Sie nickte noch einmal und legte dann auf. »Er kommt.«

»Na, den Göttern sei Dank«, grummelte Scott. »Ich kann Krankenhäuser noch weniger ausstehen als Städte.«

Wenig später kam Marc um die Ecke, sah sich kurz um und stürzte dann auf Dana zu. »Tut mir leid, aber hier war heute echt die Hölle los. Ich habe gerade erst deine Nachricht abgehört.«

»Schon gut. Wo sind die Ergebnisse?«

Er hielt ihr einen Umschlag entgegen, und obwohl Dana sehnlichst darauf gewartet hatte, zögerte sie nun, ihn an sich zu nehmen.

»Können wir das Ding vielleicht draußen aufmachen?« Auch Scott ruckelte hektisch am Kragen seines grauen Pullovers herum und sah auf einmal ungewöhnlich blass aus.

Marc legte Dana eine Hand auf die Schulter. »In etwa einer Stunde bin ich hier fertig. Ruf mich an, wenn ich kommen soll, okay?«

»Ja, in Ordnung.« Gemeinsam mit Scott ging sie die hallenden Flure entlang und atmete erleichtert auf, als sie an der frischen Luft waren.

Dana schluckte schwer, schließlich riss sie mit zitternden Fingern den Umschlag auf. Nach einem Hilfe suchenden Blick zu Scott las sie die Zeilen eilig durch, dann fand sie das, wonach sie gesucht hatte.

... wird von einer Vaterschaft mit einer Wahrscheinlichkeit von 99,99% ausgegangen.

Dana ließ die Hand sinken und war im Moment nicht in der Lage, einen klaren Gedanken zu fassen.

»Was ist denn jetzt?«, knurrte Scott ungeduldig, und als sie nicht reagierte, nahm er ihr den Zettel einfach ab. Augenblicke später entfuhr ihm ein »Oh«.

Für eine Weile standen sie, ohne ein Wort zu sagen, im Nieselregen, dann legte Scott Dana vorsichtig seinen Arm um die Schultern.

»Sei nicht traurig, ich weiß, ich bin nicht gerade das, was …«

»Darum geht es doch gar nicht«, fuhr sie ihn an. »Meine Mutter hat mich und meinen Vater fast fünfundzwanzig Jahre lang belogen und außerdem …« Tränen schossen in ihre Augen. Sie machte sich von Scott los und lief kopflos davon. Sie hatte keinen blassen Schimmer, wie jetzt alles weitergehen würde. Sollte sie ihrem Vater – Bernhard – reinen Wein einschenken? Es würde ihm das Herz brechen und möglicherweise auch die Ehe ihrer Eltern vor eine große Belastungsprobe stellen, wenn nicht gar zerstören. Sturzbächen gleich rannen die Tränen ihre Wangen hinab und vermischten sich mit dem Nieselregen, als sie an Bernhard dachte, der sie so liebevoll großgezogen hatte, zu dem sie stets mit all ihren Problemen und Sorgen hatte kommen können. Konnte sie es verantworten, ihm so wehzutun, indem sie verriet, dass Scott MacRae ihr leiblicher Vater war. War das eigentlich wirklich von Belang? Sie hatte eine glückliche Kindheit gehabt und bezweifelte, dass dieser düstere Kauz Scott jemals eine größere Rolle in ihrem Leben spielen würde, als Bernhard es tat.

Ganz langsam beruhigte sie sich wieder, dann ging sie zu Scott zurück, der etwas verloren im Regen vor der Eingangstür stand und sich mit Marc unterhielt. Der kam sogleich auf sie zu und nahm sie in den Arm. Dana war froh um den Trost, dann wischte sie sich über die Augen und meinte zu Scott: »Tut mir leid, es geht nicht gegen dich. Es ist nur …«

»Hey, kein Problem.« Er grinste schief. »Ist für mich auch nicht einfach, so plötzlich Vater zu sein.« Dann straffte er die Schultern. »Was haltet ihr davon, wenn ich euch zum Essen einlade – so auf den Schreck?«

Dana und Marc stimmten zu, dann fuhren sie zu einem rustikalen Pub in der Glasgower Innenstadt.

Dana bestellte Fish & Chips, aber richtiger Appetit wollte sich nicht einstellen. Immer wieder musterte sie Scott heimlich und bemerkte sehr wohl, wie auch seine Augen auf ihr ruhten. Marc schlug Dana vor, in seinem Studentenzimmer zu schlafen. Dieses

Angebot nahm sie gern an, während Scott verkündete, er würde sich in der Nähe ein Zimmer nehmen. Dana war sich noch nicht im Klaren darüber, ob sie am nächsten Tag auf die Isle of Skye zurückfahren oder besser gleich nach Deutschland zurückfliegen sollte. Aber was würde sie dort tun? Ihre Eltern mit der Wahrheit konfrontieren?

»Du kannst mein Bett nehmen, ich mache es mir auf dem Sofa bequem«, meinte Marc, als sie in der kleinen Wohnung angekommen waren, die er sich mit einem Studienfreund teilte und die aus nicht mehr als einem Gemeinschaftsraum mit Wohnküche und zwei engen Schlafzimmern bestand.

»Danke, das ist lieb.« Sie ließ sich auf das Bett fallen. »Alles in Ordnung mit dir?«, erkundigte er sich besorgt.

Sie nickte nur stumm, woraufhin er ihre Schulter drückte. »Wenn du reden willst, ich bin da.«

»Danke, Marc, was für ein verrückter Tag.«

Zunächst konnte Dana lange nicht einschlafen, dann wurde sie von wirren Träumen geplagt. Krächzend erhob sich der Rabe über dem Broch, Cron wälzte sich auf schmutziger Erde, verblutete. Mael tauchte auf, und ihre braunen Augen blickten sie Hilfe suchend an. Die Gesichtszüge eines rotbärtigen Kriegers verzerrten sich hasserfüllt, kurz darauf trieb er sein Schwert in Drostans Körper, während erneut Áines Ruf durch Danas Inneres schallte: *Dana, bitte hilf uns!*

Nach Luft ringend fuhr Dana in die Höhe. *Ich muss zurück!*, schoss es ihr durch den Kopf. Irgendetwas sagte ihr, dass die Menschen, die sie in der Vergangenheit zurückgelassen hatte, in Gefahr waren. Natürlich war das bar jeder Logik, denn sie lebten ja ohnehin nicht mehr, aber diese wiederkehrenden Träume mussten einen Grund haben. Eine Weile rang sie noch mit sich, aber irgendwann fasste sie einen Entschluss. Obwohl es weit nach Mitternacht war, ging sie ins Nebenzimmer und rüttelte Marc sanft an der Schulter.

»Hm. Was? Dana?« Er setzte sich verschlafen auf.

»Marc, könntest du mir Antibiotika, Desinfektionsmittel und Schmerzmittel aus dem Krankenhaus besorgen?«

»Hä? Hast du schlecht geträumt?«

»Nein«, log sie.

Als er ihr Platz auf dem Sofa machte, blickte sie ihn ernst an. Vermutlich musste sie jetzt mit der Wahrheit herausrücken. »Marc, was ich dir jetzt erzähle, wirst du für völlig irre halten, aber es entspricht der Wahrheit, und Scott kann zumindest einen Teil davon bestätigen.«

Während der nächsten Stunde, in der Dana von ihrer Reise in die Vergangenheit berichtete, sah sie Marc ganz deutlich an, dass er immer wieder ernsthaft an ihrem Verstand zweifelte. Auch als sie ihm versicherte, er könne Scott morgen über Rionach befragen, stand große Skepsis in seinen Augen.

»Normalerweise müsste ich jetzt meine freundlichen Kollegen mit den hübschen weißen Jacken anrufen«, erwiderte er schließlich.

»Ich weiß, das klingt total verrückt, aber …«

»Du hast damals auf Skye schon mal versucht, so etwas anzudeuten, nicht wahr?«

Dana nickte bestätigend. »Ja, aber du wolltest mir ja nicht glauben.«

»Und Scott hat diesen … Geist auch gesehen?«, wiederholte er.

»Genau, nur konnte er nicht zurückreisen, ich schon.«

»O Gott, Dana, du kannst doch nicht ernsthaft erwarten, dass ich dir das glaube«, stöhnte er. »Brude mac Ungost, Rionach, Domech … das alles klingt wie eine schottische Legende.«

»Und ich habe mal gelesen, ihr Schotten glaubt an Geister und Mythen.«

»Puh, aber das, was du erzählst, ist schon der Hammer.«

»Marc, ich habe mir das nicht ausgedacht, und ich bin auch nicht verrückt. Aber ich muss noch einmal zurück und nachsehen, ob es allen gut geht. Und ich möchte zumindest einige von ihnen mit wirksamer Medizin versorgen.«

Marc stand auf und begann, in dem kleinen Raum auf und ab zu gehen. »Und ich soll die Medikamente klauen – für irgendwelche Steinzeitmenschen?«

»Na ja, Steinzeitmenschen sind es nicht gerade«, stellte sie richtig. »Korrekt wäre wohl eher Eisenzeit!«

Dies quittierte Marc nur mit einem Schnauben und lehnte sich schließlich gegen den Türstock. »Lässt du mich nochmal über die ganze Sache schlafen? Vielleicht kann ich bei Tag eher einen klaren Gedanken fassen.«

Dana nickte verständnisvoll. Natürlich kam Marcs Skepsis nicht überraschend. Dennoch hoffte sie sehr auf seine Hilfe. Vielleicht konnte sie Áine zeigen, wann man Antibiotika verabreichte, wie Desinfektionsmittel verwendet wurden, und ihnen so eine etwas sorgenfreiere Zukunft bescheren. Außerdem konnte sie sich vergewissern, dass sich Mael gut eingelebt hatte.

Am Morgen trat sie Marc erwartungsvoll entgegen. Er tapste gerade aus dem Bad und hatte Ringe unter den Augen.

»O Mann, ich konnte überhaupt nicht mehr schlafen«, stöhnte er. »Die Geschichte, die du mir letzte Nacht aufgetischt hast, ich vermute, ich habe nicht geträumt?«

»Nein, hast du nicht.«

»Das hatte ich befürchtet.«

Sie waren mit Scott zum Frühstück in einem Café verabredet, und Dana sah Marc an, wie viele Fragen ihm auf der Seele brannten. Daher begann sie mit dem heiklen Thema. »Scott, ich habe Marc erzählt, dass du Rionach ebenfalls gesehen hast.«

»Okay, und jetzt will er uns beide einliefern lassen – so von wegen vererbtem Wahnsinn!«

»So ungefähr«, stimmte Dana mit Galgenhumor zu. »Ich möchte noch einmal zurückgehen, Scott.«

»Nein, das darfst du nicht.« Seine große Pranke schoss nach vorne und fasste sie am Arm. »Das ist viel zu gefährlich.«

»Ich habe aber andauernd Albträume. Die Menschen dort brauchen mich.«

»Okay, Marc, liefere sie ein. In einer Anstalt ist sie besser aufgehoben.«

»Scott!«, rief Dana empört.

»Ich habe dir doch von Rupert erzählt«, flüsterte Scott.

»Wer weiß, ob der nicht schon längst aufgegeben hat«, zischte Dana, beugte sich vor und schlug mit der flachen Hand auf den Tisch. »Mein Entschluss steht fest, ich gehe zurück zum Broch.«

Scott brummte einige gälische Worte vor sich hin, die verdächtig nach einem Fluch klangen, dann sah er Dana ernst an. »Also gut, aber ich komme mit. Wir beobachten die Gegend, und ich bleibe bei dir, bis du … na ja, eben verschwindest.«

»Und ich auch«, fiel Marc mit ein. »Das muss ich sehen, bevor ich es glauben kann.«

»Danke, Marc!«, freute sich Dana. »Und die …«

»Gib mir bis heute Abend Zeit, okay?«, unterbrach er sie. »Ich habe heute ab Mittag Dienst. Ich versuche, ein paar Medikamente mitgehen zu lassen, und melde mich dann krank.«

»Du bist toll!« Dana drückte ihm einen Kuss auf die Wange. Zwar keimte nun eine gewisse Angst in ihr auf, besonders vor dem Zaubertrank und seinen Nebenwirkungen, aber gleichzeitig machte sich auch ein Glücksgefühl breit. Drostan, Áine, Mael – sie würde sie alle wiedersehen.

Scott schlug vor, ihr in der Stadt unauffälligere Kleidung zu besorgen, die besser in die damalige Zeit passen würde. Marc dagegen wollte gleich ins Krankenhaus gehen. Er umarmte Dana und meinte ernst: »Überleg es dir nochmal, ja?«

Sie lächelte nur und machte sich dann mit Scott auf den Weg in die Stadt. Sie fanden eine braune Leinenbluse mit ausgestellten Ärmeln, außerdem einen langen, hellen Wollrock und ein kariertes Schultertuch. Natürlich war das alles nicht authentisch, doch immer noch besser als Jeans und Wollpullover. Da bald der Winter einsetzen würde, kaufte Dana zudem Funktionsunterwäsche, die sie vor der größten Kälte schützen würde, Schokokekse für Mael sowie eine dicke Decke und Toilettenartikel, auf die sie nicht verzichten wollte.

»Ich wünschte, ich könnte dich in die Vergangenheit begleiten«, seufzte Scott, als sie vor dem Krankenhaus auf Marc warteten. »Dann könnte ich zumindest aufpassen, dass dir nichts geschieht.«

»Na, na, da werden doch keine Vatergefühle durchkommen«, erwiderte sie, eine Grimasse schneidend.

»Darum geht es nicht unbedingt.« Er legte ihr seine Hand auf den Unterarm. »Mal abgesehen von der Überraschung, dass du meine Tochter bist, bist du ein nettes Mädchen, und ich möchte nicht, dass du Rupert in die Hände fällst. Deine Begabung ist etwas Besonderes.«

»Ja, schon klar«, grummelte sie und musste plötzlich an ihre Eltern in Deutschland denken. Vorhin hatte sie in einem Internetcafé ihrer Mutter eine E-Mail geschrieben und gemeint, sie wolle es ihr überlassen, Bernhard die Wahrheit zu beichten oder nicht. Sie selbst würde für einige Zeit in Schottland bleiben, vielleicht ein paar Wochen, möglicherweise auch länger. Damit hatte sie ihrer Mutter Zeit verschafft, und sie selbst konnte überlegen, wie sie mit der neuen Situation umging.

Kurz nach drei Uhr nachmittags tauchte Marc endlich auf. Er sah sich gehetzt um und ließ sich schnaufend auf den Rücksitz fallen. »Okay, ich habe Desinfektionsmittel und drei Packungen Antibiotika, lies dir den Beipackzettel durch.« Er reichte Dana einen Beutel. »Schmerzmittel habe ich in der Apotheke gekauft. Im Krankenhaus wäre es aufgefallen, wenn eine so große Menge verschwunden wäre.«

»Ich hoffe, du bekommst keinen Ärger, Junge«, meinte Scott besorgt.

Marc schnaubte. »Ich war die ganze Zeit über dermaßen durch den Wind, dass mir meine Oberärztin sofort geglaubt hat, als ich behauptet habe, mir wäre schwindlig geworden. Ich habe mich in den Medikamentenschrank fallen lassen und dabei ist einiges zu Bruch gegangen – aber eben nicht ganz so viel, wie ich behauptet habe.«

Dana schlug sich bei der Vorstellung von Marcs geschildertem Szenario die Hand vor den Mund. »Du bist verrückt, Marc, aber ein toller Freund – Danke!« Sie drückte das Säckchen an sich, das möglicherweise einigen Menschen das Leben retten würde.

Durch die nebelverhangenen Highlands fuhren sie nach Norden, dann nach Westen, wobei Danas Aufregung mit jeder bekannten Abzweigung stieg. Mitten in der Nacht erreichten sie Glenelg. Scott schaltete die Lichter aus, fuhr ganz langsam die Straße ab und stoppte schließlich kurz vor dem Broch. »Ich sehe mich um, ihr wartet«, befahl er.

»Soll ich nicht lieber …«, bot Marc an, aber Scott schüttelte den Kopf.

»Nein.« Schon war er mit der Dunkelheit verschmolzen.

»Puh.« Marc atmete tief durch und musterte Dana. »Ich kann dich nicht dazu überreden, einen Rückzieher zu machen, oder?«

»Nein, ich weiß, dass es richtig ist.«

»Ich kann das alles immer noch nicht glauben.«

»Bald wirst du sehen, dass ich die Wahrheit sage.«

Beide schreckten hoch, als es an der Scheibe klopfte.

»Die Luft scheint rein zu sein«, drang Scotts gedämpfte Stimme zu ihnen herein.

Eilig verließ Dana den Wagen. Ein kalter Wind schlug ihr entgegen. Dunkle Wolken verdeckten immer wieder die Sterne und den zunehmenden Mond.

In der Finsternis gingen sie auf den Broch zu. Als Marc ihre Hand zögernd in seine nahm, fühlte sie sich seltsam getröstet. Es war schön, ihn an ihrer Seite zu haben.

Schon kurz hinter dem Eisentor kam ein Wind auf, und Dana nahm eine Bewegung wahr. Scott hielt so abrupt an, dass Marc von hinten gegen ihn stieß.

»Was ist denn jetzt?«

»Rionach«, flüsterte Dana.

Im hervorbrechenden Mondlicht sah Dana, wie Marc die Augen aufriss. »Wo?«

»Direkt vor uns.«

Mit einem knielangen Lederrock bekleidet, die bloßen Arme von Tätowierungen überzogen und einen Speer in der Hand, stand dort tatsächlich Rionach. Stumm und stolz musterte sie die drei Menschen, bis ihr Blick auf Dana haften blieb.

»Du bist zurückgekehrt.«

»Ja, das bin ich«, antwortete Dana heiser, woraufhin Marc ihr einen verwirrten Blick zuwarf – verständlich, da er den Geist weder sehen noch hören konnte.

»Robert Scott MacRae.« Rionach umrundete den bärtigen Mann, wobei ein zynischer Zug um ihren Mund lag. »Ich hätte nicht gedacht, auch dich wiederzusehen. Du überraschst mich wahrlich.«

»Ich bin nur hier, um auf Dana aufzupassen«, knurrte er.

Rionachs Hand strich über seine Wange, woraufhin er zurückzuckte.

»Und was hat dieser junge Mann hier verloren, dessen Blick ins Leere gleitet und der mich nicht zu sehen vermag?«

»Er … ist ein Freund, der mich begleiten will. Rionach, kannst du irgendetwas tun, damit er glaubt, dass es dich gibt?«

Ein kehliges Lachen entstieg ihrer Kehle, während Marc nur verwirrt von ihr zu Scott sah. Sie berührte seinen Arm, den er sich sofort rieb.

»Das war sie«, erklärte Dana.

»Hm«, brummelte Marc skeptisch.

»Sag ihm, ich lasse die Blätter unter diesem Baum aufwirbeln«, verlangte Rionach.

Dana tat es, und als sich kurz darauf bunte Herbstblätter einem Wirbelwind gleich in die Lüfte erhoben, torkelte Marc nach hinten.

»Das gibt's doch nicht«, stammelte er.

»Folgt mir, der Morgen ist nicht mehr fern, und du musst dich vorbereiten, Dana.« Rionach blitzte sie an. »Diesmal wirst du mir meine Tochter bringen und meinen Auftrag ausführen!«

Nach allem, was sie von ihrem Vater Bernhard erfahren hatte, hatte sie das am allerwenigsten vor, aber Rionach davon zu erzählen, war wohl sinnlos.

»Ich muss noch einmal zurück und nachsehen, ob es ihnen gut geht«, erklärte sie ausweichend.

»Ardan muss Domech töten, und du bringst Mael zu mir«, wiederholte Rionach eindringlich.

»Dana wird tun, was sie für richtig hält«, fuhr Scott die Kriegerin an. »Du hast ihr gar nichts zu befehlen.«

Rionachs Gesicht verzerrte sich zu einer Maske, und plötzlich torkelte Scott zurück, als wäre er gestoßen worden.

Wie es aussieht, hat Rionach doch gewisse Möglichkeiten, auch in dieser Welt ihre Kräfte einzusetzen.

»Was war das jetzt?«, vernahm Dana Marcs dünne Stimme.

»Nichts, nur eine kleine Meinungsverschiedenheit.«

Scott schimpfte auf die Kriegerin ein, aber Rionach lachte bloß und ging mit geschmeidigen Schritten davon.

Dana folgte ihr und grub dann mithilfe der beiden Männer und mit einem flauen Gefühl in der Magengrube die Flaschen aus.

»Was ist das?« Skeptisch hielt Marc eine der verdreckten Flaschen in die Höhe.

»Ein Zaubertrank. Wenn die Morgendämmerung anbricht, kann ich in der Zeit zurückreisen. Ich muss dreimal gegen den Lauf der Sonne die alte Eberesche umrunden. Es wäre nett, wenn ihr mir dabei helft. Dieser Trank macht einen etwas – na ja, schwummrig.«

»Nette Umschreibung«, grummelte Scott und warf einen raschen Blick in Richtung Straße.

Marc war sichtlich besorgt, roch an dem Trank und fragte dann: »Was enthält er?«

Vorsichtshalber murmelte Dana nur etwas von Kräutern, denn über Bilsenkraut und Tollkirschen wäre ihr Freund sicher entsetzt gewesen.

»Wann kommst du zurück?«, wollte Marc wissen.

Unsicher zuckte Dana mit den Schultern. »Das weiß ich nicht. Wenn ich mir sicher bin, dass es allen gut geht.«

»Und wenn deine Aufgabe erfüllt ist«, betonte Rionach, woraufhin Dana die Augen verdrehte. Dann fügte die Kriegerin hinzu: »Ich werde dich zu jenem Zeitpunkt zurückschicken, an dem eine ähnliche Anzahl an Tagen vergangen ist wie in dieser Zeit, das wird es dir leichter machen, kein Misstrauen zu erwecken.«

»Danke.« Auch darum hatte sich Dana bereits Gedanken gemacht.

Scotts Blick wanderte in den Himmel. »Ich schlage vor, ich werde bei jedem Halb- und Vollmond hier auf dich warten. Vielleicht kannst du es einrichten, zu diesem Zeitpunkt zurückzukehren.«

»Also, wenn diese ganze völlig irre Geschichte stimmt, dann ruf mich auf der Stelle an, sobald du wieder hier bist«, verlangte Marc.

»Ja, ganz bestimmt«, willigte Dana ein.

Gemeinsam warteten sie auf das erste zarte Morgengrauen. Angewidert schluckte Dana den Trank, umarmte den sichtlich besorgten Marc und nickte Scott noch einmal zu. Dann schwankte sie um die Eberesche.

In dieser Nacht zweifelte Marc an seinem Verstand. Er hatte die kühle Berührung gespürt, das Wirbeln der Blätter gesehen und mitbekommen, wie sich sowohl Scott als auch Dana mit einem für ihn unsichtbaren Geist unterhalten hatten. Das alles hätte er noch als Illusion abtun können, aber nachdem er jetzt sah, wie Dana, von ihrem Vater gestützt, um den Baum schwankte und auf einmal spurlos verschwand, musste er sich doch hinsetzen. »Wo ist sie hin?«, stammelte er.

Auch dieser starrte ungläubig auf die Stelle, wo Dana sich in Luft aufgelöst hatte, und wandte sich Marc zu. »Über zweitausend Jahre in die Vergangenheit gereist.«

»Verflucht noch mal, das glaubt mir kein Mensch.«

»Du darfst auch niemandem davon erzählen.« Energisch schüttelte Scott ihn an den Schultern. »Niemandem!« Dann fuhr er herum und zischte: »Halt die Klappe, Rionach.«

Marc sah den älteren Mann fragend an.

»Sie hat mich verspottet. Komm jetzt, ich verspreche dir, ich melde mich sofort, sobald ich etwas von Dana gehört habe.«

Nur zögernd verließ Marc den alten Broch. Die Sorge um Dana schnürte ihm die Kehle zu, und er hoffte inständig, bald den Anruf zu bekommen, den er sich schon jetzt ersehnte.

Kapitel 18

Freud und Leid

Abermals hatte Dana das Gefühl, sie müsste sterben. Das Wissen, die verdammten Nebenwirkungen schon einmal überlebt zu haben, machte es auch nicht besser, als sie würgend und zusammengekrümmt am Boden lag. Beständiger Regen durchnässte sie, während sie würgte und würgte. Schließlich stand sie mit weichen Knien auf.

Mächtig und schweigend erhoben sich die beiden Brochs in der Dämmerung eines grauen Morgens. Der Ruf eines Käuzchens hallte von dem Gemäuer wider, eine perfekte Untermalung der düsteren Szenerie. Dana war völlig durchweicht und fror erbärmlich. Deshalb machte sie sich auch auf der Stelle zum Dun Telve auf und nahm keinen Umweg, der ihr plötzliches Auftauchen erklärbarer gemacht hätte. Es dauerte nicht lange, und Krieger, in graue oder karierte Umhänge gehüllt, stellten sich ihr mit Lanzen in den Weg. Sie konnte sich nicht an die Namen erinnern, hatte die beiden Männer und die junge Frau jedoch schon gesehen.

»Ich bin Dana, die *ban-draoidh*«, sagte sie mit zitternden Lippen.

Sofort senkten sie ihre Waffen, und auch wenn die Wachen überrascht schienen, verneigten sie sich.

»Folge uns, Alauna und Brude werden erfreut sein.«

Große Dankbarkeit durchflutete Dana, als sie im Inneren des Brochs ankam. Hier herrschte noch wenig Betrieb. Eine junge Magd entfachte gerade das Feuer in der Mitte des Raumes, und Dana ließ sich erleichtert daneben nieder.

Nur wenig später bekam sie eine Schüssel mit Haferbrei und einen Becher Kräutertee in die Hände gedrückt.

Ein Aufschrei ließ sie aufsehen.

Áine kam auf sie zugerannt, umarmte sie stürmisch und sah sie dann fragend an. »Wo warst du denn die ganze Zeit, Dana? Wir haben uns Sorgen um dich gemacht.«

Natürlich konnte sie nicht die Wahrheit sagen. Daher griff sie zu einer Ausrede, die die Menschen dieser Zeit am ehesten glauben würden. »Die Götter haben mir eine Botschaft geschickt, die besagt, ich müsse eine Weile allein in den Norden gehen und auf eine Vision warten. Dies ist ein wichtiger Teil meiner Ausbildung.«

Voller Ehrfurcht weiteten sich Áines Augen. »Du musst eine besondere *ban-draoidh* sein, wenn die Götter dir schon in deiner Ausbildung solche Visionen schicken.«

Dana lächelte vorsichtig. »Áine – geht es allen gut? Mael, Brude, Alauna – Drostan?«

»Ja, sie sind wohlauf. Alauna konnte sogar Rache an Crons Mördern nehmen.« Eine Träne rollte über ihre Wange. »Er fehlt mir, aber jetzt wird sein Geist in der Anderswelt Ruhe finden.«

Tröstend streichelte Dana ihre Hand. Auch Brude und Alauna zeigten sich erfreut, wenn auch verwundert. Glücklicherweise tolerierten auch sie Danas Erklärung und hießen sie herzlich willkommen. Alauna wies eine Magd an, Dana sogleich frische Kleidung zu bringen, dann verlangten sie jedoch, von ihrer Vision zu erfahren.

»Ich sah Gefahr für euch und euer Dorf«, erklärte sie. Es waren nur Träume gewesen, allerdings passten sie auch zu Rionachs Berichten über die Zukunft.

»Nach deiner letzten Warnung haben wir die Wachen verstärkt«, erwiderte Brude.

»Aber ich sah einige von euch sterben«, flüsterte sie bedrückt.

»Sei gewiss«, er legte seine große, schwielige Hand auf ihren Unterarm, »wir werden sehr achtsam sein. Alle Krieger haben den Befehl, vermehrt die Augen aufzuhalten.«

Dana beließ es dabei.

Nachdem sie gemeinsam gegessen hatten, führte Alauna sie über die düstere Treppe ins zweite Stockwerk. »Du wirst bei den Kriegern schlafen müssen«, entschuldigte sie sich, »denn eine der Außenkammern möchte ich dir nicht zumuten. Der Winter naht, und der Platz wird knapp.«

Die Aussicht, mit stinkenden, schnarchenden Kriegern in einem Raum schlafen zu müssen, kam Dana nicht sehr verlockend vor, daher fragte sie: »Vielleicht sollte ich doch besser diese Außenkammer nehmen.«

Sichtlich verdutzt fuhr Alauna herum. »Die sind beengt, kalt und nur für die Diener.« Sie deutete auf eine nicht einmal schulterhohe Einbuchtung am Ende der Treppe, woraufhin Dana sich räusperte. Sie konnte sich vorstellen, wie unangenehm, feucht und kühl es dort in der kalten Jahreszeit sein musste.

Also doch schnarchende Krieger, aber dafür ein Feuer, dachte sie und folgte Alauna ins Innere. Auf einer Steinplatte im Mittelpunkt des runden Raumes befand sich eine erkaltete Feuerstelle. »Áine soll später ein Holzgestänge und Decken bringen, dann hast du Platz für dich.« Damit schien die Sache für Rionachs Mutter erledigt zu sein, und sie rauschte aus dem Raum.

Dana sah sich genauer um und entdeckte neben einigen unordentlichen Schlafstätten aus Stroh im hinteren Teil auch abgeteilte Bereiche, die durch zugezogene Decken zumindest ein Mindestmaß an Privatsphäre boten, und war froh, etwas Ähnliches erwarten zu dürfen.

»Na gut«, sagte sie zu sich selbst, »dann werde ich mal nach Mael sehen.« Auch wenn sie sich lieber zuerst umgezogen hätte, setzte sie ihr Vorhaben sofort in die Tat um. Vorsichtshalber nahm sie ihren Beutel mit, denn sie wollte vermeiden, dass am Ende noch jemand hineinsah und sich über den eigentümlichen Inhalt wunderte.

Draußen stürmte und regnete es nun so stark, dass Dana schon überlegte, ihren Besuch auf den nächsten Tag zu verschieben.

Doch da sie ohnehin schon nass war, biss sie die Zähne zusammen und rannte über den schlammigen Dorfplatz. Kaum jemand zeigte sich draußen, aber nach nur wenigen Schritten Entfernung konnte sie eine Gestalt auf einem Pferd ausmachen. Unerbittlich trieb sie das arme Tier durch den Matsch, zielte mit einem Speer auf eine Zielscheibe aus Stroh und zog die Waffe dann wieder heraus. Dana kniff die Augen zusammen und glaubte, Ardan zu erkennen. Die ungepflegten Haare und der Schnurrbart hingen ihm klatschnass vom Kopf, die Hose mit Schlamm bespritzt.

»Völlig irre der Typ«, brummelte sie vor sich hin. Nachdem sie endlich Bregas Hütte erreicht hatte, war ihre äußere Erscheinung auch nicht viel ansehnlicher als Ardans. Hastig klopfte sie an und wurde nach einem: »Komm doch herein!«, beinahe von einer Windböe ins Innere geworfen.

In dem Rundhaus saßen zwei Jungen im Alter von acht und vielleicht knapp zwanzig Jahren ums Feuer, Mael spielte in einer Ecke mit Steinen, und Brega hockte neben einem weiteren Jungen, der auf einem Strohbett lag.

»Dana!«, rief sie überrascht aus und erhob sich eilig.

Auch Mael hielt in ihrem Spiel inne und sah erwartungsvoll zu ihr herüber. »Lade?«, fragte sie schüchtern. Dana eilte zu ihr, streichelte ihre Wange und flüsterte ihr zu: »Später!«

»Das ist das erste Mal, dass sie gesprochen hat«, wunderte sich Brega.

Dana fiel auf, wie müde und abgearbeitet die Frau aussah. »Hat sich Mael denn nicht gut eingelebt?«, erkundigte sie sich.

Seufzend hob Brega ihre mageren Schultern. »Doch. Sie isst, sie gehorcht und mag es, wenn ich ihr Geschichten erzähle, aber sie spricht nicht mit uns und beteiligt sich auch sonst nicht am Geschehen in unserer Familie. Leider hatte ich während der letzten Tage auch kaum Zeit«, fügte sie entschuldigend hinzu. »Lutrin ist krank.«

»Das tut mir leid.« Dana trat zu dem Jungen, der sich fiebrig auf seinem Strohbett hin und her warf. »Was fehlt ihm denn?«

»Er hat über Halsschmerzen geklagt, dann wollte er kaum noch etwas essen. Und hohes Fieber plagt ihn auch. Leider helfen ihm Domechs Tees und Umschläge nicht.« Brega klang sehr besorgt.

Vielleicht war das Danas erste Chance, zu helfen. Andererseits überlegte sie, ob sie ihre wertvollen Medikamente tatsächlich einsetzen sollte, da sie nicht wusste, ob diese Krankheit lebensbedrohlich war. Allerdings fühlte sich Lutrins Stirn wirklich ungewöhnlich heiß an, als sie ihre Hand darauf legte. »Wie lange geht das denn schon?«

»Vier Tage und vier Nächte.«

»Zeig mir deine Zunge, Lutrin«, bat Dana.

Der Junge stöhnte leise, hob dann mithilfe seiner Mutter den Oberkörper an, und Dana konnte in seinen entzündeten, eitrigen Rachen sehen. Ein übler Geruch schlug ihr entgegen, sodass sie das Gesicht verzog. Dana erinnerte sich an ihre Schwester. Als diese eine Mandelentzündung gehabt hatte, hatte das ähnlich ausgesehen. Sofern sie sich erinnerte, hatte Laura damals Antibiotika nehmen müssen.

Dana kramte in ihrem Bündel, drückte zwei Tabletten aus der Verpackung und überreichte sie dann Brega. »Gib ihm die hier zweimal am Tag. Morgen bringe ich dir neue.«

»Was ist das?«, wunderte sich die Frau und besah die Medizin mit unverhohlener Skepsis.

»Zauberkugeln«, war das Erste, was Dana einfiel. »Sie helfen Lutrin, gesund zu werden. Er muss über zehn Tage jeweils zwei davon nehmen.« Sie gedachte Brega jeden Tag nur zwei Tabletten zu geben, damit diese nicht versehentlich in falsche Hände gelangten.

Ehrfürchtig nickte Brega, steckte sie, so wie Dana es ihr sagte, ihrem Sohn in den Mund und zwang ihn dann, einen Becher voll Tee zu trinken.

Nachdem Lutrin versorgt war, wandte sich Brega erneut Dana zu. »Es ist schön, dich wieder bei uns zu wissen.«

Sie lächelte und setzte sich zu Mael, die nach kurzem Zögern zu ihr auf den Schoß kletterte. Dana blieb noch eine Weile und wartete ab, bis der Regen nachgelassen hatte, dann machte sie sich auf den Rückweg zum Broch. Ihr Blick wanderte den Berg hinauf, wo sich Dun Troddan über die Baumwipfel erhob, und so gerne sie Drostan besucht hätte, plötzlich traute sie sich nicht. Unschlüssig blieb sie zwischen zwei Rundhäusern stehen, und ehe sie sich doch noch ein Herz fassen konnte, kam ihr Ardan entgegen. Von oben bis unten mit Schlamm bespritzt, trug er ein ebenso schmutziges Zaumzeug und einen Sattel über dem Arm. Als er Dana erkannte, zog er lediglich kurz die Augenbrauen in die Höhe und nickte ihr zu.

Er ist wohl vom Pferd gefallen, dachte sie mit leiser Schadenfreude, *geschieht ihm recht!*

»Ich habe gerade deine Tochter besucht«, rief sie ihm hinterher.

Ardan hielt inne, und als er sich zu ihr umdrehte, wirkte sein Gesichtsausdruck noch verschlossener. »Hast du das also?«

»Ist das alles, was du zu sagen hast?«

»Was sollte ich denn sagen?«

Zorn kochte in Dana hoch. Sie stemmte ihre Hände in die Hüften und starrte ihn herausfordernd an. »Zum Beispiel könntest du dich erkundigen, wie es ihr geht.«

»Wie geht es ihr denn?«

»Sie vermisst ihre Eltern.«

Dana bemerkte, wie sich Ardans Kiefermuskulatur anspannte, Regentropfen rannen über sein schmutziges Gesicht, aber er sagte keinen Ton, sondern wandte sich einfach ab und ließ sie fassungslos zurück.

»Kotzbrocken!«, knurrte sie auf Deutsch. Sie verstand nicht, warum Ardan überhaupt kein Interesse an Mael zeigte. Natürlich war er ein Krieger, und möglicherweise wusste er auch wirklich nicht, wie er mit einem Kleinkind umgehen sollte, aber dass er sie so vollständig ignorierte, brachte sie schlicht und einfach auf die Palme. Wüste Flüche ausstoßend, stapfte sie Ardan hinterher. Der verbissene Krieger warf seinen Sattel vor die Füße eines Jungen.

»Mach ihn sauber«, raunzte er, ohne den Jungen auch nur eines Blickes zu würdigen, bevor er im Inneren des Brochs verschwand.

Auch Dana beeilte sich, zum Eingang zu gelangen, und schreckte zurück, als plötzlich Drostan vor ihr stand. Ein freudiges Lächeln im Gesicht, die Arme vor der Brust verschränkt, lehnte er in der Öffnung zum Turm.

»Dana.« Sie hätte niemals gedacht, dass jemand so viel Gefühl in ein einziges Wort legen konnte. Aufrichtige Freude, Zärtlichkeit und auch ein Hauch von Unsicherheit spiegelten sich darin wider, und das Gleiche war ebenfalls in seinen sanften graublauen Augen zu lesen. Er breitete die Arme aus, trat einen Schritt auf sie zu und seufzte erleichtert, als sie seine Umarmung geschehen ließ.

»Ich habe dich vermisst.«

»Ich dich auch.« Vielleicht wurde ihr erst jetzt bewusst, wie ernst sie das meinte, aber das Wiedersehen mit ihm fühlte sich wunderbar an. Trotzdem machte sie sich vorsichtig von ihm los. »Woher wusstest du, dass ich hier bin?«

Ein Schmunzeln erhellte sein Gesicht. »Das habe ich gespürt.« Als sie kritisch die Stirn runzelte, gab er zu: »Áine hat Mehl zu uns gebracht und mir von deiner Rückkehr erzählt.«

»Ach so.« Dana blickte ein wenig befangen auf ihre Füße, dann sah sie wieder zu Drostan auf.

»Wirst du mich morgen besuchen kommen, Dana?«

»Ja, sehr gern«, erwiderte sie, woraufhin Drostan über ihre Wange strich und sich dann beschwingten Schrittes auf den Heimweg machte.

Bin ich denn völlig irre?, dachte sie, während sie ihm hinterherschaute. *Ich kann mich doch nicht ernsthaft in ihn verliebt haben!* Nichtsdestotrotz verspürte sie ein wohliges Kribbeln ihrem Bauch, als sie daran dachte, Drostan am nächsten Tag wiederzusehen.

Kapitel 19

Wintersonnenwende

Wie selbstverständlich wurde Dana wieder in den Clan aufgenommen und lernte auch Bannatia kennen, die Enkeltochter von Alauna und Brude und Tochter der verstorbenen Tamia. Bannatia war ein quirliges, selbstbewusstes Mädchen mit rotblondem Haar und überschäumendem Temperament, das sich besonders im Übungskampf zeigte.

Jetzt im Spätherbst herrschte rege Betriebsamkeit. Junge Männer und Frauen wurden auf die Hochweiden geschickt, um Vieh ins Tal zu treiben, Lebensmittel durch Räuchern, Trocknen oder Einsalzen haltbar gemacht, und abends am Feuer, während die Alten Geschichten zum Besten gaben, nähten Frauen neue Kleider und Männer besserten ihr Pferdegeschirr aus. Endlich bekam Dana auch einen Einblick in die Herstellung der kurzen Fackeln, über die sie sich schon bei ihrem ersten Besuch gewundert hatte. Getrocknete Binsen wurden von ihrer äußersten Rinde befreit, gebündelt und anschließend in eine Mixtur aus Hammelfett und Bienenwachs getaucht und danach zum Trocknen ausgelegt. Áine erklärte ihr stolz, dass die Fackeln, seitdem sie Bienenwachs hinzufügten, sehr viel länger hielten als in früheren Zeiten.

Beinahe hatte Dana das Gefühl, zu Hause zu sein. Hin und wieder ertappte sie sich bei dem Gedanken, sie könnte tatsächlich Tamias Wiedergeburt sein, aber hätte sie dann nicht tiefere Gefühle für Bannatia hegen müssen? Sie mochte das Mädchen, aber wenn sie ihre Tochter gewesen wäre, hätte sie doch anders für sie empfinden müssen.

An manchen Abenden fand sie Gelegenheit, einen Spaziergang mit Drostan zu machen, und war verwundert darüber, wie gut sie sich verstanden – und das obwohl sie aus einer völlig anderen Zeit kam. Außerdem versuchte Dana, sich möglichst viel um Mael zu kümmern. Nachdem Bregas Sohn nach kurzer Zeit genesen war, war diese voller Dankbarkeit. Dana hatte Brega gebeten, Stillschweigen über die vermeintliche Zauberkugeln zu bewahren, um nicht Domechs Misstrauen zu erregen, und wie es aussah, hielt sich Brega auch daran. Noch gab sich Mael sehr schüchtern, aber sie freute sich spürbar, wenn Dana zu ihr kam und Schokolade mitbrachte oder am Fluss mit ihr spielte.

Als der Winter unaufhaltsam ins Land zog und mit ihm die Orkane, die einem den Atem raubten, Regen, Schnee und Eis über das Hochland peitschten, erwog Dana ernsthaft, in ihre Zeit zurückzukehren. Sie fürchtete sich vor den Wintermonaten in dem kalten Broch. Manchmal glaubte sie gar, das Heulen von Wölfen in der Ferne zu hören, und auf Nachfragen hin bestätigte sich sogar ihr Verdacht. An kalten Tagen war es nicht ungewöhnlich, dass Wildtiere sich bis ins Tal wagten und sogar Schafe oder Rinder rissen. Trotz all der Unannehmlichkeiten und Gefahren blieb Dana dennoch, denn tief in ihrem Inneren spürte sie, sie musste zumindest bis zu jenem schicksalhaften Tag bleiben, an dem Mael von den Nordmännern geraubt wurde – selbst wenn das bedeutete, bis zum nächsten Herbst hier ausharren zu müssen.

An dem ersten frostigen Wintertag wurde Dana von lautem Muhen geweckt. Dass die Tiere nun in Pferchen nahe dem Dorf untergebracht waren, daran hatte sie sich mittlerweile gewöhnt. Aber als sie die Treppe hinabstieg, drang ihr ein animalischer Geruch in die Nase und die Schreie der Tiere wurden noch intensiver.

»Was ist denn hier los?«, erkundigte sie sich bei Áine.

»Die Kühe werden für den Winter ins Innere des Turmes getrieben.« Dana musste ihre Verwirrung offen ins Gesicht geschrieben stehen, denn Áine fragte verdutzt: »War es in deinem Heimatdorf nicht üblich?«

»Ähm, nein.« Auf die Schnelle fiel Dana nichts Besseres ein, aber Áine schien regelrecht entsetzt.

»Dann muss es furchtbar kalt in euren Häusern sein, oder wart ihr so arm, dass ihre euch kein Vieh leisten konntet?«, wollte sie voller Mitleid wissen.

»Nein, arm waren wir eigentlich nicht.« Schnell wechselte sie das Thema. »Ich habe Hunger, gibt es schon etwas zu essen?«

Áine nickte, begleitete Dana in den ersten Stock, wo eine Reihe Krieger am Feuer saß, und gab ihr eine Schüssel voll Getreidebrei, an den sie sich inzwischen sogar gewöhnt hatte.

Im Laufe der nächsten Tage lernte sie, dass alle Familien ihr Vieh während des Winters in die untersten Stockwerke ihrer Rundhäuser trieben und selbst in den obersten Stock zogen. Dana musste zugeben, dass die Tiere eine nicht zu unterschätzende Wärme abstrahlten, aber der Gestank war gewöhnungsbedürftig. Überhaupt erstaunte es sie, wie wenig Wind und Kälte durch die Mauern drangen. Die doppelten Wände isolierten den Turm erstaunlich gut, und mithilfe von Decken und Fellen ließen sich auch niedrige Temperaturen aushalten. Trotzdem war sie heilfroh über ihre wärmende Unterwäsche, die sie tunlichst vor den anderen verbarg. Ohne diesen kleinen Luxus hätte sie bei den Arbeiten im Freien vermutlich erbärmlich gefroren, obwohl sie Wollkleider und Pelze von Alauna bekommen hatte.

Da die Tage nun sehr kurz waren, spielte sich das Leben hauptsächlich im Turm ab. Mit bewundernswerter Disziplin absolvierten die jungen Kriegerinnen und Krieger trotzdem bei jedem Wetter ihr Kampftraining, aber bald saßen sie dann wieder am Feuer, lachten, diskutierten, sangen oder vertrieben sich die Zeit mit einem Spiel aus Knochen, das Dana auch nach mehrfachen Erklärungen nicht verstand. Häufig besuchten sich die Herrscherfamilien der beiden Brochs gegenseitig und Abende mit Musik und Heldengeschichten vergangener Tage vertrieben die Kälte und Düsternis.

Eines Tages stand Brude vor ihr. »Mein Bruder hat uns zum Essen eingeladen. Möchtest du uns begleiten?«

Dana saß am Feuer und mühte sich damit ab, einen ihrer Röcke zu flicken, wobei sie sich schon mehrfach mit der Knochennadel in den Finger gestochen hatte. Eigentlich war sie um die Ablenkung ganz froh, andererseits hörte sie das Heulen des Sturmes und das beständige Plätschern des Regens. »Ich weiß nicht«, begann sie daher zögernd.

Brude beugte sich zu ihr hinab, sah sich um, ob jemand zuhörte, und flüsterte dann: »Ich möchte dir etwas zeigen.«

Nachdem er so eindringlich klang, erhob sie sich seufzend. »Warte, ich muss noch meinen Umhang holen.«

»Den wirst du nicht benötigen.« Bevor Dana zu einer Erwiderung ansetzen konnte, fasste er sie am Arm und nickte nachdrücklich. Also folgte sie ihm die Treppe hinab. Der Geruch der eingesperrten Tiere war überwältigend, und Dana hielt unwillkürlich die Luft an.

»Brude, was …«, setzte sie an, während er sie durch die Kuhleiber schob und dann eine Steinplatte vom Boden löste.

Dana staunte, als eine Öffnung sichtbar wurde, an deren Ende eine Fackel leuchtete. »Alauna ist bereits vorgegangen.«

Ein Geheimgang, schoss es ihr durch den Kopf, und jetzt wurde ihr auch klar, weshalb Nectan, Scetis und auch Domech manchmal völlig unverhofft im Broch auftauchten.

Bedächtig stieg Brude die schmale, steile Steintreppe hinab, und Dana folgte ihm. Unten war es kühl, feucht und muffig. Außerdem war der Gang sehr niedrig, denn sie musste den Kopf einziehen. Auch Brude ging vornübergebeugt. Zum Glück wurde der Gang bald etwas höher. Im flackernden Schein von Brudes Fackel bemerkte Dana, dass das finstere Gebilde teilweise mit dicken Balken abgestützt, teils auch direkt aus dem Stein gehauen war. Spinnweben hingen von den Wänden herab, und als irgendetwas – vermutlich eine Ratte – über ihre Füße huschte, konnte sie nur mit Mühe einen Schrei unterdrücken. Einerseits fühlte sie sich geehrt, dass Brude ihr den Geheimgang zeigte, andererseits fürchtete sie, die Wände könnten einbrechen, denn Teile der Holzkonstruktion sahen nicht allzu Vertrauen erweckend aus. »Vor ungefähr fünfzehn Sommern konnten wir diesen Gang fertig stellen«, erzählte Brude unterwegs. Seine Stimme klang hohl und dumpf. »Es war Nectans Einfall, denn er war es leid, im Winter immer mit nassen Füßen bei uns anzukommen. Daher haben wir von beiden Seiten angefangen zu graben und die Gänge schließlich zusammengeführt. In Notzeiten können wir uns zudem gegenseitig versorgen, falls einer der Brochs belagert wird, und auch einen Teil unserer Schätze haben wir hier in geheimen Kammern versteckt.«

»Das ist sehr nützlich«, stimmte Dana zu, wich einer dicken Spinne aus und verzog das Gesicht.

Sie war sehr erleichtert, als sie endlich eine weitere Steintreppe erreichten. Hier kamen sie nicht im unteren, von Rindern bevölkerten Teil des Brochs heraus, sondern in einer der Seitenkammern, die sich zwischen dem äußeren und inneren Mauerring befanden.

Nectan empfing sie mit einer seiner herzlich derben Umarmungen und führte sie in den ersten Stock des Brochs, wo ein üppiges Festmahl serviert wurde.

Irgendwann fiel Dana etwas auf. Stets richtete Drostan es so ein, dass während gemeinsamer Mahlzeiten kein anderer Krieger neben ihr saß. Er war sehr aufmerksam, verwöhnte sie mit kleinen Leckereien und immer wieder berührte er sie wie zufällig. Sie musste sich selbst eingestehen, sich in seiner Anwesenheit wohlzufühlen. Domech dagegen blieb ihr rätselhaft. Der Druide tauchte häufig wie aus dem Nichts zwischen Bäumen oder Büschen auf, schien Dinge zu wissen, die er gar nicht wissen konnte, und Áine war der felsenfesten Überzeugung, er hätte das zweite Gesicht.

Zur Wintersonnenwende wurden überall zwischen den Häusern große Feuer entzündet, alle Gebäude waren mit immergrünen Zweigen und Misteln geschmückt worden. Die Flammen der Feuer verliehen den Festlichkeiten eine geheimnisvolle, aber auch gespenstische Atmosphäre. Dick eingepackt in Wollkleider und Felle liefen Frauen, Männer und Kinder mit fröhlichen Gesichtern umher. Die kürzesten Tage waren endlich vorüber, man freute sich auf den Frühling.

Die Feier kam Dana wie ein großer Jahrmarkt vor. Im Gegensatz zu den im Winter üblichen kargen Mahlzeiten wurde heute überall geschlemmt. Ganze Schafe brieten über dem offenen Feuer, der verführerische Geruch nach frischem Brot lag in der Luft.

Mit einem gebratenen Moorhuhnschenkel in der Hand schlenderte Dana durch die Menschenmenge und lauschte eine Weile fasziniert drei jungen Frauen – unter ihnen Áine –, die mit ihren hellen Stimmen eine alte Weise vom Ende des Winters und von der Göttin Dana sangen. Ihre Namensvetterin war die Allmutter, die in der längsten Nacht des Jahres das Sonnenkind gebärt und somit der Welt das Licht zurückbringt. Ganz verzaubert genoss Dana das Lied und schlang ihr dickes Bärenfell um sich.

Als sich eine Hand von hinten auf ihre Schulter legte, drehte sie sich erschrocken um und blickte in Drostans Gesicht. Während der kalten Jahreszeit hatte er sich einen Bart wachsen lassen, was ihn etwas älter erscheinen ließ.

»Möchtest du heißen Honigwein?«

»Sehr gerne.« Dankbar wärmte sich Dana ihre Hände an dem bronzenen Trinkbecher. Süß und schwer rann der köstliche Trank ihre Kehle hinab.

Drostan stand ganz dicht hinter ihr, schützte sie mit seinem Körper vor dem kalten Wind, und Dana stellte fest, dass es ihr sogar angenehm war, als er seinen Arm um sie legte.

»Kommst du später hinauf zu unserem Broch? Es würde mich freuen, wenn du mit mir tanzt.«

Dana nickte stumm, sah in seine blaugrauen Augen, in denen sich das Feuer spiegelte, und ein wohliger Schauer durchlief sie. Als später Nectan auftauchte und Drostan in Beschlag nahm, verspürte Dana leises Bedauern. So gesellte sie sich zu Áine und deren Schwester Geda.

Áine, vermutlich hatte sie dem Met schon mehr zugesprochen, als für sie gut war, meinte grinsend: »Sicher wird Drostan bald offen um dich werben.«

»Ach was.« Zu ihrem Ärger spürte Dana, wie ihre Wangen rot zu glühen begannen, aber im Feuerschein bemerkte das wohl niemand.

»Er sieht ständig zu dir herüber«, steuerte Geda bei, wobei sie Áine kichernd in die Seite stieß.

»Drostan ist Steinmetz und somit ein angesehener Mann.« Weiter kam Áine nicht, denn Domech trat zu ihnen. Er war ganz in einen grauen Pelzumhang gehüllt, dessen Kragen bis über die Ohren reichte. »Morgen werden wir mit den Räucherungen beginnen«, wandte er sich an Dana. »Ich habe Zweige bringen lassen.«

»Räucherungen.« Dana schluckte schwer, aber als Domechs Auge sie strafend musterte, traute sie sich nicht, weiter nachzufragen. Sie war erleichtert, als er sich zu Áines Schwester herumdrehte, die unter seinem Blick zu schrumpfen schien. »Lass dich nicht mit Unen ein, er ist einer Nichte von Nectan versprochen«, mahnte er.

Die junge Geda riss ihre Augen auf, schnappte nach Luft und hielt sich schwankend an ihrer Schwester fest, als Domech wie ein düsterer Schatten davonhumpelte.

»Niemand konnte das wissen, wir waren stets allein, wenn wir uns trafen«, wisperte sie.

»Ich sage doch, er sieht alles«, raunte Áine.

Noch immer folgten Danas Augen dem unheimlichen Druiden, dem jeder sogleich Platz machte, und sie fragte sich ernsthaft, ob er möglicherweise Gedanken lesen konnte.

Zum Glück war der Druide bald vergessen, und Dana, Áine und Geda wandten sich wieder dem Essen und Wein zu. Dem Stand des Mondes nach musste es schon weit nach Mitternacht sein, als die drei jungen Frauen sich zum Broch am Berg aufmachten. Dort wurde laute Musik mit Trommeln und Flöten gespielt. Halbwüchsige Krieger grölten unflätige Liedtexte, und Frauen und Männer tanzten ausgelassen und trotz der Kälte teilweise nur spärlich bekleidet ums Feuer. Es dauerte nur ein paar Lidschläge, dann gesellte sich Drostan zu Dana.

»Du bist gekommen«, freute er sich, zog sie mit in den Kreis, und so tanzte auch Dana im flackernden Feuerschein und feierte das Ende der dunkelsten Jahreszeit. Die Musik, das ausgelassene Miteinander, der Honigwein, der durch ihre Adern pulsierte, und Drostans mitreißendes Lachen – das alles ließ Dana dieses Fest wie in einem Rausch erscheinen. Obwohl sie weder die Tänze kannte – mal tanzte man in einer langen Reihe ums Feuer, mal wirbelte sie Drostan oder einer der anderen Krieger durch die Gegend –, fühlte sie sich plötzlich als Teil eines großen Ganzen. Diese Menschen hier stellten eine wirkliche Gemeinschaft dar, sie arbeiteten hart, zogen gemeinsam in den Kampf, trotzten den Elementen und rangen dem rauen Land ihre Nahrung ab. Aber an Tagen wie diesen erfreuten sie sich des Lebens. Hier machte sich niemand Gedanken um Altersvorsorge, Finanzkrisen oder eine schlechte Wirtschaft. Ein lautes Lachen entstieg Danas Kehle, als ihr dies durch den Kopf schoss. Heute war das Leben schlicht und einfach schön. Es gab genug zu essen, man feierte gemeinsam, und was morgen kam – das konnte warten, bis dieser Tag vorüber war.

Bis in den frühen Morgen dauerte das Fest an. Müde, angeheitert und von einer angenehm bleiernen Schwere erfüllt, schwankte Dana irgendwann in tiefster Dunkelheit gemeinsam mit Áine und einigen anderen Frauen und Männern zurück zu Alaunas Broch. Dieses Fest würde sie in ihrem ganzen Leben niemals vergessen.

Erfreulicherweise stellte sich das Ritual am nächsten Tag als weniger kompliziert heraus, als Dana gedacht hatte, und sie war auch nicht allein. Mehrere Frauen und Männer zündeten immergrüne Zweige an und räucherten damit den gesamten Broch aus, wobei sie leise Melodien vor sich hin summten, die sie einfach übernahm. Verwundert war sie, als auch während der folgenden Nächte im Freien gefeiert wurde. Nicht mehr ganz so ausschweifend, aber dennoch erfüllten Gesang und das Prasseln der Winterfeuer noch weitere zwölf Nächte lang das Tal, bevor erneut winterliche Ruhe einkehrte.

Während die kalten Wintertage ins Land zogen, war Dana gespalten zwischen dem Wunsch, in ihre Zeit zurückzukehren, und dem Gefühl, noch bleiben zu müssen. Sie sehnte sich nach einem heißen Bad, einer beheizten Wohnung, regelmäßigem, nahrhaftem Essen, und vor allem ihren Eltern gegenüber plagte sie ein schlechtes Gewissen. Ihre Mutter musste sich große Sorgen machen und lebte vermutlich in der ständigen Furcht, Dana könnte ihrem Vater etwas verraten. Allerdings war Danas Wut mit der Zeit ein Stück weit verraucht. Tatsächlich war es doch sehr unwahrscheinlich gewesen, dass der einmalige Ausrutscher Folgen gehabt hatte, und ihre Eltern hatten stets eine sehr harmonische Ehe geführt. Scott war zwar ein etwas schräger Vater, an den sie sich noch würde gewöhnen müssen, aber wie auch immer das Ganze sich entwickeln mochte, an ihren Gefühlen zu Bernhard würde es nichts ändern, denn er war der Mann, der sie aufgezogen hatte.

Also fügte sich Dana weiter in das Leben im Broch ein, ignorierte die mangelnde Hygiene und kam auch mit dem knapper werdenden Essen zurecht, wobei im Haushalt von Alauna und Brude noch vergleichsweise üppige Speisen zu finden waren. Vermutlich wäre vieles von dem, was der Clan noch mit Begeisterung verspeiste, bei Dana im Biomüll gelandet. So gut es ging, vermied sie es, halb vergammeltes Gemüse zu essen, aber nicht immer war es ihr möglich. Wenn sie an Bregas Familie dachte, die sich inzwischen fast ausschließlich von Getreidebrei ernährte, setzte sie ihre Maßstäbe, was gutes Essen betraf, ohnehin deutlich niedriger an. Immer wieder brachte Dana Mael und den anderen Kindern Fleisch oder Brot vorbei, und Brega dankte ihr dies mit aufrichtiger Freundschaft und Zuneigung.

Sehr traurig machte es Dana, wie viele der Alten oder Schwachen während der kargen Zeit starben. Der uralte Coll lag eines Tages einfach leblos auf seinem Lager. Vermutlich war es ein sanfter und angenehmer Tod gewesen, dennoch fehlte er ihr fortan, seine Geschichten und sein Lächeln, das er ihr oft zugeworfen hatte. Auch mehrere Säuglinge überlebten diesen Winter nicht, und auch wenn sich die Eltern grämten, so schien es doch etwas Normales zu sein, das einfach zum Leben gehörte – so schwer es für Dana zu begreifen war.

Obwohl Dana keine Möglichkeit hatte, die Zeit zu messen, bemerkte sie irgendwann, dass der Frühling nahte. Die Luft roch frischer, Eis und Schnee zogen sich zurück. Man spürte förmlich, wie alles von neuem Leben erfüllt wurde. Hier und da spross schon das erste Gras, die Tiere wurden unruhig und drängten ins Freie. Zwischen den Kriegern brachen mehr und mehr Streitigkeiten aus, die auch Brude häufig kaum noch schlichten konnte. Ganz besonders die heranwachsenden Männer wollten sich jetzt wohl beweisen, ihr Schwert schwingen, in den Kampf ziehen. Für Dana war das nur schwer nachvollziehbar, aber schließlich war dies eine Zeit, in der es viel galt, sich als Krieger hervorzutun.

Kapitel 20

Liebe und Tod

Dana freute sich über die ersten wärmeren Tage, an denen das mager gewordene Vieh ins Freie getrieben wurde, Frauen ihre Wäsche hinaushängten und das Tal vom Geklirr der Schwerter erfüllt war.

An einem dieser Tage kam ihr Drostan entgegengeritten. Dana war am Bach gewesen und hatte sich selbst und die kleine Mael endlich mal wieder richtig gesäubert.

»Dana, ich würde dir gerne etwas zeigen«, stieß Drostan aufgeregt hervor.

Auch Dana zog schon seit längerer Zeit in Erwägung, mit ihm zu sprechen. Sie wollte ihm beichten, dass sie aus einer anderen Zeit kam und somit von der Zukunft der Talbewohner wusste. »Warte, ich bringe nur rasch Mael zu Brega.«

Sie lächelte Drostan zu, der nervös die Zügel des Pferdes umklammerte, dann setzte sie Mael bei Brega an der Kochstelle ab, denn diese arbeitete nun schon seit geraumer Zeit als Magd im Broch.

Wieder draußen wartete Drostan deutlich ungeduldig auf sie. So hatte sie ihn eigentlich selten gesehen. Normalerweise wirkte er stets ruhig und bedacht, aber heute schien ihn irgendetwas zu beschäftigen.

Er half ihr aufs Pferd, schwang sich dann selbst hinter ihr auf den Pferderücken und lenkte den Braunen in Richtung Osten. Dana genoss es, wie sich seine Brust von hinten warm und muskulös an ihren Rücken schmiegte und wie seine Arme die ihren hier und da – ob jetzt zufällig oder beabsichtigt – streiften.

»Wo reiten wir hin?«, fragte sie.

»Du wirst sehen.«

Das Pony erklomm unwegsames Gelände, bis sie ein gerodetes Plateau erreichten, auf dem die Überreste eines Brochs zu sehen waren. Von hier aus konnte man ins Tal blicken, wo sich der Fluss durch Bäume und kleine Lichtungen wand.

Drostan ließ das Pferd anhalten, sprang als Erster herunter und half anschließend Dana aus dem Sattel.

»Wo sind wir hier?« So weit hatte sich Dana bislang noch nicht vom Dun Telve entfernt, und auch wenn ihr der Ausblick auf das ergrünende Tal gefiel, hatte sie keine Ahnung, was Drostan damit bezweckte.

»Ich komme gerne hierher, wenn ich allein sein möchte«, erzählte er, setzte sich auf einen von der Sonne gewärmten Felsen und sah sie erwartungsvoll an.

Zögernd ließ sich Dana an seiner Seite nieder und ließ es geschehen, dass er seinen Arm um ihre Hüfte legte.

»Diesen Broch bewohnten die Vorfahren von Alaunas Großmutter, doch er war nicht so gut und haltbar gebaut wie unsere Türme.«

»Ach wirklich!« Dana erinnerte sich an Rionachs Geschichte von den Zwillingen, zu deren Ehren Dun Telve und Dun Troddan erbaut worden waren.

»Ich wünschte, ich könnte eines Tages ebenfalls einen Broch bauen, etwas, das die Ewigkeit überdauert.«

Dana sah ihn nachdenklich an, musterte sein Gesicht, seine blaugrauen Augen und konnte nicht anders, als ihm eine braune Haarsträhne aus der Stirn zu streichen. »Du hast doch diesen Stein für den Clanführer auf der Insel behauen – er wird auch nach über zweitausend Sommern und Wintern die Menschen noch faszinieren«, sagte sie leise.

»Meinst du wirklich?« Drostan lächelte dieses verträumte, vorsichtige Lächeln, das sie so an ihm liebte, und als er sie ganz behutsam küsste, fühlte es sich einfach nur richtig an. Sie schloss die Augen, schmiegte sich eng an ihn und genoss seine Berührungen und seinen männlichen, aber nicht unangenehmen Geruch nach Erde, Stein und Rauch.

Als er sanft seine Lippen von ihren löste, durchlief sie ein wohliger Schauer. Allerdings stutzte sie, als er plötzlich einen bronzenen Armreif mit verschlungenen Gravierungen in der Hand hielt und sie gespannt ansah. »Dana, könntest du dir vorstellen, deine Ausbildung als *ban-draoidh* aufzugeben und mit mir zu leben?«

Sie riss die Augen auf, schluckte schwer und räusperte sich – das kam jetzt etwas plötzlich.

»Drostan, ich weiß nicht … Ich habe dich sehr gern …«, stammelte sie. Für immer hier bei ihm und in dieser Zeit zu bleiben – das wäre ein großer Schritt.

»Du könntest auch für eine Weile zu den weisen Männern und Frauen in die heiligen Täler zurückgehen«, schlug er mit einer Spur von Enttäuschung in seiner Stimme vor. Aber er nahm ihre Hand und legte den Armreif hinein. »Du bist noch jung, doch ich wünsche mir sehr, dass du eines Tages ganz bei mir bleibst.«

Völlig überrumpelt wusste Dana überhaupt nicht, was sie antworten sollte. Ihre Finger fuhren über die feinen Gravierungen, dann sah sie zu Drostan auf, der sie abwartend musterte. »Wie alt bist du eigentlich?«, fragte sie, um überhaupt etwas zu sagen.

»Ich hoffe, nicht zu alt für dich«, erwiderte er schmunzelnd. »Ich habe bereits meine fünfundzwanzigste Winterwende gesehen.«

Dann ist er genauso alt wie ich, dachte sie, wahrscheinlich hält er mich für deutlich jünger.

Sie räusperte sich noch einmal, dann drückte sie seine schwielige Hand. »Du bist ganz sicher nicht zu alt, und ich bin sehr gern mit dir zusammen. Aber bitte lass mir noch etwas Zeit für eine Entscheidung.«

»Selbstverständlich.« Erneut küsste er sie, diesmal fordernder. »Du könntest eine bedeutende *ban-draoidh* werden, dieses Leben ist nicht leicht aufzugeben«, räumte er ein. »Dennoch würde ich mich freuen, wenn du meinen Armreif so lange als Zeichen meiner Liebe trägst, bis du dich endgültig entschieden hast. Wärst du einverstanden, wenn wir unseren Bund an Beltane besiegeln, sofern du mich erwählst?«

Beltane – Danas Gedanken rasten. Irgendwo hatte sie schon einmal etwas über keltische Feiertage gelesen, und sie glaubte sich zu erinnern, dass Beltane im Mai gefeiert wurde, jetzt mochte vielleicht März sein.

»Also gut. Dann habe ich ja noch Zeit.« Sie zog sich das filigrane Schmuckstück über ihren Arm, was die Augen des jungen Steinmetzen zum Strahlen brachte.

Wow, Dana, das war dann wohl dein erster Heiratsantrag, schoss es ihr durch den Kopf, aber auf unverhoffte Art freute sie sich darüber. Während des Heimrittes fuhr sie immer wieder mit der Hand über den bronzenen Armreif.

Vor den Brochs herrschte große Aufregung. Männer und Frauen liefen durcheinander, schrien sich Anweisungen zu. Vor Dun Telve hatte sich eine Gruppe von mindestens fünfzig berittenen Kriegerinnen und Kriegern gesammelt, allesamt mit blau bemalten Gesichtern, Schwerter, Lanzen oder Bögen in der Hand.

»Was ist denn hier los?«

Drostan trabte näher heran, und sogleich kam Nectan mac Ungost auf einem Schimmel auf sie zu. Die Arme trotz des frischen Wetters nackt, mit blauen Spiralen bemalt, sein Schnurrbart frisch gestutzt und die Haare mit Kalkwasser nach hinten gekämmt, saß er stolz auf seinem Pferd. Der Oberkörper wurde von einem ledernen Harnisch geschützt, um die Beine hatte er Lederstreifen gewickelt.

»Drostan, wir benötigen alle verfügbaren Männer. Späher konnten eine große Gruppe von bewaffneten Kriegern ausmachen, die über den Pass kommen und auf unser Tal zuhalten.«

»Natürlich.« Ohne zu zögern, sprang Drostan vom Pferd und eilte den Berg hinauf.

Unschlüssig stieg auch Dana ab. Sie hielt den Braunen am Halfter und beobachtete die Männer. Vielen von ihnen stand freudige Erwartung ins Gesicht geschrieben. In der Ferne erkannte sie Alauna, Brude und sogar die junge Bannatia, ebenfalls in voller Kriegsmontur, den Kopf mit den rotblonden Haaren selbstbewusst erhoben. Ardan saß nur fünf Pferde vor ihr auf seinem Reittier, das Gesicht unbewegt, angespannt. Auch er trug blaue Zeichen auf Stirn und Wangen, was ihm ein noch wilderes Aussehen verlieh. Die Luft war erfüllt vom Stampfen und Schnauben der Pferde, die die Erregung ihrer Reiter fühlten. Immer mehr Männer und Frauen sammelten sich nun auch zu Fuß und eilten dann auf den Befehl von Brude, Alauna oder Nectan in Richtung Westen. Trotz des augenscheinlichen Durcheinanders drängte sich Dana der Eindruck auf, dass diese Frauen und Männer genau wussten, was zu tun war.

Es dauerte nicht lange, und Drostan kehrte zurück. Eilig nahm er Dana die Zügel aus der Hand, dann hielt er ihr mit vorsichtigem Lächeln ein hölzernes Schälchen hin. »Dana, wirst du mich mit den heiligen Zeichen bemalen? Es wird mir Glück bringen.«

Unwillkürlich hielt Dana die Luft an, besah sich die blaue Paste in der Schüssel und nickte dann zögernd. Sie hatte keine Ahnung, was sie tun sollte, orientierte sich jedoch an den Spiralen und Kreisen, die die anderen Krieger trugen, und bemalte so Drostans Gesicht und seine Oberarme.

»Denk über das nach, was ich dir gesagt habe.« Sachte berührte er den Armreif, streichelte ihre Wange und schwang sich in den Sattel.

Von plötzlicher Angst erfüllt, sah Dana zu ihm auf. »Drostan, sei vorsichtig!«

»Natürlich, ich möchte doch deine Entscheidung hören«, lachte er und preschte den anderen Reitern nach.

Nicht nur der kalte Wind ließ Dana frösteln. Seitdem sie hier war, hatten sie keine Albträume mehr geplagt, aber plötzlich fielen sie ihr wieder ein. Als ein Rabe krächzend über sie hinwegflog und nur Augenblicke später Domech neben sie trat, zuckte sie zusammen.

»Die Vorzeichen stehen für einen Sieg, die Götter werden mit ihnen sein.«

Mit Mühe schaffte es Dana, ein Lächeln anzudeuten. Sie hatte Angst, auch wenn dies – rein zeitlich gesehen – nicht der Überfall der Nordmänner sein konnte, von dem Rionach gesprochen hatte. Dieser sollte erst im kommenden Herbst stattfinden. Aber wer sagte, dass der Clan nicht schon vorher in den Krieg gezogen war? Zumindest hatte Rionach nichts von Brudes oder Alaunas Tod erwähnt.

Also wird es schon gut gehen, beruhigte Dana sich selbst.

»Später werde ich eine Ziege opfern, auf dass die Götter uns gnädig gestimmt sind«, bemerkte Domech. »Das solltest du ebenfalls tun.«

»Ähm, ja.« Dana nickte zögernd. Auf keinen Fall würde sie eine Ziege opfern, aber sie hoffte inständig, alle gesund wiederzusehen.

Um sich abzulenken, half Dana Áine und Brega Wäsche zu waschen. Während Brega sich ebenfalls große Sorgen machte, da auch ihr Mann und ihr ältester Sohn in den Kampf gezogen waren, lag es nun an Áine, sie aufzumuntern. Natürlich bemerkte die junge Frau den neuen Armreif an Danas Handgelenk und befragte sie dazu. Als Dana alles erzählte, weiteten sich ihre Augen.

»Drostan muss hart gearbeitet haben, um dieses Geschenk einzutauschen.«

»Ja, ich habe ihn in der letzten Zeit wenig gesehen «, stimmte Dana zu.

Aufrichtige Freude lag in Áines Lächeln. »Drostan ist ein guter Mann, er wird dich glücklich machen.«

Den ganzen Tag über war Dana unruhig und bangte um die

Krieger. Auch in der Nacht konnte sie kaum schlafen. Sie fuhr über den Armreif und wünschte Drostan wäre wieder hier und in Sicherheit. Bestimmt schlief er in diesem Augenblick nicht auf einem warmen und trockenen Strohbett, sondern bestenfalls in eine Decke gewickelt im feuchten Heidekraut, den Elementen schutzlos ausgeliefert – am Ende wurden sie sogar in diesem Moment von Feinden angegriffen. Sie hoffte inständig, es möge sich nur um ein harmloses Scharmützel handeln und dass alle unversehrt zurückkehrten.

Leider erhielten sie am nächsten Tag keine Nachricht von den Kriegern, auch am Tag darauf nicht. Nicht einmal die Späher waren zurückgekehrt, aber Áine riet ihr, sich nicht zu sorgen, denn diese hätten sich möglicherweise dem Kampf angeschlossen. Ständig suchten Danas Augen den ausgetretenen Pfad ab, auf dem Männer und Frauen zurückkehren würden, doch vergebens.

Leichter Nieselregen fiel vom bleigrauen Himmel, und Dana half Áine und einigen anderen Frauen im Freien Stoffe einzufärben. In großen Kupferkesseln wurden die zumeist hellen Wollstoffe, die während des Winters in Nectans Broch hergestellt worden waren, nun mit Pflanzenfarbe blau, grün oder rot gefärbt. Dass Urin zugesetzt wurde, um die Farbe haltbar zu machen, fand Dana ekelhaft, aber letztendlich biss sie die Zähne zusammen, denn die Ablenkung tat gut.

Als Brega gegen Nachmittag mit strahlendem Gesicht zu ihr kam, hoffte Dana auf gute Nachrichten von den Kriegern. Auch Mael war bei ihr, rannte lachend auf Dana zu und schlang kurz die Arme um ihre Beine, bevor sie zu einigen der anderen Kinder verschwand, die nicht weit entfernt spielten.

Brega nahm sie zur Seite und sagte leise: »Dana, ich denke, Epona hat mich erhört.«

»Epona?«, wiederholte Dana zerstreut.

Mit einem seligen Lächeln fuhr sich Brega über ihren Bauch. »Ich glaube, in mir wächst ein Kind heran!«

»Ach, wirklich?« Damit hatte Dana überhaupt nicht mehr gerechnet, und obwohl sie sich ehrlich für Brega freute und sie umarmte, kam ihr ein schrecklicher Gedanke.

Brega zerstreute ihn jedoch sofort. »Selbstverständlich werde ich mich weiterhin um Mael kümmern. Es sei denn …«

»Was?«, erkundigte sich Dana alarmiert.

»Es sei denn, du möchtest sie zu dir nehmen, wenn du mit Drostan eine Familie gründest.« Brega lachte hell auf, und plötzlich wirkte sie sehr viel jünger. »Mael hat dich wirklich sehr gern.«

Zu ihrem Ärger errötete Dana. »Erst einmal muss Drostan gesund zurückkehren«, murmelte sie ausweichend.

»Das werden sie alle!«, versicherte Brega ihr. Nichts schien ihre gute Laune heute verderben zu können. Sie sang bei der Arbeit, hatte für jeden ein freundliches Wort und freute sich ihres Lebens.

Dana hingegen grübelte. Wollte sie wirklich mit Drostan leben und am Ende Mael zu sich nehmen? Die Kleine sprach noch immer kaum, aber sie war deutlich offener geworden und lachte stets fröhlich, wenn Dana sie besuchte. Heute spielte sie ausgelassen mit den anderen Kindern, und Dana ertappte sich bei dem Gedanken, wie es wohl wäre, ein Kind wie Mael zu haben. Dann schüttelte sie den Kopf. Für immer hierzubleiben – das kam für sie nicht infrage. Früher oder später musste sie wieder in ihrer eigenen Zeit leben.

Die Arme vollgespritzt mit rötlichbrauner und blauer Farbe kehrte Dana gegen Abend vom Fluss zurück. Als sie den steinernen Turm sah, hielt sie abrupt inne. Irgendetwas stimmte nicht. Aufgeregt liefen die Zurückgebliebenen durcheinander, alte Männer und Frauen brachten Decken oder Felle, und irgendjemand eilte mit einem Holztragegestell davon. Sofort rannte Dana los und fragte eine verhutzelte Frau: »Was ist passiert?«

»Die ersten Verletzten wurden gebracht«, krächzte sie. »Brude ist unter ihnen.«

Dana eilte ins Innere und fand im ersten Stock gleich einige

Kranke vor, die sich stöhnend auf ihren Lagern wälzten. Brude hatte eine große Platzwunde am Kopf und war noch bewusstlos.

»Was ist mit ihm passiert?«, erkundigte sich Dana bei Bannatia, deren blaue, mit Blut verschmierte Bemalung ihrem jugendlichen Gesicht ein bizarres Aussehen verlieh. »Ein feindlicher Schild traf Großvater am Kopf, aber er wird überleben.«

Schon war sie wieder verschwunden, und Dana besah sich die übrigen Verletzten, die bereits von Kräuterfrauen versorgt wurden. Viele hatten Schlagverletzungen oder Schnitte davongetragen, doch wirklich mit dem Leben rang erfreulicherweise niemand.

Bald kam Brude zu sich. Er blinzelte verwirrt, fasste sich an die Stirn und richtete sich keuchend auf.

Dana hatte einige ihrer Schmerztabletten geholt und sie in Wasser aufgelöst. »Hier, dann geht es dir gleich besser.«

Er nahm den Becher an und schluckte. »Ich muss wieder hinaus«, murmelte er mit schwerer Zunge.

»Nein, du ruhst dich aus.« Bestimmt drückte sie ihn auf sein Lager zurück. »Wie geht es den anderen?«

»Wir konnten den Feind zurückschlagen, der Sieg war uns gewiss.«

Dana atmete erleichtert aus, dann drückte sie Brudes Hand. »Das ist wunderbar. Wann erwartest du die übrigen Krieger zurück?«

»Ich denke spätestens morgen gegen Sonnenuntergang.«

Dana winkte einem der Mädchen, das Getreidebrei verteilte. »Hier, gib Brude etwas davon und achte darauf, dass er nicht aufsteht.«

Der Clanführer gab ein unzufriedenes Knurren von sich, legte sich dann aber wieder hin.

Am Morgen, kurz nachdem sich Dana und Mael am Fluss gewaschen hatten, trafen die ersten Krieger ein. Müde, viele mit sichtbaren Blessuren, aber insgesamt doch fröhlich und zufrieden.

»Diese dummen Jünglinge sind geflohen wie die Karnickel«, tönte der sonst meist so grimmige Garnait. Sein blondes Haar war mit Blut verschmiert, und er hinkte deutlich, als er von seinem Grauschimmel sprang und diesen fortführte.

»Sind die Krieger vom oberen Broch auch schon hier?«, fragte Dana gespannt.

Für einen Moment verfinsterte sich seine Miene, und er nickte, dann zog er das Pferd eilig hinter sich her.

»Mael, geh doch bitte zu Brega, sie wird dir etwas zu essen geben«, verlangte sie von dem kleinen Mädchen.

Mael nickte gehorsam und rannte davon. Ihren Vater, der kurz darauf angaloppiert kam, beachtete sie diesmal gar nicht. Auch Dana wollte sich heute nicht über Ardan ärgern. Sie freute sich darauf, Drostan begrüßen zu können, und beschleunigte ihre Schritte.

Am Dun Troddan herrschte ebenfalls ein ungewohntes Treiben. Pferde wurden abgesattelt und fortgeführt, Frauen, Mütter und Alte begrüßten ihre zurückgekehrten Lieben und beglückwünschten sie zu ihrem Sieg. Dana hielt Ausschau nach Drostan, konnte ihn jedoch nirgends entdecken. Als sich plötzlich eine Hand auf ihre Schulter legte, zuckte sie zusammen. Domech stand hinter ihr, sein Gesicht ernst wie immer. »Folge mir.«

»Ich wollte …«

»Es ist von großer Dringlichkeit.« Domechs Worte ließen keinen Widerspruch zu, und so sah sich Dana noch einmal hoffnungsvoll um, bevor sie ihm zu der Hütte folgte, in der Drostan arbeitete. Sein Onkel stand mit dem Rücken zu ihr, und als Domech plötzlich sagte: »Leider hat es Opfer gegeben«, bemerkte sie auch, wie die Schultern des alten Mannes zuckten.

Ruckartig blieb Dana stehen, sah Domech entsetzt an, wollte nicht glauben, was er gerade gesagt hatte. Seine Stimme hatte kühl und emotionslos geklungen, aber jetzt glaubte sie, sogar einen Hauch von Mitgefühl in seinem Gesicht erahnen zu können.

»Drostan?«, flüsterte sie. Als der Druide nickte, stürzte sie nach vorne, an Etharnan vorbei.

Drostan lag noch auf einer Trage, die Augen geschlossen, das Gesicht beinahe schon entspannt. Seine Kleider waren blutbesudelt, aber sie konnte keine Verletzung erkennen. Doch als sie seine Hand berührte, zuckte sie erschrocken zurück. Kalt, leblos und fremd fühlte sie sich an.

»Nein, das darf doch nicht sein«, stammelte sie, während Tränen in ihre Augen schossen. »Sie waren doch siegreich!«

Auch Drostans Onkel schüttelte nur stumm den Kopf, und sie bezweifelte ohnehin, dass der schwerhörige Mann sie überhaupt verstanden hatte.

»Drostan war einer von den drei Männern, die ihr Leben für unsere Clans opferten«, meinte Domech, jetzt wieder ganz nüchtern. »Er ist in Ehre gestorben.«

»In Ehre?« Dana lachte bitter auf, blickte noch einmal zu dem Mann hinab und merkte erst in diesem Moment, wie viel er ihr bedeutet hatte. Mit zitternder Hand strich sie ihm über die Haare, berührte die verwischte blaue Spirale, die sie ihm auf die Wange gezeichnet hatte, dann entstieg ein verzweifeltes Schluchzen ihrer Kehle. Sie drehte sich um und rannte davon – Domechs Ruf ignorierend. Im Moment musste sie fort, allein sein, konnte einfach niemanden ertragen. Sie drängte sich zwischen den Menschen hindurch, stieß Nectan, der sie aufzuhalten versuchte, heftig in die Seite und lief bergab, nur fort von hier, während Tränen über ihr Gesicht rannen. Ohne den Weg bewusst gewählt zu haben, hastete sie zum Fluss, tauchte zwischen den Zweigen und Büschen ein, die sie vor den Blicken der anderen schützen sollten. Sie wollte jetzt keinen Trost, niemanden der ihr sagte, dass Drostan nun in Ehren in die Anderswelt eingezogen war und eines Tages wiedergeboren wurde. So schön diese Vorstellung auch sein mochte, es war nicht das, woran Dana ernsthaft glaubte. Im Augenblick tat es einfach nur unsäglich weh, und sie wusste nicht, wie sie den Schmerz in ihrer Brust jemals wieder loswerden sollte.

Erst jetzt wurde ihr klar, dass sie sich – tief in ihrem Inneren – durchaus hätte vorstellen können, ihr Leben mit Drostan zu verbringen. Im Grunde genommen hatte sie ihre Gefühle vor sich selbst verleugnet, das moderne, angenehmere Leben in ihrer Zeit nur vorgeschoben. Jetzt wünschte sie sich nichts sehnlicher, als Drostan sagen zu können, dass sie bei ihm bleiben wollte. Doch nun war es zu spät.

Hinter einer Reihe von Büschen fiel sie auf die Knie, versteckte ihr Gesicht in den Händen und weinte hemmungslos. Ihre Albträume waren wahr geworden. Drostan war tot. Warum hatte sie nicht versucht, ihn aufzuhalten? Sie hatte die ihm so wichtigen heiligen Symbole aufgemalt. Hatte sie etwas falsch gemacht? War er am Ende durch ihre Schuld gestorben?

Dana steigerte sich immer mehr in ihre Schuldgefühle hinein. Hätte sie vielleicht doch die verdammte Ziege opfern sollen? Warum war ausgerechnet Drostan tot? Alle anderen waren doch auch zurückgekehrt.

Dana hatte keine Ahnung, wie lange sie schon hier zwischen den Büschen saß, als ein Knacken sie hochfahren ließ. Ardan, nur mit einem braunen Tuch um die Hüfte bekleidet, kam vom Fluss in ihre Richtung. Auch er stutzte, als er sie entdeckte. Für einen Moment glaubte sie, er würde sich abwenden, aber dann trat er auf sie zu, was ihr überhaupt nicht gefiel. Offenbar war er im Fluss baden gewesen. Seine Haare hingen ihm nass bis auf die Schultern. Die meisten seiner Bemalungen waren verschwunden oder nur noch undeutlich zu erkennen. Nur am Rande nahm Dana die vielen Narben wahr, mit denen die Waffen seiner Feinde seinen Körper gezeichnet hatten. Dana wischte sich über die Augen, wenngleich sie wusste, wie sinnlos das war.

»Ich bedauere deinen Verlust«, sagte er mit leiser Stimme.

»Danke«, murmelte Dana, dann schlug sie die Augen nieder.

»Es waren drei Krieger. Drostan hat sich tapfer gewehrt, und ich versuchte, ihm zu Hilfe zu kommen. Leider gelang mir dies nicht rechtzeitig.«

»Und jetzt willst du wahrscheinlich gleich sagen: Er ist tapfer in die Anderswelt eingezogen«, fauchte sie ihn an. Natürlich war Ardan nicht der Schuldige, aber an irgendjemandem musste sie ihre Wut jetzt auslassen.

»Nein«, erwiderte er gelassen, »denn ich weiß nur zu gut, dass dies deinen Schmerz nicht lindern würde.«

Überrascht sah Dana zu ihm auf und bemerkte die Traurigkeit in seinen sonst immer so kalten Augen.

»Als Rionach mir genommen wurde, wollte man auch mich damit trösten. Aber es nützt nichts. Wenn jemand in die Anderswelt geht, ist er für dich verloren. Du kannst ihn nicht mehr sehen, ihn nicht mehr berühren, er ist einfach fort.«

Dana schlang ihre Hände um die Knie. Noch niemals zuvor hatte sie Ardan so viel und vor allem so mitfühlend sprechen hören. »Es tut so verdammt weh«, flüsterte sie.

»Ich weiß.« Ein bitteres Lächeln erschien auf seinem Gesicht. »Und du kannst diesem Schmerz nicht entfliehen. Nicht bei Tag und nicht bei Nacht. Nur manchmal im Kampf, wenn der Zorn die Traurigkeit hinwegspült wie ein reißender Fluss ein Blatt.«

Plötzlich ging ein Ruck durch Dana. »Wer waren die Männer, die ihn getötet haben?«

»Eine Bande junger Creonen von der Westküste, die auf der Suche nach gutem Land waren und ihren eigenen Clan gründen wollten. Sie wollten einen unserer Brochs erobern. Feige waren sie, denn sie gingen zu mehreren auf die Schwächsten los.« Angewidert spuckte Ardan auf den Boden.

»Bring mir bei, wie man kämpft!«

Jetzt zuckte Ardan sichtlich zusammen und sah sie verwundert an.

»Bring mir bei, wie man kämpft, ich will Drostan rächen.« Auf einmal spürte Dana unbändigen Hass auf diese Männer, die Drostan auf dem Gewissen hatten. Niemals wäre sie auf den Gedanken gekommen, jemanden töten zu können, aber diese Männer hatten es verdient.

»Du bist eine *ban-draoidh*!«

»Na und? Deshalb kann ich auch lernen zu kämpfen.«

Bedächtig wiegte Ardan den Kopf. »Denk darüber nach. Sofern du bei deinem Entschluss bleibst, werde ich morgen nach Sonnenaufgang auf der östlichen Lichtung am Fluss auf dich warten.«

Damit wandte er sich zum Gehen, und Dana wusste plötzlich nicht, was in sie gefahren war. Ausgerechnet Ardan? Eigentlich konnte sie ihn überhaupt nicht ausstehen, doch andererseits verstand sie ihn nun etwas besser. Die Trauer, einen geliebten Menschen verloren zu haben, den brennenden Hass auf diejenigen, die ihm das angetan hatten. Außerdem war Ardan einer der besten Krieger von Brude und Alauna. Sie hätte auch einen der beiden fragen könne, aber im Moment hatte sie das Gefühl, durch Drostans Tod eine gewisse Verbundenheit zu Ardan zu haben.

»Ardan!«, rief Dana ihm nach, und er drehte sich noch einmal um. »Rionach ...« Sie zögerte, denn vielleicht war dies ein guter Zeitpunkt, ihm zu sagen, dass vermutlich Domech an ihrem Tod schuld war. Doch dann überlegte sie es sich anders. Der Druide war mächtig, undurchsichtig und obwohl Ardan ihr nicht sympathisch war, wollte sie dennoch nicht daran schuld sein, wenn ihm etwas passierte. »Rionach wird dich auch nach zweitausend Sonnenwenden noch nicht vergessen haben«, sagte sie deshalb.

Ein Ruck ging durch den Krieger, er schluckte krampfhaft und fuhr sich über die Augen, bevor er sich eilig abwandte.

So verrückt es auch schien, Dana war nach dem Gespräch mit Ardan ein klein wenig leichter ums Herz. Dennoch stiegen erneut Tränen in ihre Augen, als sie entdeckte, wie große Scheiterhaufen vor Dun Telve errichtet wurden. Man hatte die Leiche von Drostan und die der beiden anderen Männer bereits heruntergebracht. Sie waren von Blut und Schmutz befreit worden, und besonders Drostan sah aus, als würde er nur schlafen und jeden Moment aufwachen.

Áine kam zu Dana, auch ihre Augen waren verweint. »Es tut mir so leid für dich«, flüsterte sie und nahm sie in den Arm.

Zu einer Antwort war Dana nicht fähig, also nickte sie nur stumm.

Nachdem die Feuer entzündet waren, sprach Domech seinen Segen, lobte die Tapferkeit der Krieger, und nachdem ihre Körper verbrannt waren, wurde ihre Asche in den Fluss gestreut. Auch heute gab es Opfergaben.

Als Dana an den Fluss trat, wurde ihr klar, dass sie gar keinen Schmuck oder sonst etwas bei sich hatte. Hilfe suchend sah sie sich um, und Áine trat zu ihr.

»Du musst ihn jetzt auf die Reise schicken«, flüsterte sie ihr zu.

»Ich habe kein Geschenk dabei.«

»Sein Armreif.«

Erschrocken umklammerte Dana ihr Handgelenk. »Nein, das kann ich nicht! Es ist das Letzte, was ich noch von ihm habe.«

Sanft legte Áine den Arm um ihre Schultern. »All deine Gefühle für ihn sind auf dieses Schmuckstück übergegangen. Übergib es dem Fluss des Lebens, auf dass deine Liebe auch in der Anderswelt bei ihm ist.«

Dana schluchzte auf, schüttelte stur den Kopf und umklammerte das Schmuckstück.

»Dana!« Áine sah sich unbehaglich um, und auch Dana bemerkte, wie sie von Domech aus einiger Entfernung kritisch beobachtet wurden.

Plötzlich stand Ardan neben ihr. Er drückte ihr heimlich ein kleines Messer in die Hand und nickte ihr zu, bevor er sich wieder zurückzog.

Dankbar presste Dana das Messer an ihre Brust, flüsterte: »Auf Wiedersehen, Drostan.« Dann warf sie es in den Fluss und hoffte, dass er – wo auch immer er jetzt sein mochte – wusste, wie viel er ihr bedeutet hatte.

Auch für diese Krieger gab es ein Festmahl, aber Dana konnte nichts essen. Heute war sie es, die stumm in die Flammen blickte und getröstet wurde.

In der Nacht fand Dana keine Ruhe. Mehrfach kam ihr der Gedanke, in ihre Zeit zurückzukehren, aber sie blieb bei dem Entschluss, Drostan rächen zu wollen. Außerdem galt es, im nächsten Herbst den Tod vieler Menschen hier im Tal und Maels Entführung zu verhindern. Noch einmal wollte sie nicht versagen, und wenn sie bis dahin mit dem Schwert umgehen konnte, umso besser. Als sie schließlich doch einschlief, träumte sie von blau bemalten Kriegern, die einen Hang hinabgaloppierten. Schwert schwingend, Kriegsschreie ausstoßend – und sie war eine von ihnen.

Kapitel 21

Rachegedanken

Verquollen und völlig zerschlagen wachte Dana am nächsten Morgen auf. Von Bregas Frühstück bekam sie kaum etwas hinunter, und auch die kleine Mael, die sich vertrauensvoll auf ihren Schoß setzte, vermochte sie heute nicht aufzumuntern. Der morgendliche Nieselregen war wenig verlockend, aber nachdem sich Dana am Fluss das Gesicht gewaschen und ihre Zähne geputzt hatte, suchte sie trotzdem die von Ardan beschriebene Stelle auf.

Der Krieger hielt in seinen Kampfübungen inne und blickte überrascht auf, offenbar wunderte er sich über Danas Erscheinen, nahm ihre Anwesenheit jedoch mit einem Nicken zur Kenntnis. Dann reichte er ihr ein einfaches Holzschwert. Der Griff war vom vielen Gebrauch schon ganz abgenutzt, und Dana wusste, dass die jungen Krieger zuerst mit diesen Waffen trainierten.

Ardan stellte sich hinter sie, zeigte ihr, wie sie das Schwert greifen und einen festen Stand bewahren konnte. Anschließend übte er mit ihr einige einfache Grundschläge, korrigierte jedoch ständig, wenn sie sich zu weit nach vorne lehnte oder ihren Schwerpunkt nicht richtig einsetzte und die Balance verlor. Anschließend brachte er ihr bei, wie sie diese Schläge am besten blocken konnte oder wann es sinnvoller war auszuweichen.

»Verdammt!« Als Dana zum wiederholten Male über ihren langen Rock stolperte und auf der feuchten Erde ausglitt, hielt Ardan ihr die Hand hin.

»Du solltest dir Hosen besorgen oder künftig einen kurzen Rock tragen«, bemerkte er.

Ohne seine Hilfe anzunehmen, stand sie auf, blickte grimmig auf den schmutzigen Rock und nickte dann. »Machen wir weiter.«

»Gut, noch einmal die Grundschläge.«

»Die kann ich schon«, entgegnete Dana gereizt. »Greif mich jetzt richtig an.« Sie packte den Griff des Schwertes und stellte sich mit breiten Beinen vor Ardan.

»Wie du meinst.«

Sofort prasselten Ardans Hiebe auf sie ein. Dana blieb nichts anderes übrig, als zurückzuweichen. Nicht ein einziger Gegenangriff glückte ihr, und als sie erneut über ihren Rock stolperte, bewahrte sie nur Ardans fester Griff davor, abermals im Matsch zu landen.

»Ich habe nicht einmal mit halber Kraft gekämpft«, stellte er nüchtern fest. »Du musst die einfachen Angriffe im Schlaf beherrschen, bevor wir weitermachen.«

»Ja, verdammt.« Dana kämpfte hart um ihre Beherrschung.

»Noch einmal die Grundschläge.«

Ardan hob abwartend sein Schwert, aber Dana schüttelte den Kopf. »Ich denke, es reicht für heute.«

»Willst du schon so schnell aufgeben?«

»Ich habe fast die ganze Nacht lang nicht geschlafen, ich bin müde, essen konnte ich auch nichts und …«

Ardan trat einen Schritt vor, fasste sie beinahe schon brutal am Oberarm. »Was meinst du, was geschieht, wenn du auf die Creonen triffst und gegen sie kämpfst? Denkst du, sie werden Rücksicht darauf nehmen, ob du geschlafen oder gegessen hast? Wie wichtig ist es dir, am Leben zu bleiben? Wie wichtig ist es dir wirklich, Drostan zu rächen?«

»Es ist mir wichtiger als alles andere!«, brach es aus ihr hervor. »Aber verdammt nochmal, ich kann jetzt einfach nicht mehr. Du bist eben doch ein ekelhafter, gefühlloser Kotzbrocken!« Mangels passender Übersetzung fluchte sie auf Deutsch, trat Ardan kräftig gegen das Knie, sodass er sie knurrend losließ. Dann rannte sie fort, bevor sie ihren letzten Rest Beherrschung verlor.

Natürlich wusste sie, dass Ardan im Grunde genommen Recht hatte, aber dieser gefühlskalte Klotz hätte doch zumindest heute Rücksicht nehmen können. Ein Bad im eiskalten Fluss, der sie vom Schweiß des anstrengenden Trainings befreite, brachte ihr aufschäumendes Blut halbwegs zur Ruhe. Sie wusch auch gleich ihren schmutzigen Rock aus und ging schließlich zurück zum Broch.

Alauna betrachtete Dana besorgt, als sie ihr kurz vor dem Eingang entgegenkam. Wie Dana vermutete, bot sie keinen allzu erfreulichen Anblick mit ihren nassen Haaren, den verquollenen Augen und dem nassen Rock, der an ihren Beinen klebte.

»Wie fühlst du dich?«, erkundigte sich die Clanführerin mit ungewohntem Mitgefühl in der Stimme.

Unschlüssig hob Dana die Schultern und kämpfte erfolgreich die erneut aufsteigenden Tränen nieder. »Es geht so. Ich habe beschlossen, mich als Kriegerin ausbilden zu lassen und Drostan eines Tages zu rächen«, verkündete sie dann. »Hättest du vielleicht Hosen für mich, damit ich besser kämpfen kann?«

Alauna nickte anerkennend. »Das erfreut mich, und ich werde dir gerne behilflich sein. Ich konnte mich bisher nicht von Rionachs Kleidern trennen. Sie war etwas größer als du, doch wenn du den Stoff kürzt, solltest du einige Hosen und Röcke von ihr tragen können. Sag Áine, sie soll dir alles heraussuchen.«

»Danke, das ist sehr nett.«

Alauna fasste sie an der Schulter. »Möchtest du später mit den jungen Kriegern den Speerwurf erlernen?«

»Danke, aber ich habe schon mit Ardan geübt. Ich denke, für heute ist es genug.«

»Ardan!« Erstaunt legte Alauna den Kopf schief. »Nun gut, er ist einer der Besten.« Sie drückte Danas Hand. »Im Kampf wirst du Vergessen finden.«

»Das hoffe ich«, murmelte Dana und ging hinauf in den Turm, um sich umzuziehen. Anschließend suchte sie gemeinsam mit Áine Rionachs alte Kleider heraus und probierte mehrere Stücke an. Das eine oder andere passte ganz gut, aber gerade die Hosen mussten in der Tat gekürzt werden.

»Du möchtest Kriegerin werden?«, wunderte sich Áine, als sie eine der langen Wollhosen direkt an Danas Bein abschnitt und dann mit einer groben Knochennadel umnähte.

»Ja, sofern ich Ardan heute Früh nicht zu sehr beleidigt habe.« Sie schnitt eine Grimasse.

»Weshalb solltest du das?«

»Ich habe mich mit ihm gestritten«, gab sie seufzend zu.

»Es ist leicht, sich Ardans Zorn zuzuziehen. Übrigens wundert es mich, dass er dir die Kriegskunst beibringen will. Normalerweise bleibt er für sich und gibt sich nur mit geübten Kriegern ab.«

»Wir haben etwas gemeinsam«, flüsterte Dana.

Áine erhob sich und nahm Dana in den Arm. »Rache bringt dir Drostan auch nicht zurück. Als Cron starb war ich voller Trauer und Zorn, aber irgendwann wird es besser, glaube mir.«

»Das kann schon sein, aber trotzdem möchte ich die Kunst des Kampfes lernen.« Ihre Gedanken wanderten zu Mael. Vielleicht würde es ihr zumindest gelingen, die Kleine zu beschützen.

»Ich könnte mir nicht vorstellen, eine Kriegerin zu sein«, bemerkte Áine, kniete sich auf den Boden und fuhr mit ihrer Arbeit fort.

Bisher war auch Dana nichts ferner gelegen. Aber plötzlich fühlte sie eine Rastlosigkeit in sich, den Wunsch, sich selbst und diejenigen zu verteidigen, die ihr etwas bedeuteten. Zärtlich fuhr sie über den bronzenen Reifen an ihrem Handgelenk. Sie würde Drostan niemals vergessen.

Nachdem Dana die Sachen von Rionach verstaut hatte, die sie ohne Änderung tragen konnte, trat sie wieder ins Freie. Der Regen hatte sich verzogen, und jetzt strahlte und glitzerte das ganze Land in den ersten zarten Frühlingsfarben. Aus der Ferne vernahm Dana Kampflärm. Vermutlich trainierte Alauna mit den jungen Kriegern. Die Suche nach Ardan gestaltete sich als schwierig, denn zunächst konnte sie ihn nicht finden. Doch ein junger Krieger meinte schließlich, er sei auf der Westkoppel bei den Pferden. Also machte sich Dana raschen Schrittes auf den Weg.

Auf den Weiden zupften Schafe und Rinder das erste Frühlingsgras, die neugeborenen Lämmer dösten träge in der Sonne. Tatsächlich fand sie Ardan bei seinem Braunen. Er hatte das Tier an einem Baum angebunden und befreite es mit kräftigen Strichen von seinem Winterfell. Dabei redete er leise auf das Pferd ein.

Wenn er doch so liebevoll mit seiner Tochter umgehen würde, schoss es Dana durch den Kopf, und erneut drohte Ärger über Ardans Art sie zu übermannen, sie schluckte ihn jedoch hinunter.

»Ardan!«, rief sie ihm zu, und er wandte sich zu ihr um.

»Ich wollte mich entschuldigen«, gab sie widerwillig zu. »Natürlich hast du Recht, ich hätte mich nicht so gehen lassen sollen.«

Er hielt mit dem Striegeln inne, warf sich die teilweise verfilzten Haare über die Schulter und stützte seine Unterarme auf den breiten Rücken seines Pferdes. »Eigentlich wäre es an mir gewesen, dich um Verzeihung zu bitten«, erwiderte er überraschend. »Seit deinem Verlust ist nur ein Tag vergangen.«

»Ähm, ja, schon gut«, antwortete Dana verdutzt, denn damit hatte sie nun gar nicht gerechnet.

Ardan seufzte schwer. »Nach Rionachs Tod konnte ich tagelang kein Schwert schwingen, bin ziellos umhergeritten und habe mich anschließend betrunken. So etwas wollte ich dir ersparen. Im Kampf kann man Erlösung finden – zumindest für eine Weile.«

»Du trinkst immer noch zu viel«, rutschte es ihr heraus.

»Gelegentlich reicht die Erschöpfung des Kampfes nicht aus«, entgegnete er gelassen.

»Met ändert auch nichts an den Tatsachen!«

»Nein, doch er schenkt kurzzeitiges Vergessen.«

Dana atmete tief durch, denn sie wollte nicht schon wieder mit ihm streiten und letztendlich war es ja auch seine Sache. »Gut, wirst du mich weiterhin unterrichten?«

Ardan nickte ernst. »Du wirst auch deine Reitkunst verbessern müssen. Zunächst kannst du sicher eines von Brudes Pferden nehmen, aber später solltest du dein eigenes haben.«

»In Ordnung.«

Mit routinierten Bewegungen sattelte Ardan seinen Braunen. »Morgen nach Sonnenaufgang erwarte ich dich an derselben Stelle.«

»Wir könnten auch gleich …«

»Nein«, fiel Ardan ihr ins Wort. »Nutze den heutigen Tag, ruh dich aus und lass auch die Trauer zu, wenn sie dich übermannt.«

Dana beobachtete, wie er sich geschmeidig in den Sattel schwang, ihr kurz zunickte und dann davongaloppierte.

Während die Tage ins Land zogen, lebte Dana in Trauer, die sie immer wieder – besonders nachts – heimsuchte. Das Training mit Ardan war hart, aber es verschaffte ihr Ablenkung, und sie war häufig so erschöpft, dass sie einschlief, sobald ihr Kopf das Strohlager berührte. Trotzdem plagten sie Albträume, und häufig schreckte sie mitten in der Nacht auf und konnte dann nicht mehr einschlafen.

Viele Male hätte sie Ardan am liebsten erwürgt. Er trieb sie an die Grenzen ihrer Kraft, übte nicht nur Schwertkampf mit ihr, sondern zwang sie auch die steilen, felsigen Berghänge hinauf- und hinabzurennen, bis sie glaubte, ihre Beine würden unter ihr wegknicken und ihr Herz aus der Brust springen. Doch allmählich steigerte sich ihre Kondition, und es gelang ihr öfters, mit ihm mitzuhalten.

Die kleine Mael zeigte ebenfalls Interesse an Danas neuer Aktivität als Kriegerin. Schon häufig hatte sie fasziniert über das hölzerne Trainingsschwert gestrichen und es, während Dana Brega besuchte, auch versucht, zu führen. Natürlich war ihr dies nicht gelungen und sie hatte einen tönernen Krug dabei zertrümmert, was ihr – bevor Dana es hatte verhindern können – eine Ohrfeige von Bregas mittlerem Sohn eingebracht hatte. Deshalb war Dana heute auch auf der Suche nach dem Mädchen. Sie fand Mael hinter dem Haus, wie sie mit einem Stock in einer Pfütze herumstocherte.

»Mael, komm bitte zu mir«, rief sie leise und ging in die Hocke.

Auf dem Gesicht des Mädchens breitete sich ein Strahlen aus. Sie rannte zu ihr und schlang ihre schmutzigen Arme um Dana Hals. »Lade?«, fragte sie hoffnungsvoll, aber Dana schüttelte den Kopf.

»Nein, heute nicht, aber ich habe etwas anderes für dich.« Hinter ihrem Rücken holte sie ein kleines, leichtes Schwert aus dem Holz einer Weide vom Fluss hervor. Während der letzten Abende hatte sie daran geschnitzt, und nun glich es den Trainingsschwertern, welche die jüngeren Kinder des Clans benutzten. Eigentlich war Mael noch etwas zu klein, aber Dana wollte ihr eine Freude machen. Und tatsächlich weiteten sich Maels Augen, sie streckte die Hände aus und drückte das Schwert dann an sich. »Schwert!«, sagte sie mit atemloser Stimme.

»Genau.« Lächelnd strich Dana ihr über die Haare. »Aber sei vorsichtig damit, und lass dir von den älteren Kindern zeigen, wie man richtig damit umgeht.«

Begeistert lachte Mael sie an, dann lief sie mit ihrem neuen Schatz davon, und in der folgenden Zeit sah Dana das Kind kaum noch ohne ihr neues Holzschwert.

Eines Tages wartete Ardan mit seinem Braunen und einem kleinen Grauschimmel am Zügel an ihrem üblichen Trainingsplatz. Der Ginster erstrahlte in leuchtendem Gelb, und die Vögel sangen ihre Frühlingslieder.

»Heute werden wir reiten«, verkündete er.

»Das Pferd hat keinen Sattel«, beschwerte sich Dana.

»Wenn es dir gelingt, dich so auf seinem Rücken zu halten, wird es dir später leichter fallen, auch vom Pferderücken aus zu kämpfen.«

»Du reitest aber auch mit Sattel«, wandte sie ein.

»Ich kann es auch«, stellte er kühl fest, dann machte er eine einladende Handbewegung.

»Na toll«, brummte Dana vor sich hin, nahm das Pferd am Zügel und führte es zu einem kniehohen Stein.

Von dort aus zog sie sich – wenig elegant – auf den Rücken des Pferdes, und als Ardan schon wieder kritisch seine Augenbrauen hob, fragte sie gereizt: »Was habe ich jetzt wieder falsch gemacht?«

»Du musst lernen, vom Boden aus aufzuspringen. Nicht überall wirst du einen Stein finden. Oder möchtest du im Kampf deine Feinde um einen Schemel bitten?«

Dana ignorierte Ardans Provokation, was ihr schwerfiel. »Dieses Land ist verflucht steinig, also tu nicht so, als wäre das der einzige Felsen!«, meinte sie und starrte ihm herausfordernd ins Gesicht.

Als sein rechter Mundwinkel zuckte und sich ein paar Runzeln um seine vernarbte Wange bildeten, glaubte sie sogar, er wäre belustigt. Aber dann trieb er sein Pferd an, und Dana folgte ihm, oder besser gesagt, der Grauschimmel trottete hinter Ardans Pferd her. Es war alles andere als leicht, sich auf dem Pferderücken zu halten. Bergauf musste sie sich in der dichten Mähne festkrallen, um nicht über das breite Hinterteil des Ponys zu rutschen, und als es wieder bergab ging, fürchtete sie, jeden Moment zwischen den Ohren des Pferdes zu landen.

»Du musst die Knie fest zusammenpressen«, riet Ardan.

»Das tue ich ja«, knurrte Dana.

Im nächsten Tal nickte Ardan ihr zu. »Ich werde nun antraben. Versuch, in der Mitte zu sitzen, lehn dich etwas zurück, und halt dich notfalls an der Mähne fest.«

Bevor Dana protestieren konnte, trabte Ardan davon. Ihr schlugen die Zähne aufeinander, während ihr Pferd Ardans Braunem folgte. Sie hatte zwar Reitstunden gehabt, aber diese waren schon lange her, lagen sozusagen in der Vergangenheit einer fernen Zukunft und überdies war sie immer mit Sattel geritten. Also klammerte sie sich eisern fest, doch das Pferd schien sie falsch zu verstehen und galoppierte an. Ihr entwich ein erstickter Schrei, und als der Grauschimmel über einen kleinen Graben setzte, war es mit ihrem Gleichgewicht endgültig vorbei. Viel zu schnell kam der Boden näher. Dana schaffte es noch, sich abzurollen, und entging haarscharf einem Felsbrocken. Kurz blieb ihr die Luft weg, als sie auf die Seite knallte, dann hielt Ardan auch schon neben ihr an.

»Hast du dich verletzt?«

Eilig schüttelte sie den Kopf und kam schwankend auf die Füße.

»Gut, dann kannst du gleich wieder aufsteigen. Und das nächste Mal darfst du deine Unterschenkel nicht so fest zusammenpressen, sonst denkt das Pferd, es soll schneller laufen.«

»Ich habe gelernt, man muss einen Schenkel nach hinten legen, damit ein Pferd angaloppiert.« Sie bedachte den Grauschimmel, der sie aus seinen großen Augen treuherzig ansah, mit einem bösen Blick.

»Wer hat dich dies gelehrt?«

»Mein Reitlehrer in …« Dana unterbrach sich selbst. »Ist doch auch egal. Aber ich laufe nach Hause.«

»Du willst schon wieder aufgeben?«, provozierte sie Ardan.

»Nein, verdammt, aber mein Arsch tut mir weh«, fauchte sie, während sie sich ihre Rückseite rieb.

»Ich wusste nicht, dass die *ban-draoidh* derart verweichlicht sind.«

»Ich bin nicht verweichlicht!«

»Es ist sicher weitaus weniger anstrengend, zu den Göttern zu beten und mit Räucherzweigen herumwedeln.«

»Du musst es ja wissen«, keifte sie, sah sich nach einem Felsen um, und als sie keinen fand, versuchte sie, sich so auf den Rücken des Pferdes zu ziehen, was ihr allerdings nicht gelang. Ardans spöttisches Grinsen brachte sie beinahe um den Verstand.

»Sag ja nichts!«, drohte sie, führte das Pferd ein Stück den Berg hinab und stieg dann von ihrer erhöhten Position aus auf.

Ohne eine Antwort ritt Ardan an ihr vorüber.

»Und du bist und bleibst ein verfluchter Kotzbrocken«, knurrte sie auf Deutsch.

»Was hast du gesagt?«, fragte er über die Schulter.

»Nichts, und jetzt zeig mir gefälligst, wie ich richtig sitzen muss.«

Zu jedem Neu- und Vollmond dachte Dana mit schlechtem Gewissen an Scott und Marc, gelegentlich auch an ihre Eltern. Häufig spielte sie mit dem Gedanken, zumindest für einige Tage in ihre Zeit zurückzukehren, aber zum einen grauste es sie vor dem Trank, zum anderen fürchtete sie sich vor Rionach, denn auch dieses Mal würde sie Mael nicht mitbringen. Die Kleine hatte sich gut bei Brega eingelebt und Dana gegenüber wurde das Mädchen immer offener. Leider hatte Ardan sich bisher stets geweigert, mit Dana über seine Tochter zu sprechen, aber sie hoffte, dass sich das mit der Zeit ändern würde. Ihre Ausbildung zur Kriegerin schritt voran, obwohl Ardan nicht jeden Tag Zeit hatte, mit ihr zu trainieren. So wie alle Männer im Tal musste er sich gelegentlich an Viehtrieben beteiligen, beim Holzmachen helfen oder Steinwälle ausbessern. An solchen Tagen arbeitete Dana mit auf den Feldern oder übte mit Alauna, Brude oder den jungen Kriegerinnen und Kriegern. Auch wenn es hier keine Spiegel gab, bemerkte Dana, wie sie sich veränderte. Sie war niemals dick gewesen, doch durch das harte Training und das teilweise karge Essen waren auch die letzten Fettpölsterchen verschwunden, ihr Körper fester und muskulöser geworden. Insgesamt fühlte sich Dana recht gut, doch viel zu häufig musste sie an Drostan denken, und wenngleich der brennendste Schmerz nun nachgelassen hatte, hatte sie es bisher nicht übers Herz gebracht, zum Dun Troddan hinaufzugehen. Heute hatte Alauna sie jedoch gebeten, einige gegerbte Schaffelle zu Scetis zu bringen. Alauna selbst war zu beschäftigt, denn sie wollte mit einigen Männern in den Süden aufbrechen, um Tauschhandel zu betreiben.

Also machte sich Dana schweren Herzens auf den Weg. Jeder Schritt kostete sie mehr Überwindung. Frauen und Männer grüßten sie freundlich, doch sie sah die mitleidigen Blicke, und genau davor hatte sie sich gefürchtet.

»Ich bringe diese Felle für Scetis«, erklärte sie zu einer grauhaarigen Frau gewandt, die vor dem Broch in einem großen Kessel rührte.

»Ich werde die Herrin holen, nimm inzwischen etwas von dem Eintopf.« Mit einem mütterlichen Lächeln reichte sie ihr eine Schüssel voll Lammeintopf.

Dana nahm es dankend an, konnte dem strengen Hammelgeschmack jedoch wenig abgewinnen. Aus dem Augenwinkel sah sie einen gebeugten Mann heranschlurfen, erkannte Ardans Onkel aber erst auf den zweiten Blick. Etharnan war deutlich gealtert. Die Haut hing ihm in unzähligen Runzeln von den Wangen, während des Winters hatte er abgenommen, und sein Haar war nun vollständig ergraut. Als er Dana entdeckte, zeichnete sich ein Lächeln auf seinen müden Zügen ab.

»Schön, dich wiederzusehen«, brüllte er ihr entgegen.

»Ich freue mich ebenfalls, dich zu sehen«, entgegnete sie, wiederholte es noch einmal lauter, als er sich eine Hand ans Ohr hielt. »Wie geht es dir, Etharnan?«

Der alte Mann seufzte schwer. »Es ist nicht einfach, seitdem Drostan in die Anderswelt gegangen ist. Ich muss einen Nachfolger für ihn finden. Allein kann ich die Arbeit nicht bewältigen.«

Dana nickte und biss sich auf die Lippe. Nachdem Etharnan so interessiert in ihre Schüssel schaute, bot sie ihm diese an, und der Greis begann, langsam die Suppe zu schlürfen.

»Er hat oft von dir gesprochen«, brummelte er zwischen zwei Bissen Fleisch, das er nur mit Mühe kauen konnte, denn allzu viele Zähne besaß er nicht mehr.

»Drostan fehlt mir sehr«, gab sie leise zu, und auch wenn Etharnan sie ganz sicher nicht gehört hatte, nickte er verständnisvoll. Vermutlich hatte er die Trauer in ihrem Gesicht erkannt.

Er lächelte ihr zu. »Eines Tages wird ein anderer junger Mann dein Herz erobern.«

Energisch schüttelte Dana den Kopf. Beim besten Willen konnte sie sich nicht vorstellen, sich so schnell noch einmal zu verlieben. Schon gar nicht hier, in dieser Zeit.

»Wirst jetzt eine Kriegerin«, bemerkte Etharnan mit Anerkennung in der Stimme. »Das ist ebenfalls eine ehrenwerte Aufgabe.«

Dana lächelte vorsichtig und war froh, als Scetis, Nectans Frau, ihr entgegenkam. Wie immer ging die zierliche Frau mit eingezogenem Kopf und gebeugten Schultern. Im Gegensatz zu Alauna wirkte sie regelrecht verschüchtert.

Sie begrüßte Dana mit einer Umarmung, dann besah sie sich die Felle und nickte anerkennend. »Ich danke dir. In zwei oder drei Tagen werde ich im Tausch Leder und Stoffe zu Alauna bringen lassen.«

»Gut, ich gehe dann wieder«, sagte Dana.

»Wirst du uns wieder besuchen?«, schrie Etharnan ihr ins Ohr.

»Ja, sehr gerne.« Das meinte sie auch so, denn sie vermutete, dass es dem alten Mann guttat, wenn sie gelegentlich mit ihm sprach. Sicher vermisste auch Etharnan seinen Neffen schmerzlich.

Auf dem Rückweg hörte Dana plötzlich ein Flattern über ihrem Kopf und sah auf. Ein schwarzer Flügel blitzte auf, und sie dachte schaudernd an den unheimlichen Raben. Im Gebüsch knackte es, sie fuhr zusammen, und auf einmal stand Domech vor ihr. Er hielt einen Korb in der Hand, in dem er Kräuter gesammelt hatte. Sein kalter Blick ging ihr durch Mark und Bein.

Dennoch rang sie sich zu einem Gruß durch und wollte schnell weitergehen.

Domechs ausgemergelte Gestalt folgte ihr jedoch. »Ich habe dich lange Zeit nicht gesehen.«

»Ich war beschäftigt.«

»Hast du dich gegen den Pfad der *ban-draoidh* entschieden?«, erkundigte er sich mit einer gewissen Schärfe in der Stimme.

»Ja, ich denke schon«, antwortete sie voller Unbehagen.

»Dann kehrst du nicht zu den weisen Männern und Frauen im Tal der Eponaer zurück?«

»Ich möchte Kriegerin werden«, entgegnete sie bestimmt.

Der Druide musterte sie prüfend, dann nickte er. »Vielleicht ist dies deine Bestimmung. Du hast viel gelernt während der letzten Zeit.«

Dana fragte sich, wie er das wissen konnte. Sicher sprach man über sie, und der ein oder andere Krieger von Dun Troddan hatte sie bestimmt schon kämpfen oder reiten gesehen, dennoch lief ihr ein Schauer über den Rücken.

»Sei jedoch gewarnt. Hass und Rache sind schlechte Begleiter im Kampf!«

»Sicher nicht die schlechtesten«, widersprach sie. Erstaunlich schnell packte Domech ihren Arm, und sie blieb ruckartig stehen.

»Ardan ist ein herausragender Krieger, doch er hat sich Macha, der Göttin der Rache und des Krieges, verschrieben und eines Tages wird sie sein Leben als Preis fordern.« Düster und bedrohlich kamen die Worte aus Domechs Mund, sodass Dana für einen Moment den Atem anhielt.

Dann eilte sie weiter. »Ich habe noch zu tun.« Sie musste sich sehr zusammenreißen, um nicht zu rennen, und zum Glück kam Domech ihr nicht weiter nach.

Aber seine Stimme verfolgte sie. »Sieh dich vor, Dana von den *ban-draoidh*.«

Dana war heilfroh, als sie am Dun Telve ankam. *Gott sei Dank wohnt Domech nicht hier im Broch*, dachte sie.

In diesem Moment kam eine Gruppe von zehn Männern und zwei Kriegerinnen angeritten, unter ihnen Ardan.

»Dana, ich bedauere es, aber heute werde ich dich nicht unterrichten können.« Er hatte sein Schwert am Sattel befestigt, ein kurzer Bogen hing über seinem Rücken, und auch wenn er nicht die blaue Bemalung trug, so wirkte er sehr kriegerisch.

»Geht ihr auf die Jagd?«, fragte sie.

»Nein, uns wurden Rinder gestohlen.«

»Die verdammten Creonen.« Der grimmige Garnait spuckte auf den Boden.«

»Creonen!«, rief Dana aus, dann richtete sie sich kerzengerade auf. »Nehmt mich mit.«

»Du bist noch nicht so weit.«

»Ich bin besser geworden, das hast du selbst gesagt«, protestierte sie. »Ich kann mich auch ohne Sattel auf dem Pferderücken halten, mit dem Schwert bin ich ebenfalls …«

»Vom Pferderücken aus zu kämpfen, fällt dir noch immer schwer, denn es mangelt dir an Gleichgewicht und bisher hast du nur mit Holzwaffen gekämpft.« Offenbar war es damit für Ardan entschieden. Er hob seine Hand, riss seinen Braunen herum und die übrigen Krieger folgten ihm, nur Garnait galoppierte in Richtung Dun Troddan.

»Du kannst mich doch nicht einfach so hier stehen lassen«, rief Dana ihm empört hinterher, doch Ardan drehte sich nicht einmal um.

Wütend stampfte Dana auf den Boden, dann rannte sie zum Broch. Sie wollte Brude um ein echtes Schwert und ein Pferd bitten und Ardan und den anderen folgen. So leicht würde sie sich von diesem Mistkerl nicht abspeisen lassen.

»Was bildet der sich überhaupt ein, dieser ungepflegte, narbige, ekelhafte Blödmann«, schimpfte sie vor sich hin.

Dana war so in Rage, dass sie erst nach dem zweiten Mal mitbekam, wie jemand nach ihr rief. Eine dünne kindliche Stimme erregte ihre Aufmerksamkeit.

Tränenüberströmt kam Mael auf sie zugelaufen.

»Dana … aua«, schluchzte sie, und erst jetzt erkannte Dana das Blut, das am Bein des Mädchens hinablief.

Sie kniete sich auf die Erde, und Mael drückte ihr tränennasses Gesicht an ihre Schulter.

»Was hast du denn gemacht?«, fragte Dana mitleidig, zog die Kleine auf ihren Schoß und besah sich die Verletzung. Das Knie war aufgeschlagen, mit Erde und kleinen Steinchen verdreckt und musste unbedingt ausgewaschen werden. Sie seufzte schwer. Bis sie damit fertig war, würde sie Ardan wohl kaum noch einholen können, aber jetzt ging Mael vor.

»So, junge Dame, dann machen wir mal dein Knie wieder heil«, sagte sie und stupste Mael auf die Nase, was das Mädchen zu einem halbherzigen Lachen brachte.

Sie trug das Kind in den zweiten Stock, zu ihrer Schlafstätte, die durch Tücher von den anderen abgeteilt war, zog ihren Medizinbeutel aus einer Wandnische und holte Desinfektionsmittel heraus.

»Warte kurz, Mael.« Sie reichte ihr einen ihrer letzten Schokokekse, der Maels Tränen endgültig versiegen ließ. »Lade!«, freute sie sich.

»Genau.« Dana zwinkerte ihr zu, ging hinab in den ersten Stock, wo Devana gerade mit ihrem jüngsten Sohn schimpfte und ihm wenig liebevoll mit einem Tuch Schmutz vom Gesicht rieb. Darunter kam ein geschwollenes, blaues Auge hervor. Der Kleine mochte etwa fünf Jahre alt sein und zerrte bockig an der Hand seiner Mutter.

»Du sagst mir jetzt sofort, wer angefangen hat, Galan!«, forderte sie ihn auf.

»Mael war es!«

Während Dana einen Kessel Wasser über das Feuer hängte, horchte sie auf.

»Mael ist einen Kopf kleiner als du, sie wird dir kaum solch eine Abreibung verpasst haben.«

»Doch«, heulte er los. »Sie wollte mir das Schwert nicht geben.«

»Du hast doch noch gar kein Schwert«, warf Devana mit einem alarmierten Unterton in der Stimme ein.

Jetzt biss sich Galan auf die Lippe und sah zu Boden. »Sie ist noch klein und braucht kein eigenes Schwert.« Dies brachte ihm eine Ohrfeige seiner Mutter ein, und er fing herzzerreißend an zu heulen.

Dana hingegen musste sich ein Schmunzeln verkneifen. Wie es aussah, hatte Galan es auf Maels wertvollsten Schatz abgesehen gehabt, aber Mael hatte sich zu wehren gewusst.

Sie ging zu dem kleinen Jungen und unterbrach Devanas Schimpftirade, wie unmöglich es doch sei, einem so viel kleineren Mädchen sein Spielzeug wegzunehmen.

»Das war Mael?«, fragte sie, während sie auf sein Auge deutete.

Galan nickte betrübt. »Sie hat mir das Schwert einfach über den Kopf gezogen«, jammerte er.

Wenig erfolgreich unterdrückte Dana ein Glucksen, dann räusperte sie sich. »Und dann hast du sie geschupst?«

»Hm«, bestätigte Galan, woraufhin Devana ihm noch eine Ohrfeige geben wollte, doch Dana hielt sie fest.

»Lass es gut sein. Was Galan getan hat, war nicht richtig, aber Mael wusste sich zu helfen, und letztendlich haben sie sich beide wehgetan.«

Unzufrieden runzelte die junge Frau ihre Stirn, aber dann zuckte sie mit den Schultern. »Wie du wünschst, *ban-draoidh.*«

Dana ging zum Feuer, und als das Wasser zu brodeln begann, schöpfte sie eine Schale davon heraus. Anschließend kehrte sie Mael zurück, die mit schokoladenverschmiertem Mund auf ihrem Bett saß.

»Du hast es Galan ganz schön gegeben«, bemerkte Dana, woraufhin die Kleine zu kichern begann. »Das wird jetzt ein bisschen wehtun«, warnte sie, als sie ein Stück sauberes Tuch zuerst ins abgekochte Wasser tauchte.

Mael biss sich auf die Lippe, war aber recht tapfer. Nur als das Desinfektionsmittel in die Wunde kam, fing sie zu weinen an. Dana streichelte dem Mädchen über die weichen Haare, bis sie sich beruhigt hatte. Dann sah sie das Kind nachdenklich an. *Möglicherweise wird sich dein Vater jetzt für dich interessieren, da du auf dem Weg bist, eine kleine Kriegerin zu werden*, dachte sie.

Während Brude guter Dinge war, seine Rinder bald wiederzusehen, zehrte die Warterei an Danas Nerven. Sie wollte ihre Fähigkeiten als Kriegerin verbessern, weiter mit Ardan trainieren und möglichst bald an derartigen Vergeltungsschlägen gegen die Creonen teilnehmen. Selbstverständlich konnte sie auch mit den anderen jungen Kriegern des Clans üben, aber er war nun einmal der beste Lehrmeister, selbst wenn sie seine ungehobelte Art zornig machte.

Heute hatte Dana am Schwertkampftraining unter Garnaits Leitung teilgenommen. Der blonde Hüne kämpfte gut und kraftvoll, doch ihm fehlte Ardans Eleganz. So war ihr der ein oder andere Treffer geglückt, was ihr beim Abendessen draußen vor dem Broch einige düstere Blicke aus Garnaits rechtem Auge zubrachte – das linke war nach einer ihrer erfolgreichen Finten zugeschwollen und schillerte blau im Feuerschein. Während sie an ihrem Wein nippte, wanderten ihre Gedanken unwillkürlich zu Ardan und seinen Kriegern. Hatten sie die diebischen Creonen schon ausfindig gemacht? In den knisternden Flammen glaubte sie, kurz Drostans Gesicht zu sehen, und schüttelte sich dann. Um sich abzulenken, winkte sie Áine zu sich, die einen Kessel übers Feuer hängte und sich anschließend zu Dana setzte.

»Hast du deine Aufgaben für heute erledigt?«

Die junge Frau nickte, nahm den von Dana dargebotenen Kelch an und trank einen kräftigen Schluck. Eine Weile unterhielten sie sich über die Dinge des vergangenen Tages, dann beschloss Dana, sich über etwas zu erkundigen, was sie schon lange interessierte.

»Sag mal, Áine, welche Götter betest du eigentlich an?«, fragte sie vorsichtig.

Zum Glück zählte Danas Freundin nicht zu den argwöhnischen Menschen und gab gerne Auskunft. »Wie die meisten Menschen in unserem Tal bete ich zu Epona, der Göttin der Pferde und der Fruchtbarkeit. Meine Mutter huldigte häufig Dana.« Lächelnd sah sie Dana an. »Dir wurde eine seltene Ehre zuteil, nach der großen Erdmutter benannt zu werden.«

Verlegen erwiderte Dana das Lächeln. Sie fragte sich, ob ihren Eltern die Bedeutung des Namens überhaupt bewusst gewesen war.

»Cron hat neben Epona auch Morrighan Opfergaben dargebracht.« Während Dana sich überlegte, wie sie möglichst unauffällig nachfragen konnte, was es mit dieser Morrighan auf sich hatte, fuhr Áine bereits mit trauriger Stimme fort. »Leider hat es ihm wenig geholfen, um den Segen der Kriegsgöttin zu bitten.«

Tröstend legte Dana ihren Arm um Áines magere Schultern. Gemeinsam blickten sie stumm in die prasselnden Flammen, und eine jede dachte an den Menschen, den sie verloren hatte.

»Eigentlich ist es verwunderlich, dass die meisten Männer zu weiblichen Göttern beten«, bemerkte Dana nach einer Weile.

»Weshalb?«, wunderte sich Áine.

»Na ja«, grinsend zuckte Dana die Achseln. »Männer sind eben … Männer, und man sollte denken, sie würden eher einen männlichen Gott anbeten.«

Ganz offensichtlich konnte Áine Danas Denkweise nicht nachvollziehen, aber sie rieb sich grübelnd ihre Nase. »Domech bringt Dagda häufig Opfer dar.«

Wer zum Teufel ist Dagda?, überlegte Dana, aber als Druidin hätte sie das selbstverständlich wissen müssen, daher wandte sie sich mit ernster Miene an Lutrin, Bregas jüngsten Sohn, der in der Nähe mit einem Freund eines dieser seltsamen Knochenspiele spielte.

»Lutrin, was kannst du mir über den Gott Dagda sagen?«, fragte sie streng.

Der Junge riss die Augen weit auf und sah sie ehrfürchtig an, bevor er eilig hervorstieß: »Dagda ist der Schutzgott der Druiden und Herr über Magie, Weisheit und Heilung, *ban-draoidh.*«

»Sehr gut, Lutrin«, lobte Dana ihn.

Áine kicherte. »Wurdest du von Domech mit der Ausbildung der kleinen Jungen betraut?«

»Nein, aber es wird Bregas Kindern nicht schaden, wenn sie etwas über die Götter lernen«, meinte Dana, was Áine sichtlich zufrieden stellte. »Aber sag, Áine, was hältst du von Macha?«

Áine zuckte sichtlich zusammen, dann senkte sie die Stimme und warf einen Blick über die Schulter, so als könnte sich Macha persönlich hinter ihr manifestieren. »Sie ist die Göttin der Rache und auch die des Wahnsinns. Gelegentlich ruft Domech sie an, wenn unsere Krieger gegen einen mächtigen Feind ziehen.«

Dana sah, wie sich die feinen Haare an Áines Unterarmen aufgestellt hatten, und auch sie erschauderte. »Ardan betet angeblich zu ihr«, murmelte sie vor sich hin.

Ihre Freundin nickte ernst und warf einen Scheit ins Feuer, vielleicht um mit dem Aufflackern der Flammen die Düsternis zu vertreiben, die sich bei der Erwähnung dieser Göttin zwischen ihnen breitgemacht hatte.

Erst nach acht Tagen kehrte Ardan mit seiner Truppe zurück. Die Männer und Frauen schienen guter Dinge zu sein, wenn auch schmutzig, müde und mit zahlreichen Blessuren.

»Einige von uns sind zurückgeblieben und treiben die Rinder«, erklärte Ardan an Brude gewandt.

»Wie viele konntet ihr zurückholen?«, erkundigte sich der Clanführer.

»Dreiundzwanzig.« Dana bemerkte, wie Ardans Blick zu ihr wanderte. »Außerdem drei Pferde, und es gelang uns, einen Gefangenen zu machen.«

Brude nickte sichtlich zufrieden, dann rief er Brega zu: »Hol Fleisch und Brot, sie haben es sich verdient.«

Danas Zorn auf Ardan war während der letzten Tage verflogen, dennoch wollte sie ihm klarmachen, wie unhöflich es gewesen war, sie einfach so abzuweisen.

Nach dem Essen kam der Krieger ihr jedoch zuvor. »Ich möchte dir etwas zeigen, bevor ich zum Fluss gehe.«

»Das ist allerdings nötig«, meinte Dana naserümpfend.

Doch Ardan ließ sich nicht provozieren, führte sie zu den Weiden und zeigte auf ein Pferd von ungewöhnlicher Farbe. Es war ein äußerst dunkler Fuchs, größer und nicht ganz so stämmig wie die meisten anderen Pferde hier. Schweif und Mähne waren hingegen silbergrau mit einigen schwarzen Strähnen.

»Ich konnte ihn von den Creonen erobern – als Blutgeld für Drostan. Sattel und Zaumzeug liegen unter dem Baum.«

Dana blieb der Mund offen stehen, sie starrte Ardan an und fragte dann verdutzt: »Er ist für mich?«

Dies bestätigte Ardan mit einem Nicken. »Die beiden anderen Pferde sind nicht ganz so prächtig«, er deutete auf einen Rappen und einen Schimmel, »aber ich denke, Nectan wird trotz allem zufrieden sein. Das Schwert des toten Kriegers, den ich als einen von Drostans Mördern erkannte, möchte ich an Etharnan geben, sofern dir dies genehm ist.«

»Ja, sicher.« Sprachlos trat Dana zu dem Pferd, das seinen Kopf hob, sie kurz freundlich beschnupperte und anschließend wieder den Kopf senkte, um zu fressen. »Ich hätte den Krieger töten sollen«, sagte sie dann herausfordernd.

»Das wäre dir nicht gelungen – noch nicht.« Ardan blickte sie ernst an. »Ab morgen werden wir mit scharfen Waffen kämpfen.«

Insgeheim musste Dana zugeben, dass er vermutlich Recht hatte, es ärgerte sie noch immer, wie er mit ihr umgegangen war, aber dieses hübsche Pferd war ein wertvolles Geschenk.

»Der Gefangene, war er auch einer von Drostans …« Sie konnte nicht weitersprechen und biss sich auf die Lippe.

Ardan schüttelte den Kopf. »Nein, aber er war beim letzten Überfall dabei. Wir werden ihn Domech übergeben. Er soll entscheiden, ob er geopfert wird.«

Jetzt zuckte Dana gehörig zusammen. »Ein Menschenopfer?« Völlig entsetzt torkelte sie zurück. Sie glaubte inzwischen, während eines Kampfes jemanden töten zu können, sollte ihr Leben bedroht werden, und auch an Drostans Mördern hätte sie sich gerne gerächt. Aber einen wehrlosen Gefangenen kaltblütig zu ermorden, ging ihr entschieden zu weit.

»Dana, die Creonen werden nicht aufgeben«, erklärte Ardan ungeduldig. »Schon seit vielen Sommern liegen wir wegen einigen Ländereien mit ihnen im Streit. Das Opfer könnte uns den Segen der Götter für bevorstehende Kämpfe bringen.«

Schwachsinn, dachte sie, sprach es aber nicht laut aus, denn sie wusste, wie fest die Menschen hier an ihre Götter glaubten.

»Domech hat gesagt, du betest zu Macha«, erwähnte Dana. »Weshalb tust du das? Die meisten im Tal verehren Epona.«

Auf der Stelle verhärteten sich Ardans Gesichtszüge. »Lange Zeit habe auch ich Epona verehrt, ihr Opfergaben dargebracht, aber trotzdem wurde mir Rionach genommen. Anschließend verfluchte ich alle Götter, doch dann sagte ich mich von Epona los und wandte mich Macha zu. Seitdem bin ich ein besserer Krieger geworden. Macha ist die Göttin der Rache und des Krieges. Sie gibt mir die Stärke, die ich brauche, um meinen Clan zu beschützen.«

»Und die Göttin des Wahnsinns«, murmelte Dana ganz leise, doch Ardan schien sie gehört zu haben, denn ein zynisches Grinsen überzog sein Gesicht. Dana schüttelte die Gedanken an die verschiedenen Götter ab und lächelte Ardan vorsichtig zu. »Danke für das Pferd, es ist wunderbar.«

»Ich finde, er passt zu dir«, bemerkte er, klopfte das Tier am Hals. »Stur, eigenwillig und temperamentvoll.«

Damit wandte er sich ab und ließ Dana sprachlos zurück. »Das gibt's doch nicht«, schimpfte sie, während sie dem Krieger hinterherblickte. »Er macht mir ein Geschenk und beleidigt mich im gleichen Atemzug! Der Kerl ist unmöglich.« Dann klopfte sie das Pferd noch einmal am Hals. »Du kannst ja nichts dafür. Ich werde mir einen Namen für dich überlegen müssen.«

Schließlich ging auch sie zurück zum Broch, wo sie Brega dabei zur Hand ging, Brotteig zu kneten. Mael half ebenfalls kräftig mit. Als Dana ihr etwas Mehl auf die Nase schmierte, lachte die Kleine laut auf und Brega lächelte Dana zu. »Zu dir hat sie wirklich besonderes Vertrauen gefasst.«

»Ja, das ist schön.« Dana ertappte sich dabei, dass auch sie Mael schmerzlich vermissen würde, wenn sie erst wieder in ihre Zeit zurückkehrte. Aber noch war es ja nicht so weit. »Wächst tatsächlich ein Kind in dir heran? Bist du inzwischen sicher?«

Brega lächelte verträumt. »Ja, mein Bauch rundet sich deutlich, ich denke, etwa um die Zeit von Lughnasadh sollte ich mein Kind bekommen.«

Lughnasadh, das Erntefest, das nach ihrer Zeitrechnung im August stattfand. Dana vermutete, dass jetzt etwa Ende April war. Wie schnell doch die Zeit verging!

Gegen Abend kam Ardan zu ihr, inzwischen gewaschen und mit halbwegs sauberen Kleidern. Er hielt ein schätzungsweise sechzig Zentimeter langes Schwert mit halbmondförmigem Knauf in der Hand. Es war kürzer als sein eigenes und auch nicht am Heft mit verschlungenen Mustern verziert.

»Hier, damit kannst du üben. Das Schwert ist leicht und liegt gut in der Hand.« Vermutlich in dem festen Glauben, Dana würde es auffangen, warf er es zu ihr hinüber.

Hastig richtete sie sich auf und bekam es gerade so noch zu fassen, bevor es in eine Schüssel voll Mehl fiel. Dana umfasste den lederumwickelten Griff und nickte dann. »Danke.«

»Komm mit mir.«

»Mael würde sicher gerne zusehen«, meinte Dana. Bisher hatte Ardan seine Tochter kaum eines Blickes gewürdigt, und jetzt verfinsterte sich sein Gesicht noch mehr.

»Nein.«

Sie bemerkte, wie die Kleine ihre Schultern hängen ließ. Doch Dana wollte nicht aufgeben. »Du könntest ihr beibringen, wie man mit dem Schwert umgeht. Ich habe ihr eines aus Holz gemacht, und neulich hat sie sich sogar gegen einen älteren Jungen behauptet.«

»Nein«, wiederholte er unwirsch und drehte sich um.

Dana unterdrückte einen Fluch, eilte ihm nach und fasste ihn an der Schulter. »Ardan, du bist ein hervorragender Lehrer, du könntest Mael zeigen, wie man kämpft und reitet.«

»Es ist nicht mein Wunsch, dass sie eine Kriegerin wird.« Seine Worte waren so scharf wie Dolchklingen, und Dana ließ ihn unwillkürlich los. »Komm jetzt.«

»Verdammt, Ardan, sie ist deine Tochter!«, brach es aus Dana hervor.

Er fasste sie hart an den Schultern. Seine dunklen Augen funkelten voller Zorn. »Sie ist meine Tochter, deshalb entscheide ich, was mit ihr geschieht. Sie soll Brega helfen, und entweder folgst du mir, oder du lässt es bleiben.« Damit wandte er sich ab und stampfte davon.

»Du dickschädeliger, gefühlloser Klotz«, schäumte Dana. Sie ging zurück zu Mael, drückte sie kurz an sich und brummte zu Brega gewandt: »Ich gebe nicht auf, irgendwann wird er sich um sie kümmern.«

Die ältere Frau hob jedoch nur seufzend die Schultern und sagte dann zu der Kleinen: »Komm her und gib noch etwas Mehl in die Schüssel.«

Sofort gehorchte das Mädchen. Dana musste sich beeilen, Ardan einzuholen, und als sie neben ihm war, sah sie, wie angespannt seine Kiefermuskeln waren.

»Ich werde nicht mehr mit dir über Mael sprechen«, stellte er sofort klar.

»Kotzbrocken«, knurrte sie erneut, woraufhin er die Stirn runzelte. Sie konnte und wollte nicht aufgeben. In letzter Zeit hatte sie durchaus das Gefühl gehabt, das ein oder andere Mal durch Ardans harte Schale dringen zu können, und sie war sich sicher, irgendwann würde es ihr gelingen, ihm seine Verantwortung für das Kind klarmachen zu können.

Heute übten sie mit scharfen Klingen. Zunächst fand es Dana gar nicht so schwierig, doch schon nach kurzer Zeit bemerkte sie, wie ihre Arme schwer wurden. Mit dem Holzschwert war es ihr merklich leichter gefallen, schnell zu parieren oder anzugreifen, doch diese eiserne Klinge zu schwingen, erwies sich als deutlich schwieriger. Schon nach kurzer Zeit brannte Schweiß in ihren Augen, und Ardans kraftvolle Hiebe – selbst wenn sie vermutlich deutlich abgebremst waren – machten ihr schwer zu schaffen. Mehr als einmal wurde ihr unter der Wucht ihre eigene Klinge beinahe aus den Händen geprellt. Dennoch gab sie nicht auf, und als sich die Dämmerung langsam über das Land senkte, nickte Ardan sogar anerkennend.

»Sehr gut, Dana, du hast dich wacker geschlagen.«

Stöhnend ließ sie sich auf den Boden sinken. »Zäh und unbeugsam – vermutlich noch eine Eigenschaft, die mich mit meinem neuen Pferd verbindet.«

Als sie Ardan leise auflachen hörte, hob sie den Kopf. Bisher hatte sie ihn kaum einmal lachen sehen, und es ließ seine Züge gleich ein wenig sympathischer erscheinen. Dann hielt er ihr die Hand hin. »Komm, sonst ist nichts mehr vom Essen übrig.«

Es kostete Dana große Kraft, überhaupt noch einmal aufzustehen, aber schließlich schlurfte sie Ardan hinterher, denn hungrig war sie in jedem Fall.

»Wenn du möchtest, kannst du morgen mit zu den Fischern reiten«, schlug er vor. »Wir müssen Seetang für die Felder abholen. Nach dem Ritt kannst du beurteilen, ob du mit dem Hengst zurechtkommst.«

»Ja, von mir aus.« Im Augenblick konnte sich Dana nicht vorstellen, jemals wieder auf den Rücken eines Pferdes zu steigen, so sehr schmerzten ihre Muskeln. Nach dem Essen fiel sie nur noch auf ihr Strohbett und schlief auf der Stelle ein – das erste Mal, ohne an Drostan denken zu müssen.

Am liebsten wäre Dana am nächsten Tag einfach liegen geblieben. Sie wünschte sich eine Tasse Kaffee, einen Tag vor dem Fernseher oder mit einem guten Buch in der Hand im Bett zu liegen, denn überall plagte sie heftigster Muskelkater. Doch dies würde hier ein Traum bleiben, und so quälte sie sich aus der Schlafstätte, machte sich nach einem eiligen Frühstück gemeinsam mit Brude und zwei anderen Kriegern auf zu den Pferdeweiden. Heute wollte der Clanführer sie begleiten, denn auch die Menschen, die am Ufer des Meeresarmes lebten, standen unter seinem Schutz, wie er unterwegs erklärte. Als er den Hengst sah, hob er überrascht seine Augenbrauen.

»Ein wahrhaft königliches Tier«, stellte Brude voller Bewunderung fest.

Dana sattelte gerade den Hengst und sah Brude unsicher an. »Denkst du, es ist unpassend, wenn ich ihn reite?«

Doch der Clanführer lachte hell auf. »Nein, du bist *ban-draoidh* und auf dem besten Weg, auch eine Kriegerin zu werden. Deine Taten werden unseren Clan bereichern, dessen bin ich mir gewiss.«

Noch immer war sich Dana nicht ganz sicher und hoffte, dass ihr niemand dieses prächtige Tier neiden würde. Als kurz darauf ein Mann auf sie zukam, stutzte sie für einen Moment. Der geschmeidige Gang, die aufrechte Haltung – das alles kam ihr bekannt vor, dennoch erkannte sie ihn auf den ersten Blick nicht.

»Ardan?«, wunderte sie sich.

»Wer sonst?«, entgegnete er spöttisch.

Sie starrte ihn perplex an. Der struppige Bart war verschwunden, und er hatte sich sogar die zotteligen Haare nach hinten gebunden. Die Narbe über seiner rechten Wange und der abgebrochene Eckzahn verliehen ihm nach wie vor ein wildes Aussehen, aber jetzt wirkte er deutlich jünger und nicht mehr wie ein verwahrloster Straßenpenner.

»Es juckt, wenn es wärmer wird«, meinte er, während er sich das Kinn rieb.

»Ohne siehst du besser aus«, rutschte es Dana heraus, dann räusperte sie sich und bemerkte, wie ihre Wangen zu glühen begannen. Aber Ardan zuckte nur mit den Schultern und eilte auf seinen Braunen zu.

Brude hatte bereits gesattelt, kam jetzt zu ihr geritten und stutzte ebenfalls, als er Ardan erblickte. Dann lächelte er Dana hoffnungsvoll zu. »Möglicherweise kommt er langsam über Rionachs Tod hinweg.« Der Clanführer schmunzelte. »Beim Clan am Meer gibt es einige sehr ansehnliche Mädchen. Mag sein, dass er sich dort trösten möchte.«

»Denkst du?« Dana konnte sich kaum vorstellen, dass Ardan sich für eine andere Frau als Rionach interessierte.

»Er ist ein Mann, Dana, Ablenkung wird ihm guttun.«

»Hm.« Dana wusste nicht so recht, was sie davon halten sollte, aber dann wurde sie von Ardan und seiner wundersamen Verwandlung abgelenkt, denn ihr Hengst machte ihr während der ersten Meilen zu schaffen. Sie ritt in einer Gruppe aus zehn Männern, wobei vier von ihnen auf jeweils zwei Wagen fuhren. Offensichtlich wollte das Pferd sie testen, tanzte mal hier, mal dort aus der Reihe, und als sie ihm energisch die Schenkel in die Seiten drückte, fing er an zu bocken.

»Sag jetzt nichts«, knurrte sie Ardan zu, der sie beobachtete.

»Zeig ihm, dass du seine Herrin bist«, riet Ardan, brach einen Weidenstock ab und gab ihn Dana in die Hand. »Vermutlich ist er deutlich mehr Gewicht und eine härtere Hand gewöhnt.«

»Ich will ihn aber nicht schlagen.« Dana fluchte, als der Hengst schon wieder den Kopf senkte und nach hinten ausschlug.

»Du sollst ihm nur zeigen, dass er bestimmte Dinge nicht tun darf.«

Nachdem Dana ein weiteres Mal beinahe aus dem Sattel geworfen worden wäre, nahm sie das Stöckchen doch an. Sie lenkte den Hengst auf die Wiese neben dem Pfad, und als das Pferd schnaubend seinen Kopf zwischen die Beine steckte und das Hinterteil hob, nahm sie die Zügel energisch nach oben und klatschte ihm die improvisierte Gerte aufs Hinterteil. Auf einmal erinnerte sie sich an ihre alte Reitschule. Dort hatte es ein ähnlich unerzogenes Pferd gegeben, und ihre Reitlehrerin hatte ihr damals stets zur gleichen Verhaltensweise geraten. Der Hengst grunzte überrascht, versuchte einen weiteren Bocksprung, und als sie das Gleiche wiederholte, raste er auf einmal los. Im letzten Moment hielt sich Dana an der Mähne fest. Der Antritt presste ihr die Luft aus den Lungen, und das Pferd schoss wie ein Katapult über die steinige Wiese.

»Oh, brrr!« Dana wurde himmelangst. Mit aller Kraft zog sie an den Zügeln, aber das Tier wollte nicht hören und stemmte sich gegen das Zaumzeug. Büsche und Bäume flogen an ihr vorüber, Schafe suchten panisch blökend das Weite, und Dana sah den nahen Wald schon bedrohlich auf sich zukommen. Doch dann erinnerte sie sich erneut an etwas aus vergangenen Reitstunden. Sie nahm den linken Zügel energisch an, presste ihr rechtes Bein in seine Flanke und schaffte es so, einen Bogen zu reiten. Der Hengst wurde ein wenig langsamer, schnaubte entrüstet und setzte schon wieder zum Bocken an.

»Nein!«, rief Dana aus, hielt die Zügel hoch und klatschte ihm noch einmal die Gerte aufs Hinterteil. Doch diesmal ließ sie ihn nicht einfach losstürmen, sondern lenkte ihn sofort in einen großen Bogen. Das Pferd war sichtlich in Rage, galoppierte mit mächtigen Sprüngen voran, und als er nach einer Weile von selbst langsamer werden wollte, trieb Dana ihn erst recht an. Bis das Tier vor Schweiß triefte, ließ sie ihn im Kreis galoppieren. Nachdem er endlich gehorsam den Kopf senkte und auf seinem Gebiss zu kauen begann, erlaubte sie es ihm, in einen langsamen Trab zu fallen. Anschließend ritt sie zu den anderen zurück. Die Männer hatten auf sie gewartet, und als sie angetrabt kam, johlten und klatschten sie voller Begeisterung. Auf Danas Gesicht erschien ein stolzes Grinsen.

»Ein Prachtmädchen! Könnte von meinem Blute sein«, freute sich Brude.

»Ich sagte doch, er passt zu dir«, steuerte Ardan bei und zwinkerte ihr zu.

»Ich finde, er ähnelt eher dir«, entgegnete Dana frech, dann besah sie sich übertrieben lang den Weidenstock. »Möglicherweise sollten wir den hier benutzen, um dir damit deine unverschämte Art auszutreiben.« Sie ließ Ardan mit offenem Mund zurück und setzte sich an die Spitze des Zuges, während die Männer laut lachten.

Bis sie die Meerenge erreichten, muckte Danas Hengst nicht mehr auf, sondern zeigte sich ausgesprochen zahm und umgänglich, ließ sich mit weicher Hand lenken und wölbte gehorsam seinen imposanten Hals.

Dana staunte, als sie die Ansammlung von Hütten am Ufer sah. Die Rundhäuser standen auf Pfählen im Wasser, ein Damm – vermutlich aus Steinen und Erde – führte vom Festland aus zu Plattformen vor dem Haus. So etwas hatte sie noch niemals zuvor gesehen und erst recht nicht hier im vorchristlichen Schottland vermutet.

Brude ritt voran, begrüßte Männer und Frauen, die ihm entgegenkamen, und wechselte freundliche Worte mit ihnen.

Eine grauhaarige Frau, der sehnigen Statur nach eine Kriegerin, wandte sich an den Clanführer. »Unsere Nachbarn, die jenseits des Passes leben, erzählten schon wieder von creonischen Plünderern.«

Brude stieß einen rüden Fluch zwischen den Zähnen hervor, strich sich über seinen blonden Schnurrbart und nickte dann grimmig. »Zum nächsten Vollmond sollte Alauna zurückgekehrt sein, dann werden wir gegen die Creonen ziehen.«

»Mein Speer und Schild seien dir gewiss«, versicherte die Kriegerin zufrieden.

Mit geübter Routine wurden lange Stränge Seetang auf die Wagen geladen, außerdem Fässer mit geräuchertem Fisch. Draußen auf dem Meer erblickte Dana einige schmale Langboote, mit denen vermutlich gefischt wurde.

»Ihr habt eine Vielzahl an *curraghs* auf See«, meinte Brude zum Abschied zu der Kriegerin, die wahrscheinlich eine Art Vorsteherin des Dorfes war.

Sie sah zu den in der sanften Brise schaukelnden Booten. »Mannanan ist uns in diesem Frühling wohlgesinnt und segnet uns mit reichem Fang und lauen Winden.«

Der Gott des Meeres, erinnerte sich Dana, dann machte sich der Tross auch schon wieder auf den Heimweg.

»Diese *curraghs*«, erkundigte sich Dana unterwegs, »wie werden sie gefertigt?«

»Wie es aussieht, entstammst du keiner Familie aus Seefahrern«, lachte Brude. »Unsere Clanbrüder am Meer verstehen sich auf die Anfertigung der Holzgestelle, und wir liefern ihnen Tierhäute, die sie darüber spannen. Diese tauschen wir gegen Fisch oder Algen.«

Gerne hätte Dana gefragt, ob es Clans gab, die größere Schiffe bauten, aber sie traute sich nicht, denn das wäre ihrer Meinung nach zu auffällig gewesen.

Nach einer Weile ritt Ardan zu ihr und deutete auf den Hengst. »Ihr scheint euch zu verstehen. Falls du bis zum nächsten Vollmond sicher mit dem Schwert vom Pferderücken aus umzugehen vermagst, kannst du mit uns gegen die Creonen ziehen.«

Dies überraschte Dana, dann nickte sie zufrieden. »Ich werde ihn Righ nennen, er ist wirklich ein königliches Tier.«

»Ein guter Name.«

»Wie heißt eigentlich dein Pferd, Ardan?«

»Donn«, erwiderte er und schloss dann zu Brude auf.

»Sehr einfallsreich«, murmelte Dana, denn das bedeutete schlicht und einfach *braun*.

Kapitel 22

Beltane

Die Frühlingstage schritten voran, während Dana im Umgang mit dem echten Schwert zunehmend vertrauter wurde. Auch Righ wuchs ihr mehr und mehr ans Herz. Er stellte sich als ausgebildetes Kriegspferd und guter Freund heraus, den Dana nicht mehr missen mochte.

Als jedoch die Vorbereitungen für das Beltanefest begannen, konnten auch das Kampftraining Dana nicht mehr ablenken. Während am Abend getanzt, gelacht und gesungen wurde, starrte sie nur trübselig ins Feuer.

»Erfreust du dich nicht an unserem Fest?«, schnarrte eine Stimme, und Dana richtete sich ruckartig auf. Die Schatten der Flammen tanzten über Domechs Gesicht, als wollten sie sein fehlendes Auge verhöhnen.

Ohne eine Antwort abzuwarten, trat Domech einen Schritt auf sie zu, und der Geruch von Räucherwerk, Kräutern und Schweiß schlug ihr entgegen. »Dieses Fest ist ein bedeutender Ritus, bezeichnet er doch den Sieg der Sonne über die Dunkelheit des Winters. Das Leben erwacht, der Duft der Fruchtbarkeit liegt in der Luft. Aber nicht jeder kann der Kälte des Winters entrinnen, um dem Frühling und Sommer seine Ehrerbietung zu erweisen.«

»Manch einer fällt auch den Klingen der Feinde zum Opfer«, flüsterte Dana.

»Drostan wurde in die Anderswelt berufen, und es bereitet dir

Schmerz«, stellte Domech fest, und Dana war überrascht, dass er ihre Worte überhaupt vernommen hatte. »Sieh in die Flammen, Dana von den *ban-draoidh*«, er wies mit der Hand zu den lodernden Beltanefeuern hinüber und ballte plötzlich ruckartig eine Faust. »Sie verzehren die Dunkelheit in dir, doch nur um ihre eigenen Schatten zu werfen.«

Kurz ließ er seine Worte wirken, Dana starrte ihn nur an, und dann verschwand der Druide.

Sie verstand Domechs Worte nicht, zudem waren sie wenig tröstlich und erinnerten nur noch mehr an ihren Schmerz.

Ja, heute hätte der Tag sein sollen, an dem sie Drostan ihre Entscheidung mitgeteilt hätte, ihr Leben mit ihm verbringen zu wollen oder nicht. Ob sie es – würde er noch leben – tatsächlich geschafft hätte, sich für immer an ihn zu binden, wusste sie nicht. Doch er fehlte ihr unendlich, und sie wünschte sich nichts mehr, als mit ihm ums Feuer zu tanzen, so wie es viele junge Paare taten, deren Verbindung in dieser Nacht durch Domech gesegnet wurde.

Dana ahnte, dass auch ihre Freundin Áine heute traurig war und ganz sicher Cron schmerzlich vermisste, aber sie musste sich um ihre verzweifelte Schwester kümmern, deren Geliebter in dieser Nacht offiziell die Verbindung mit einer anderen jungen Frau eingegangen war.

Betrübt bohrte Dana mit einem kleinen Stock in der Erde herum. Überall erklangen leise Lieder, die vom Beginn des Sommers, vom Sieg der Sonne über den Winter, von Fruchtbarkeit und Glück sprachen. Sie konnte die Menschen verstehen, die heute ausgelassen und fröhlich feierten, denn die Nacht war mild, unzählige Sterne glitzerten am Firmament, der volle Mond hing über den Bergen und verlieh der Umgebung einen silbrigen Glanz. Auch von Dun Troddan her erklang Musik, und die Beltanefeuer waren bis hierher zu sehen.

Gestern war Alauna mit ihren Kriegern zurückgekehrt. Sie hatten gute Geschäfte gemacht, Eisen und Bronze aus dem Süden eingetauscht, und heute sah man sie mit Brude ums Feuer tanzen. Ihre Augen leuchteten, sie küssten sich voller Leidenschaft, und ihre Blicke sprachen noch immer von großer Zuneigung, auch wenn sie sicher schon sehr lange ein Paar waren. Irgendwie rührte sie diese traute Zweisamkeit.

»Wer wird denn in dieser Nacht so allein am Feuer sitzen?«, ertönte auf einmal eine kräftige männliche Stimme in ihrem Nacken.

Dana drehte sich um und sah sich Nectan gegenüber. Wie zu allen Feierlichkeiten war er mit Silber- und Goldschmuck behängt, sein imposanter Schnurrbart akkurat in Form gebracht, die grauen Haare an den Seiten zu Zöpfen geflochten. Er hielt Dana einen goldenen Pokal hin, doch sie lehnte dankend ab.

»Tanz mit mir, *ban-draoidh*«, verlangte er und zog sie mit seiner kräftigen Pranke in die Höhe.

»Nein, ich möchte nicht«, wehrte sie ab.

Allerdings wollte Nectan – schon sichtlich angetrunken – das nicht gelten lassen. Mit Bärenkräften presste er sie an sich und setzte dazu an, sie zu den Tanzenden zu ziehen. Aber Dana entwand sich ihm geschmeidig. »Ich möchte jetzt nicht tanzen!«, stellte sie klar.

Nectan warf seinen Kopf in den Nacken, lachte laut auf und genehmigte sich noch einen Schluck.

»Ich mag energische Frauen. Du bist eine gute Kriegerin geworden, wie man hört.«

Dana erstarrte, als er ihr besitzergreifend ans Hinterteil fasste, dann näherte sich sein Mund dem ihren. »In dieser Nacht ist alles erlaubt«, raunte er ihr ins Ohr. »Nicht einmal der Geist deines Geliebten würde daran Anstoß nehmen.«

Obwohl sie an diesem Abend ein langes Kleid aus rostbraun gefärbtem Leinenstoff trug, so hing dennoch der kurze Dolch, den ihr Alauna vor einiger Zeit geschenkt hatte, an ihrem Gürtel. Blitzschnell zog sie die Waffe und hielt sie Nectan warnend an sein empfindlichstes Körperteil. Seine Augen weiteten sich, und sie sah ihm fest ins Gesicht. »Genau, ich bin eine Kriegerin und pflege das, was ich sage, auch so zu meinen. Such dir eine andere Bettgefährtin, ich stehe nicht zur Verfügung!«

Nectan schluckte hörbar, ließ sie los und trat langsam zurück, wobei er die Arme hob. »Verzeih, ich würde es niemals wagen, mir den Zorn einer *ban-draoidh* zuzuziehen.« Schwankend suchte er sich sein nächstes Opfer.

»Alter Gockel«, knurrte Dana. Eigentlich konnte sie Nectan gut leiden, doch er ging wohl davon aus, er könne jede Frau haben.

Als sie sich umdrehte, bemerkte sie, wie Alauna ihr, sichtlich amüsiert, zuprostete. Vermutlich hatten sie und Brude den Vorfall beobachtet, und Dana konnte sich gut vorstellen, dass es der Clanführerin gefiel, wie sie Nectan in seine Schranken gewiesen hatte.

Dana wollte ein wenig alleine sein und ging in Richtung Fluss davon. Während der ganzen Feierlichkeiten hatte sie Ardan nicht zu Gesicht bekommen, aber jetzt entdeckte sie auch ihn abseits der Feiernden, wie er an einem Baum lehnte, die Arme verschränkt, das Gesicht abweisend. Sie überlegte, zu ihm zu gehen, entschied sich jedoch dagegen. Möglicherweise wollte auch er in dieser Nacht lieber seine Ruhe haben.

Dana kam nicht weit, da rannte Mael auf sie zu. Ihre Haare waren verstrubbelt, die Wangen gerötet. Das Mädchen schlang die dünnen Arme um Danas Beine.

»Komm!«, forderte sie sie auf.

»Wohin möchtest du denn, Mael?«

Die Kleine deutete auf die tanzenden, feiernden Menschen, woraufhin sich Dana zu ihr beugte. »Nein, heute nicht. Außerdem solltest du schon längst schlafen, denke ich.«

Bestimmt schüttelte Mael ihren Kopf, was Dana zum Schmunzeln brachte. »Ich bringe dich jetzt ins Bett.«

»Essen!«, beharrte das Kind.

»Also gut, aber danach gehst du schlafen«, gab Dana nach, ließ sich von Mael noch einmal zum Feuer ziehen und reichte ihr ein

Stück frisches Brot. Dana setzte sich auf den Boden, und Mael kletterte zufrieden auf ihren Schoß, wo sie an dem Haferbrot herumknabberte. Sie schlang ihre Arme um das Kind, ließ sich vom Gesang einiger Frauen einlullen, und während sie erneut in die Flammen blickte, glaubte sie, Drostans lachendes Gesicht zu sehen. Sie dachte an die vielen schönen Stunden, die sie gemeinsam verbracht hatten, und als sie plötzlich Maels Hand auf ihrer Wange spürte, wachte sie auf wie aus einem Traum.

»Aua?«, fragte die Kleine mitleidig.

»Was?« Erst jetzt bemerkte Dana, dass sie geweint hatte, und wischte sich eilig über die Augen. »Nein, Mael, es ist alles in Ordnung.« Als das Mädchen ihr ein Stück Brot entgegenstreckte – vermutlich sollte es ein Trost sein, lehnte sie ab. »Ich habe keinen Hunger, keine Angst, mir geht es gut.« Seufzend lehnte sich Mael an Danas Brust, und während sie ihr über die Haare streichelte, schlief die Kleine unvermittelt ein.

Aus dem Augenwinkel bemerkte Dana eine Bewegung. Ihr Blick traf den von Ardan. Für einen Moment hatte sie den Eindruck, er wolle zu ihr kommen, aber dann wandte er sich ab und verschwand in der Nacht.

Dana stand auf, trug Mael zu Bregas Hütte und legte sie schlafen. Anschließend ging sie zurück zum Broch.

Es war schon spät in der Nacht, die Feuer beinahe heruntergebrannt, und Männer und Frauen sprangen Hand in Hand über die versiegenden Flammen, womit sie ihren Bund fürs Leben besiegelten. Anschließend verteilten sie sich zwischen Bäumen und Büschen, und während Dana langsam zum Dun Telve ging, hörte sie überall leises Lachen, Geräusche der Lust und gewisperte Liebesschwüre. Diese Nacht gehörte dem Leben, und in neun Monaten würde vermutlich eine ganze Reihe neuer Clanmitglieder das Licht der Welt erblicken.

Wenngleich Dana müde war, konnte sie kaum schlafen. Gesang, Musik und die Geräusche der Liebenden erfüllten noch lange die Nacht, und selbst die dicken Mauern des Brochs vermochten sie nicht völlig auszusperren – zumal auch im Inneren des Turmes den Göttern der Fruchtbarkeit gehuldigt wurde. Dana dachte an Drostan, fragte sich, wie es wohl gewesen wäre, sich in dieser Nacht mit ihm zu verbinden, schob die Vorstellung jedoch vehement beiseite. Schließlich wanderten ihre Gedanken zu Scott. Heute war Vollmond, und sicher wartete er am Dun Telve auf ihre Rückkehr – zweitausend Jahre entfernt. Auch Marc kam ihr in den Sinn, und sie hatte ein schlechtes Gewissen, denn bestimmt machte er sich entsetzliche Sorgen. *Vielleicht sollte ich zumindest für ein paar Tage zurückkehren – vielleicht zum nächsten Vollmond*, dachte sie, bevor ihr doch noch die Augen zufielen.

Das Leben verlief am nächsten Tag gemächlich. Manch einer hatte noch mit einem heftigen Kater zu kämpfen, und als Dana am Morgen zum Fluss ging, sah sie in vielen versteckten Ecken glücklich lächelnde Pärchen, die sich gegenseitig Moos und Blätter aus den Haaren zogen und dann gemeinsam zu ihren Behausungen schlenderten. Nachdem sie sich gewaschen hatte, kehrte sie zum Broch zurück und lief Ardan über den Weg. Er sah übernächtigt aus, und sie vermutete, dass es ihm ähnlich wie ihr selbst ergangen war.

»Nachdem du gegessen hast, kannst du zur Weide kommen, dann üben wir noch einmal den Angriff zu Pferd.«

Dana zögerte, denn eigentlich hatte sie heute etwas anderes vor. »Könnten wir das auf den Abend verschieben? Ich … muss etwas erledigen.« Ardans dunkle Augenbrauen verengten sich, und so fuhr Dana hastig fort: »Ich wollte mit Righ ausreiten – alleine – an einen bestimmten Ort.«

Ardan fragte nicht weiter nach. Möglicherweise verstand er, dass Dana nach dem gestrigen Abend noch ein wenig Zeit für sich brauchte. Also holte sie Sattel und Zaumzeug, ging zu der Weide und sattelte Righ. Das Pferd beschnupperte sie, und für einen Moment genoss sie es, sich einfach an seinen starken Hals zu lehnen und ihr Gesicht in seiner Mähne zu vergraben. Dann schwang sie sich in den Sattel und ritt in östlicher Richtung davon. Sie war sich nicht ganz sicher, ob sie den Weg noch finden würde, aber nach einem kleinen Umweg erblickte sie den verfallenen Broch, an dem Drostan ihr vor nicht allzu langer Zeit seine Liebe gestanden hatte. Sie band Righ an einem Baum fest und ging langsam auf den alten Turm zu. Ein leiser Wind pfiff um das Gemäuer, im Westen ballten sich einige Wolken zusammen, die möglicherweise bald Regen bringen würden, aber noch strahlte die Sonne vom Himmel.

In Gedanken an vergangene Tage setzte sich Dana auf einen der sonnengewärmten Steine und streifte den Armreif von ihrem Handgelenk. Seitdem Drostan tot war, hatte sie ihn nicht mehr abgenommen. Nun drehte sie ihn in der Hand und fragte sich, wie ihr Leben verlaufen wäre, wenn Drostan nicht gestorben wäre. Der Ort beruhigte sie auf wundersame Weise, vielleicht weil sie sich hier Drostan nahe fühlte.

Ein paar Regentropfen rissen sie aus ihren Grübeleien, und sie beschloss, wieder nach Hause zu reiten. Als sie sich umdrehte, erstarrte sie. Eine hochgewachsene Frau mit silbergrauem Haar stand vor dem Turm und beobachtete sie – möglicherweise schon eine ganze Weile. Instinktiv griff Dana nach dem Schwert an ihrer Seite.

»Du brauchst dich nicht zu fürchten.« Die Stimme der Fremden klang dunkel, ein wenig rauchig, aber nicht unangenehm.

Da sie nicht bewaffnet war, sie trug lediglich ein langes, naturfarbenes Kleid und keine Schuhe, ließ Dana ihre Hand sinken. Wenngleich das silbrige Haar der Frau von fortgeschrittenem Alter sprach, wirkten ihre Gesichtszüge noch jugendlich. Ihre stechend grüngrauen Augen strahlten eine gewisse Zeitlosigkeit und Weisheit aus.

»Ich kann große Trauer in dir spüren.«

»Ähm, ja. Ich muss jetzt gehen.« Dana wusste nicht weshalb, aber diese Frau war ihr nicht ganz geheuer.

»Vor einigen Monden warst du hier – mit einem jungen Mann.«

»Du hast uns gesehen?«, wunderte sich Dana. Sie war sich sicher, allein hier mit Drostan gewesen zu sein.

»Ich bin Éibhleann«, erklärte sie und strich wie beiläufig mit der Hand über das alte Gemäuer.

»Lebst du hier?«, fragte Dana.

»So könnte man es bezeichnen.« Dann hielt sie Dana mit ihren intensiv leuchtenden Augen gefangen. »Erzähle mir, was dir widerfahren ist.«

Dana hatte das Gefühl, nicht mehr Herrin über sich selbst zu sein, denn eigentlich wollte sie ja gehen. Dennoch ließ sie sich nun auf einem Mauerrest nieder und erzählte Éibhleann von Drostan, wie er ihr genommen worden war und auch von der Trauer, die von ihr Besitz ergriffen hatte.

Die Frau hörte mit einem leichten Lächeln um die Mundwinkel herum zu, bekundete hier und da ihr Mitgefühl, und als Dana geendet hatte, sagte sie: »Und nun würdest du alles dafür tun, damit er noch bei dir wäre.«

»Ja, das würde ich«, flüsterte Dana.

»Manchen Menschen ist dies gegeben«, fügte sie geheimnisvoll hinzu.

»Wie meinst du das?«

»Ich spüre Fähigkeiten in dir, die nur wenigen *ban-draoidh* zu eigen sind.«

Ertappt zuckte Dana zusammen. Wer zum Teufel war diese Frau? »Bist du selbst eine *ban-draoidh*?«

Éibhleann blieb ihr eine Antwort schuldig, sondern liebkoste lediglich mit der Hand eine Blütenknospe. Wie von Zauberhand öffnete diese sich. Weiße Blätter entfalteten sich Stück für Stück, bis sie eine prächtige, beinahe handtellergroße Blüte bildeten.

Vor Staunen blieb Dana der Mund offen stehen.

»Manch einer *ban-draoidh* ist es gegeben, in der Zeit zurückzureisen und somit großes Unheil ungeschehen zu machen.«

Dana sprang auf. Wie konnte Éibhleann von ihrer Gabe wissen?

Erneut durchbohrten sie diese intensiven Augen. »Du könntest zurückreisen und Drostans Tod verhindern.«

»Was?« Dana war derart schockiert, dass sie keinen klaren Gedanken fassen konnte.

»Du könntest ihn wiederhaben und glücklich werden«, schmeichelte die Frau.

»Was … aber … was muss ich dafür tun?«, stammelte sie.

»Mir ist es möglich, dir zu helfen.« Éibhleann stand unmittelbar vor ihr, groß, beeindruckend, von einer mächtigen Aura umgeben, die Danas Atem stocken ließ. Ihre silbergrauen Haare wehten in einem Wind, den Dana nicht fühlen konnte. »Ein Leben für ein Leben.«

»Wie bitte? Ich verstehe nicht.« Die Gedanken in Danas Kopf wirbelten wild durcheinander, und als Éibhleann laut und beinahe schon drohend zu lachen begann, wich sie erschrocken zurück.

»Natürlich wirst du einen Preis zahlen müssen.«

»Was für einen Preis?«

»Bring mir eine mächtige *ban-draoidh*, einen weisen Mann – oder dein erstes Kind. Ein Leben für ein Leben.«

Was sollte das denn bedeuten? Ruckartig wandte sich Dana zur Seite, und als sie endlich Éibhleanns fesselnden Augen entkommen war, konnte sie auch wieder halbwegs klar denken.

»Ich kann doch nicht irgendwelche Menschen opfern«, rief sie empört aus, »und schon gar nicht mein Kind. Mal abgesehen davon, dass ich gar keines habe.«

Mit diesen Worten rannte sie zu Righ, als Éibhleanns bedrohliches Lachen ertönte. »Dann kannst du ihn auch nicht wirklich geliebt haben.«

Schnell knotete sie Righs Zügel los, warf noch einen Blick über die Schulter und erblickte Éibhleann, die wie ein böses Versprechen vor dem Turm stand. Eilig schwang sich Dana in den Sattel und ritt in halsbrecherischem Tempo den Berg hinab. Die ganze Zeit über glaubte sie, verfolgt zu werden, die unheimlichen

Augen der Frau in ihrem Nacken zu spüren. Was hatte es mit Éibhleann auf sich? Wer war sie? Eine Druidin, eine Zauberin? Wie hatte sie von ihr und Drostan wissen können?

Du kannst ihn zurückhaben, flüsterte ihr ein leiser Wind zu, den Dana geflissentlich überhörte. Die Sache mit dem anderen Leben, das geopfert werden musste, ging ihr doch entschieden zu weit.

Den restlichen Tag über war Dana völlig durcheinander und wusste nicht, was sie von dieser seltsamen Begegnung halten sollte. Auch beim Training mit Ardan war sie nicht bei der Sache.

»Dana, morgen ziehen wir gegen die Creonen«, bemerkte er irgendwann ungeduldig. »Wenn du deine Gedanken nicht auf den Kampf lenken kannst, wirst du hierbleiben müssen.«

Dana senkte ihr Schwert. »Morgen?«

»Das waren meine Worte.« Verärgert zog Ardan seine Stirn kraus. »Der Vollmond ist aufgegangen, Alauna zurückgekehrt. Was sollte uns noch aufhalten?«

»In Ordnung, ich werde mich konzentrieren«, versprach Dana.

Noch eine Weile lehrte Ardan sie, wie sie vom Pferderücken aus Krieger zu Fuß bekämpfte. Laut Ardan waren die Creonen keine großen Reiter und würden deshalb vom Boden aus ihre Waffen schwingen.

»Du wirst in hinterster Reihe bleiben und dich zurückhalten«, verlangte Ardan, als sie ihre Übungen beendet hatten und zu Fuß zurück zum Broch liefen. Die Dämmerung brach schon herein.

»Wenn, dann möchte ich mit euch kämpfen«, entgegnete Dana.

»Es wird dein erster richtiger Kampf sein. Beobachte, lerne und halte dich zurück.« Als sie den Mund zu einer Entgegnung öffnete, hob er eine Hand. »Drostan würde nicht wollen, dass du dich für ihn in Gefahr bringst, auch nicht, um ihn zu rächen.«

Drostan, dachte sie. *Du kannst zurückreisen und großes Unheil ungeschehen machen*, spukten ihr Éibhleanns Worte durch den Kopf.

»Ja, von mir aus«, gab sie nach. Immerhin wollte Ardan sie auf diesen Kriegszug mitnehmen, und das erschien ihr richtiger als Éibhleanns Angebot.

»Gib mir dein Schwert, ich werde es schleifen lassen«, forderte Ardan, und Dana reichte ihm die Waffe, die während der letzten Zeit ein Teil von ihr geworden war.

Den ganzen Abend über ging Dana ihre seltsame Begegnung mit Éibhleann durch den Kopf. Später, als sie draußen am Feuer saß, fragte sie Áine: »Sag mal, kennst du die alte Frau an dem verfallenen Broch.«

»Welchen Broch meinst du?« Áine kratzte gerade Reste von Getreidebrei aus einem der Töpfe.

»Na, der alte Broch, in dem noch die Eltern von Alaunas Großeltern gelebt haben.«

Verwundert hob Áine ihren Kopf. »Dort lebt schon seit ewigen Zeiten niemand mehr.«

»Keine hochgewachsene Frau mit langem, silbergrauem Haar?«

»Nein. Ich kann mir nicht vorstellen, dass sich jemand in dem verfallenen Gemäuer eingenistet hat.« Áine senkte ihre Stimme. »Man sagt, dort spukt es und der Ort wird von den Sídhe heimgesucht.«

Nachdem die Menschen dieser Zeit überall Sídhe, Götter und Gespenster sahen, wunderte Dana dies nicht. Aber dann kam sie ins Grübeln. Möglicherweise war Éibhleann ein Geist gewesen, ähnlich wie Rionach, aber diese merkwürdige Frau war ihr deutlich unsympathischer.

Kapitel 23

Kriegerblut

Noch vor Sonnenaufgang herrschte große Geschäftigkeit im Broch. Kriegerinnen und Krieger bereiteten sich auf den Kriegszug gegen die Creonen vor.

Auch Dana wurde von prickelnder Aufregung erfasst. Heute sollte es also ernst werden. Sie entschied sich für lange Hosen für den Ritt, ein Hemd und einen Umhang. Außerdem packte sie ihre Decke sowie ihre Notfallmedizin aus der anderen Zeit ein – man konnte ja nie wissen. Der kurze Dolch baumelte an ihrem Gürtel, und nun machte sie sich zu den Pferdeweiden auf, um Righ zu holen. Allerdings erwartete sie das Pferd bereits, offenbar hatten einige der Kinder die Tiere schon geholt.

Vom oberen Broch kam Nectan in Begleitung von schätzungsweise vierzig Kriegern angeritten, zusammen mit etwa dreißig Mann zu Fuß. Somit zählten die Krieger von Dun Telve und Dun Troddan achtzig Männer und Frauen. Dana war verwundert, als sie Domech auf einem hellbraunen Pferd sah. Dass der Druide mitkam, bereitete ihr Unbehagen. Außerdem erblickte sie hinter ihm einen anderen Krieger, der einen gefesselten Gefangenen mit sich führte. Dessen blondes Haar war verfilzt, die Kleider starrten vor Schmutz, und er trug keine Schuhe.

»Wer ist das?«, wandte sich Dana an Alauna. Die Clanführerin war ganz in ihrem Element. Sie rief Anweisungen, prüfte Waffen und den Sitz der Sättel. Brude würde hierbleiben und für die Sicherheit des restlichen Clans sorgen. Inzwischen wusste Dana, dass es meist Alauna war, die mit in den Krieg zog, denn dies war ihr Leben.

»Der gefangene Creone«, erklärte Alauna ungerührt, »vor unserem Angriff wird er geopfert, damit uns der Sieg beschert wird.«

Dana musste schwer schlucken. An den Gefangenen hatte sie gar nicht mehr gedacht.

Bald waren alle abmarschbereit. Die Männer und Frauen zu Fuß legten ein flottes Tempo vor, und so kamen sie gut voran. In dem Dorf, in dem sie vor kurzer Zeit die Algen und den Fisch geholt hatten, schlossen sich weitere zwanzig Männer und Frauen an, sodass sie nun über einhundert zählten.

Irgendwann schloss Nectan neben ihr auf. Er saß auf einem kräftigen Schimmelhengst, und Righ legte drohend seine Ohren an, als das Pferd ihm zu nahe kam. Nectan sah äußerst imposant aus. Seine Haare waren mit Kalkwasser nach hinten gestrichen, und das ärmellose Hemd brachte seine muskulösen Arme gut zur Geltung. Armreifen und ein mächtiger Torques, ähnlich wie ihn auch Alauna um den Hals trug, rundeten seine Erscheinung ab.

»Ich hoffe, du nimmst mir meine … kleine Annäherung nicht mehr übel«, fragte er mit einem schiefen Grinsen.

»Nicht, wenn du in Zukunft deine Finger bei dir behältst«, stellte sie klar.

Nectan lachte laut auf. »Ich hatte dem Honigwein etwas zu sehr zugesprochen.« Seine Augen wanderten über sie, und Dana glaubte, erneut ein gewisses Interesse darin zu lesen. »Ich wollte dich nicht beleidigen, denn den *ban-draoidh* bringe ich größten Respekt entgegen. Es ist nur so, dass du mir außerordentlich gut gefällst.«

Überrascht über diese offenen Worte zog Dana ihre Augenbrauen nach oben. »Nectan, ich denke du solltest besser bei Scetis bleiben. Die Götter schätzen es nicht sonderlich, wenn Männer sich für zu viele Frauen interessieren.« Sie bedeutete ihm, sich näher zu ihr zu beugen, und senkte dann ihre Stimme. »Sie könnten dich strafen und deine Manneskraft schwächen!«

Sichtlich schockiert zuckte er zurück. »Sprichst du im Ernst?«

Nur schwer konnte Dana ein breites Grinsen verbergen. Sie nickte nachdrücklich und bemerkte mit großer Belustigung, wie Nectan an sich herunterblickte.

»Hast du das in meiner Zukunft gesehen?«, flüsterte er entsetzt.

Vermutlich hatte er sich mit seinem Bruder unterhalten, und dem hatte sie ja bei ihrem ersten Besuch von ihren vermeintlichen Visionen von der Zukunft erzählt. Beinahe tat er ihr leid, aber dann dachte sie an Scetis, und aus weiblicher Solidarität sagte sie geheimnisvoll: »Nichts ist gewiss, Nectan mac Ungost. Du hast dein Schicksal in der Hand, und wenn du dich in Zukunft mehr um Scetis bemühst, werden die Götter möglicherweise ein Einsehen mit dir haben.«

Beinahe jammernd meinte er: »Ich könnte ihr einige erbeutete Schmuckstücke schenken.«

»Das wäre ein Anfang.«

Nectan nickte ihr zu und ritt dann, spürbar verwirrt, zu seinen Männern zurück.

Lachend klopfte Dana ihr Pferd am Hals und überlegte, ob Nectan nun tatsächlich ein treuer Ehemann werden würde. Schließlich war er nicht mehr der Jüngste, und falls seine Manneskraft in nächster Zeit einmal zu wünschen übrigließ, würde er das sicher als Zeichen von Danas Prophezeiung sehen.

Dana hatte Ardan am Morgen nur flüchtig zu Gesicht bekommen, als er ihr gesagt hatte, er müsse noch ihr Schwert vom Schmied abholen. Jetzt kam er auf sie zugeritten und musterte sie fragend. »Was erheitert dich?«

»Manchmal ist es äußerst nützlich, eine *ban-draoidh* zu sein«, lachte sie.

»Wenn du meinst.« Er reichte ihr das Schwert in der ledernen Scheide, und als Dana es herauszog, bemerkte sie, wie messerscharf seine Schneide nun war.

»Sieh dich damit vor«, ermahnte Ardan sie.

»Ja, das werde ich. Wie lange sind wir unterwegs?«

»Drei Tage, dann werden wir einen halben Tag rasten, damit sich diejenigen ausruhen können, die zu Fuß gehen.«

»Ich könnte einem der Krieger mein Pferd überlassen und selbst zu Fuß gehen.«

Entsetzt musterte sie Ardan. »Du stehst weit über den einfachen Kriegern. Sie laufen, du reitest.« Damit schien die Sache für ihn entschieden zu sein. Offenbar gab es hier feste Regeln, die sie nicht würde ändern können.

An dem Meeresarm, wo in Danas Zeit das Örtchen Glen Shiel lag, schlossen sich ihnen noch einmal weitere dreißig Männer und Frauen zu Fuß an, und Dana kam ein eigenartiger Gedanke. In über zweitausend Jahren würde sie hier mit Marita den Bus verpassen, zum Dun Telve reisen und ihr Leben würde sich grundlegend verändern. Diese Überlegungen waren absurd, denn all das war bereits geschehen, dennoch erlebte sie dieses Land nun zu einer weit zurückliegenden Zeit. Wenn sie daran dachte, wie einfach es im einundzwanzigsten Jahrhundert war, von einem Ort zum anderen zu gelangen, und wie mühsam sich jetzt Reiter und Pferde durch zunehmend unwegsames Gelände kämpfen mussten, war es schon erstaunlich, dass die Menschen dieser Zeit überhaupt so lange Reisen auf sich nahmen, um besseres Ackerland zu finden, Kriegszüge zu führten oder Handel zu betreiben.

In der Nacht wickelte Dana sich in ihre Wolldecke. Das Heidekraut war zum Glück trocken, aber Steine bohrten sich in ihren Rücken. Wachen waren aufgestellt worden, die Marschverpflegung eher spärlich gewesen, denn man hatte sich nicht mit allzu viel Proviant belastet. Ihr Blick schweifte in den Nachthimmel, wo sich immer wieder Wolken vor die Sterne und den nun bereits abnehmenden Mond schoben. Was würden die nächsten Tage bringen? Dies sollte ihr erster Kampf werden, und sie fürchtete sich durchaus davor. Was, wenn sie ernsthaft verletzt oder gar getötet wurde? Wie mochte es sich anfühlen, von einer feindlichen Klinge durchbohrt zu werden? Ihr Magen krampfte sich kurz zusammen. Trotzdem hatte sie es sich vorgenommen, gemeinsam mit Alauna, Ardan und den anderen gegen die Menschen zu kämpfen, die ihr Drostan weggenommen hatten. Ihre Hand umklammerte den Armreif, den er ihr geschenkt hatte.

Auch in der Nacht des ersten Vollmondes im Mai hielt sich Scott MacRae am Dun Telve auf und beobachtete die Umgebung. Teàrlach grub in der Nähe nach Mäusen, während sich das Mondlicht auf seinem grauen Fell brach.

»Deine Tochter ist eine ebenso große Enttäuschung, wie du es bist«, provozierte ihn Rionach mal wieder.

Inzwischen ließ Scott die Anschuldigungen der Kriegerin einfach an sich abperlen. Er saß auf der Mauer, wartete auf die nicht mehr allzu ferne Morgendämmerung und schnitzte an einem Stück Holz herum.

Wie mochte es Dana in der anderen Zeit ergehen? Feierte sie gerade mit den Menschen jener längst vergangenen Epoche das Beltanefest? Tanzten sie ums Feuer, begrüßten sie tatsächlich mit Gesang, geheimen Ritualen und Gebeten den kommenden Sommer? Oder war ihr etwas zugestoßen? Noch immer konnte Scott sich nicht so recht mit der Vorstellung anfreunden, eine erwachsene Tochter zu haben. Seit langer Zeit war er ein Einzelgänger, und er mochte sein zurückgezogenes Leben. Trotzdem musste er sich insgeheim eingestehen, dass er sich Sorgen um das Mädchen machte, denn sie war jetzt schon mehrere Monate fort.

»Sie wird wieder nicht kommen«, flüsterte Rionach ihm ins Ohr.

»Dann geh zurück und sieh nach, wie es ihr geht«, knurrte er.

»Du weißt nur zu gut, dass ich dies nicht vermag!«

»Dann lass mich in Ruhe, Rionach!« Mit einer zornigen Handbewegung warf er den Stock ins nächste Gebüsch. Er hatte sogar schon überlegt, Kontakt mit Danas Mutter in Deutschland aufzunehmen. Er konnte sich kaum noch an Katharina erinnern. Damals war es eine verrückte Zeit gewesen, er war völlig in seiner Begeisterung für alles Mysteriöse und Keltische aufgegangen. Danas Adresse in Deutschland hatte er nicht, aber über Marc konnte er diese sicher herausfinden. Andererseits scheute er sich, sich bei Katharina zu melden. Wie es aussah, war sie glücklich verheiratet, und er gedachte nicht, in diese Beziehung einzubrechen. Außerdem konnte er wohl kaum sagen, dass er dabei geholfen hatte, Dana in eine über zweitausend Jahre entfernte Zeit zurückgeschickt zu haben.

Seufzend fuhr er sich durch die struppigen Haare und beobachtete, wie das Licht langsam über den östlichen Horizont wanderte. Seine Augen fixierten die nahe Eberesche, kurz raschelte dort der Wind durch die Blätter, doch das ersehnte Erscheinen Danas blieb aus.

»Ich wusste, dass sie nicht kommt«, keifte Rionach ihn an, ihr anmutiges Gesicht vor Wut verzerrt.

Ohne auf sie zu achten, pfiff Scott nach seinem Hund, dann machte er sich in der Morgendämmerung nach Glenelg auf, wo er sein Auto zurückgelassen hatte.

Auf halbem Weg bemerkte er einen weiteren Wagen am Straßenrand und verdrehte die Augen. Das Fenster wurde heruntergelassen, und ein hageres, blasses Gesicht kam zum Vorschein. Er verfluchte sich dafür – nicht wie sonst –, über die Felder gelaufen zu sein.

»Rupert, was für eine Überraschung«, bemerkte Scott lahm.

»Was tust du hier?« Die Augen des Mannes verengten sich zu Schlitzen. Dass Rupert nicht ausstieg, brachte Scott zum Schmunzeln, aber er wusste, dass sein ehemaliger Freund Angst vor Teàrlach hatte.

»Ach, ein wenig nostalgischen Gefühlen nachhängen«, behauptete er. »Es ist die Zeit von Beltane, wie du weißt.«

»Natürlich weiß ich das«, fauchte der Hagere, dann musterte er Scott durchdringend. »Hast du das Mädchen wiedergesehen?«

»Welches Mädchen?«

»Verkauf mich nicht für dumm! Diese Österreicherin. Ich bin mir sicher, sie weiß etwas.«

»Rupert, lass mich einfach in Ruhe und gib deinen wahnwitzigen Plan auf. Rionach war eine Halluzination, sonst nichts.«

»Pah, Halluzination!« Rupert schnaubte abfällig. »Du hast sie gesehen, du hast sie uns allen genau beschrieben.«

»Du weißt, was für üble Kräuter wir damals geraucht haben«, entgegnete Scott scharf. »Viele von uns haben sich die wildesten Sachen eingebildet. Es gibt keinen verdammten Geist an diesem Broch!«

»Rionach existiert!« Die Knöchel an Ruperts Händen schimmerten vor Anspannung leuchtend weiß.

Dennoch bemühte Scott sich, gelassen zu bleiben. Er deutete auf das Auto und Ruperts Anzug. »Du besitzt mehr Geld, als du jemals in deinem Leben ausgeben könntest. Warum jagst du noch immer diesen vermeintlichen Schätzen hinterher?«

»Es geht nicht um Geld!« Ruperts wässrige graublaue Augen glänzten fiebrig. »Ich will es wissen! Ich will wissen, ob und wie Reisen in die Vergangenheit möglich sind. Und ich möchte den größten Schatz der Keltenzeit mein Eigen nennen. Außerdem möchte ich einen Menschen der damaligen Zeit zu uns holen und studieren, wie sich ein Krieger hier verhalten würde.«

Ruperts Wahnsinn hatte Scott schon immer abgestoßen, aber mit den Jahren schien er zur fixen Idee geworden zu sein.

»Du solltest dringend einen Psychiater aufsuchen«, riet Scott, nickte ihm zu und ging weiter.

Doch Rupert wollte wohl nicht aufgeben. Er ließ das Auto neben Scott herrollen und erst Tearlach, der auf Scotts Befehl hin an dem Wagen hochsprang, veranlasste ihn das Fenster hochzufahren und schließlich aufzugeben.

Scott wusste, er musste in nächster Zeit sehr vorsichtig sein. Möglicherweise sollte er die nächsten beiden Halb- und Vollmonde zu Hause bleiben. Andererseits konnte er nicht riskieren, dass Dana Rupert in die Hände fiel, sollte sie doch noch zufällig zurückkehren.

Vielleicht sollte ich mit Rionach sprechen, überlegte er, *und sie bitten, im Falle eines Falles Rupert aufzuhalten.* Aber sich auf den Geist zu verlassen, war ebenfalls riskant.

Sobald er Empfang hatte, schickte Scott Marc die verabredete SMS, denn er wusste, wie sehnsüchtig der junge Mann darauf wartete. Von Rupert erwähnte er vorsichtshalber nichts. Es reichte schon, wenn er sich Sorgen machte.

Zwei weitere Tage ritten sie durch die wilde Berglandschaft, die in Danas Zeit Applecross-Halbinsel genannt werden würde. Der Regen der letzten Nacht hatte sich verzogen, aber am Morgen dichten Nebel hinterlassen. Dana hatte das Gefühl, ihr würde nie wieder richtig warm werden, so durchgefroren war sie in ihren klammen Kleidern. Um ihre steifen Muskeln aufzuwärmen, führte sie Righ das erste Stück, was ihr ein Kopfschütteln ihrer Gefährten einbrachte, aber das war ihr egal. Doch nach einer Weile stieg sie freiwillig in den Sattel, denn der Weg wurde steiler und steiler. Bald kamen Mensch und Tier außer Atem. Dieser Pass war von Geröll übersät, die Bäume wurden nach und nach lichter, und Dana fragte sich, wie sich jemand überhaupt hier zurechtfinden konnte. Im zähen Nebel schienen Geisterhände nach ihr zu greifen, ihr mit kalten, feuchten Fingern über das Gesicht zu streichen, daher sah sie sich ständig nach allen Seiten um. Nur den Reiter unmittelbar vor und hinter ihr konnte sie sehen. Hufschritte und Pferdeschnauben hallten unheimlich von den Berghängen wider. Doch völlig unvermittelt erhob sich ein leichter Wind. Der Nebel riss auf, und nachdem sie den Pass erklommen hatten, bot sich Dana ein fantastischer Ausblick. Scheinbar endlos zogen sich die bewaldeten Bergketten dahin, von einzelnen Nebelschwaden liebevoll bedeckt. Zu ihrer Linken glitzerte das Meer in den unterschiedlichsten Blautönen, und weiter im Westen erhoben sich die Berge der Isle of Skye, die diesen Namen erst sehr viel später erhalten würde. Seeadler und Möwen kreisten am Himmel, in einiger Entfernung hielt eine Herde Hirsche inne und blickte neugierig zu ihnen herüber.

»Das ist unglaublich schön«, flüsterte Dana Righ ins Ohr.

»Dana, was hält dich auf? Wir müssen weiter«, drängte Ardan hinter ihr.

»Ich genieße den Ausblick.«

Sein verständnisloser Blick traf sie, deshalb sagte sie: »Diese Landschaft, findest du sie nicht überwältigend?«

»Die ist doch vollkommen gewöhnlich.« Kopfschüttelnd lenkte er seinen Braunen nach rechts und folgte dem langen Tross, der sich ungerührt angesichts dieses einzigartigen Naturschauspiels weiter gen Nordwesten bewegte.

Am Abend bereute es Dana das erste Mal, noch einmal in diese Zeit gereist zu sein. Nach einem kargen Abendessen – Haferplätzchen, harter Käse und Quellwasser – versammelten sich alle Krieger um Domech. Der Druide stand mit ernstem Gesicht in der Mitte des Kreises und hielt einen reich verzierten Dolch mit goldenem Griff in die Höhe. Dann stimmte er einen leisen Singsang an, huldigte den Göttern des Krieges und Macha, der Göttin der Rache. Nachdem er geendet hatte, wurde der Gefangene zu ihm gezerrt. Dana sah eine Mischung aus Angst, Trotz und Resignation in seinen Augen. Trotzdem hielt er den Kopf hoch erhoben, als er vor Domech stand.

»Macha, wir opfern dir diesen Mann, auf dass der Rache Genüge getan sei«, rief er. »Wir bitten dich, uns am morgigen Tage den Sieg zu schenken!«

Ohne erkennbare Gefühlsregung rammte er dem Krieger seinen Dolch in die Brust. Der Creone keuchte kurz auf, torkelte zurück und brach Sekunden später zusammen. Dana musste sich abwenden, konnte diesem grausigen Schauspiel nicht länger zusehen. Vielleicht hatte der Mann den Tod verdient, denn auch er hatte getötet, aber diese Opferung trieb einen Schauer über ihren Rücken. Sie konnte eine solche Tat nicht gutheißen, auch wenn sie sich immer wieder sagte, dass sie Bestandteil eines Rituals dieser Zeit war.

Im Morgengrauen verkündete Alauna: »Die Creonensiedlung liegt hinter diesem Berg. Wir können den Nebel ausnutzen und sie überraschen.« Eilige Geschäftigkeit brach aus. Die Krieger packten ihr weniges Hab und Gut zusammen, Domech schritt durch die Reihen und wedelte mit einem Bündel aus Kräutern herum, die schwelten und einen beißenden Geruch verbreiteten. Anschließend begannen die Krieger damit, sich gegenseitig blaue Spiralen und Muster auf die nackte Haut zu malen. Allein schon bei dem Gedanken, ihr Hemd auszuziehen, schüttelte sich Dana, doch selbst die Kriegerinnen standen mit nacktem Oberkörper im Morgendunst.

Als Alauna zu ihr trat, selbst wild bemalt und mit jeder Menge Schmuck behängt, duckte sie sich unwillkürlich unter dem Blick der Clanführerin.

»Wird Domech dir die heiligen Zeichen anbringen?«

»Also, ich weiß nicht«, stammelte Dana.

Alauna sah sich suchend um, dann hob sie die Schultern und holte einen hölzernen Tiegel hervor. »Entkleide dich, ich werde dies übernehmen.«

»Entkleiden?«, wiederholte Dana entsetzt. Ganz sicher würde sie sich bei diesen Temperaturen und noch dazu vor allen Leuten nicht ausziehen.

Nachdem die Clanführerin ihre Augenbrauen strafend nach oben zog, krempelte sie wenigstens ihre Hemdsärmel hoch. »Gesicht und Arme sind ausreichend.«

Alauna runzelte die Stirn, aber begann damit, Dana zu bemalen. Zu gern hätte sie sich selbst gesehen, nachdem die Kriegerin fertig war. Lediglich die Spiralen und Kreise an ihren Armen konnte Dana erkennen.

Ardan lenkte seinen Hengst neben sie. Trotz der Morgenkälte ritt er mit nacktem Oberkörper, der beinahe vollständig mit piktischen Zeichen bedeckt war. Auch sein Gesicht wies eine

Vielzahl an Tattoos auf. »Zuerst werden die Krieger zu Fuß angreifen«, erklärte er. »Sie treiben die Creonen aus ihren Behausungen und auf den Berghang zu. Anschließend reitet die erste Reihe an Kriegern los. Du wirst mit der zweiten Reihe angreifen, die am Fuße des Berges wartet.« Er deutete zu einem deutlich betagten Krieger mit weißem Haar. »Uoret wird das Zeichen geben.«

Dana nickte. Ihr Mund war knochentrocken. Leise, beinahe schon Geistern gleich, ritten sie den Berghang hinab. Die Krieger zu Fuß konnte sie schon nicht mehr ausmachen. Schemenhaft erkannte sie Nectan auf seinem Pferd, der das Zeichen zum Anhalten gab. Noch herrschte Ruhe in dem Tal, das Vieh graste auf Weiden rund um die menschlichen Behausungen, eine Vielzahl an Rundhäusern. Entfernt konnte man das Rauschen des Meeres hören.

»Angriff«, erklang plötzlich Alaunas leiser Befehl, dennoch durchzuckte es Dana, als hätte die Clanführerin ihn laut hinausgeschrien. Alauna preschte auf ihrem Schimmel den Berg herunter, inmitten einer Schar aus blau bemalten Kriegern. Die Männer trugen lediglich Lendenschurze, die Frauen kurze Röcke und ärmellose dünne Blusen, eine von ihnen hatte gar nur ihre Brüste mit Stoffstreifen umwickelt. Wie eine Flut ergossen sich die Krieger in das Dorf, in dem nun Hektik ausbrach. Hütehunde begannen zu kläffen, Männer und Frauen stürzten aus den Hütten, stolperten, rafften sich wieder auf, dann brachen schon die ersten Kämpfe aus. Durch den Nebel vermochte Dana nur Bruchstücke des Kampfes zu verfolgen. Schreie und Waffengeklirr wurden durch das wallende Weiß grausig verzerrt.

Als klar wurde, dass Alaunas Plan aufging, und mehr und mehr Creonen in Richtung des Berghanges getrieben wurden, hob Nectan eine Hand und stieß einen gellenden Kriegsschrei aus. Wer einen Schild trug, begann, darauf zu schlagen, dann donnerten die schätzungsweise fünfzig Pferde wie eine einzige Welle den Berg herunter. Dana und Righ wurden einfach mitgerissen. Sie hatte nicht einmal Zeit, Angst zu haben, dass ihr Pferd auf dem rutschigen, steinigen Untergrund stürzen könnte. Nie gekannte Gefühle überschwemmten sie, als sie inmitten dieser Krieger auf den Feind zustürzte. Unwillkürlich entwich auch ihr ein Schrei. Heute war sie Teil einer völlig anderen Welt, Teil dieses Clans, der sich an einem Feind rächen wollte. Am Fuße des Berges gelang es ihr kaum, Righ zu zügeln, als die Reiter vor ihn anhielten. Sie erhaschte noch einen Blick von Ardan, der sich zu ihr umdrehte. Als er bemerkte, dass sie wie verabredet zurückblieb, hob er sein Schwert in die Höhe und schoss geradewegs auf den Feind zu.

»Wartet, ich gebe das Zeichen«, krächzte der alte Uoret links von Dana. Jetzt zählten sie nur noch zwanzig Reiter, und missmutig bemerkte Dana, dass es nur alternde Krieger und zwei sehr junge Frauen waren, die neben ihr zurückgeblieben waren. Lediglich Bannatia, die altersmäßig ebenfalls hätte hierbleiben müssen, war unter den Angreifern, doch möglicherweise war das als zukünftige Clanführerin auch nötig, und die junge Frau focht wirklich gekonnt.

Von hier aus konnte Dana den Kampf gut verfolgen. Sie sah, wie Alauna meisterhaft zu Fuß ihr Schwert schwang. Elegant und kraftvoll hieb sie um sich. Nectan schlug vom Pferd aus zu. Eher mit brachialer Gewalt, dennoch nicht minder effektiv. Ihr lief eine Gänsehaut über den Rücken, als sie Ardan ausmachte. Dieser schien wie im Blutrausch, trieb sein Pferd stets in die größte Anzahl an Feinden, führte seine Klinge in unfassbarer Geschwindigkeit und lenkte Donn lediglich mit den Beinen. Pferd und Reiter waren eine Einheit, völlig aufeinander abgestimmt.

Die Creonen hielten sich tapfer, trotzdem wurde schnell klar, dass Alaunas und Nectans Krieger deutlich überlegen waren. Nur wenige Feinde entkamen in die umliegenden Wälder, und erst jetzt hob Uoret seinen Arm. »Treibt sie zusammen.«

Als Erstes sprengten die beiden jungen Kriegerinnen davon, begierig darauf, sich endlich zu beweisen. Dana trabte neben

Uoret und einem anderen alternden Krieger her, dann lenkte sie Righ um einen Ginstergebüsch herum, um einen Flüchtigen davon abzuhalten, in den Bergen zu verschwinden. Dana schnitt dem Mann den Weg ab. Ihr Schwert drohend hochgereckt, schrie sie ihn an. »Geh zurück in dein Dorf.«

Der Krieger schien zu gehorchen, drehte sich um, doch urplötzlich schnellte er aus dem Stand in die Höhe, sprang Dana an und riss sie aus dem Sattel. Sie wusste gar nicht, wie ihr geschah. Vor Schreck ließ sie ihr Schwert los. Sofort war der Mann über ihr, sein Gesicht zu einem Grinsen verzerrt.

Mit eisernem Griff hielt er sie am Boden fest. Sie zappelte, versuchte, sich ihm zu entwinden, und erst nachdem sie ihm das Knie in die Seite rammen konnte, lockerte er seinen Griff. Blitzschnell drehte sich Dana zur Seite, zog den Dolch, aber da packte der Krieger abermals nach ihr. Als er ihr schmerzhaft den linken Arm verdrehte, schrie sie auf und stach zu. Sie spürte einen Widerstand und riss die Waffe instinktiv zurück, doch der Mann wurde ernsthaft wütend. Er warf sich auf sie, versetzte ihr eine Ohrfeige und langte nach ihren Armen. Dana wusste sich nicht anders zu helfen und stieß ihm kurz entschlossen das Messer in den Bauch. Der entsetzte Ausdruck in seinem Gesicht brannte sich in diesem Moment unwiderruflich in ihrer Seele ein.

Der creonische Krieger riss die Augen auf, griff nach dem Dolch und zog ihn mit einem gurgelnden Schrei heraus. Dann erhob er sich schwankend, presste beide Hände auf die Wunde, aus der Blut schoss. Dana lag am Boden, unfähig, sich zu rühren. Sie beobachtete den Mann, der davontorkelte, dann preschte auf einmal ein Schatten heran – Alauna, den fast nackten Oberkörper blutbespritzt. Sie versetzte dem Creonen einen letzten Schlag und trabte dann auf Dana zu.

»Bist du verletzt?«

Mechanisch schüttelte Dana den Kopf. An ihren Händen klebte Blut, sie hatte sicher einige Prellungen, aber sonst war sie unversehrt – zumindest körperlich.

»Dann hol dein Pferd und folge mir«, verlangte Alauna ungeduldig.

Als Dana aufstand, hatte sie das Gefühl, ihre Beine würden sie nicht tragen. Sie vermied einen Blick auf den Toten, torkelte zu Righ, der in der Nähe graste, und nahm mit zitternden Händen die Zügel in die Hand. Im Augenblick war sie zu keinem klaren Gedanken fähig, also zog sie sich in den Sattel und ritt hinter Alauna her.

Im Dorf waren die überlebenden Creonen zusammengetrieben worden, und Dana bekam verschwommen mit, wie Nectan mit lauter Stimme den Clanführer aufforderte, vorzutreten.

Ein hochgewachsener, kräftiger Mann mit weißblondem Haar stellte sich vor ihn, die Schultern stolz gestrafft, Gesicht und Arme mit Blutspritzern übersät. Auch wenn Dana noch mit ihren eigenen wirren Gedanken beschäftigt war, so erweckte nun die Szene, die sich vor ihr abspielte, ihre Aufmerksamkeit. Eisige Schauer liefen über ihren Rücken.

»Tharian mac Uist«, verkündete Nectan mit seiner durchdringenden Stimme und sah dabei den feindlichen Clanführer an. »Ihr seid besiegt. Bist du bereit, für dein Volk zu sterben?«

Dana hatte keine Ahnung, was dies bezwecken sollte, denn alle Krieger hatten ihre Waffen niedergelegt und leisteten keinen Widerstand.

Dennoch antwortete Tharian mit gefasster und kräftiger Stimme: »Das bin ich.«

»So sollst du geopfert und deine Gebeine an der Grenze zu unserem Land begraben werden, als Warnung für dein Volk, auf dass sie von nun an das Land der Each fiadhaich achten und die Grenzen nur noch mit unserer Erlaubnis passieren. Euer Steinmetz soll ein Mahnmal anfertigen, das unsere Übereinkunft besiegelt.«

»So soll es sein«, antwortete Tharian mit stolz erhobenem Kinn.

Kurz breitete sich Stille aus, aller Augen waren auf die beiden Clanführer gerichtet. Als Nectan mit einer schnellen Bewegung seinem Feind das Schwert in den Leib stieß, entwich Dana ein leiser Schrei.

Bannatia, die mit funkelnden Augen neben ihr stand, sah sie verwundert an.

»Weshalb bringt er ihn denn jetzt noch um?«, stammelte Dana verstört, und als dann Domech vortrat und große Steinbrocken auf Beine und Schädel des Sterbenden warf, fehlte nicht viel und sie hätte sich übergeben. »Das ist barbarisch!«

»Große Ehre wurde Tharian mac Uist zuteil«, stellte das junge Mädchen dagegen klar. »Mit seinem Tod schenkt er seinem Clan das Leben.«

»Aber weshalb wird er denn so grausig verstümmelt?«, würgte Dana mühsam hervor.

»Ist dein Clan anders mit seinen Feinden verfahren?«, wunderte sich Bannatia.

»Allerdings!«

Die junge Frau schüttelte kurz ungläubig ihren rotblonden Schopf, dann setzte sie zu einer Erklärung an. »Tharian wird nicht, wie es Tradition ist, von den seinen verbrannt, sondern seine Gebeine an der Grenze zu unserem Land vergraben, um die Unterlegenheit der Creonen zu verdeutlichen. Der Steinmetz wird Zeichen unseres Sieges in einen prächtigen Stein meißeln, damit auch Tharians Nachkommen die Grenze achten. Ihm wird der Schädel gespalten, auf dass sein Geist entweichen und in die Anderswelt einziehen kann, die Beine werden gebrochen, damit er nicht als Untoter zurückkehrt und unseren Clan heimsucht.«

»Aha.« Dana war mehr als übel, und obwohl dieses Ritual aus Sicht der Menschen dieser Zeit sinnvoll war, stieß es sie ab.

Nun schwärmten Nectans und Alaunas Krieger aus und kehrten wenig später mit zahlreichen Schmuckstücken, Decken, Fellen und zehn Schafen zurück, die eilig den Berg hinaufgetrieben wurden. Die besiegten Creonen versammelten sie sich in der Dorfmitte – vermutlich um einen neuen Clanführer zu bestimmen.

Hochstimmung herrschte bei den Kriegern von Dun Telve und Dun Troddan, nur Dana starrte stumpf vor sich hin. Nach einigen Meilen gesellte sich Ardan zu ihr. Blutspritzer überdeckten seine blauen Bemalungen. Er nickte ihr anerkennend zu. »Alauna berichtete, du hättest dich gut geschlagen.«

»Hm.« Zu mehr war Dana im Augenblick nicht fähig. Sie ignorierte Ardans forschenden Blick. Nach einer Weile zuckte er mit den Schultern und trabte an ihr vorbei. Sie brachten ein gutes Stück Weg hinter sich und hielten erst kurz vor Einbruch der Dunkelheit an einem kleinen Bach an. Heute wurden sogar Feuer entzündet. Lachend und scherzend feierten Männer und Frauen ihren Sieg, die Beute wurde unter ihnen aufgeteilt, und auch Dana bekam einige Schmuckstücke, ein Messer und einen Dolch ab. Mechanisch stopfte sie alles in ihre Satteltasche, obwohl sie das Siegesgut am liebsten weit von sich geworfen hätte. Die meisten machten sich auf zum Bach, um sich den Schweiß und das Blut abzuwaschen.

Nachdem Dana Righs Sattel gelockert hatte, ging auch sie zu dem kleinen Wasserlauf. Absichtlich hielt sie sich abseits der anderen, tauchte ihre Hände in das kalte Wasser und sah zu, wie sich Schmutz und rötliche Schlieren von ihren Händen lösten und vom Wasser davongetragen wurden. Der dicke Knoten in ihrem Magen verschwand nicht und drohte, sie zu ersticken. Sie rieb sich die Hände, wieder und wieder, beinahe schon panisch. Doch sie hatte nicht das Gefühl, sich vom Blut des Mannes, den sie getötet hatte, reinwaschen zu können. Auch als sie Sand hinzunahm und sich ihre Haut schon abzulösen begann, fühlte sie sich noch immer schmutzig. Ein heiseres Schluchzen entstieg ihrer Kehle.

»Dana, fehlt dir etwas?«, erklang auf einmal Ardans Stimme hinter ihr.

»Geh weg«, presste sie mühsam heraus.

Doch er kniete sich vor sie. Als er ihren Kopf bestimmt anhob, sah sie so etwas wie Sorge in seinen Augen. »Alauna sagte, du seist nicht verletzt.«

»Bin ich auch nicht.« Energisch wandte Dana den Kopf zur Seite, denn zu ihrem Ärger spürte sie ausgerechnet jetzt Tränen aufsteigen. »Lass mich jetzt allein!«

Ardan zog sie in die Höhe, musterte sie von oben bis unten, und als sie sich von ihm losmachen wollte, fasste er sie energisch an den Schultern.

»Bist du zornig, weil du nicht mit den erfahrenen Kriegern kämpfen durftest?«

Sie biss sich auf die Lippe und schüttelte den Kopf.

»Was ist es dann?«

»Nichts!« Sie riss sich von ihm los, aber Ardan sprang ihr hinterher und hielt sie eisern fest.

»Lass mich los!«, schrie sie, schlug nach ihm und zerkratzte ihm den Unterarm.

»Dana, was …«

»Ich habe einen Mann getötet, verdammt. Dann auch noch diese Hinrichtung … ich kann nicht mehr«, brach es aus ihr hervor, Tränen stürzten aus ihren Augen. Sie wollte fort von hier, wollte das Bild vergessen, das wieder und wieder vor ihr stand. Und vor allem wollte sie allein sein. Doch anstatt sie gehen zu lassen, zog Ardan sie völlig überraschend in seine Arme.

»Es war das erste Mal«, schlussfolgerte er mit sanfter Stimme. Und als er ihr dann auch noch tröstend über den Kopf fuhr, war es mit ihrer Beherrschung endgültig vorbei. Einem nicht enden wollenden Strom gleich fluteten Tränen über ihre Wangen. Dana schluchzte verzweifelt auf, erlebte noch einmal den Moment, als ihr Dolch menschliches Fleisch durchdrang, spürte den Ekel, die Panik, die Gewissheit, nicht rückgängig machen zu können, was geschehen war. Die ganze Zeit über sagte Ardan kein Wort, hielt sie einfach nur fest. Nachdem ihre Schultern nicht mehr bebten, strich er ihr vorsichtig eine feuchte Haarsträhne aus dem Gesicht. Dana war so durcheinander, dass sie sich nicht einmal über ihn wundern konnte. Eigentlich hatte sie gedacht, er würde sie nicht verstehen, sie sogar verspotten.

»Kein Krieger nimmt das erste Leben, das er von einem Feind einfordert, leichtfertig«, versicherte er ihr leise.

»Es hat mir nichts gebracht«, flüsterte sie heiser, »keine Befriedigung, kein Triumph über geglückte Rache. Nichts. Ich hasse es. Ich will nicht mehr töten. Es ist widerlich!«

»Und genau das zeichnet einen guten Krieger aus.«

Verwundert sah Dana auf. Blickte in Ardans dunkle Augen, konnte jedoch keine Lüge darin erkennen. »Ich habe dich beobachtet. Du lebst für den Kampf, gehst darin auf, vergisst dich darin.«

»Ja, aber das war nicht immer so.« Ardan deutete auf den Boden. »Wollen wir uns setzen?«

Dana deutete ein Nicken an, dann ließ sie sich neben ihm auf dem Moos nieder.

»Du musst lernen, zu entscheiden, wann ein Kampf unausweichlich ist. Wann du kämpfen musst, um dich selbst oder jene, die du liebst, zu schützen«, erklärte er ernst. »In dem Moment, in dem du nur um des Tötens willens tötest, verlierst du deine Menschlichkeit und wirst ein Ungeheuer.«

»Und woher soll ich wissen, dass es richtig war, diesen Mann zu töten?«, fragte sie mit dünner Stimme.

»Weil er sonst dich getötet hätte.«

»Aber wir haben sein Dorf überfallen. Er wollte fliehen und …«

»Dana!« Ardan nahm ihre Hand. »Die Creonen sind schon seit ewigen Zeiten unsere Feinde. In regelmäßigen Abständen haben sie unsere Dörfer überfallen, die unseren getötet, unsere Warnungen ignoriert. Sie hatten es verdient.«

»Ich weiß nicht.« Schon wieder quollen Tränen aus ihren Augenwinkeln. »Ich dachte, die Rache an den Creonen hilft mir«, gab sie zu und schluchzte heiser auf. »Aber es bringt nichts, es bringt mir Drostan auch nicht zurück.«

»Ich weiß, Dana, ich weiß.« Und abermals umschlossen sie Ardans starke Arme. Sie drückte ihr Gesicht an seine Schulter, roch seinen männlichen Geruch aus leichtem Schweiß, Pferd und Leder. Erneut war sie verwundert, wie sanft seine kräftigen Hände sein konnten, die wieder und wieder über ihren Kopf strichen. Hände, die noch kurze Zeit zuvor ohne jegliche Skrupel getötet hatten. Seine Worte hatten die sonst ihm so typische Härte verloren, als er in dieser Nacht mit ihr sprach, und ihr versicherte, dass auch er sich an das Töten hatte gewöhnen müssen.

»Erst nach Rionachs Tod habe ich aufgehört, darüber nachzudenken, ob es richtig ist, gegen einen Feind zu kämpfen.« Er stockte kurz. »Und manchmal macht mir das Angst«, gab er zu.

Dana hatte mit geschlossenen Augen seinen Erzählungen gelauscht. Jetzt sah sie zu ihm auf. »Du kämpfst ohne Furcht, ohne auf deine eigene Sicherheit zu achten.«

»Das mag sein. Wenn ich meine Klinge führe, kann ich für kurze Zeit vergessen, und ich fühle mich Rionach wieder nahe. Die Rache bringt mir keine Befriedigung, diesen Gedanken habe ich schon lange aufgegeben. Aber wenn ich gegen Feinde unseres Clans ziehe, habe ich das Gefühl, etwas Wertvolles zu tun, etwas, das in ihrem Sinne ist, denn auch sie war eine Kriegerin mit Leib und Seele.« Dann hob er die Achseln. »Sollte ich gegen einen stärkeren Gegner unterliegen und in der Anderswelt mit Rionach vereint werden, ist mir das nur recht.«

Dana sah ihm stumm in die Augen, dann flüsterte sie: »Du willst sterben.«

»Nein, ich führe es nicht absichtlich herbei«, erklärte er rasch, »denn das wäre eines Kriegers nicht würdig und der Zorn der Götter wäre mir gewiss. Aber es würde mich auch nicht kümmern, wenn es während eines Kampfes geschieht, denn ich trage Schuld an Rionachs Tod.«

»Du?« Dana zuckte zusammen.

Ardan nickte nachdrücklich. »Rionach hatte eine Vision, in der sie sah, wie unser Tal angegriffen wurde. Sogar den Zeitpunkt sagte sie voraus. Sie ritt mit Domech und einigen Kriegern fort, um den Feind von hinten anzugreifen. Ich wollte sie begleiten, doch sie trug mir auf, mit meinen Kriegern zu warten. Rionach und ihre Krieger beabsichtigten, den Feind in unsere Richtung zu treiben.« Ardan fuhr sich über das Gesicht, und seine Stimme zitterte. »Ich wusste, dass Rionach zu wenige Krieger bei sich hatte. Ich hätte sie abhalten oder ihr gegen ihren Willen folgen müssen. Außerdem hegte ich Zweifel an ihrer Vision, denn niemals zuvor war ihr dies vergönnt gewesen. Jetzt werde ich sie erst in der Anderswelt um Verzeihung bitten können.«

O Gott, Ardan, du wirst Rionach auch in der Anderswelt nicht wiedersehen, dachte sie unglücklich. Jetzt wäre der geeignete Moment, Ardan die Wahrheit zu sagen. Darüber, woher sie kam, was sie von Rionach erfahren hatte, dass es Domech war, der an ihrem Tod Schuld hatte. Doch dann verwarf sie diese Überlegungen. Es war mehr als wahrscheinlich, dass Ardan auf der Stelle zu Domech ging und versuchte, ihm den Garaus zu machen. Und sie verspürte Skrupel, letztendlich für den Tod des Druiden verantwortlich zu sein, außerdem fürchtete sie um Ardan. Domech hatte eine Aura an sich, die in ihr große Zweifel aufkommen ließ, ob er wirklich so einfach zu töten sein würde – obwohl Ardan ein herausragender Krieger war. Also verschob sie ihr Geständnis auf ein anderes Mal, dennoch wollte sie Ardan von seinen Vorwürfen befreien.

»Ganz sicher war es nicht deine Schuld«, sagte sie sanft, doch er stieß nur ein bitteres Schnauben aus. »Ardan, ich glaube nicht, dass Rionach eine Frau war, die sich deinen Wünschen gebeugt hätte.«

»Vermutlich nicht«, räumte er ein.

»Auch ich habe mir Vorwürfe gemacht, Drostan nicht aufgehalten zu haben«, gab sie zu und schon wieder drohte die Trauer sie zu überwältigen. »Ich befürchte, man hört nie auf, sich die Schuld zu geben.«

»Ja, so wird es sein.« Er legte seinen Arm um Dana, streichelte ihren Rücken, und sie war froh um seine Gesellschaft und seine ungewohnte Einfühlsamkeit.

Dana war sich sicher gewesen, nicht schlafen zu können, dennoch musste sie eingenickt sein. Als sie im Morgengrauen erwachte, lehnte sie an Ardans Schulter. Er hielt die Augen geschlossen, öffnete sie jedoch, nachdem sie sich vorsichtig bewegte.

»Tut mir leid, ich wollte dich nicht wecken.«

»Schon gut, wir brechen ohnehin bald auf.« Gähnend erhob sich Ardan und sah sie prüfend an. »Geht es dir besser?«

Ratlos hob sie die Schultern. »Ich weiß nicht, ich befürchte, es wird lange dauern, bis ich die Bilder aus meinem Kopf bekomme.«

»Das kann ich verstehen.« Dann räusperte er sich und fragte mit Anspannung in der Stimme: »Wirst du jetzt deine Ausbildung als Kriegerin beenden und zu den *ban-draoidh* zurückkehren?«

Diese Frage überraschte Dana. Sie dachte kurz nach und schüttelte schließlich den Kopf. »Nein, du hast etwas sehr Wichtiges gesagt. Ich glaube, ich könnte erneut töten, wenn mich jemand angreift oder jemand bedroht wird, der mir wichtig ist. Nur auf einen Kriegszug mit dem Ziel, Rache zu üben, werde ich wohl nicht mehr gehen.«

»Dann soll ich dich weiterhin unterrichten?«, stieß er mit hörbarer Erleichterung hervor.

»Ja, das wäre schön.«

Ein Lächeln erhellte Ardans Gesicht, und obwohl mit dem Morgenlicht etwas von dem unnahbaren Krieger zurückgekehrt war, hatte sich doch einiges geändert. Er hatte ihr einen Blick hinter seine raue Schale gewährt und einen Teil von dem Mann offenbart, der er möglicherweise vor Rionachs Tod gewesen war.

Kapitel 24

Veränderungen

Zurück im Tal wurden sie alle wie Helden begrüßt. Kaum jemand war während des Kampfes ernsthaft verletzt worden, man hatte reiche Beute gemacht, und nach der rituellen Opferung des feindlichen Clanführers erachtete man die Gefahr durch die Creonen als gebannt. Noch viele Tage nach dem Kampf musste Dana an den Mann denken, dessen Leben sie genommen hatte. Sie kannte nicht einmal seinen Namen, wusste nicht, ob er Familie gehabt hatte, die nun um ihn trauerte. Es war nicht einfach, damit zu leben, aber was geschehen war, war geschehen und ließ sich nicht mehr ändern. Häufig erschien das Gesicht dieses Mannes in ihrem Traum, doch sie dachte dann meist an Mael und redete sich ein, ihr dadurch das Leben gerettet zu haben.

Der Sommer schritt voran. Auf den Feldern wuchsen Korn und Gemüse, und auch wenn die Arbeit anstrengend war, gab es für die Menschen im Tal immer wieder Gelegenheit zu feiern. Mehrere kleine Clanmitglieder erblickten das Licht der Welt, und obwohl zwei von ihnen die ersten Tage nicht überlebten und ihre Asche dem Fluss übergeben wurde, so war es doch eine fröhliche und entspannte Zeit. Das Vieh gedieh, viele warme Tage waren ihnen beschert. Dana genoss besonders die milden Abende am Feuer mit Met, Musik und Gesang, wenn die Arbeit getan war und die Menschen sich Geschichten erzählten. Natürlich vermisste sie manchen Komfort ihrer Zeit, aber in diesem Sommer wurde sie mehr und mehr Teil dieser Welt, und ihr wurde klar, wie schwer es ihr fallen würde, sie wieder zu verlassen. Sie trainierte weiterhin mit den Kriegern und häufig auch mit Ardan. Und obwohl er sich nun wieder sehr kühl gab, gingen sie wesentlich respektvoller miteinander um. Von Tag zu Tag zögerte sie es hinaus, Ardan von Rionachs Botschaft zu erzählen, denn Domech erschien ihr nach wie vor bedrohlich. Da er in Nectans Broch lebte, lief sie ihm glücklicherweise nicht häufig über den Weg, aber wenn sie ihn doch sah, und er Kranke heilte oder sich mit Brude und Alauna beriet, lief ihr jedes Mal ein kalter Schauer über den Rücken.

Nach einem anstrengenden Übungsabend, die Sonne versank glutrot über den westlichen Hügeln, nahm sich Dana schließlich ein Herz, um mit Ardan über eine bestimmte Sache zu sprechen. Sie waren gemeinsam zum Fluss gegangen und hielten ihre erhitzten Gesichter ins erfrischende Nass.

»Kann ich dich etwas fragen?«, begann Dana zögernd.

Ardan strich sich das Haar aus der Stirn, dann nickte er.

»Es geht um Mael.«

»Aha.« Auf der Stelle verfinsterten sich seine Züge, und Dana befürchtete schon, er würde einfach fortgehen.

»Ardan, Mael ist so ein liebes Mädchen, weshalb ignorierst du sie und bist so kühl zu ihr?«

Ardans Kiefermuskulatur schien zum Zerreißen gespannt. Er öffnete den Mund, schloss ihn wieder und stieß scharf die Luft aus.

»Sie wird langsam älter, und auch wenn Männer meist nicht viel mit kleinen Kindern anfangen können …«

»Das ist es nicht«, unterbrach er sie gepresst.

»Was dann?«

Er kniff die Lippen zusammen, bis sie nur noch einen schmalen Strich bildeten, atmete tief durch und sagte dann: »Ich bin nicht gut für sie.«

»Wie kommst du denn auf so eine dumme Idee?«, ereiferte sich Dana. »Du bist ihr Vater, und sie vermisst dich.«

»Bei Brega geht es ihr gut. Mael wird lernen, die Felder zu bestellen, und eines Tages wird sie eine Familie gründen. Es ist besser, sie hat nichts mit mir zu tun«, erklärte er mit kalter Stimme.

Aber damit wollte Dana sich nicht abspeisen lassen. Etwas in ihrem Inneren sagte ihr, dass sie jetzt nicht lockerlassen durfte und Ardan ihr heute endlich seine wahren Beweggründe offenbaren würde.

»Weshalb solltest du nicht gut für Mael sein?«

»Ich bin es nicht«, entgegnete er abweisend. »Ich bin ein Krieger und töte oder werde getötet, da hat ein kleines Mädchen nichts verloren.« Er wollte sich abwenden, aber Dana hielt ihn an seinem Hemd fest.

»Du bist mehr als nur ein kalter Krieger, Ardan, ich habe es gespürt. Mach mir nichts vor. Ich glaube inzwischen, du empfindest sehr wohl etwas für deine Tochter.«

Er wandte ihr den Rücken zu und sprach kein Wort. Als Dana vor ihn trat und ihm in die Augen sah, war sie von dem abgrundtief verzweifelten Ausdruck darin erschüttert.

»Sag mir endlich, was dich wirklich bewegt, Ardan, ich möchte es so gerne verstehen!«

Sie bemerkte, wie er mit sich rang, nach Worten suchte, sich wiederholt über das Kinn strich und schließlich leise zu ihr sprach: »Ich kann es nicht ertragen, ihr in die Augen zu blicken. Immer sehe ich Rionach vor mir. Außerdem fürchte ich …«

»Was fürchtest du?«

»Ich habe Angst, sie auch noch zu verlieren«, gab er kaum hörbar zu. »Wenn ich sie zu einer Kriegerin wie ihre Mutter mache und auch sie getötet wird, kann ich mir das nie verzeihen.«

Dana spürte, wie schwer es ihm fiel, darüber zu sprechen. »Deshalb gehst du ihr aus dem Weg«, flüsterte sie. Aus einem Impuls heraus legte sie ihm eine Hand auf die Wange und versicherte eindringlich: »Ardan, ich kann das nachvollziehen, aber es ist der falsche Weg. Mael braucht dich. Sie hat doch schon ihre Mutter verloren.«

Er biss sich auf die Lippe und schüttelte stur den Kopf. »Eines Tages werde ich im Kampf sterben, und dann wird es umso schlimmer für sie sein, wenn sie mich zu sehr liebt.«

Dana musste an Rionachs Prophezeiung denken. Im Herbst sollte Ardan Nordmännern zum Opfer fallen und Mael entführt werden. Doch sie schüttelte stumm den Kopf. *Das lasse ich nicht zu*, dachte sie. »Für Mael könntest du leben, und ich helfe dir dabei«, beschwor sie ihn. »Verbring etwas Zeit mit deiner Tochter. Sie muss keine Kriegerin werden, aber du könntest ihr so viel beibringen. Ich bitte dich, verbann die Kleine nicht aus deinem Leben, sie versteht es nicht.«

»Ich weiß nicht …« Ardan legte den Kopf in den Nacken, schluckte hart und schloss die Augen.

Als Dana zögernd ihre Arme um ihn schloss, zuckte er zurück, aber schließlich erwiderte er die Umarmung und legte seinen Kopf an den ihren. Eine Weile standen sie so eng umschlungen.

»Ich bin ein schlechter Mensch, ich mache alles falsch«, bemerkte Ardan irgendwann unglücklich.

»Nein, das bist du nicht.« Dana lachte leise auf. »Auch wenn ich dich während der ersten Zeit am liebsten eigenhändig im nächsten Sumpf ertränkt hätte.«

Ardan sah sie an. »Und jetzt nicht mehr?«

»Nein, denn ich denke, das lag nur an der Mauer, die du um dich gezogen hattest, um dich selbst zu schützen.«

»Hm. Ein guter Vergleich.«

Dana fasste Ardan mit beiden Händen an den Schultern. »Wenn du einmal in die Anderswelt gehst und mit sterbenden Augen in den Himmel blickst, wirst du um jeden Tag trauern, den du nicht mit deiner Tochter verbracht hast.«

Ardan sah sie überrascht an, aber Dana spürte, dass sie ihn erreicht hatte. »Worte wie sie einer *ban-draoidh* würdig sind«, entgegnete er. »Wirst du mir helfen … mit Mael, meine ich?«

»Natürlich.« Sie lächelte aufmunternd, und dann gingen sie in der Dämmerung Seite an Seite zum Broch zurück.

Nachdem Mael sogar noch wach war, nutzte Dana die Gunst der Stunde, nahm das Mädchen an der Hand und führte sie zu ihrem Vater. Sie sah genau, wie es in Ardan arbeitete. Zunächst blieb er stocksteif stehen, während die Kleine fragend zu ihm aufsah. Dana drückte seine Hand. »Komm, bring sie ins Bett«, flüsterte sie ihm ins Ohr.

Er warf ihr einen unsicheren Blick zu, kniete sich jedoch neben Mael, die ihn abwartend aus ihren großen Augen ansah.

»Soll ich dich ins Bett bringen?«, fragte er.

Mael nickte zögernd, aber als ihr Vater sie vorsichtig auf den Arm nahm, lächelte sie. »Geschichte?«

Ardan erstarrte. »Sie spricht ja wieder!«, rief er aus.

»Schon seit einer Weile, wenn auch nicht viel.«

Behutsam und mit einer sichtlich zitternden Hand streichelte Ardan Mael über den Kopf. »Welche Geschichte möchtest du hören?«

Die Kleine zuckte nur mit den Schultern, und während Ardan langsam losschritt, erzählte er von einem kleinen Kobold, der im Haselnussstrauch lebte und die Bewohner der nahegelegenen Hütte immer mit Nüssen bewarf. Mael schien es zu gefallen. Sie kicherte leise, und vor Bregas Hütte schlang sie ihre dünnen Arme um seinen Hals, woraufhin Ardans Augen plötzlich feucht schimmerten.

»Dana, kannst du?«, presste er hervor, gab ihr das Kind und verschwand in der Dunkelheit.

Mael sah ihm enttäuscht hinterher, aber Dana versicherte: »Dein Vater hat dich sehr lieb. Bestimmt wird er dich jetzt öfters ins Bett bringen.«

Das brachte das Mädchen wieder zum Lächeln. Nachdem Dana es in sein kleines Strohbett gelegt und es zugedeckt hatte, war sie sich sicher, dass ein wichtiger Schritt getan war.

Während der folgenden Tage ließ sich Ardan immer wieder dazu überreden, Zeit mit seiner Tochter zu verbringen. Zunächst wusste er offenbar nicht, wie er mit ihr umgehen sollte, und war sehr unsicher. Doch bald führte er sie auf Donns breitem Rücken herum und zeigte ihr, wie sie die Zügel halten sollte. Mael taute mehr und mehr auf, begrüßte ihren Vater jedes Mal freudig und wurde immer fröhlicher, was Dana sehr glücklich machte.

Eines Tages stand sie am Broch, und während sie ihre Kleider in einem Holzzuber wusch, beobachtete sie die beiden. Mael machte sich einen Spaß daraus, das Pferd immer so zu lenken, dass es Ardan beinahe umritt.

Dana lachte herzlich auf, als Ardan die Kleine schließlich vom Pferd zog, in den Schwitzkasten nahm und herumwirbelte. Maels Kichern drang bis zu ihr.

»Sehe ich jetzt richtig?«, erklang plötzlich Áines Stimme hinter ihr und blickte verdutzt zu den beiden.

»Nein, das ist ein Zauber der Sídhe«, zog sie ihre Freundin auf.

Áines Augen weiteten sich, daher stellte Dana eilig klar: »Ich habe nur Spaß gemacht. Du täuschst dich nicht, Ardan und Mael haben endlich zueinandergefunden.«

»Wie konnte dir das gelingen?« Die junge Frau betrachtete Dana voller Bewunderung.

»Er hat eingesehen, dass er im Unrecht war.«

»Ardan hat etwas eingesehen?«, wiederholte sie ungläubig. »Du musst ihn verzaubert haben!«

»Unsinn!« Jetzt wurde Dana Áines Blick unangenehm. »Eigentlich ist er gar nicht so, wie er vorgibt.«

»Sag nur …« Áine schlug eine Hand vor den Mund und gluckste unterdrückt.

»Was?«

»Du wirst dich doch nicht in Ardan verliebt haben?«

»Nein, habe ich nicht!«, protestierte Dana entschieden, bemerkte jedoch zu ihrem Ärger, wie ihre Wangen zu glühen begannen. »Er hat mir nur erklärt, weshalb er immer so abweisend ist.«

»Es muss dir nicht unangenehm sein«, erwiderte Áine. »Du

warst noch nicht im Angesicht des Clans und der Götter mit Drostan verbunden, und es wäre gut für dich, einen neuen Mann zu finden. Allerdings Ardan …«

»Ich habe mich nicht verliebt!«, wiederholte Dana und wrang ihren frischgewaschenen Rock heftig aus. »Wir haben uns nur etwas … angefreundet. Außerdem gibt es für ihn nur eine Frau – Rionach –, und mit der kann ich mich nicht messen.«

Kritisch hob Áine ihre Augenbrauen an, dann zuckte sie die Achseln. »Wie auch immer. Es ist gut für Mael, dass er jetzt wieder für sie da ist. Als Rionach noch lebte hat er sich nämlich sehr viel mit ihr beschäftigt.«

»Wirklich?«, erkundigte sich Dana interessiert.

»Ja, vor Rionachs Tod hat er sich sogar mehr um sie gekümmert als ihre Mutter. Rionach war so sehr mit ihren Kriegszügen und ihrer Ausbildung bei Domech beschäftigt, dass sie kaum Zeit für das Kind hatte.«

Nachdenklich beobachtete Dana die beiden, die nun zu den Pferdeweiden gingen, um Donn zurückzubringen. Als sie einen Raben über ihren Köpfen hinwegfliegen sah, zuckte sie zusammen. Sie wurde den Gedanken nicht los, dass es sich jedes Mal um dasselbe Tier handelte. Irgendetwas stimmte mit diesem Vogel nicht.

Die zunehmende Vertrautheit zwischen Ardan und seiner kleinen Tochter ließ Hoffnung in Dana aufkeimen, er würde nicht völlig unüberlegt handeln, wenn sie ihm von Domech erzählte. Trotzdem nagten Zweifel an ihr, und sie schob es von Mal zu Mal auf, ihm die Wahrheit zu sagen. Gleichzeitig spürte sie jedoch, wie sehr er nach wie vor unter seinen Schuldgefühlen litt.

Nachdem sie eines Tages gemeinsam an der Lichtung am Fluss trainiert hatten, während ihnen Mael zusah und mit Kieseln spielte, wusste sie, dass der Zeitpunkt nun gekommen war.

Müde vom anstrengenden Training ließen sie sich im Gras nieder.

Ardan sah zu seiner Tochter. »Wenn Mael älter ist, und ich ihr eines Tages erzählen muss, wie ihre Mutter gestorben ist, wird sie mich hassen«, begann er unvermittelt.

»Du darfst dir diese Schuldgefühle nicht einreden«, verlangte Dana, wobei sie mit ihren eigenen kämpfte.

»Ich habe versagt, Dana, und das werde ich mir niemals verzeihen können.« Mit hängendem Kopf saß er da, seine Hände zerrupften Gras.

»Ardan, wenn ich …« Sie zögerte, rang mit sich, fuhr jedoch fort: »Du würdest dich doch nicht in Gefahr bringen, wenn ich dir sage, wer wirklich Schuld an Rionachs Tod hat, oder?«

Verständnislos starrte er sie an.

»Ich meine, du musst an deine Tochter denken.«

»Ich weiß nicht, wovon du redest. Du kanntest Rionach doch gar nicht, wie kannst du etwas über ihren Tod wissen?«

»Also … ich …« Dana wusste nicht, wie sie beginnen, ihm alles erklären sollte.

Doch Ardan packte sie fest am Oberarm, seine Gesichtszüge verhärteten sich, und seine Augen funkelten zornig. »Sag mir, was du weißt. Hattest du eine Vision von der Vergangenheit?«

»Nein, nicht direkt.« Möglicherweise wäre das eine für Ardan logische Erklärung, aber inzwischen war er ein Freund für sie und sie wollte ihn nicht mehr anlügen.

»Ich werde dir jetzt etwas erzählen, was du vermutlich kaum glauben kannst. Aber bitte versprich mir eins, wenn ich es gesagt habe, handle Mael zuliebe nicht unüberlegt.«

»Jetzt sprich schon!«

»Gib mir dein Wort, dass du nicht unüberlegt handeln wirst«, beharrte Dana.

Ardan nickte heftig.

Noch einmal atmete Dana tief durch. »Ich bin keine *ban-draoidh* aus dem Tal der weisen Männer und Frauen. Eigentlich stamme ich nicht einmal aus dieser Zeit. Ich komme aus der Zukunft, aus einer Zeit, die erst dann sein wird, wenn sehr viele Wintersonnenwenden vergangen sein werden.«

Ardans Gesicht sprach Bände. Er blinzelte, runzelte die Stirn und musterte sie erstaunt. »Aus der Zukunft? Wenn viele Winterwenden vergangen sein werden?«

»Ja, und in meiner Zeit habe ich Rionach getroffen. Sie existiert als Geist in eurem Broch, der inzwischen größtenteils verfallen ist.«

Sichtlich verstört fuhr sich Ardan durch die Haare, stieß die Luft scharf aus und schüttelte dann den Kopf. »Was redest du denn, Dana? Weshalb sollte Rionach als Geist weiterleben? Wenn du tatsächlich aus einer fernen Zeit kommst – was ich kaum glauben mag –, hätte sie schon längst wiedergeboren werden müssen.«

»Nein, eben nicht. Rionach erzählte mir, Domech hätte sie zu geheimen Ritualen verführt, die es ihr möglich machen sollten, die Zukunft zu verändern. Doch den Preis dafür hat sie allein bezahlt – mit ihrem Leben.«

»Domech?«, hauchte Ardan, und sein Gesicht verlor jegliche Farbe.

»Ich weiß nicht genau, wie es geschah«, fuhr Dana fort. »Aber sie machte es mir möglich, mithilfe eines geheimen Tranks in der Zeit zurückzureisen, und bat mich, Mael mit zurückzubringen. Ich habe mich dagegen entschieden, denn ich fand es besser, Mael bleibt hier, in ihrer vertrauten Umgebung, und zum Glück konnte ich Brega überzeugen, sie zu sich zu nehmen.« Sie legte eine Hand auf Ardans Arm. »Und jetzt hat sie ja dich wieder. Es ist mir gelungen, den Lauf der Dinge zu verändern. Zumindest ein Stück weit.«

»Dana, ich weiß nicht … Deine Worte verwirren mich und …« Er unterbrach sich selbst, stand auf und lief unruhig auf und ab.

»Rionach sagte mir, im kommenden Herbst würde euer Tal von Nordmännern überfallen, du getötet und Mael von ihnen geraubt werden«, erzählte sie weiter. »Ich will das verhindern, Ardan, und ich glaube, das wird uns auch gelingen.«

Ardan erstarrte. »Dann ist Rionach noch hier?«, flüsterte er und sah zur Spitze des Turmes hinüber. »Wo ist sie? Kann ich sie sehen?«

»Nein. Sie sagte, sie hätte Hunderte von Sommern und Wintern gebraucht, um sich lebenden Menschen zu zeigen. Außerdem können nur wenige sie überhaupt sehen.«

»Und Domech … er …« Plötzlich verfinsterte sich sein Gesicht, und er fasste sie schmerzhaft an den Schultern. »Weshalb hast du es mir nicht schon früher gesagt?«, schrie er nun, und aus dem Augenwinkel bemerkte Dana, wie Mael sie aufmerksam beobachtete.

»Du tust mir weh«, presste sie hervor. »Und bitte denk an deine Tochter!«

»Warum hast du es nicht schon längst gesagt? Ich hätte ihn auf der Stelle zur Rechenschaft gezogen«, wiederholte er, diesmal gedämpfter.

»Genau aus diesem Grund.« Dana wand sich aus seinem eisernen Griff. »Ardan, Domech ist ein mächtiger Mann. Ich möchte nicht, dass dir etwas geschieht.«

Er schnaubte nur, hob sein Schwert auf und eilte davon. Jetzt trat genau das ein, was Dana befürchtet hatte. »Mael, du bleibst hier«, rief sie dem Mädchen zu, das ebenfalls aufgestanden war und ihrem Vater nachlaufen wollte.

Da die Kleine gehorchte, rannte Dana Ardan nach. Sie musste sich beeilen, um ihn einzuholen, hielt ihn an seinem Hemd fest und verlangte: »Bitte, denk doch nach!«

»Lass mich los«, knurrte er verbissen.

»Ardan! Nein!« Sie klammerte sich an seinem Arm fest, und auch als er sie mitschleifte, ließ sie ihn nicht los.

»Du kannst ihn nicht einfach so umbringen, das wird dir nicht gelingen«, redete sie verzweifelt auf ihn ein.

»Eine Klinge im Herzen tötet auch einen weisen Mann.«

»Warte, Ardan, Domech hat etwas an sich … Ich weiß nicht … Ich glaube, es ist wirklich eine Art von Magie! Ich verstehe, dass du Rionach rächen willst. Aber du musst planvoll vorgehen. Denk an Mael. Ich helfe dir, Domech zu töten, aber tu nichts Unüberlegtes.«

Endlich hielt er an, sah zum entfernten Dun Troddan, zurück zu seiner Tochter, dann in Danas Gesicht.

»Bitte, Ardan, ich will nicht, dass du stirbst. Und Rionach möchte das ganz sicher auch nicht.«

»Möge Macha mich verdammen!« Mit aller Gewalt stieß er sein Schwert in den Boden und raufte sich die Haare. »Weißt du, wie sehr ich mir gewünscht habe, Rache nehmen zu können? Wie sehr ich mich danach gesehnt habe, frei von Schuld sein und das Blut von meinen Händen waschen zu können?«

»Ich weiß es, Ardan, ich weiß es«, beteuerte sie, froh, dass er nicht weiterhin kopflos davonstürmte. Trotzdem merkte sie, wie sehr ihn diese Neuigkeiten mitnahmen und aufwühlten.

»Ich kann verstehen, wenn du Rache nehmen möchtest«, sprach sie schnell weiter, um ihn von irgendeiner selbstmörderischen Aktion abzuhalten. »Auch wenn es dir Rionach nicht zurückbringen wird, verspreche ich, ich werde dir zur Seite stehen.«

»Und wie soll das vonstattengehen?«

»Ich weiß es nicht, Ardan. Wir müssen einen Plan machen. Vielleicht kann ich ihn fortlocken und du stellst ihn zur Rede. Aber wenn du jetzt einfach zum Broch gehst und Domech tötest, könnte das eine Clanfehde heraufbeschwören. Domech ist ein geachteter Mann, und ich kann mir nicht vorstellen, dass Nectan es einfach geschehen lässt.«

»Rionach war die Tochter seines Bruders. Er wird es verstehen«, beharrte Ardan grimmig.

»Und wenn er mir nicht glaubt«, wandte Dana ein. »Er könnte vermuten, ich wollte Domechs Platz einnehmen.«

»Möchtest du das?« Ardans Augen bohrten sich in ihre.

»Nein, und wie gesagt, ich bin gar keine *ban-draoidh*.«

»Aber du kannst durch die Zeit reisen, also bist du zumindest etwas, was dem sehr nahe kommt.«

»Ja, mag sein«, räumte sie ein.

»Dana, ich weiß nicht, was ich denken soll. Deine Geschichte klingt …« Offensichtlich fehlten ihm die Worte.

»Irr?«, ergänzte Dana daher.

»Ja, diese Bezeichnung trifft es recht gut.«

»Aber du glaubst mir?«

Unschlüssig hob er die Schultern, sah sie eine Weile an und nickte dann. »Ich weiß nicht, weshalb, aber ja, ich glaube dir.«

Erleichtert seufzte Dana auf. »Dann lass uns gemeinsam überlegen, wie wir vorgehen.«

Ardan zog sein Schwert aus dem Boden, säuberte die Klinge an seinem Hosenbein und ging dann langsam mit Dana zurück zu Mael. »Ich sollte mit Brude und Alauna sprechen. Auch sie werden ihre Tochter rächen wollen.« Bedächtig wiegte er den Kopf. »Andererseits sind deine Überlegungen, eine Clanfehde auszulösen, nicht von der Hand zu weisen. Falls der Anschlag misslingt, wäre es weniger schlimm, wenn ich allein dafür verantwortlich bin. Sollte ich scheitern, werde vielleicht ich getötet oder muss verschwinden, aber dann können Alauna und Brude weiterhin im Tal leben – wenn auch mit dem Mörder ihrer Tochter vor Augen.«

Der Gedanke daran, dass Ardan so selbstverständlich seinen Tod in Kauf nahm, jagte Wellen von Furcht durch Danas Körper. »Ich möchte nicht, dass du stirbst«, sagte sie betrübt.

Er lächelte ihr zu, wollte offenbar etwas sagen, aber plötzlich war Mael bei ihm und schlang die Arme um seine Beine.

Auf einmal wurden seine angespannten Züge weicher. »Das möchte ich auch nicht, Dana. Aber noch wichtiger ist dein Überleben, denn falls ich in die Anderswelt einziehe, kannst du dich um Mael kümmern.«

»Du wirst nichts allein unternehmen!«, verlangte sie entschieden. »Das musst du mir versprechen.«

»Dana …«

»Versprich es bei Rionachs Andenken, beim Leben deiner

Tochter und deiner Ehre als Krieger.« Mittelerweise wusste Dana, dass die Menschen dieser Zeit derartige Schwüre nicht leichtfertig abgaben. Umso wichtiger war es nun, ihm dieses Versprechen abzunehmen. »Wir müssen gemeinsam überlegen«, beschwor sie ihn.

»Gut, ich verspreche es dir«, gab er schließlich nach, nahm Mael an der Hand, und sie machten sich auf den Rückweg. Dabei bemerkte Dana sehr wohl, wie Ardan sie ständig aus dem Augenwinkel heraus musterte. Vermutlich sah er sie nun mit ganz anderen Augen.

»Aus welcher Zeit kommst du?«, wollte er plötzlich wissen.

Eigentlich hatte Dana schon längst mit dieser Frage gerechnet, und sie lächelte zaghaft, als sie antwortete. »Es sind über zweitausend Wintersonnenwenden seit dem heutigen Tag vergangen.«

»Zweitausend?« Wie vom Donner gerührt blieb er stehen, anscheinend unfähig diese Zahl zu begreifen, dann blitzte Neugierde in seinen Augen auf. »Wie ist das Leben in deiner Zeit? Du sagtest, unser Broch sei verfallen. Leben denn keine Menschen mehr dort? Weshalb hat man ihn nicht in Stand gesetzt? Haben sich die Clans am Ende geeint?«

Behutsam erklärte Dana ihm, dass es in der modernen Welt keine Clans im Sinne dieser Zeit mehr gab, Menschen größtenteils in riesigen Städten lebten. Und während Ardans Augen sich mehr und mehr weiteten, versuchte sie, ihm das Leben im einundzwanzigsten Jahrhundert nahezubringen. Doch ihr war durchaus klar, wie schwer es für ihn sein musste, sich Dinge wie Autos, Flugzeuge und Kontinente vorzustellen, von denen er nicht einmal wusste, dass sie existierten.

»Das ganze Land ist durch Straßen verbunden, auf denen Kutschen ohne Pferde fahren?«, staunte er.

»Ja, und du kannst dir nicht vorstellen, wie schnell sie sind. Mit solch einer *Kutsche* kann man deine gesamte Heimatinsel von Nord nach Süd durchqueren.«

»Du lügst!«, stieß er hervor.

Dana nahm es ihm nicht übel, denn für Ardan war so etwas selbstverständlich vollkommen absurd. »Mit einem Flugzeug geht alles noch sehr viel schneller. Man kann über das Meer fliegen und auch die fernsten Länder innerhalb kürzester Zeit erreichen.«

Wieder schüttelte er fassungslos den Kopf. Mael hatte ihnen zugehört, aber sie war noch zu klein, um zu verstehen, wovon sie sprachen.

»Unser Broch steht in deiner Zeit nicht mehr?«, fragte Ardan erschüttert, als sie vor dem mächtigen Bauwerk standen. Seine Augen wanderten über die soliden Mauern.

»Nein, Ardan. Rionach hat ihn lange Zeit beschützt, aber auch ihr ist es nicht gelungen, den Verfall aufzuhalten.«

Mael war inzwischen zu Brega gelaufen, und er ließ sich auf einem Felsen nieder. »Dann ist sie auch jetzt noch hier – irgendwo«, flüsterte er.

»Ja, vielleicht kann sie uns sogar sehen.«

Ardans Augen schweiften rastlos umher. »Geht … geht es ihr wenigstens gut?«

»Ich denke schon«, erwiderte Dana. »Leider muss ich zugeben, dass ich nicht weiß, wie es ist, als Geist zu existieren. Ich stelle es mir auch schmerzhaft vor zu sehen, wie Generationen meiner Nachfahren sterben und sich alles verändert.« Sie legte ihre Hand auf Ardans. »Dieses Tal ist weitgehend so, wie du es heute kennst. Nur gibt es weniger Bäume, eine befestigte Straße führt über den Pass, und einige Dörfer liegen auf dem Weg.«

»In Häusern lebt man aber noch?«, erkundigte er sich mit einem schiefen Grinsen.

»Ja«, lachte Dana auf. »Nur sehen sie anders aus als die Rundhäuser deines Clans.«

Ardan wollte noch viele Dinge wissen, und Dana schilderte ihm geduldig von dem modernen Leben. Die meisten Errungenschaften erschreckten ihn, so wie beispielsweise Feuerwaffen, Kriege, in denen sich ganze Länder gegenseitig auslöschen konnten. Er vermochte sich keinen Strom vorzustellen oder fließend warmes Wasser, das in Häusern aus Rohren strömte, und am Ende rieb er sich die Schläfen.

»Dana, ich weiß nicht, ob ich in deiner Zeit leben wollte. Selbst wenn sie sicher Annehmlichkeiten mit sich bringt.«

»Das weiß ich inzwischen auch nicht mehr«, gab sie leise zu.

Während der folgenden Tage beobachtete Dana Ardan sehr genau, denn sie fürchtete nach wie vor, er würde im Alleingang Rache an dem Druiden nehmen. Aber Ardan machte keine Anstalten, von seinem Wort abzuweichen, sein Schwur und nicht zuletzt Mael hielten ihn vermutlich davon ab. Trotzdem wurde Dana den Eindruck nicht los, er wäre wütend auf sie, weil sie ihm erst so spät gestanden hatte, was sie wusste. Sie hatte das Gefühl, er ginge ihr aus dem Weg.

Heute war Dana allerdings froh, dass Ardan sich nicht in der Nähe des Brochs aufhielt. Einer der jüngeren Krieger litt an hohem Fieber und einem üblen Husten. Sie hatte einige ihrer wertvollen Antibiotika verwendet, doch die schlugen nicht an. Auch die Kräuterfrauen hatten ihm nicht helfen können, daher kam gegen Nachmittag Domech herbei. Vom Eingang zum Turmzimmer aus beobachtete Dana, wie der Druide sich den jungen Mann besah. Dann warf er Kräuter ins Feuer, deren ätherischer Geruch bald den gesamten Raum ausfüllte. Domech legte dem Kranken eine Hand auf die Stirn, die andere auf seine Schulter. Anschließend begann er, leise vor sich hin zu summen, ein Singsang, der auch Danas Innerstes vibrieren ließ. Wie viel Zeit verging, vermochte sie nicht zu sagen, aber sie zuckte zusammen, als sich Domech plötzlich umdrehte und mit seiner schnarrenden Stimme verlangte: »Er soll ausreichend trinken und einige Tage nicht das Lager verlassen. Hier ist Alant, davon kannst du ihm einen Tee brauen, Áine.« Der Druide legte ein Büschel getrockneter Pflanzen mit gelben Blüten neben die Feuerstelle. »Räuchert zudem den Turm aus, um das Übel der Krankheit zu vertreiben.«

Sowohl Dana als auch Áine nickten verschreckt. Dann rauschte Domech an ihnen vorüber.

»Was hat er getan?«, erkundigte sich Dana bei ihrer Freundin. Sie ging zu dem Krieger, der inzwischen ruhig schlief. Als sie seine Stirn berührte, fühlte diese sich erstaunlicherweise deutlich kühler an.

»Ich dachte, du wüsstest es«, wunderte sich Áine, »schließlich bist du eine *ban-draoidh.*«

»Nein, das übersteigt mein Wissen.«

»Ich denke, Domech hat die Sídhe gebeten, Melcon gesund werden zu lassen«, spekulierte sie und nahm einige Äste aus dem Feuer, dann schwenkte sie diese umher, so wie Domech es ihr aufgetragen hatte.

Dana presste ihren Arm vor den Mund, hustete und verließ fluchtartig den Raum. Draußen sah sie Domech mit Brude sprechen.

»Ich danke dir herzlichst für deine Mühen«, sagte der Anführer von Dun Telve gerade. Bitte iss heute mit uns.« Sein Blick schweifte zum Himmel, an dem dicke Regenwolken vorüberzogen. »Denkst du, es wird regnen, oder sollen die Frauen das Nachmahl draußen bereiten?«

Der alte Druide hob den Kopf, und sein Auge zuckte über den Himmel, als würde es Blitze verfolgen. »Die Wolken werden aufreißen«, erklärte er bestimmt. Anschließend unterhielt er sich mit Brude über die bevorstehende Ernte und schlug vor, einige Lämmer zu opfern, um die Götter gnädig zu stimmen. Dabei sah er immer wieder zu Dana.

Eilig wandte sich Dana ab und machte sich auf die Suche nach Ardan, um ihn von Domech fernzuhalten. Vielleicht ließ er sich zu einem Ausritt überreden, und wenn sie Glück hatte, wären Brude, Alauna und Domech mit ihrem Abendessen dann schon fertig. Doch leider war er mal wieder unauffindbar.

Als Dana jedoch zurückkehrte, sah sie ihn mit finsterem Blick am Feuer sitzen. Er starrte Domech derart bösartig an, dass dieser eigentlich auf der Stelle hätte tot umfallen müssen. Mit einem flauen Gefühl im Magen hastete sie zu Ardan, setzte sich neben ihn und reichte ihm eine Holzschüssel voll mit Lammeintopf. Doch er stellte das Essen unbeachtet auf die Seite.

»Ardan, bitte, du musst dich beherrschen«, flüsterte sie ihm zu. Sie hörte, wie er mit den Zähnen knirschte. Seine linke Hand umfasste den Dolch so fest, dass seine Knöchel weiß hervortraten. Sie warf einen Blick in die Runde, aber niemand schien sie zu beachten. Dann legte sie ihre Hand auf die seine und versuchte, seine verkrampften Finger zu lösen. »Heute ist nicht der richtige Tag.«

»Ich weiß.« Ehe sie es verhindern konnte, sprang er auf. Dana hielt die Luft an, denn sie war sich sicher, er würde Domech jeden Moment angreifen.

Doch stattdessen rief er über das Feuer hinweg: »Brude, ich möchte auf die Insel im Westen reisen. Die Klinge meines Schwertes ging heute zu Bruch, und ich muss mir ein neues anfertigen lassen.«

Der Clanführer sah interessiert zu ihm herüber, dann nickte er.

»Und auch Dana sollte endlich eine eigene Klinge erhalten«, fuhr Ardan mit harter Stimme fort. »Sie ist eine hervorragende Kriegerin geworden und hat sich in ihrer ersten Schlacht bewiesen. Brude, Alauna, ich erbitte von euch Eisen für zwei Schwerter, damit wir euch weiterhin dienen können und diejenigen richten, die unserem Clan Schaden zufügen.« Sein stechender Blick wanderte zu Domech, der stumm zugehört hatte.

Dana wusste nicht, was sie denken sollte, aber weder Brude noch Alauna schien Ardans Bitte zu verwundern.

»Diesen Wunsch gewähre ich euch gerne«, versicherte der Clanführer. »Wann möchtet ihr zu der Insel aufbrechen? Wie viele Krieger wollt ihr mitnehmen.«

»Wir reisen allein«, stellte Ardan klar. »Ihr benötigt jede Hand für die Ernte, und die Zeiten sind unruhig.«

Dies schien Brude nicht zu behagen. Er fuhr sich über seinen Schnurrbart und wiegte den Kopf. »Zwei Krieger könnte ich durchaus entbehren.«

»Nein«, entgegnete Ardan scharf. »Den Creonen konnten wir ihren Platz zuweisen, und auf der Insel droht uns keine Gefahr. Außerdem wird die Reise zu den weisen Männern und Frauen von Uamh An Ard Achadh nicht länger als einen Tagesmarsch dauern.«

Schließlich nickte Alauna zustimmend, und auch Brude bekundete brummelnd sein Einverständnis. »Wir werden euch Schmuck und Korn als Lohn für die Mühen der Hüter des heiligen Flusses mitgeben«, schloss Alauna, woraufhin Ardan sich verbeugte und wieder setzte.

»Was hat das zu bedeuten?«, raunte Dana Ardan zu.

Doch dieser schüttelte nur den Kopf und begann, grimmig seinen Eintopf zu löffeln. »Nicht jetzt.«

Nachdem Dana inzwischen wusste, dass Nachbohren bei Ardan in der Regel wenig brachte, wartete sie ungeduldig ab, bis er gegessen hatte. Schließlich zerstreute sich die Gesellschaft, und Ardan fasste Dana am Arm. Dann zog er sie von den Brochbewohnern fort.

»Ich werde mir ein neues Schwert anfertigen. Eine geweihte Klinge, die Domech den Tod bringen wird.«

»Aha.« Dana war nicht sehr beeindruckt, denn ihr war nicht klar, was eine sogenannte geweihte Klinge ändern sollte.

Ardan musterte sie durchdringend, dann seufzte er. »Ich vergaß, dir ist der heilige Fluss von Uamh An Ard Achadh nicht bekannt.«

»Nein, wirklich nicht.«

»Dieser Ort liegt auf der Insel im Westen. Es sind heilige, geweihte Höhlen, in denen weise Männer und Frauen leben, die mit den Göttern und den Sídhe in Verbindung treten können. Denjenigen, die zur Familie der wichtigsten Clanführer gehören, ist es gestattet, sich dort in den gesegneten Feuern ihre Waffen zu schmieden und sie anschließend im heiligen Fluss zu weihen, der durch ihre Höhlen fließt. Er verbindet unsere Welt mit der Anderswelt.«

Dana war skeptisch. »Dann ist dein Schwert gar nicht zerbrochen?«, fragte sie, da ihr nichts Besseres einfiel.

»Selbstverständlich nicht«, entgegnete er ungeduldig. »Ich selbst habe es beschädigt und als Opfergabe an Macha in einen See geworfen. Dass du endlich ein eigenes Schwert benötigst, wird Alauna und Brude nicht verwundern, ganz im Gegenteil.«

»Ich kenne mich mit euren Gepflogenheiten noch nicht so gut aus«, murmelte Dana.

»Wir brechen morgen auf«, bestimmte er, wandte sich ohne ein weiteres Wort ab und verschwand in der Dunkelheit.

»Puh!« Dana fuhr sich durch die Haare. Wenn Ardan glaubte, mit solch einer Waffe Domech eher besiegen zu können, dann gut – zumindest würde es ihm vielleicht die notwendige Sicherheit und Entschlossenheit bieten. Trotzdem konnte sie in dieser Nacht kaum schlafen. Sie fragte sich, was sie in diesen heiligen Höhlen erwarten mochte und ob es ihnen tatsächlich gelingen würde, Domech zu töten.

Kapitel 25

Uamh An Ard Achadh

Der Morgen begrüßte sie mit leichtem Nieselregen. Nachdem Dana sich von Mael verabschiedet hatte, sattelte sie Righ und verstaute ihre Decke, Proviant, einige Schmuckstücke, einen silbernen Pokal sowie einen kleinen Klumpen Gold in den ledernen Satteltaschen.

Ardan kam herbeigeeilt und schleppte schwer an seinem Gepäck sowie einem dicken Leinensack, den er sich über den Rücken gebunden hatte.

Dana eilte ihm zu Hilfe. »Was hast du denn da drin?«

»Eisen für unsere Schwerter natürlich«, keuchte er.

»Hätte man nicht einfach die alten einschmelzen können?«, fragte sie und betrachtete die schartige Klinge ihres Übungsschwertes.

Doch Ardan blickte sie empört an. »Selbstverständlich nicht! Wusstest du nicht, dass das Unglück bringt? Die Geister des Feuers wären erzürnt, böte man ihnen altes Eisen an.«

»Na, wenn das so ist«, murmelte Dana kopfschüttelnd.

»Dein altes Schwert wird einem heranwachsenden Krieger gute Dienste tun«, entschied Ardan, dann sattelte er seinen Braunen.

Bald waren sie auf dem Weg in Richtung Westen. Als ein schwarz gefiederter Vogel krächzend über ihren Köpfen hinwegflog, zuckte Dana zusammen. »Hast du diesen Raben auch schon gesehen?«

Ardan lachte spöttisch auf. »Es gibt jede Menge Raben in unserem Tal.«

»Nein, der hier ist anders«, flüsterte sie voller Unbehagen. »Ich habe das Gefühl, er beobachtet mich.«

Dies schien Ardan zu ihrer Überraschung nicht lächerlich zu finden. Er kniff die Augen zusammen, betrachtete das Tier, das nun auf einem Baum hockte und zu ihnen heruntersah.

»Fürchtest du dich vor ihm?«

»Ja, irgendwie schon«, gab sie zögernd zu.

»Dann mag es ein böser Geist sein oder einer der Sídhe, der Tiergestalt angenommen hat«, erklärte Ardan ernsthaft, sprang behände aus dem Sattel, hob einen Stein auf und warf ihn zielgenau nach dem Raben. Der Stein verfehlte ihn knapp, doch das Tier erhob sich krächzend und flatterte davon. »Hab keine Furcht, ich beschütze dich vor ihm.«

Dana deutete ein Lächeln an. Sie wusste nicht, wie Ardan sie vor einem bösen Geist oder einer Sídhe beschützen sollte, dennoch taten seine Worte gut. Plötzlich durchzuckte sie ein Gedanke. *Könnte das vielleicht ein Bote von Éibhleann sein, dieser seltsamen Frau an dem verfallenen Broch?*, überlegte sie. Möglicherweise hatte die sie schon seit Längerem beobachtet.

»Dana, sorge dich nicht«, sagte Ardan mitfühlend.

Sie überlegte, ihm von der eigenartigen Frau zu erzählen, verwarf den Gedanken jedoch eilig. Ardan liebte Rionach so sehr, am Ende käme er auf die Idee, sich mit Éibhleann auf irgendeinen unmoralischen Handel einzulassen, nur um sie zurückzuholen.

Es dauerte nicht lange, bis sie das Dorf am Meer erreicht hatten, das Dana schon seit ihrem ersten Ritt mit Righ kannte.

»Na, inzwischen sind wir beide gute Freunde geworden«, flüsterte sie dem Hengst ins Ohr, nachdem sie abgestiegen war.

Sie beobachtete Ardan, der sich kurz mit einem der Dorfbewohner unterhielt, bevor er zurückkehrte. »Wir können die Pferde dort hinten in den Pferch bringen.« Er deutete auf eine von Steinen umzäunte Koppel.

»Nehmen wir sie nicht mit?«

Belustigt hob Ardan seine Augenbrauen. »Möchtest du Righ etwa in einen *curragh* stellen?«, lachte er.

Danas Blick wanderte zu den kleinen Booten, die im leisen Wind schaukelten. »Stimmt, hier gibt es ja keine Fähren«, murmelte sie vor sich hin.

»Was gibt es nicht?«

»In meiner Zeit gibt es sehr große Boote, auf denen sogar Autos – ich habe dir von ihnen erzählt – Platz haben«, erklärte sie.

Ardan blinzelte verwirrt. »Wir werden in dem Dorf an der Küste versuchen, uns ein Packpferd zu leihen.«

Sie brachten ihre Pferde in den Pferch, dann verstauten sie ihre Sachen in einem der Langboote, die mit Tierhäuten bespannt waren. Dana schätzte diese Transportmittel auf fünf bis sechs Schritt Länge und höchstens einen Schritt in der Breite. Vorsichtig setzte sie einen Fuß hinein und ließ sich langsam nieder, während Ardan den *curragh* ins Wasser schob. Bald schon ruderte er in kräftigen Zügen über das Meer. Vor nicht allzu langer Zeit – oder besser gesagt in sehr langer Zeit, Dana musste schmunzeln – war sie an dieser Stelle mit Marita, Alec und Marc mit der Fähre nach Skye übergesetzt. Jetzt saß sie hier mit einem Piktenkrieger und befand sich auf dem Weg zur Weihe eines Schwertes, das einen Druiden töten sollte. Das war wirklich zu verrückt.

Ardan musste sich ordentlich ins Zeug legen, denn die Strömung zerrte an dem Boot, doch schließlich erreichten sie das steinige Ufer der Insel, die in ferner Zukunft den Namen Isle of Skye tragen würde. Eilig sprang er ins knietiefe Wasser, zog den *curragh* komplett an Land und vertäute ihn dann an einem Felsen. Ihre Satteltaschen und den Sack deponierten sie direkt daneben.

»Warte hier! Ich ziehe los und suche nach einem Pferd.«

»Soll ich nicht mitkommen?«

»Dann müssten wir alles mitschleppen. Ich denke, es ist besser, du achtest darauf, dass niemand unsere Sachen stiehlt.«

»Also gut.«

Während Ardan davoneilte, brach die Sonne zwischen den Wolken hervor, und Dana genoss ihre wärmenden Strahlen, das leise Plätschern der Wellen, die ans Ufer schlugen, und den salzigen Geruch des Windes.

Nach einer Weile wurde sie ungeduldig, denn Ardan war noch nicht zurückgekehrt. Sie ging ein Stück in Richtung des Landesinneren, stieg auf einen Hügel und hielt nach ihm Ausschau. Doch alles war von dichtem Wald und Büschen bewachsen, sodass sie nichts erkennen konnte.

Hoffentlich ist ihm nichts passiert, dachte sie und hastete dann zurück, da sie ihre wertvolle Tauschware nicht so lange unbeaufsichtigt lassen wollte. Als sie einen schwarzen Vogel auf den Sachen sitzen sah, hielt sie abrupt an.

»Nicht schon wieder dieses Vieh!«, schimpfte sie und rannte mit ausgebreiteten Armen auf den Raben zu.

Dieser starrte sie kurz – wie es ihr schien – herausfordernd an, dann erhob er sich träge und flog davon. Schaudernd rieb sie sich die Arme und atmete erleichtert auf, als Ardan endlich mit einem kleinen Schimmel am Zügel zurückkehrte.

»Leider hatten sie keine Reitpferde übrig«, meinte er bedauernd. »Die Menschen hier sind hauptsächlich Fischer.«

»Das macht nichts«, versicherte Dana.

Gemeinsam beluden sie das Pony und machten sich auf den Weg. Dana bewunderte Ardan, der zielstrebig voranschritt und offenbar einem Pfad folgte, der für sie nicht erkennbar war. Für sie sah alles gleich aus. Unwegsames Waldland, Lichtungen mit Heidekraut und dichtes Buschwerk. Niemals hätte sie sich hier zurechtgefunden. Immer wieder musste sie Äste zur Seite schieben, über dicke Wurzeln oder umgestürzte Bäume steigen oder Morastlöcher umgehen.

»Warst du schon öfters bei diesen Höhlen?«

Ardan nickte bestätigend. »Wir haben schon viele Feuerfeste bei den heiligen Höhlen gefeiert, die Schwerter von Brude, Alauna und …«, er biss sich auf die Lippe, dann fuhr er nach einem tiefen Luftzug fort, »... und auch von Rionach wurden hier geweiht. Außerdem haben wir unsere Verbindung dort besiegelt – vor über fünf Sommern an Beltane.«

»Das tut mir leid, Ardan«, sagte sie mitfühlend. »Ist es nicht schmerzlich für dich, dorthin zurückzukehren?«

»Das ist es«, bestätigte er und fügte dann bitter hinzu: »Aber es dient einem höheren Zweck.«

Während des Marsches dachte sie über seine Worte nach. Laut Rionach war Ardan jünger als sie selbst, zweiundzwanzig, vielleicht dreiundzwanzig. Als er und Rionach ihren Bund beschlossen hatten, war er also gerade einmal siebzehn gewesen. Unfassbar für sie. Andererseits konnte sie kaum glauben, dass Ardan noch so jung war. Er hatte schon viel durchgemacht, viel erlebt und ähnelte überhaupt nicht den unreifen Jungen ihrer Zeit, die in seinem Alter nichts anderes als Mädchen, Disco und Autos im Sinn hatten.

Kurz vor Einbruch der Dämmerung rasteten sie an einem munter plätschernden Bach, der sich in etlichen Windungen durch den Wald zog. Geschickt entzündete Ardan mit Feuerstein, Messer und Zunder ein Feuer, und schon bald verströmte es seinen tröstenden Schein. Schweigend verspeisten sie geschmacklose Haferplätzchen und getrockneten Fisch, dann blickten sie beide eine Weile in die Flammen.

»Mael ist gewachsen«, sagte Ardan unvermittelt.

Dana hatte dem hypnotisierenden Tanz der Flammen zugesehen und schreckte leicht zusammen, dann lächelte sie ihn an. »Ja, und sie ärgert jetzt schon die größeren Jungen.«

Ein Schmunzeln erhellte Ardans Gesicht. »Ich danke dir, Dana.«

»Wofür?«

»Dass du sie mir zurückgegeben hast«, gab er leise zu. »Ich weiß jetzt, wie falsch und eigensüchtig mein Verhalten war.«

»Schon gut.« Verlegen blickte sie zu Boden, bemerkte jedoch, dass Ardans Augen auf ihr ruhten.

Offenbar wussten sie beide nicht so recht, was sie sagen sollten.

Daher breiteten sie ihre Decken aus und legten sich neben dem Feuer nieder. Noch lange sah Dana in die Baumwipfel, die sich im Wind wiegten und hier und da den Blick auf den Sternenhimmel frei gaben. Die Geräusche der Nacht ließen sie in regelmäßigen Abständen aufschrecken. Hier ein Rascheln im Gebüsch, dort ein Knacken, der Schrei eines Nachtvogels oder eines sonstigen Tieres. Doch eigenartigerweise fürchtete sich Dana nicht. Mit Ardan an ihrer Seite fühlte sie sich sicher und beschützt.

Während ihrer weiteren Reise blieb Ardan bloß selten stehen, um sich zu orientieren. Bisher waren sie auf keinerlei menschliche Siedlungen getroffen, nur kilometerlange Wildnis erstreckte sich vor ihnen. Als Dana aus dem Augenwinkel einen grauen Schatten wahrnahm, glaubte sie zuerst sich getäuscht zu haben, aber nachdem sie ein zweites Mal hinsah, fasste sie Ardan hart am Arm.

»Achtung, Wölfe!«, stieß sie hervor.

Ardans Blick folgte ihrer ausgestreckten Hand. An dem kleinen See, der etwa hundert Meter vor ihnen lag, standen eine Wölfin und ihre drei Jungen und tranken von dem klaren Wasser. Ungerührt zuckte Ardan mit den Schultern. »Und?«

»Wir sollten einen Bogen schlagen«, flüsterte sie aufgeregt.

Wieder schien Ardan nicht zu verstehen. »Weshalb?«

»Na, die Wölfe«, erklärte Dana ungeduldig.

»Was soll mit ihnen sein?«

»Sag mal, stellst du dich jetzt absichtlich dumm?«, fuhr sie ihn an. »Sie könnten uns angreifen und fressen!«

Ardan musterte sie verwirrt, dann brach er in Gelächter aus. Die Wölfin hob daraufhin den Kopf, sah kurz zu ihnen herüber und verschwand wie ein Schatten im Wald.

»Hervorragend, jetzt wird sie ihr restliches Rudel holen und uns zerfetzen«, befürchtete Dana.

»Wie kommst du denn auf solch einen Unsinn?«, gluckste Ardan, dann wurde er wieder ernst. »Sag nur, in deiner Zeit ist das so?«

»Nein … Ich meine …«, Dana rang nach Worten. »Ich habe noch nie einen Wolf in freier Natur gesehen. Aber ich weiß, dass sie gefährlich sind.«

»Wölfe greifen allerhöchstens in ungewöhnlich harten Wintern an. Normalerweise begnügen sie sich mit Wild, und das gibt es hier zuhauf.«

»In meiner Zeit leben in Schottland nicht einmal mehr Wölfe«, brummte Dana beleidigt.

»Schottland? Von welchem Land sprichst du?«

»Dieses Land – man nennt es Schottland und die Insel, auf der wir uns befinden heißt Isle of Skye.«

Langsam und mit eigenartiger Betonung wiederholte er die für ihn unbekannten Worte, dann lächelte er zaghaft. »Ich vermag mir deine Welt kaum vorzustellen.«

»Sie hat viele Vorteile, aber in mancherlei Hinsicht hat sie sich auch zum Schlechten entwickelt.«

»Vermisst du deine Zeit?«, erkundigte sich Ardan, und seine dunklen Augen suchten die ihren. »Wirst du zurückgehen?«

»Eines Tages schon«, antwortete sie zögernd.

Ardans Stirn zog sich zusammen, schließlich nickte er. »Ich verstehe dich, du musstest deinen Clan zurücklassen.« Bei dem Begriff *Clan* musste Dana schmunzeln, aber als er leise fortfuhr, bildete sich ein Kloß in ihrer Kehle. »Mael wird dich vermissen, und …« Ardan schien noch etwas hinzufügen zu wollen, brach jedoch ab und starrte auf den Boden.

»Sie hat jetzt dich, und Brega ist auch für sie da.«

Beinahe widerwillig brummte er seine Zustimmung, dann gingen sie schweigend weiter. Hier und da wurden jetzt in der Ferne Rundhäuser sichtbar, die verstreut in den Hügeln oder direkt an der Küste lagen.

»Denkst du, Mael und ich könnten dich begleiten?«, fragte Ardan unvermittelt.

»Wie bitte? Du möchtest mit in meine Zeit kommen?«

»Ich bin mir nicht sicher, ob ich auf Dauer dort leben könnte, möglicherweise für eine Weile. Auf jeden Fall … Ich würde Rionach gerne noch einmal sehen, mit ihr sprechen … und …«

»Ardan!« Dana rang nach Worten und wusste nicht, was sie ihm sagen sollte. »Nicht jeder kann durch die Zeit reisen. Ich muss gestehen, ich weiß nicht, woran es liegt. Aber Scott – also mein Vater –, dem ist es auch nicht gelungen. Außerdem, dieser Zaubertrank«, sie schauderte, »die Nebenwirkungen würde ich keinem kleinen Kind zumuten.«

»Hm.« Ardan kaute auf seiner Unterlippe herum und schien angestrengt nachzudenken.

»Hast du denn irgendwelche außergewöhnlichen Fähigkeiten, kannst du Geister oder Sídhe sehen?«, wollte sie wissen. »Es mag sein, dass du Rionach gar nicht sehen kannst, wenn dir diese Gabe fehlt.«

»Nein«, gab er widerwillig zu, dann seufzte er tief. »Vermutlich ist es weisen Männer und *ban-draoidh* vorbehalten. Ich muss mich wohl damit begnügen, ihren Tod zu rächen.«

Tröstend legte sie dem nachdenklichen Krieger eine Hand auf die Schulter. »Wenn ich zurückgehe, werde ich ihr alles mitteilen, was du möchtest.«

»Danke.« Er lächelte zaghaft. »Du hast gesagt, es war ihr Wunsch, dass ich Domech töte, und diesem Wunsch werde ich mit Freude nachkommen.«

Seine Worte erfüllten Dana mit Furcht. »Aber bitte sei vorsichtig, Rionach wollte ganz sicher nicht, dass du dabei stirbst. Und ich will es auch nicht.«

»Ich strebe nicht mehr danach, vorzeitig in die Anderswelt zu gehen«, versuchte er, sie zu beruhigen, doch was er noch hinzufügte, war alles andere als tröstend. »Dennoch wäre es ein geringer Preis für meine Rache.«

Dana biss sich auf die Lippe, überlegte, ihn erneut an Mael zu erinnern, ließ es jedoch bleiben.

Vertieft in ihr Gespräch, hatten sie eine Hochebene erklommen. Im Schatten eines mächtigen Berges stand eine Vielzahl an

Rundhäusern, niedrige, steinerne Gebäude mit Schilf oder Heidekraut gedeckt. Vieh graste auf den Weiden, und einige Hütehunde schlugen Alarm. Es dauerte nicht lange, bis Männer mit Speeren oder Schwertern auftauchten. Wäre Dana allein gewesen, hätte sie sich vermutlich gefürchtet. Aber Ardan stellte sich aufrecht und stolz vor sie.

»Ich bin Ardan mac Uvan aus dem Clan von Brude mac Ungost, dies ist Dana von den *ban-draoidh*. Wir haben euch Ware zum Tausch mitgebracht.«

Drohend erhobene Waffen senkten sich, und die Männer, teils in kiltartige Stoffe gekleidet, teils in weiten Hosen und Hemden, nickten ihnen nun freundlich zu und forderten sie auf, mitzukommen.

Dana wunderte sich, wie viel Betrieb hier herrschte. Diese Siedlung war eine der größten, die sie bisher zu sehen bekommen hatte. Allerdings gab es in diesem Dorf keinen Broch. Männer und Frauen waren auf den Feldern beschäftigt, und aus einem Tal erklangen die Geräusche von Eisen auf Eisen. Rauchsäulen erhoben sich in den Himmel, und bald entdeckte Dana einen kräftigen Mann, der mit bloßem Oberkörper am Feuer stand und auf ein Stück Metall eindrosch.

Ardan übergab einem halbwüchsigen Jungen das Packpferd, dann fasste er Dana am Arm und führte sie näher an den Rand des Tals heran, welches das Zentrum der Siedlung zu sein schien. Er deutete nach links auf eine Öffnung im Fels. »Die heiligen Höhlen von Uamh An Ard Achadh«, sagte er ehrfürchtig. »In ihren Wassern wird mein Schwert geweiht werden.«

»Ah ja.« Bisher empfand Dana diesen Platz nicht unbedingt als außergewöhnlich, aber offenbar bedeutete er diesen Menschen sehr viel und sie wollte Ardans Gefühle nicht mit dummen Fragen verletzen, daher beschloss sie, sich überraschen zu lassen.

Die Dorfbewohner boten Dana und Ardan Essen und Trinken an, erkundigten sich nach ihrer Reise, und Dana beobachtete interessiert das rege Treiben, während sich Ardan mit dem

Schmied unterhielt. Der bärtige Mann mit dem massigen Oberkörper prüfte das mitgebrachte Eisen, strich mit seinen bärenartigen Pranken darüber und nickte anschließend anerkennend.

»Möchtest du dich noch ein wenig umsehen?«, fragte Ardan, nachdem er zu ihr zurückkehrte. »Ich habe noch etwas zu erledigen, und später werde ich dem Schmied bei unseren Schwertern helfen.«

»Na ja …« Einerseits wäre Dana lieber in Ardans Nähe geblieben, aber andererseits wirkten die Menschen hier freundlich und nicht feindlich gesinnt.

»Du bist eine *ban-draoidh*, niemand wird dir etwas antun«, versicherte auch Ardan.

»Also gut.« Sie lächelte unsicher, erhob sich und schlenderte dann gemächlich durch das Dorf. Kinder rannten lärmend umher, zwei Hunde balgten sich um einen Knochen, und von den Feuerstellen wehte der verlockende Duft nach Eintopf oder Brot herüber. Manche Menschen beäugten Dana fragend, andere nickten ihr lächelnd zu. Als Dana einen Hügel erklomm, hinter dem sich fünf weitere Rundhäuser befanden, kam ihr eine rothaarige Frau entgegen. Sie mochte in Danas Alter sein, verbeugte sich kurz und fragte: »*Ban-draoidh*, darf ich dir euer Lager zeigen?«

»Mein Name ist Dana.«

»Cailen«, entgegnete die junge Frau, wobei sie einnehmend lächelte. Sie bedeutete Dana, ihr zu folgen.

Cailens brauner Rock schleifte über das Heidekraut, und Dana bemerkte, dass sie gar keine Schuhe trug.

Bald erreichten sie ein größeres Rundhaus. Auf dem Platz davor saßen einige Frauen, die Schalen töpferten. Dahinter befand sich ein in den Boden gegrabener Brennofen, in den ein Mädchen gerade mehrere fertige Krüge schob. Unwillkürlich fragte sich Dana, ob möglicherweise in ihrer Zeit irgendwann ein Archäologe Scherben davon finden und analysieren würde. Dann schüttelte sie diese Gedanken ab und folgte Cailen ins düstere Innere des Rundhauses. Die junge Frau scheuchte zwei halbwüchsige Jungen und ein kleineres Mädchen hinaus und deutete anschließend auf den Platz neben der Tür. »Ich werde Stroh und getrockneten Farn bringen lassen. Dann könnt ihr eure Decken dort ausbreiten.«

»Vielen Dank.« Dana machte sich daran, das Packpferd zu suchen, und fand es an einem Baum angebunden. Einiges von der Tauschware hatte Ardan offenbar schon abgegeben, und so nahm sie lediglich ihre Decken und Umhänge und brachte diese in das Rundhaus. Nachdem sie nicht wusste, was sie tun sollte, sah sie den Frauen beim Töpfern zu. Sie unterhielten sich über ihre Familien, den nahenden Herbst oder sangen leise Lieder. Sie waren ungeheuer geschickt, ritzten kunstvolle Figuren, mal Menschen, mal Tiere, in den Ton, andere wiederum bemalten die fertigen Schalen mit blauer, rötlicher oder rostbrauner Farbe.

Eine Frau mit hüftlangem, grauem Haar, die keine Zähne mehr hatte, befragte Dana, wie es Brude und Alauna ging. Offenbar kannte sie die beiden gut. Zunächst war Dana sehr zurückhaltend, aber bald verlor sie ihre Scheu und ließ sich in die Gespräche mit einbeziehen. Es dunkelte schon, als Ardan eintraf.

»Kommst du mit mir? Wir können heute an einer Schwertweihe teilnehmen.«

»Ist deines schon fertig?«, wunderte sie sich.

»Nein.« Ardan schüttelte energisch den Kopf. »Selbstverständlich nicht. Aber viele Clans kommen hierher, um ihre Waffen zu segnen.«

»Gut, dann lass uns gehen.« Sie erhob sich, nickte den Frauen noch einmal zu und holte ihren Umhang aus dem Rundhaus, da es inzwischen deutlich kühler geworden war. An Ardans Seite ging sie zum Versammlungsplatz zurück, wo nun mehrere Feuer entzündet worden waren. An die fünfzig Männer und Frauen hatten sich versammelt, viele bemalt und mit gekalktem Haar.

»Ziehen sie in den Krieg?«, wollte Dana wissen.

Überrascht sah Ardan sie an, dann seufzte er. »Immer wieder vergesse ich, dass du keine *ban-draoidh* dieser Zeit bist. Nein, sie haben die Zeichen zu Ehren der Götter angebracht, damit ihre Waffen gesegnet werden.«

Dana nickte und folgte Ardan zu den Männern und Frauen, die mit gespannten Gesichtern die Zeremonie erwarteten. Ardan begrüßte einige der Kriegerinnen und Krieger, die er wohl kannte, und Dana kam sich plötzlich ausgeschlossen vor. Trotzdem setzte sie sich mit ans Feuer, ließ sich eine Schale voll Lammeintopf geben und beobachtete die Männer und Frauen. Die Flammen warfen bizarre Muster auf ihre bemalten Körper, schienen die fremdartigen Symbole zum Leben zu erwecken, und so wild und ungezähmt diese Menschen hier auch anmuteten, Dana hatte keine Angst mehr vor ihnen.

Nachdem es vollständig dunkel geworden war, erschien eine hochgewachsene Frau, in lange, helle Gewänder gekleidet, auf dem Platz. Irgendjemand brachte einen Schafsbock. Viele der Männer und Frauen stimmten einen Gesang an, dann wurde dem unglücklichen Tier die Kehle durchgeschnitten und das Blut in einer Bronzeschale aufgefangen. Anschließend traten die bemalten Kriegerinnen und Krieger mit ihren neuen Waffen vor, die Frau strich die Klingen mit Blut ein, wobei sie eine leise Melodie sang. Danach gingen die Krieger gemessenen Schrittes auf den Eingang der Höhle zu.

»Komm.« Ardan zog sie an der Hand in die Höhe, und sie folgten den Kriegern in einigem Abstand.

Kühle Luft empfing Dana im Inneren. Ein Feuer erhellte die Höhle, und sie sah zwei Frauen und einen Mann, ebenfalls in hellen Gewändern, deren Gesichter und bloße Arme mit den typischen Spiralen und Mustern geschmückt waren. Ehrfürchtig nahmen sie die Waffen entgegen, hielten sie ins Feuer und verschwanden anschließend mit jeweils einem Krieger weiter in den Tiefen der Höhle.

»Was tun sie?«, flüsterte Dana Ardan zu und schreckte auf, als ihre Worte von den feuchten Wänden leise, aber doch hörbar zurückgeworfen wurden.

»Sie weihen die Schwerter im heiligen Wasser«, erklärte Ardan. »In zwei Tagen wirst du es selbst erleben, wenn unsere Klingen fertig gestellt sind.«

Nacheinander kehrten die Krieger wieder zurück, und nachdem alle dieses Ritual durchgeführt hatten, wurde in Kelchen Honigwein ausgeschenkt. Dana zuckte zusammen, als plötzlich Musik gespielt wurde, durch die Höhlen hallte und dadurch um ein Vielfaches lauter als normalerweise erklang. Flöten, Trommeln und ein Saiteninstrument, das Dana an eine Leier erinnerte, begleiteten den Gesang mehrerer Frauen, darunter auch Cailen. Die Akustik in diesem Raum war umwerfend, sodass sich die Härchen an ihren Unterarmen aufstellten. Während die Krieger mit ihren geweihten Waffen langsam das Feuer umrundeten, schlang sie ihre Arme um den Oberkörper und beobachtete voller Faszination dieses außergewöhnliche Schauspiel.

»Ist dir kalt?« Ardan legte vorsichtig seine Arme um sie.

»Nein.« Obwohl sich Dana zunächst versteift hatte, lehnte sie sich jetzt an ihn. »Dieses Ritual ist … Ich weiß gar nicht, wie ich es beschreiben soll … Es berührt etwas in mir.« Als sie ihren Kopf zu ihm drehte, sah sie, wie er verständnisvoll lächelte.

»Die *ban-draoidh* haben die Götter und Sídhe darum gebeten, die Waffen ihrer Brüder und Schwestern zu weihen«, erklärte er.

Dana genoss Ardans Nähe, ebenso wie die Tatsache, Zeuge eines magischen Rituals zu sein, das noch niemals ein Mensch ihrer Generation zu Gesicht bekommen hatte und vergaß die Welt um sich herum. Nach einer Weile verstummten die Gesänge, was sie im ersten Moment bedauerte. Aber bald setzte die Musik erneut ein. Diesmal nicht getragen und sphärisch, sondern lebendig, wild und lustig, und die Männer und Frauen begannen ums Feuer zu tanzen. Da es recht eng wurde, gingen einige ins Freie.

»Möchtest du auch tanzen?«, fragte Ardan.

Unsicher hob Dana die Schultern, aber dann nickte sie. Gemeinsam mit Ardan reihte sie sich bei den Tänzern ein, nahm einen von ihnen an der Hand, drehte sich im Kreis und gab sich völlig der Musik hin, die durch ihr Blut zu pulsieren schien. In dieser Nacht war sie mehr denn je mit diesen Menschen und diesem Land verbunden, als sie es jemals für möglich gehalten hätte.

In den frühen Morgenstunden ging Dana gemeinsam mit Ardan zu der Hütte, in der sie schlafen sollten. Auch wenn sie müde war, fühlte sie sich noch immer seltsam beschwingt.

»Danke, Ardan.«

Er musterte sie fragend. »Wofür?«

»Dass du mich mitgenommen hast.«

Zögernd hob sich sein linker Mundwinkel. »Danke, dass du mich ins Leben zurückgeholt hast. Ich fühle wieder, wie das Blut durch meine Adern strömt.«

Sie lächelte ihm zu, betrat das Rundhaus, in dem schon zehn andere Menschen schliefen und wickelte sich in ihre Decke. Noch eine ganze Weile tanzten Bilder der vergangenen Nacht vor ihrem inneren Auge, die Musik hallte nach wie vor in ihr wider, aber schließlich übermannte sie der Schlaf.

Während der nächsten zwei Tage sah sich Dana mit wachsendem Interesse in dem Dorf um. Ardan erläuterte, die Menschen hier seien weithin bekannte Kunsthandwerker und Meister ihres Faches, was Dana bestätigt sah. Töpferware, Schmuck und Waffen waren prächtig anzusehen und von hervorragender Qualität. Sie beobachtete auch, wie Ardan das Eisen für sein Schwert bearbeitete. Kräftig schlug er zu, sein Gesicht höchst konzentriert, die Muskeln angespannt. Später hielt es der Schmied in die Flammen, bearbeitete es, faltete das Metall, übergab es erneut dem Feuer, bis nach und nach eine Klinge daraus wurde. Auch sie selbst musste einige Schläge auf das Eisen ausführen, das zu ihrem Schwert werden sollte. Laut Ardan war das ein wichtiges Ritual, da etwas von ihrer Kraft darauf übergehen sollte. Gemeinsam mit ihm führte sie also den Schmiedehammer, fühlte die Hitze des Feuers auf ihrem Gesicht, während die Funken sprühten. Am Ende des dritten Tages übergab ihr Ardan ein schlankes Schwert, perfekt ausbalanciert und für sie sehr viel leichter zu führen als das alte. Der Griff war mit Silberband umwickelt, in die Parierstange Pferdeköpfe und verschlungene Muster eingearbeitet. Staunend betrachtete Dana diese wunderbare Arbeit, dann fiel ihr Blick auf Ardans Schwert. Dieses war ein wenig länger als ihres, vermutlich schwerer, aber ebenfalls eine hervorragende Waffe. Bei ihm waren noch zusätzliche Spiralen und Zeichen in die Klinge selbst eingearbeitet. »Was bedeuten die Linien?«, wollte Dana wissen und strich mit ihren Fingern über das kühle Metall.

»Ich habe einen der weisen Männer gebeten, starke Schutz- und Kampfsymbole einzuarbeiten«, erwiderte er ernst. »Heute Nacht wird er zudem einen Zauber darauf sprechen, der Domechs Macht schwächen soll.«

»Na ja, schaden kann es zumindest nicht«, murmelte Dana.

Auch heute gab es wieder schmackhaftes Essen am Feuer, anschließend folgte das Ritual in der Höhle. Eine alte Frau hatte Dana Spiralen und andere geheimnisvolle Muster auf Gesicht und Arme gemalt, und auch Ardan zeigte diese heiligen Zeichen. Außer ihnen waren an diesem Abend nur zwei weitere Krieger und eine Kriegerin zugegen, die ebenfalls ihre Klingen weihen wollten. Nachdem sie das Feuer umrundet hatten, beobachtete Dana Ardan, wie er dem weisen Mann in die Tiefen der Höhle folgte und kurze Zeit später mit ehrfürchtigem Gesicht zurückkehrte. Nun war sie an der Reihe. Eine grauhaarige *ban-draoidh* schritt voran in die alles verschlingende Dunkelheit, und Dana überkam ein beklemmendes Gefühl. Die feuchten Wände schienen näher zu rücken, sie zu erdrücken. In der Tiefe rauschte irgendwo Wasser, und so weit sie auch ihre Augen aufriss, sie konnte nichts sehen. Blind tastete sie an der Wand entlang, wäre am liebsten wieder umgekehrt, folgte aber dennoch den leisen Schritten der Druidin vor ihr. Dana war heilfroh, als eine weitere *ban-draoidh* mit einer Fackel in der Hand auftauchte. Das flackernde Licht warf bizarre Schatten an die Wände, beleuchtete grauen Fels und hier und da Tropfsteine, die nass glänzten. Sie drangen weiter ins Herz des Berges vor und kamen an einen unterirdischen Fluss, der sich über rund geschliffene Steine ergoss. An den Wänden hingen prächtige, teils bodenlange Stalaktiten.

»Welchem Gott oder welcher Göttin soll dein Schwert geweiht werden?«, fragte die *ban-draoidh*, deren leise Stimme verzerrt von den Wänden widerhallte.

»Welcher Göttin?« Darüber hatte sich Dana überhaupt keine Gedanken gemacht, sagte jedoch aus einem Impuls heraus: »Dana, der Erdmutter, nach der ich benannt bin.«

Die *ban-draoidh* nickte zustimmend, nahm ihr Schwert in beide Hände, stimmte einen leisen Gesang an, in dem sie die Göttin Dana darum bat, dieses Schwert zu weihen. Dann hielt sie die Waffe über ihren Kopf und tauchte sie schließlich in die Wasser des Flusses. Von einer fremdartigen Faszination erfüllt, beobachtete Dana die Druidin. Auch wenn ein Teil von ihr an diesem Ritual zweifelte, glaubte ein anderer, dass dies tatsächlich eine heilige Handlung war. So beklemmend es in den Tiefen des Berges war, die Atmosphäre war doch einzigartig und ließ ihr einen Schauer nach dem anderen über den Rücken laufen. Kurz darauf wurde ihr das Schwert übergeben, und sie ging mit den Druidinnen zurück zum Ausgang der Höhle. Nachdem sie gemeinsam mit Ardan und den anderen Kriegern zu Flöte, Trommel, Leier und druidischem Gesang ums Feuer getanzt war, befragte sie Ardan nach dem Sinn dieser Weihe. Jetzt, da er wusste, woher sie kam, schämte sie sich ihrer Unwissenheit nicht mehr.

»Diese Höhlen hier sind uns heilig«, erklärte er. »Die Wasser verbinden die Welt der Lebenden mit dem Unterreich, dem Reich der Sídhe und der Anderswelt. Eine Waffe zu führen, hat immer mit dem Tod zu tun, also ist dies ein geeigneter Ort, um sie zu weihen.«

Bei diesen Worten musste Dana schlucken, aber irgendwie verstand sie nun ein Stück weit die Denkweise der Menschen dieser Zeit, für die Götter, Magie und Feen real waren. Vielleicht waren sie das auch wirklich – nach ihren Erfahrungen schloss Dana das nicht mehr völlig aus. Möglicherweise hatten die Menschen ihres Jahrhunderts nur verlernt, daran zu glauben.

Der Rückweg verlief etwas schneller, da der Schmied ihnen sein Pferd lieh. Sein halbwüchsiger Sohn begleitete sie zur Küste und nahm den stämmigen Grauen wieder mit in sein Dorf. Ardan gab das Pony zurück, das er von den Fischern ausgeliehen hatte, und so luden sie bald einige Geschenke für Brude und Alauna – zumeist Tonschalen und auch Stoffe – in das Boot.

Kurz bevor sie ablegten, begann Ardan, in einem der Beutel zu kramen. Er erschien ihr ungewöhnlich nervös und unsicher.

»Ich habe noch etwas für dich«, stieß er schließlich hervor und hielt ihr eine schmale Silberkette entgegen. In einem Kreis von etwa vier Zentimeter Durchmesser, der aus kunstvoll ineinander verschlungenen Silbersträngen bestand, war ein kleiner Bernstein eingearbeitet.

Dana betrachtete diese filigrane Arbeit, dann sah sie zu Ardan auf. »Diese Kette ist wunderschön.«

»Sie soll dich beschützen«, sagte er eilig. »Du hast dich neulich vor diesem Raben gefürchtet. Sofern er ein böser Geist oder ein Bote der Sídhe ist, wird dich der Bernstein vor etwaigen Angriffen bewahren.«

»Vielen Dank, Ardan.« Sein Geschenk rührte sie, und sie überlegte krampfhaft, ob sie ihm nicht auch irgendetwas geben konnte, das ihn möglicherweise vor Domech schützen konnte. Doch leider wusste sie so gut wie nichts von den Schutzritualen dieser Zeit. Also nahm sie sich vor, zumindest gut auf ihn zu achten und ihn davon abzuhalten, sich leichtfertig in Gefahr zu bringen. Sie lächelte ihn an, legte die Kette um den Hals und kletterte dann in den *curragh*.

Nach der kurzen Überfahrt über die Meerenge holten sie ihre Pferde ab und ritten in Richtung Broch. Mit jeder Meile wurde Dana unbehaglicher zu Mute, denn sie wusste, die tödliche Begegnung von Ardan und Domech stand nun bevor. Und tatsächlich kam er, kurz nachdem die Türme in ihr Blickfeld geraten waren, darauf zu sprechen.

»Dana, könntest du morgen Domech unter einem Vorwand fortlocken?«

»Du willst gleich morgen …« Ihre Kehle war wie zugeschnürt.

»Wozu warten?« Ardan grinste schief, dann sah er sie sehr entschlossen an. »Er muss zur Rechenschaft gezogen werden!«

»Ja, sicher«, räumte sie ein. Trotzdem hatte sie panische Angst.

»Du wirst nicht am Treffpunkt anwesend sein, sondern ihm nur eine Botschaft übermitteln.«

Vermutlich sollte sie das beruhigen, aber Dana schüttelte energisch den Kopf. »Nein, ich möchte an deiner Seite sein – falls etwas schiefgeht.«

»Dana …«

»Ardan, es ist mein Ernst. Rionach hat mir die Botschaft aufgetragen, und wenn ich schon Mitschuld an seiner Ermordung trage, dann will ich zumindest nicht feige im Hintergrund warten.«

Zunächst öffnete Ardan den Mund, wohl um zu protestieren, aber dann nickte er würdevoll. »Das kann ich verstehen.«

Trotz Ardans Zugeständnis war sie den restlichen Tag über äußerst angespannt. Selbst Maels stürmische Begrüßung konnte sie nicht aufheitern. Brude, Alauna und die anderen Brochbewohner bewunderten ihre neuen Klingen, bestürmten sie mit Fragen und wollten Neuigkeiten von den heiligen Höhlen hören. Für die Menschen hier war jede Nachricht außerhalb des Tals spannend und hörenswert. Gebannt lauschten sie Ardans Erzählungen, während Dana eher zurückhaltend war. Sie hatte entsetzliche Angst vor dem morgigen Tag, und die Gespräche der anderen verhallten, ohne dass sie diese wirklich wahrnahm.

Kapitel 26

Ardans Rache

Nach einer beinahe schlaflosen Nacht schlug Dana schon in der Morgendämmerung ihre Decke zur Seite und stand auf. Noch am Vorabend hatte sie einen der jungen Krieger zu Domech geschickt. Unter dem Vorwand, die weisen Männer von Uamh An Ard Achadh hätten Nachricht und heilige Kräuter für ihn mitgegeben, wollte sie ihn fünf Meilen östlich am Fluss treffen. Mit einem mehr als flauen Gefühl trat sie in den klaren Morgen hinaus. Über den Hügeln und Baumwipfeln waberten noch die letzten Nebelschwaden, krallten sich regelrecht in das hohe Geäst der Bäume, und zögernd begannen die Vögel, ihr morgendliches Lied zu trällern. Spinnweben tanzten im leichten Wind wie Geister zwischen den Büschen.

Dana schlang die Arme um ihren Oberkörper. Sie fröstelte, was jedoch nicht nur von der frischen Morgenluft herrührte. Sollte sie doch noch versuchen, Ardan im letzten Moment von seinem Vorhaben abzubringen? Andererseits kannte sie ihn inzwischen zu gut, um zu glauben, dass ihr das gelingen könnte. Selbst wenn sie das Treffen mit Domech platzen ließ, könnte sie Ardans Entschlossenheit kaum Einhalt gebieten. Notfalls würde er Domech auch einfach in seinem Turm umbringen. Sie atmete tief durch, ließ ihren Blick zum heller werdenden Himmel schweifen und wusste einfach nicht mehr, was sie für richtig oder falsch halten sollte. Beides verschwamm zu sehr, ließ sich nicht mehr greifen. War dieser Mord, der einer Hinrichtung gleichkam, tatsächlich gerechtfertigt? Domech hatte zwar Ardan seine geliebte Frau genommen, Mael die Mutter – die moralischen Zweifel ließen sich dennoch nicht ausräumen.

»Konntest du nicht mehr schlafen?«

Ardans Stimme ließ sie herumfahren. Er kam gerade vom Fluss und zog sich sein Hemd über. Die Haare waren noch nass, glänzten in der hervorbrechenden Sonne.

Stumm schüttelte sie den Kopf, und als Ardan sie in den Arm nahm, konnte sie ihre Tränen nicht mehr zurückhalten.

»Es wird gut enden, Dana, und wenn Rionach erst gerächt ist, wird sie vielleicht doch noch in der Anderswelt Einzug halten können.«

»Ich … weiß nicht. Es … fühlt sich falsch an«, presste sie mühsam hervor.

»Dana, ich muss es tun«, entgegnete Ardan eindringlich, dann nahm er ihr Gesicht in seine Hände. »Wenn du zweifelsfrei wüsstest, wer Drostan den Tod gebracht hat, würdest du ihn dann nicht ebenfalls strafen?«

»Wahrscheinlich schon«, räumte sie ein, und auf einmal wurde ihr schmerzhaft bewusst, dass sie während der letzten Zeit kaum noch an Drostan gedacht hatte. Ihre Finger fuhren über den Armreif, sein Geschenk, und sie bekam ein schlechtes Gewissen.

»Ich gehe jetzt. Wir sehen uns an der vereinbarten Stelle.«

Sie sah Ardan nach, wie er in Richtung Broch hastete, und als sich ein Rabe laut krächzend aus dem Gebüsch neben ihm in die Luft erhob, kam ihr der Ruf des schwarzen Vogels wie ein böses Omen vor.

Gegen Mittag machte sich Dana mit wackeligen Beinen auf den Weg und fragte sich, ob Ardan sich bereits irgendwo versteckt hielt. Im Laufe des Tages waren dunkle Wolken aufgezogen, vielleicht würde es bald regnen. Unruhig schritt Dana auf der Lichtung am Fluss auf und ab. Höchstwahrscheinlich wartete Ardan irgendwo im Gebüsch, brannte darauf, Domech sein Schwert in die Brust zu jagen, und ihr wurde übel vor Angst. Sie bemühte sich, nicht ständig nervös um sich zu schauen, für den Fall, dass Domech es bemerken könnte.

Das Geräusch schlagender Flügel ließ sie zusammenzucken. »Schon wieder dieses blöde Vieh!« Unwillkürlich umklammerte sie Ardans Schutzamulett und funkelte den Raben, der sich in den Wipfeln einer Weide niedergelassen hatte, böse an.

Nur wenig später sah sie Domech den Hügel hinabkommen. Auf einen knorrigen Stock gestützt, schritt er langsam voran, sein grauer Mantel schleifte über den Boden, und der alte Druide hielt Dana mit seinem kalten Blick gefangen.

Dana schluckte schwer, ihre Finger krampften sich um ihren Rock, ihre rechte Hand wanderte zitternd zum Schwertknauf, den sie unter ihrem Umhang verborgen hatte. Doch bevor sie etwas sagen oder unternehmen konnte, krächzte plötzlich der Rabe erneut auf, und im selben Moment schoss ein Schatten auf Domech zu – Ardan.

Dana blieb die Luft weg, denn sie wusste nicht, wie es geschah, und fand auch Sekunden später keine logische Erklärung. Mit einer unfassbar schnellen Bewegung, die sein Alter und seine Statur Lügen strafte, fuhr Domech herum, so als hätte er den Krieger in seinem Rücken gesehen. Sein Stock traf Ardan, in blauer Kriegsbemalung, das Schwert erhoben und sein Gesicht vor Hass verzerrt, genau im Magen. Ardan wurde zurückgeschleudert, blieb einen Moment reglos liegen, und ehe Dana reagieren konnte, war Domech bei ihr, hielt ihr seinen Dolch an die Kehle und funkelte sie mit seinem gesunden Auge zornig an.

»Lass sie los.« Nach Luft ringend, kam Ardan auf die Füße. »Das ist mein Kampf, sie hat nichts damit zu tun.«

»Halte mich für keinen alten Narren, Ardan mac Uvan«, schnarrte Domech, und als Dana sich bewegte, bohrte sich die Spitze des Dolches in ihren Hals. Sie spürte, wie ein Rinnsal Blut hinablief.

Eine Hand auf seine Mitte gepresst, schwankte Ardan näher

heran. Grenzenloser Hass stand in seinen Augen, sein Gesicht war hart und angespannt, so wie Dana ihn kennen gelernt hatte.

»Versteck dich nicht hinter Dana. Du weißt, du wirst deiner gerechten Strafe nicht entgehen.« Selten hatte Dana so viel Kälte in der Stimme eines Menschen gespürt wie jetzt bei Ardan. »Ich fordere mein Recht als Rionachs vor den Göttern anerkannter Gefährte, dein Leben für ihres zu nehmen.«

Für einen Moment hatte sich Domech versteift, doch dann antwortete er kühl: »Diese verdammte Sídhe hat dir die Sinne vernebelt.«

»Sídhe?« Jetzt stutzte Ardan, und auch Dana hatte keine Ahnung, wovon der Druide sprach. Gleichzeitig spürte sie aber, wie irgendetwas mit ihr vorging. Sie konnte Ardan nur noch verschwommen sehen, ihre Beine fühlten sich zittrig an, und sie schwankte.

»Dana, was ist mit dir?« Auch Ardan schien es bemerkt zu haben, und er klang ausgesprochen besorgt.

Verbissen kämpfte sie darum, aufrecht stehen zu bleiben, aber schließlich sackte sie auf dem Boden zusammen. Sie sah noch, wie Ardan nach vorne sprang, doch Domech hielt seinen Stock drohend in seine Richtung.

»Noch ein Schritt und sie stirbt auf der Stelle.«

»Was hast du mit ihr getan?«, schrie Ardan voller Panik und hilfloser Wut.

»Sie ist eine Sídhe oder eine Botin der Sídhe. Das Gift bannt ihre magischen Fähigkeiten.«

Gift, dachte Dana träge, *der Mistkerl hat mich vergiftet.* Sie konnte Ardan nur schemenhaft ausmachen, die Worte drangen verzerrt an ihr Ohr, und sie fühlte sich unendlich müde.

»Dana ist keine Sídhe!«, fuhr Ardan den Druiden an, rammte sein Schwert in den Boden, raufte sich die Haare und wusste offensichtlich auch nicht weiter.

»Ich wusste, Rionach findet einen Weg, sich eines Tages an mir zu rächen.«

Beinahe klang Domech schon zufrieden, und Dana überlegte, ob es an ihrem vernebelten Geist lag, dass sie seinen Worten nicht wirklich folgen konnte.

»Du hast Rionach getötet, du verdammter Bastard!«, tobte Ardan. »Nur deinetwegen ist sie tot, oder nicht einmal das, denn der Einlass in die Anderswelt blieb ihr verwehrt.« Seine zitternde Hand deutete in Richtung Broch. »Sie muss noch immer dort verweilen, als Geist, hilflos und verdammt, mich niemals wiederzusehen.«

Nun trat Domech in ihr Blickfeld, und sie glaubte, eine Spur von Verwunderung in seinem faltigen Gesicht zu erkennen. »Hat dir das diese Sídhe eingeredet?«

»Dana ist keine Sídhe«, wiederholte Ardan. »Sie kommt aus einer Zeit lange nach der unsrigen, mehr als zweitausend Sommer von diesem Tag entfernt. Dana traf Rionach, und sie berichtete ihr die Wahrheit über dich!«

Dem Druiden blieb der Mund offen stehen. Er starrte von Dana zu Ardan, fuhr sich über sein Kinn, schüttelte den Kopf und schien erst einmal verarbeiten zu müssen, was er da vernahm.

»Es ist wahr«, bestätigte Dana mit schwerer Zunge. »Rionach erzählte, du hättest sie zu verbotenen Ritualen verleitet. Für dich sollte sie in die Zukunft sehen, aber sie war es, die dafür bei den Sídhe mit ihrem Leben bezahlte.«

Ein Keuchen entwich Domechs Kehle, dann kniete er sich zu Dana, sah ihr tief in die Augen – und ehe er sich's versah, hatte er Ardans Schwert an der Kehle liegen. Doch dies schien ihn nicht sonderlich zu beeindrucken.

»Wenn du mich tötest, wird sie sterben, denn die Spitze meines Dolches war mit Gift eingerieben. Ich bin allerdings im Besitz eines Gegengiftes. Sofern ich es ihr bis zur Abenddämmerung verabreiche, wird sie leben.«

Dana bemerkte, wie angespannt Ardans Kiefermuskeln waren. Seine Schwerthand zitterte ebenso wie seine Stimme, als er antwortete: »Dann hol dieses verdammt Gegengift! Auf der Stelle!«

Erneut erforschte Domech ihr Gesicht. »Nein. Zunächst möchte ich alles wissen, und ihr müsst mich anhören, denn später werdet ihr das nicht mehr tun.«

»Verdammte, widerwärtige Ratte!«, spie Ardan aus.

»Sprich, Dana, was sagte Rionach zu dir?«, verlangte Domech.

Dana fiel es schwer, sich zu konzentrieren, da das Gift ihre Sinne verdunkelte und ihr Körper sich unbeschreiblich schwer anfühlte. Dennoch bemühte sie sich, alles wiederzugeben, was Rionach ihr gesagt hatte. Ob es ihr Leben retten würde, vermochte sie im Moment nicht zu sagen, aber etwas Besseres wusste sie auch nicht zu tun. Daher erzählte sie von Rionachs Anschuldigungen, Domech hätte sie verleitet, weiter und weiter in die Welt der Geister, der Sídhe, einzutauchen und in die Zukunft zu sehen, was ihr letztendlich den Zorn der Feenwesen eingebracht und sie zu einem Leben als ruheloser Geist verdammt hatte.

Nachdem Dana geendet hatte, setzte sich Domech – sichtlich fassungslos – auf den Boden. Er klang beinahe betrübt, als er sich an sie wandte. »Sie hat auch dich für ihre Zwecke benutzt.«

»Jetzt gib ihr das verdammte Gegengift«, schrie Ardan ihn voller Panik an.

»Warte – noch nicht!« Er hob eine Hand und sagte dann sehr ernst: »Nicht ich verleitete sie zu diesen gefährlichen Reisen. Rionach war von jeher ehrgeizig, eine begabte *ban-draoidh* und leidenschaftliche Kriegerin. Aber sie wollte von allem zu viel. Zu viel Ruhm, zu viel Ansehen, besser sein als ich und das drohende Schicksal unseres Volkes verändern.«

Dana kostete es inzwischen große Mühe, ihm zu folgen, aber sie zwang sich, sich auf Domech zu konzentrieren.

»Auch wenn ich sie warnte, wollte sie immer wieder in die Geisterwelt reisen, flehte mich an, mit ihr verbotene Rituale auszuführen, Zaubertränke herzustellen und all mein Wissen preiszugeben.« Er hob seine knochigen Schultern. »Doch irgendwann ging mir ihr Wahn zu weit, ich weigerte mich, und ich nehme an, sie suchte sich anderswo einen Lehrmeister, denn sie war fortan oft viele Tage lang verschwunden, stahl meine wertvollsten Kräuter und bedachte mich mit diesen hasserfüllten Blicken. Dann, an jenem Tag als sie starb, versuchte sie, mich am alten Broch ihrer Vorfahren zu töten.«

»Du lügst!«, schleuderte Ardan ihm entgegen.

»Ardan«, beschwor Domech ihn, »niemand kannte Rionach besser als du, und du weißt, welch falsches Spiel sie häufig getrieben hat.«

»Das ist nicht wahr!«

»Sie hat deine Sinne betört, Ardan mac Uvan. Mit ihrem Körper, ihrer Leidenschaft für den Kampf, ihrem Feuer. Aber wenn du tief in dich hineinhorchst, wirst du zugeben, dass sie auch mit dir gespielt hat. Du warst niemals ihr einziger Geliebter, und dich hat sie nur erwählt, weil du der beste Krieger des Tals bist und sie sich somit mehr Ansehen versprach.«

Ardan entfuhr ein unartikulierter Laut. »Ich werde dich aufspießen, Domech!«

Domechs Sicht der Geschehnisse passte überhaupt nicht zu dem, was Rionach Dana erzählt hatte, aber vermutlich log der Druide, um sein Leben zu schützen.

»Ardan, sie hat dich belogen und betrogen, und das weißt du. Um euer gemeinsames Kind hat sie sich auch kaum gekümmert.«

Domechs Stimme klang eindringlich, in Danas Kopf jedoch drehte sich alles. Sie wusste nicht, was sie glauben sollte. Ardans Beschuldigungen konnte sie kaum noch folgen, und sie hörte auch nicht mehr, was Domech entgegnete. Auf einmal fand sie sich in Ardans Armen wieder, er redete leise und beruhigend auf sie ein und wandte sich dann mit eisiger Stimme an den Druiden. »Jetzt sieh zu, dass du dieses Gegengift holst.«

»Es ist noch ausreichend Zeit.«

Danas Augen folgten Domech, der mit wehendem Umhang den Hügel hinauflief.

Ardan drückte Dana an sich, streichelte über ihre Haare, ihre Wange, und als sie etwas Feuchtes auf ihrem Gesicht spürte, glaubte sie, es würde regnen.

»Alles wird gut, Dana, Domech ist bald wieder hier.«

»Was … ist denn … jetzt? Domech? Rionach?«

»Alles ist gut, mach dir keine Gedanken. Halte durch, Dana.«

Sie nickte nur, war jedoch unendlich froh, Ardan an ihrer Seite zu wissen. Irgendwann bekam sie vage mit, wie Domech sich neben sie kniete, ihr einen bitteren Sud einflößte, den zu schlucken er sie zwang. Sie bemerkte noch, wie Ardan sie hochhob, hörte leise Worte, deren Sinn sie nicht erfassen konnte: »Bleib bei mir, *a graidh*«, dann umfing sie tiefste Dunkelheit.

Kapitel 27

Verwirrungen

Der Geruch von Feuer stach in Danas Nase, großer Durst quälte sie, und sie wurde das Gefühl nicht los, ihre eigene Zunge verschluckt zu haben.

Verdammt, habe ich mal wieder zu lange mit Marita gefeiert, schoss es ihr durch den Kopf. Ihre Glieder fühlten sich bleiern schwer an, und am liebsten wäre sie wieder eingeschlafen, aber der Drang, etwas zu trinken, wurde übermächtig. Daher drehte sie sich langsam und behutsam auf die Seite, wunderte sich, als etwas in ihren Rücken stach, und stutzte dann. Ganz allmählich kehrte die Erinnerung zurück, und jetzt wusste sie wieder, wo sie war! Sie lag dicht am Feuer, Ardan kauerte neben ihr, den Kopf auf den Knien, die Augen geschlossen, das Gesicht seltsam grau und übernächtigt.

Sie streckte ihre Hand aus, berührte ihn am Knie, und da zuckte er zusammen.

»Dana! Wie geht es dir?«

»Durst«, presste sie hervor.

Sofort hielt er ihr einen Becher mit Wasser hin, den sie beinahe in einem Zug leerte, dabei beobachtete er sie die ganze Zeit besorgt. Seufzend ließ sich Dana wieder auf das Strohbett zurücksinken und drehte ihren Kopf nach links, als Ardan ihre Hand vorsichtig in seine nahm.

»Sieh mich an. Kannst du dich bewegen? Weißt du, wo du bist, und …«

»Ja, ich denke schon.« Dana lächelte vorsichtig, denn langsam kehrten ihre Lebensgeister zurück, allerdings haftete noch immer eine leichte Benommenheit an ihr. »Ardan, was war das für eine völlig verrückte Geschichte mit Domech?«

Ein Schatten fiel über Ardans Gesicht. »Er hat dich vergiftet, weil er dich für eine Verbündete der Sídhe hielt. Aber offenbar hat er die Wahrheit gesprochen, was das Gegengift angeht.«

Langsam setzte sich Dana auf, verfolgt von Ardans prüfendem Blick. Ja, sie konnte sich an einiges erinnern, was Domech gesagt hatte, und offenkundig hatte er sie auch ins Leben zurückgeholt.

»Du warst so lange bewusstlos und hast in einer fremden Sprache fantasiert«, flüsterte Ardan. »Ich hatte wirklich Furcht …«

»Mir geht es gut, Ardan«, versicherte sie ihm. »Wahrscheinlich habe ich auf Deutsch gesprochen – die Sprache des Landes, in dem ich geboren wurde.«

Zögernd nickte er, gab ihr noch einmal von dem frischen Wasser und sah sie ernst an. »Domech hat gesagt, du sollst essen und viel schlafen. Anschließend würdest du wieder vollständig genesen sein.« Er reichte ihr eine Schüssel mit Haferbrei, und auch wenn Dana keinen Appetit verspürte, nahm sie ihm zuliebe einige Löffel voll.

»Domech hat so viele unglaubliche Dinge gesagt«, erwähnte Dana, nachdem sie fertig war.

Ardan zog seine Augenbrauen zusammen, dann nickte er.

»Was hältst du davon?«

»Nicht jetzt, Dana«, unterbrach er sie, drückte sie sanft auf ihr Bett zurück und legte ihr noch eine Decke über. »Ich bleibe bei dir.«

»Aber ich …« Dana wollte noch etwas hinzufügen, spürte jedoch gleichzeitig eine bleierne Müdigkeit in sich und wehrte sich nicht, als ihre Augen erneut zufielen.

Das Feuer war beinahe heruntergebrannt, nur noch ein paar Scheite glommen fahl, und der Raum war von den tiefen, gleichmäßigen Atemzügen vieler Menschen erfüllt. Dana räkelte sich auf ihrer Schlafstätte und bemerkte gerührt, wie Ardan neben ihr auf einer Decke lag und schlief.

Er ist tatsächlich die ganze Zeit bei mir geblieben.

Ganz leise, um ihn nicht zu wecken, stand sie auf und nahm sich von dem Schemel neben der Tür etwas aus dem Krug zu trinken. Da sie ein dringendes Bedürfnis verspürte, das keinen Aufschub duldete, lief sie barfuß die Treppen hinab, nickte dem Wächter am Eingang kurz zu und erleichterte sich hinter dem nächsten Busch. Wolken zogen über den Himmel, verdeckten immer wieder die Sterne und den Mond, aber die klare Luft tat ihr gut. Dana war froh, so glimpflich davongekommen zu sein. Allerdings kreisten ihre Gedanken um das, was Domech gesagt hatte. Nachdem es recht kalt war, ging sie bald zurück in den Broch und lief Brude über den Weg. Nur in ein langes Hemd gekleidet, die Haare standen ihm wirr vom Kopf ab, kam er ihr entgegen und wirkte sehr überrascht. Beinahe hätte sie laut gelacht, denn er ähnelte eher einem Schlossgeist als einem Clanführer.

»Dana, geht es dir besser?«, erkundigte er sich. »Domech sagte, du seist sehr krank gewesen.«

So kann man das auch nennen, dachte sie grimmig, aber dann nickte sie. »Ja, mir geht es wieder gut, ich brauchte nur etwas frische Luft.«

Brude drückte sie kurz an seine breite Brust und ermahnte sie streng: »Dann solltest du dich jetzt wieder hinlegen.«

Eigentlich war Dana gar nicht mehr müde, aber nachdem ihr kalt war und sie nicht allein am Feuer sitzen wollte, befolgte sie seinen Rat. Mit untergeschlagenen Beinen setzte sie sich auf ihr Strohbett und beobachtete Ardan. Offenbar fand er keinen ruhigen, erholsamen Schlaf. Seine Stirn war gefurcht, die Fäuste geballt, und er wälzte sich hin und her.

Ob er unterbewusst auch über Domechs Worte nachdenkt?, überlegte sie. Als Ardan wirres Zeug vor sich hin murmelte und um sich zu schlagen begann, rüttelte sie ihn sanft an der Schulter.

Er fuhr kerzengerade in die Höhe, wirkte für einen Augenblick völlig desorientiert, dann entspannte er sich.

»Du hast schlecht geträumt, oder?«

Er nickte, strich sich die Haare aus dem Gesicht und sah Dana prüfend an. »Geht es dir gut?«

»Ja, es ist wieder alles in Ordnung.«

»Dann danke ich den Göttern dafür!« Ardan schloss kurz die Augen, spähte durch einen der Lüftungsschlitze hinaus und wandte sich anschließend vorwurfsvoll an sie. »Nicht einmal der erste Schimmer der Dämmerung ist angebrochen.«

»Ich habe genug geschlafen, aber leg dich ruhig wieder hin.«

Ardan schüttelte den Kopf, lehnte sich gegen die Wand und betrachtete sie stumm.

»Was hältst du von all den Dingen, die Domech gesagt hat? Ich bin mir nicht ganz sicher, alles richtig verstanden zu haben, aber …«

»Fühlst du dich kräftig genug, um hinauszugehen?«, unterbrach Ardan sie.

»Ich war schon draußen. Mir geht es gut.«

»Dann komm.«

Dana zog sich ihre Schuhe an, nahm auch noch ihren Umhang und folgte Ardan ins Freie. Noch immer war es dunkel, aber Mond und Sterne spendeten ausreichend Licht, um die Umgebung schemenhaft erkennen zu können. Eine Weile schritten sie schweigend nebeneinander her. Dana wusste nicht, ob sie Ardan erneut auf die Vorkommnisse des letzten Tages ansprechen sollte, aber da begann er schon von sich aus.

»Rionach war eine Frau, der es immer sehr wichtig war, die Beste in allem zu sein. Ob es nun um den Kampf oder die Ausübung magischer Dinge ging, von denen ich nichts verstehe.«

»Ja, das kann gut sein«, bestätigte Dana zögernd. »Glaubst du, sie hat tatsächlich versucht, Domech zu töten?«

Ardan hob ratlos seine Schultern, blieb stehen und sah in den Nachthimmel.

Dana glaubte zu erahnen, was gerade in ihm vorging und sie zögerte, Domechs Anschuldigungen, was Rionachs und Ardans Beziehung betraf, zu wiederholen.

»Ich würde gerne eine Weile allein sein«, sagte er plötzlich. »Kümmerst du dich um Mael?«

»Du versuchst aber nicht noch einmal, Domech zu töten!«, fragte sie hastig. »Ich weiß nicht, wie er das getan hat, aber ich traute meinen Augen nicht, als du plötzlich am Boden lagst.«

»Das erging mir ähnlich.« Er grinste schief, dann schüttelte er den Kopf. »Nein, ich werde ihn nicht töten – schließlich hat er sein Wort gehalten und dich gerettet. Es ist nur …«

»Ganz sicher hat Rionach dich geliebt«, versuchte sie, ihn zu trösten, aber zu ihrem Erstaunen stieß er lediglich die Luft scharf durch die Nase aus, drückte kurz ihre Hand und eilte in der Dunkelheit davon.

Langsam wanderte Dana weiter durch das schlafende Dorf, um ihre eigenen Gefühle zu sortieren. Domech war ihr noch nie sympathisch gewesen, er hatte immer etwas Finsteres, Undurchsichtiges an sich gehabt. Rionach dagegen war eine faszinierende Frau, sicher etwas aufbrausend und leidenschaftlich. Aber sollte sie in Wirklichkeit nur Domechs Tod gewollt haben? Und wenn ja, aus welchem Grund? Sie ließ ihre Gespräche mit Rionach Revue passieren, und plötzlich fiel ihr auf, dass stets nur die Rede davon gewesen war, Mael mit in die Gegenwart zu bringen. Sie hatte sich wohl um Ardans Seele Gedanken gemacht, die angeblich in der Anderswelt verharrte, weil er sie nicht wiederfand. Aber wenn sie ihn wirklich geliebt hätte, hätte sie dann nicht auch ihn bei sich haben wollen? Er sollte lediglich Domech töten, und vielleicht hätte sie sogar seinen Tod billigend in Kauf genommen, um ihr Ziel zu erreichen. Bei diesem Gedanken schüttelte Dana den Kopf. Das hatte Ardan nicht verdient, nicht nachdem sie ihn besser kennen gelernt hatte. Auch wenn er kein einfacher Mensch war, so besaß er doch seine guten Seiten – und er hatte Rionach aufrichtig geliebt. Obwohl ihr davor graute, sie musste wohl noch einmal mit Domech über diese verfahrene Situation sprechen.

Noch bis zum Morgengrauen spazierte Dana durch das Tal, froh, überhaupt unter den Lebenden zu weilen, aber trotzdem sehr durcheinander. Mael begrüßte sie freudig, als sie das Mädchen beim Frühstück antraf.

»*A athair*?«, fragte sie mit vollem Mund, und ihre Augen wanderten suchend umher.

»Dein Vater musste fort, er kommt sicher bald wieder«, versprach sie, streichelte der Kleinen über die Haare und hoffte, dass dies auch der Wahrheit entsprach.

Heute waren beinahe alle Männer und Frauen des Tals damit beschäftigt, Schafe zu scheren, Wolle zu waschen und zu trocknen und anschließend zum oberen Broch zu schaffen, wo sie gesponnen wurde. Die Luft war erfüllt von lautem Blöken, und es roch penetrant nach nassem Schaf. Dana half mit und war schon nach kurzer Zeit klitschnass. Zum Glück strahlte die Sonne warm vom Himmel, sodass die Arbeit erträglich war.

Gegen Nachmittag lief ihr plötzlich völlig unerwartet ein Schauer über den Rücken, und nur einen Wimpernschlag später bemerkte sie Domech. Der Druide steuerte direkt auf sie zu, und sie spannte sich an.

»Es freut mich, dich bei guter Gesundheit zu sehen«, schnarrte er.

Nur sehr mühsam verkniff sich Dana einen bissigen Kommentar und nickte. »Ardan ist die ganze Zeit bei mir geblieben.«

»Ich muss mit dir sprechen.« In dem sicheren Glauben, sie würde seinen Anweisungen folgen, wandte er sich ab und ging in Richtung Fluss davon. So sehr Dana dieses Verhalten ärgerte, sie folgte ihm dennoch, denn auch sie wollte Antworten von dem Druiden.

Abseits des Dorfes ließ sich Domech ächzend auf einem flachen Stein nieder, dann betrachtete er Dana. »Ich bedauere es, dir Leid zugefügt zu haben.«

»Ich ebenfalls«, brummte sie düster, denn der kühle Klang seiner Stimme ließ sie zweifeln, dass er es ernst meinte.

»Ich bedauere es, aber es war nötig, um mein Leben zu schützen.«

Dem konnte Dana nicht widersprechen. Trotzdem verstand sie viele Dinge nicht. »Wie kamst du darauf, ich könnte eine Sídhe sein, Domech?«

Der alte Mann zuckte mit den Schultern. »Ich war mir nicht sicher, ob du dem Reich der Feen entstammst oder nur mit einem ihrer Zauber behaftet warst, deshalb hielt ich auch ein Gegengift bereit.«

»Sehr freundlich«, knurrte sie, doch der Druide ging nicht darauf ein.

»Von Anfang an bemerkte ich ein fremd anmutendes Verhalten an dir. Du sprichst anders, verhältst dich nicht wie die meisten *ban-draoidh*.« Er hob seine Nase ein wenig an, als würde er etwas wittern. »Selbst dein Geruch erscheint mir anders als der der übrigen Menschen hier.«

Dana wurde rot, als ihr klar wurde, dass Domech sie im Grunde genommen von Anfang an durchschaut hatte.

»Die Menschen im Tal haben daran keinen Anstoß genommen«, fuhr er fort, »denn für sie sind *ban-draoidh* und weise Männer ohnehin ein Mysterium, und sie begegnen ihnen mit Ehrfurcht. Doch ich habe niemals einen Menschen wie dich kennen gelernt.« Erneut traf sie der Blick seines einen Auges. »Dass du aus einer Zeit lange nach unserer kommst, hätte ich jedoch keinesfalls erraten. Entspricht es der Wahrheit? Hat dich Rionach geschickt?«

»Ja, das ist die Wahrheit.« Dana holte tief Luft und sah Domech entschlossen an. »Jetzt habe ich eine Frage. Hast du Rionach getötet?« Sie beobachtete ihn ganz genau, jede Regung, suchte einen Hinweis auf eine Lüge, ein Zeichen von Nervosität oder Unsicherheit.

Doch Domech schüttelte lediglich sein graues Haupt. »Mir

gelang es, ihren Angriff abzuwehren, sie zurückzuschlagen, und Rionach war derart überrumpelt, dass sie floh – allerdings in die Arme der Feinde, die diesen Umstand für sich zu nutzen wussten und sie töteten.«

»Aber wie …« Danas Augen glitten über seine gebrechlich wirkende Statur.

Um seinen schmalen Mund erschien ein zynisches Grinsen. »Ich besitze eigene Mittel und Wege, mich meiner Haut zu erwehren.«

»Zauberei?«

»Nenn es, wie es dir beliebt.« Er verschränkte seine Arme vor der Brust. »Rionach beschuldigte mich also, sie getötet zu haben.«

»Ja. Sie wollte, dass Ardan sie rächt und ich Mael mit in meine Zeit bringe.«

»Wie gelang es dir, hierher zurückzureisen?«

Zögernd erzählte Dana von dem Zaubertrank, von ihrem kurzen Aufenthalt im Reich der Sídhe und wie sie schließlich in dieser Zeit gelandet war.

Sichtlich interessiert lauschte Domech ihren Ausführungen, dann kratzte er sich an seiner Halbglatze. »Rionach befragte mich stets nach magischen Pflanzen, um in die Zeit nach dem Heute zu sehen, doch einen Zaubertrank herzustellen, der eine *bandraoidh* zurückreisen lässt, vermochte ich niemals zu brauen. Wer hat ihr geholfen?«

»Éibhleann?«, stieß Dana plötzlich hervor und sah Domech fragend an.

Bei diesem Namen zuckte der alte Mann sichtlich zusammen. »Was weißt du von Éibhleann?«

»Vor einiger Zeit habe ich sie an dem verfallenen Broch am Ostende des Tals getroffen.«

»Éibhleann ist eine Legende. Manch einer sagt, sie sei eine mächtige *ban-draoidh* gewesen, die bereits zu Zeiten von Rionachs Urgroßeltern alt war. Andere behaupten gar, sie wäre eine Sídhe, die Menschengestalt annehmen kann.«

»Wer oder was auch immer sie ist, ich habe sie an dem Broch getroffen. Sie machte mir ein höchst unmoralisches Angebot. Sie wollte mir Drostan zurückgeben, forderte dafür jedoch ein anderes Leben.«

Der Druide sog scharf die Luft ein und dachte eine Weile nach, bevor er antwortete. »Möglicherweise war tatsächlich sie es, die Rionach verführte. Ein Blick auf das Morgen – und als Preis dafür mein Leben.«

»Aber was hätte Éibhleann denn davon?«

»Die Beweggründe der Sídhe sind nicht immer nachzuvollziehen«, sinnierte Domech. »Sie können viel Gutes tun, aber manche von ihnen sind abgrundtief böse, lieben es, die Sterblichen zu quälen, glauben durch den Tod mächtiger Männer oder Frauen selbst stärker zu werden.«

Bei diesen Worten schauderte Dana und fragte sich, wie knapp sie selbst möglicherweise dem Tod entgangen war.

»Hast du sie schon einmal gesehen?«, wollte sie wissen.

»Nein, aber nach dem, was du mir berichtet hast, erschließt sich mir endlich ein Sinn darin, weshalb Rionach mich an jenem schicksalhaften Tag in die Nähe des alten Brochs lockte.« Er verneigte sich leicht. »Noch einmal möchte ich mein Bedauern zum Ausdruck bringen, dir Schaden zugefügt zu haben.«

Diesmal klang es ehrlich, und Dana lächelte, auch wenn ihr der Druide nach wie vor nicht geheuer war.

Mit einem leisen Ächzen erhob sich Domech. »Ich muss über das nachdenken, was uns allen widerfahren ist. Dennoch hoffe ich, wir können unsere Vorbehalte gegeneinander nun beilegen.« Domech musterte sie prüfend. »Wenn es dir recht ist, würde ich in den nächsten Tagen gerne mit dir über das Leben in der anderen Zeit sprechen.«

Dana stimmte zögernd zu.

»Weißt du, wo Ardan sich aufhält, auch mit ihm würde ich gerne einige Dinge klären.«

»Nein, er ist fortgeritten«, erwiderte sie.

»Nun gut. Er war sehr aufgebracht, schrie mich nur an und machte sich große Sorgen um dich. Möglicherweise wird er mich zu einem späteren Zeitpunkt anhören.«

Auch Dana stand auf, und dabei rutschte ihr die silberne Kette mit dem Bernstein aus der Bluse.

Domech kniff die Augen zusammen, griff nach dem Schmuckstück, was Dana äußerst unangenehm war. »Ein Talisman gegen böse Geister«, stellte er verwundert fest.

»Ardan hat ihn mir geschenkt. Ich habe manchmal das Gefühl, ein Rabe würde mich verfolgen. Denkst du, er könnte von Éibhleann gesandt sein?«

»Ein Rabe.« Kurz glaubte sie, ein Schmunzeln über Domechs Gesicht huschen zu sehen, dann legte er den Kopf schief. »Du musst Ardan sehr wichtig sein, dies ist ein wertvolles und machtvolles Geschenk. Sicher musste er dafür einiges an Wert eintauschen.«

»Meinst du?« Vergessen waren Éibhleann und der Rabe. Danas Finger strichen über die ineinander verschlungenen Stränge und über den Edelstein.

»Jetzt bin ich zumindest restlos davon überzeugt, dass kein Sídhe oder Geist dich beherrscht, denn dann könntest du dieses kraftvolle Amulett nicht tragen.« Damit humpelte er davon.

»Toll, ich wäre froh, ich könnte mir ebenso sicher mit dir sein«, murmelte Dana ihm hinterher. Anschließend ging sie zurück zu den Frauen und half weiter bei der Verarbeitung der Wolle.

Auch nach drei Tagen war Ardan noch nicht zurück, und Dana begann, sich ernsthaft Sorgen um ihn zu machen. Áine versuchte sie zwar damit zu beruhigen, er sei nur auf der Jagd, aber Dana hatte ihr natürlich nichts von dem geplanten Mordanschlag auf Domech und dessen Anschuldigungen Rionach gegenüber erzählt. Jetzt befürchtete sie, er könnte sich vielleicht aus Verzweiflung erneut in selbstmörderische Kämpfe stürzen oder sonst etwas Gefährliches tun. Auch Mael fragte inzwischen jeden Tag nach ihrem Vater und war ganz enttäuscht, wenn Dana jedes Mal gezwungen war, sie zu vertrösten.

Das Leben im Tal verlief wie gewohnt. Die Felder mussten gehegt werden, Kriegerinnen und Krieger trainierten mit ihren Waffen, und Alauna brach eines diesigen Sommermorgens auf, um Handel mit einem Clan an der Küste zu treiben. Sie fragte Dana, ob sie nicht mitkommen wolle, aber solange Ardan nicht wohlbehalten zurückgekehrt war, kam das für sie nicht infrage.

Dieser Frühsommer verwöhnte die Brochbewohner meist mit trockenem und sonnigem Wetter, auch wenn immer wieder heftige Regengüsse niedergingen. Dana fragte sich, wie lange es wohl noch bis zum Herbstfest sein mochte, und damit jenem schicksalhaften Tag, an dem laut Rionach das Tal überfallen werden würde – und an dem Mael entführt werden und Ardan sterben sollte. Sie hatte ihren Eltern, Scott und Marc gegenüber ein schlechtes Gewissen. Eigentlich hätte sie schon längst in ihre Zeit zurückkehren müssen, aber sie musste Ardan und Mael doch zumindest über diesen Tag hinaus begleiten, um sicherzugehen, dass es ihnen gut ging. Möglicherweise hatte sie die Vergangenheit ja bereits damit verändert, Ardan aus seiner selbstzerstörerischen Trauer geholt zu haben – aber würde das ausreichen? Nein, sie konnte sich nicht sicher sein und würde bleiben.

Nach dem fünften Tag, etwa um die Mittagszeit, kam Ardan endlich mit Donn am Zügel den Hügel hinabgelaufen. Dana hatte gerade Wasser am Fluss geholt und schloss kurz erleichtert die Augen. Sofort rannte Mael auf ihn zu, umarmte ihn, und Ardan drückte sie an sich. Als Dana sich ihm näherte, erschrak sie allerdings. Selbst die kleine Mael deutete mit ihrem kleinen Finger auf Ardans Bein. »Aua!«, sagte Mael, wobei sie die Nase krauszog.

»Verdammt, was ist denn mit dir passiert?« Erst jetzt fiel ihr auf, wie schmutzig er war. Das Haar hing ihm strähnig vom Kopf, die Kleider starrten vor Dreck, und sein linkes Hosenbein hing nur noch in Fetzen. Darunter waren einige tiefe, schmutzverkrustete Kratzer zu sehen.

»Ein Bär«, stellte er gelassen fest, lehnte sich sichtlich erschöpft gegen sein Pferd und grinste zaghaft.

»Ehrlich gesagt, riechst du wie eine ganze Bärenhöhle.« Dana ließ sich auf die Knie nieder und besah sich die Verletzung.

»Ich wollte ohnehin zum Fluss und mich säubern«, meinte er.

»Warte, zuerst sollten wir diese Wunde auswaschen und versorgen.«

»Nein, ich gehe gleich«, beharrte er, übergab einem Jungen Donns Zügel und holte sich ein Hemd und ein Stück karierten Stoff aus der Satteltasche. »Lass die Felle vor dem Turm auslegen, das Fleisch kannst du bei Áine und Brega abgeben.«

Gehorsam nickte der Junge, und Dana bemerkte flüchtig, dass Donns Rücken ordentlich bepackt war.

Sie fasste Ardan am Arm. »Kommst Du zurecht? Ich hole nur … etwas aus dem Broch.«

»Natürlich«, entgegnete er müde und humpelte davon.

Kopfschüttelnd sah Dana ihm nach, rannte in den Turm hinauf und holte das Desinfektionsmittel aus seinem Versteck, dann eilte sie zu Áine und bat sie ungeduldig, Wasser abzukochen und einige saubere Leinentücher zu holen. Nachdem sie endlich alles beisammenhatte, hastete sie zum Fluss, wobei sie sich bemühte, den kleinen Kessel mit dem abgekochten Wasser nicht auszuschütten.

»Ardan, wo bist du?«, rief sie, als sie ihn nicht sofort fand.

»Hier«, ertönte seine gepresste Antwort.

Als sie der Stimme folgte, fand sie ihn, wie er schwer atmend an einem Baum lehnte. Er hatte sich gesäubert, ein frisches Hemd angezogen. Statt einer Hose trug er den karierten Stoff um die Hüfte gewickelt. Allerdings schien ihn dies alles an den Rand eines Zusammenbruchs gebracht zu haben.

»Setz dich erst mal hin«, verlangte Dana, packte ihn an den Schultern und half ihm, sich langsam niederzulassen. Anschließend schob sie den Stoff hoch und besah sich die Wunde noch einmal genauer, wobei sie den Mund verzog. Die Risse in seiner

Haut waren mehrere Zentimeter lang, jetzt zwar nicht mehr verdreckt, dafür bluteten sie nun heftig. So vorsichtig wie möglich machte sie sich daran, alles mit dem abgekochten Wasser auszuwaschen, wobei sie Ardan genau beobachtete. Er sehr bleich aus, auf seiner Stirn glänzte Schweiß, außerdem biss er heftig die Zähen zusammen. »Du fällst jetzt aber nicht in Ohnmacht, oder?«, fragte sie und legte eine Hand auf seine Wange.

Verbissen schüttelte er den Kopf, aber als sie das Desinfektionsmittel in die Wunde laufen ließ, konnte er einen Schmerzenschrei nicht unterdrücken und legte sich keuchend auf die Seite.

»Verdammt, was war das denn?«, presste er hervor.

»Das ist Medizin, sie hilft, dass sich dein Bein nicht entzündet.« Sanft strich sie ihm über den Kopf und bemerkte dabei eine dicke Beule, woraufhin Ardan noch einmal laut aufstöhnte und die Augen verdrehte.

»Nachher musst du mir erzählen, wie das passiert ist – und vor allem, was du mit einem Bären zu schaffen hast.« Leise vor sich hin schimpfend, kramte sie in ihrem Bündel und förderte eine Schachtel mit Schmerztabletten zu Tage. »Ich wusste nicht einmal, dass es noch Bären gibt.«

»Mhm«, brummte er undeutlich.

Dana hielt ihm eine Tablette hin.

»Was ist das?«, wollte er misstrauisch wissen.

»Medizin aus meiner Zeit.«

»Ist sie genauso schmerzhaft wie dieses Dämonenzeug, das du auf mein Bein geschmiert hast?«

Bei seinem angeekelten Gesichtsausdruck musste Dana schmunzeln. »Nein, es betäubt deine Schmerzen.«

Offenbar konnte oder wollte er ihr nicht glauben, betrachtete die kleine Tablette wie ein hoch gefährliches Insekt und runzelte die Stirn.

»Ardan, vertrau mir doch«, verlangte sie, woraufhin er die Tablette zögernd in den Mund nahm. »Du musst sie schlucken. Komm, trink etwas Wasser aus dem Fluss.«

Endlich schluckte er die Pille, ließ sich wieder gegen den Baum sinken und schloss die Augen, während Dana sein Bein verband.

»Das hätte garantiert genäht werden müssen«, murmelte sie.

Eine Weile ließ Dana ihm Zeit, sich zu erholen, aber dann fasste sie ihn zaghaft am Arm. »Warum warst du so lange fort?«

»Ich musste mir über einiges klar werden.«

»Der Bär – ich verstehe nicht?«

»Gibt es in deiner Zeit tatsächlich keine Bären in den Bergen?«

»Nein, sie sind vor langer Zeit ausgestorben.«

»Hm, das kann ich mir kaum vorstellen. Bären sind mächtige Herren des Hochlands.« Als er sich bewegte, verzog er das Gesicht.

»Wenn du willst, kannst du mir auch alles später erzählen«, versicherte Dana ihm, obgleich sie darauf brannte, Näheres zu erfahren. »Es ist wohl besser, wenn du dich zunächst ausruhst.«

»Nein, mir liegt viel daran, dir alles zu erklären.« Ardan atmete tief durch, dann sah er sie plötzlich überrascht an. »Dein magisches Kügelchen wirkt!«

Ein leises Lachen entstieg Danas Kehle. »Geht es dir besser?«

Er nickte nachdrücklich und sehr verwundert.

»Ardan, ich habe mit Domech gesprochen. Ich weiß nicht, wie viel von dem stimmt, was er über Rionach gesagt hat. Bitte, lass dir nicht einreden …«

»Er hatte Recht«, unterbrach er sie völlig überraschend.

Dana stutzte, sah ihn verwirrt an und beobachtete, wie Ardan sich auf die Lippe biss.

»Ich wollte ihm nicht glauben, war außer mir vor Zorn, aber viele Dinge, die er sagte, entsprachen nach längerem Nachdenken der Wahrheit.« Er schloss kurz die Augen, und Dana spürte genau, wie viel Überwindung es ihn kostete, das Folgende auszusprechen. »Ich war in Rionach vernarrt, seitdem ich klein war, habe immer alles getan, um ihr zu gefallen, wollte der beste Schwertkämpfer sein, der beste Reiter, der Schnellste mit dem Bogen.

Stets hatte ich befürchtet, sie, die Tochter des Clanoberhauptes, würde sich eines Tages mit dem Sohn eines anderen Clanführers verbinden.«

Dana wusste nicht, was sie darauf erwidern sollte.

»Rionach wollte jeden Krieger, jede *ban-draoidh* übertrumpfen und war außer sich vor Zorn, als Tamia in die heiligen Täler der Eponaer geschickt wurde. Fortan widmete sie sich umso verbissener ihrer Ausbildung als Kriegerin und auch der zur *ban-draoidh*. Entgegen der Tradition blieb sie nicht allzu lange bei einem befreundeten Clan auf der Insel im Westen, die du Skye nennst. Dort gab es keinen weisen Mann, und so kehrte sie zurück, um von Domech zu lernen. Ich war froh darum und verstärkte meine Anstrengungen, ihre Gunst zu erlangen.«

»Du bist einer von Brudes und Alaunas besten Kriegern«, meinte Dana lächelnd.

»Ja, aber das reichte ihr nicht. Fortwährend hat sie alle Männer betört, sich ihre Gunst zu Nutze gemacht, und das änderte sich auch nicht, als uns der Segen von Brude und Alauna und selbst der Götter zuteilwurde. Sie wollte immer mehr, mehr Wissen um das Geisterreich, größere Siege, das Morgen, ja sogar das Übermorgen beeinflussen. Auch wenn ich es nicht wahrhaben wollte, spürte ich, wie sie mir mehr und mehr entglitt. Auch Mael war sie nicht die Mutter, die sie hätte sein sollen.«

»Aber sie hat sich um Mael gesorgt«, warf Dana ein, wenngleich sie nicht wusste, weshalb sie Rionach verteidigte, denn was sie gerade gehört hatte, warf ein anderes Bild auf die Kriegerin.

»Natürlich hat sie die Kleine geliebt, aber es hat sie auch nicht davon abgehalten, gefährliche Rituale durchzuführen. Dana, ich weiß nicht, wie ich es dir erklären soll. Rionach hatte eine Art an sich, die jeden verzauberte. Sie war so leidenschaftlich, wild und voller Feuer. Man konnte ihr nicht böse sein, ganz gleich, was sie tat.«

Dana spürte, wie ihr diese Worte unwillkürlich einen Stich versetzten, aber gleichzeitig verstand sie, was Ardan meinte. Selbst als Geist hatte Rionach es noch geschafft, sie von ihrer Sache zu überzeugen.

»Ich habe sie geliebt – vielleicht viel zu sehr«, gab er zu.

»Wenn sie das alles getan hat, hat sie dich nicht verdient«, flüsterte Dana heiser und drückte seine Hand.

Ardan lächelte müde, dann lehnte er sich erneut mit geschlossenen Augen zurück.

»Komm, den Rest kannst du mir morgen oder später erzählen, du solltest jetzt wirklich schlafen gehen.«

Diesmal protestierte er nicht, ließ sich von Dana aufhelfen und humpelte mit angestrengtem Gesichtsausdruck neben ihr her.

Als Brude ihn entdeckte, kam er auf der Stelle näher. »Ardan, bist du schwer verletzt? Soll ich Domech holen lassen?«

»Nein, Dana hat sich um alles gekümmert«, erwiderte er und warf ihr ein Grinsen zu. »Aber vielleicht könntest du mir in meine Kammer helfen. Ich befürchte, Dana bricht gleich zusammen.«

Tatsächlich hatte er sich während der letzten Schritte mehr und mehr auf sie gestützt, und Dana hatte inzwischen knallrote Wangen. Also legte Brude seinen Arm um Ardans Hüfte und geleitete ihn die Stufen hinauf. Am Ende atmeten sie alle heftig, und Dana gab Ardan noch zwei Tabletten, nachdem er endlich auf seinem Strohbett lag. »Wenn die Wirkung nachlässt, nimm eine weitere.«

Er hielt ihre Hand fest und sah ihr beinahe schon ängstlich in die Augen. »Verzeihst du mir?«

»Was soll ich dir denn verzeihen?«, wunderte sie sich.

»Dass ich nicht schon früher an Rionach gezweifelt und dich überredet habe, mir dabei zu helfen, Domech zu töten. Du wärst beinahe gestorben.«

»Ach, Ardan«, sie streichelte ihm sanft über die Wange, »du hast Rionach geliebt und noch immer um sie getrauert. Es gibt nichts zu verzeihen.«

Sichtlich erleichtert legte er seinen Kopf auf die Seite und schloss die Augen. Es dauerte nicht lange, bis gleichmäßige Atemzüge von einem tiefen Schlaf kündeten. Dana hoffte sehr, dass sich die Wunde tatsächlich nicht entzündete. Später wollte sie noch einmal nach ihm sehen, aber jetzt legte sie ihm eine Decke über und ließ ihn allein.

Mael kam ihr entgegen und sah sie fragend aus ihren großen Augen an.

»Deinem Vater geht es gut, er schläft jetzt.«

Die Kleine umarmte sie kurz, dann ging sie wieder zu ihren Freunden spielen, während Dana Brega geistesabwesend beim Brotbacken half. Die ältere Frau redete glücklich von ihrer fortschreitenden Schwangerschaft. Tatsächlich hatte sich Bregas Bauch während der letzten Zeit deutlich gerundet. Dana freute sich sehr für sie und wünschte ihr, dass sie die ersehnte Tochter zur Welt bringen würde. Ihre Gedanken verweilten jedoch bei Ardan und Rionach. Waren die beiden nicht das Traumpaar gewesen, das sie sich immer ausgemalt hatte? Ardan hatte zwar vieles von dem bestätigt, was Domech gesagt hatte, aber konnte man dem Druiden trauen?

Während des Tages und in der Nacht sah Dana noch mehrmals nach Ardan, denn sie fürchtete, er könnte Fieber bekommen, aber abgesehen davon, dass er augenscheinlich völlig erschöpft war, schien es ihm gut zu gehen.

Am nächsten Morgen kam er sogar zum Frühstück ins unterste Stockwerk gehumpelt. Draußen gingen heftige Schauer nieder, weshalb im Inneren gegessen wurde.

»Es freut mich, dich bei guter Gesundheit zu sehen«, bemerkte Brude.

Ardan nickte ihm zu und ließ sich langsam neben Dana nieder.

»Wie geht es deinem Bein?«

»Danke, bestens.«

»Ich werde es mir später noch einmal ansehen.«

Während er von Áine eine Schüssel mit Getreidebrei entgegennahm, fragte er: »Ich möchte etwas erledigen. Wirst du mich begleiten?«

»Wo willst du denn hin?«

»Ein paar Meilen nach Osten«, antwortete er ausweichend.

»Bei diesem Wetter?«

»Ich denke, später wird es aufklaren.«

»Ich weiß nicht, Ardan, du solltest mit deinem Bein besser nicht reiten«, wandte Dana ein.

»Es wird schon gehen«, beharrte er stur. »Mir ist es sehr wichtig.«

»Also gut«, gab sie nach, auch wenn sie sich nicht vorstellen konnte, was Ardan vorhatte.

Nach dem Frühstück löste Dana den Verband um Ardans Bein und freute sich, als sie feststellte, dass sich die Wunde nicht entzündet hatte. »Wir sollten eine der Kräuterfrauen bitten, dir eine Salbe herzustellen, damit es schneller heilt«, schlug sie vor.

»Ja, von mir aus.« Ardan wirkte seltsam abwesend, jetzt wickelte er sich den Verband wieder lose um die Wunde und zog den karierten Stoff herunter. »Du kannst der Kräuterfrau Bescheid sagen und Donn und Righ holen.«

»Es regnet wie verrückt!«

»Wenn du darauf bestehst, warte, bis der Regen nachlässt, und gewähr mir dann meine Bitte.« Ardan schien nichts mehr hinzufügen zu wollen.

Kopfschüttelnd hob Dana die Arme gen Himmel und machte sich schließlich auf die Suche nach der Kräuterfrau. Anschließend spielte sie eine Weile mit Mael, baute mit ihr Türme aus kleinen Holzklötzen, und tatsächlich riss der Himmel kurz vor der Mittagszeit auf.

»Ich weiß zwar nicht, was du vorhast, Ardan«, murmelte sie vor sich hin, als sie durch den leichten Nieselregen zu den Pferdekoppeln eilte, »aber vielleicht finde ich auf dem Ausritt heraus, wieso du dich mit einem Bären angelegt hast.«

Dana ritt ohne Sattel auf Righs breitem Rücken und führte Ardans Braunen am Strick mit. Am Broch sattelte sie die beiden, und kurz darauf kam Ardan angehumpelt.

»Wie willst du denn aufsteigen?«, erkundigte sie sich kritisch, doch statt einer Antwort führte er Donn zu einem kniehohen Felsen, kletterte mühsam hinauf und zog sich mit angestrengtem Gesichtsausdruck in den Sattel.

»Du bist völlig irre!«, stellte Dana fest, was Ardan lediglich mit einem Grinsen erwiderte und sein Pferd antrieb. Die ganze Zeit über starrte er geradeaus, kein Wort kam über seine Lippen, und Dana ärgerte sich schon darüber, ihn zu begleiten.

Als sie bemerkte, dass sie durch das Tal in Richtung des Dun Grugaig ritten, fasste sie ihn am Arm. »Warte, Ardan.«

»Was ist denn?«, erwiderte er ungeduldig.

»Ich kann dort nicht hin. Dieser Brock ... Es ist nicht gut ...«

»Wir reiten nicht zum Broch«, erklärte er jedoch, und tatsächlich lenkte er sein Pferd kurz darauf den Berg hinab in Richtung des Flusses, der sich durch das Tal wand.

»Ich brauchte Zeit für mich, um mir über viele Dinge klar zu werden«, begann er unvermittelt. »Wie ich dir schon sagte, entsprechen einige Dinge, die Domech über Rionach sagte, der Wahrheit. Eine Wahrheit, der ich mich stets verwehrt habe.«

Dana nickte zustimmend und unterbrach ihn nicht.

»Tagelang bin ich ziellos durch die Berge geritten, habe all meine Wut und Verzweiflung und auch die Enttäuschung hinausgeschrien. Ich wartete auf ein Zeichen, auf ein Zeichen der Götter oder aus der Geisterwelt, und dieses wurde mir gewährt. In der dritten Nacht ging ein starker Regen nieder, sodass ich Schutz in einer Höhle suchte. Gegen morgen stand dann der Bär vor mir und griff mich an.«

»Und das sollte ein Zeichen sein?«, fragte Dana nach.

Ardan nickte nachdrücklich. »Ich hatte einen Traum, in dem mir eine Stimme zuflüsterte, ich müsse eine Prüfung bestehen, um meinem Zorn und meiner Rache Herr zu werden – und ich müsse loslassen. Nachdem der Bär auftauchte, war mir klar, ich musste ihn besiegen, um endlich frei zu sein, denn der Bär war das Symbol meiner Wut.«

Sie fand seine Erklärungen ziemlich weit hergeholt, wusste jedoch mittlerweile um die andersartige Weltanschauung der Menschen dieser Zeit.

Sie erreichten den sprudelnden Fluss, und Ardan ließ sich vorsichtig aus dem Sattel gleiten, band Donn an einen Baum und bedeutete Dana mit einer Handbewegung, es ihm gleichzutun.

»Ich kämpfte gegen den Bären, spürte seine Krallen in meinem Fleisch und sah mich schon der Anderswelt nahe«, fuhr Ardan fort.

Dana mochte sich gar nicht bildlich vorstellen, wie er mit einem ausgewachsenen Braunbären gekämpft hatte, aber glücklicherweise war es gut ausgegangen.

»Nachdem ich ihn erlegt hatte, opferte ich Macha einen Teil seines Fleisches und sagte mich von ihr los, denn die Zeit der Rache ist nun vorüber.«

»Das sind gute Neuigkeiten«, rutschte es Dana heraus, »aber trotzdem verstehe ich nicht …«

Ardan ließ sich am Flussufer langsam in die Hocke nieder. Seine Miene war angespannt, und Dana kam nicht umhin, zu bemerken, wie seine Hand zitterte, als er einen der verschlungenen goldenen Armreifen, die er stets trug, und eine silberne Halskette in die Hand nahm. Er atmete tief durch, und seine Stimme bebte, als er weitersprach.

»Ich habe Rionach sehr geliebt, aber nun ist endgültig der Tag gekommen, sie gehen zu lassen und auch ihr zu verzeihen, was sie getan hat.« Zu Danas grenzenlosem Erstaunen warf er die Schmuckstücke ins Wasser, schloss kurz die Augen und murmelte: »*Soraidh*, Rionach. Ich hoffe, auch du findest deinen Frieden, wie auch immer er aussehen mag.«

Dana hielt sich eine Hand vor den Mund, unwillkürlich waren ihr Tränen in die Augen getreten. Es berührte sie ungemein, dass

Ardan sie zu dieser persönlichen Abschiedszeremonie mitgenommen hatte, und sie wusste überhaupt nicht, was sie sagen sollte.

Plötzlich wirkte er erleichtert, gelöst, und ein Lächeln, wenn auch ein wehmütiges, spielte um seinen Mund. »Auf Rionachs Totenfeier konnte ich das Ritual nicht durchführen und einen Teil ihres Schmucks in den Fluss werfen, auf dass er ihre Seele in die Anderswelt begleitet. Weder die Kette, die sie so gerne getragen hat, noch den Armreif, der ein Geschenk von ihr an mich war.«

»Auch ich war bei Drostan nicht in der Lage, dies zu tun«, flüsterte Dana und berührte ihren Armreif, sein erstes und letztes Geschenk an sie.

»Deshalb verstand ich dich damals auch so gut«, versicherte Ardan. »Aber Domech hat Recht – man muss die Toten gehen lassen, und manche Schmuckstücke scheinen einen Teil ihres Selbst in sich aufzunehmen. Jetzt fühle ich mich befreit.«

Noch immer saß Dana ein dicker Kloß in der Kehle, aber auf einmal fasste sie einen Entschluss. Sie streifte sich das Schmuckstück vom Arm, betrachtete es kurz und drückte ihre Lippen darauf. »Ich werde dich niemals vergessen, Drostan«, flüsterte sie und warf es in einem weiten Bogen in die Fluten.

»Dana, du musst nicht …«, rief Ardan erschrocken, doch da war es schon geschehen. Mit einem Platschen schlug der Armreif im Wasser auf und versank augenblicklich.

Ein paar Tränen quollen aus Danas Augen, aber diesmal waren es keine bitteren, sondern auch sie erfüllte so etwas wie Erleichterung. Trotzdem tat es ihr gut, dass Ardan sie wortlos in den Arm nahm und festhielt.

Als sie sich aus seiner Umarmung löste, sah sie ihn an. »Es war richtig. Und danke, dass du mich mitgenommen hast.«

Sanft strich er ihr eine Strähne aus dem Gesicht. »Du hast mir den richtigen Weg gewiesen.«

Auf einmal glaubte Dana, etwas in seiner Stimme zu hören, in seinen Augen zu lesen, das zuvor noch nie da gewesen war. Eine ihr endlos erscheinende Zeit blickte er ihr in die Augen, hielt sie gefangen, und ihr stockte der Atem. Langsam zog er sie an sich, und Dana war sich sicher, er würde sie küssen – alles in ihr sehnte sich danach. Jetzt, nachdem sie sich beide von ihrer Trauer und ihrer vergangenen Liebe befreit hatten.

Doch urplötzlich versteifte er sich, ließ sie abrupt los und eilte zu seinem Pferd. »Wir müssen zurück, ich habe Mael versprochen, ihr einen Bogen zu schnitzen.«

Völlig perplex blieb Dana stehen. Eben noch hatte sie Ardans starken, warmen Körper gespürt, jetzt umwehte sie kalter Wind, der den Geruch von neuem Regen mit sich brachte.

Verdammt, was soll das denn jetzt?, fragte sie sich.

Ohne sich noch einmal umzudrehen, ritt Ardan davon.

Kapitel 28

Ohne Zukunft

Auch noch Tage danach konnte sich Dana Ardans eigenartiges Verhalten nicht erklären. Warum nahm er sie zu einem solch bewegenden Ritual mit, war kurz davor, sie zu küssen, und machte dann einen Rückzieher? Sie war sich sicher, Begehren und Zuneigung bei ihm gespürt zu haben, die weit über Freundschaft hinausging, und auch sie selbst konnte sich endlich eingestehen – sie hatte sich in ihn verliebt. Doch weshalb behandelte er sie nun so kühl, schien ihr sogar aus dem Weg zu gehen? Angeblich hatte er sich doch von Rionach losgesagt, oder war das Selbstbetrug gewesen? Je länger Ardan sich ihr gegenüber derart abweisend verhielt, umso mehr zweifelte sie an ihrer eigenen Gewissheit, auch er könnte ernsthafte Gefühle für sie hegen. Er war hauptsächlich mit den Kriegern unterwegs, trainierte eisern oder half bei der Ernte. Zum Abendessen erschien er meist sehr spät und verschwand anschließend immer eilig im Broch.

Ein wenig Ablenkung verschaffte Dana die Feier an diesem Abend. Gleich zwei Kinder waren während der letzten Nacht geboren worden, beide gesund und kräftig – keine Selbstverständlichkeit in dieser Zeit. Aber heute feierten die Bewohner beider Brochs unten im Tal am Dun Telve, und Gesang und Musik hallten in den dunkler werdenden Himmel.

»Bei dir wird es auch bald so weit sein«, sagte Dana zu Brega.

»Ich hoffe, die Götter segnen mich mit einem ebenso gesunden Kind«, seufzte sie sehnsüchtig.

»Sicher werden sie das«, versprach Dana und hoffte sehr, Bregas Wunsch würde sich erfüllen. Ausgelassen tanzten Frauen und Männer ums Feuer. Danas Augen suchten Ardan, aber sie fand ihn nicht. Schließlich nahm sie sich vor, sich diesen schönen, milden Sommerabend nicht verderben zu lassen, scherzte mit Brega und ließ sich einen Moorhuhnschenkel schmecken, den ihr Mael brachte.

Allerdings blieb ihr der Bissen im Hals stecken, nachdem sie Ardan plötzlich doch noch in der Menge ausmachen konnte. Er stand neben einer jungen Frau vom Dun Troddan, hatte den Arm um sie gelegt und lachte mit ihr. Dana richtete sich stocksteif auf, reckte sich, um besser sehen zu können, und als Ardan die Rothaarige mit den Locken auch noch zum Tanzen in den Kreis zog, glaubte sie ihren Augen nicht zu trauen.

»Dana, was fehlt dir?«, fragte Brega besorgt.

»Moment, ich … also … ich muss mal kurz weg«, presste Dana hervor, denn gerade versperrte ihr eine Gruppe halbwüchsiger Krieger die Sicht. Sie quetschte sich durch die Menschen, blieb im Schatten eines der Rundhäuser stehen und beobachtete Ardan, wie er die junge Frau lachend herumwirbelte. Ihr wurde heiß, kalt und übel zugleich. Was hatte das zu bedeuten? Gut, Ardan hatte behauptet, sich endlich von Rionach losgesagt zu haben, aber bedeutete das, dass er jetzt einfach wahllos mit irgendwelchen Mädchen flirtete? War sie ihm doch nicht wichtig genug? Wollte er eine jüngere Frau? Dana schluckte heftig. Hatte sie sich seine Gefühle vielleicht nur eingebildet und er sah in ihr lediglich eine Kriegsgefährtin und jemanden, der sich um seine Tochter kümmerte? Als Ardan die Rothaarige plötzlich leidenschaftlich an sich zog und auf den Mund küsste, war es mit ihrer Beherrschung endgültig vorbei. Sie keuchte auf und beobachtete fassungslos, wie Ardan das Mädchen mit sich ins nächste Gebüsch zog.

»So ein verfluchter …« Blind vor Tränen stürzte Dana davon, kümmerte sich nicht darum, dass sie mehrere Leute anrempelte, reagierte nicht auf Áines Ruf und stürmte den Turm hinauf.

Sie warf sich auf ihr Strohbett, ließ ihren Tränen freien Lauf und konnte die Bilder nicht verdrängen. Ardan im wilden Liebesspiel mit diesem rothaarigen Mädchen, dessen Namen sie nicht einmal kannte. Verzweifelt drosch sie auf ihre Strohmatratze ein, versuchte sich einzureden, Ardan hätte ihr niemals etwas versprochen, niemals falsche Hoffnungen gemacht. Dennoch kochte sie vor Eifersucht und verstand sein Verhalten nicht.

Die ganze Nacht lang konnte Dana nicht schlafen und fühlte sich am Morgen wie gerädert. Mit düsterer Miene rührte sie in ihrem Haferbrei herum. Ardan tauchte nicht auf, worüber sie froh war, denn sie hätte ihm am liebsten den Hals umgedreht. Nach dem Frühstück half sie – völlig geistesabwesend – der Kräuterfrau bei der Herstellung von Pasten. Nachdem die alte Frau sie mehrfach auf ihre Fehler hingewiesen hatte, gab Dana auf und entschloss sich zu einem Spaziergang. Sie wollte Righ besuchen und vielleicht bei einem Ausritt den Kopf klarer bekommen.

Als sie Domechs schnarrende Stimme unvermittelt hinter sich hörte, zuckte sie zusammen.

»Ich muss mit dir sprechen.«

»Muss das heute sein?«, brummte sie unfreundlich.

Der Druide nickte nachdrücklich. »Ich habe einige Zeit benötigt, um mir über bestimmte Dinge klar zu werden, habe Rituale durchgeführt und die Götter befragt.«

»Und, was haben sie dir erzählt?« Dana bemerkte sehr wohl, wie zynisch das klang, und Domechs rechte Augenbraue wanderte ob ihres harschen Tonfalls ungewöhnlich weit in die Höhe.

»Ich wollte dich bitten, mich zum alten Broch zu begleiten und Éibhleann zu befragen.«

»Wie bitte?« Jetzt war Dana wirklich verblüfft.

»Mir ist bewusst, es ist viel verlangt, denn dieser Geist oder diese Sídhe besitzt eine gewisse Macht«, räumte der alte Mann ein. »Dennoch wären wir zu zweit, und ich würde für ausreichenden Schutz sorgen.« Er legte den Kopf schief. »Und du besitzt ohnehin ein mächtiges Schutzamulett.«

Ihre Hand fuhr zu Ardans Geschenk, und abermals durchflutete sie hilfloser Zorn und große Enttäuschung.

»Möglicherweise finden wir mehr über Rionachs Beweggründe heraus, und das könnte dir ebenfalls helfen, wenn du in deine Zeit zurückkehrst«, beschwor Domech sie, dann musterte er sie abwartend. »Wann willst du zurückkehren?«

»Nicht vor dem …« Sie unterbrach sich selbst, denn vielleicht sollte sie schon eher gehen, jetzt, da Ardan sich eine neue Gefährtin gesucht hatte. Doch da war noch Mael, und die wollte sie trotz allem nicht im Stich lassen. »Nicht vor der Tag- und Nachtgleiche des Herbstes.«

Dies schien den Druiden zufriedenzustellen. »Dann solltest du vorbereitet sein, denn es wird Rionachs Zorn erwecken, zu hören, dass ich nicht tot bin und du ihr Kind nicht mitbringst.«

Dem konnte Dana nicht widersprechen, aber so müde und durcheinander, wie sie war, wollte sie sich jetzt keine Gedanken dazu machen.

»Ich überlege es mir«, wich Dana dem Druiden aus, was diesen missmutig zu stimmen schien. Dennoch bedrängte er sie nicht weiter und verabschiedete sich mit einem Kopfnicken.

Auf einmal verspürte Dana keine Lust mehr auf einen Ausritt. Sie besuchte Righ nur kurz, verwöhnte ihn mit einem wilden Apfel und kehrte langsam zum Broch zurück.

Dort waren überraschenderweise eine Menge Kriegerinnen und Krieger versammelt. Brude schritt sichtlich nervös vor ihnen auf und ab und redete eindringlich auf sie ein.

»… sattelt die Pferde, wir reiten los, sobald alle fertig sind«, hörte sie ihn sagen.

Dana bemerkte, wie Ardan sie ansah, für einen Moment zögerte und schließlich zu ihr trat. »Wirst du auf Mael aufpassen?«

»Was ist denn los?«, erkundigte sie sich.

»Brude macht sich Sorgen. Alauna und die anderen sind schon zu viele Tage unterwegs. Sie hätten längst zurück sein sollen. Wir wollen ihnen entgegenreiten.«

»Ach so.« Um Alauna hatte sich Dana in letzter Zeit gar keine Gedanken mehr gemacht, aber sie war tatsächlich bereits lange fort.

Ardan nickte ihr zu und eilte dann los.

»Toll, früher hätte er mich gefragt, ob ich mitkomme«, murmelte sie gereizt vor sich hin und schoss einen kleinen Stein wütend gegen den Turm. »Jetzt bin ich nur noch gut genug, um Kindermädchen zu spielen.«

Dana beobachtete, wie sich nach und nach immer mehr Kriegerinnen und Krieger einfanden. Auch vom Dun Troddan näherten sich fünf Reiter. Am Ende waren es zwanzig Männer und drei Frauen, die bewaffnet auf ihren Pferden saßen. Als plötzlich die Rothaarige auftauchte, mit Ardan sprach und sich streckte, um ihn zu küssen, brodelte es in Dana. Sie fing einen kurzen Blick von ihm auf, doch er sah eilig wieder zu Boden und setzte sich an die Spitze des Zuges.

Dana wusste überhaupt nicht, wohin mit ihrer Wut, sie starrte giftig zu der jungen Rothaarigen, die sich durch die üppigen Locken fuhr und Ardan sehnsüchtig hinterherblickte.

»Okay, ich sollte in meine Zeit zurückgehen, und das so bald wie möglich«, sagte Dana zu sich selbst, stürmte an dem Mädchen vorbei, den ausgetretenen Pfad nach Osten entlang und dann den Berg hinauf zum Dun Troddan.

Domech befand sich nicht im Turm, aber Drostans schwerhöriger Onkel meinte, er hätte ihn vor Kurzem an der Quelle hinter dem Broch gesehen. Tatsächlich saß der Druide auf einem Stein, sang leise vor sich hin und verbrannte dabei intensiv riechende Kräuter.

Schwer atmend stellte sich Dana vor ihn. »Ich komme mit«, stieß sie kurz angebunden hervor.

Domechs Blick glitt über sie, dann meinte er ungerührt: »Gut, morgen nach Sonnenaufgang.«

Mit einem zustimmenden Schnauben wandte sich Dana um und rauschte den Berg wieder hinunter. Das Laufen ließ einen

Teil ihrer Wut verrauchen, aber als ihr Ardans neue Freundin abermals über den Weg lief, wallte erneut Zorn in ihr auf.

»*Ban-draoidh*«, grüßte die junge Frau sie mit heller Stimme.

»Geh mir aus dem Weg, sonst verwandle ich dich in eine Kröte!«, giftete Dana, woraufhin die Rothaarige erschrocken zurückwich und sich verbeugte.

Dana wusste, dass das Mädchen vermutlich am wenigsten dafür konnte, aber die Eifersucht tobte in ihr.

Während des Tages und auch in der Nacht fand Dana wenig Ruhe, und so war sie schlecht gelaunt, als sie sich am folgenden Morgen mit Domech traf. Der Druide ritt auf einem kleinen Schimmel, wobei er keine allzu gute Figur machte. Aber er hielt sich zumindest auf dem Pferderücken, und so brauchten sie nicht lange, bis sie den verfallenen Broch erreichten.

»Sei auf der Hut«, warnte Domech sie und kniff sein gesundes Auge mahnend zusammen. »Ich gehe davon aus, du trägst dein Schutzamulett.«

»Ja«, bestätigte sie, auch wenn sie an dessen Wirkung zweifelte, und da es ein Geschenk von Ardan war, hatte sie ohnehin schon mit dem Gedanken gespielt, es ihm zurückzugeben. Doch nun rang sie um Konzentration, verbannte ihre Wut, denn die Begegnung mit dieser Éibhleann konnte schnell gefährlich werden.

Sie ließen die Pferde in einiger Entfernung zurück, stiegen den Berg hinauf und sahen sich wachsam um.

»Wo erschien sie dir das erste Mal?«, schnarrte Domech, ohne die Umgebung aus dem Auge zu lassen.

»Hier, direkt neben dem Turm«, erklärte Dana.

Langsam schritt der Druide auf und ab, sein Blick wanderte den verfallenen Turm hinauf, und als ein Rabe aufflog, schrak Dana zusammen.

»Kann es sein, dass dieser Rabe etwas mit Éibhleann zu tun hat?«, flüsterte sie, doch Domech kam nicht dazu, ihr zu antworten, denn auf einmal stand die hochgewachsene Frau mit dem silbergrauen Haar vor ihnen.

»Ein weiser Mann und eine *ban-draoidh*, welch eine Überraschung.« Sie verbeugte sich tief, auch wenn es spöttisch anmutete.

»Möchtest du nun doch auf meinen Vorschlag zurückkommen, Dana?«

Während Domech sie stechend musterte, schüttelte Dana eilig den Kopf. Instinktiv fuhr ihre Hand zu Ardans Schutzamulett, das unter ihrer Bluse verborgen war.

»Wir haben Fragen zu Rionach«, rief Domech mit beneidenswert fester Stimme.

Mit beinahe schon schwebenden Schritten kam die silberhaarige Frau näher, woraufhin Dana am liebsten flüchten wollte. Ihr Magen krampfte sich zusammen, als hätte sie einen Stein verschluckt, die Härchen an ihren Unterarmen richteten sich auf. Lediglich an Domechs weiß hervortretenden Knöcheln, die seinen Stock umklammerten, ließ sich ablesen, dass es ihm vermutlich ähnlich ging.

»Rionach.« Éibhleann ließ sich auf einem Mauerrest nieder und fuhr sich durch das hüftlange Haar. »Eine *ban-draoidh*, die Großes hätte vollbringen können.«

»Was hattest du mit ihr zu tun?«, verlangte Domech zu wissen.

Ein Schmunzeln spielte um Éibhleanns Mund. »Sie wollte von mir lernen und Dinge erfahren, die du ihr vorenthieltst.«

»Aus gutem Grund«, knurrte der Druide.

»Wer oder was bist du?«, wagte Dana nun einzuwerfen.

Éibhleann legte den Kopf in den Nacken und lachte laut – ein glockenheller Laut, der weit über das Land hallte. »Hätte dieses Wissen Nutzen für dich?«

»Möglicherweise.« Domech stützte sich schwer auf seinen Stock.

»Wir hatten einen Handel«, begann Éibhleann. »Rionach wollte von mir lernen, in die weit nach ihr liegende Zeit zu sehen, und was sie sah, gefiel ihr nicht. Daher beabsichtigte sie, diese zu ändern. Mein Preis dafür war ein Leben – ein mächtiges Leben.«

»Mein Leben«, ergänzte Domech nüchtern, woraufhin die seltsame Frau lediglich mit den Achseln zuckte.

»Aber was hättest du denn davon, wenn Domech tot ist?«, hakte Dana nach.

Éibhleann erhob sich ruckartig, auf einmal erschien sie Dana sehr viel größer, und ihre Augen leuchteten in einem deutlich intensiveren Grün, ihre Haare wallten in einem Wind, den Dana nicht verspürte.

»Mehr Macht für mich, größere Kräfte, mehr Ansehen bei meinem Volk.«

»Dann bist du tatsächlich eine Sídhe!«, schlussfolgerte Domech.

Plötzlich verzerrte sich Éibhleanns ansprechendes Gesicht, wurde grau und fahl, die Adern traten unnatürlich weit und bläulich hervor. »Sídhe, menschliche Frau, *ban-draoidh*, die Grenzen dazu sind fließend, auch wenn viele dumme Angehörige meines Volkes das anders sehen«, zischte sie, schoss nach vorne und griff nach Domech, aber dann geschah etwas sehr Beeindruckendes.

Er hielt seinen Stab schützend vor sich, murmelte leise Worte, und die Luft schien zu vibrieren. Es war, als würde augenblicklich eine Wand vor ihm entstehen, undurchsichtig, aber doch nicht zu durchdringen.

Éibhleann kreischte auf, stürzte sich nun auf Dana, die erschrocken zurückwich. Eine blasse Hand packte sie, Dana stolperte, ruderte mit den Armen und fiel nach hinten auf den Boden. Der Sturz raubte ihr die Luft, und im selben Moment war Éibhleann über ihr.

Das ist das Ende, schoss es Dana durch den Kopf, aber als Éibhleanns Finger sie berühren wollten, erstarrte die unheimliche Frau, wirkte für einen Moment verwirrt und drehte sich rasend schnell um.

Doch nun stand Domech drohend hinter ihr, sein gesundes Auge funkelte derart böse, dass es dem Blick von Éibhleann in nichts nachstand.

»Du sagst mir nun, Sídhe, weshalb Rionach als Geist in der

Zwischenwelt verweilt. Sonst werden wir dich gemeinsam vernichten.«

Die Frau schrie auf, konnte aber offenbar nicht an ihm vorbei.

Dana rappelte sich auf und war sich im Klaren darüber, dass Domechs Drohung eine leere war, denn sie selbst hätte nicht gewusst, was sie tun sollte.

»Du lässt mich ziehen, wenn ich es dir sage?«, verlangte Éibhleann zu wissen.

Der Druide bekundete seine Zustimmung durch ein bedächtiges Neigen seines Kopfes.

»Die Herrscher meines Volkes dulden es nicht, Vergangenheit oder Zukunft zu verändern«, gab sie widerwillig zu. »Nachdem Rionach es nicht gelang, dich zu opfern, lenkte ich eure Feinde auf ihre Spur, und als sie tot war, trafen wir uns im Feenreich, wo wir in Streit gerieten.« Gleichgültig hob Éibhleann die Schultern. »Sie wurde für ihre Taten gestraft und dazu verdammt, im Umkreis von hundert Schritten am Broch ihrer Ahnen zu verweilen und den Niedergang ihres Volkes mitzuerleben, ohne etwas dagegen tun zu können.«

Schlagartig wurde Dana klar, weshalb Rionach sie nicht weiter als bis zur Straße verfolgt hatte – das lag also an diesem Bann.

»Weshalb ihr gekommen seid, habe ich euch nun erzählt.« Ihr Blick wanderte von Dana zu Domech, ein Wind strich durch ihr langes Haar. »Jetzt lass mich gehen«, fauchte die Frau.

Nachdem Dana bei Domech leise Anzeichen von Erschöpfung bemerkte – Schweiß stand auf seiner Stirn, seine Hand zitterte –, war sie froh, als er den Stab senkte und Éibhleann verblasste, als würde sie im Wind vergehen.

Erleichtert sackten ihre Schultern nach unten, aber Domech hob eine Hand. »Wir ziehen uns langsam zurück. Behalte den Broch im Auge, Dana.«

Schritt für Schritt tasteten sie sich beide rückwärts zu den Pferden, Domech nach wie vor mit erhobenem Stab. Zu gern hätte Dana ihn einige Dinge gefragt, aber sie musste sich gedulden. Schließlich saßen sie auf den Pferden und entfernten sich eilig, wobei Domech noch immer nervöse Blicke über die Schulter warf.

»Was hatte das alles zu bedeuten?«, fragte Dana. »Wie war es dir möglich, Éibhleann zurückzuhalten, und …«

»Übe dich in Geduld«, erwiderte der Druide und ließ noch einmal seinen Blick über die Brochruine wandern.

Düster erhob sich das Gemäuer, hinter dem dräuende Wolken vorüberzogen. Dana vernahm ein leises Wehklagen, doch es mochte nur der Wind sein, denn Domech senkte nun seinen Stock.

»Mein Stab wurde in Feuer, Wasser und Rauch geweiht, und ich habe ihn aus dem Holz des Holunders geschnitzt.« Er klang, als würde das alles erklären, aber Dana hob nur fragend die Augenbrauen.

»Ich vergaß, du bist keine *ban-draoidh* unserer Zeit«, erinnerte er sich dann, wobei er ungläubig den Kopf schüttelte. »Das Holz des Holunderbusches ist uns heilig. Es besitzt Schutzkräfte und bannt böse Energien.«

»Das ist … nützlich«, formulierte es Dana vorsichtig.

»Ich sehe, du glaubst nicht an die Kräfte der Natur und der ihr innewohnenden Geister«, stellte er missbilligend fest. »Aber auch du musst bemerkt haben, dass Éibhleann dir nichts anhaben konnte – und das lag an dem Bernsteinamulett. Ihm wohnen ganz besondere Kräfte inne«, flüsterte er heiser, und Dana bekam eine Gänsehaut.

»Ja, kann schon sein«, gab sie widerwillig zu und strich gedankenverloren darüber. So verrückt das für ihren neuzeitlichen Verstand auch klang, in ihrem Herzen spürte sie, dass Ardan ihr mit seinem Geschenk das Leben gerettet hatte.

»Es gibt Vermutungen«, fuhr Domech fort, »über einen seit Tausenden von Sommern stattfindenden Kampf zwischen den Sippen der Sídhe. Manche von ihnen neiden uns Menschen unsere Sterblichkeit, unsere tieferen Gefühle, die Möglichkeit, immer wiedergeboren zu werden.«

»Das verstehe ich nicht«, wunderte sich Dana, »Sídhe leben doch ewig.«

»Aber sie entwickeln sich kaum weiter, können auf Dauer keinen anderen Körper annehmen – und manche denken, durch Menschenopfer selbst zu Menschen zu werden.«

»Puh!« Dana strich sich durch die Haare. »Das ist verrückt!«

»Schon häufig habe ich die Mächte der Sídhe genutzt«, gab Domech zu. »Die meisten von ihnen sind uns Sterblichen wohlgesinnt, helfen uns, wenn wir sie darum bitten, sie ehren und ihnen Opfergaben darbringen. Opfergaben wie Tiere, Nahrung oder Pflanzen. Dann verleihen sie einigen von uns stärkere Heilkräfte oder sonstige Gaben.«

»Dann gibt es sozusagen Gute und Böse unter ihnen«, schlussfolgerte Dana.

»So wie es auch bei den Menschen ist. Mein alter Lehrmeister sagte mir einmal, er vermute, die Sídhe würden den Menschen ihre Fähigkeit zu bedingungsloser Liebe neiden, würden ihre Wärme, ihr Feuer vermissen.«

»Im Augenblick wünschte ich, mir würde diese Fähigkeit fehlen«, sagte Dana leise zu sich selbst, und ihre Gedanken wanderten zu Ardan.

»Was meintest du?«

»Nichts.« Energisch riss sie sich von ihren Grübeleien los.

»Wie auch immer, nun wissen wir endlich, was Rionachs Beweggründe sind. Dana, ich möchte dir anbieten, dich einige Schutzzauber zu lehren, bevor du in deine Zeit zurückkehrst.«

Überrascht von Domechs Angebot sah sie ihn an. »Meinst du, das Amulett reicht nicht aus?«

Der Druide hob seine mageren Schultern. »Es mag sein, aber andererseits existiert Rionach nun schon eine sehr lange Zeit, und es wäre möglich, dass sie neue Bündnisse mit den Sídhe oder welchen Mächten auch immer geschlossen hat.«

»Na ja«, willigte sie zögernd ein, »schaden kann es nicht.«

»Nein, die Bannzauber, die ich dich lehre, sind keine Gefahr für dich.« Ein seltenes Lächeln zeigte sich auf seinem Gesicht. »Und du bist mir noch einige Geschichten aus der Zeit schuldig, in der du geboren wurdest.«

Von Dana völlig unbemerkt – zu sehr war sie in dem Gespräch über Éibhleann und die Sídhe und ihre eigenen wirren Gedanken vertieft –, hatten sie bereits die Brochs Dun Telve und Dun Troddan erreicht.

»Ja, das kann ich gerne tun«, versprach sie.

»So sei es denn.« Der Druide nickte ihr kurz zu und ritt den Berg hinauf, ohne sich noch einmal umzusehen.

Dana lenkte Righ zur Pferdeweide, sattelte ihn ab und schlenderte langsam zurück zum Dun Telve. Sie wusste einfach nicht, was sie von alldem halten sollte. Domech hatte sich als zuverlässig erwiesen, sie vor Éibhleann geschützt, trotzdem blieb ihr dieser Mann einfach unheimlich. Was er getan hatte, war das Magie gewesen? So viel Seltsames und Mystisches sie bisher schon als Wahrheit dieser Zeit erlebt hatte, so sehr weigerte sich ein Teil von ihr noch immer, diese fantastischen Begebnisse zu glauben.

Den restlichen Tag verbrachte sie damit, Brega bei der Wäsche zu helfen, denn dieser fielen die meisten Arbeiten inzwischen schon sehr schwer.

»Bald ist Lughnasadh«, erwähnte Brega irgendwann versonnen. »Ich bin gespannt, ob unser Kind vorher oder danach zur Welt kommt.«

Das Erntefest, dachte Dana unbehaglich, *dann ist bald August, verdammt, der Herbst rückt immer näher, und ich möchte mir gar nicht ausmalen, was meine Eltern, Marc und Scott denken.*

»Dana, was ist?«, lachte Brega plötzlich auf. »Möchtest du dieses Tuch erwürgen?«

Mit gerunzelter Stirn blickte Dana auf das Schultertuch in ihrer Hand. Tatsächlich hatte sie es derart fest ausgewrungen, dass nun kein Tropfen Wasser mehr darin war.

»Nein, ich dachte nur …«

»Ardan wird gesund zurückkehren«, versicherte die ältere Frau, doch so tröstend diese Worte auch gemeint waren, in Dana ließen sie nur die Wut erneut aufkeimen. An ihn wollte sie jetzt ganz bestimmt nicht denken.

»Ich hole noch die restliche Wäsche«, sagte sie und entfernte sich eilig in Richtung von Bregas Haus.

Eine gewisse Anspannung war während der folgenden Tage im gesamten Tal spürbar. Die Clanmitglieder fragten sich immer häufiger, wann Brude und seine Krieger heimkehren würden und ob Alauna etwas zugestoßen war. Männer und Frauen, ja selbst Kinder suchten mit ihren Augen die nahegelegenen Hügel ab. Nectan und Scetis kamen oft zum Dun Telve und versuchten, allen Mut zu machen und Optimismus zu versprühen, trotzdem blieb bei Dana ein ungutes Gefühl zurück, auch wenn sie sich einredete, von Rionach gewarnt worden zu sein, sollte um diese Zeit herum etwas Schlimmes geschehen. Doch konnte sie der Piktenkriegerin trauen? Hatte sie möglicherweise etwas verschwiegen, oder war durch Danas Eingreifen am Ende die Zeit ohnehin schon unwiederbringlich verändert worden? All dies plagte sie sehr, und so war sie äußerst missmutig, als sie an diesem Abend mit Áine am Lagerfeuer saß. Dass Ardans neue Freundin mit Brude und einigen anderen Brochbewohnern vom Dun Troddan heruntergekommen war, besserte ihre Laune nicht.

»Sag mal, weißt du eigentlich, wie dieses Mädchen heißt?«, erkundigte sich Dana bei ihrer Freundin.

Die junge Frau folgte Danas Blick. »Das ist Gwana.«

»Wie alt ist sie?«

»Ich denke, sie sollte einen Sommer weniger gesehen haben als ich«, mutmaßte Áine.

»Na toll!« Wütend warf Dana einen Stock ins Feuer. Also war diese Gwana gerade einmal achtzehn oder neunzehn und passte damit deutlich besser zu Ardan als sie selbst.

»Warum fragst du?« Áine musterte Dana besorgt.

»Weil … sie ist … verdammt!« In dem verzweifelten Versuch, ihre Tränen zu unterdrücken, presste sie ihre Fäuste gegen die Augen.

»Dana, was fehlt dir?« Áine legte mitleidig den Arm um sie und drückte sie an sich.

Auch wenn sich Dana ausgesprochen dumm vorkam, schluchzte sie auf und sagte dann unter Tränen: »Sie und Ardan … Ich habe sie beim letzten Fest zusammen gesehen. Er hat sich wohl in sie verliebt.«

»Was?« Áine riss ihre Augen weit auf, sah zu Gwana hinüber und schüttelte dann den Kopf. »Das kann ich mir nicht vorstellen.«

»Doch!« Energisch wischte sich Dana die Tränen fort. »Sie haben zusammen getanzt, er hat sie geküsst und dann sind sie im nächsten Gebüsch verschwunden.«

Fragend zogen sich Áines Augenbrauen zusammen. »Vielleicht hat er sich mit ihr vergnügt, aber ich bin mir sicher, er ist dir weitaus mehr zugetan.«

Dana schnaubte wütend. »Das sieht man ja! Ach verdammt, wahrscheinlich ist es sowieso besser, er sucht sich eine andere.«

»Weshalb sagst du das?«, wunderte sich Áine.

»Weil … weil …« Dana fuchtelte wild in der Luft herum. »Erstens bin ich älter als er, und zweitens werde ich ohnehin bald gehen.«

»Wirst du Abschied von uns nehmen und zu den *ban-draoidh* zurückkehren?« Nun sah Áine sehr traurig aus.

»Ja, vielleicht … so ähnlich«, antwortete sie ausweichend, denn sie wollte Áine nicht mit verrückten Geschichten aus der Zukunft belasten.

»Aber Mael hat dich doch so gern, und Ardan liebt dich, da bin ich mir sicher«, sagte sie sanft, dann lächelte sie vorsichtig. »Und du liebst ihn auch, das spüre ich schon lange.«

Dana versteckte ihr Gesicht in den Händen und wusste gar

nicht mehr, was sie denken sollte. Natürlich hatte Áine Recht, sie hatte sich in Ardan verliebt. Aber konnte sie wirklich alle Zelte hinter sich abbrechen und für immer in dieser Zeit bleiben? Schon wegen Drostan hatte sie mit diesem Gedanken gespielt, aber bei Ardan war sie sich nicht sicher, ob er ihre Gefühle erwiderte und selbst wenn – sie war sich nicht im Klaren, was sie wollte.

Tröstend streichelte Áine ihr über den Kopf. »Sag ihm einfach, was du fühlst, wenn er zurückkommt, und dann kannst du immer noch entscheiden, ob du zu den *ban-draoidh* zurückkehrst, falls er ernsthaft um Gwana wirbt.« Áine lächelte traurig. »Ich würde dich allerdings sehr vermissen.«

»Ich dich auch«, schniefte Dana.

Schließlich machte ihre Freundin sie darauf aufmerksam, dass Nectan mit Gwana flirtete, und die junge Frau schien nicht abgeneigt zu sein.

»Nectan macht sich doch an jedes halbwegs ansehnliche Weib heran, und diese Gwana ist verdammt hübsch!«

»Während der letzten Monde hat sich Nectan sehr um Scatis bemüht«, meinte Áine mit Verwunderung in der Stimme, was Dana gegen ihren Willen schmunzeln ließ. Doch völlig würde sich Nectan vermutlich niemals ändern. »Aber auch du bist von Branwen, der Göttin der Schönheit gesegnet, Dana«, fügte ihre Freundin noch lächeln hinzu.

»Ich?« Schnaubend fuhr sich Dana durch ihre Haare. »An mir ist nichts Besonderes. Gwana hat wunderhübsche rotblonde Locken, sie ist deutlich jünger und …«

»Was hast du nur immer mit deinem Alter?«, lachte Áine, dann runzelte sie die Stirn. »Bist du tatsächlich älter als Ardan?«

»Zwei Sonnenwenden«, gab sie grummelnd zu.

Dies schien Áine sehr zu verwundern, aber dann hob sie die Schultern. »Ich wäre niemals auf den Gedanken gekommen, du könntest älter sein als ich.« Sie ließ ihren Blick über Dana schweifen. »Dein Haar hat die Farbe von dunklem Holz, deine Haut ist ebenmäßig und glatt, und ich habe niemals jemanden gesehen, der so schöne weiße und gleichmäßige Zähne hat wie du.«

Es lebe der Kieferorthopäde, dachte Dana. *Hat sich wohl doch gelohnt, mit vierzehn von einer Zahnspange gefoltert worden zu sein.*

»Ich finde, du bist eine der hübschesten Frauen hier im Tal«, fuhr Áine fort. »Sieh nur, Gwana ist eine einfache Magd, keine Kriegerin wie du. Heute mag der ein oder andere Mann ihre ausladenden Hüften anziehend finden, aber in spätestens fünf Sommern wird sie einen Hintern haben wie ein Kriegsross.«

Gerade trank Dana einen Schluck Honigwein, um ihre raue Kehle zu befeuchten, aber nun prustete sie diesen ins Feuer.

Áine, offensichtlich froh, sie erheitert zu haben, zwinkerte ihr zu, und nun begannen die beiden Freundinnen, nach Fehlern in Gwanas jugendlichem Erscheinungsbild zu suchen. Es bereitete Dana ein diebisches Vergnügen, mit ihrer Freundin zu lästern, und irgendwann bogen sie sich vor Lachen und konnten sich über die kleinsten Dinge amüsieren. Es war ein wenig so wie früher, während ihrer Schulzeit mit Marita, nur war ihr Áine mittlerweile deutlich mehr ans Herz gewachsen. Am Ende des Abends war Dana beschwipst, aber irgendwie seltsam gelöst. Arm in Arm hüpfte sie mit Áine in Richtung Broch, wobei sie reichlich schräg vor sich hin sangen. Den kritischen Blick der Kräuterfrau ignorierten sie gekonnt und kicherten nur, als die alte Frau den Kopf schüttelte.

»Danke, Áine, das war der schönste Abend seit Langem«, sagte Dana zu ihrer Freundin.

»Auch mir hat der Abend Freude bereitet, Dana.« Áine wollte wohl einen Knicks machen, fiel dabei jedoch hin und hielt sich prustend an Dana fest. Dann räusperte sie sich und fasste sie fest an den Schultern. »Sobald Ardan wieder hier ist, sprichst du mit ihm.«

Dana biss sich auf die Lippe. »Was ist, wenn ihm vorher etwas zustößt? Drostan starb auch, bevor ich ihm sagen konnte …«

»Nein, Dana«, Áine legte einen Finger auf ihre Lippen, »diesmal wird es anders sein.« Damit verschwand sie in einer der ungemütlichen Seitenkammern neben der Treppe, in denen die Bediensteten schliefen.

Lange noch musste Dana über Áines Worte nachdenken, bis sie endlich in einen tiefen Schlummer verfiel.

Auch am nächsten Morgen sprach ihre Freundin noch einmal eindringlich mit ihr. »Ich habe Ardan schon eine Weile beobachtet. So wie er dich ansieht, hat er allerhöchstens Rionach angeschaut.«

»Rionach.« Grübelnd nippte Dana an einem Becher mit Kräutertee. Sie stand mit Áine im Eingang zum Broch und sah hinaus in den leichten Nieselregen, der die Blätter der Bäume zum Glänzen brachte. »Kannst du ein Geheimnis für dich bewahren?«

Die blonde junge Frau nickte nachdrücklich. »Selbstverständlich.«

Obwohl Dana nicht wusste, ob es richtig war, erzählte sie Áine von ihren Erlebnissen mit Domech und Ardan, und auch ihr Zusammentreffen mit Éibhleann schloss sie in ihre Schilderungen ein. Ihre Freundin wurde immer blasser, schüttelte fassungslos den Kopf und musste sich schließlich an den rauen Wänden festhalten.

»Das kann ich kaum glauben«, stieß sie hervor.

»Ich weiß, es klingt verrückt, aber das alles entspricht der Wahrheit.« *Und wenn ich dir jetzt noch sagen würde, dass ich aus der Zukunft komme, würde ich dich bestimmt völlig überfordern*, fügte sie in Gedanken hinzu.

»Rionach war mit den Sídhe im Bunde«, wiederholte Áine und sah Dana erschrocken an. »Du darfst es Brude und Alauna nicht sagen, es würde ihnen das Herz brechen.«

»Natürlich nicht«, versicherte Dana eilig.

Nachdem sich Áine etwas von dem Schrecken erholt hatte, grinste sie schon wieder. »In jedem Fall wird das Ardan von seinen Schuldgefühlen und seiner übermäßigen Trauer befreit haben.«

»Ja, das schon.« Fröstelnd schlang Dana ihre Arme um den Oberkörper. Sie wünschte sich, er würde zurückkehren und sie könnte mit ihm sprechen – auch wenn sie sich gleichzeitig davor fürchtete.

Noch zwei lange Tage und Nächte musste Dana ausharren, dann begannen plötzlich die Pferde zu wiehern, und kurz darauf ertönte Hufgetrappel. Gespannt legten die Bewohner des Brochs ihre Arbeit nieder und blickten in westliche Richtung. Reiter kamen in Sicht, und wenige Augenblicke später trafen die ersten Krieger mit guten Nachrichten ein. Alaunas Gruppe war nicht angegriffen worden, so wurde berichtet, sondern ein Erdrutsch hatte sie aufgehalten, und sie hatten – mit vielen Handelswaren bepackt – einen weiten Umweg auf sich nehmen müssen. Nun waren alle spürbar erleichtert, umarmten sich, lachten und scherzten miteinander, ein Fass mit Wein aus dem Süden wurde auf der Stelle geöffnet.

»Wo ist Ardan?«, erkundigte sich Dana bei Brude.

»Vorhin war er noch bei den Pferden«, erklärte der Clanführer. »Donn hat sich eine Verletzung am Sprunggelenk zugezogen, die Ardan noch behandeln wollte.«

Sofort rannte Dana los, freute sich darauf, ihn zu sehen, doch je näher sie der Pferdeweide kam, umso zögerlicher wurden ihre Schritte. Sie scheute sich, ihm ihre wahren Gefühle zu offenbaren.

Bei der Weide angekommen, stutzte Dana – bis auf ein paar zottelige Hochlandrinder war sie leer. Wo waren die Pferde abgeblieben?

»Verdammt, Brude, du hättest mir auch sagen können, dass die Pferde jetzt auf einer anderen Weide stehen«, schimpfte sie vor sich hin, dann machte sie sich wütend auf den Weg zurück zum Broch. Auf halbem Weg kamen ihr zwei Jungen und ein Mädchen, mit Stricken und ledernen Pferdhalftern in den Händen entgegen.

»Wisst ihr, wohin die Pferde gebracht wurden?«

»Ja, *ban-draoidh*«, versicherte das Mädchen und deutete mit einem dünnen Finger zum Hang. »Dort oben, das Gras auf der unteren Weide ist abgefressen.«

»Danke.« Sofort eilte Dana den Berg hinauf und war völlig außer Atem, als sie die Hochweide erreichte. Zwischen knorrigen Bäumen grasten Donn, Righ sowie die übrigen Kriegspferde des Clans. Ein vorwitziges Fohlen mit cremefarbenem Fell kam neugierig auf sie zu und zupfte an ihrem Rock.

»Frechdachs«, schalt sie ihn und gab ihm einen leichten Klaps auf die Nase, woraufhin es einen Bocksprung machte und davongaloppierte. Schmunzelnd sah sie dem kleinen Kerl nach, dann suchten ihre Augen nach Ardan. Er musste vor Kurzem hier gewesen sein, denn an Donns rechtem Sprunggelenk klebte eine bräunliche Masse, die noch nicht getrocknet war. Aber ihn selbst konnte sie nicht ausmachen.

»So ein Mist!« Dana trat zu dem braunen Hengst, streichelte ihm über den muskulösen Hals und vergrub ihr Gesicht in seiner schwarzen Mähne. »Ich wollte deinem Herrn etwas wirklich Wichtiges sagen«, murmelte sie. »Aber vermutlich wäre ich ohnehin zu feige gewesen, ach verdammt, warum ist das alles nur so kompliziert?«

Vertrauensvoll legte ihr das Pferd den Kopf auf die Schulter und schnupperte an Danas Hals, was sie zum Lachen brachte.

»Bei diesem Anblick könnte man beinahe eifersüchtig werden«, erklang plötzlich Ardans Stimme. Er trug lediglich eine braune Hose, Wasser lief aus seinen Haaren über seine nackte Brust. Sattel, Zaumzeug und ein schmutziges Hemd hingen über Arm und Schulter.

»Wo kommst du denn her?«, fragte Dana, da ihr nichts Besseres einfiel. Er ließ seine Reitausrüstung auf den Boden sinken, kramte in der Satteltasche und zog sich ein frisches Hemd über. »Von der Quelle. Ich habe Donns Verletzung behandelt und mir anschließend den Schmutz abgewaschen.«

»Aha.« Sie blickte zu Boden, so als könnten ihre Schuhspitzen ihr sagen, wie sie am besten beginnen sollte. Donn graste wieder, und sie vermisste seinen Kopf auf ihrer Schulter. Auf einmal kam sie sich einsam vor.

»Alauna und den anderen geht es gut«, berichtete Ardan nun.

»Hab ich schon gehört.«

»Ach so.«

Auch Ardan schien auf einmal unsicher, trat nervös auf der Stelle und meinte schließlich: »Ich denke, ich werde jetzt zum Broch gehen.«

»Ja, Gwana wartet sicher schon sehnsüchtig auf dich«, rutschte es Dana heraus und hätte sich in den Hintern treten können, denn sie merkte selbst, wie zickig das klang.

Ardan dagegen stutzte und zuckte die Schultern. »Mag sein.«

Kurz schloss Dana die Augen, atmete tief durch und nahm all ihren Mut zusammen. »Hast du ernsthafte Absichten mit ihr?«

»Wie meinst du das?«

»Soll sie deine neue Frau werden?«

»Ähm, na ja, also …« Er räusperte sich. »Wie kommst du darauf?«

»Ich habe euch gesehen, vor einigen Tagen, als ihr am Feuer getanzt habt.«

»Hat dich das gestört?«, fragte er, wobei seine Stimme ein wenig atemlos klang. Langsam trat er näher heran.

»Nein!«, rief Dana aus, dann runzelte sie zornig die Stirn und sah zu ihm auf. »Doch, es hat mich gestört!«

Jetzt stand er direkt vor ihr, musterte sie mit seinen braunen Augen stumm, und sie hatte den Eindruck, Trauer darin zu erkennen.

»Ich dachte damals, als wir uns von Drostan und Rionach verabschiedet hatten …«, Dana brauchte wirklich allen Mut, um weiterzusprechen. »Da dachte ich … Also ich glaubte gespürt zu haben, dass du etwas für mich empfindest.« Erschrocken von ihrer eigenen Courage sah sie ihn an. »Es mag sein, dass ich mich getäuscht habe, aber dann sag es bitte.«

»Du hast dich nicht getäuscht«, erwiderte Ardan leise und senkte den Blick. »Dana, ich glaube, ich liebe dich schon seit einer ganzen Weile. Wirklich zulassen und es mir eingestehen konnte ich es allerdings erst, nachdem Domech mir die Augen geöffnet und mir die Wahrheit über Rionach entgegengeschleudert hat.«

»Aber verdammt noch mal, warum machst du dann mit diesem Mädchen rum?«, brach es aus ihr hervor.

»Was mache ich?«

Sie verdrehte die Augen. »Weshalb küsst du sie und nicht mich? Tanzt mit ihr und …«

Er biss sich auf die Lippe. »Weil du nicht hierher gehörst, weil du bald gehen wirst, und ich weiß ohnehin nicht, wie ich das ertragen soll.«

Dana torkelte nach hinten. »Nur deswegen hast du dir eine andere gesucht?«

Er lächelte betrübt. »Ich habe versucht, mich abzulenken, zu sehen, ob mir auch eine andere Frau etwas bedeuten könnte – aber so ist es nicht.«

Dana fuhr sich über das Gesicht, verwirrt über die widerstrebenden Gefühle, die sie durchfluteten. Also liebte Ardan sie doch, hatte sich nur nicht an sie binden wollen, weil sie gesagt hatte, sie müsste in ihre Zeit zurückkehren.

»Und wenn ich bliebe?«, fragte sie atemlos.

Er öffnete den Mund, schloss ihn wieder, trat jetzt ganz nah zu ihr und keuchte dann: »Könntest du dir das vorstellen?«

Als sie vorsichtig nickte, umarmte er sie, drückte sie ganz fest an sich und wirbelte sie schließlich herum. »Weißt du eigentlich, wie sehr ich mir gewünscht habe, dass du genau das zu mir sagst?«

»Ardan!«, lachte Dana. »Wenn du mich jetzt zerquetschst, hast du auch nichts mehr von mir!«

Er ließ sie herunter, streichelte ihr Gesicht und sah ihr mit einem Strahlen in die Augen, das sie noch niemals zuvor bei ihm gesehen hatte. »Du möchtest wirklich bei Mael und mir bleiben?« Nach wie vor klang er ungläubig und hielt ihre Hand so fest, als befürchtete er, sie könnte sich augenblicklich in Luft auflösen und in die Zukunft entschwinden.

»Ja, das möchte ich.« Vielleicht spürte Dana erst jetzt, wie ernst sie das meinte. »Es kann sein, dass ich noch einmal kurz zurückgehe, aber ich würde in jedem Fall wieder zu dir kommen und …«

Jede weitere Erklärung erstickte Ardan mit einem leidenschaftlichen Kuss, und er umarmte sie mit solch einer Inbrunst, dass Dana die Luft wegblieb. Der Kuss schien ewig zu dauern, und ein Teil von Dana wünschte sich, er würde niemals enden. Dann nahm Ardan ihr Gesicht in seine Hände, ganz sanft, und streichelte über ihre Wangen. »Du kannst dir vermutlich gar nicht vorstellen, wie glücklich du mich machst.«

Er nahm sie an der Hand, führte sie zu einer sonnigen Lichtung, auf der das Heidekraut langsam zu erblühen begann. Dort ließ er sich nieder, zog sie auf den Boden und küsste sie erneut.

In diesem Moment wurde Dana bewusst, wie sehr sie sich nach ihm gesehnt hatte, gab sich seinen feurigen Küssen hin, ließ es zu, dass er ihre Bluse aufschnürte, ihren Körper liebkoste. Als er auf den BH stieß, stutzte er kurz, aber sie öffnete ihn kurzerhand und schleuderte ihn fort. »Selbst Männer meiner Zeit sind mit diesen Dingern überfordert«, meinte sie frech.

Dann erforschte er mit seinen Händen weiterhin ihren Körper, und wohlige Schauer durchfuhren Dana in einer Intensität, die sie noch niemals zuvor verspürt hatte. Sie zog auch ihm das Hemd über den Kopf, ließ ihre Finger über seinen von Narben gezeichneten Rücken gleiten, woraufhin er aufstöhnte. Atemlos ergaben sie sich ihrer Lust, entledigten sich eilig ihrer restlichen Kleidungsstücke und liebten sich mitten im Heidekraut, während Sonne und Wolken bizarre Schatten auf ihren nackten Körpern tanzen ließen. Dana hatte das Gefühl, sie müsste zerbersten. Dies war das eindringlichste Erlebnis, das sie jemals gehabt hatte, urtümlich, wild und grenzenlos. Ardan war leidenschaftlich und hitzig, aber keineswegs brutal oder unsensibel. Dana und Ardan wurden eins mit diesem Land, das ebenso frei und ungezähmt war wie sie selbst, und Dana glaubte, einen Teil der Ewigkeit zu erfassen, des großen Ganzen, das sie umgab. Nachdem sie sich beide ihrem Höhepunkt hingegeben hatten, legte Ardan sie sanft auf sein ausgebreitetes Hemd, umschloss sie mit seinen Armen und verbarg sein Gesicht in ihren Haaren.

Dana ließ sich von diesem unbeschreiblichen Glücksgefühl durchströmen, blickte in den blauen Sommerhimmel und wünschte sich, sie könnten für immer hier liegen bleiben.

Zärtlich fuhren ihre Finger über seinen vernarbten Rücken, sein Gesicht, und auf einmal saß ihr ein Kloß in der Kehle. Er schien es gespürt zu haben, denn er sah sie unvermittelt an. »Was denkst du?«

»Du hast viele Schlachten geschlagen«, sagte sie heiser.

»Ja.« Er lächelte, küsste ihre Finger, ihre Stirn. »Das ist Teil meines Lebens.«

Auch die lange, dünne, inzwischen schon verblasste Narbe an seiner Wange, die sie zu Anfang so abstoßend gefunden hatte, berührte sie vorsichtig, zeichnete sie mit dem Finger langsam nach. Jetzt fand sie sie nicht mehr schlimm, nein, sie war ein Teil von ihm, ein Teil, den sie liebte. »Wo hast du die her?«

Ardan zog sie enger an sich und schützte sie so vor dem kühlen Wind, der sich plötzlich erhob. »Ein Kampf gegen die Domnann, es war nicht lange, nachdem Rionach starb. Ich war unachtsam und voller Zorn.«

»Aber jetzt wirst du auf dich achten«, verlangte sie, von einer jähen Angst erfüllt.

»Du hast mein Wort«, versprach er. »Ich habe wieder etwas, wofür es sich zu leben lohnt, und du hast es mir gezeigt.«

Erneut küsste er sie, und in aufflammender Leidenschaft liebten sie sich noch einmal auf der einsamen Berglichtung, diesmal langsam und vorsichtig, und lagen sich am Ende eng umschlungen in den Armen. Dana genoss es, in einem Zustand zwischen Wachen und Schlafen, ihren Kopf an Ardans Brust gelegt, in der Sonne zu dösen. Insekten summten, Vögel zwitscherten in den Bäumen, und aus der Ferne drang hier und da leises Pferdeschnauben zu ihnen herüber.

»Ich glaube, Domech hat sich doch nicht geirrt«, flüsterte Ardan ihr irgendwann ins Ohr.

»Womit?«, fragte sie verwundert.

»Du bist doch eine Sídhe.«

Dana lachte hell auf. »Wie meinst du das jetzt?«

Er küsste sie auf die Stirn. »Du hast mich ins Feenreich entführt, und ich habe Angst, plötzlich aufzuwachen.«

»Na, dann bleib doch einfach mit mir im Feenreich«, schlug sie lächelnd vor.

»Für immer hier verweilen – was für ein verlockender Gedanke«, seufzte Ardan.

Eine ganze Weile blieben sie stumm und froh um die Gegenwart des anderen im Heidekraut liegen, aber dann meinte Dana: »Ardan, dein Magen knurrt.«

»Gar nicht wahr«, behauptete er.

»Doch!«

»Du willst mich nur aus dem Feenreich werfen«, knurrte er und piekste sie in die Seite, was Dana zum Kichern brachte.

»Du hast bestimmt noch nichts gegessen, außerdem wird es langsam kalt.«

Stur schloss er die Augen. »Ich könnte dich noch einmal wärmen.«

»Das mag sein, aber es würde trotzdem ungemütlich werden. Sieh nur.«

Mit einem unwilligen Brummen hob er ein Augenlid und folgte Danas ausgestrecktem Finger, der in den Himmel zeigte. Dunkle Wolken waren aufgezogen, und unten im Tal ging schon ein Schauer nieder.

»Also gut«, gab Ardan nach.

Sie kleideten sich rasch an, Ardan sammelte sein Sattelzeug

ein, dann machten sie sich auf den Rückweg zum Broch. Seite an Seite schritten sie nebeneinander her, und immer wieder trafen sich ihre Blicke – Blicke voller Zärtlichkeit. Als sich ein Regenbogen über den östlichen Bergen spannte, hielt Ardan Dana an der Schulter fest.

»Das ist ein gutes Zeichen, beim Volk der Dalriadaner heißt es der Legende nach, Aengus Og, der Gott der Liebe und der Jugend, geht in der Welt umher und webt den Regen und das Feuer der Sonne zu einem gewaltigen Bogen, um die Seelen der Liebenden für immer zu vereinen. Wer seine wahre Liebe gefunden hat und einen Regenbogen sieht, kann sich sicher sein, dass sein Seelengefährte auch an ihn denkt, selbst wenn einer von ihnen schon in der Anderswelt verweilt.«

»Das ist eine schöne Legende.« Dana schlang ihre Arme um ihn, und gemeinsam betrachteten sie den Regenbogen, der in den intensivsten Farben leuchtete und einen faszinierenden Kontrast zum Grün der bewaldeten Berge bildete.

»Bist du eigentlich Dalriadaner oder Cruithni?«, erkundigte sich Dana, nachdem sie ihren Weg fortsetzten.

»Beides.« Ardan lächelte sie an. »Mein Urgroßvater kam über das Meer aus Dalriada und verband sich mit einer Kriegerin der Cruithni weiter im Süden. Mein Vater war ein wandernder Krieger, der unterschiedlichen Clanführern seine Dienste mit dem Schwert anbot. Kurze Zeit fand er eine Gefährtin, eine Kriegerin der Stämme des Nordens, meine Mutter. Leider starb sie, als ich noch sehr klein war, und mein Vater nahm mich mit sich. Schließlich landete er bei Nectan, wo er sich eine Magd zur Frau nahm, die mich wie ihren Sohn aufzog.«

»Dann bist du gar nicht hier geboren«, wunderte sich Dana.

»Nein.« Ardan atmete tief durch. »Aber ich liebe dieses Tal, als wäre es der Ort meiner Geburt.«

»So geht es mir inzwischen auch«, stimmte Dana zu, was Ardans Augen mit einem glücklichen Glanz erfüllte.

Kapitel 29

Die Wärme des Sommers

Offensichtlich sah man Dana und Ardan ihr neu gefundenes Glück an, und es sprach sich wie ein Lauffeuer herum. Noch am gleichen Abend wurde Dana stürmisch von Áine umarmt.

»Ich wusste schon lange, dass ihr zusammengehört«, beteuerte ihre Freundin gerührt.

Alauna bot an, einige Krieger umzuquartieren, damit sich Dana und Ardan ein gemeinsames Lager im zweiten Stockwerk herrichten konnten, und Brega drückte stumm und glücklich Danas Hand, als sie sich kurz während des Abendessens sahen. Also bezogen sie ein mit Decken abgetrenntes Abteil des Turmes, und auch Mael sollte fortan in ihrer Nähe schlafen.

»Du musst mit Gwana sprechen«, verlangte Dana zwei Tage später.

»Warum?«, entgegnete Ardan mit vollem Mund, denn er verspeiste gerade eine Hasenkeule.

»Weil du ihr Hoffnungen gemacht hast und diese nun nicht erfüllen wirst«, meinte sie energisch.

»Wer sagt denn, dass ich das nicht vorhabe?«, fragte er frech grinsend.

Dana schlug ihm auf die Schulter, woraufhin er abwehrend seine Hände hob und sein Abendessen fallen ließ. Einer der Hütehunde schnappte sich auf der Stelle den unverhofften Leckerbissen und ergriff die Flucht. »Du glaubst doch nicht im Ernst …«

Ardan lachte laut, hielt Dana die Hände fest und küsste sie dann trotz energischen Protests.

»Du bist vielleicht keine Cruithni, aber ich denke, etwas von ihrem kämpferischen Blut fließt auch in deinen Adern. Außerdem bist du eine Art *ban-draoidh*, und ich würde mir niemals anmaßen, mir den Zorn einer der weisen Frauen zuzuziehen.«

»Das will ich aber auch hoffen!«, betonte Dana, und als er sie endlich losließ, strich sie sich energisch eine Haarsträhne zurück. »Es mag durchaus sein, dass ich eine Nachfahrin der Cruithni bin. Mein leiblicher Vater stammt aus den Highlands.« Plötzlich durchzuckte sie ein schlechtes Gewissen, als sie an ihre Familie und Scott dachte.

»Dana, was ist, ich habe doch nur Spaß gemacht«, versicherte Ardan, sichtlich verwirrt, dass sie nun betrübt zu Boden blickte. »Niemals würde ich eine andere Frau neben dir wollen.«

»Das ist es nicht.« Sie atmete tief durch. »Ich bin im letzten Herbst ohne eine wirkliche Erklärung verschwunden – ich hätte schon längst zurückgehen müssen.«

»Darüber wollte ich ohnehin mit dir sprechen«, sagte Ardan ernst. »Ich halte es für keinen klugen Gedanken, dich Rionachs Zorn auszusetzen. Sie ist gefährlich und wird sich möglicherweise an dir rächen, wenn du ihr Mael nicht bringst.«

»Domech hat versprochen, mich zu unterrichten.« Während der letzten Tage hatte Dana gar nicht mehr an den Druiden gedacht. Sie war so gefangen in ihrem neuen Liebesglück, dass ihr nichts anderes in den Sinn gekommen war. Die Tage mit Ardan und Mael waren ihr wie der Gipfel all ihrer Träume vorgekommen, und die Abende und Nächte ein Rausch der Leidenschaft. Die Gedanken an die Zukunft ließen sich trotz allem nicht ausschalten. Zwar hatte sie sich vor längerer Zeit ein Hormonstäbchen zur Verhütung einsetzen lassen, aber dieses hätte eigentlich in diesem Sommer ausgetauscht werden müssen und die Wirkung konnte möglicherweise bereits nachlassen. Andererseits störte sie die Vorstellung, Mael ein Geschwisterchen zu schenken, überraschenderweise gar nicht so sehr. Von ihr aus konnte ein Baby noch eine Weile warten, aber grundsätzlich hätte sie nichts dagegen gehabt.

»Und du meinst, er weiß, wie man gegen einen Geist bestehen kann?«, hakte Ardan nun nach.

»Er ist ein mächtiger Mann und konnte sich sogar gegen Éibhleann wehren.« Dana biss sich auf die Lippe, denn eigentlich hatte sie Ardan nichts von ihrer Begegnung mit der Sídhe erzählen wollen.

Doch natürlich bedrängte er sie sofort, alles zu berichten, auch wenn sie versuchte, sich herauszureden. Am Ende war er knallrot angelaufen und beschimpfte sie, sich solch einer Gefahr ausgesetzt zu haben.

»Domech hatte mit den Anschuldigungen Rionach gegenüber Recht, dennoch kannst du ihm nicht völlig vertrauen. Wer weiß, was er mit dir vorhat. Wie konntest du nur so dumm sein, allein mit ihm zu gehen?«

»Ich bin überhaupt nicht dumm!«, regte sie sich auf. »Und du warst ja anderweitig beschäftigt.«

»Versuch nur nicht, dich zu rechtfertigen!«

Wütend sprang sie auf. »Ich rechtfertige mich, solange ich will, und du hast mir auch nicht vorzuschreiben, was ich zu tun und zu lassen habe!«

»Was kommt dir in den Sinn, so zu sprechen?«, ereiferte sich Ardan, und seine Augenbrauen zogen sich bedrohlich zusammen. »Ich bin jetzt für dein Wohlergehen verantwortlich, und wenn wir zu Lughnasadh im Angesicht der Götter unser Versprechen bekannt geben …«

»Vielleicht sollte ich mir das noch einmal überlegen«, fauchte Dana, stürmte in die Nacht davon und schlug den Weg zum Fluss ein. Im Augenblick wollte sie alleine sein.

Na toll, dachte sie, *das ist jetzt wohl der erste Streit – und das schon nach ein paar Tagen. Ardan ist eben doch nur ein verfluchter, sturer Urzeitmensch*!

Nachdem ihr eigener Zorn langsam verrauchte, konnte sie den von Ardan sogar ein Stück weit verstehen. Sie selbst hatte Domech gegenüber Bedenken gehabt, und die Reise in die Zukunft – selbst wenn sie nur von kurzer Dauer sein sollte – barg vielerlei Gefahren. Vielleicht hatte sie auch nur so heftig reagiert, weil ihr das selbst klar war. Allerdings störte es sie, dass Ardan ihr Vorschriften machen wollte. Sie schlenderte zur Eberesche und betrachtete sie nachdenklich. Wenn sie den Trank nahm, würde sie ins einundzwanzigste Jahrhundert zurückkehren können. Aber was war, wenn Rionach sie nicht wieder zurückließ? Schaudernd schlang Dana die Arme um ihren Oberkörper. Selbst wenn sie sich im Moment über Ardan ärgerte, sie konnte sich schon jetzt nicht mehr vorstellen, ohne ihn oder Mael zu leben, ohne die Freunde, die sie im Tal gefunden hatte. Aber sollte sie Scott, Marc und ihre Eltern für den Rest ihres Lebens im Unklaren lassen, was mit ihr geschehen war?

Am Stamm des alten Baums ließ sie sich auf den Boden sinken. Diese Eberesche gab es in der Zeit, in der sie geboren war, gar nicht mehr, aber wie es aussah, war dieser Platz doch von einer gewissen Magie erfüllt, und hunderte Ebereschen waren vermutlich während der Jahrtausende an dieser Stelle gewachsen.

Ihr Blick wanderte zur lichten Krone hinauf, wo Sterne zwischen den Blättern hindurchblitzten und ihr das Gefühl gaben, kleine Lichter würden zwischen den Zweigen tanzen. Glühwürmchen schwirrten vorbei, und eine Fledermaus glitt leise durch die Nacht. Vom Fluss her zog leichter Nebel auf, schlingerte geisterhaft zwischen Bäumen, Büschen und hohem Gras und bedeckte alles mit einem sanften Schleier.

Dana glaubte, einem Trugbild zu erliegen, als sie im Nebel eine schmale Gestalt entdeckte, die gleich darauf wieder verschwand. Doch nur Augenblicke später war sie erneut zu sehen, eine sehr schlanke Frau oder ein Mädchen, Mondlicht fing sich in ihrem silbernen Haar. Auch das Mädchen verharrte, dann trat es auf Dana zu.

»Ich habe wohl die Grenze überschritten«, sagte es leise und klang schuldbewusst.

Dana kniff die Augenbrauen zusammen. »Ich kenne dich«, stieß sie hervor.

»Ich bin La'fira«, freute sich die junge Sídhe, die Dana schon bei ihrem ersten Besuch im Feenreich getroffen hatte.

»Träume ich?«, fragte Dana verwirrt.

»Das wäre möglich.« Anmutig ließ sich die Fee neben Dana ins Gras sinken. »Im Traum verschwimmen die Grenzen zwischen dem Reich der Menschen und dem der Sídhe.«

Inzwischen war sich Dana darüber im Klaren, dass man mit den Feen vorsichtig sein musste, aber vor La'fira fürchtete sie sich überraschenderweise nicht.

»Du siehst traurig aus«, stellte die junge Fee fest.

»Ich weiß einfach nicht, was ich tun soll«, seufzte Dana. Selbst wenn dies ein Traum war, schadete es sicher nicht, sich mit La'fira über ihr Problem zu unterhalten, und daher erzählte sie von Rionach, ihren Eltern und Scott, der zu jedem Voll- und Neumond am Broch auf sie wartete. Die Fee hörte aufmerksam zu und seufzte tief, als Dana von ihrer Liebe zu Ardan sprach.

»Das muss wunderschön sein«, bemerkte La'fira traurig.

»Stimmt es wirklich, dass ihr nicht so lieben könnt wie ein Mensch?«

Sie zuckte mit ihren schmalen Schultern. »Einige von uns können Liebe empfinden, aber sie ist meist flüchtig, nicht so innig, wie du sie beschreibst, und viele von uns wünschen sich ein sterbliches Leben.«

Noch immer konnte Dana das kaum glauben, aber anscheinend hatte Domech auch damit Recht behalten. »Ich habe sogar schon daran gedacht, Ardan und Mael mit in meine Zeit zu nehmen«, erwähnte sie, woraufhin La'fira zu lachen begann.

»Wie kommst du denn auf solch einen dummen Gedanken?«

»Was bitte soll daran dumm sein?«, entgegnete Dana wütend. »Sofern Rionach die Wahrheit gesprochen hat, wird es in diesem

Tal bald zu einem schlimmen Kampf kommen, und wenn ich Ardan und Mael vorher in Sicherheit bringe, könnte ich sie retten. Nur weiß ich nicht, ob sie in meiner Welt zurechtkommen würden.«

»Dana, nur *ban-draoidh* können durch die Zeit reisen«, erklärte La'fira ernst. »Haben dir deine Lehrmeister das nicht beigebracht?«

Sie zog ihre Stirn kraus. »Ich hatte gar keine Lehrmeister, und in meiner Zeit gibt es auch keine *ban-draoidh* mehr. Dann könnte Ardan gar nicht mit mir kommen?«

»Nein.« Sie schüttelte energisch den Kopf. »Nur magiekundigen Frauen ist es möglich, und auch nur sehr wenigen. Sie sind stärker mit der Mutter Erde und ihren Mächten verbunden, als es weise Männer jemals sein könnten. Außerdem«, sie hob mahnend den Finger, »darfst du Vergangenheit und Zukunft nicht in diesem Maße verändern, denn sonst zahlst du einen hohen Preis dafür. Du hast es bei Rionach gesehen. Sie existiert zwischen den Welten und gehört doch zu keiner.«

Angestrengt kaute Dana auf ihrer Unterlippe herum. »Du meinst, Ardan und Mael müssen hierbleiben, sonst geschieht etwas Schlimmes.«

»Mein Volk würde vermutlich ein Opfer fordern, oder dich zu einem Leben als Geist verbannen.«

»Mist!« Das musste Dana erst einmal verarbeiten. »Aber ich gehöre ja auch nicht in diese Zeit«, stieß sie dann hervor.

Verträumt strich La'fira durch das Gras. »Nun, Rionach verweilt nicht mehr hier, und du hast ihren Platz eingenommen. Hätte sie nicht die Zeit zu verändern versucht, wären ihr noch einige Sommer und Winter vergönnt gewesen.«

»Okay, das ist wohl die Logik der Sídhe«, stöhnte Dana, »und wenn sie eines Tages entscheiden, mich hier nicht mehr zu wollen, bringen sie mich vermutlich um.«

»Möglicherweise hat es noch niemand bemerkt. Rionach war sehr vorsichtig, und ich habe dich nicht verraten. Für uns existiert die Zeit anders. Mit etwas Glück könntest du zweihundert Sonnenwenden hier verbringen, ohne die Aufmerksamkeit der Ältesten auf dich zu ziehen. Aber ich denke nicht, dass jemand Anstoß daran nimmt, wenn du dein Leben hier verbringst und nicht mehr in die Vergangenheit oder die Zukunft eingreifst«, mutmaßte La'fira, wobei ihre hellblauen Augen Dana aufmunternd ansahen.

»Aber ich muss doch meiner Familie zumindest auf Wiedersehen sagen«, beharrte sie.

Die junge Fee musterte sie eine Weile, dann wiegte sie vorsichtig den Kopf. »Vermutlich hätte niemand etwas dagegen, aber du hast Recht, Rionach könnte erzürnt sein.« Sie legte ihre Hand auf Danas Brust. Weich, sanft und kühl fühlte sie sich an. »Du trägst ein mächtiges Schutzamulett, dennoch mag es nicht ausreichen.«

»Domech hat versprochen, mich zu unterrichten.«

»Dies solltest du in Anspruch nehmen.« La'fira erhob sich, wich langsam durch den Nebel zurück. »Ich werde mit meinem Volk sprechen und ihnen dein Anliegen vortragen, dich lediglich von deiner Familie verabschieden zu wollen, um danach hier Rionachs Platz einzunehmen. Vielleicht werden sie dir helfen.«

»Wie können sie mir helfen? La'fira, warte!« Dana wollte aufspringen, aber auf einmal veränderte sich etwas. Die Welt um sie herum war wieder deutlich klarer, der Nebel waberte weit entfernt am Flussufer, wo das Wasser leise gluckste.

Verdammt, dann habe ich doch geträumt, dachte sie. Andererseits hatte sich das Gespräch mit der Sídhe so echt angefühlt. Dana fror entsetzlich, und sie fragte sich, wie lange sie wohl hier gelegen hatte. In dem kurzen Augenblick, in dem der Mond zwischen den Wolken hervorspitzte, erkannte sie, wie weit er bereits über den Nachthimmel gewandert war. Es musste schon nach Mitternacht sein, vielleicht drei oder vier Uhr nach ihrer Zeitrechnung. Also lief Dana schnell zum Broch zurück und freute sich darauf, sich an Ardans Rücken zu schmiegen, seine Wärme zu spüren – er lag jedoch nicht auf ihrer gemeinsamen Schlafstätte.

»Na toll«, brummte sie, zog sich die Decke über die Nasenspitze und hoffte, auch so bald wieder genügend Wärme in ihren Gliedern zu spüren.

Irgendwann in der Nacht bemerkte sie, wie sich Ardan neben sie legte, aber sie wachte nicht richtig auf, sondern schlief bis zum Morgen durch. Geweckt wurde sie schließlich von Mael. Das Mädchen schlief jetzt mit den anderen Kindern der Krieger im gleichen Raum, nahe der Tür. Nun kroch das Kind zu ihr unter die Decke und kuschelte sich an sie. Als Dana nach rechts blickte, fand sie Ardans Seite leer vor.

»Wo ist denn dein Vater?«

Die Kleine zuckte nur die Achseln, steckte einen Finger in den Mund und schlief in Danas Armen noch einmal ein. Hatte sie sich am Ende getäuscht, und er war in der Nacht gar nicht hier gewesen? Zu gern hätte sie sich wieder mit ihm versöhnt, aber das musste offenbar warten. Eine Weile döste sie mit Mael an ihrer Seite vor sich hin, aber als sich nach und nach die anderen erhoben und Unruhe ausbrach, konnte auch sie nicht mehr schlafen.

Nach dem Frühstück trainierte sie mit Alauna und den jungen Kriegerinnen und Kriegern, um sich abzulenken. Später ging sie der Kräuterfrau beim Herstellen von Salben und Tinkturen zur Hand. Sie ärgerte sich, dass Ardan sich den ganzen Tag lang nicht blicken ließ, und auch Bregas Erklärungsversuch, er wäre sicher mit den anderen Männern beim Holz machen, versöhnte sie nicht. Er hätte ihr ja schließlich kurz Bescheid geben können.

Erst in den Abendstunden tauchte er mit einer Reihe von Männern auf, alle sichtlich erschöpft. Einer von ihnen zog ein Pferd samt Karren hinter sich her, der mit Brennholz vollbepackt war und sich unter dem Gewicht bog. Ardan nahm von einer Magd einen Krug mit Wasser entgegen, trank gierig und ließ sich den Rest übers Gesicht laufen. Dann kam er sofort auf Dana zu.

Sie hatte die Hände in die Hüften gestemmt, aber bevor sie sich aufregen konnte, umarmte er sie und flüsterte ihr ins Ohr: »Lass uns später noch einmal über die Sache mit Domech sprechen.« Seine Hand legte sich zärtlich auf ihre Wange, und er sah sie mit so viel Liebe in den Augen an, dass ihr ein bissiger Kommentar im Hals stecken blieb. »Ich hatte nur Angst um dich.«

»Also gut, aber, Ardan«, sie schob ihn ein Stück von sich und rümpfte die Nase. »Könntest du dich vielleicht vorher waschen und umziehen?«

Zunächst runzelte er verwirrt die Stirn, schnupperte an seinem Hemd und hob dann die Schultern. »Wie du meinst.« Mit etwas steifen Bewegungen entfernte er sich.

Inzwischen wusste Dana, dass die Vorstellungen von Hygiene bei den Menschen dieser Zeit deutlich weniger schlimm waren, als sie anfänglich befürchtet hatte. Die meisten Krieger badeten mit bewundernswerter Disziplin regelmäßig im eiskalten Flusswasser – zumindest im Sommer. Während der kalten Jahreszeit wuschen sie sich hauptsächlich zu rituellen Anlässen, aber wenn sie wirklich mit Ardan zusammenbleiben wollte, gedachte sie, ihm eine modernere Körperhygiene nahezubringen.

Melcon, einer der Krieger aus dem Broch, gesellte sich mit einer dampfenden Schüssel zu ihr und zwinkerte ihr zu. »Hattet ihr euch gestritten? Ardan hat heute für drei gearbeitet.«

»Ja, wir haben gestritten, aber ich habe auch überreagiert.«

»Ich bin froh, dass Ardan wieder eine Frau gefunden hat«, bemerkte der junge Mann. »Manchmal hatte ich das Gefühl, Ardan würde sich freiwillig in die nächste feindliche Klinge stürzen. Für einige Zeit hat er gekämpft wie ein Berserker.« Nun begann er, gierig sein Essen herunterzuschlingen, dann wandte er sich einem seiner Freunde zu.

Die Männer unterhielten sich über ihre vollbrachte Arbeit. Offenbar hatten sie jede Menge Bäume geschlagen, um Holz für ein neues Rundhaus zu haben, außerdem galt es, vor Einbruch des Winters weitere Behausungen und die Schmiede auszubessern.

Zudem rückte das Lughnasadh-Fest stetig näher, und dieses wurde im Schein vieler Feuer gefeiert.

Nach einer Weile kehrte Ardan zurück, ließ sich ächzend neben Dana nieder, kreiste seine Schultern und verzog dabei das Gesicht. Anschließend ließ er sich Eintopf und Brot schmecken. Heute blieben die wenigsten Männer lange am Feuer sitzen. Bald zogen sie sich gähnend in ihre Rundhäuser oder in den Broch zurück. Auch Ardan starrte schläfrig in die Flammen, und als Dana ihn an der Schulter berührte, zuckte er zusammen.

»Wir können auch morgen reden. Du siehst müde aus.«

»Hm«, brummelte er seine Zustimmung, erhob sich steif und ging mit Dana auf den Broch zu.

»Ich habe dich gestern die halbe Nacht gesucht«, begann er dann dennoch das Gespräch.

»Ich war unter einem Baum eingeschlafen«, gab sie zu und wollte dann wissen: »Weshalb hast du nicht zumindest kurz gesagt, wo du hingehst?«

»Brude hat uns noch vor der Dämmerung geweckt. Du hast so tief geschlafen, da wollte ich dich nicht stören.«

Schon beinahe versöhnt, lächelte sie ihm zu. Gemeinsam stiegen sie die dunkle Treppe zu ihrem Lager hinauf, und als sich Ardan unter Ächzen und Stöhnen sein Hemd auszog, fragte Dana lachend: »Sag mal, hast du alle Bäume alleine gefällt?«

»So ähnlich fühlt sich mein Rücken an«, bestätigte er mit verzogener Miene, bevor er sich auf das Strohlager fallen ließ.

Dana betrachtete ihn kopfschüttelnd. »Männer!« Dann tippte sie ihm auf die Schulter, woraufhin er noch einmal die Augen öffnete. »Dreh dich um.«

»Wozu das denn?«, murmelte er schläfrig.

»Jetzt mach schon.«

Unwillig drehte er sich auf den Bauch, und als Dana begann, seine verkrampften Schultern zu massieren, fragte er verwundert: »Was tust du da?«

»Entspann dich und lass die Schultern locker!«

Stück für Stück knetete sie die verspannten Muskelstränge durch, und während Ardan zu Anfang leise protestierte, schwanden seine Kommentare mit der Zeit wohligen Seufzern.

Nachdem Dana fertig war, streckte er sich behaglich aus und drehte sich zu ihr um. »Du musst eine Sídhe sein!«

»Und weshalb?«

»Dieser Zauber war unglaublich.«

»Das war kein Zauber«, lachte sie, »in meiner Zeit nennt man das eine Massage.«

»Was auch immer es war, es war wundervoll.« Ardan zog Dana in seine Arme und küsste sie zärtlich. »Wenn du von Domech irgendwelche Zaubereien erlernen willst, dann möchte ich dich begleiten und auf dich achten.«

»In Ordnung«, stimmte Dana zu, denn sie war eigentlich ganz froh, nicht mit dem undurchsichtigen Druiden allein sein zu müssen. »Aber du verstehst, dass ich zumindest noch einmal in meine Welt zurückreisen muss, Ardan. Meine Familie und Freunde machen sich ohnehin schon Sorgen.«

»Es gefällt mir nicht, aber wenn es sein muss, werde ich dir nicht im Weg stehen.«

Grinsend verwuschelte sie ihm die Haare. »Dann bist du also doch kein uneinsichtiger Urzeitmensch.«

»Was bitte ist ein Urzeitmensch?«, hakte er misstrauisch nach. Als Dana kichernd meinte, das wolle er vermutlich gar nicht wissen, kitzelte er sie kräftig durch, bevor er sie voller Leidenschaft zu küssen begann.

Zum Glück war ihr Streit bald vergessen, und schon am nächsten Morgen gingen sie gemeinsam zum Dun Troddan hinauf, um Domech zu treffen. Der alte Mann war mit der Herstellung einer äußerst unangenehm riechenden Tinktur beschäftigt und ließ sie eine Weile warten, bis er sich dazu bequemte, sie zu beachten.

»Ich habe auf dich gewartet, Dana.«

»Ja, ich weiß«, gab sie kleinlaut zu. »Ich war … beschäftigt.«

Seine rechte Augenbraue wanderte in die Höhe, dann musterte er Ardan.

»Ich werde dabei sein, wenn Dana bei dir lernt.«

Gleichmütig zuckte der Druide die Achseln. »Wenn du dies wünschst. Aber zunächst möchte ich etwas über das Leben in ferner Zukunft erfahren. Wie viele Sommer von heute sagtest du, seist du geboren worden?«

»Über zweitausend.«

Auch Domech schien diese Zahl nicht fassen zu können, schüttelte wiederholt den Kopf. Dann erhob er sich langsam, ergriff seinen Stock und deutete in Richtung Tür. »Lasst uns hinausgehen.«

Sie folgten dem alten Mann ins Freie, dann ein Stück den Hügel hinauf zu der Quelle, wo Dana ihn auch kürzlich getroffen hatte. An dem sprudelnden Bach ließen sie sich nieder, und Dana versuchte, Domech und Ardan ihre Welt zu veranschaulichen, was gar nicht so einfach war. Die beiden Männer staunten, konnten sich viele Dinge nicht erklären, und obwohl sie sich bemühte, Autos, Flugzeuge und Hochhäuser in die Erde zu zeichnen, blieben ihre Gesichter fragend.

»Was denkt man in deiner Zeit von uns?«, erkundigte sich Domech irgendwann.

»Von euch ist wenig bekannt«, gab sie zu. »Ihr habt nichts aufgeschrieben, keine Bücher oder Schriftrollen hinterlassen, aus denen die Nachwelt über euer Leben lernen könnte.«

»Schriften in den falschen Händen können verheerende Auswirkungen haben«, rechtfertigte sich Domech, dann kniff er sein sehendes Auge zusammen. »Aber sag, haben *ban-draoidh* und weise Männer irgendwann aufgehört, ihr Wissen weiterzugeben?«

»Es gibt sie nicht mehr.« Dana fiel es schwer, ihm das zu sagen, und tatsächlich richtete er sich kerzengerade auf und wirkte ausgesprochen empört. »Zumindest nicht so wie jetzt. Manch einer glaubt, Druidinnen und Druiden, so wie man euch heute nennt, würden im Geheimen weiterexistieren. Aber seitdem die Römer,

Männer weit aus dem Süden, den christlichen Glauben mit Gewalt durchgesetzt haben, seid ihr in Vergessenheit geraten.«

»Weshalb setzt man seinen Glauben mit Gewalt durch?«, wunderte sich Domech, und auch Ardan hob ratlos die Schultern.

Dies war ein heikles Thema, und Dana wusste kaum, was sie dazu sagen sollte. »Die Römer setzten alles mit Gewalt durch, auch zum Beispiel ihre Gesetze. Ihr werdet das nicht mehr erleben, aber sie fielen auf deiner Heimatinsel ein und versuchten, alles und jeden zu unterjochen.« Sie schmunzelte. »Mit Schottland ist ihnen das nie völlig gelungen. Der nördliche Teil dieses Lands, zu dem auch der Ort hier zählt, blieb ihnen verwehrt. Euer Volk schlug sie beharrlich zurück.«

»Das ist ein Trost«, stieß Ardan hervor, woraufhin Dana seine Hand drückte.

»Dennoch wurden wir vergessen«, wiederholte Domech leise und bedrückt. Sein Blick schweifte hinab zum Dun Troddan. »Ich mag kaum glaubten, dass man in deiner Zeit nicht mehr in Brochs lebt, die Clans zerfallen sind und auch niemand mehr den Göttern huldigt. Welch düstere Zeit muss das sein?«

»Archäologen – Altertumsforscher«, fügte Dana dann hinzu, »haben sich viele Gedanken über euch gemacht. Aus Tonscherben, Waffen und Überresten der Brochs haben sie versucht, euer Leben nachzustellen.« Sie grinste schief. »Manche Dinge haben sie herausgefunden, aber vieles ist völlig anders als das, was ich über euch gelesen habe. Zum Beispiel wusste ich nicht, wie mächtig Männer wie du sind, Domech. Da beinahe alles über euch aus Sicht eurer Feinde geschrieben ist, hielt man euch lange Zeit für primitive Barbaren.«

Ardan entwich ein empörtes Schnauben, aber Dana legte rasch ihre Hand auf seine. »Inzwischen gibt es Stimmen, die dies bezweifeln, und ich kann ihnen nur beipflichten. Ihr seid ein wunderbares Volk.« Sie zwinkerte ihm zu. »Zumindest meistens.«

»Welcher Schriftzeichen bedient ihr euch in deiner Zeit?«, erkundigte sich Domech interessiert.

Dana nahm einen Stock und ritzte ihren Namen in die Erde.

»Was bedeuten diese Zeichen?« Domechs gesundes Auge zog sich zusammen.

»Es bedeutet Dana – mein Name.«

»Kannst du meinen ebenfalls in diesen Schriftzeichen ausdrücken?«, wollte Ardan aufgeregt wissen.

So ritzte sie auch seinen Namen und anschließend den von Domech in die Erde, was die beiden in geradezu drolliges Staunen versetzte.

Allerdings war Domech kurz darauf schon mit den Gedanken ganz woanders. »Diese Türme sollten für die Ewigkeit gebaut sein«, sinnierte der Druide. »Uns und unsere Nachfahren vor allen Feinden beschützen.»

»Das taten sie auch eine lange Zeit«, versicherte Dana ihm. »Selbst in meiner Zeit erkennt man noch viel von ihrer einstigen Pracht. Besonders Dun Telve«, sie deutete den Berg hinab, »ist noch sehr gut erhalten. Inzwischen weiß ich, dass Rionach ihn, soweit es ihr möglich war, vor dem Verfall geschützt hat.«

»Dann muss sie auch als Geist über große Kräfte verfügen«, überlegte Domech, schüttelte sich kurz und betrachtete Dana anschließend eingehend. »Und deshalb solltest du dir einiges Wissen aneignen, bevor du ihr wieder gegenübertrittst.«

Dana nickte zustimmend, dann runzelte sie die Stirn. »Sag, Domech, kann es sein, dass nur *ban-draoidh* durch die Zeit reisen können?«

»Wie kommst du auf diesen Gedanken?«

»Ich hatte einen Traum«, gab sie zu, »oder vielleicht auch mehr als einen Traum. Eine Sídhe erzählte mir davon.«

Domech wiegte bedächtig seinen Kopf. »Das mag sein. Durch die Warnungen meines Lehrmeisters habe ich niemals gewagt, weiter in die Geisterwelt einzutauchen. Sag, wie gelang es dir und Rionach?«

»Durch einen Zaubertrank.« Dana erzählte von dem Trank, ihrer Reise und auch den Nebenwirkungen.

Domech wollte ganz genau wissen, was er beinhaltete, und Dana zählte alle Pflanzen auf, an die sie sich dank Scott erinnern konnte.

»Mächtige Pflanzen von großer Zauberkraft«, murmelte er vor sich hin. »Würdest du mich ihn sehen lassen?«

»Ja, ich habe zwei Flaschen am Fluss versteckt.«

»Gut«, der Druide hob sein spitzes Kinn, »dann werde ich dir nun die erste Lektion erteilen. Ich möchte dich lehren, dich gegen den Angriff einer Sídhe oder eines Geistes wie Rionach zu wehren.«

Während Dana aufgeregt nickte, spannte sich Ardan spürbar an. Auch Domech schien dies zu bemerken, denn er meinte: »Du musst dich nicht um sie sorgen.«

»Hm.« Ardans Miene war finster, aber er sagte nichts weiter dazu.

»Schließe deine Augen, Dana, lass die Kraft der Erde, des Windes und des Wassers durch deinen Körper strömen. Versuche, deine Gedanken zu klären. Werde eins mit allem was dich umgibt.«

Das war leichter gesagt als getan. Dana bemühte sich wirklich, aber sobald sie glaubte, an nichts zu denken, lenkte sie eine summende Biene ab oder eine Mücke, die sich auf ihre Nase setzte. Selbst als Ardans Schwert – vermutlich versehentlich – über den Stein schrammte, da er sich bewegt hatte, wurde sie abgelenkt.

»Kannst du nicht still sein?«, fuhr sie ihn an.

»Du musst lernen, dich nicht von Geräuschen um dich herum stören zu lassen«, wies Domech sie zurecht. »Dies wird dir nicht von Anfang an gelingen. Übe dich in Geduld, dann wirst du dir diese Fähigkeit aneignen.«

Tatsächlich musste Dana noch viele Male unter Domechs Anweisung üben, ihren Geist von überflüssigen Gedanken zu klären, und stets war Ardan bei ihr, der stumm über sie wachte. Besonders als der Druide ihr geheimnisvolle Tränke anbot, war sie froh,

Ardan an ihrer Seite zu haben. Diese Kräuterelixiere schmeckten meist gewöhnungsbedürftig, aber stets hatte sie dann das Gefühl, alles intensiver wahrzunehmen. Den Geruch der Erde und des Heidekrauts, das Säuseln des Windes, die Strahlen der Sonne auf ihrer Haut oder auch die Ankündigung von Regen in der Luft. Domech wollte ihr begreiflich machen, wie sie die Energie aus den Elementen so verweben konnte, dass es ihr möglich war, eine Art Schutzschild um sich herum zu ziehen, aber sosehr sie sich auch bemühte, es wollte ihr nicht gelingen.

So anstrengend und zum Teil auch frustrierend sich der Unterricht bei Domech gestaltete, so schön und beglückend waren die Tage mit Ardan. Sie gingen gemeinsam auf die Jagd, halfen beim Schaf- oder Rindertrieb oder übten miteinander Schwertkampf. Wenn Dana sah, wie Ardan jetzt unbeschwert mit seiner Tochter spielte, ging ihr das Herz auf. Er nannte die Kleine meist »*mo réiltean*«, was so viel wie »mein kleiner Stern« bedeutete, brachte ihr das Reiten bei, angelte mit ihr am Fluss oder erzählte ihr vor dem Einschlafen Geschichten. Dana freute sich ungemein auf eine gemeinsame Zukunft mit den beiden.

Nach einer anstrengenden Schwertkampfstunde kam Dana vom Baden am Fluss zurück und bemerkte aus der Ferne einen Streit zwischen Brude und Ardan. Die Männer standen sich gegenüber, beide sichtlich angespannt, und gestikulierten wild. Langsam ging sie näher und bekam einige Gesprächsfetzen mit.

»... endlich deine Pflichten wieder wahrnehmen.«

»Es gibt Wichtigeres ...«

»... nichts ist wichtiger als dein Clan, Ardan!«

»... lasse sie nicht allein ...«

»Domech ist ein ehrenwerter Mann«, rief Brude empört, woraufhin Ardan entgegnete: »Und ich werde Dana trotzdem nicht mit ihm allein lassen!« Damit stürmte er davon und ließ Brude mit hochrotem Gesicht stehen.

Eilig hängte Dana ihre frischgewaschenen Kleider über einen

Stein, dann rannte sie Ardan barfuß hinterher, wobei ihr blauer Wollrock über den Boden schleifte.

»Warte!«, rief sie ihm zu.

Er drehte sich zu ihr um und sein eben noch so angespanntes Gesicht zeigte ein Lächeln. »Dana!« Er fing sie auf und drückte sie an sich.

»Warum hast du dich mit Brude gestritten?«

»Nichts Wichtiges«, log er.

»Er sieht aber sehr wütend aus.« Dana beobachtete, wie Ardan zu einer Erklärung ansetzte, und da sie eine Ausrede vermutete, zog sie ihn am Ohr. »Außerdem habe ich meinen Namen gehört. Also, was war los?«

»Hm.« Ardan strich sich über das Kinn, dann seufzte er tief. »Brude hat sich beschwert, weil ich so häufig mit dir zu Domech gehe. Ich soll mich mehr um die Ausbildung der jungen Krieger kümmern.«

»Ach so.« Sie überlegte kurz. »Inzwischen vertraue ich Domech deutlich mehr. Er hat sich nichts zu Schulden kommen lassen.«

»Brude weiß aber nicht das über Domech und Rionach, was ich inzwischen weiß«, brach es aus Ardan hervor. »Mein Entschluss steht fest, ich werde dich weiterhin begleiten.«

»Ach Ardan.« Sie strich ihm über die Wange. »Das ist lieb von dir, aber nicht nötig. Außerdem langweilst du dich entsetzlich, wenn ich einen halben Nachmittag bewegungslos auf einem Stein sitze und dem Wind lausche.«

»Das ist mir gleichgültig.« Seine Miene war entschlossen, seine Augenbrauen finster zusammengezogen.

»Du bist süß«, meinte sie und gab ihm einen Kuss auf die Nasenspitze.

»Ich bin … süß?« Er sagte das so kritisch, dass Dana laut lachen musste.

»Offenbar eine Gemeinsamkeit, die Männer über Jahrtausende verbindet.«

»Wie meinst du das?«

»Na ja, die meisten Männer mögen es nicht, als *süß* bezeichnet zu werden.« Sie grinste ihn frech an und klopfte ihm auf die muskulösen Oberarme. »Schon gar keine stolzen, unerschrockenen Krieger so wie du.«

Offensichtlich hatte er die Ironie in ihren Worten wahrgenommen. »Du sagtest, in der anderen Zeit gibt es kaum noch Krieger«, bemerkte Ardan voller Misstrauen.

»Nein, zumindest nicht dort, wo ich gelebt habe.« Unwillkürlich musste sie an ihren Exfreund Jens denken, und wenn sie den mit Ardan verglich, kam er ihr wie ein verweichlichtes Muttersöhnchen vor.

»Weshalb lachst du?« Ardan sah sie fragend an, und so erzählte sie ihm von Jens, der zwar häufig den Macho gespielt, jedoch vor seinem Chef gekuscht hatte.

Selbstverständlich konnte Ardan wenig mit unbezahlten Überstunden anfangen oder damit, dass Dana irgendwann, als sie nicht mehr zusammen gewesen waren, mitbekommen hatte, wie er unter ihm stehende Mitarbeiter tyrannisiert hatte, doch das grundsätzliche Problem schien er zu verstehen.

»Was für eine armselige Kreatur«, ereiferte er sich. »Hätte er Ehre in sich gehabt, er hätte den Anführer seiner«, er stutzte bei dem ihm ungewohnten Wort, »Firma zum Zweikampf fordern und Gerechtigkeit für die ihm Schutzbefohlenen erkämpfen sollen.«

Lachtränen rannen über Danas Gesicht, als sie sich Jens und seinen Chef, einen dürren Griesgram, mit Schwert und Schild bewaffnet, vorstellte. »Das wäre sehenswert gewesen«, prustete sie.

»Wie gut, dass du dich nicht mit diesem Jens verbunden hast«, bemerkte er und drückte sie an sich. »Darüber bin ich in der Tat sehr froh.«

»Ich auch.« Wie anders wäre wohl ihr Leben verlaufen, wenn sie sich nicht von Jens getrennt hätte, niemals diese Reise nach Schottland gemacht oder Rionach getroffen hätte. Sie lehnte sich an Ardans Brust, atmete seinen vertrauten Geruch ein. »Ardan, ich glaube wirklich, dass Domech mir helfen will«, sagte sie nach einer Weile. »Er versucht gerade, den Zaubertrank verträglicher zu machen, ohne seine Wirksamkeit zu beeinträchtigen. Er vermutet nämlich, Rionach hat absichtlich krankmachende Stoffe benutzt, um mich bei einer Rückkehr schwach und hilflos vorzufinden.«

»Warst du etwa allein bei Domech?«, fragte er alarmiert.

»Nein, du bist letztes Mal eingeschlafen«, kicherte sie. Sie hatten lange Zeit an der Quelle gesessen, und als Dana aus ihrer Trance erwacht war, hatte Ardan schnarchend an einem Felsen gelehnt.

»Verdammt!« Verlegenheit überzog sein sonnengebräuntes Gesicht, und Dana meinte: »Siehst du, da hat er mir auch nichts angetan.«

»Aber ich war in deiner Nähe, das ist ein großer Unterschied.«

Nachdem sie nicht glaubte, Ardan umstimmen zu können, gab sie schließlich auf. Es bereitete ihr Unbehagen, dass er sich um ihretwillen mit Brude stritt, aber andererseits konnten und wollten sie dem Clanführer auch nicht die Wahrheit über Rionach erzählen.

Zu Lughnasadh, dem Beginn der Erntezeit Anfang August, fand wieder einmal ein großes Fest statt. Die Schutzbefohlenen Brudes und Alaunas kamen aus dem ganzen Tal, und auch Nectan und sein Clan feierten mit ihnen gemeinsam. Alles war mit Sommerblumen geschmückt, auf einem flachen Felsen Opfergaben in Form von Essen oder Schmuckstücken für die Götter aufgebaut. Viele junge Frauen, so auch Dana, trugen Blüten in ihre Haare geflochten, und sie hatte das neue Kleid mit dem dunkelblauen Oberteil und dem hellen Rock angezogen, das Áine ihr vor Kurzem genäht hatte.

Dana war überglücklich, mit Ardan ums Feuer zu tanzen, mit ihren Freunden zu trinken und zu lachen, und als sie gegen Mitternacht dann Domechs Segen empfingen, der sie im Angesicht der Götter miteinander verband, glaubte sie, vor Glück platzen zu müssen. Nächstes Jahr zu Beltane würde ihr Band endgültig besiegelt werden, jetzt waren sie wohl so etwas wie verlobt.

Nachdem alle Talbewohner ihre Kelche auf die neuen Paare gehoben hatten, es waren insgesamt elf junge Männer und Frauen, nahm Dana Ardan an der Hand und führte ihn zum Fluss. Sie war von prickelnder Aufregung erfasst und weigerte sich, seine drängenden Fragen zu beantworten. Schließlich holte sie unter einem Felsvorsprung etwas hervor. »Das ist für dich.«

Sie hatte ihr Geschenk in ein Stück Wollstoff gewickelt, und Ardan packte es mit gespannter Miene aus. Schließlich hielt er eine silberne Armspange in der Hand, mit kunstvollen Mustern graviert und in zwei Pferdeköpfen endend.

»Zum Glück ist sie rechtzeitig fertig geworden«, bemerkte sie, als er auf das Schmuckstück starrte.

»Womit habe ich denn solch ein wertvolles Geschenk verdient?«, wollte er atemlos wissen.

Dana legte ihre Hand auf seine und sah ihm in die Augen. »Ich wollte dir auch etwas schenken, das dich mit mir verbindet und das dich beschützt.« Ihre andere Hand umfasste die Kette, die sie von ihm bei den heiligen Höhlen bekommen hatte. »Ich habe mit Domech gesprochen, und wir haben gemeinsam überlegt, welche Schutzzeichen wir benutzen.« Ihre Finger fuhren die verschlungenen Linien nach. »Sie verbinden Vergangenheit und Gegenwart, Leben und Tod, und die Pferde verkörpern Epona, die Göttin dieses Clans, zu der du nun zurückgefunden hast. Domech hat einen Boten mit einer genauen Zeichnung zu den heiligen Höhlen von Uamh An Ard Achadh geschickt, und er kam erst gestern zurück.«

»Ich danke dir, Dana.« Seine Stimme war vor Rührung ganz rau, und er drückte sie fest an sich, dann nahm er ihr Gesicht in seine Hände. »Du musst all deinen Besitz dafür aufgegeben haben«, meinte er anklagend.

»Ich hatte noch einiges von diesem Kriegszug gegen die Creonen übrig.«

»Ich werde ihn stets tragen«, versprach er, streifte sich die silberne Spange ehrfürchtig über den Oberarm und küsste Dana zärtlich.

So schön und unbeschwert dieses Fest auch war, es erinnerte sie an die bedrohlich näher rückende Tag- und Nachtgleiche des Herbstes. Aber als sie nun mit Ardan im weichen Moos lag, und ihr Blick zu den Sternen und dem vollen Sommermond schweifte, dachte sie: *Ich muss die Zeit schon ausreichend verändert haben. Ardan ist kein selbstmörderischer Berserker mehr, er wird auf sich achten. Und ich werde ihn nicht allein lassen, sollte es doch zu dem von Rionach prophezeiten Kampf kommen. Ich werde so auf ihn aufpassen wie er auf mich.* Und dann gab sie sich seinen fordernden Küssen hin, und sie liebten sich im Licht der Sterne, von denen die meisten auch noch nach zweitausend Jahren auf die Menschen hinabblicken würden.

KAPITEL 30

Gefahr aus dem Norden

Wieder einmal saß Dana an der Quelle hinter Dun Troddan und lauschte Domechs Lehren. »Du musst dich öffnen für die Kräfte der Natur. Häufig denke ich, du bist kurz davor, nur irgendetwas sperrt sich in dir«, rügte er.

Das war einfacher gesagt als getan, und vermutlich lag es daran, dass Dana sich tief in ihrem Inneren nach wie vor weigerte, ernsthaft an etwas wie Magie zu glauben. Ein Stück abseits spielte Ardan mit Mael an dem kleinen Wasserlauf, der sich durch die Hügel wand. Das Mädchen plapperte munter vor sich hin und baute aus Steinen ein kleines Haus.

Seufzend schloss Dana die Augen, dann wedelte sie ungeduldig mit der Hand. »Wie soll man sich den konzentrieren, wenn man von den verdammten Mücken aufgefressen wird?«

»Achte auf deine Atmung«, verlangte Domech. »Versenke dich in dich selbst. Zieh die Kräfte rund um dich herum zusammen und bilde eine Art Mauer, dann werden dir auch die Mücken nichts mehr anhaben können.«

Erneut bemühte sie sich, das zu tun, was Domech von ihr forderte. Sie atmete tief und gleichmäßig, spürte den Wind, das Gras unter ihren Füßen, den Stein, auf dem sie saß, versuchte, alles in sich aufzunehmen, durch sich hindurchgleiten zu lassen – und plötzlich änderte sich etwas. Sie hatte das Gefühl, Energieströme zu spüren. Aus der Luft, dem Wasser, dem Boden. Es war ähnlich wie damals im Feenreich, alles fing zu flimmern an und war von einem eigenartigen Glanz umgeben. Die Bäume pulsierten regelrecht, sie glaubte sogar, den Saft durch die Adern der Blätter fließen zu sehen. Beinahe hätte sie vor Überraschung ihre Konzentration verloren, doch dann zog sie die Energie aller Elemente heran, stellte sich eine unsichtbare, aber undurchdringliche Mauer vor, die sie umgab wie eine Aura. Staunend beobachtete sie, wie winzige Mücken dagegen flogen, wieder und wieder, jedoch nicht zu ihr durchzudringen vermochten.

Dana sprang auf. »Ardan!«, rief sie aus. Mit ihrer Konzentration war es dahin, die Welt nahm schlagartig wieder ihre vertrauten Formen an. Sie sah, wie er blitzartig herumfuhr, sein Schwert im Bruchteil einer Sekunde in der Hand hielt und auf sie zustürzte, aber sie rannte bereits den Hang hinab und umarmte ihn stürmisch. »Ich habe es geschafft! Endlich ist es mir gelungen, ich konnte diesen Energieschild aufbauen«, jubelte sie.

Seiner Kehle entwich ein erleichtertes Seufzen. »Und ich dachte schon, Domech will dir etwas antun.« Er schloss sie in seine Arme, küsste sie auf den Mund und sah sie bewundernd an. »Ich bin sehr stolz auf dich.«

Nun kam der Druide den Hang heruntergehumpelt, seine Miene drückte Missbilligung aus. »Anstatt hier herumzuschreien, solltest du das, was du soeben erlernt hast, weiter vertiefen.«

»Man wird sich doch noch freuen dürfen«, lachte Dana, legte ihre Arme um Ardans Hals und zwinkerte Domech zu.

Dieser grummelte etwas vor sich hin, doch sie erkannte ein verstecktes Lächeln auf seinen sonst so verhärmten Zügen. »Nun gut, wenn du diesen Mann ausreichend geküsst hast, wirst du es noch einmal versuchen, und ich bemühe mich, mit meinem Stab deinen Schutzschild zu durchbrechen.«

Dana grinste, ließ Ardan los und strengte sich an, noch einmal das Gleiche zu tun wie vor wenigen Augenblicken. Vor lauter Aufregung und Freude gelang ihr dies nicht sofort, aber schließlich hatte sie sie erneut errichtet – die durchsichtige Mauer um ihren Körper. Sie sammelte ihre Kräfte, nahm all ihre Konzentration zusammen, und als Domech mit seinem Stab nach ihr stach, erreichte er sie nicht.

Vor Überraschung ließ sie den Zauber abermals fallen, sah in Ardans perplexes Gesicht, dann zu Domech, der anerkennend nickte. »Sehr gut. Wenn sich deine Kräfte verfestigt haben, wirst du lernen, für kurze Zeit sehr viel Energie freizusetzen, die es dir ermöglich, auch einen körperlich überlegenen Gegner zurückzuschlagen.«

»Das hast du damals bei mir getan«, stieß Ardan hervor. »Damals, als ich dich …«, er räusperte sich und fügte betreten hinzu: »… ähm, umbringen wollte.«

»In der Tat«, bestätigte Domech säuerlich.

Mael hatte ihr Spiel inzwischen aufgegeben und sah neugierig zu den Erwachsenen auf. Ardan nahm sie auf den Arm. »Dana kann jetzt zaubern.«

»Zaubern?«, wiederholte die Kleine.

»Na ja, ich lerne es gerade«, korrigierte Dana, war jedoch erstaunt darüber, was sie an diesem Tag erreicht hatte.

»Für heute ist es genug«, bestimmte Domech schließlich. »Aber fortan werden wir weiterhin jeden Tag mit deinen Kräften arbeiten.«

»Gut«, stimmte Dana zu, dann legte Ardan seinen Arm um sie, und gemeinsam gingen sie zum Broch.

»Dana, Ardan«, hielt sie Domechs schnarrende Stimme auf, und Dana drehte sich um. »Eure Verbindung erfreut mich.«

Selten hatte sie den Druiden etwas Freundliches sagen hören, und daher rührten sie seine Worte umso mehr.

»Danke, Domech.« Sie lächelte Ardan zu und meinte leise: »Siehst du, er will uns nichts Böses.«

Ardan hob lediglich die Schultern, dann stiegen sie weiter den Berg hinab.

Vor dem Broch erwartete Dana eine Überraschung.

Áine kam ihr aufgeregt entgegen. »Brega! Brega! Sie hat ihr Kind bekommen!«

»Wirklich?« Auf der Stelle rannte Dana los, zwischen den Rundhäusern hindurch, erklomm den Erdwall und erreichte atemlos Bregas Haus. Die alte Kräuterfrau war noch bei ihr. Sie sah erschöpft und blass aus, lächelte aber glücklich, als sie auf das Bündel in ihrem Arm deutete. »Es ist ein Mädchen, Dana, die Götter haben meine Wünsche erhört.«

Gerührt kniete sich Dana neben Bregas Strohlager. Das Kind war winzig, noch ganz rot und zerknittert und sah unglaublich zerbrechlich aus. »Das ist wundervoll, Brega, herzlichen Glückwunsch«, flüsterte sie.

Brega schlief bald vor Erschöpfung ein.

Die Kräuterfrau betrachtete sie mit angestrengter Miene, ehe sie in den Regalen zu suchen begann, in denen Brega ihre Nahrungsmittel lagerte.

»Stimmt etwas nicht?«, erkundigte sich Dana.

»Sie hat eine Menge Blut verloren«, brummelte die alte Frau. »Ich werde ihr Schafgarbentee kochen, aber sie bräuchte Fleisch und kräftigende Suppen. Das Kind ist zart und schwach, ich weiß nicht, ob es überlebt.«

Dana schrak zusammen, denn sie wusste um die hohe Säuglingssterblichkeit dieser Zeit. Sie fasste die Heilerin am Unterarm und sah sie ernst an. »Tu alles für sie, was du kannst. Ich werde Fleisch besorgen.«

»Gut, wir kochen ihr kräftigende Brühen und hoffen auf genügend Milch für die Kleine.«

Sogleich eilte Dana zurück zum Broch, bat Alauna um Fleisch für Brega und überlegte dann, ob sie Domech drängen sollte, zu ihr zu gehen.

»Ist alles in Ordnung?«, fragte Ardan.

Plötzlich brannten Tränen in ihren Augen.

»Dana, was ist denn, geht es Brega nicht gut?«

»Doch, aber ich habe Angst, dass ihr oder dem Kind etwas passiert«, gab sie zu. »Ich habe keine Medizin, die ihr in diesem Fall helfen könnte.«

Tröstend nahm Ardan sie in den Arm. »Brega hat schon vier gesunde Kinder aufgezogen. Sicher wird auch dieses überleben.«

Trotzdem machte sich Dana Gedanken und zog Domech zurate, als sie später noch einmal mit Ardan zu ihm ging.

Der Druide gab ihr einen Beutel mit Kräutern in die Hand. »Dies ist eine Mischung aus Kamille und Blutweiderich. Brega soll es als Tee aufgebrüht fünfmal am Tag zu sich nehmen, so lange sie noch blutet. Und Dana«, er bedachte sie mit einem Seitenblick, »ich denke, ich konnte den Zaubertrank so verändern, dass alle magischen Pflanzen erhalten blieben, er jedoch verträglicher ist.«

»Wirklich?«, freute sich Dana, während Ardan misstrauisch die Stirn runzelte, als Domech ihr zwei tönerne Fläschchen in die Hand drückte.

»Trink du zuerst davon«, verlangte Ardan von dem älteren Mann.

»Das tat ich bereits«, versicherte der Druide. »Und ich lebe.«

»Das will ich sehen.«

»Ardan!«, schimpfte Dana, doch Domech zuckte gleichgültig mit den Schultern, öffnete die Flasche und nahm einen kleinen Schluck.

»Ich werde für eine Weile weggetreten sein und möglicherweise auch fantasieren. Geduldet euch bis zur Dämmerung.« Damit legte er sich auf sein Strohbett und schloss die Augen.

Gespannt beobachtete Dana, wie Domech in eine Art Trance fiel. Als seine Muskeln zu zucken begannen, fasste Ardan sie erschrocken am Arm.

»Warte, ich denke das ist normal.«

»Reist er jetzt in die andere Zeit?«, flüsterte Ardan.

»Nein, das kann er nicht, und vor allem müsste er dafür um die Eberesche laufen, das hat zumindest Rionach behauptet. Scott, also mein Vater, hat gemeint, er selbst hätte seltsame Visionen gehabt, als er davon trank, und möglicherweise reist Domechs Geist auch in die Feenwelt. Ich weiß es nicht.«

Eine Weile blieben Dana und Ardan in Domechs Kammer sitzen und sahen dem alten Mann zu, wie er sich unruhig hin und her warf und wirres Zeug vor sich hin murmelte. Doch kurz nach der Dämmerung kam er wieder zu sich, war für einige Momente verwirrt, dann wischte er sich den Schweiß von der Stirn und erhob sich auf zittrigen Beinen. »Eine leichte Übelkeit ist noch vorhanden, was bei magischen Pflanzen aber nicht ungewöhnlich ist.«

Dana nickte vorsichtig. An Domech sah sie kaum Spuren der Nebenwirkungen, wie sie sie selbst erlebt hatte, dennoch plagten sie Zweifel. »Denkst du, der Trank wirkt trotzdem?«

»Du kannst zur Sicherheit auch den alten Trank an dich nehmen. Sollte dieser hier dich zu gegebenem Anlass nicht in deine Zeit bringen, greif auf das alte Gebräu zurück.«

»Gut.« Sie sah Domech zu, der die beiden Glasflaschen aus einer Mauerspalte holte und kurz dagegen klopfte, wobei er murmelte: »Ein eigenartiges Material.«

Zufrieden steckte Dana auch die Fläschchen ein und verabschiedete sich von dem Druiden.

Zum Glück ging es Brega am Abend schon etwas besser. Die Kräuterfrau versicherte, bei ihr zu bleiben.

»Ich muss heute Wache auf dem Turm halten«, meinte Ardan bedauernd, nachdem Dana, zurück im Broch, verkündete, sie würde jetzt schlafen gehen. Also legte sie sich allein auf ihren Lagerplatz, konnte jedoch nicht einschlafen. Schließlich schnappte sie sich ihre Decke und stieg zu Ardan hinauf auf den Turm.

Ardan lehnte an der westlichen Mauer und blickte angestrengt in die Tiefe. Der kalte Wind ließ ihm die Haare um den Kopf wirbeln. »Dana, was tust du denn hier?«, fragte er überrascht.

Sie trat zu ihm und blickte ebenfalls in die Dunkelheit. »Ich konnte nicht schlafen.«

»Du machst dir Sorgen um Brega?«

»Ja. Sie ist nicht mehr die Jüngste – zumindest für die Verhältnisse dieser Zeit.«

Im Licht der Sterne erkannte sie, wie Ardan seine Stirn krauszog. »Und in der anderen Zeit wäre es weniger gefährlich für sie, ein Kind zu bekommen?«

»Ja«, bestätigte Dana, lehnte sie sich an ihn und genoss seine tröstende Anwesenheit, seine Wärme und Nähe. »Sag mal, Ardan«, fragte sie irgendwann, »weshalb haltet ihr eigentlich bei Nacht Wache? Man sieht doch ohnehin nichts bei all dem Wald.«

»Falls Gefahr von Westen droht, entzünden die Clans, die am Meer leben, auf dem Berg ein Feuer«, erklärte er. »Krieger von Nectans Clan bewachen die östlichen Berge.«

»Verstehe.«

Unvermittelt meinte Ardan: »Denkst du, wir werden eines Tages auch ein gemeinsames Kind haben?«

Diese Frage überraschte Dana, und unwillkürlich fuhr sie zu der winzigen Erhebung an ihrem linken Oberarm, unter dem sich das Hormonstäbchen befand. »Möchtest du denn jetzt schon Kinder mit mir?«

»Es würde mich freuen, und Mael wünscht sich spätestens seit gestern einen Bruder oder eine Schwester.«

»Eigentlich hätte ich ganz gerne zumindest noch gewartet, bis ich … aus der anderen Zeit zurück bin«, gab sie zu.

Dies amüsierte Ardan offenbar. »Ich glaube kaum, dass du das entscheiden kannst. Die Götter bestimmen es, ein Paar mit Nachwuchs zu segnen.«

»Na ja, nicht ganz«, murmelte sie.

Ardan legte seinen Kopf schief. »Oder benutzt du Kräuter, die verhindern, dass ein Kind in dir heranwächst?«

»So etwas Ähnliches«.

»Ach so.« Er sah enttäuscht aus, zuckte jedoch mit den Schultern. »Nun gut. Möglicherweise hast du Recht, und es ist besser, damit zu warten, bis du zurückkommst. Nach allem, was du mir von dem Trank erzählt hast, könnte er einem ungeborenen Kind ohnehin schaden.«

Während der restlichen Nacht musste sie über ihr Gespräch

nachdenken. Sie wusste nicht, ob das Stäbchen noch zuverlässig verhütete. Wollte sie wirklich jetzt schon ein eigenes Kind? Mit dem Gedanken hatte sie bereits gespielt, aber meist dauerte es einige Monate, bis sich die restlichen Hormone abbauten, und vielleicht sollte sie das Stäbchen selbst entfernen. Sie konnte es spüren, es lag nicht tief unter der Haut. Einen Arzt würde sie nicht aufsuchen können, denn sie beabsichtigte, wenn die Tag- und Nachtgleiche vorüber war, nur kurz ins einundzwanzigste Jahrhundert zurückzukehren, Scott und ihre Familie zu beruhigen und möglicherweise noch einige Medikamente zu besorgen. Dieser endgültige Schritt bereitete ihr nach wie vor Unbehagen, aber wenn sie Ardan so betrachtete, den Mann, den sie aufrichtige liebte, blieb einfach keine andere Möglichkeit.

In der Morgendämmerung holte sie ihr verstecktes Bündel hervor, ging zum Fluss und entzündete ein Feuer. Es kostete sie Überwindung, mit dem scharfen Messer, das sie zuvor desinfiziert hatte, ihre Haut aufzuritzen. Doch schließlich hielt sie das knapp vier Zentimeter lange Plastikstäbchen in der Hand. Eilig ließ sie Desinfektionsmittel über die Wunde laufen und verband sie mit sauberen Tüchern. Anschließend warf sie das blutige Plastikteil in den Fluss und lächelte.

»Hast du dich verletzt?«, erkundigte sich Ardan, als er sie beim Frühstück mit dem Verband um den Arm sah.

»Nein, ich habe etwas für unsere gemeinsame Zukunft getan«, meinte sie augenzwinkernd, war jedoch nicht bereit, ihm mehr zu verraten. Vermutlich würde es tatsächlich eine Weile dauern, bis sie schwanger werden konnte, und sie wollte ihm keine vorzeitige Hoffnung machen.

Zum Glück war Brega bald wieder auf den Beinen. Die kleine Irva war ein zartes, schwaches Kind, aber nachdem Dana Brega und ihre Familie ständig mit nahrhaftem Essen aus dem Broch versorgte, hatte Brega genügend Milch, und die Kleine nahm rasch zu.

Eines Tages, es mussten schon einige Wochen seit dem Lughnasadh-Fest vergangen sein, kam Ardan auf Dana zugelaufen. Sie flocht gerade der widerstrebenden Mael die Haare zu einem Zopf.

»Heute kann ich dich nicht zu Domech begleiten«, erklärte er bedauernd, »aber ich werde dir einen der jüngeren Krieger mitgeben.«

»Ardan, Domech hat sich nichts zu Schulden kommen lassen!« Sie betrachtete ihn von oben bis unten. Er war in ein ärmelloses Hemd gekleidet, trug eine braune Hose, Lederstiefel, Schwert und Dolche umgegürtet und den Torques um den Hals, den er normalerweise nur zu Festen oder auf Kriegszügen umlegte.

»Wo musst du denn hin?«, fragte sie alarmiert.

»Boten kamen aus dem Norden. Es gibt Gerüchte, dass Nordmänner an der Küste angreifen.«

»Nordmänner!« Wie ein Stromschlag durchfuhr es Danas Innerstes. Sie sprang auf, woraufhin Mael die Gunst der Stunde nutzte, davonrannte und sich so der ungeliebten Haarpflege entzog. Aber auf die Kleine achtete Dana überhaupt nicht mehr. »Es ist doch noch gar nicht Herbst«, stammelte sie. »Das kann nicht sein …«

Beruhigend nahm Ardan ihre Hand. »Wir stellen nur einen Kundschaftstrupp zusammen und sehen nach, ob die Gerüchte der Wahrheit entsprechen.«

»Ich komme mit dir!«, rief sie aus.

Aber Ardan schüttelte energisch den Kopf. »Nein. Du machst gute Fortschritte bei Domech. Es ist wichtig, dass du hierbleibst.«

»Aber was ist …« Nur mühsam konnte sie die aufsteigenden Tränen niederkämpfen. »Was ist, wenn das schon der Kampf gegen die Krieger aus dem Norden ist, den Rionach prophezeit hat?«

»Du sagtest, er hätte zehn Tage nach der Tag- und Nachtgleiche des Herbstes stattgefunden«, besänftigte er. »Diese ist noch mindestens zwanzig Tage entfernt.«

»Ardan, bitte bleib hier«, forderte sie mit heiserer Stimme. So lange hatte sie diesen Tag erfolgreich verdrängt, aber nun war er dennoch gekommen.

»Dana, mach dir keine Sorgen. Nectan und einige unserer besten Krieger sind bei mir.« Dann lächelte er ihr aufmunternd zu und deutete auf die Armspange. »Außerdem besitze ich dies hier. Es wird mich beschützen.«

Sie schlug eine Hand vor den Mund und flehte: »Bitte lass mich dich begleiten.«

Doch er fasste sie an den Schultern. »Dies ist nicht der Kampf, von dem Rionach gesprochen hat. Wenn er überhaupt stattfindet, dann erst sehr viel später. Und es hat sich einiges geändert.« Aus seinem Bündel holte er einen hölzernen Tiegel und reichte ihn Dana. »Ich möchte, dass du mir die heiligen Zeichen des Sieges auf die Haut malst.«

Jetzt verlor Dana endgültig die Beherrschung. Sie fing hemmungslos zu weinen an und schüttelte dabei ununterbrochen den Kopf. »Nein, das kann ich nicht.«

»Dana, was ist denn?«, erkundigte sich Ardan bestürzt.

Sie zitterte am ganzen Körper, erst nach einer Weile war sie überhaupt in der Lage, zu antworten. »Ich habe Drostan die Zeichen angebracht und er ist nicht zurückgekehrt«, schluchzte sie. »Ich bin keine *ban-draoidh*, ich habe es falsch gemacht. Deshalb ist er gestorben.«

»Dana, nein. Das ist doch nicht wahr«, erwiderte er zärtlich, umschlang sie mit seinen Armen und streichelte ihr wieder und wieder über den Kopf, bis sie sich beruhigt hatte. »Ich vertraue dir, und auch wenn du es selbst nicht glaubst, du bist eine *ban-draoidh*. Drostan starb ganz sicher nicht wegen eines Fehlers von dir. Vermutlich war es sein Schicksal.«

»Bitte, Ardan, lass dir die Bemalung von Domech oder jemand anderem anbringen«, entgegnete sie heiser.

Lange betrachtete er sie, dann zuckte er mit den Schultern. »Wenn es dein ausdrücklicher Wunsch ist, werde ich das tun. Aber ich würde mich besser fühlen, wenn du es tätest.« Er drückte ihre Hand. »Du bist mein Leben. Nichts, was du tust, wird mir schaden, das weiß ich. Dana, es mag mein Schicksal sein, vor dir in die Anderswelt zu gehen, aber dann werde ich es mit Stolz und Liebe im Herzen tun, mit Liebe zu dir und zu Mael, nicht mehr mit Verbitterung über das, was ich verloren habe.«

»Ich will nicht, dass dir etwas passiert«, sagte sie mit bebender Stimme.

»Das will ich ebenfalls nicht, und ich bin mir sicher, ich werde in wenigen Tagen zu dir zurückkehren«, versprach er.

»Gut.« Sie atmete tief durch und brachte sogar ein verzerrtes Lächeln zu Stande.

Noch einmal hielt ihr Ardan auffordernd den Holztiegel mit der blauen Paste entgegen. Sie zögerte, aber schließlich nahm sie ihn in die Hand. Ardans Tod in Rionachs Vorhersage hatte sicher nichts mit heiligen Zeichen zu tun, die von ihr angebracht wurden. Die Zeitlinie hatte sich verändert, damals war sie gar nicht hier gewesen. Also versuchte sie, sich zu konzentrieren, legte all ihre Liebe und ihre Hoffnung in die Spiralen und Kringel, mit denen sie Ardans Oberkörper und Gesicht bemalte.

Nachdem sie fertig war, drückte Ardan sie fest an sich. »Danke, das bedeutet mir sehr viel.«

Sie nickte stumm und begleitete ihn zum Broch, wo bereits eine Reihe ebenfalls bemalter Krieger auf ihren Pferden saß. Einige Tiere scharrten unruhig mit den Hufen, als spürten sie die Anspannung ihrer Reiter, die mit unbewegten, aber teils auch begierigen und kämpferischen Mienen dreinblickten.

Ardan küsste Dana noch einmal, bevor er auf Donns Rücken stieg.

Sie bemühte sich sehr, ihre Fassung zu bewahren, und war froh, als Áine zu ihr trat und einen Arm um sie legte. »Ardan kommt wohlbehalten zurück«, versprach ihre Freundin.

Lange sah Dana den Kriegern hinterher, und auch nachdem sie aus ihrem Blickfeld verschwunden waren, blieb sie stehen. Auf einmal ging jedoch ein Ruck durch sie hindurch. Sie ließ die verdutzte Áine stehen und rannte zum Dun Troddan hinauf.

»Wo ist Domech?«, rief sie atemlos Etharnan, Drostans Onkel, zu.

Dieser hielt sich fragend eine Hand an sein Ohr, woraufhin sie brüllend ihre Frage wiederholte.

»Weshalb schreist du denn so?«, krächzte der alte Mann. »Ich verstehe dich sehr gut.«

Genervt verdrehte sie die Augen. »Wo ist er denn jetzt?«

»Ich sah ihn vor einer Weile den Berg hinaufsteigen«, erzählte Etharnan.

Also lief Dana los, doch an der Quelle fand sie ihn nicht vor, weshalb sie leise fluchte. Unentschlossen sah sie sich um, raffte schließlich ihren langen Rock hoch und kletterte weiter den Berghang hinauf. In der Hoffnung, den Druiden irgendwo zu finden, kämpfte sie sich durch das Unterholz und hielt nach ihm Ausschau.

Tatsächlich stand er mit gen Himmel gedrehten Handflächen und ausgestreckten Armen auf einer Lichtung. Er summte eine Melodie vor sich hin, und als sich ein Rabe krächzend aus dem Baum über ihm erhob, zuckte Dana zusammen.

»Verdammt!«, flüsterte sie und hielt sich an einem Felsen fest, da ihre Beine nachzugeben drohten und alles verschwamm.

»Dana, fehlt dir etwas?« Ihr musste kurz schwarz vor Augen geworden sein, denn plötzlich stand Domech vor ihr, hatte sie am Arm gefasst und sah sie besorgt an.

»Ein … ein böses Omen … der Rabe«, stammelte sie, und ihre zitternde Hand deutete in den Himmel.

Domechs Miene entspannte sich. »Was meinst du mit einem bösen Omen?«

»Ardan und die anderen Krieger sind fortgeritten. Es droht Gefahr durch Nordmänner. Und dieser Rabe, der verfolgt mich schon seit einiger Zeit«, antwortete sie kläglich. »Bitte, Domech, können wir etwas tun, um unseren Clansleuten beizustehen?«

»Ich habe bereits gehandelt, Dana«, versicherte er gelassen. Dann hob er die Hände erneut gen Himmel, schloss die Augen, und nach wenigen Atemzügen – Dana traute ihren Augen kaum – kam ein Rabe herbeigeflogen und ließ sich in kurzer Entfernung auf einem großen Felsbrocken nieder.

»Das … das ist er …«

»Du hast ihn also wiedererkannt.« Domech klang fast anerkennend, was Danas Verwirrung steigerte. »Du musst dich nicht vor ihm fürchten.«

Sie stieß lediglich ein Keuchen aus, sah dem Vogel in die unheimlichen kleinen Augen, die sie zu durchdringen schienen.

»Er ist mein Helfer, denn wie du weißt, bin ich in dieser Hinsicht etwas eingeschränkt.« Der Druide deutete auf sein blindes Auge.

»Was? Wie? Ich verstehe nicht.« Dana konnte den Blick nicht von dem Vogel nehmen, der sich das Gefieder putzte.

»Eigentlich wollte ich mit diesen Lehren noch eine Weile warten«, seufzte Domech, dann musterte er sie ernst. »Menschen wie wir können uns tierische Helfer suchen, uns ihre Fähigkeiten zu Nutze machen und durch ihre Augen die Welt sehen.«

Abwehrend hob Dana eine Hand. »Du willst mir erzählen, du kannst durch die Augen des Raben sehen?«

Der Druide bekundete seine Zustimmung durch ein Nicken. »So behalte ich alles im Tal im Blick. Und als ich vermutete, du seist eine Sídhe, konnte ich dir hin und wieder durch meinen Freund hier folgen – beobachten, was du tust.« Dann verzog er missbilligend das Gesicht. »Einige Male hast du ihn mit Steinen verjagt, was ihn sehr erzürnt hat.«

Kopfschüttelnd sah Dana von dem Raben zu Domech. »Ich hatte Angst vor ihm, und Ardan schenkte mir dieses Amulett, weil er befürchtete, der Rabe könnte ein Bote der Sídhe sein oder in Verbindung mit Rionach oder Éibhleann stehen.«

»Nein, er ist mein Helfer und eine Art Freund für mich geworden.« Beinahe schon zärtlich blickte der Druide zu dem Raben.

»Gerade wollte ich ihn losschicken, um zu erkunden, ob tatsächlich Gefahr für unser Volk droht, und durch ihn kann ich zeitweise beobachten, wie es um das Wohl unserer Krieger steht.«

»Dann schick ihn los, Domech«, verlangte Dana atemlos. »Bitte lass ihn auf unsere Leute achten.«

»Er wird nicht eingreifen«, erklärte Domech, »ich vermag nur einen Blick durch ihn auf das Geschehen zu werfen.«

»Das ist besser als nichts. Lass ihn sehen, ob Gefahr droht. Notfalls kann ich versuchen, unsere Leute einzuholen und zu warnen.«

Domech schloss die Augen, hob abermals seine Hände gen Himmel, woraufhin der Rabe krächzend nach Westen davonflog. Nach kurzer Zeit öffnete Domech die Augen. »Er ist auf dem Weg. Später werde ich Verbindung zu ihm aufnehmen.«

»Kannst du mir beibringen, wie das geht?«, fragte sie aufgeregt.

Er wiegte seinen Kopf hin und her. »Es bedarf langer Übung, und du bist noch nicht so weit. Die Fähigkeit, zumindest zeitweise über die Elemente zu gebieten, hast du dir angeeignet, aber dich mit einem Tier zu verbinden, stellt eine gänzlich andere Herausforderung dar.«

»Ich würde es gerne ausprobieren.«

»Ähnlich wie bei unseren Übungen musst du eins mit deiner Umgebung werden und dann ein Tier finden, das bereit ist, dich in sein Innerstes zu lassen, und dir erlaubt, mit seinem Geist zu verschmelzen. Am liebsten greifen wir bei dieser Aufgabe auf Vögel zurück, da wir durch ihre Augen viel von der Welt sehen können. Manch eine *ban-draoidh* oder ein weiser Mann bevorzugt auch einen Hirsch oder einen Wolf, doch Vögel sind meist leichter zu beherrschen.«

»Ich versuche es!«

»Warte«, unterbrach Domech sie. »Dies ist nichts, was dir auf Anhieb gelingen mag. Du musst dein Bewusstsein langsam ausdehnen und die Tiere mit deinen Sinnen auf sehr sanfte Weise ertasten.« Kurz hielt er inne. »So wie ich dich im Augenblick wahrnehme, bist du voller Ungeduld.«

»Ich will es dennoch ausprobieren«, beharrte Dana und schloss die Augen, führte ihre Übungen durch, so wie sie es gelernt hatte, und konzentrierte sich auf die Tiere der Umgebung. Ein Kaninchen erstarrte, als sie es mit ihrem Geist berührte, hoppelte jedoch erschrocken davon. Ähnlich verhielt es sich mit den Vögeln. Dana glaubte, sie kurz in Gedanken streifen zu können, aber schnell flatterten sie fort und suchten das Weite. Schließlich gab sie enttäuscht auf.

»Wie gesagt, es bedarf einiger Übung, und du darfst nicht ungeduldig sein und die Tiere erschrecken. Für sie ist es ein großer Schritt, dich in ihren Geist zu lassen.«

»Domech«, sie legte ihm eine Hand auf den Unterarm, »wirst du mir später sagen, ob es Ardan gut geht?«

Der Druide nickte ihr beruhigend zu, und Dana machte sich auf den Rückweg zum Broch.

Tage zwischen Hoffen und Bangen brachen für Dana an, Tage, in denen sie verzweifelt versuchte, selbst mit den Augen eines Vogels zu sehen, doch es wollte ihr nicht gelingen. Der junge Krieger Fargan, den Ardan gebeten hatte, sie zu begleiten, ließ sich von Dana nur zu gerne überzeugen, wie unnötig es war, dass sie jemand vor Domech beschützte. Offenbar waren ihm magische Dinge unheimlich, und er fürchtete sich vor dem weisen Mann, was Dana gut verstehen konnte, obwohl sich ihre eigene Abneigung gegen ihn gelegt hatte.

An jenen Abenden, an denen Domech ihr berichtete, er hätte Ardan und die anderen durch die Augen des Raben bei guter Gesundheit angetroffen, konnte sie halbwegs schlafen, aber nachdem der Druide meinte, sie wären jetzt zu weit entfernt, als dass er noch Kontrolle über den Vogel erlangen könnte, wurde sie beinahe wahnsinnig. Jeden Tag stieg sie mehrfach auf den Turm hinauf, hielt auf dem kreisförmigen Wehrgang Ausschau nach einem

Zeichen der Rückkehr, wurde jedoch enttäuscht. Die Hügel blieben leer, weder tauchten die Silhouetten der Krieger auf, noch war der Hufschlag der Tiere zu vernehmen.

So gut es ging, bemühte sich Dana um Ablenkung. Jetzt, da der Herbst nahte, war viel zu tun, und sie half, wo es nötig war. Vom Schlachten der Tiere hielt sie sich fern, denn damit konnte sie sich noch immer nicht anfreunden, wenngleich ihr inzwischen klar war, dass die Tiere, die hier frei und ungebunden auf den Weiden lebten, ein weitaus besseres Leben hatten als diejenigen in den Mastbetrieben ihrer Zeit. Meist half sie, Korn zu trocknen oder zu mahlen – eine äußerst mühselige Angelegenheit. Oder sie begleitete Frauen und Kinder beim Sammeln wilder Beeren, Kräuter sowie von Brennholz. Bei aller Zerstreuung blieb jedoch die Angst um Ardan. Ein Lichtblick war Brega, die sich in ihrem Mutterglück sonnte und mit jedem Tag, an dem ihre kleine Tochter wuchs und kräftiger wurde, mehr aufblühte. Sie war es auch, die Dana stets Mut machte, beteuerte, Ardan würde zurückkehren. Aber sie wusste ja auch nicht um die unheilvolle Prophezeiung Rionachs.

Zehn Tage waren vergangen, als Späher von einer Gruppe Reiter berichteten, die sich näherte. Auf der Stelle ließ Dana alles stehen und liegen, überlegte noch, Domech zu bitten, den Raben zu senden, verwarf diesen Gedanken aber schnell. Sie rannte los, den ausgetretenen Pfad entlang in Richtung Westen, achtete nicht auf ihre brennenden Lungen und das Seitenstechen, das sie nach kurzer Zeit bekam. Irgendwann erspähte sie in der Ferne die ersten Reiter. Sie erkannte Nectan an der Spitze. Als sie näher kamen, blieb sie wie angewurzelt stehen. Nectan führte ein braunes Pferd mit sich – Donn, über dessen Rücken eine leblose Gestalt mit Ardans braun-rot karierter Decke hing.

»Nein«, flüsterte Dana und fiel auf die Knie.

Wieder einmal war es Vollmond, und erneut befand sich Scott in der Nähe des alten Brochs. In letzter Zeit waren Ruperts Männer seltener in der Nähe zu sehen gewesen, und Scott hoffte sehr, dass sie nun endlich aufgegeben hatten. Er selbst weigerte sich, dies zu tun, und auch heute schlich er auf die Turmruine zu. Wie nicht anders zu erwarten, traf er auf Rionach, die ihn wie immer mit Vorwürfen überschüttete.

»Wenn deine Tochter sich weiterhin Zeit lässt, wird Mael geraubt. Die Tag- und Nachtgleiche ist nicht mehr fern.«

Auch darüber hatte sich Scott seine Gedanken gemacht. Vielleicht fühlte sich Dana ja verpflichtet, bis zu diesem schicksalhaften Tag bei den Menschen jener Zeit zu bleiben, ihnen zu helfen und die Bedrohung abzuwenden. Das war sicher mutig und lobenswert, aber er hoffte, sie würde vorher zurückkehren und sich nicht selbst in Gefahr bringen.

»Dana wird tun, was nötig ist«, meinte er gelassen, ignorierte den flammenden Blick der Kriegerin und setzte sich auf die verfallene Mauer, während er beobachtete, wie die Sonne über den Rand der Welt kletterte.

Seine Gedanken wanderten zu Katharina Ludwig. Inzwischen hatte er Kontakt zu ihr aufgenommen. Durch Marc, der regelmäßig Kontakt zu Danas Freundin Marita pflegte, hatte er erfahren, welche Sorgen sich Danas Eltern um sie machten. Zum Glück war es ihm gelungen, Katharina zu beruhigen, indem er ihr versichert hatte, Dana brauche nur etwas Zeit, um mit der neuen Situation zurechtzukommen, sie würde sich regelmäßig bei ihm melden und es ginge ihr gut. Er wünschte sich, dies entspräche der Wahrheit, aber er konnte Katharina schließlich kaum mit sämtlichen verrückten Details konfrontieren. Gefühle hegte er keine mehr für Danas Mutter, wusste nicht einmal, ob jemals welche da gewesen waren.

Grübelnd fuhr er sich über seinen Vollbart, während er die Eberesche fixierte. Dana dagegen würde er sehr gerne näher kennen lernen, und obwohl ihn der Gedanke an eine erwachsene Tochter nach wie vor verunsicherte, spürte er mit jedem Monat, den er auf sie wartete, wie sehr ihm ihr Wohlergehen am Herzen lag.

Auch heute wurde er enttäuscht, ignorierte Rionachs Wutausbruch und machte sich auf den Weg zu dem alten Landrover, den er seinem Nachbarn inzwischen abgekauft hatte. Die Zeit des Versteckspiels war vorüber, Rupert wusste ohnehin, wo er wohnte, und so war es sinnlos, auf Annehmlichkeiten wie ein eigenes Auto, Telefonanschluss oder sonstiges zu verzichten, was den besessenen Mann auf seine Spur bringen konnte.

Kapitel 31

Tag- und Nachtgleiche

Die Welt um Dana schien aufgehört zu haben, sich zu drehen, sie nahm keine Geräusche mehr wahr, hatte das Gefühl, die Luft wäre eine klebrige Masse, die sie nur mit Mühe in ihre Lungen bekam. Sie konnte nur noch auf den leblosen Körper und die vertraute Decke starren, unfähig sich zu rühren. Irgendjemand rüttelte an ihrer Schulter, wie aus weiter Ferne glaubte sie ihren Namen zu hören. Aber sie kniete nur am Boden und dachte: *Aus, vorbei, ich konnte den Lauf der Zeit nicht aufhalten.*

Jemand trat in ihr Gesichtsfeld, verdeckte ihr den Blick auf die Reiter.

»Dana, sieh mich an!«

Ardan? Auf einmal kniete er vor ihr, aber das konnte doch nicht sein. Er redete auf sie ein, schüttelte sie und nahm ihr Gesicht in seine Hände.

»Dana, ich bin hier, alles ist gut.«

Sie glaubte zu träumen, schloss kurz die Augen, aber er war noch immer da. »Wer … ist das?«, brachte sie plötzlich krächzend heraus, während ihre zitternde Hand auf Nectan und das Pferd neben ihm deutete. Der Clanführer sah ebenfalls äußerst besorgt aus.

»Zumindest sagst du endlich etwas«, murmelte Ardan in ihre Haare und drückte sie erleichtert an sich. Dann half er ihr auf die Beine und lächelte sie beruhigend an. »Das ist Melcon. Sein Pferd ist gestürzt und hat ihn unter sich begraben. Er ist noch bewusstlos, und wir sind vorausgeritten, um ihn so schnell wie möglich zu Domech zu bringen.«

Ihre Beine fühlten sich nach wie vor zittrig und schwach an. »Aber Donn … deine Decke … Ich dachte …« Und abermals umfingen sie Ardans starke Arme, gaben ihr den Halt, den sie benötigte.

»Ich habe dich kommen sehen und dachte mir schon, dass du erschrecken wirst. Wir mussten Melcons Pferd töten, es war nicht mehr zu retten, daher haben wir ihn auf Donns Rücken gelegt und ich bin mit auf einem der anderen Pferde geritten.«

Sie gab einen erstickten Laut von sich, umarmte Ardan fest, konnte kaum glauben, ihn tatsächlich zu spüren, und bemerkte beiläufig, wie die Reiter an ihnen vorbeizogen und Nectan ihr kurz zulächelte.

»Dana, ist alles wieder gut?«, erkundigte sich Ardan besorgt.

Sie nickte ihm zögernd zu, nahm seine Hand und wollte sie auch nicht loslassen, als er sie zu einem kräftigen Grauschimmel führte. »Möchtest du reiten?«, fragte er.

»Nein, ich laufe lieber.«

Achselzuckend nahm er das Pferd am Zügel, und gemeinsam gingen sie zum Broch.

»Die Clans der Küste konnten die Nordmänner erfolgreich zurückschlagen«, erzählte er unterwegs. »Wir mussten nicht einmal gegen sie kämpfen.«

Plötzlich blieb Dana ruckartig stehen. »Ich dachte, du wärst tot«, gab sie mit bebender Stimme zu. »Das war ein verdammter Albtraum!«

»Dana, mir geht es gut.« Er deutete lächelnd auf die Armspange. »Deine Zeichen haben mich vor allem beschützt und dein Geschenk einen Schwertstreich abgewehrt.«

Erst jetzt entdeckte sie die Kerbe in dem Schmuckstück und die aufgeschürfte Haut an seinem linken Oberarm. »Ich dachte, ihr hättet nicht kämpfen müssen.«

»Nicht gegen die Nordmänner«, stellte er richtig. »Aber eine

Gruppe herumziehender junger Krieger aus dem Süden meinte, uns herausfordern zu müssen.« Er grinste ihr zu. »Natürlich ohne Erfolg.«

Vorsichtig fuhr sie über die Vertiefung in dem Schmuckstück, dann sah sie zu ihm auf. »Ich hätte es nicht ertragen, dich zu verlieren. Bitte lass mich nie wieder allein.«

»Das nächste Mal begleitest du mich«, versprach er und küsste sie leidenschaftlich auf den Mund. »Du hast mir sehr gefehlt! Und jetzt erzähl mir etwas. Wie geht es Mael, und wie schreitet deine Ausbildung bei Domech voran?«

Mit jedem Schritt, mit dem sie sich Dun Telve näherten und Ardan an ihrer Seite blieb, löste sich Danas Schrecken. Endlich konnte sie glauben, dass er gesund zurückgekehrt war und ihre düstere Vorahnung sich nicht bewahrheitet hatte.

Am Broch herrschte große Aufregung, die heimgekehrten Krieger wurden überschwänglich von Freunden und Verwandten begrüßt. Mael kam strahlend auf Ardan zugerannt, und er fing sie auf und wirbelte sie herum.

»Du bist ja schon wieder gewachsen, *mo réiltean*!«

Mael drückte ihm einen herzhaften Kuss auf die Wange, dann verlangte sie: »Reiten!«

Daher hob er sie auf den Rücken des Grauschimmels und führte sie das letzte Stück zum Turm, wo Áine und Brega bereits Essen und Wein verteilten.

Nectan berichtete mit lauter Stimme von den Clans an der Küste, die einige Schiffe der Nordmänner in Brand gesetzt und vernichtet hatten. »Diese Bastarde werden sich nicht mehr so schnell in unser Land wagen!«, dröhnte er, prostete allen Anwesenden zu und leerte seinen Kelch in einem Zug.

Hoffentlich behältst du Recht, dachte Dana inbrünstig. Sie wünschte sich, Rionach eingehender zu dem Überfall nach der Tag- und Nachtgleiche befragt zu haben. Woher waren die Nordmänner gekommen? Wann genau und an welcher Stelle hatten sie angegriffen?

Sie war so in ihre Gedanken versunken, dass sie erst aufsah, als sie lautes Geschrei hörte. Einige Schritte von ihr entfernt stand Ardan, sichtlich aufgebracht und brüllte Fargan an, der unter seinem stechenden Blick in sich zusammensank. Bevor Dana bei ihm war, schlug er den jungen Mann zu Boden.

»Ardan, was soll das denn?«, empörte sie sich und half Fargan auf, der eine Hand auf seine blutende Lippe drückte.

»Ich hatte ausdrücklich befohlen, er solle dich zu Domech begleiten!« Ardans Augen sprühten Funken, und er kam schon wieder bedrohlich näher.

Dana stellte sich schützend vor den jungen Krieger. »Und ich habe ihm ausdrücklich befohlen, mich allein zu lassen. Und wie du siehst, geht es mir gut.«

»Es war ein klarer Befehl«, wiederholte Ardan erneut an Fargan gewandt.

»Verzeih mir, Ardan, es war nur so …«

»Tritt mir aus den Augen, sonst vergesse ich mich«, drohte Ardan, woraufhin sich Fargan eilig davonmachte.

»Jetzt lass ihn in Ruhe«, regte sich Dana auf, »er ist doch noch ein halbes Kind.«

Ardan packte sie ungewohnt hart an den Schultern und sah ihr zornig in die Augen. »Ich hatte mich auf ihn verlassen. Er untersteht mir in seiner Ausbildung als Krieger und hat mir zu gehorchen. Dana, ich wollte dich in Sicherheit wissen.« Auf einmal klang seine Stimme wieder weicher.

»Domech hat mich vieles gelehrt, langsam vertraue ich ihm.«

»Aber ich nicht«, beharrte er stur und blickte mit Zornesfalten auf der Stirn in Richtung Dun Troddan.

»Also, lassen wir es darauf beruhen«, versuchte sie einzulenken. »Das nächste Mal begleite ich dich, dann müssen wir nicht streiten, uns keine Sorgen um den anderen machen, und du musst keine jungen Kerle einschüchtern.« Sie verwuschelte ihm die Haare, woraufhin Ardan unwillig brummte, aber seine Miene war bereits deutlich freundlicher.

Sie zog ihn etwas beiseite, damit niemand sie hörte. »Der Rabe, vor dem ich Angst hatte, ist übrigens Domechs Vogel.« Der Druide hatte sie gebeten, sein Geheimnis zu bewahren, und sie hatte unter der Bedingung zugestimmt, Ardan davon erzählen zu dürfen. Nun lauschte er staunend ihren Erklärungen und war endlich von Fargan abgelenkt.

Später gingen sie zu Melcon, der von Domech behandelt wurde. Der junge Mann hatte etliche Knochenbrüche und Quetschungen davongetragen, und Dana hoffte, er würde keine inneren Verletzungen haben. Beinahe schämte sie sich darüber, wie froh sie war, dass es sich bei ihm nicht um Ardan handelte. Als er aufwachte, gab sie ihm einige ihrer kostbaren Schmerztabletten.

Domech war überrascht, wie schnell sie wirkten. »Ein besonderer Zauber muss darauf liegen«, stellte er fest und drehte eine der Tabletten prüfend in der Hand hin und her, zerrieb sie ein wenig zwischen den Fingern und roch daran.

»Nein, Domech, das sind bestimmte Wirkstoffe, die das Schmerzempfinden der Menschen ausschalten«, erklärte sie.

»Welche Pflanzen wurden dafür verwendet?«

»Das weiß ich leider nicht«, musste sie zugeben, »es sind künstlich hergestellte Stoffe.«

»Also doch Magie«, schlussfolgerte Domech, und Dana hob die Schultern. Vielleicht war es besser, ihn in diesem Glauben zu lassen, denn nachmachen konnte er diese Tabletten ohnehin nicht.

»Puh, langsam wirst du mir unheimlich!«, stöhnte Ardan und rieb sich seine rechte Seite, während er sich erhob.

»Tut mir leid, hast du dir wehgetan?«, fragte Dana betreten.

»Es war Sinn dieser Übung, ihn auf den Boden zu befördern«, stellte Domech richtig. »Sehr gut, Dana.«

Sie verzog das Gesicht. Sicher war sie froh, Ardans Angriff allein durch die Konzentration ihrer neu erworbenen Kräfte abwehren zu können, aber ernsthaft verletzen wollte sie ihn bestimmt nicht.

Doch Ardan winkte ab, umarmte sie und meinte: »Ich bewundere dich sehr!«

Ihre wachsenden Fähigkeiten erfüllten sie mit großer Freude, auch wenn es ihr bisher noch nicht gelungen war, sich mit dem Geist eines Vogels zu verbinden.

»Ruh dich eine Weile aus«, schlug Domech vor. »Später machen wir weiter.« Er humpelte mit seinem grauen Bündel davon, und kurz darauf sah Dana, wie er Kräuter pflückte. Sie selbst setzte sich mit Ardan auf ein sonnengewärmtes Stück Wiese, genoss es, in seinem Arm zu liegen und die Wolken zu beobachten.

»Müsstest du nicht eigentlich die jungen Krieger unterrichten?«

»Hm«, brummte er seine Zustimmung.

»Und weshalb tust du es nicht?«

»Es gefällt mir hier bei dir.«

Leise lachend piekste sie ihn in die Seite. »Du wirst langsam bequem und faul. Vermutlich wirst du bald jede Menge Fett ansetzen.«

»Na hör mal!«, rief er empört aus und kniff sich prüfend in die Hüfte, während Dana belustigt kicherte. Dann zog er sie wieder fest in seine Arme und knurrte: »Ich habe versprochen, auf dich aufzupassen, und das tue ich.«

»Wie du gesehen hast, weiß ich inzwischen, mich selbst zu verteidigen.«

»Ja, und das beruhigt mich ungemein.« Nun klang er wieder ernst. »Wie lange willst du denn eigentlich in deiner Zeit bleiben?«

»Ich weiß nicht«, gab sie zu. »Es wird schon eine Weile dauern. Ich muss zu meinen Eltern fliegen – wenn ich nur wüsste, was ich ihnen sage!«

»Fliegen?«

Sie drehte sich zu ihm um und schmunzelte über sein verwirrtes Gesicht. »Ich habe dir von Flugzeugen erzählt.«

»Ja. Und diese Dinger fliegen tatsächlich am Himmel wie Vögel?«

»Richtig.« Danas Augen folgten dem Flug eines Falken. Wieder einmal versuchte sie, ihre Sinne auszustrecken, den Geist des majestätischen Vogels zu berühren, aber es gelang ihr nicht. Enttäuscht ließ sie sich auf den Boden sinken. Ihr Blick wanderte nach rechts – und dort saß auf einem Stein eine kleine Amsel. Ganz ruhig saß sie da und betrachtete Dana und Ardan mit schief gelegtem Kopf.

Okay, noch einmal, dachte sie.

Dana bemühte sich erneut, in diesen meditativen Zustand zu gelangen, merkte, wie die Kraft der Erde sie durchdrang, dann streckte sie ihre Sinne nach dem Vogel aus. Kurz zuckte er zusammen, so als würde er ihre Berührung spüren, und sie war sich sicher, er würde davonfliegen.

Ich tu dir nichts, sagte sie in Gedanken, *ich würde nur gerne durch deine Augen die Welt sehen.*

Auf einmal änderte sich etwas in Danas Wahrnehmung. Ein Kribbeln durchfuhr sie, sie fühlte sich in die Luft katapultiert, hielt den Atem an, sodass beinahe ihre Konzentration nachgelassen hätte. Aber dann bemerkte sie, dass sie nicht wirklich flog – nein – auf eine ihr unerklärliche Weise war sie Teil der Amsel. Ihr Blick war irgendwie anders, klarer. Sie sah sich selbst und Ardan auf dem Boden liegen, Domech, der noch immer mit seinen Kräutern beschäftigt war. Eine beinahe durchsichtige, silbern schimmernde Energieschnur verband sie und den Vogel. Das Tier stieg weiter in die Höhe, drehte einen Kreis und flog nun über Dun Troddan, wo zwei junge Kriegerinnen Wache hielten.

Nach links, verlangte Dana in Gedanken.

Die Amsel flatterte auf der Stelle herum, und da sie mit dem Begriff links vermutlich wenig anzufangen wusste, probierte Dana es auf andere Weise. *Flieg in Richtung Fluss.*

Tatsächlich glitt der Vogel nun ins Tal hinab, Dana konnte es kaum glauben. Ein Lachen entstieg ihrer Kehle – und plötzlich wurde sie beinahe schon schmerzhaft in ihren Körper zurückkatapultiert. Es war wie ein Schock, sie hatte das Gefühl, ihr Herz würde aussetzen. Sie japste nach Luft und sah in Ardans erschrockenes Gesicht.

»Dana, was ist denn mit dir?«

»Ich … ich bin geflogen!«, presste sie hervor. Der Vogel war fort, aber sie hatte es geschafft.

»Geflogen?« Verwirrt sah Ardan ihr in die Augen. »Hattest du einen Traum? Einen Traum von der anderen Zeit?«

»Nein, ich konnte mich mit einer Amsel verbinden und bin mit ihr über das Tal geflogen – es war faszinierend.«

»Ach so.«

Dana musste kichern, als sie bemerkte, dass es Ardan offenbar weniger befremdlich fand, sich mit dem Geist eines Vogels zu verbinden als von einem Flugzeug zu träumen.

»Was hast du denn?«, fragte er, aber sie kicherte nur weiter und winkte ab.

Nachdem Domech zurückgekehrt war, erzählte sie auch ihm von ihrem außergewöhnlichen Erlebnis.

»Hervorragend«, lobte er. »Du solltest dich bemühen, von nun an öfters Kontakt zu diesem Vogel aufzunehmen.«

»Na ja, eigentlich hatte ich mir ja etwas Spektakuläreres vorgestellt«, gab sie zu. »Einen Falken oder einen Adler oder vielleicht einen Wolf.«

»Die Amsel ist ein mächtiges Tier«, rügte Domech sie sofort, und sein Gesicht drückte große Empörung aus. »Für uns gilt sie als Führerin durch die Zeit, eine Begleiterin der Göttin Rhiannon! Sie führt weise Männer und *ban-draoidh* zu ihrem Innersten und ihren Stärken, und manchmal ermöglicht sie uns einen Blick in die Anderswelt.« Gemahnend hob er einen Finger. »Du solltest froh sein, dass ausgerechnet dieser Vogel dich erwählt hat. Dich, die durch die Zeit reist!«

»Ist ja schon gut«, murmelte Dana kleinlaut. Sie hatte kein Problem mit einer Amsel, fand sie eigentlich ganz niedlich. Nur hätte sie sich insgeheim ein cooleres Tier gewünscht, auch wenn das vermutlich albern war. Die mythologische Bedeutung, die Domech gerade angesprochen hatte, passte ja auffallend gut zu ihr und ihrer Situation.

»Halte nach der Amsel Ausschau, Dana«, riet der Druide. »Für heute hast du genug erreicht.«

Allmählich schlich sich der Herbst in das Tal. Bäume und Büsche färbten sich bunt, die Tage wurden merklich kürzer, auch wenn es häufig noch angenehm warm war. Hier und da peitschten schon die ersten Stürme über das Land und bereiteten die Menschen auf den nahenden Winter vor.

Auch wenn es Dana sehr verwunderte, tatsächlich sah sie die Amsel während der nächsten Tage immer wieder, und sie war sich sicher, dass es sich jedes Mal um dasselbe Tier handelte. Manchmal gelang es ihr, sich mit ihrem Geist zu verbinden, manchmal nicht. Dennoch erfüllte es sie mit Stolz.

Dem Herbstfest, der Tag- und Nachtgleiche, sah Dana mit sehr gemischten Gefühlen entgegen. Bald würde sie Ardan und Mael verlassen müssen, wenn auch nur für eine kurze Zeit. Außerdem hing der drohende Überfall wie ein Schatten über ihr und ließ sie häufig kaum schlafen, obwohl Ardan stets versuchte, sie zu beruhigen. Nach langem Überlegen entschloss sich Dana am Tag des Herbstfestes, mit Alauna, Brude und Nectan zu sprechen. Auch Domech war zugegen, worüber sie froh war.

»Wie ihr wisst, bin ich eine *ban-draoidh*«, begann sie, während um sie herum gefeiert wurde. Ein großer Teil der Ernte war eingebracht worden, einige Tiere geschlachtet, ihr Fleisch haltbar gemacht. Jetzt erfreuten sich alle an den üppigen Gaben der Natur, denn der Winter würde wie immer karg und entbehrungsreich werden.

»Ja, das wissen wir, und du hast einen unserer besten Krieger verzaubert«, lachte Nectan, wobei er Ardan kräftig auf die Schulter schlug.

Dana schnitt eine Grimasse und fuhr dann ernst fort: »Manchmal vermögen wir *ban-draoidh* in die Zukunft zu sehen. Es könnte sein, dass in einigen Tagen ein Angriff der Nordmänner stattfindet.«

Nun besaß sie die ungeteilte Aufmerksamkeit aller Anführer. Ardan fasste sie am Arm und schüttelte stumm den Kopf. Aber Dana hatte es sich gut überlegt. Sie wollte alle im Tal warnen. In jedem Fall war es besser, als unvorbereitet auf den Feind zu treffen. »Ich bin mir nicht sicher, ob es wirklich eintritt ...«

»Visionen sind niemals klar«, fügte Domech hinzu. »Dennoch denke ich, wir sollten gewappnet sein. Die Männer aus dem fernen Norden sind auf der Suche nach Land, und es war stets ihr Bestreben, sich dieses auf kriegerische Weise anzueignen.«

»So wie wir es auf kriegerische Weise verteidigen werden«, warf Ardan ein.

»So soll es sein.« Nachdenklich fuhr sich Nectan über seinen imposanten Schnurrbart. »Es kann nicht schaden, die Wachen zu verstärken.« Er wandte sich wieder an Dana. »Sag, hat sich dir auch die Anzahl der Nordmänner offenbart?«

Schweigen trat ein, aller Augen ruhten nun auf ihr.

»Es sind viele, vielleicht zu viele.«

Unbehagliche Blicke wurden ausgetauscht, ernste Züge lagen um die Mundwinkel der Clansleute, so manch einer hob aber auch kühn den Kopf und die Kampfeslust war offensichtlich.

»Wir werden unsere Kriegerinnen und Krieger bereithalten«, versicherte Alauna sogleich, auch sie mit einem kämpferischen Funkeln in den Augen.

»Aber ihr müsst ausreichend Wachen hier im Dorf zurücklassen, falls es zu dem Überfall kommt.« Danas Blick wanderte zu Brega, die mit glücklichem Gesicht ihre kleine Tochter im Arm hielt und im Takt von Flöte und Trommel wippte. Dana hatte vor, ihr eindringlich zu raten, sich im Falle eines Angriffs in den Bergen zu verstecken, ihre Kinder und auch Mael in Sicherheit zu bringen. Vielleicht konnte sie so eine Entführung verhindern.

»Unsere Brochs bieten allen ausreichenden Schutz«, sagte Brude in Danas Gedanken hinein. »Nicht viele Krieger sind nötig, um sie zu verteidigen.«

»Bitte, Brude«, beschwor sie ihn Dana. »Es könnte sein, dass es diesmal anders ist. Sofern es zu einem Angriff kommt, dann lass mehr Krieger zum Schutz deiner Leute hier, als du es normalerweise tun würdest.«

Seine Stirn furchte sich, er warf Domech einen Blick zu, und der Druide nickte zustimmend.

»Man muss die Zeichen der Götter ernst nehmen«, pflichtete Brude schließlich bei.

Auch Brega war zunächst skeptisch, als Dana ihr von ihrer angeblichen Vision erzählte. »Unsere Türme werden uns schützen. Sofern Nordmänner uns angreifen, sind wir dort sicher.«

»Bitte, Brega, vertraue mir«, verlangte Dana. »Nimm deine Kinder und Mael und bring sie in Sicherheit. Sofern ein Angriff stattfindet, werde ich an Ardans Seite kämpfen.«

»Also gut«, gab die ältere Frau zögernd nach, wobei sie ihrer Tochter über den weichen Flaum am Kopf strich.

Im Gegensatz zu den anderen konnte Dana dieses Fest kaum genießen. Für sie hatte es etwas Düsteres, Bedrohliches, und auch dass Domech versprach, größere Opfergaben an die Götter darzubringen, beruhigte sie kaum.

Wenigstens nahm man ihre Warnung ernst, und in den Tagen nach dem Herbstfest ließen sowohl Alauna und Brude als auch Nectan ihre Kriegerinnen und Krieger eisern trainieren. Dana nahm häufig am Training teil, übte aber weiterhin mit Domech, so schwer es ihr auch fiel, sich zu konzentrieren.

Neun Tage nach der Tag- und Nachtgleiche wurde sie in der Morgendämmerung von lauten Rufen geweckt. Sie hatte das Gefühl, gerade erst in Ardans Armen eingeschlafen zu sein, aber sie war sofort hellwach. Alle erhoben sich eilig von ihren Lagern, und kurz darauf stand Alauna in voller Kriegsbemalung in der Tür.

»Die Clans der Küste haben die Leuchtfeuer entzündet. Wie es aussieht, benötigen sie Hilfe.« Sie nickte Dana anerkennend zu. »Ich habe auf der Stelle Späher ausgeschickt, wir sollten uns bereithalten.«

Ardan schlüpfte bereits in seine Hose, während Dana noch gegen den Kloß in ihrer Kehle ankämpfte. Offenbar war dieser Kampf doch unausweichlich.

»Ardan«, sagte sie mit zitternder Stimme, »wir müssen Mael zu Brega bringen.«

Er nickte zustimmend, schnallte seinen Dolch um und meinte: »Das kannst du tun, ich hole in der Zwischenzeit die Pferde und bereite alles vor.«

»Du wartest auf mich«, forderte sie eindringlich, hielt seinen Arm fest und sah ihm entschlossen in die Augen. »Geh nicht ohne mich!«

»Dana«, liebevoll streichelte er ihr über die Haare. »Wir sind vorbereitet, mir wird nichts geschehen.«

Zehn Tage nach der Tag- und Nachtgleiche des Herbstes wird Ardan getötet werden und Mael von Nordmännern entführt, schossen ihr Rionachs düstere Worte durch den Kopf.

»Du musst auf mich warten!«, wiederholte sie drängend.

»Ich habe es dir versprochen. Nun bring Mael fort.«

Er selbst ging zu seiner schlafenden Tochter, nahm sie auf die Arme und küsste sie auf die Wange. »Sei brav, *mo réiltean*«, flüsterte er ihr ins Ohr. »Bald sind wir wieder bei dir.« Danach übergab er Dana das langsam erwachende Mädchen, schnappte sich Schwert, Decke und sein Bündel und rannte die Treppe herunter.

Dana schloss kurz die Augen, schluckte schwer und eilte schließlich ebenfalls ins Freie. Draußen herrschte große Aufregung. Überall rannten Kriegerinnen und Krieger umher, Pferde wurden gesattelt, Proviant verstaut. So schnell ihre Füße sie trugen, eilte sie zu Bregas Haus. Dort lagen noch alle in tiefem Schlaf, aber auch ihr Mann und ihre ältesten Söhne rüsteten sich sofort für den Kampf. Brega wirkte sehr verschreckt, sah sie mit weit aufgerissenen Augen an und nickte nur, als Dana sie ermahnte, alles so zu machen, wie sie es gesagt hatte.

»Mael, du musst gut auf Brega hören«, verlangte sie von dem Mädchen. »Dein Vater und ich haben dich sehr lieb, aber jetzt musst du hierbleiben. Weich nicht von Bregas Seite!«

Die Kleine nickte, rieb sich verschlafen die Augen und drückte sich an Bregas Seite. Ein letztes Mal strich Dana ihr durch die Haare, dann rannte sie zurück zum Broch. Von Ardan war nichts zu sehen, und sie hoffte inständig, er wäre nicht doch ohne sie aufgebrochen. So stürmte sie den Turm hinauf, zog sich eine weite Hose, eine ärmellose Bluse und darüber ein Hemd an, schnappte sich außerdem Umhang sowie ihre Decke und den Medizinbeutel.

Hoffentlich werde ich den nicht brauchen, dachte sie.

Als sie die Treppe hinunterhastete und draußen beinahe gegen den grimmigen Garnait prallte, achtete sie gar nicht auf dessen Geschimpfe, denn in diesem Moment kam Ardan mit Donn und Righ am Zügel auf sie zu.

Erleichtert atmete Dana auf, packte ihre Sachen auf Righs Rücken und verschnallte alles mit geübten Handgriffen.

»Alauna sagt, wir sollen auf die Späher warten«, erklärte Ardan. »Brude hat sich dank deiner Warnung dazu entschlossen, mit vierzig Kriegern hierzubleiben.«

»Das ist gut«, erwiderte Dana beruhigt und sah sich um. »Ja, das ist sehr gut«, wiederholte sie.

Nun deutete Ardans Hand zur Mitte der Siedlung, wo sich die Krieger versammelt hatten. Ihr Atem und der ihrer Pferde waren in der kühlen Morgenluft sichtbar. »Domech hat Farbe mitgebracht. Wir sollten uns die heiligen Zeichen anbringen.«

Dana lächelte zaghaft, dann folgte sie ihm zu dem Druiden, der gerade Nectan bemalte.

»Unsere kleine *ban-draoidh* hat uns einen großen Dienst erwiesen«, lobte der Clanführer, als er sie sah.

Es war deine Nichte, die mir das sagte, dachte sie bei sich, aber das konnte sie natürlich nicht laut aussprechen. Ihr Blick wanderte zu dem bedeckten Himmel. *Ihr Götter, sofern es euch wirklich gibt, bitte lasst mich die Zeit tatsächlich so verändert haben, dass jene, die ich liebe, diese Schlacht überleben.* Auch wenn Ardan sie aufmunternd anlächelte, konnte sie nicht verhindern, dass ihre Hände zitterten, während sie ihm die verschlungenen Zeichen auf die Haut malte.

Sie selbst streifte ihr dickes Hemd ab und beobachtete, wie Ardan ihr ebenfalls Spiralen und Kreise auf die nackten Arme und das Gesicht zeichnete. Zu gern hätte sie jetzt einen Spiegel gehabt, um sich zu betrachten.

Am Ende küsste er sie zärtlich. »Du bist eine von uns«, flüsterte er ihr ins Ohr, »völlig gleichgültig, aus welcher Zeit du stammst.«

Dieses Gefühl ergriff auch von Dana mehr und mehr Besitz, trotzdem graute ihr vor den bevorstehenden Kämpfen. Der Tod war zu dieser Zeit ein allgegenwärtiger Begleiter, meist verharrte er nur einen Schwertstreich entfernt. Sie wollte nicht töten, nicht wenn es sich vermeiden ließ, aber gleichzeitig wusste sie, dass sie Ardan oder Mael bis zum letzten Atemzug verteidigen würde.

Sie waren gerade fertig, als Späher in rasantem Tempo angaloppiert kamen – eine junge Frau, sie mochte Anfang zwanzig sein, und ein etwas älterer Krieger.

»Schiffe lagern in der Meerenge, und unsere Leute an der Küste werden angegriffen, wir müssen uns beeilen«, stieß der Mann hervor.

Sofort schwangen sich alle in die Sättel und trabten oder galoppierten nach Westen, hielten unumstößlich auf das Meer zu. Einige Krieger folgten zu Fuß.

Noch einmal warf Dana einen Blick zurück zu den Brochs, die ihr heute nicht ganz so uneinnehmbar vorkamen wie sonst. Sie hoffte, Brega würde sich an das halten, was sie ihr gesagt hatte. Aber schließlich konzentrierte sie sich auf ihr Pferd und ritt inmitten der vereinten Clans auf den Feind zu. Hufgetrappel dröhnte in ihren Ohren, doch die Angst, die in ihrem Bauch rumorte, vermochte der Klang donnernder Huf nicht zu vertreiben. Je weiter sie nach Westen ritten, umso mehr verdichtete sich der Bodennebel, und bald waren sie gezwungen im Schritt zu reiten. Gespenstisch waberte das undurchdringliche Weiß über den Weiden, verdeckte jegliche Sicht und erinnerte Dana auf äußerst bedrückende Weise an ein Leichentuch – alles Leben auf sonderbar sanfte Art erstickend. Selbst der Hufschlag der Pferde erklang gedämpft. Es schien beinahe, als ritten sie durch ein weißes Meer aus Nebel, lediglich die Köpfe ihrer Pferde ragten daraus hervor. Hin und wieder erklang ein leises Schnauben, Dampfwolken stiegen in der kalten Morgenluft von den schwitzenden Pferdeleibern auf. Das Wissen, überall konnten Feinde im Nebel lauern, zehrte an Danas Nerven. Alle verhielten sich ruhig, bemühten sich, ihre Waffen nicht klimpern zu lassen, indem sie die Hände darauf legten. Niemand sprach ein Wort, was diesen Zug umso unheimlicher erscheinen ließ.

Ein lautes Knacken von rechts. Abrupt parierte Dana ihren Hengst durch, Ardan hielt sein Schwert schon in der Hand, ebenso wie die Männer und Frauen vor und hinter Dana. Lautlos verharrten sie, angespannt und atemlos. Ardan gab Garnait ein Zeichen, und dieser glitt aus dem Sattel, schlich auf das Gebüsch zu. Nur zwei Schritte später konnte Dana ihn nicht mehr sehen, der Nebel hatte ihn verschluckt. Auch Ardan stieg ab. Sie wollte ihn aufhalten, doch bevor sie den Mund geöffnet hatte, rumpelte es im Gebüsch. Mit ohrenbetäubendem Getöse erhob sich ein Graureiher in den Himmel. Den Kriegern entwich ein erleichtertes Lachen, und sie schwangen sich auf der Stelle wieder in die Sättel.

Als sie die Küste erreichten, bot sich Dana ein erschreckendes Bild. Schiffe lagerten in der Meerenge – im Vergleich zu den *curraghs* der Pikten sehr große Langboote. Es mochten an die fünfzig sein, vielleicht sogar mehr. Viele waren mit geschnitzten Drachen- oder Schlangenköpfen verziert, und aus ihrem Rumpf sprangen reihenweise kräftige, hellhaarige Männer in Rüstungen. An Land wurde bereits heftig gekämpft, die Schreie und das Klirren der Waffen drangen trotz der wogenden Brandung bis zu ihr. Dana entdeckte Alauna, die gerade ihre Krieger in die Schlacht führte.

Ardan lächelte ihr noch einmal beruhigend zu, dann drückte er Donn seine Unterschenkel in die Seiten. Ein Ruck ging durch die Reihen der Pferde, und zusammen mit kriegerischen Pikten und Kelten preschte Dana auf die Schlacht zu, die an der Küste oder teilweise bereits in den umliegenden Hügeln stattfand.

Plötzlich sah sie sich den feindlichen Nordmännern, die man später als Wikinger bezeichnen würde, gegenüber. Viele waren mit Speeren bewaffnet, andere mit Äxten oder Schwertern, dem ihren gar nicht so unähnlich. Die meisten trugen imposante Vollbärte, teilweise Helme und Lederpanzer, um ihren Oberkörper zu schützen.

Die Männer schlugen gnadenlos zu, brüllten ihre für Dana unverständlichen Schlachtrufe in die kalte Herbstluft. Dumpf prallten die Leiber aufeinander, gefolgt vom Scheppern der Waffen, in das sich Schmerzensrufe mischten. In den Gesichtern einiger Nordmänner sah Dana Überraschung aufflammen, wenn sich annähernd nackte Clansmänner oder -frauen mit einer Unerschrockenheit auf sie stürzten, die ihresgleichen suchte. Besonders wenn junge Kriegerinnen, ihre Götter anrufend, über sie kamen, zögerte der ein oder andere – was ihm schnell zum Verhängnis wurde. Doch viel Zeit hatte Dana nicht, sich dieses Gemetzel näher anzusehen. Sie stach, hieb und schlug von Righs Rücken aus auf die Feinde ein und war froh um die vielen Übungsstunden und Righs Ausbildung als Kriegspferd. Regelmäßig wanderte ihr Blick zu Ardan, der konzentriert und grimmig kämpfte – jedoch nicht mehr mit dem alles verzehrenden Zorn, sondern mit Bedacht und kontrolliert geführter Klinge. Er zog sich zurück, wenn er in zu arge Bedrängnis kam, achtete mehr auf sich, was Dana mit großer Erleichterung erfüllte.

Ein schmerzhafter Schnitt durch eine feindliche Klinge lenkte sie jedoch von Ardan ab. Sie riss Righ herum und beförderte den Nordmann mithilfe des Hengstes ins nächste Matschloch. Ein hasserfüllter Schrei entwich dem feindlichen Krieger, erstarb aber zu einem Gurgeln, als Nectan angaloppiert kam und ihm einen Speer mitten in die Brust trieb.

Die Kämpfe dauerten den ganzen Tag an. Mal schienen die Clankrieger überlegen zu sein, zerstreuten die feindlichen Linien, doch dann formierten sich diese neu und drängten wieder vor oder bekamen gar Unterstützung von weiteren Schiffen. Als sich die Dämmerung über das Land senkte, zogen sich die Angreifer an den Strand und auf ihre Schiffe zurück.

Die Krieger von Alauna und Nectan lagerten in den Hügeln und im Wald. Es hatte einige Verluste gegeben, viele Schwerverletzte, und Dana war froh, dass gegen Nachmittag Domech und die Kräuterfrauen eingetroffen waren, die sich nun um die Verwundeten kümmerten. Sie selbst verteilte Schmerztabletten an diejenigen, die am meisten abbekommen hatten, wusch ihre eigenen Verletzungen und die von Ardan – wenn auch unter seinem lautstarken Protest – mit Desinfektionsmittel aus. Noch immer hielt er die Errungenschaft aus der Neuzeit für Dämonenwerk.

Dana war völlig erschöpft. Sie bewunderte Alauna, die trotz ihres deutlich höheren Alters erstaunlich frisch wirkte und Kriegerinnen und Kriegern Mut machte, am nächsten Tag den Feind endgültig zurückzuschlagen. Wachen waren aufgestellt worden und behielten alles im Auge.

Gemeinsam mit Ardan und einigen anderen Clanmitgliedern saß Dana am Feuer. Sie hatte sich ihren Umhang über den Kopf gezogen, denn leichter Nieselregen fiel vom Himmel und verstärkte die düstere Stimmung. Männer und Frauen unterhielten sich gedämpft über das, was der morgige Tag bringen mochte. Nicht zum ersten Mal wurde wild spekuliert, was die Nordmänner hier wollten. Waren sie zufällig in die Meeresbucht geraten? Hatten ihnen vielleicht Kundschafter von den beiden Brochs berichtet und wollten diese nun für sich erobern? Domech war nach wie vor der Meinung, es ginge dem Feind um mehr Land. Nectan hatte einige Gefangene gemacht, doch da niemand ihre Sprache verstand, waren sie in dieser Beziehung keine Hilfe.

»Komm, Dana, lass uns unter die Bäume gehen, dort ist es geschützter«, schlug Ardan irgendwann vor. »Ich möchte schlafen, bevor meine Wache beginnt.«

Mit müden Knochen erhob sie sich, legte sich auf die ausgebreitete Decke und schmiegte sich eng an ihn.

»Weck mich, sobald du an der Reihe bist«, verlangte sie.

Liebevoll fuhr er ihr durch die feuchten Haare. »Du hast schon genug getan, ruh dich besser aus.«

»Nein!«, rief sie panisch aus. Morgen war der Tag, an dem Ardan laut Rionach sterben sollte, und sie wollte ihn keinen Moment aus den Augen lassen.

»Dank deiner Vorwarnung konnten wir sofort reagieren«, meinte er beruhigend. »Dana, ich denke, alles wäre sehr viel schlimmer gekommen, hätten wir nicht ohnehin schon mehr Männer an die Küste geschickt.«

»Ja, kann sein«, gab sie zu. War der Angriff der Nordmänner tatsächlich – in einer anderen Zeitlinie – verheerender abgelaufen? Waren damals vielleicht die Türme bereits überrannt worden? Das alles war so unfassbar. Trotzdem gedachte Dana, kein Risiko einzugehen. Sie musste an Ardans Seite bleiben, denn genau wegen der beiden Tage, die nach dieser düsteren Nacht anbrechen würden, war sie hiergeblieben. Es fiel ihr schwer, Ruhe zu finden. Rastlose Körper wälzten sich von einer Seite auf die andere. Die Verletzten stöhnten leise in ihrem wenig erholsamen Schlaf, und einzig Ardans Anwesenheit tröstete sie in dieser feuchten und kühlen Nacht.

Waffengeklirr und Rufe ließen Dana auffahren. Sie schien überhaupt nicht geschlafen zu haben, aber vor allem erschrak sie, als sie bemerkte, dass Ardan nicht mehr neben ihr lag. Sofort stand sie auf, ergriff ihr Schwert und sah sich hektisch um.

»Garnait, wo ist Ardan?«, hielt sie den Krieger auf. Dieser drückte ein schmutziges Tuch auf seinen linken Oberarm und sah grimmiger den je aus.

»Dort hinten.« Vage deutete er in Richtung Meer.

Dana rannte los, und in der Ferne sah sie, dass erneut vereinzelte Kämpfe ausgebrochen waren. Aber zum Glück kam ihr Ardan kurz darauf entgegen.

»Verdammt nochmal, wo warst du?«, fuhr sie ihn an, wenngleich sie unendliche Erleichterung durchflutete.

»Dana, du warst gerade erst eingeschlafen«, versuchte er, sich zu rechtfertigen, und als sie Luft holte und zu einer empörten Entgegnung ansetzte, legte er ihr einen Finger auf den Mund. »Ich habe gespürt, wie du dich die halbe Nacht hin und her gewälzt hast. Alles war ruhig. Die Nordmänner sind gerade erst wieder von ihren Booten gestiegen und haben sich denen angeschlossen, die das Ufer halten.« Er schob sie vorsichtig vorwärts. »Komm jetzt, wir müssen unsere Kriegssymbole erneuern und die Pferde satteln.«

»Hm«, brummte Dana halbwegs versöhnt. Sie folgte Ardan zu Domech, der gerade die Verwundeten versorgte und ihnen nur kurz zunickte. Gewissenhaft zeichnete sie Ardans Kriegsbemalung nach. Auf seiner nackten Haut hatte sich eine Gänsehaut gebildet, denn der Morgen war recht kühl, wenn auch zum Glück heute trocken. Dana ließ ihre Zeichen ebenfalls nachziehen, dann nahm sie ein eiliges Frühstück aus pampigem, fast erkaltetem Haferbrei zu sich, bevor sie Righ sattelte.

Erneut stürzten sie sich in den Kampf, lösten die Clanmitglieder ab, die bereits erschöpft waren und versuchten, die Nordmänner zurück auf ihre Schiffe zu drängen. Doch diese waren beharrlich, kämpften unerschrocken und zeigten keinerlei Anzeichen, aufgeben zu wollen.

Dana war froh, gegen Mittag durch eine neu eintreffende Gruppe von blau bemalten Kriegern aus dem Norden abgelöst zu werden. Ardan meinte, Alauna und Brude seien mit ihnen befreundet und hätten sie zur Unterstützung angefordert. Die Arme schwer und müde ließ sich Dana im Schutze eines Wäldchens nieder, lehnte sich an einen Baum und schloss die Augen.

»Hier, ich konnte sogar Fleisch auftreiben«, riss Ardan sie aus ihrem Halbschlaf.

Er hielt ihr Getreidebrei und ein verbranntes Stück Hammelfleisch entgegen. Noch vor wenigen Monaten hätte sie so etwas nicht gegessen, aber jetzt schlang sie es dankbar hinunter. Ardan ließ sich ächzend neben ihr nieder, legte den Arm um sie, und Dana lehnte ihren Kopf gegen seine Schulter.

»Meinst du, es gelingt uns, die Nordmänner zurückzuschlagen?«

»Es sind sehr viele«, gab er zu, »aber noch konnten sie keinen bedeutenden Vorstoß unternehmen, und das soll auch so bleiben. Wir werden sie nicht in unser Tal lassen. Sicher werden sie bald aufgeben.«

Dies wünschte sich Dana inständig, aber der nicht enden wollende Schlachtenlärm in der Ferne machte ihr Angst. Trotzdem schlummerte sie aus purer Erschöpfung ein, und als sie bemerkte, wie Ardan sich unruhig bewegte, war der Tag schon weit fortgeschritten.

»Bleib ruhig hier, Dana«, flüsterte er ihr ins Ohr. Doch sie schüttelte energisch den Kopf. Sie musste bei ihm bleiben – besonders an diesem Tag. Also holten sie ihre Pferde und ritten zum Meeresufer zurück. Erschreckend viele erschlagene Krieger lagen auf ihrem Weg, und Dana wurde übel von den verstümmelten Toten, denen teilweise ganze Körperteile fehlten. Heidekraut, Gras und Felsen waren blutdurchtränkt, Aasvögel kreisten am Himmel und würden sicher bald ein reichliches Mahl vorfinden. Sie versuchte, all das zu ignorieren wie auch den Schmerz in ihren müden Muskeln.

»Was auch geschieht, bleib an meiner Seite«, warnte Ardan sie.

Etwas anderes hatte sie auch nicht im Sinn. Aus dem Augenwinkel erkannte sie, wie sich Alauna zu Fuß und mit einer Gruppe von zehn Kriegern aus einem Gebüsch heraus auf eine abgespaltene Gruppe Nordmänner stürzte. Mal wieder war Dana vom Kampfgeist der Clanführerin beeindruckt, aber dann musste sie selbst um ihr Leben kämpfen.

Bis in die Abenddämmerung hinein zogen sich die Scharmützel dahin, nach wie vor leisteten die Nordmänner hartnäckigen Widerstand. Dana hatte das Gefühl, noch niemals zuvor in ihrem Leben so müde gewesen zu sein. An einem kleinen Bachlauf wusch sie sich im Dämmerlicht Schweiß, Blut und Schmutz des Tages ab – aber sie war erleichtert. Sie und Ardan waren am Leben, und endlich hatten die Nordmänner begonnen, sich zurückzuziehen und sich auf ihren Schiffen zu verschanzen. Doch wie es aussah, hatten sie nicht vor, davonzurudern.

»Wir müssten ihre Schiffe zerstören«, überlegte Nectan am Feuer. »Dann würde ihnen die wichtigste Rückzugsmöglichkeit fehlen.«

»Aber sie belagern den Küstenstreifen«, gab Garnait zu bedenken.

Eine Weile überlegten sie hin und her, erwogen Männer durch das kalte Wasser zu den Booten schwimmen zu lassen, verwarfen diesen Gedanken jedoch, denn sie hätten einen weiten Bogen schlagen und viel zu lange in dem eisigen Wasser schwimmen müssen, um anschließend noch kämpfen zu können.

Dana lauschte Nectans und Alaunas Vorschlägen, und mehr zu sich selbst gewandt, sagte sie plötzlich leise: »Eine Kanone wäre die Lösung.«

»Was meinst du?«, erkundigte sich Ardan.

Doch Dana winkte ab. Hier war es kaum möglich, in kurzer Zeit etwas herzustellen, das auch nur ansatzweise einer Kanone glich. Aber ein anderer Gedanke kam ihr in den Sinn.

»Wie wäre es, wenn wir Brandpfeile auf die Boote schießen?«

Nectan strich sich über seinen Schnurrbart, während Alauna die Stirn runzelte. »Wir besitzen einige gute Bogenschützen, aber die Nordmänner könnten die Flammen leicht löschen.«

»Nicht, wenn wir etwas benutzen, das die Pfeile länger brennen lässt.« Dana stand auf und schritt langsam auf und ab, während sie nachdachte. »Starker Alkohol wäre hilfreich oder etwas wie Pech.« Sie kannte den Ausdruck dieser Zeit nicht und bemühte sich daher nun, diesen zu beschreiben. Nach einer Weile nickte Nectan zufrieden: »*Beith-tearr*!«

»Wenn wir es schaffen würden, einige Krieger dieses *beith-tearr* in die Boote schütten zu lassen und anschließend Brandpfeile abschießen, könnte es gelingen«, meinte Dana.

Sofort war Nectan auf den Beinen. Er winkte einen Krieger zu sich und wies ihn an, die gewünschten Dinge vom Broch holen zu lassen. Dann wandte er sich mit besorgter Miene Alauna zu. »Ich habe übrigens Nachricht an Eoganan mac Drest schicken lassen und hoffe, dass er uns Unterstützung zukommen lässt.«

»Und ich hoffe, wir werden diese nicht nötig haben«, erwiderte Alauna düster.

Eoganan mac Drest – Dana konnte sich daran erinnern, wie Brude vor längerer Zeit über diesen Mann gesprochen hatte. Er war der König der Westküste und auch wenn Brude, Alauna und Nectan als adlige Clanführer weitgehend allein über ihr Tal und ihre Untergebenen entschieden, so war er doch derjenige, dem sie Abgaben lieferten – und den sie in Notzeiten um Hilfe bitten durften.

Allzu lange dauerte es nicht, bis Männer mit den angeforderten Utensilien eintrafen. Sogleich suchten Alauna und Nectan gute Schwimmer aus, die mit eilig zusammengezurrten Flößen, auf denen die Schalen mit Pech gestellt wurden, zu den Booten schwimmen sollten. Dana war froh, dass Ardan nicht unter ihnen war. Er war ein zu guter Schwertkämpfer und wurde an Land benötigt.

»Wir dringen an die Küste vor und machen so Platz für unsere Bogenschützen, sobald das *beith-tearr* auf den Schiffen ist«, entschied Alauna.

Nectan stimmte ihr zu und sammelte seine Männer um sich. In der Dunkelheit pirschten sie sich langsam ans Ufer, wo die Nordmänner lagerten. Nur wenige hatten Feuer angezündet, vermutlich wollten sie im Schein der Flammen kein leichtes Ziel abgeben.

Eine für Dana endlose Zeit verstrich, dann war Tumult von den Booten zu hören, die vor der Küste ankerten. Alauna gab das Zeichen zum Angriff. Gemeinsam mit Ardan und fast fünfzig weiteren Kriegerinnen und Kriegern stürmte Dana los. Sie warfen sich auf die überraschten Nordmänner, und schnell wurde klar, dass diese mit keinem nächtlichen Angriff gerechnet hatten. Dana fiel es schwer, im Dunkeln zu kämpfen, fürchtete sie doch, versehentlich einen der eigenen Krieger zu treffen. Doch zum Glück hatten sie bald eine Schneise geschlagen. Die Bogenschützen rückten vor, schossen ihre Pfeile ab, die mit unheimlichem Rauschen und Zischen feurige Bögen über den Nachthimmel zogen. Viele Pfeile fanden ihr Ziel, und kurz darauf schlugen Flammen aus nicht wenigen Booten. Die Nordmänner wurden spürbar unruhig. Einige liefen ziellos umher, überlegten wohl, ob sie sich auf den Feind stürzen oder ihre Boote retten sollten.

»Angriff«, schrie Alauna wohlbedacht, denn nun galt es, die Verwirrung des Feindes auszunutzen. Auch die erfahrenen Krieger erkannten die Gelegenheit, und noch bevor Alaunas Ruf verhallt war, stürzten sie sich auf die Angreifer. Diese fochten nur einen halbherzigen Kampf und begannen stattdessen, sich auf ihre Schiffe zurückzuziehen, um beim Löschen der Flammen zu helfen. Ohne die Boote waren die Nordmänner von ihrer Heimat abgeschnitten. So endete der Kampf binnen Kurzem, und Alauna rief ihre Krieger zurück, um in den Hügeln Schutz zu suchen.

»Wir lassen noch in der Nacht die Verletzten zurück zu den Brochs bringen. Domech soll sie zusammen mit so vielen Kriegern begleiten wie für die Tragen und ihren Schutz benötigt werden«, entschied Nectan. »Dreißig Krieger bleiben hier in der Nähe, um die Lage zu beobachten, weitere dreißig schicke ich nach Norden, um nachzusehen, ob weitere Boote in der Meerenge lagern. Alauna, vielleicht solltest auch du einige deiner Krieger entlang der südlichen Küste postieren. Möge das Morgengrauen enthüllen, ob die Flammen uns zum Sieg verholfen haben.«

Die Piktenkriegerin nickte zustimmend, dann forderte sie Dana und Ardan auf, sie zu begleiten. Gespenstisch schallten die Rufe der Nordmänner zu ihnen herüber. Im flackernden Feuerschein sah man, wie die Feinde auf ihren Booten auf und ab liefen. Aber schließlich ließen sie den Kampflärm hinter sich. Alauna befahl ihrem Gefolge, auszuschwärmen und an der Küste nach Nordmännern Ausschau zu halten, die möglicherweise versuchen würden, sich hier an Land in Sicherheit zu bringen.

»Wahrscheinlich warst du unsere Rettung, Dana«, meinte Ardan irgendwann, während sie angestrengt in die Nacht lauschten und auf das schimmernde Meer blickten.

»Noch haben wir nicht gewonnen«, gab sie zu bedenken. Aber trotzdem war sie erleichtert, diesen Tag hinter sich gebracht zu haben – und Ardan war noch immer an ihrer Seite, das war ihr größtes Glück.

Im Laufe der Nacht kam frischer Wind auf, der es schwierig machte, auf verdächtige Geräusche zu achten. Wolken schoben sich vor Mond und Sterne, und schließlich zog sich sogar Ardan sein Hemd über. Mit der Morgendämmerung wurde klar, dass an dieser Stelle keine Feinde an Land kommen würden. Das Meer war aufgewühlt, Schaumkronen tanzten auf den tosenden Wellen, und kein feindliches Schiff zeigte sich.

Alauna trat zu ihnen. »Wie es scheint, ziehen sich die Nordmänner zurück«, triumphierte sie. »Dennoch müssen wir Vorsicht walten lassen. Haltet an dieser Stelle Wache bis zum Abend«, meinte sie an Ardan und Dana gewandt. »Und nutzt die Gelegenheit, um wieder zu Kräften zu kommen. Wir treffen uns nach Sonnenuntergang im Dorf an der Küste.« Ein Schatten legte sich über ihr Gesicht. »Leider wurde es beinahe völlig zerstört.«

»Wir werden helfen, es wieder aufzubauen«, versicherte Ardan ihr.

Ebenso wie Dana ließ er sich auf dem Boden nieder. Die ganze Nacht lang hatten sie nicht geschlafen, nun forderte die Erschöpfung ihren Tribut. Wenngleich Dana müde war, ließ sie ihren Blick zu dem wolkenzerfetzten Himmel wandern. Mit etwas Glück wären sie heute Nacht zurück am Dun Telve, würden am warmen Feuer sitzen und später Arm in Arm auf ihrem Strohbett einschlafen. Sie musste grinsen, denn dies kam ihr wie der Gipfel allen Glücks vor. Eine Amsel, die nicht weit von ihnen auf und ab hüpfte, erregte ihre Aufmerksamkeit.

Ist das mein kleiner Freund?, dachte sie, und trotz ihrer Müdigkeit versuchte sie, Kontakt aufzunehmen. Überraschenderweise gelang es ihr auch. *Gut, dann kann ich sehen, wie es bei den Brochs und weiter nördlich aussieht.*

Sie bat den Vogel loszufliegen und ärgerte sich, als er zunächst unsicher nach Süden flatterte. *Du sollst in die andere Richtung …*, übermittelte sie ihm in Gedanken, aber dann stockte sie. Durch seine Augen erkannte sie das Meer und die schroffe Küstenlandschaft. Und was sie sah, ließ sie in Gedanken erschrocken aufschreien. Ein dunstiger Schleier lag über dem Meer, irgendetwas bewegte sich darin im Rhythmus der Wellen auf und ab.

Flieg näher heran!

Wasser gluckste, wabberte gegen Holz. Dunkles Holz. Dasselbe Holz, aus dem die Schiffe der Nordmänner erbaut waren.

»Ardan!«

Ihr Gefährte schoss kerzengerade in die Höhe. »Was ist denn?«

Dana rang um Atem, hatte sie die Verbindung zu dem Vogel doch zu abrupt abgebrochen. »Boote … an die zwanzig, sie lagern weiter im Süden in einer Bucht. Wie es aussieht, zieht eine große Anzahl von Nordmännern in Richtung unseres Tals.«

Zunächst wirkte er verwirrt, dann fragte er: »Der Vogel?« Als Dana nickte, entwich ihm ein Schrei: »Oh, verdammt!« Sofort war Ardan auf den Beinen, eilte zu seinem Pferd, und kurz darauf hatten sie zwei ihrer Verbündeten erreicht. Hektisch erklärte Ardan ihnen die Situation.

»Versammle die anderen und sagt unseren Leuten, was geschehen ist. Dana und ich reiten sofort zum Broch und warnen alle vor.« Seine Augenbrauen zogen sich zusammen. »Ich hoffe, es ist noch nicht zu spät.«

Schon sprengten sie los, ritten in halsbrecherischem Tempo über mooriges Land, durch eng stehende Bäume und sprangen über kleine Bäche.

»Wie konnten sie denn nur an uns vorbeikommen?«, fragte Dana, als sie gezwungen waren, im Schritt zu reiten.

»Ich weiß es nicht. Möglicherweise haben sie ihre Boote auch schon vor einigen Tagen dort postiert und ihre Krieger zu Fuß losgeschickt. Das Land ist da noch rauer und undurchdringlicher.«

»Ardan … Mael …« Ein dicker Kloß saß in ihrer Kehle, und auch Ardans Gesichtsausdruck war besorgt.

Trotzdem legte er ihre beruhigend eine Hand auf den Oberschenkel. »Wir werden rechtzeitig kommen und sie beschützen.«

Langsam und mit schmatzenden Schritten bahnten sich die Pferde ihren Weg durch das Moorland, das von knorrigen Bäumen durchzogen war. Dana vermutete, dass es wohl nicht nur ihr zu langsam ging. Als sie endlich einen Steilhang erklommen hatten, stieß sie erleichtert die Luft aus.

Aber plötzlich knackte es lautstark neben ihnen. Zwei bärtige Nordmänner stürzten sich aus dem Gebüsch auf Ardan, einer riss ihn vom Pferd, und sie rollten beide den Abhang herunter. Der andere folgte ihnen laut brüllend.

Dana wollte absteigen und ihm zu Hilfe eilen, aber da sah sie sich einem blonden Hünen gegenüber, der seine Axt drohend schwang. Im letzten Moment gelang es ihr, Righ herumzureißen. Sie brachte das Pferd auf sicheren Boden und stellte sich ihrem Angreifer. Dieser bleckte die Zähne, stieß einen gutturalen Kampfschrei aus und rannte auf sie zu. Dana ließ ihn näher herankommen, drückte Righ im letzten Moment die Fersen in die Flanken, sodass er einen Satz zur Seite machte. Der Nordmann – sein Ziel offenbar schon im Visier – stolperte weiter, und Dana gelang es, ihm einen Schlag in den Rücken zu versetzen. Er strauchelte, und sie nutzte den Moment, um noch einmal von hinten zuzustechen. Der Krieger schrie auf, drehte sich mit hasserfüllten Augen um, schwankte jedoch verdächtig.

Dana sprang aus dem Sattel, stellte sich in Kampfposition und konnte trotz der körperlichen Überlegenheit ihres Gegners die Schläge gut abwehren, da diese zunehmend schwächer wurden. Ihr Schwert erwischte ihn an der Hand, woraufhin er seine Axt fallen ließ. Er knurrte kurz, taumelte dennoch auf sie zu. Für einen Augenblick überfielen sie Skrupel, aber dann zog sie mit einem gezielten Streich ihr Schwert über seine Kehle. Angeekelt schloss sie die Augen, als Blut spritzte und der Mann zusammensackte. So sehr sie das Töten hasste – es war nötig gewesen.

Eilig sah sie sich nach weiteren Angreifern um, aber die drei Krieger schienen die Einzigen gewesen zu sein. Sie rannte zu der Stelle, an der Ardan abgestürzt war, sah sich hektisch nach ihm um und rief leise nach ihm. Ihre Erleichterung kannte keine Grenzen, als er kurz darauf ein Stück weiter rechts den Berg hinaufgestolpert kam, zwar schmutzig, blutbesudelt und schwer atmend – aber am Leben.

»Ardan, ist alles in Ordnung?« Sie fasste ihn am Arm und seufzte erleichtert, als er nickte.

Dann lehnte er sich gegen einen Baum, drückte eine Hand auf die Platzwunde an seinem Kopf und hielt sich stöhnend die Seite. »Noch mehr … Krieger?«, presste er hervor.

»Nein. Warte, ich verbinde das.« Dana holte saubere Tücher aus Ardans Satteltasche, anschließend strich sie ihm die Haare aus der Stirn, verzog mitleidig das Gesicht und versuchte, seinen Kopf so vorsichtig wie möglich zu verbinden.

»Konntest du beide besiegen, Ardan?«

Er nickte, wollte wohl losgehen, schwankte jedoch.

»Moment, langsam.« Sie half ihm zurück zum Baum. »Ist dir schwindlig oder schlecht?«

»Es geht schon«, behauptete er, sah allerdings unter seiner Bemalung und dem Schmutz ungewöhnlich bleich aus.

»Setz dich lieber.« Vermutlich hatte er eine Gehirnerschütterung davongetragen, und sie hoffte, dass es nichts Schlimmeres war.

»Nein, ich kann reiten.« Ardan atmete tief durch, dann ging er mit wackeligen Schritten zu seinem Hengst. »Wir müssen zu Mael.«

»Ja, schon, aber …«

»Mir geht es gut, Dana.«

So qualvoll, wie er sich in den Sattel zog, zweifelte sie jedoch an seinen Worten. »Hier, Ardan, nimm das.« Sie holte zwei der letzten Schmerztabletten aus ihrem Bündel und gab sie ihm.

»Deine Zauberkugeln, hervorragend«, erwiderte er mit verzerrtem Grinsen.

»Hoffentlich sind nicht noch mehr von den Kerlen in der Nähe«, meinte Dana und sah sich unbehaglich um.

Ardan ritt weiter, vornübergebeugt und mit angespanntem Gesichtsausdruck, während Dana die Gegend im Blick behielt.

Wiederholt erkundigte sie sich, ob Ardan noch reiten konnte, aber er behauptete jedes Mal, alles wäre in Ordnung. Sie hoffte, dass Ardan sich in dieser Gegend auskannte, denn in dem dichten Unterholz hätte sie niemals den richtigen Weg gefunden. Daher war sie froh, als sie endlich einen lichten Hain mit einem ungewöhnlich geformten Felsen erkannte, der einem steinernen Tisch glich. Hier hatten vor nicht allzu langer Zeit Rinder der Clans gegrast, und Dana wusste, dass der Broch nun nicht mehr fern war.

Sie lächelte Ardan aufmunternd zu, und dieser ließ Donn angaloppieren. Seite and Seite passierten sie das kleine Nadelgehölz, das sich an den Felsen schmiegte, als Ardan plötzlich vom Pferd fiel.

Kapitel 32

Wege des Schicksals

Dana entwich ein erschrockener Schrei, sie hielt Righ abrupt an und sprang zu Boden. Panisch sah sie sich nach Angreifern um. War etwa ein Pfeil aus dem Hinterhalt gekommen? Doch alles blieb ruhig. Daher schlich sie geduckt zu Ardan, drehte ihn vorsichtig um und streichelte über seine blutige Wange.

»Ardan, was ist los?«, fragte sie heiser. War die Kopfverletzung am Ende doch schlimmer als gedacht?

Die Pferde waren in der Nähe geblieben, daher holte sie eilig ihre Decken und auch den Wasserbeutel. Anschließend besah sie ihn sich genauer. Sein ganzes Hemd starrte vor Blut, auch wenn es vermutlich nicht sein eigenes war. Sie schob den Stoff nach oben und hielt die Luft an, als sie die zahlreichen blau und schwarz verfärbten Prellungen sah. Vermutlich hatte er einige Rippen gebrochen, denn er zuckte zusammen, als sie seine Seite berührte. Dann fiel ihr ein großer Fleck auf, der von seiner rechten Hüfte bis fast zum Knie seine gesamte Hose durchnässte. Eilig zog sie den Lederriemen um seine Hose auf und erkannte einen flüchtigen Verband aus schmutzigen Lumpen. Nachdem sie diesen gelöst hatte, keuchte sie entsetzt. Eine tiefe, blutende Wunde klaffte dort, und ein abgebrochenes Stück Metall, ob von einem Messer oder Dolch konnte sie nicht sagen, steckte darin.

»Verdammt, Ardan!« Sofort drückte sie den Lumpen wieder darauf. Er hatte schon viel zu viel Blut verloren, und sie hatte keine Ahnung, was sie tun sollte. Tränen stiegen in ihre Augen, die sie jedoch eilig wegblinzelte. Die Spitze konnte sie hier kaum entfernen, vermutlich hätte es auch nur die Blutung weiter verstärkt. Also nahm sie saubere Tücher, drückte sie auf die Wunde und verband alles fest mit einem Streifen aus ihrem Umhang.

Währenddessen schlug Ardan zögernd die Augen auf. Er wollte sich aufzurichten, stöhnte leise, aber Dana drückte ihn zurück auf die Decke.

»Weshalb hast du mir nichts gesagt?«, fragte sie anklagend.

Für einen Moment wirkte er desorientiert, dann presste er eine Hand gegen seine Seite und biss sich auf die Unterlippe. »Dana, wir müssen weiter.«

»Verdammt … Ardan … du … blutest«, brachte sie zittrig hervor.

»Ich werde durchhalten, wenigstens bis zum Broch. Hilf mir auf.«

Obwohl sie bezweifelte, dass er auf die Füße kommen würde, fasste sie ihn unter den Achseln und zog ihn in die Höhe. Ardan schaffte es, sich auf sein rechtes Knie zu stützen, wobei er allerdings so rasselnd atmete, dass sie befürchtete, er würde gleich wieder umfallen.

»Ardan, ich hole Domech her, er wird dir helfen«, sagte sie, aber er schüttelte stur den Kopf und kam sogar schwankend auf die Füße. »Verdammt, wie willst du denn aufs Pferd steigen?«

»Ich … schaffe es«, behauptete er und humpelte auf den Braunen zu.

»Warte, lehn dich an den Felsen, ich hole Donn«, schlug Dana vor, denn zu dem flachen Stein waren es nur ein paar Schritte.

Also drehten sie um, aber nur zwei Meter weiter brach Ardan mit einem gequälten Aufschrei zusammen. Dana wurde halb mit zu Boden gerissen, dämpfte seinen Aufprall, indem sie zumindest seinen Oberkörper auffing, und umarmte ihn. Mit Tränen in den Augen drückte sie ihn an sich und wartete, bis sich seine hektische Atmung beruhigt hatte.

Schon jetzt war der neue Verband blutdurchtränkt, Schweiß

stand auf seiner Stirn, und sie sah den Schmerz in seinen Augen.

»Du musst dich ausruhen«, sagte sie sanft. »Domech wird dir helfen.«

»Mael … bring sie in Sicherheit«, ächzte er.

»Natürlich, Ardan, natürlich.« Sie drückte seine Hand und bemühte sich, die aufkeimende Panik niederzukämpfen. Es war nicht mehr weit bis zum Broch, höchstens ein oder zwei Meilen, aber sie wollte ihn auch nicht allein lassen, zumal es ihm mit jedem Atemzug schlechter zu gehen schien. Er hustete krampfhaft und krümmte sich zusammen.

»Bring Mael in Sicherheit, bitte, Dana«, presste er noch einmal hervor.

»Wir bringen uns alle in Sicherheit«, erwiderte sie aufmunternd.

»Ich dachte, ich schaffe es … Ich habe mich geirrt.«

»Doch, das wirst du.« Dana konnte kaum noch sprechen, so sehr schnürte sich ihre Kehle zusammen. Sie drückte Ardan fest an sich, streichelte über sein Gesicht und nahm seine kalte Hand in ihre.

Als er sich zu ihr umdrehte, sah er ihr tief in die Augen. »Nimm sie mit in deine Welt.«

»Ardan!« Dana schlug eine Hand vor den Mund und schüttelte den Kopf, aber er blickte sie sehr gefasst an.

»Du hast alles für mich getan, du hast mich gerettet, in jeder Hinsicht. Ich liebe dich so sehr … Ich kann es gar nicht in Worte fassen.«

»Du wirst wieder gesund«, schluchzte sie, »Domech heilt dich. Wir bleiben zusammen.«

»Nichts hätte ich lieber getan, als mein ganzes Leben mit dir zu verbringen.« Jetzt war er es, der ihr tröstend über die Wange strich, seine Hand blutig und zerkratzt. »Und ich bin dankbar … für jeden Tag, den wir hatten.«

»Ardan, ich …« Tränen brachen sich ihren Weg frei, strömten über ihre Wangen und tropften in Ardans Haare.

»Nicht, Dana, alles ist gut«, sagte er sanft. »Ich warte in der Anderswelt auf dich.«

»Nein!«, weinte sie.

»Wir haben den Fluch gebrochen, alles ist anders gekommen … Rionach hatte nicht Recht.«

»Wir können jetzt nicht aufgeben«, beharrte sie. »Ich nehme dich mit in meine Welt, die Ärzte dort können dir helfen.«

»Du weißt, ich kann nicht durch die Zeit reisen.«

Sie spürte, wie Ardan sich verkrampfte, sich auf die Lippe biss und dennoch ein Stöhnen nicht unterdrücken konnte.

»Ardan, was ist?«, rief sie panisch.

Nach ein paar qualvollen Atemzügen sah er sie wieder voller Liebe an. »Eines Tages werden wir beide wiedergeboren, und dann werden wir uns begegnen. Ich werde nicht in der Anderswelt gefangen sein, so wie Rionach es prophezeit hat.« Unter großer Mühe zog er die Armspange herunter. »Dieses Schmuckstück wird dich an mich erinnern, bis du zu mir kommst, *a graidh*.«

A graidh – mein Liebling. »Ich will dich nicht verlieren, Ardan«, flüsterte sie verzweifelt. Der Schmerz und die aufrichtige Liebe in seinen Augen waren mehr, als sie ertragen konnte. Sie wünschte sich nichts sehnlicher, als dass ein Wunder geschehen würde, irgendjemand auftauchte, der ihnen half, ihretwegen auch eine Fee oder sonst jemand. Sie hatte gesehen, wie Domech mithilfe der Wesen aus dem Feenreich Kranke geheilt oder zumindest ihre Schmerzen gelindert hatte, und auch wenn sie es niemals zuvor getan hatte, versuchte sie es jetzt. Doch es war ihr beinahe unmöglich, sich zu konzentrieren, denn sie spürte, wie Ardan schwächer wurde, jeder Atemzug mühsamer, der Druck seiner Hand weniger fest.

Sie presste ihre Lippen auf die seinen und sah in seine wunderbaren braunen Augen.

»Geh zu Mael, bring sie fort von hier«, hauchte er mit schwacher Stimme.

»Das werde ich«, versprach sie, »aber ich lasse dich jetzt nicht allein.«

Kurz schloss er die Augen, und Dana befürchtete, er könnte sie nicht mehr öffnen. »Ardan, wach wieder auf«, befahl sie leise.

Er murmelte etwas, sah sie noch einmal lächelnd an. »Danke, dass du bei mir bist. Ich liebe dich, Dana, und ich werde immer bei dir sein. Es … ist wunderschön …« Seine Stimme wurde schwächer.

»Ardan?«

»Es ist warm … und das Licht …« Noch einmal zuckte er zusammen, dann sackte sein Kopf auf die Seite.

»Ardan! Nein!« Dana klatschte ihm auf die Wange, schüttelte ihn, fühlte hektisch nach seinem Puls, den sie ganz schwach und unregelmäßig fand, aber kurz darauf war auch dieses winzige Flackern verschwunden. Sie hatte das Gefühl, alles würde über ihr zusammenstürzen. Sie wiegte Ardan hin und her und weinte verzweifelt. Das durfte nicht sein! Sie hatten so viel erreicht, so viel vorgehabt, und dennoch hatte das Schicksal unbarmherzig zugeschlagen.

»Ardan, bitte, du darfst mich jetzt nicht allein lassen«, schluchzte sie. Ihre Augen suchten den Himmel, über den Sturmwolken dahinbrausten. »Ihr verdammten Götter, warum musstet ihr ihn mir jetzt noch wegnehmen?«, schrie sie voller Wut.

Doch niemand antwortete ihr. Dana war allein. Sie wusste, sie hätte jetzt zum Broch reiten und Brude und die anderen warnen müssen, nach Mael sehen und sie in Sicherheit bringen. Aber sie konnte und wollte Ardan nicht loslassen, sich nicht mit dem Unfassbaren abfinden. Während Tränen über ihr Gesicht liefen, sah sie noch einmal all die glücklichen Tage vor ihrem inneren Augen ablaufen. Ardan, der sie voller Zuneigung anschaute, wie sie gemeinsam durch die Berge geritten waren, die Nächte am Lagerfeuer, wie sie sich das erste Mal im Heidekraut geliebt hatten. Die wundervollen Stunden zusammen mit Mael.

Bring sie in Sicherheit, nimm sie mit in deine Zeit. Seine Worte schossen durch ihren Kopf. Sie sah zu ihm hinab, wie er bewegungslos, aber seltsam friedlich in ihren Armen lag. Dann küsste sie ihn auf die Stirn, drückte seine Armspange an ihre Lippen und ließ ihn sanft ins Gras gleiten.

»Ardan, ich werde dich immer in meinem Herzen tragen.« Aufschluchzend zog sie die Decke über sein Gesicht, dann rannte sie los, konnte nicht zurückblicken und sprang auf Righs Rücken.

Den Weg zum Broch brachte sie wie in Trance hinter sich und erkannte, dass sie auch hier zu spät kam. Brude und seine Krieger kämpften gegen Nordmänner, viele Tote lagen auf dem Boden und aus Dun Troddan drangen dichte Rauchschwaden.

Dana verlor keine Zeit. Sie trieb Righ zwischen den feindlichen Kriegern hindurch, teilte nach rechts und links Hiebe aus. Heute, am elften Tag nach der Tag- und Nachtgleiche, empfand sie keinerlei Skrupel mehr.

»Wo ist Mael?«, schrie sie dem nächstbesten Clansmann zu. Doch dieser hob nur fragend die Schultern und wandte sich dem nächsten Feind zu.

Fluchend ritt Dana weiter, da sah sie Lutrin, Bregas jüngsten Sohn, mit bewundernswerter Tapferkeit einen Nordmann von hinten anspringen. Der bullige Krieger kam zwar nicht aus dem Takt, doch er drehte und wand sich, um den Jungen loszuwerden, der ihn mit seinem Dolch angriff.

Dana galoppierte heran, stach abwärts, versenkte ihr Schwert im Oberschenkel des Feindes. Sie hätte dem Krieger von ihrer Position aus durch einen Schlag in den Nacken den Garaus machen können, doch dort krallte sich noch immer der Junge fest. So wandte sie Righ erneut, und endlich fand ihre Klinge den Weg in die ungeschützte Kehle. Der Mann stolperte, und Lutrin wurde von seinem Rücken geschleudert. Nur einen Wimpernschlag später brach der Nordmann tot oder zumindest schwer verletzt zusammen. Dana schwang sich aus dem Sattel und fasste Lutrin an den Schultern. »Wo sind deine Mutter und Mael?«

»Oben am Broch«, erklärte er jämmerlich, wobei er auf den Dun Troddan deutete.

Dana fluchte lautlos, dann zog sie das Kind mit sich. »Komm.«

»Nein, ich will kämpfen!«, protestierte er.

»Du kommst mit mir.«

Energisch nahm sie den Kleinen an der Hand und schleifte ihn mit sich. Vor Dun Telve wurde erbittert gekämpft, aber Brude und die anderen Krieger schienen die Oberhand zu haben, wenigstens im Augenblick.

»Lasst mich durch, ich muss durch den Geheimgang zum oberen Broch«, rief sie Brude zu.

Dieser strich sich eine blutige Haarsträhne aus dem Gesicht. »Der Broch ist größtenteils in Feindeshand.«

»Ich muss Mael suchen!«

Widerstrebend gab Brude den Weg frei. Im Inneren fand Dana ängstliche Mägde, Kinder und Alte vor, die sich an die Wände drängten.

»Dana!«, rief Áine erleichtert aus.

»Ich muss zu Mael.«

»Wo ist Ardan?«

Dana blinzelte in die Höhe. »Er lebt nicht mehr.«

Erschüttert schlug Áine ihre Hände vor den Mund, aber Dana eilte weiter, öffnete die Klappe zum Geheimgang und befahl Lutrin, bei den Frauen zu bleiben.

»Nein, ich komme mit, ich bin ein Krieger«, protestierte er.

»Also gut«, gab sie nach und reichte ihm eine Fackel »Entzünde sie.«

Kurz darauf tauchten sie in die Dunkelheit ein. Im Laufschritt eilte sie mit Lutrin durch den feuchten Geheimgang, ignorierte Ratten und Spinnweben und hörte schon bald Kampfgeräusche. Einem feindlichen Krieger zerschmetterte sie die Nase, als sie die Klappe hochhob und stach gleich mit ihrer Klinge nach ihm. Der Mann kippte nach hinten. Dana ließ sich keine Zeit, drängte sich durch die Kämpfenden und erschlug einen weiteren Nordmann von hinten, der gegen drei von Nectans Kriegern kämpfte. Sie verteidigten die Treppe.

»Ist Brega dort oben?«, verlangte sie zu wissen.

»Ja, ebenso wie die Verletzten und Domech.«

»Dann lasst uns durch.«

Auch im ersten Stock wurde gekämpft. Offenbar war es den Feinden gelungen, bis hierher vorzudringen und Feuer zu legen, aber Nectans Krieger hatten sie zurückgedrängt und die Leichen von getöteten Männern mit Helmen säumten ihren Weg. Im obersten Stock befanden sich Kinder, Alte und Verletzte. Domech blickte Dana überrascht an, sah an ihr vorbei und erahnte wohl, was geschehen war.

Zuerst konnte Dana Mael nicht entdecken, aber als Brega auf sie zueilte, Lutrin zunächst eine Ohrfeige verpasste und ihn dann an sich drückte, kam auch das Mädchen aus dem hintersten Winkel zu ihr. Dana umarmte sie eilig und wandte sich an Domech.

»Ich muss gehen – zurück in meine Zeit. Ich danke dir für alles.«

Der Druide nickte bedächtig. »Weitere Nordmänner ziehen von Süden heran. Du musst dich sputen. Es war mir eine Ehre, dich getroffen zu haben.«

Es tat Dana leid, die Menschen hier im Stich zu lassen. Aber sie konnte den Verlauf der Ereignisse jetzt auch nicht mehr beeinflussen. Vermutlich ließ sich das Schicksal nicht vollständig ändern.

»Domech, Ardan … er liegt …« Sie konnte kaum sprechen und musste mehrfach schlucken. »Auf der westlichen Weide, wo der flache Fels steht. Wirst du …«

Der alte Mann umarmte sie zu ihrer Überraschung und flüsterte ihr ins Ohr: »Sofern ich diesen Tag überlebe, wird sein Körper mit den größten Ehren dem Fluss übergeben, das verspreche ich.«

Erneut konnte Dana nur stumm nicken, dann eilte sie zu ihrer Freundin. »Brega, ich danke dir. Ich muss gehen.«

»Danke, dass du mir Lutrin gebracht hast«, sagte sie jedoch nur und schien gar nicht richtig zugehört zu haben.

Für lange Erklärungen hatte Dana ohnehin keine Zeit. Sie nahm Mael auf den Arm und rannte die Treppe hinab, wischte hastig ein paar Tränen weg. Ihren Weg zum Geheimgang schützten Nectans Krieger, und so kam sie unbehelligt am Dun Telve an, wo sie von Áine empfangen wurde.

Sie umarmte ihre Freundin und sagte dann: »Áine, es tut mir leid, ich muss gehen, und vielleicht sehen wir uns nie mehr wieder.«

»Was? Weshalb?« Die junge Frau schien völlig verstört.

»Mael kommt mit mir. Ich danke dir für deine Freundschaft.«

Mael sah nur mit großen Augen zu Dana auf, und diese kniete sich nun zu ihr hinab. »Ich muss kurz in den obersten Stock, und nachher musst du ganz dicht bei mir bleiben. Hab keine Angst vor den fremden Männern. Wir müssen sehr schnell laufen.«

Oh, Mael, ich hoffe nur, auch du kannst durch die Zeit reisen, flehte sie stumm.

Dana hastete die Treppe hinauf, riss den Zaubertrank aus dem Versteck in der Wand und schnappte sich Mael. Anschließend zwängte sie sich zur Tür hinaus, die von ängstlichen Brochbewohnern bewacht wurde. Mit Mael an der Hand rannte sie zum nächstbesten Pferd, setzte das Mädchen auf dessen Rücken und zog sich dann selbst in den Sattel. Sie galoppierte los, rammte einen Nordmann, der laut schreiend in den Dreck flog, und hielt auf den Fluss zu. Zum Glück wurde in dieser Richtung kaum gekämpft, also half Dana Mael vom Pferd und schob sie zu der alten Eberesche, deren rote Beeren in der hervorbrechenden Herbstsonne leuchteten.

»Mael, trink das bitte.« Sie hielt dem Mädchen den Trank hin und hoffte inständig, sie würde durch die Zeit reisen können und den Trank unbeschadet überstehen.

»Mag nicht«, trotzte die Kleine.

»Verdammt, Mael, es ist aber wichtig!« Dana hatte jetzt keine Zeit für Diskussionen und packte Mael an den Schultern.

Schließlich trank das Mädchen das Gebräu, und als die Kleine das Gesicht verzog und alles wieder ausspucken wollte, presste Dana ihr die Hand auf den Mund. Nachdem Mael endlich geschluckt hatte, stürzte auch Dana den Trank hinunter.

Plötzlich brach ein Nordmann aus dem nächstgelegenen Gebüsch, stutzte kurz und hielt dann mit anzüglichem Grinsen auf Dana zu. Offenbar glaubte er, ein leichtes Opfer vorzufinden.

Dana fluchte, zog ihr Schwert, aber schon spürte sie die Wirkung des Tranks, der sich in ihrem Blut ausbreitete. Also fasste sie Mael fest an der Hand und begann, um den Vogelbeerbaum zu schwanken.

Die erste Runde mit dem Lauf der Sonne.

Der Nordmann kam auf sie zu, wie es für sie schien in Zeitlupentempo. Sein kurzes Schwert hieb nach ihr.

Die zweite Runde.

Dana wich zur Seite aus, als das Schwert auf sie zusauste und stolperte weiter.

Runde drei.

Noch einmal sah sie in das verwirrte Gesicht des Nordmannes, dann verschwamm alles vor ihren Augen. Glitzernde Farben, ein Rauschen in ihren Ohren – die Welt um sie herum explodierte.

Nun tauchte auch Rionach wieder auf. Drohend, einen Speer in der Hand, Gesicht, Arme und Beine mit blauen Tätowierungen übersät, stand sie vor ihnen.

»Ich werde mein Kind bekommen!«, forderte sie voller Zorn.

»Du wirst gar nichts, Mael bleibt bei mir.«

Offenbar verwirrt, mit wem Dana gerade sprach, wandte sich Rupert nach links, denn er konnte den Geist nicht sehen. Diese kurze Ablenkung reichte Scott. Er hechtete auf Rupert zu und riss ihn zu Boden.

»Dana, lauf! Zur Straße!«

Sie dachte nicht weiter nach, spurtete los, wobei sie Mael schützend an sich drückte.

Die Kriegerin stellte sich ihnen abermals in den Weg, stach den Speer nach ihr, und Dana war sicher, hätte sie nicht erneut den Schutzschild um sich gezogen, sie hätte sie getötet.

»Mael ist meine Tochter, sie gehört zu mir, gib sie mir zurück!«

Beinahe tat ihr Rionach leid, aber dann besann sie sich. Die Kriegerin hatte viel Unheil angerichtet. Unbeirrt rannte sie weiter.

»Mein Leben gegen das für Domech«, heulte sie weiter, »ich wäre endlich frei gewesen.«

»Es ist vorbei, Rionach«, Dana drehte sich noch einmal kurz um. Auf einmal kreischte Rionach auf, wandte sich in Richtung Broch und streckte ihre Arme in die Höhe. Plötzlich bebte es. Der Turm schien zu wackeln, Steine fielen herab.

»Rionach, nein!« Dana verharrte. Sie wollte Scott zu Hilfe eilen, der noch immer mit Rupert rang, aber die Kriegerin zeigte ein dämonisches Lachen.

»Du hast meine Zukunft zerstört, nun wird dir meine Rache zuteil.« Noch einmal hob sie die Hände, Danas Schrei ging in der Steinlawine unter, die von der Turmspitze stürzte und sowohl Scott als auch Rupert unter sich begrub.

Für einen Moment blieb Dana noch stehen, dann floh sie zur Straße, wollte nur fort von hier, fort von Rionach, die offenbar ungeahnte Kräfte besaß. Sie sah sich nicht um, sondern rannte und rannte, bis ihre Lungen zu bersten drohten. Erst da hielt sie an.

Mael schien noch immer verstört, sah sie nur stumm an, und Dana küsste sie auf die Stirn. »Es tut mir leid, meine Kleine.«

»*Athair*?«, fragte sie kläglich.

»Dein Vater ist nicht hier«, brachte Dana stockend hervor und rang dabei um ihre Fassung. »Er ist an einem wundervollen, friedlichen Ort und wartet dort auf uns.«

Offenbar war das Mael Erklärung genug. Sie steckte ihren Daumen in den Mund und kuschelte sich an Danas Schulter. Diese warf einen Blick zum Broch zurück und schloss die Augen. Konnte Scott das überlebt haben? Am liebsten wäre sie zurückgegangen und hätte ihn gesucht, aber sie konnte Mael nicht allein auf der Straße stehen lassen. Zudem hatte sie Angst, der Kriegerin nicht ein zweites Mal trotzen zu können. Nein, sie musste unbedingt Hilfe holen.

Sie wusste, dass es in der Nähe kaum Häuser gab. Also eilte sie los, immer die Straße entlang, und hoffte inständig darauf, jemanden zu treffen oder ein Haus am Straßenrand zu sehen. Bald wurde Mael auf ihrem Arm sehr schwer, aber wenn sie die Kleine selbst laufen ließe, würden sie noch langsamer vorankommen. Also ignorierte sie ihren rasselnden Atem und ihre Erschöpfung und rannte weiter. Sie hastete an einem Gebüsch vorbei, und eher zufällig warf sie einen Blick über die Schulter, da sie gedacht hatte, ein Motorengeräusch gehört zu haben. Dies war zwar nicht der Fall, aber in der Zufahrt zu einer Schafweide, halb hinter einem Gebüsch versteckt stand ein Auto.

Dana hielt abrupt an, sah sich nach dem Fahrer um, dann runzelte sie die Stirn. Sie glaubte, sich an den dunkelblauen Ford erinnern zu können. Hatte er nicht diesem Rupert gehört? Als sie im Inneren ein Handy erblickte, ließ sie Mael eilig auf den Boden und steckte ihr Schwert in die Erde unter dem nächstliegenden Gebüsch, wo es niemand sofort entdecken würde. Das Mädchen betrachtete das Auto interessiert, strich mit den Händen über das glatte Metall und zuckte dann zurück. Aber um irgendwelche Erklärungen konnte Dana sich jetzt nicht kümmern. So verzweifelt, wie sie im Moment war, hätte sie auch die Scheibe eingeschlagen, doch das war nicht nötig, denn überraschenderweise war die Autotür nicht zugesperrt. Sie bemerkte sogar beiläufig, dass der Schlüssel steckte. Auf der Stelle schnappte sich Dana das Mobiltelefon, fluchte, weil sie natürlich mal wieder keinen Empfang finden konnte und setzte Mael kurzerhand auf den Rücksitz.

»Hab keine Angst, das ist eine Art Pferdefuhrwerk.«

Die Kleine nickte, auch wenn ihr die Augen aus den Höhlen zu quellen drohten.

Dana ließ das Auto an, was Mael zu einem überraschten Quietschen animierte. Als sich nach knapp zwei Meilen endlich drei ersehnte Balken auf dem Display zeigten, wählte sie die Notrufnummer.

»Bitte schicken Sie schnell einen Krankenwagen oder besser noch einen Hubschrauber. Am Glenelg Broch ist ein Unfall passiert. Die Mauer ist eingestürzt, zwei Männer wurden darunter begraben.«

Die freundliche Dame am anderen Ende der Leitung versuchte Dana zu beruhigen, wollte weitere Einzelheiten und Danas Namen wissen. Aber sie schrie nur ins Telefon: »Sie müssen sofort jemanden herschicken!« Dann legte sie auf und lehnte sich zitternd zurück.

Mael wollte durch die Sitze hindurch zu ihr klettern, aber Dana schüttelte den Kopf. »Bleib bitte hinten, mein Schatz.«

Auf der Rückbank befand sich ein Koffer, und schnell wurde klar, dass der Wagen tatsächlich diesem Rupert gehörte, denn sie fand seinen Geldbeutel mit Ausweis und Kreditkarten. Dana förderte eine Flasche Mineralwasser und ein paar Kekse zu Tage und reichte diese Mael. Die Kleine runzelte die Stirn, biss hinein und strahlte schließlich über das ganze Gesicht.

Auch wenn Dana seit einiger Zeit nichts mehr gegessen hatte, brachte sie nichts hinunter. Sie nahm lediglich einen Schluck Wasser und fuhr zurück zu dem Gebüsch, wo das Auto versteckt gewesen war. Dann wartete sie ungeduldig auf das Eintreffen des Krankenwagens. Zum Glück schlief Mael bald ein. Dana deckte sie mit einem Pullover von Rupert zu, lehnte ihren Kopf gegen die Autoscheibe und hätte gerne geweint, aber keine Träne rollte aus ihren Augen. Ihr ganzes Leben schien über ihr zusammengebrochen zu sein. Ardan war tot, sie in der modernen Zeit zurück, und vermutlich war Scott gestorben oder lag zumindest schwer verletzt unter einem Berg aus Schutt – durch ihre Schuld, denn er hatte sie beschützen wollen.

Nach einer Weile hörte sie endlich das ersehnte Martinshorn, richtete sich kerzengerade auf und beobachtete, wie ein Krankenwagen und ein Feuerwehrauto vorbeirasten. Zu gern wäre Dana ausgestiegen, aber sie wollte nicht gesehen werden, schon gar nicht in diesem Aufzug, mit Kriegsbemalung, Schmutz und Blut überzogen. Sie warf einen Blick in den Spiegel und zuckte vor sich selbst zurück. Bevor sie sich unter Menschen traute, musste sie sich dringend säubern. Sie ging noch einmal zu dem Schwert, versteckte es tiefer im Gebüsch, damit es niemand entdeckte. Vorerst sollte es dort bleiben, später konnte Dana sich überlegen, was sie damit tun wollte. Anschließend lauschte sie in die Ferne. Sie hoffte, einen Hubschrauber zu hören, aber als nach knapp einer Stunde lediglich der Krankenwagen in langsamem Tempo vorbeifuhr, sank sie in sich zusammen. Also hatte es Scott auch nicht geschafft, sonst hätten sie ihn mit Blaulicht ins Krankenhaus gebracht.

Beinahe ein halbe Stunde saß Dana zitternd im Auto, konnte keinen klaren Gedanken fassen, aber dann fiel ihr Blick auf Mael. Ihretwegen musste sie sich zusammenreißen, und vor allem musste sie fort von hier, bevor am Ende noch die Polizei kam und Fragen stellte. Also schob sie alle Trauer, Angst und Verzweiflung beiseite und fuhr damit fort, in Ruperts Sachen zu wühlen. Sie förderte einen Kulturbeutel hervor, wischte sich, so gut es ging, mit Creme die blauen Spiralen aus dem Gesicht und kämmte sich die verzottelten Haare, auch wenn in denen noch Blutspritzer und Schweiß klebten. Anschließend zog sie eine Stoffhose und einen Wollpullover von Rupert an. Beides passte nicht, aber es war sauber. Für Mael fand sie ein T-Shirt, das sie ihr, um sie nicht zu wecken, vorsichtig überzog und mit einem Gürtel zusammenband. Auch das sah seltsam aus, war aber immer noch besser als ihr sackartiges Hängekleidchen. Die grob zusammengebundenen Schuhe würden vielleicht nicht auf den ersten Blick auffallen – so hoffte sie zumindest.

In Ruperts Geldbeutel befanden sich an die zweitausend Pfund, und sie hatte kein schlechtes Gewissen, diese an sich zu nehmen. Erstens brauchte er das Geld nicht mehr, und zweitens trug auch er eine gewisse Mitschuld an Scotts vermutlichem Tod. Mit dem Geld würde sie eine Weile zurechtkommen.

Plötzlich fiel Dana das nette ältere Ehepaar ein, bei dem sie nach ihrer ersten Rückkehr aus der Vergangenheit übernachtet hatte – dort wollte sie nachfragen, ob sie ein Zimmer frei hatten und anschließend weiter nachdenken. Also atmete sie tief durch, startete erneut das Auto und fuhr bis zu dem Örtchen Eilanreach kurz vor Glenelg. Sie konnte sich noch an den schmalen Feldweg erinnern, der zum Haus der MacLeans führte. Allerdings parkte sie Ruperts Auto in einer Einbuchtung an der Straße nach Glenelg, sah sich um, ob sie jemand beobachtete und wischte dann vorsichtshalber ihre Fingerabdrücke ab. Lediglich ein paar brauchbare T-Shirts, das Geld und die Wasserflasche nahm sie mit und stopfte alles in eine Plastiktüte. Das Handy warf sie schweren Herzens in ein Moorloch, denn sie hätte sehr gern Marc angerufen, traute sich jedoch nicht, es noch einmal zu benutzen. Ganz sicher würde es Fragen und polizeiliche Untersuchungen geben, denn schließlich hatte Rupert eine Waffe bei sich gehabt, die früher oder später auftauchen würde.

Zu Tode erschöpft, machte sich Dana mit der schlummernden Mael auf dem Arm auf den Weg. Es war sicher nicht einmal ein

Kilometer bis zu dem Haus, aber ihr kam es wie eine Ewigkeit vor. Sie schwankte die geschotterte Auffahrt zu dem weißen Cottage mit den Erkern, dann klingelte sie an der Tür. Kurz darauf ertönten Schritte, und schon stand Morna MacLean vor ihr. Die ältere Frau musterte sie zunächst fragend, schien sie jedoch zu erkennen.

»Du bist doch Dana, oder?«

Dana nickte und hoffte inständig, ihre Beine würden nicht ausgerechnet jetzt nachgeben.

»Hätten Sie vielleicht ein Zimmer für mich?«

»Natürlich, komm nur herein.« Mrs. MacLean betrachtete sie sichtlich besorgt, und auch wenn Dana in der Scheibe des Spiegelschranks erkannte, dass sie bei Weitem nicht mehr so schlimm aussah wie eben noch, hatten die Strapazen dennoch Spuren auf ihrem Gesicht hinterlassen.

»Und wer ist der kleine Schatz hier?«, fragte Morna MacLean.

»Sie ist … meine Tochter.«

»Ach?« Die ältere Frau zuckte zurück, aber dann legte sie Dana eine Hand auf die Schulter. »Ihr beiden geht jetzt ins Zimmer. Ich wärme euch eine kräftige Suppe auf und ihr schlaft erst einmal.«

»Das klingt gut.«

Dana folgte Mrs. MacLean in das Gästezimmer mit dem Doppelbett, legte Mael sanft darauf nieder und wartete, bis die nette Frau verschwunden war. Danach ließ sie sich selbst auf das Bett fallen. Eine bleierne Müdigkeit erfasste sie. Dennoch raffte sie sich noch einmal auf und ging ins Bad. Unter der heißen Dusche wurde sie endlich auch Blut, Schweiß und Schmutz der anderen Zeit los. Als sie sah, wie sich rot-braune Seen unter ihren Füßen bildeten, kamen doch noch die befreienden Tränen. Sicher war auch Ardans Blut darunter. Sie lehnte sich gegen die Wand der Duschkabine, umklammerte dabei Ardans Armspange und sank nach unten in die Hocke. Sie hatte keine Ahnung, wie es jetzt weitergehen sollte.

Die Suppe stand schon auf dem Beistelltisch in der Zimmerecke, als Dana wieder hereinkam. Außerdem eine Kanne mit dampfendem Tee. Sie überlegte, ob sie Mael wecken sollte, aber das Mädchen hatte ja zumindest einige Kekse im Magen und schlief gerade so friedlich, dass sie die Kleine keinesfalls aus ihrem erholsamen Schlummer reißen wollte. Obwohl Danas Magen knurrte, brachte sie fast nichts hinunter. Abermals ließ sie sich aufs Bett fallen, und wenngleich sie nicht geglaubt hatte, Ruhe finden zu können, forderte die Erschöpfung ihren Tribut.

Die Sonne zauberte Tausende von glitzernden Farbreflexen auf die bunten Herbstblätter. Dana lehnte an Ardans Schulter nahe einer Eberesche, und er hatte seine starken Arme um sie geschlungen. Es fühlte sich so wunderbar warm, vertraut und beruhigend an. Als sie den Kopf zu ihm drehte, lächelte er sie voller Liebe an.

»Ardan, du … bist doch tot.«

»Ich werde immer bei dir sein, Dana.«

»Wo sind wir hier?« Ihr Blick schweifte umher, über das Tal, die beiden Türme und den Fluss dahinter.

»Zuhause, Dana, in unserem Tal.«

»Aber wie …«

Er legte ihr einen Finger auf die Lippen. »Denk nicht zu viel nach. Die Schleier zwischen den Welten sind dünner, als es manchmal den Anschein hat. Unsere Seelen sind nicht verloren, wir werden uns wiedersehen. Ich danke dir, dass du unsere Tochter in Sicherheit gebracht hast.«

»Unsere Tochter?« Sie sah in seine braunen Augen, und erneut zeichnete sich ein Lächeln auf seinen Zügen ab.

»Sie ist mehr deine Tochter, als es jemals die von Rionach hätte sein können. Achte gut auf sie und …«

Ein Motorengeräusch ließ Dana in der Morgendämmerung aufschrecken. »Ardan?« Verwirrt sah sie sich um, war für einen Moment völlig orientierungslos, dann sank sie auf dem Bett zusammen. Es war nur ein Traum gewesen. Sie schloss die Augen, hoffte dieses Gefühl der Verbundenheit zurückzuerlangen, aber es war unwiederbringlich fort.

Mael schlief noch immer neben ihr, und Dana legte die Arme um sie. So entsetzlich alles war, nachdem der erste Schock nachließ, machte sie sich über viele Dinge Gedanken. Mael war hier, aber offiziell gab es sie gar nicht. Wie sollte sie irgendjemandem glaubhaft versichern, Mael wäre ihre Tochter? Sie hatte keinen Pass für sie, keinen Geburtsschein, nichts. Wenn sie nicht aufpasste, würde man ihr das Mädchen wegnehmen und in ein Waisenhaus bringen. Das durfte auf keinen Fall geschehen!

Dana streichelte Mael über den Kopf, woraufhin die Kleine zögernd erwachte und sich vertrauensvoll an sie drückte. Nun galt es, Mael behutsam an das Leben dieser Zeit zu gewöhnen. Ihr Vater hatte sicher Recht damit, dass Menschen aus der anderen Zeit kaum an Umweltverschmutzung oder Keime der Neuzeit gewohnt waren. Also würden sie vorerst hierbleiben – zumal Dana ohnehin nicht ohne Pass mit Mael nach Deutschland fliegen konnte. Und eine hektische, schmutzige und laute Großstadt hätte das Mädchen heillos überfordert. Vorerst wollte sie in Schottland bleiben, und sie hätte sich inständig gewünscht, Scott hätte ihr behilflich sein können. Ein Teil von ihr hoffte nach wie vor auf ein Wunder, dass er möglicherweise doch überlebt und sich vor dem Einsturz des Turmes in Sicherheit hatte bringen können. Also nahm sie sich vor, spätestens nach dem Frühstück nach Glendale zu fahren und nachzusehen.

Mael wurde unruhig und fragte kläglich: »Grube?«

Sie musste beinahe lachen, nahm die Kleine an der Hand und setzte sie kurzerhand auf den Toilettensitz. »Das ist eine Grube.«

Das Mädchen schien das nicht so recht glauben zu können, und es quietschte erschrocken, als Dana die Spülung drückte. Sie seufzte auf. Es gab so viel, was Mael fremd war und sie verängstigen könnte. Sie konnte ja nicht einmal die Sprache, aber das würde ganz sicher das geringste Problem werden. Kinder lernten schnell.

»Dort«, sie deutete auf die Dusche, »ist ein Wasserfall. Ich werde dich jetzt saubermachen.«

Und abermals staunte Mael, als das Wasser aus der Wand rieselte. Doch zum Glück war sie eher fasziniert als verstört und machte sich einen Spaß daraus, nach dem warmen Wasserstrahl zu schlagen. Schweren Herzens zog Dana sich selbst und Mael die Kleidungsstücke von Rupert an und überlegte, zuerst etwas Passendes kaufen zu gehen, bevor sie nach Glendale fuhr. Um kurz nach acht ging sie mit Mael zum Frühstücksraum und hörte leise Stimmen, die sich unterhielten.

»... ist schon eine Schande, dass Ewan immer Pech hat. Jetzt haben sie angefangen, das Haus zu bauen, und dann so etwas«, meinte Mrs. MacLean gerade.

»Besser, sie haben es noch rechtzeitig gemerkt«, erklang Mr. MacLeans gelassener Kommentar. »Aber du hast schon Recht, der Junge gerät immer an die Falschen.«

Zögernd öffnete Dana die Tür. Morna und Robert MacLean saßen am Frühstückstisch, neben ihnen ein alter Mann. Klein, verhutzelt und in sich zusammengesunken saß er da, mit faltiger Haut und schlohweißen Haaren. Beim Geräusch der Tür drehte er sich um, aber er sah sie nicht direkt an, und wegen seiner trüben Augen vermutete Dana, dass er entweder blind war oder sehr schlecht sah.

»Guten Morgen, habt ihr gut geschlafen?«, erkundigte sich Mrs. MacLean sofort freundlich.

»Ja, vielen Dank. Auch für die Suppe.«

»Kein Problem. Setzt euch. Was möchtet ihr essen?«

Das Zimmer, mit der für sie völlig fremden Einrichtung, schien Mael zu verunsichern. Sie versteckte sich hinter Danas Rücken und steckte sich den Daumen in den Mund.

»Mir ist es egal«, meinte Dana, »ich bin nicht sehr hungrig. Und Mael, ich denke, sie würde etwas Porridge essen. Das kennt sie zumindest«, fügte sie leise hinzu.

Sogleich verschwand die Bäuerin in der Küche, und Mr. Mac-

Lean zwinkerte Mael fröhlich zu. »Du magst doch sicher eine heiße Schokolade, oder?«

Natürlich verstand das Mädchen kein Englisch und sah ihn verwundert an.

»Ähm, sie spricht nicht sehr viel«, erklärte Dana. »Aber Schokolade wäre in Ordnung.« Zu Mael gewandt sagte sie leise: »Schokolade« auf Deutsch, woraufhin sie fröhlich »Lade!«, krähte.

Mr. MacLean schlug sich gegen die Stirn. »Stimmt ja, du bist eine Deutsche, ich vergesse das nur immer, weil du so gut Englisch sprichst.«

Dana schnitt eine Grimasse, denn Deutsch verstand Mael ebenfalls nicht, aber zumindest würden sich die beiden nicht wundern, wenn das Kind ihnen nicht antwortete.

Der alte Mann aß währenddessen bedächtig seine Schale mit Haferbrei leer und fragte Dana nebenbei, ob sie hier Ferien machte.

Sie antwortete sehr zögernd und war froh, als das Essen kam. Mit Mühe und Not schaffte sie es, zwei Scheiben Toast zu essen, freute sich jedoch über Mael, die begeistert ihren Haferbrei schaufelte und sich die heiße Schokolade schmecken ließ.

»Mr. MacLean«, wandte sich Dana an ihren netten Gastgeber, »wissen Sie zufällig, ob heute ein Bus nach Kyle of Lochalsh fährt? Ich müsste dringend einkaufen.«

»Unsere öffentlichen Verkehrsmittel sind eine Katastrophe!«, erklärte seine Frau, bevor er auch nur zu Wort kam. »Aber Robert kann dich später mitnehmen, er wollte ohnehin einkaufen. Nicht wahr, Robert?«

Dieser tauchte gerade mit ungläubiger Miene hinter seiner Zeitung auf, wie es aussah, hatte er gar nicht richtig zugehört. »Stellt euch nur vor, gestern wurden zwei Männer am alten Broch verschüttet.«

Während Dana die Luft anhielt, kicherte der alte Mann.

»Haben sich wohl mit dem Geist von Dun Telve angelegt.«

Mrs. MacLean winkte gereizt ab. »Sei still, Großvater. Was steht denn noch in der Zeitung? Ich hatte mich schon über den Krankenwagen gewundert.«

»Sie sind beide tot, der Turm ist über ihnen zusammengestürzt«, berichtete er betrübt.

Dana ließ ihre Teetasse sinken, klammerte beide Hände darum, um das Zittern zu unterdrücken. Sie schluckte ein paar Mal kräftig, versuchte, sich zusammenzureißen. Also war jegliche Hoffnung verloren – Scott hatte nicht überlebt.

Die MacLeans diskutierten weiter, weshalb einer dieser Türme, der so lange Zeit den Elementen getrotzt hatte, plötzlich in sich zusammengestürzt sein sollte.

»Hätte sich Historic Scotland nur besser um den Erhalt gekümmert«, schimpfte Mrs. MacLean.

»Zumindest können sie Großvater nicht für den Unfall auf seinem Grundstück belangen, schließlich müssen die sich um die Sicherheit kümmern«, fügte ihr Mann hinzu.

»Es war der Geist!«, beharrte der Alte.

Zu Dana gewandt, schüttelte Mrs. MacLean den Kopf. »Mein Schwiegervater ist schon über achtzig und hat etwas eigene Ansichten.«

Leider wusste sie nur zu gut, wie Recht er mit seiner Ansicht hatte, und sie betrachtete ihn eingehend. »Es gibt mehr Dinge zwischen Himmel und Erde, als wir uns vorstellen können«, sagte sie nur leise.

Offenbar froh, eine Zuhörerin zu haben, drehte sich der alte Mann zu ihr um, wobei seine Augen an ihr vorbeisahen. »Du musst wissen, in alten Zeiten waren die beiden Brochs durch einen Geheimgang miteinander verbunden. Ich denke, ein und dieselbe Familie lebte dort.«

Auch damit hatte er – zumindest teilweise – Recht.

Vermutlich hatte Mrs. MacLean diese Geschichte schon häufig gehört, denn sie stöhnte auf. »Nur leider weigert sich Großvater hartnäckig zu verraten, wo der Zugang zu diesem angeblichen Geheimgang ist.«

»Pah!« Der alte Mann schlug mit der Hand auf den Tisch. »Wenn ich das verrate, graben sie mein ganzes Land um, am Ende noch einer wie dieser ekelhafte Kerl aus Amerika.«

»Schon vor Jahren wollte ein reicher Amerikaner ihm das Land abkaufen, auf dem die beiden alten Türme stehen«, ergänzte Mrs. MacLean, dann seufzte sie tief. »Das Geld hätten wir gut gebrauchen können.«

Aber den alten MacLean schien das nicht zu interessieren. Er richtete sich stolz auf, und auf einmal wirkte er sehr viel jünger. »Das ist das Land unserer Vorfahren! Und wahrscheinlich stammen wir alle von den damaligen Bewohnern der Brochs ab. Wenn meine Zeit gekommen ist, werde ich Ewan das Geheimnis verraten, der weiß es zumindest zu schätzen und würde unser Land nicht verscherbeln, nur damit ein paar amerikanische Geier vielleicht noch ein keltisches Schmuckstück mehr finden!«

»Ewan ist unser jüngster Sohn und interessiert sich für die Keltenzeit«, erklärte Mrs. MacLean.

Dana nickte mit einem vorsichtigen Lächeln. Irgendwie mochte sie den alten Mann, denn anscheinend hatte er seine Prinzipien, und sie fragte sich, ob der ekelhafte Amerikaner möglicherweise Rupert Winslow gewesen sein konnte.

Sosehr sie die Geschichte auch interessierte, jetzt stand fest, dass Scott tot war. Also konnte sie sich den Weg nach Glendale sparen. Traurig senkte sie den Blick.

»Mädchen, willst du denn nichts mehr essen?«, erkundigte sich ihre Gastgeberin besorgt, während ihr Mann erzählte: »Jetzt suchen sie die Frau, die den Notarzt angerufen hat. Seltsam, dass sie ihren Namen nicht genannt hat!«

»Na ja, sie wird sich schon noch melden«, meinte Mrs. MacLean, dann wandte sie sich Dana zu. »Möchtest du nichts mehr?«

Unfähig, im Moment zu sprechen, schüttelte sie den Kopf.

»Du siehst blass aus. Geht es dir nicht gut?«

Dana schluckte ein paar Mal kräftig, dann sah sie auf. »Nein, alles in Ordnung«, behauptete sie anschließend mit kratziger Stimme. »Sagen Sie, gibt es in Kyle einen Handyshop? Meines ist leider kaputt. Ich bräuchte dringend ein neues.«

Die beiden älteren Leute sahen sich unschlüssig an. »Nein, ich denke nicht. Aber du kannst gerne von uns aus telefonieren.«

»Das ist nett, aber ich müsste auch demnächst in Deutschland anrufen, und das wird teuer.«

»Du könntest uns ja eine kleine Summe bezahlen. Aber weißt du, was«, meinte Mrs. MacLean, »unser ältester Sohn Donald hat jede Menge von den Dingern zu Hause herumliegen. Einige braucht er ganz sicher nicht mehr. Kauf dir doch einfach in Kyle so eine Karte, dann kannst du seines benutzen. Er kommt heute Nachmittag zu uns. Ich rufe ihn an, und er soll ein Mobiltelefon mitbringen.«

»Das ist total nett von Ihnen«, bemerkte Dana, und betrachtete die MacLeans nun etwas unsicher. »Würde es Ihnen etwas ausmachen, wenn ich länger bleibe … vielleicht zwei oder drei Wochen oder so?«

Mrs. MacLean lachte laut auf. »Natürlich nicht. Wir würden uns freuen.« Sie zwinkerte ihr zu. »Ich mache dir auch einen guten Preis, jetzt im Herbst habe ich kaum noch Gäste.«

»Danke«, stieß Dana erleichtert hervor, froh, zumindest eine Sorge weniger zu haben.

»Also, Dana, wollen wir in einer Stunde losfahren?«, fragte Mr. MacLean.

»Ja, sehr gerne.« Dana gelang es nur schwer, Mael vom Frühstückstisch fortzubringen, denn sie spielte gerade vollkommen selbstverloren mit einem gestrickten Eierwärmer, der die Form eines Huhns hatte.

Um halb zehn traten Dana und Mael in die kühle Herbstluft hinaus. Der Pullover, den sie der Kleinen angezogen hatte, reichte beinahe bis zum Boden. Im Auto, in dem auch der Schwiegervater saß, bekam Mael große Augen und bestaunte alles. Als Mr. MacLean das Radio einschaltete, deutete sie mit ihrem kleinen Finger nach vorne und staunte in ihrer Sprache: »Singt!«

Lächelnd strich Dana ihr über das Haar, dann lehnte sie sich auf dem Rücksitz zurück.

»Ich muss meinen Vater Dugal noch nach Hause bringen«, erklärte Mr. MacLean, als er den Weg zum Broch einschlug statt in Richtung Kyle.

»Ja, kein Problem.« Dana blickte aus dem Fenster und wurde erneut von Erinnerungen übermannt, während im Radio die bekannte Band Runrig von der Isle of Skye sang:

Looking out on all that's been
And on all that is and all that's beyond time
I close my eyes in isolation

Here's where the word was sown
All that's grown and all that's passed like ghosts
Through the child to highland generations

Now we walk in empty glens, rushes blowing in the wind
A voice that's calling you again
To come back home
Where have they gone, where have they gone,
gone to illusion everyone
The darkest heart, the pride of man
Will walk alone …

Der Kloß in Danas Kehle drohte sie zu ersticken. Dieses Tal war noch wild und von Menschenhand weitaus weniger berührt als die meisten Teile der Welt. Dennoch hatte es sich verändert. Die dichten Wälder waren verschwunden, all die Menschen, die diese Hügel und Lichtungen mit Leben erfüllt hatten, die wilden Tiere. Heute lebten vermutlich deutlich weniger Menschen in der Gegend, als es zu der Zeit von Brude und Alauna der Fall gewesen war. Dana schloss die Augen. Ardan, Áine, Domech, Brega, ihre kleine Tochter – sie alle waren seit über zweitausend Jahren tot, aber für sie war es erst gestern gewesen. Ein leises Schluchzen entstieg ihrer Kehle, das sie eilig in ein Räuspern übergehen ließ. Als sie am Broch vorüberfuhren, überkam sie ein Schaudern. Vermutlich war Rionach noch immer dort, voller Zorn, voller Wut, und ein kleiner Teil von Dana empfand sogar so etwas wie Mitleid mit ihr. Andererseits hatte sie Scott getötet, und das würde sie ihr niemals verzeihen. War am Ende Scotts Tod der Preis dafür gewesen, dass sie Mael mitgebracht hatte?

Sie lieferten Dugal in dem Örtchen Balvraid ab, wo er mit erstaunlicher Zielsicherheit den Weg zu seinem Haus fand.

»Der sture Kerl weigert sich hartnäckig, sein Haus zu verlassen«, erklärte Mr. MacLean. »Wir kümmern uns um ihn, und Ewan bewirtschaftet das Ackerland, aber es wäre einfacher, wenn er sein Anwesen verkaufen und zu uns ziehen würde.«

»Vielleicht hängt er an seinem Land«, meinte Dana leise.

»Ja, sicher, und ein Stück weit verstehe ich meinen Vater auch.«

Der Einkauf in Kyle of Lochalsh war anstrengend. Wenngleich es sich nur um einen vergleichsweise kleinen Ort handelte, machte er Mael doch eindeutig Angst. Die vielen Autos, der Lärm, die für sie fremden Menschen – schon nach einer halben Stunde weinte sie nur noch und klammerte sich an Danas Bein. Zumindest hatte sie in einem Souvenirshop zwei Röcke, Pullover und Schuhe für das Mädchen erstehen können. Sie selbst hatte für sich eine Trekkinghose, T-Shirts, Pullover und eine Regenjacke nebst Unterwäsche und Socken gekauft.

»Mael, mein Schatz, wir müssen noch in den einen Laden«, sagte sie bedrückt und hatte ein schlechtes Gewissen, als sie in das verweinte, knallrote Gesichtchen blickte. Aber sie brauchte unbedingt eine Handykarte.

Mael schluchzte auf und ließ sich nur widerstrebend mit sich ziehen. Als ein Motorrad an ihr vorüberbrauste, brach sie in ohrenbetäubendes Gebrüll aus. Eilig verschwand Dana in einem Laden, und erfreulicherweise konnte ein wuscheliges Wollschaf, das sie der Kleinen schenkte, das Mädchen endlich beruhigen.

Völlig fertig mit den Nerven wartete Dana schließlich auf Mr. MacLean, der zum Glück bald von seinem Einkauf zurückkehrte. Im Auto schlief Mael sofort ein, und Dana hätte es ihr am liebsten gleichgetan. Nach all den Strapazen fühlte sie sich entsetzlich überfordert, ja es schien ihr gar, als hätte sie all ihre Kraft in der Vergangenheit zurückgelassen.

Wieder in Eilanreach bemerkte sie, wie zwei Männer auf dem Dach eines mehrere hundert Meter entfernten, neuen Cottages arbeiteten.

»Oh, Donald ist schon da!« Freudig hob Mr. MacLean eine Hand. »Sicher hat er sein altes Mobiltelefon mitgebracht, dann kannst du telefonieren.«

»Danke, das wäre toll.« Dana schleppte ihre Einkäufe und die schlafende Mael ins Haus. Tatsächlich lag ein blaues Telefon auf ihrem Bett. Kurz entschlossen legte sie die Karte ein und rief Marc an. Zum Glück konnte sie sich noch an seine Telefonnummer erinnern. Es dauerte eine Weile, bis er abhob.

»Marc, hier ist Dana, ich bin zurück.«

Für einen Moment herrschte Schweigen, dann überschlug sich seine Stimme beinahe. »Gott sei Dank, Dana, wie geht es dir? Ist alles in Ordnung, wo bist du?«

»Ich … ich bin so weit okay. Ich wohne in einer Pension in Eilanreach, in der Nähe des Brochs.« Sie biss sich auf ihre zitternde Unterlippe. »Marc, kannst du mir bitte helfen? Ich weiß nicht weiter, ich habe Rionachs Tochter bei mir und …«

»Was? Oh, verdammt, Dana, ich bin im Augenblick auf den Seychellen«, gab er dann mit hörbar unglücklicher Stimme zu. »Ich … ähm … habe jetzt eine Freundin … Kannst du nicht zu Scott fahren? Ich kann dir Geld leihen, falls du welches benötigst.« Eine kurze Pause entstand, dann sagte er: »Wenn du mich brauchst, kann ich auch kommen.«

Verzweifelt schloss Dana die Augen und atmete tief durch. »Nein, Marc, schon gut. Es freut mich, dass du eine Freundin gefunden hast. Ich komme zurecht.«

»Wirklich? Wende dich an Scott, der wird dir ganz sicher helfen. Wir haben einige Male telefoniert, eigentlich ist er gar nicht so verkehrt, wie ich zuerst gedacht hatte.«

Ja, Scott würde mir helfen, wenn er noch leben würde, dachte Dana. Aber sie wollte Marc seinen Urlaub nicht verderben.

Er klang sehr bedrückt, als er weitersprach. »Sobald ich zurück bin, melde ich mich bei dir. Gib mir doch deine Adresse, und ich habe gesehen, du hast eine neue Nummer?«

»Ja.« Nur mit Mühe schaffte Dana es, die Adresse durchzugeben, dann legte sie mit der Entschuldigung, es würde zu teuer werden, auf, bevor sie sich aufs Bett sinken ließ. Wie sehr hatte sie doch auf Marc gehofft.

Die folgenden Tage gingen für Dana wie in Trance vorüber. Sie hatte das Gefühl, nicht zu leben, sondern nur zu funktionieren. Eigentlich wusste sie, sie hätte sich bei ihren Eltern melden und einiges organisieren sollen, aber sie brachte einfach nicht die Kraft dafür auf. Wäre Mael nicht gewesen, sie wäre in ein tiefes, dunkles Loch gefallen und vielleicht nie wieder daraus hervorgekommen. Sie hatte keine Ahnung, wie ihr Leben weitergehen sollte, und Ardans Verlust saß so tief, dass sie glaubte, daran zu zerbrechen. Einzig der Gedanke, möglicherweise von ihm schwanger zu sein, war ein winziger Hoffnungsfunke. Natürlich war es unvernünftig, denn sie würde es mit Mael schon schwer genug haben, trotzdem sehnte sie sich danach, etwas von Ardan bei sich zu haben, das sie durch die Zeit hinweg verband. Sie wusste nicht genau, wann ihre nächste Regelblutung einsetzen müsste, glaubte aber, schon überfällig zu sein. Vielleicht hatte Ardan ihr ja ein letztes Geschenk gemacht, bevor er in die Anderswelt gegangen war. Die MacLeans kümmerten sich rührend um sie, vermutlich merkten sie, wie verzweifelt sie war. Wenigstens Mael lebte sich schnell ein, wuselte durchs ganze Haus und den Garten und schien einen Narren an Morna MacLean gefressen zu haben.

Drei Tage nach ihrem Telefonat mit Marc trat Dana nach dem

Frühstück vor die Tür, wo Mael Mrs. MacLean dabei half, Äpfel klein zu schneiden – wenngleich die meisten Stückchen in Maels Mund landeten. Seit Tagen hatte sich Dana etwas vorgenommen, und heute wollte sie es endlich in die Tat umsetzen.

»Mael, komm bitte mit, ich möchte einen Spaziergang machen«, sagte sie leise zu dem Kind.

Die Kleine schüttelte stur den Kopf und lachte Mrs. MacLean strahlend an. »Apfel!« Inzwischen kannte sie das eine oder andere englische Wort, was Dana zwar freute, aber ihr heute Tränen in die Augen trieb.

»Lass sie ruhig hier, falls du etwas vorhast«, meinte die ältere Frau und musterte sie besorgt. »Vielleicht tun dir ein paar Stunden für dich ganz gut.«

Dana zögerte, dann nickte sie, drückte Mael einen Kuss auf die Stirn und marschierte los.

Schon lange hatte sie ihr verstecktes Schwert holen und zum Fluss bringen wollen – ein letztes Ritual, in dem sie sich von ihrem alten Leben verabschieden wollte. Der stramme Marsch tat ihr gut, ließ ihren Kopf klarer werden. Das Schwert lag noch dort, wo sie es zurückgelassen hatte, und so nahm sie es an sich und eilte in Richtung Fluss, über sumpfige Wiesen und durch lichte Haine. Noch einmal dachte sie an all die Menschen, die sie zurückgelassen hatte, hoffte, sie hatten damals, vor all den vielen Jahren den Angriff der Wikinger heil überstanden und noch einige Zeit friedlich gelebt, dann warf sie das Schwert in den Fluss. So wie vor zweitausend Jahren ergoss er sich hinter dem Dun Telve. Zwar führte er heute weniger Wasser, sein Lauf hatte sich verändert, aber dennoch war es der gleiche Fluss. »Auf Wiedersehen, ich werde euch niemals vergessen«, flüsterte sie.

Auf dem Rückweg ließ sie sich Zeit, blieb in der Nähe des Flusses und kletterte über zahlreiche Stacheldrahtzäune, wanderte über Heidekraut und mooriges Gelände. Irgendwann wandte sie sich in Richtung Straße, aber ein Blick nach links ließ sie innehalten. Zunächst war sie sich nicht ganz sicher, denn das Land hatte sich verändert, aber dieser flache Felsen war doch unverkennbar. Langsam ging sie näher, zog Ardans Armspange von ihrem Arm. Seitdem sie hier war, hatte sie das Schmuckstück nicht mehr abgelegt. Ihre zitternden Hände berührten den Stein, fuhren seine verwitterten Konturen nach, dann ließ sie sich daneben nieder. Hier war Ardan in ihren Armen gestorben. Hier hatte sein Blut den Boden getränkt. Hier hatte sie ihn das letzte Mal geküsst und dann verlassen. Die Gefühle drohten sie zu ersticken, und sosehr sie sich in den letzten Tagen zusammengerissen hatte – jetzt ging es nicht mehr. Einer Flut gleich bahnte sich die Trauer ihren Weg, und sie weinte bittere Tränen um den Mann, mit dem sie ihr restliches Leben hatte verbringen wollen. Die Erinnerung an Ardan schmerzte derart, dass sie den Eindruck hatte, sie würde jeden Augenblick auseinanderbrechen. Zugleich hatte es etwas Befreiendes, die Trauer endlich zuzulassen, und irgendwann überkam Dana sogar das Gefühl, Ardan wäre bei ihr. Sie glaubte, seine tröstende Umarmung zu spüren, und fühlte sich ihm ganz nahe. Möglicherweise war sogar ein Stückchen Wahrheit in ihrem Traum gewesen, und die Schleier zwischen den Welten waren dünner, als sie gedacht hatte. Vielleicht konnte Ardan auf irgendeine mystische Weise bei ihr sein. Inzwischen wollte sie so etwas nicht mehr ausschließen. Schluchzend kauerte sie an dem Stein, die Augen fest geschlossen und dachte mit all ihrer Liebe an Ardan – wo auch immer er jetzt sein mochte.

Eine männliche Stimme und eine Hand auf ihrem Rücken ließen sie aufblicken. Beinahe war sie wütend, gestört zu werden, dann stockte ihr der Atem. Sie sah in braune Augen. *Ardan*!, schoss es ihr durch den Kopf. Bei näherer Betrachtung handelte es sich aber nicht etwa um Ardans Geist, sondern um einen jungen Mann, dessen Gesicht Besorgnis ausdrückte.

»Hast du dich verletzt oder verlaufen?«, erkundigte er sich.

Eilig schüttelte Dana den Kopf und wischte sich, peinlich berührt, über die geschwollenen Augen. Der Mann mochte in ihrem Alter sein, war von durchschnittlicher Statur, mit kurz geschnittenen, hellbraunen Haaren, die durch den Wind leicht verwuschelt waren. Sein Gesicht zierte ein Dreitagebart, und er trug eine grüne Outdoor-Hose sowie einen blauen Pullover mit einem Loch am Bund.

»Alles okay«, brachte Dana krächzend hervor.

Er schien ihr nicht zu glauben, denn er ging in die Hocke, wobei er sie nicht aus dem Blick ließ. »Ich bin Ewan und habe gerade den Schafzaun repariert.«

»Dana«, murmelte sie undeutlich und stand langsam auf.

Ewans Augenbrauen zogen sich zusammen. »Dana – kann es sein, dass du das Mädchen aus Deutschland bist und bei meinen Eltern wohnst?«

»Sofern du Ewan MacLean heißt.«

»Der bin ich.« Er räusperte sich. »Also, falls du Hilfe brauchst …«

»Nein danke.«

Er legte zweifelnd seinen Kopf schief. »Ich möchte mich ja nicht aufdrängen, aber manchmal ist es ganz gut, einem Fremden sein Herz auszuschütten.«

»Bist du vielleicht Psychiater?«, unterbrach sie ihn eine Spur biestiger als beabsichtigt.

»Nein, aber ich spreche aus Erfahrung.« Ewan hob seine Schultern. »Ich habe erst vor Kurzem jemanden verloren, mit dem ich eigentlich gedacht hatte, meine Zukunft zu teilen.«

»Ich ebenfalls«, gab sie heiser zu.

Behutsam strich seine Hand über ihren Arm. »Liebeskummer geht irgendwann vorüber, glaub mir. Es hat verdammt wehgetan, als mich meine Freundin verlassen hat, aber inzwischen habe ich eingesehen, dass wir nicht so gut zusammengepasst haben, wie ich zu Anfang dachte. Tagelang habe ich mich zurückgezogen, bis mich eines Tages ein russischer Tourist im Pub angesprochen und gefragt hat, weshalb ich so düster in mein Glas starren würde, so schlimm sei das britische Bier ja doch nicht.« Ewan lachte leise auf. »Juri meinte, *Frauen sind nix wert Liebeskummer – und*

Mann erst recht nix. Trinken mit Freund ist beste Therapie! Das habe ich mir zu Herzen genommen, ihm alles erzählt, und am nächsten Tag hatte ich einen entsetzlichen Brummschädel. Aber danach ging es mir besser.«

Ewan hatte den russischen Dialekt so lebensecht nachgeahmt, dass Dana sogar grinsen musste, dann wurde sie jedoch ernst. »Das mag schon sein, nur hat er mich leider nicht verlassen.« Schon wieder liefen Tränen ihre Wangen hinab. »Ardan ist … gestorben.«

»O nein, das tut mir leid!« Ehrliche Bestürzung stand in seinem Gesicht. »War es ein Unfall?«

»So ähnlich«, murmelte Dana und blickte zu Boden.

»Entschuldige bitte.« Seine Stimme klang jetzt ganz sanft. »Soll ich dich allein lassen?«

»Ja … nein … Ich glaube, ich möchte zurück zu eurem Haus«, antwortete sie schließlich.

»Ich kann dich mitnehmen, mein Auto steht an der Straße.« Ewan deutete in Richtung der Hügel.

Dana war erleichtert, den weiten Weg nicht mehr laufen zu müssen, denn sie war durchgefroren, und ihre Beine fühlten sich wacklig an. Also schritt sie stumm neben Ewan her. Dessen Blick fiel plötzlich auf die Armspange in ihrer Hand.

»Das ist aber ein hübsches Schmuckstück«, staunte er. »Ist das etwa original keltisch oder eine Kopie?«

Dana hielt an und blickte auf Ardans Schmuckstück, das ihn hatte beschützen sollen. »Es ist echt.«

»Wow! Du musst wissen, ich interessiere mich nämlich sehr für die Keltenzeit. Darf ich es mir ansehen?«

Eigentlich wollte Dana es nicht aus der Hand geben, aber Ewan klang derart begeistert, dass sie ihm diesen Wunsch nicht abschlagen konnte. Nur einen Moment später bereute sie es jedoch.

Ewan hatte die Armspange ehrfürchtig an sich genommen, als er im selben Moment einen unterdrückten Schrei ausstieß, eine Hand auf seine rechte Seite presste und seine Knie nachgaben.

»Was hast du?«, rief Dana entsetzt aus. Er kniete am Boden, rang nach Luft und krümmte sich zusammen. Der Armreif fiel auf die feuchte Erde.

Sie beugte sich zu ihm hinab, berührte ihn unsicher am Rücken und sah dann in seine Augen, als er den Kopf hob. Schmerz, Verwirrung und Unglaube standen darin. Zudem war er kreidebleich, und auf seiner Stirn glitzerten Schweißperlen.

»Ewan, was ist mit dir?« Sie hatte keine Ahnung, was ihm auf einmal fehlte, und suchte eilig nach ihrem Handy.

Doch Ewan kam langsam wieder auf die Füße. »Wow! Was … war das denn?«, presste er hervor.

»Solltest du nicht besser sitzen bleiben?«, fragte Dana besorgt. »Ich könnte den Notarzt rufen.«

»Nein, es geht schon wieder.« Völlig verwirrt blickte er zwischen dem Armreif und Dana hin und her.

Sie ließ ihn nicht aus den Augen, während sie sich nach Ardans Armspange bückte und sie in der Jackentasche verstaute. »Geht's dir besser?«

Er nickte, holte tief Luft und rieb sich die Seite. »Ich habe keine Erklärung dafür, aber möglicherweise wollte mir mein Blinddarm gerade auf äußerst eindrucksvolle Weise mitteilen, dass sich unsere gemeinsame Zeit dem Ende zuneigt«, spekulierte er mit Galgenhumor.

Zum Glück war wieder Farbe in sein Gesicht zurückgekehrt, dennoch machte Dana sich Sorgen. »Hattest du solche Beschwerden denn schon vorher?«

»Nein.« Er schauderte. »Für einen Moment hatte ich den Eindruck, mir rammt jemand einen Dolch in die Seite und …« Er suchte nach Worten. »Aber ich hatte das Gefühl, da war noch etwas anderes …« Seine braunen Augen musterten sie verwundert.

Danas Hand umklammerte Ardans Armspange. »Es mag für dich verrückt klingen«, begann sie zögernd, »aber ein weiser Mann sagte einmal, Schmuckstücke würden über eine lange Zeit Empfindungen und Gefühle ihrer längst verstorbenen Besitzer in sich tragen. Vielleicht hast du gerade gespürt, was sein Vorbesitzer vor langer Zeit erlebt hat.«

Ewan fuhr sich durch die Haare. »Das mag schon sein. Vielleicht sollte ich den Armreif noch einmal anfassen.«

»Besser nicht«, widersprach Dana sofort. »Ich hätte nämlich keine Ahnung, wie ich dich von hier bis zum Auto schaffen sollte.«

»Auch wieder wahr. Auf jeden Fall ist das unheimlich.«

Gemeinsam machten sie sich auf den Weg, und Dana musterte ihren Begleiter immer wieder verstohlen. Sollte er tatsächlich den Moment erlebt haben, als Ardan starb? War so etwas überhaupt möglich? Im Augenblick schien es Ewan gut zu gehen. Er schritt kräftig aus, wenngleich es Dana nicht entging, dass ihn der Vorfall durchaus beschäftigte.

»Soll ich dich gleich ins Krankenhaus fahren?«, fragte sie, als sie seinen blauen Ford erreichten.

»Nein, nicht nötig, ich bin absolut fit.«

»Falls es wirklich dein Blinddarm ist, solltest du das untersuchen lassen«, ermahnte sie ihn.

»Ja, aber dann fahre ich später mit meinem Bruder. Der ist momentan ohnehin zu Besuch, weil er mir noch mit meinem Haus helfen wollte.«

Ewan setzte sich hinters Steuer und fuhr Dana zum Cottage seiner Eltern. Sie vermutete, dass er und sein Bruder die beiden Männer waren, die sie vor einigen Tagen auf dem Dach gesehen hatte.

»Danke fürs Mitnehmen«, sagte sie zum Abschied. »Und bitte geh zu einem Arzt, ja?«

»Euer Wunsch sei mir Befehl, Mylady«, scherzte er mit einer übertriebenen Verbeugung.

Dana sah ihm nach, wie er zu seinem Haus fuhr und hoffte, er würde Wort halten. *Was für eine verrückte Sache*, dachte sie und ließ sich dann von Mael ihr selbst gemachtes Apfelmus zeigen, das sie zusammen mit Mrs. MacLeans Pfannkuchen sofort probieren musste.

Am Abend, Mael schlief bereits, und Dana ließ sich vom Fernsehprogramm berieseln, klopfte es an ihrer Tür. Verwundert öffnete sie und dachte, es könnte vielleicht Mrs. MacLean sein, die sie mal wieder mit einem Stück Kuchen verwöhnen wollte.

Doch Ewan stand vor der Tür. Sein Grinsen wirkte etwas unsicher, und er trat von einem Bein aufs andere. »Ich wollte nur kurz Bescheid sagen. Vorhin war ich mit meinem Bruder im Krankenhaus.«

»Und?« Dana sah ihn erwartungsvoll an.

»Es ist alles in Ordnung. Ich soll nur in nächster Zeit gut aufpassen, ob so etwas noch einmal passiert.«

»Da bin ich aber froh«, sagte Dana ehrlich. Sie hatte sich noch während des ganzen Tages Gedanken gemacht. »Danke, dass du Bescheid gegeben hast.«

Ewan nickte, drehte sich um, hielt dann aber inne. »Also falls du Lust hast, mein Bruder und ich gehen gleich nach Glenelg in den Pub. Ich meine nur, vielleicht möchtest du ja mitkommen. Eventuell lenkt dich das ab. Meine Mutter würde auch auf die Kleine aufpassen.«

»Oh.« Jetzt war Dana überrumpelt. Nach kurzem Überlegen schüttelte sie jedoch den Kopf. »Das ist lieb von euch, aber ich bin ziemlich müde.«

»Okay, kein Problem.«

Trotz seines heiteren Tonfalls bemerkte sie, wie Ewan enttäuscht die Schultern hängen ließ. »Ein anderes Mal würde ich aber gerne darauf zurückkommen«, fügte sie daher hinzu.

»Prima.« Er zwinkerte ihr zu. »Schlaf gut.«

Dana schloss die Tür, kuschelte sich in ihre Decke und wünschte sich zweitausend Jahre zurück in den Dun Telve, dort, wo sie für kurze Zeit sehr glücklich gewesen war.

Am nächsten Morgen erwartete sie am Frühstückstisch eine riesengroße Überraschung. Sie hatte schlecht geschlafen, war immer wieder aufgewacht, und leichte Kopfschmerzen kündigten sich an. All das vergaß sie jedoch, als sie einen jungen Mann mit dunklen Locken am Tisch sitzen sah.

»Marc, was tust du denn hier?«, rief sie aus.

Mael eilte sofort zu ihrer dampfenden Tasse heißer Schokolade, die sie, seit sie hier waren, jeden Tag bekam und setzte sich mitsamt ihrem Schaf sowie der Tasse auf den Boden, denn mit Stühlen konnte sie noch immer nichts anfangen.

Sofort erhob sich Marc und umarmte Dana. »Unser Telefonat hat mir keine Ruhe gelassen. Du hast dich so traurig und verzweifelt angehört, da habe ich meinen Urlaub abgebrochen und bin früher zurückgeflogen.«

Es tat unendlich gut, dass er hier war, seine Umarmung, seine einfühlsame Stimme, einfach jemanden bei sich zu haben, der ihr vertraut war. Trotzdem hatte sie ein schlechtes Gewissen. »Deine Freundin wird eifersüchtig sein«, befürchtete sie.

»Na ja, sonderlich begeistert war Marie nicht, aber ich habe ihr erklärt …«

Sie wurden von fröhlichen Stimmen unterbrochen, und kurz darauf öffnete sich die Tür.

»Ich hab dir doch gleich gesagt, dass du bei der Bedienung nicht landen kannst«, zog Ewan seinen älteren Bruder auf.

Dana, noch immer in Marcs Umarmung, hob den Blick. Sie hatte Donald bisher nur aus der Ferne gesehen, aber die beiden ähnelten sich durchaus, auch wenn Donalds Haare deutlich heller waren und er bestimmt fünf oder sechs Jahr älter und sein Gesicht eine Spur breiter und kantiger war. Das sympathische Lächeln, den offenen Blick und die kräftige Statur hatte er aber mit allen MacLeans gemeinsam.

»Sorry, wir wollten nicht stören«, meinte Ewan, wobei er Marc mehr oder weniger offensichtlich musterte.

»Schon gut«, versicherte Dana ihm. »Ich hoffe, ihr hattet einen schönen Abend.«

»Zu schön!«, stöhnte Donald. »Ich brauche dringend einen Kaffee. Komm, Ewan, wir essen drüben bei dir.«

»Das ist nicht nötig«, meinte Dana verlegen, aber die beiden schnappten sich zwei Tassen mit Kaffee sowie Toast, Wurst und Marmelade und verschwanden schnell wieder.

»Also, wie gesagt, ich habe Marie alles erklärt, und inzwischen glaubt sie mir, dass wir nur gut befreundet sind.« Marc strich ihr eine Haarsträhne aus dem Gesicht. »Du bist dünner geworden, und irgendwie …« Sein Blick glitt an ihr herab. »Ich weiß nicht, gleichzeitig muskulöser.«

Dana schnitt eine traurige Grimasse. »Das Leben als Kriegerin hinterlässt Spuren.«

»Du musst mir unbedingt alles erzählen«, verlangte Marc, »aber zuerst muss ich dir etwas sagen.« Er räusperte sich. »Marita hat gestern ganz aufgeregt bei mir angerufen. Du weißt, ihr Englisch ist nicht so gut, aber ich habe verstanden, dass die Polizei nach dir sucht.«

Erschrocken zuckte Dana zusammen, dann nahm er ihre Hand. »Wie es aussieht, hatte Scott einen Unfall. Man hat deine Sachen bei ihm in der Wohnung gefunden. Dana, es tut mir leid, er ist …«

»Ich weiß, dass er tot ist«, unterbrach sie ihn mit leiser Stimme.

»Du weißt es?«

»Ja, schon seit ein paar Tagen.«

»Verdammt, weshalb hast du denn nichts gesagt? Ich wäre auf der Stelle gekommen!«, empörte er sich.

»Ich wollte dir deinen Urlaub nicht verderben.«

»Verdammt, du dummes Mädchen«, schimpfte er, drückte sie aber noch einmal an sich und streichelte ihren Rücken. »Es tut mir leid, Dana. Auf jeden Fall sollst du dich bei der Polizei in Portree melden.«

»Puh!« Sie fuhr sich durch die Haare und wusste nicht, was sie sagen sollte. Dann erzählte sie Marc in möglichst kurzer Zusammenfassung, was alles geschehen war, nur als sie zu Ardans Tod kam, brauchte sie eine Weile, ehe sie weitersprechen konnte. Sie war froh, dass Mael völlig in ihr Spiel mit dem Stoffschaf vertieft war und sie kaum beachtete. Marcs Augen wanderten immer wieder zu der Kleinen. Er unterbrach Dana nicht, streichelte ihre Hand, wenn sie nicht weiterreden konnte und sah sie am Ende voller Entsetzen an.

»Das ist der Wahnsinn!«

»Ich weiß, außer dir würde mir auch kein Mensch glauben.«

Kopfschüttelnd sah er zu Mael hinüber. »Und die Kleine kommt tatsächlich aus der damaligen Zeit?«

»Ja, und ich habe keine Ahnung, was ich mit ihr tun soll. Es war Ardans sehnlichster Wunsch, dass sie bei mir bleibt. Mael ist jetzt schon wie eine Tochter für mich. Aber ich habe keinen Kinderpass für sie, ich kann sie nicht mit nach Deutschland nehmen, und schon gar niemandem plausibel erklären, woher sie auf einmal kommt. Ich weiß nicht einmal, ob sie mit der Umwelt der heutigen Zeit zurechtkommt, oder ob sie am Ende krank wird …«

»Scht, Dana, das werden wir alles regeln«, beteuerte Marc. »Wie du Mael deinen Eltern erklären sollst, weiß ich auch nicht. Aber notfalls gebe ich mich als ihr Vater aus. Ich kenne die Leute aus dem Genlabor ganz gut. Einer schuldet mir noch was.« Ein spitzbübisches Lächeln erschien auf seinem Gesicht. »Ich habe ihn mal gerettet, als er bei einer Prüfung geschummelt hat. Vielleicht können wir einen Vaterschaftstest manipulieren. Du könntest behaupten, du hättest Maels Geburtsurkunde verloren, und dir eine neue ausstellen lassen.« Tröstend streichelte er ihre Wange. »Bleib eine Weile mit der Kleinen hier in den Highlands, diese Umgebung ist vermutlich noch am besten für sie geeignet. Sie wird sich sicher eingewöhnen. In Schottland besteht keine Meldepflicht, und in die Schule muss sie auch noch nicht.«

»Ich bin so froh, dass du hier bist«, stieß sie hervor. Genau das hatte sie gebraucht, jemanden, der ihr zur Seite stand, ihr Mut machte und zumindest bei bürokratischen Dingen half.

»Wir sind doch Freunde, oder nicht?«, meinte er augenzwinkernd.

»Wie lange bleibst du denn?« Sie biss sich auf die Unterlippe. »Meinst du, du könntest mich zur Polizei begleiten?«

»Ich bleibe, so lange du mich brauchst. Und selbstverständlich fahre ich dich zur Polizei. Ich bin mit dem Auto hier.«

»Das ist super, aber deine Marie …«

Marc schüttelte energisch den Kopf. »Lass Marie mein Problem sein. Und jetzt iss, das Frühstück sieht lecker aus.«

Nur sehr ungern ließ sie von dem verfänglichen Thema Marie ab, verspeiste jedoch unter Marcs prüfendem Blick einige Scheiben Toast. Die ganze Zeit über war Mrs. MacLean nicht hereingekommen – vermutlich aus Höflichkeit, und so brachte Dana ihr nach dem Frühstück das Geschirr in die Küche.

»Würde es Ihnen etwas ausmachen, für ein paar Stunden auf Mael aufzupassen?«, fragte sie vorsichtig. »Ich müsste nach Portree, und da möchte ich sie nicht mitnehmen.«

»Natürlich passe ich auf sie auf.« Morna MacLean stellte sich vor Dana, dann nahm sie ihre Hände. »Ewan hat mir von deinem Freund erzählt. Es tut mir sehr leid, du bist noch so jung, und er war es sicher auch.«

Betrübt senkte Dana den Blick, dann nickte sie. »Ich muss versuchen, irgendwie weiterzumachen.«

»Und du schaffst das auch. Schön, dass der junge Mann hier ist und dich ein bisschen tröstet.«

»Ja, Marc ist toll.«

Mrs. MacLean fragte nicht weiter nach, sondern ging zu Mael und nahm sie an der Hand. »Komm, wir müssen die Hühner füttern.« Um ihre Worte zu unterstreichen, schlug sie mit den Armen und ahmte ein gackerndes Geräusch nach. Mael lachte hell auf und schien zu verstehen. Vollkommen ohne Scheu folgte sie der älteren Frau, und Dana atmete tief ein.

Auf der Fahrt nach Portree machte sie sich pausenlos Gedanken, was sie der Polizei sagen sollte. Marc bemühte sich sehr, sie aufzumuntern, und irgendwann riss sie sich aus ihren trüben Gedanken. »Wo hast du eigentlich deine Marie kennen gelernt?«

Marc deutete aufs Handschuhfach. »Sieh mal nach, in meinem Geldbeutel ist ein Bild von ihr. Marie ist Studentin aus Paris und verbringt zwei Semester in Glasgow. Sie hat tageweise im Krankenhaus gejobbt, da sind wir uns über den Weg gelaufen.«

Nach einigem Suchen fand Dana das Foto von einem blonden Mädchen etwa Anfang zwanzig. Blaue Augen strahlten aus einem sympathischen Gesicht. »Sie sieht nett aus. Ist es was Ernstes?«

Unschlüssig hob Marc die Schultern. »Das kann ich noch nicht sagen, aber wir verstehen uns gut. Irgendwie ging alles recht schnell. Der Urlaub war ihre Idee, weil sie schon gebucht hatte und ihre Freundin krank geworden ist. Da bin ich spontan eingesprungen.«

»Und ich hab euch alles versaut«, ergänzte Dana düster.

»Hey, das ist echt kein Problem. Wir sind nur zwei Tage früher zurückgeflogen.«

Selbst wenn Marc das so locker sah, Dana hätte es leidgetan, wenn diese zarte Liebe ihretwegen in die Brüche gegangen wäre.

Als sie die Polizeistation erreichten, versicherte er ihr: »Dana, alles wird gut, ich bin bei dir.«

Sie atmete tief durch und betrat das kleine Gebäude am Marktplatz. Ein Beamter begrüßte sie freundlich.

»Ich bin Dana Ludwig und soll mich hier melden«, erklärte sie.

Der Polizist hob überrascht seine Augenbrauen. »Na, dann kommen Sie doch bitte gleich mit.« Er führte sie in ein Nebenzimmer und bedachte Marc mit prüfenden Blicken. »Und Sie sind …«

»Ihr Verlobter«, behauptete Marc selbstbewusst.

Der Polizist zögerte, dann nickte er. »Warten Sie bitte kurz.«

»Sorry, ich hoffe, das macht dir nichts aus«, flüsterte Marc ihr zu, »aber sonst hätten sie mich vielleicht gleich rausgeschmissen.«

»Nein, schon okay.« Nervös trommelte Dana mit den Fingern auf dem Holztisch herum.

Kurze Zeit später erschien derselbe Polizist in Begleitung eines deutlich älteren, beinahe kahlköpfigen Beamten. Dieser betrachtete Dana streng über die Gläser seiner Brille hinweg.

»Mein Name ist Officer Davis. Wir haben einige private Dinge von Ihnen in Scott MacRaes Haus gefunden«, erklärte er. »Sie wissen, dass Ihr Vater tot ist?«

»Ja, ich habe es gestern erfahren«, erwiderte Dana, dann fragte sie, um ihr Spiel überzeugend zu spielen: »Wie genau ist er denn gestorben? Ich hörte etwas von einem Unfall.«

»Ein Steinschlag am alten Broch von Glenelg«, berichtete Officer Davis kurz angebunden. »Mein Beileid übrigens, Miss Ludwig.«

Sie senkte betrübt den Kopf – das musste sie nicht spielen.

»Ich weiß erst seit kurzer Zeit, dass Scott MacRae überhaupt mein leiblicher Vater war.« Dana fand es sinnvoll, so nah wie möglich an der Wahrheit zu bleiben.

Der Beamte grunzte zustimmend. »Wir haben einen Vaterschaftstest bei ihm gefunden.« Dann zog er seine Augenbrauen zusammen. »Aber sagen Sie, weshalb hatten Sie ihre Ausweispapiere und andere persönliche Sachen bei Mr. MacRae deponiert, wenn Sie nicht bei ihm gewohnt haben?«

Unter dem Tisch drückte Marc aufmunternd ihre Hand, und sie holte tief Luft.

»Ich war auf einer Art Selbstfindungstrip«, behauptete sie. »Allein in den Highlands, ohne jegliche Errungenschaft der modernen Zeit. Deshalb habe ich meine Sachen bei ihm gelassen.«

Officer Davis hob verdutzt seine Augenbrauen und sah Marc fragend an. »Können Sie das bestätigen?«

»Selbstverständlich!«

»Waren Sie ebenfalls auf diesem … Trip?«

»Nein«, erklärte er, was Dana mit Erleichterung erfüllte, denn man konnte sicher leicht nachprüfen, dass Marc auf den Seychellen gewesen war. »Wir führen eine eher offene Beziehung.«

Der Polizist brummte etwas vor sich hin, dann straffte er die Schultern. »Ist Ihnen ein gewisser Rupert Winslow bekannt?«

Dana musste sich sehr beherrschen, um nicht zusammenzuzucken, und schüttelte den Kopf. »Nein, was ist mit ihm?«

Jetzt schaltete sich der jüngere Beamte ins Gespräch ein. »Seine Leiche wurde neben der Ihres Vaters gefunden, außerdem eine Pistole mit den Fingerabdrücken von Mr. Winslow.«

In gespielter Überraschung riss Dana die Augen auf. »Wirklich?«

Die beiden Beamten sahen sich an. »Sie wissen also nicht, ob Mr. MacRae und Mr. Winslow Probleme miteinander hatten?«

»Nein, wie gesagt, wir kannten uns kaum.«

Noch ein paar quälende Sekunden beäugte Officer Davis sie prüfend, suchte wohl in ihrem Gesicht nach einer Lüge, dann zog er seufzend Danas Geldbeutel und einen Briefumschlag aus seiner Schreibtischschublade. Seinem Kollegen machte er ein beiläufiges Zeichen, woraufhin dieser Danas Rucksack aus dem Schrank holte.

»Nun gut. Wir werden weiter in Richtung von Mr. Winslow ermitteln. Hier sind Ihre Sachen, Miss Ludwig. Wir haben zudem ein Testament gefunden, Ihr Vater hinterlässt Ihnen seinen gesamten Besitz.«

»Was?« Sie richtete sich kerzengerade auf, und der Mund blieb ihr offen stehen.

Der Beamte hob jedoch nur gelassen die Schultern. »Wie es aussieht, waren Sie sein einziges Kind. Dem Testament liegt ein Brief bei. Wir haben beides prüfen lassen, es ist eindeutig Mr. MacRaes Handschrift.« Officer Davis drückte der völlig perplexen Dana zwei Schlüssel in die Hand. »Der hier gehört zu seinem Auto. Wir haben es in der Nähe des Brochs gefunden. Der andere ist für sein Haus.« Mit einem leisen Ächzen erhob sich der füllige Polizist. »Hätten Sie noch eine Telefonnummer, unter der wir Sie bei Fragen erreichen können? Ein Notar wird Sie in den nächsten Tagen wegen der Erbschaft kontaktieren, also wäre es gut, wenn Sie in der Nähe bleiben würden.«

Dana nickte mechanisch, starrte auf den Brief, die Schlüssel, und so war es Marc, der den Beamten ihre Handynummer übergab.

»Kann … kann ich jetzt gehen?«, stammelte sie schließlich.

»Ich bitte darum«, erwiderte der Polizist, dessen Züge nun deutlich freundlicher waren. »Es tut mir sehr leid, dass Sie Ihren Vater, den Sie erst so kurz kannten, schon wieder verloren haben. Wir werden Sie über die Ermittlungsergebnisse auf dem Laufenden halten. Sollen wir die entsprechenden Berichte an Ihre Adresse in Deutschland schicken?«

Im Augenblick war Dana völlig überfordert. »Ja, ähm, nein … Ich weiß nicht …«

»Schicken Sie die Sachen einfach zu mir«, bot Marc an und kritzelte seine Adresse auf einen Zettel.

Damit schienen die Beamten zufrieden zu sein, und Marc schob Dana mit sanfter Gewalt hinaus, schulterte ihren Rucksack und bedankte sich bei den Polizisten.

Dana war völlig durcheinander, und Marc umarmte sie. »Na siehst du, es ist alles gut verlaufen. Sie verdächtigen dich nicht.«

»Scott hat mir alles vererbt«, stammelte sie.

»Ich vermute, er war nicht reich«, gab Marc zu bedenken. »Aber das Grundstück und das alte Haus werden trotzdem einiges wert sein. Vielleicht solltest du den Brief lesen. Aber besser im Auto, sonst wird er nass.«

Im Wagen zog sie ein handgeschriebenes Testament und einen Brief heraus.

Liebe Dana,
wenn du dies liest, werde ich keine Gelegenheit mehr haben, dir zu sagen, wie sehr ich mich gefreut habe, dich kennen zu lernen. Ich gebe zu, zunächst war es ein Schock, eine erwachsene Tochter zu haben, aber ich bin froh, dass es dich gibt.

Sicher wirst du deinen Weg gehen, wo auch immer er hinführen mag. Da ich sonst keine Familie habe, vermache ich dir alles. Die Tantiemen aus meinen Büchern werden dich nicht reich machen,

aber zumindest einen Beitrag zu einem halbwegs sorgenfreien Leben leisten. Vielleicht wirst du aber auch einen ganz anderen Weg einschlagen und nicht mehr zurückkommen. In jedem Fall wünsche ich dir – wie auch immer du dich entscheidest – alles Gute.
Dein Scott

Dana biss sich auf die Unterlippe. Dieser Brief war irgendwie typisch für den Kauz. Kurz und knapp, aber trotzdem spürte sie, dass er sie tief in seinem Herzen gemocht hatte. Außerdem hatte er sogar ihren Entschluss vorausgeahnt, für immer in der anderen Zeit zu bleiben.

»Alles okay?«, erkundigte sich Marc besorgt.

»Ja, ich denke schon.« Sie schnitt eine Grimasse. »Macht es dir etwas aus, wenn wir uns mein Erbe noch kurz ansehen?«

»Natürlich nicht.«

Marc startete das Auto, dann fuhren sie nach Glendale. Alles sah so aus, wie Dana es in Erinnerung hatte. Das verwilderte Grundstück, das alte Haus, nur der verrostete alte Landrover, der vor der Tür stand, hatte früher seinem Nachbarn gehört, soweit sie sich erinnern konnte.

Zögernd schloss Dana auf. Abgestandene Luft schlug ihr entgegen, dennoch wirkte das Haus so, als hätte Scott es gerade erst verlassen. Eine benutzte Kaffeetasse stand noch auf dem Wohnzimmertisch.

»Vielleicht ist das ja die Lösung«, sagte Dana, während sie sich umsah.

»Was meinst du?«

»Ich könnte für eine Weile mit Mael hier wohnen. Zumindest bis ich weiß, wie alles weitergehen soll.«

»Ja, vielleicht«, stimmte Marc zu.

Plötzlich schoss ihr etwas durch den Kopf. Sie zog sich Ardans Armspange vom Oberarm und reichte sie Marc. »Würdest du das Schmuckstück bitte anfassen? Aber setz dich vorsichtshalber hin.«.

»Was ist damit?«, erkundigte sich Marc verwirrt, ließ sich jedoch auf einem Stuhl nieder. »Das Ding katapultiert mich jetzt aber nicht zweitausend Jahre zurück, oder?«

»Nein, das nicht«, antwortete sie zögernd. »Es könnte nur sein, dass du – wie soll ich es ausdrücken – eigenartige Empfindungen bekommst.«

Vorsichtig nahm Marc den Armreif an sich, betrachtete ihn prüfend und drehte ihn in der Hand hin und her, bevor er die Schultern hob. »Nichts.«

Erst jetzt bemerkte Dana, wie sie die Luft angehalten hatte, und stieß diese nun heftig aus. *Gut, vielleicht lag es auch an dem Ort, wo Ardan gestorben ist,* dachte sie, bevor sie das Schmuckstück wieder einsteckte.

»Und jetzt?«, Marc sah sie fragend an, aber im Augenblick wollte Dana nicht über die seltsame Sache mit Ewan sprechen.

»Danke, schon gut, ich wollte nur etwas ausprobieren.«

Zum Glück hakte Marc nicht weiter nach.

Als sie wieder auf der Straße standen, kam ihnen Scotts Nachbar entgegen.

»Hallo! Du bist doch Scotts … ähm … Tochter, oder nicht?«

Wie es aussah, sprachen sich Neuigkeiten schnell herum. »Ja, ich bin Dana.«

»Tut mir leid mit deinem Vater«, grummelte der grauhaarige Mann.

»Ja, es ist schrecklich.«

Er räusperte sich und meinte dann mit einem Schulterzucken: »Also, bevor Scott zu diesem vermaledeiten Broch aufgebrochen ist, hat er mir Teàrlach hiergelassen. Ich sollte auf ihn aufpassen.«

»Oh, verdammt, der Hund!« An den hatte Dana in der ganzen Aufregung gar nicht mehr gedacht.

»Er kann auch noch eine Weile bei mir bleiben. Ich weiß ja nicht, was du vorhast. Notfalls finde ich auch einen guten Platz für ihn.«

»Nein, ähm, Mr. …«

»Sag einfach Calum zu mir.«

»Also, Calum. Ich möchte demnächst in das Haus ziehen. Aber es wäre so nett, wenn Sie Teàrlach so lange behalten könnten, denn die Besitzerin des Bed & Breakfast wäre vermutlich über einen riesigen Wolfshund nicht allzu erfreut.«

Der alte Mann kicherte. »Und Teàrlach auch nicht.« Mit seiner faltigen Hand drückte er Danas Arm. »Natürlich kann er bleiben, und es freut mich, dass wir Nachbarn werden. Vor Kurzem hat mir Scott meinen alten Landrover abgekauft. Die gute Selma braucht manchmal eine etwas spezielle Behandlung, damit sie anspringt.«

»Selma«, wiederholte Dana, und Marc gluckste unterdrückt.

»Ja, die alte Lady hat so ihre Eigenarten. Ich habe sie nach meiner ersten Frau benannt, denn die hat auch nur getan, was sie wollte.« Jetzt blitzte der Schalk in den Augen des alten Farmers. »Wende dich nur an Calum Campbell, wenn du Hilfe brauchst, auch bei anderen Dingen.« Damit klopfte er sich auf die Brust, hob die Hand zum Gruß und schlurfte davon.

»Vielen Dank!« Sie sah Calum nach, dann blies sie die Backen auf. »Okay, ich habe einen rostigen Landrover namens Selma, ein altes Haus und einen riesigen Wolfshund geerbt.«

Marc lachte leise auf und zwinkerte ihr zu. »Ach, irgendwie passt das doch alles ganz gut zu dir.«

Dana bedachte Marc mit einem schiefen Blick. »Na gut, fahren wir zurück, Mael wird schon warten.«

»Möchtest du Selma gleich mitnehmen?«, lachte Marc.

»Ja, wäre vielleicht nicht schlecht.«

»Dana.« Marc räusperte sich, und ihm war es sichtlich unangenehm fortzufahren. »Ich soll dir übrigens durch Marita von deiner Mutter ausrichten lassen, du sollst dich bitte zumindest per E-Mail melden. Sie versteht, wenn du enttäuscht bist und Zeit brauchst, aber gerade nach dieser Sache mit der Polizei machen sie sich echt Sorgen.«

»Ja, klar«, räumte Dana ein, auch wenn sie das Gespräch mit ihren Eltern noch eine Weile hinauszögern wollte. »Ich werde später die MacLeans fragen, ob ich ihren Computer benutzen darf.« Also fuhr Dana mit dem klapprigen Gefährt zurück, das erfreulicherweise sogar beim ersten Mal ansprang.

Vor der Pension redete Dana noch einmal eindringlich auf Marc ein. Sie war unendlich froh, ihn an ihrer Seite zu wissen, aber jetzt, da sie einige Dinge geklärt hatte, versuchte sie, ihn zu überreden, zu seiner Freundin zurückzufahren. Zunächst war er sehr uneinsichtig, bestand darauf zu bleiben, aber schließlich ließ er sich nach Danas Versprechen, ihn sofort anzurufen, wenn sie Hilfe brauchte, davon überzeugen, am nächsten Morgen nach Hause zu fahren.

Mael begrüßte sie überschwänglich, plapperte munter von Hühnern und Schafen und dass sie mit Morna Kekse gebacken hatte.

Dana freute sich darüber, wie gut sich die Kleine hier eingelebt hatte, dann wandte sie sich an ihre Vermieterin. »Könnte ich vielleicht später kurz Ihren Computer benutzen?«

Mrs. MacLean lachte leise auf. »Seitdem Ewan die ersten Zimmer seines Cottage beziehen konnte, haben wir keinen mehr. Aber geh doch einfach zu ihm, er hat sicher nichts dagegen.«

»Ja, in Ordnung.« Sogleich lief Dana über den Rasen auf das kleine Haus zu.

Ewan und sein Bruder verputzten gerade eines der Fenster, und die beiden begrüßten sie freundlich.

»Deine Mutter hat gesagt, ich könnte vielleicht deinen Computer benutzen«, sagte Dana.

»Klar, kein Problem.« Ewan wischte sich die Hände ab. »Warte, ich zeige dir, wo er steht.«

»Ja, klar, du lässt keine Gelegenheit aus, dich vor der Arbeit zu drücken«, zog ihn sein älterer Bruder auf.

»Blödmann!« Ewan schlug mit einem schmutzigen Lumpen nach ihm und führte Dana ins Innere. Der Flur war noch nicht gestrichen und recht kahl, ein Blick in die Küche zeigte ein Chaos aus Farbeimern, einer halb montierten Küchenzeile und ausgebeulten Kartons. Das Wohnzimmer hingegen wirkte schon richtig wohnlich mit dem Ledersofa, einem gemauerten Kamin und dunklen Holzregalen an den Wänden, in die bereits zahlreiche Bücher eingeräumt waren. In der hintersten Ecke stand ein Schreibtisch mit Laptop. Mit verlegenem Grinsen räumte Ewan einige Zeitschriften zur Seite und schaltete das Gerät an. »So, du kannst dich austoben.«

»Super, vielen Dank.« Dana setzte sich und sah ihn prüfend an. »Geht es dir gut?«

»Ja, alles absolut in Ordnung. Also normalerweise gehe ich auch nicht gleich in die Knie, nur weil mir ein hübsches Mädchen über den Weg läuft.«

Dana lächelte traurig. »Ich glaube kaum, dass ich an dem Tag einen allzu erfreulichen Anblick geboten habe.«

Doch Ewan winkte ab, steckte die Hände in die Hosentaschen, schien noch etwas hinzufügen zu wollen, wandte sich jedoch ab. »Lass dir ruhig Zeit. Ich gehe wieder raus, sonst jammert Donald wieder, dass er alles alleine machen muss.«

Dana loggte sich in ihren E-Mail-Account ein und stöhnte, als sie die vielen neuen Nachrichten sah. Natürlich war das kein Wunder, denn sie war schließlich eine lange Zeit fort gewesen. Es dauerte eine Weile, bis sie alles Unwichtige gelöscht hatte. Dann zögerte sie, denn sie hatte mehrere E-Mails von ihrer Mutter und auch eine von ihrem Vater, oder besser gesagt von dem Mann, den sie lange Zeit als denselbigen angesehen hatte.

Diese klickte sie zuerst an, las sie aufmerksam und runzelte die Stirn. Inzwischen wusste Bernhard also Bescheid, ihre Mutter hatte ihm alles gebeichtet. Er schrieb, wie sehr ihn das zuerst schockiert und verletzt hatte, dass er verstand, wenn Dana Zeit und Abstand brauchte. Aber gleichzeitig versicherte er, sie würde für ihn immer seine Tochter bleiben und inzwischen habe er sich auch mit Katharina versöhnt. Darüber war Dana unendlich froh, und im Grunde genommen ging es ihr wie Bernhard. Er war ihr Vater, der Mann, der sie aufgezogen hatte. Sie schrieb ihm eine kurze Nachricht, dass es ihr gut ging, sie jedoch noch ein paar Wochen für sich brauchte. Wie sollte sie ihren Eltern Mael nur erklären? Das war ihr größtes Problem, aber eines, das sie im Augenblick nicht lösen konnte und wollte. Zunächst einmal musste sie hier alles regeln. Dana schaltete den Computer aus, bedankte sich bei Ewan und ging dann langsam zurück zum Haus seiner Eltern.

Mael kam ihr entgegengerannt, mit ihrem karierten Röckchen und dem geliebten Stoffschaf in der Hand. Dana ging in die Hocke und wünschte sich in diesem Augenblick nichts sehnlicher, als dass Ardan sie jetzt hätte sehen können. Mühsam schluckte sie die Tränen hinunter. Den ganzen Tag über war sie abgelenkt gewesen, aber in Momenten wie diesem kehrte die Trauer mit aller Macht zurück, drohte sie zu ersticken. Sie drückte die Kleine an sich.

»Abendessen!«, krähte Mael, woraufhin Dana nickte und ihr zum Cottage folgte.

Kapitel 34
Das Ende des Regenbogens

Am Morgen stand Dana im kühlen Wind vor dem Haus der MacLeans und winkte Marc hinterher.

Ewan, mit einer Rolle Stacheldraht unter dem Arm, trat zu ihr. »Er fährt schon wieder?«, wunderte er sich.

»Ja, Marc hat mir sehr geholfen.«

Die Augenbrauen des jungen Mannes zogen sich zusammen, seine Miene wirkte, als wolle er etwas fragen, aber dann wünschte er ihr einen schönen Tag und ging in Richtung seines neuen Hauses davon.

Fröstelnd schlang Dana die Arme um sich. Jetzt hatte sie zumindest einen groben Plan, wie ihre Zukunft aussehen könnte. Sie würde sich einen Job in der Nähe von Glendale suchen müssen und hoffen, dass sie und Mael gut über die Runden kamen. Studieren wollte sie ohnehin nicht mehr. Es wäre ihr seltsam erschienen, mit anderen Studenten über Ausgrabungen zu sitzen und zu rätseln, wie die Menschen in früherer Zeit gelebt hatten. Schließlich hatte sie das selbst erlebt.

Dana war sehr wohl klar, dass vieles den MacLeans seltsam an ihr vorkommen musste, aber niemand bedrängte sie, ganz im Gegenteil. Die beiden hörten zu, wenn sie etwas erzählte, passten gelegentlich auf Mael auf, wenn Dana nach Glendale fuhr, um das Haus aufzuräumen, und gaben ihr ein gewisses Gefühl von Geborgenheit. Donald war wieder abgereist, Ewan seit ein paar

Tagen unterwegs, da er die Schafe seines Großvaters verkaufen musste. Der alte Mann hielt sich hin und wieder bei den MacLeans auf, und Dana mochte seine direkte, wenn auch etwas kauzige Art. Auch wenn Mrs. MacLean wiederholt betonte, sie müsse sich die alten Geschichten ihres Schwiegervaters nicht antun, hörte sie ihn sehr gern erzählen. Dugal MacLean gab häufig Begebenheiten aus der Zeit seines Vaters und Großvaters zum Besten, erzählte, wie das Leben im Tal in früherer Zeit gewesen war, als noch mit Pferd und Pflug gearbeitet worden war, niemand Zentralheizung und wenige fließend Wasser gehabt hatten. Seine Erlebnisse waren teilweise traurig, aber häufig auch lustig und zeugten von den besonderen Menschen dieser Gegend. Sogar Mael – selbst wenn sie nur einen Bruchteil der Worte von Dugal verstand – liebte es, auf Danas Schoß zu sitzen, während das Feuer im Kamin knisterte, und seiner ruhigen Stimme zu lauschen.

»Sie sollten all Ihre Geschichten aus dem Tal aufschreiben und als Buch herausbringen«, bemerkte Dana eines Abends, als der alte Mr. MacLean gerade von einem Schafraub berichtet hatte, der Ende des achtzehnten Jahrhunderts stattgefunden haben sollte und in den seine Vorfahren angeblich verwickelt gewesen waren.

Doch der alte Mann wiegte bedächtig sein weißes Haupt. »Auch wenn es aus der Mode gekommen ist«, krächzte er, »ich halte es wie unsere Vorfahren und gebe meine Geschichten lieber mündlich weiter.« Dugal zeigte ein zahnloses Grinsen und machte eine ausladende Handbewegung. »Am liebsten untermalt vom Knistern hungriger Flammen.«

»Das finde ich auch toll«, stimmte Dana zu, »aber es wäre doch sehr schade, wenn sie im Laufe der Zeit verloren gingen.«

»Ich habe schon lange mein Augenlicht verloren und merke mir das, was ich höre – damit bin ich bislang sehr gut gefahren. Das geschriebene Wort in den falschen Händen mag manchmal ohnehin mehr Unheil als Nutzen bringen«, sinnierte Dugal MacLean.

Dana zuckte unwillkürlich zusammen. »Das hat schon einmal

ein weiser Mann gesagt – vor sehr langer Zeit«, murmelte er vor sich hin.

Plötzlich wandten sich Dugal MacLeans blinde Augen ihr zu, dann fasste er ihren Arm. »Wenn du deiner kleinen Tochter meine Geschichten erzählst und sie diese an ihre Kinder weitergibt, dann werden sie nicht vergehen.«

»Das werden wir tun«, versprach Dana, wobei sie Mael einen Kuss auf die Haare hauchte.

Eigentlich hätte Dana schon längst in Scotts Haus ziehen können, aber ein Teil von ihr scheute sich davor, allein zu sein. Vielleicht konnte sie dieses Tal auch noch nicht verlassen, denn hier fühlte sie sich ein Stück weit mit Ardan verbunden. Ihre Hoffnung, sein Kind unter dem Herzen zu tragen, zerschlug sich mit dem Einsetzen ihrer Regel und ließ sie erneut beinahe verzweifeln. Nicht einmal diesen kleinen Trost hatten ihr die Götter, das Schicksal, oder wie auch immer man es nennen wollte, gelassen. Später tröstete sie sich damit, dass ihr wenigstens Mael geblieben war, trotzdem war sie unendlich traurig.

An einem klaren, sonnigen Herbsttag machte sich Dana mit Mael zu Fuß auf den Weg zu dem Stein, der für sie zu einem Gedenkstein für Ardan geworden war. Unterwegs pflückten sie Blumen, und Dana legte den bunten Herbststrauß auf dem flachen Felsen nieder. Mael spielte in einiger Entfernung mit ihrem Stoffschaf und ließ es über kleine Steine springen.

Dana lehnte sich an den von der Sonne gewärmten Fels und schloss die Augen. *Mael ist schon wieder ein ganzes Stück gewachsen*, sprach sie in Gedanken zu Ardan, *sie hat sich gut eingelebt hier in dieser Zeit. Vielleicht besser als ich. Ich weiß, dass sie dich vermisst, auch wenn sie das alles noch nicht begreifen kann. Eines Tages werde ich ihr erklären müssen, woher sie wirklich kommt, und ich werde ihr von dir erzählen.*

Ihre rechte Hand fuhr über den Stein, und in Gedanken an Ardan und ihre gemeinsame Zeit verloren, zupfte sie kleine Streifen von dem Moos ab. Plötzlich hielt sie inne, hob die Augenlider. Sie hatte etwas getastet, eine gebogene Vertiefung, die sich nach beiden Seiten hin fortsetzte. Mit beiden Fingern entfernte sie Moos und Flechten von dem Stein, und als sie schließlich fertig war, blieb ihr der Mund offen stehen. Verwittert, nur noch schwer erkenntlich, aber doch sichtbar, waren in ungelenker Schrift die Namen Ardan und Dana in den Fels gemeißelt. Der verschlungene keltische Knoten, der sich um die beiden Namen zog und sie miteinander verband, war im Gegensatz zu der Schrift ein Meisterwerk, obwohl auch daran der Zahn der Zeit sehr deutlich genagt hatte. Danas zitternde Finger fuhren darüber. Wer möchte das gewesen sein? Einen Zufall hielt sie für ausgeschlossen, und dann erinnerte sie sich an etwas. Domech – sie hatte ihm gezeigt, wie die Schriftzeichen ihrer Zeit aussahen. Eine ungeahnte Verbundenheit zu dem alten Druiden durchflutete sie – wie es aussah, hatte zumindest er den Angriff der Nordmänner damals überlebt.

»Ich danke dir, Domech«, flüsterte sie in den Wind.

Er hatte ihr versprochen, sich um Ardans Bestattung zu kümmern, und wohl instinktiv gespürt, dass sie etwas haben wollte, was sie auch in ihrer Zeit an ihn erinnerte.

Ihre Hand fuhr zu der Armspange, die sie unter dem Pullover trug. Vielleicht hätte sie sie dem Fluss übergeben und Abschied von Ardan nehmen sollen. Aber noch brachte sie das nicht fertig. Er war so tief in ihrem Herzen verwurzelt, und das Schmuckstück verband sie mit ihm. Erneut schloss sie ihre Augen, lauschte dem leisen Rauschen des Windes und dem gelegentlichen Blöken der Schafe. Ein Zwitschern ließ sie aufsehen, und als sie sich umdrehte, blickte sie ein winziger Spatz an. Ein zögerndes Lächeln schlich sich auf Danas Gesicht, dann kam ihr ein Gedanke. Sie versuchte, sich ganz auf sich selbst zu konzentrieren, die Quelle ihrer inneren Macht zu erfassen, und als ihr dies gelang, streckte sie, so wie sie es von Domech gelernt hatte, ihre Sinne nach dem Vogel aus. Zunächst dachte sie, er würde davonfliegen, aber er blieb, und nach einigen Atemzügen gelang es Dana, sachte in sein Innerstes vorzudringen. *Keine Angst, ich will dir nichts Böses*, sagte sie in Gedanken. Der Spatz schüttelte sich kurz, dann erhob er sich in die Lüfte. Dana hatte das Gefühl, ebenfalls auf leichten Schwingen emporgehoben zu werden. Die Herbstbrise wehte sanft durch ihre Haare, und plötzlich sah sie mit den Augen des Vogels. Die Weide, die spielende Mael, ihren eigenen Körper, in der Ferne die Ruinen von Dun Telve und Dun Troddan.

Meine seltsame Gabe funktioniert also auch hier, dachte sie und war davon derart überrascht, dass die Verbindung unvermittelt abriss. Rasend schnell befand sie sich wieder in ihrem eigenen Körper und benötigte einige Minuten, um den Schwindel abzuschütteln.

»Puh!«, stieß sie laut hervor, sah sich nach dem Spatz um, konnte ihn jedoch nicht mehr ausfindig machen. »Vielleicht werde ich es ein anderes Mal versuchen.« Noch einmal streichelte sie über den Stein, dann ging sie langsam in Maels Richtung.

Vom Tor her kamen plötzlich fünf Schafe auf die Weide gerannt, dahinter erkannte sie eine männliche Gestalt, die sich beim Näherkommen als Ewan entpuppte.

»Hallo, du scheinst diese Weide zu mögen«, stellte er mit einem freundlichen Grinsen fest.

»Ist es ein Problem, wenn wir sie betreten?«, erkundigte sich Dana schnell.

»Um Himmels willen, nein! Ich bin selbst gerne hier.« Seine Augen wanderten über das Gras, die entfernten Bäume, den in der Nähe rauschenden Fluss.

Eine Weile standen sie sich stumm gegenüber, dann fragte Dana, um das Schweigen zu brechen: »Hast du neue Schafe gekauft?«

»Ja«, erklärte er strahlend und deutete auf die Herde. »Die stammen von den Orkneys und werden unsere Zucht verbessern. Deshalb war ich auch eine Weile nicht hier. Außerdem habe ich mir etwas geleistet, was eigentlich nicht in mein derzeitiges Budget gepasst hätte.« Verlegen kratzte er sich die stoppelige Wange, aber in seine Augen trat ein spitzbübisches Lachen. »Auf dem Heimweg bin ich bei einem Highlandponyzüchter vorbeigekommen. Du musst wissen, mein Großvater hat sie früher gezüchtet, und als Junge war ich ein großer Pferdenarr. Später hat Großvater Dugal die Zucht aufgegeben, und nachdem ich lange Zeit im Ausland war, konnte ich mir meinen Traum auch nicht verwirklichen. Aber jetzt habe ich zwei Stuten gekauft, die in wenigen Wochen hertransportiert werden«, erzählte er voller Begeisterung. »Eine hat ein Fohlen, die andere ist schon trächtig. Magst du Pferde?«

Dana nickte. »Ja, sehr sogar.« Auch Righ, ihr Kriegspferd, fehlte ihr, und es tat weh, dass sie ihn hatte zurücklassen müssen. Von Erinnerungen überflutet, blickte sie zu Boden.

Kurz darauf spürte sie, wie Ewan vorsichtig ihr Kinn anhob.

»Du siehst traurig aus – kann es sein, dass dich dieser Ort hier an deinen Freund erinnert?«

Auf der Stelle war ihre Kehle wie zugeschnürt. »Ja, das könnte man so sagen.«

Ewan runzelte die Stirn. »Ich will ja nicht neugierig sein, und du musst mir auch nicht antworten, aber … war er der Vater von der Kleinen?«

Diesmal konnte Dana nicht verhindern, dass eine Träne aus ihrem linken Augenwinkel tropfte, und als sie nickte, umarmte Ewan sie ganz vorsichtig, beinahe schon unbeholfen. Es war erstaunlich, aber auch erschreckend, wie gut und vertraut sich seine Umarmung anfühlte, und so versiegten Danas Tränen schnell.

»Entschuldige, ich bin sonst nicht so eine Heulsuse«, rechtfertigte sie sich.

»Das hätte ich auch nicht von dir gedacht, aber du hast ja allen Grund, traurig zu sein.« Er lächelte sie an, drückte sie noch einmal und rieb dabei tröstend ihre Arme. »Irgendwann wird es nicht mehr so wehtun, glaub mir.« Dabei fuhr seine Hand versehentlich über die versteckte Armspange, und plötzlich versteifte er sich.

»Oh, verdammt, das war wieder der Armreif!«, rief Dana aus,

packte Ewan vorsichtshalber fest an den Schultern und sah ihn besorgt an.

Diesmal ging Ewan nicht in die Knie, doch seine Miene war schockiert. »Langsam wird mir das unheimlich«, brachte er schließlich hervor, schüttelte sich und sah Dana fragend an.

»Was hast du denn diesmal gespürt?«

Er schluckte lautstark, öffnete den Mund, schüttelte den Kopf und fuhr sich übers Gesicht. »Du wirst mich für völlig irre oder … Schlimmeres halten.«

»Nein, jetzt sag schon, Ewan«, drängte sie.

»Ich hatte das Gefühl, durch die Augen eines anderen Mannes zu sehen, und trotzdem war er mir nicht fremd«, bemühte er sich um eine Erklärung, wobei die Worte nur sehr zögernd hervorkamen. »Ich habe ihn mit einer Frau gesehen, die er wirklich sehr geliebt haben muss, und sie … sie …«

»Was war mit ihr?«, hakte Dana atemlos nach.

»Bitte halt das jetzt nicht für eine plumpe Anmache, aber sie sah dir unglaublich ähnlich.«

In Danas Kopf drehte sich alles. Was ging hier vor? Ewan sah nicht minder verstört aus, als sie selbst sich fühlte, was auch kein Wunder war, denn im Gegensatz zu ihr konnte er das Ganze ja überhaupt nicht verstehen. Sie bezweifelte, dass er ihr etwas vormachte, denn sein Gesicht war kreidebleich. Konnte es also sein, dass er tatsächlich durch das Schmuckstück Ardans Gefühle spüren konnte? Und weshalb nur er? Marc hatte die Armspange ebenfalls berührt und ihm war nichts geschehen.

»Dana, geht es dir gut?«, fragte Ewan mit zittriger Stimme. »Ich wollte dich nicht erschrecken.«

»Nein, es ist schon in Ordnung«, versicherte sie, sah ihm aber trotzdem verwirrt in die Augen. Braune Augen, die ihr schon beim ersten Mal auf eine unerklärliche Weise so vertraut vorgekommen waren.

»Oh, Mist, du musst mich für völlig durchgeknallt halten«, stöhnte er und rieb sich über die Schläfen.

»Das tue ich ganz bestimmt nicht.«

Langsam ging Dana los, und Ewan folgte ihr. Mael hatte offensichtlich genug von ihrem Spiel und rannte ihnen freudig entgegen.

Ewan musterte sie aus zusammengekniffenen Augen und ging in die Hocke. »Na, meine Kleine, ich habe mich noch gar nicht richtig vorgestellt. Ich heiße Ewan. Beim letzten Mal bist du ja weggelaufen, als ich dir einen Keks angeboten habe.« Augenzwinkernd sah er zu Dana auf. »Aber deine Mum hat dich wohl gut erzogen, und von verrückten fremden Männern soll man nichts annehmen.«

Stumm hatte Mael zugehört, jetzt legte sie den Kopf schief.

Dana lachte leise auf. »Ich befürchte, den Keks hätte sie schon genommen, nur versteht sie dich nicht.«

»Ja, klar.« Erneut sah Ewan sie an. »Sag mal, wenn ich mich sowieso schon lächerlich mache – meine Mum hat neulich gemeint, die Kleine würde eine Art Gälisch sprechen. Manche Worte kamen ihr vertraut vor. Aber Deutsch ähnelt dem Gälischen doch gar nicht, soweit ich weiß, oder?«

Ertappt biss sich Dana auf die Lippe. Natürlich plapperte Mael hin und wieder in ihrer Sprache vor sich hin, und es war zu befürchten gewesen, dass das irgendwann auffiel.

»Ähm, also, es ist irisches Gälisch.« Sie hoffte, die beiden Zweige der keltischen Sprache würden sich genügend unterscheiden, um eine plausible Erklärung zu liefern.

»War ihr Vater denn Ire?«

»Zum Teil«, antwortete Dana leise.

»Hm.« Ewan fuhr sich über seine Bartstoppeln, dann wandte er sich erneut an das Kind. »*Is mise Ewan. Dè an t-ainm a tha oirbh, mo réiltean?*«

Dana torkelte nach hinten. Was hatte er gesagt? Etwas anders als in der Eisenzeit klangen die Worte in jedem Fall, aber es war auch nicht die Frage nach Maels Namen gewesen, was sie schwindlig werden ließ, sondern der Ausdruck *mo réiltean*.

Auch Mael blieb der Mund offen stehen. Ihre großen Augen starrten Ewan an. Dann streckte sie ihre kleine Hand aus und sagte leise und unsicher: »*A athair.*«

Dana schlug die Hand vors Gesicht.

»Nein, meine Kleine, ich bin nicht dein Vater«, antwortete er perplex und diesmal auf Englisch. Dann sah er Hilfe suchend zu Dana, da das Mädchen auf einmal die Arme um ihn schlang. Er hob sie hoch, streichelte über ihren Kopf und versicherte ihr dann noch einmal sanft in gälischer Sprache, er wäre nicht ihr Daddy.

»Wie kommt sie denn darauf?«, wollte Ewan wissen.

Noch immer schwirrten die Gedanken durch Danas Kopf, ließen sich nicht ordnen, und eine mehr als verrückte Theorie bahnte sich ihren Weg. »Maels Vater, Ardan … Er hat sie auch immer *mein kleiner Stern* genannt.«

»Oh, das tut mir leid, ich weiß, ehrlich gesagt, auch nicht, wie ich darauf kam.« Er stupste Mael auf die Nase. »Aber wenn ich mal eine kleine Tochter habe, dann müsste sie genauso niedlich sein wie du!«

Sie hielt ihm ihr heiß geliebtes Schaf hin, und als er leise Blökgeräusche machte und sie mit dem Stofftier zu kitzeln begann, kicherte sie begeistert.

Dana hingegen war völlig verstört. Ihr Blick wanderte zu dem Felsen, zu Ewan, dann umfasste sie die Armspange unter ihrem Pullover. Konnte es so viele Zufälle auf einmal geben?

Noch Tage danach fragte Dana sich, was es mit dieser seltsamen Begebenheit am Stein auf sich gehabt hatte. Hatte Ewan tatsächlich, bedingt durch das Schmuckstück, etwas von Ardan in sich aufgenommen oder steckte am Ende mehr dahinter?

Jetzt, da sie genau darauf achtete, kamen ihr viele Verhaltensweisen von Ewan vertraut vor. Manche Gesten, die Art, wie er die Stirn runzelte, manchmal auch sein Lächeln, all das erinnerte sie an Ardan. Auch seine Begeisterung für Pferde stellte eine weitere Gemeinsamkeit dar. Schon seit Tagen baute er voller Enthusiasmus an einem Unterstand und sprach davon, wieder mit dem Reiten anzufangen. Aber waren die vielen kleinen Hinweise eine Tatsache, oder bildete sie sich das nur ein? Wollte sie etwas sehen, was es gar nicht gab? Andererseits wich Mael, wenn sie auf Ewan traf, gar nicht mehr von seiner Seite, und er schien die Kleine wirklich zu mögen. Diese ganzen Überlegungen machten Dana völlig irre, und irgendwann fragte sie nach einer schlaflosen Nacht Mrs. MacLean sogar: »Morna, hatten Sie eigentlich schon immer zwei Söhne?«

Die ältere Frau stutzte sichtlich, dann lachte sie leise auf. »Natürlich, oder denkst du, ich habe einen von ihnen erst vor ein paar Tagen adoptiert?«

»Nein … Es ist nur … Bei meinem ersten Besuch haben Sie immer nur von einem Sohn gesprochen, und ich kann mich auch nur an das Foto von Donald erinnern.« Sie deutete auf den dunklen Schrank an der Wand, wo Bilder von zwei kleinen Jungen zu sehen waren.

»Nein, das kann nicht sein, die Fotos stehen schon seit Jahren an derselben Stelle. Ewan war einige Zeit im Ausland, vielleicht habe ich deshalb nichts von ihm erzählt.«

Selbstverständlich war die Frage vollkommen unsinnig gewesen, wie Dana jetzt einsehen musste, aber konnte es nicht sein, dass sie durch ihre Reise in die Vergangenheit den Lauf der Zeit geändert hatte? War durch ihre Liebe zu Ardan der Fluch gebrochen worden und er wiedergeboren – in Ewan?

Sie schüttelte den Kopf, denn das war eine wirre Theorie, und Ardan und Ewan unterschieden sich auch in vielen Dingen. Doch war das nicht verwunderlich? Ardan war ein Krieger aus einer völlig anderen Epoche gewesen, Ewan in eine deutlich friedlichere Welt hineingeboren, hatte ganz andere Erfahrungen gesammelt, aber vieles passte einfach zu gut zusammen.

»Dana, darf ich offen mit dir sprechen?«, riss Mrs. MacLean sie aus ihren Gedanken.

»Selbstverständlich!«

Die grauhaarige Frau wiegte bedächtig ihren Kopf. »Ich hoffe, du verrätst Ewan nichts und nimmst es mir auch nicht übel. Aber ich spüre, dass er dich und deine kleine Tochter sehr lieb gewonnen hat. Ewan hat sich lange Zeit auf kein Mädchen einlassen können, er hat mir einmal gesagt, er habe das Gefühl, er müsse auf eine ganz bestimmte Frau warten. Auch mit seiner letzten Freundin hat es nicht so richtig funktioniert, trotzdem wollte er sie heiraten, und sie haben sogar angefangen, ein gemeinsames Haus zu bauen. Ich kann verstehen, wenn du jetzt, da dein Freund gestorben ist, keine neue Beziehung eingehen möchtest. Aber bitte sag es Ewan, sofern du grundsätzlich kein Interesse an ihm hast, damit er nicht wieder so bitter enttäuscht wird.«

Stumm nickte Dana, sah Ewans Mutter lange Zeit an und meinte schließlich: »Im Moment könnte ich mir wirklich nicht vorstellen, mit jemandem fest zusammen zu sein. Aber ich mag Ewan, und Mael hat ihn ebenfalls gern. Sollte er irgendwelche Andeutungen machen, werde ich ihm sagen, wie es mir geht.«

»Das ist schön.« Morna MacLean drückte Danas Arm, dann verschwand sie in der Küche.

Noch immer in Gedanken an das Gespräch ging Dana zu ihrem alten Landrover. Sie rief nach Mael, die draußen vor dem Haus gespielt hatte, und setzte sie in das Auto.

Ewan kam von seinem Haus herübergelaufen und lächelte sie an. »Guten Morgen, macht ihr einen Ausflug?«

»Wir fahren nach Glendale, ich … habe dort ein Haus geerbt und muss noch einiges ausräumen, bevor ich einziehe.«

»Ach wirklich?« Überrascht hob Ewan die Augenbrauen. »Kann ich dir helfen?«

»Nein, du hast doch genug mit deiner Baustelle zu tun.«

»Ach was«, eilig winkte er ab, »das Dach ist drauf, also regnet es schon mal nicht rein. Alles andere hat Zeit.«

»Das ist wohl mal wieder die legendäre schottische Gelassenheit«, lachte Dana.

»Ist doch nicht das Verkehrteste, oder?«, grinste Ewan. »Also, nehmt ihr mich mit?«

»Selma!«, jauchzte Mael, wobei sie auf das staubige Polster der Rückbank klopfte.

»Selma?«, wunderte sich Ewan.

»Das Auto heißt Selma«, erklärte Dana daraufhin.

»Aha«, meinte Ewan gedehnt. »Ist das in Deutschland üblich, seinem Auto einen Namen zu geben?«

»Nein, das ist auf dem Mist eines waschechten Schotten gewachsen.«

Grinsend setzte sich Ewan auf den Beifahrersitz, und schließlich gab Dana seufzend nach. Unterwegs erzählte sie auch von Scott, und wie kurz sie ihn erst gekannt hatte. Ewan staunte nicht schlecht und meinte schließlich kopfschüttelnd: »Dann war das dein Vater, der bei diesem mysteriösen Steinschlag ums Leben kam. Verdammt, Dana, das tut mir so leid. Erst dein Freund und dann dein Vater.«

Gemächlich holperte der Landrover über die schmalen Straßen der Isle of Skye, und Dana sah nur kurz zu Ewan hinüber. »Es war schlimm, aber manchmal spielt das Leben einfach so.«

Kurz legte sich Ewans Hand auf ihre, und wieder überkam sie so ein vertrautes Gefühl.

»Die alten Brochs sind momentan gesperrt«, erklärte Ewan ernst. »Sie wollen überprüfen, ob die Türme überhaupt noch für Besucher frei gegeben werden. Aber wenn man sie wieder betreten darf, könnten wir dort eine kleine Gedenkfeier für deinen Dad abhalten, was meinst du?«

Dana trat so abrupt auf die Bremse, dass sie alle nach vorne geschleudert wurden. Aus weit aufgerissenen Augen sah sie Ewan an. »Nein, das geht nicht! Bitte versprich mir, dass du den Dun Telve niemals wieder betrittst.«

Verdutzt rieb sich Ewan die Schulter, dort, wo der Sicherheitsgurt eingeschnitten hatte. »Ähm, ja, okay, war ja nur so eine Idee.«

Nachdem sie einmal tief durchgeatmet hatte, beruhigte sie sich wieder. »Sorry, Ewan, das war ein schöner Gedanke. Aber bitte tu mir den Gefallen.« Sollte irgendetwas an ihrer Theorie dran sein und Ewan Ardans Wiedergeburt, würde Rionach das vielleicht merken und ihm etwas antun.

»Also, ich finde es ja sehr nett, wenn du dir Gedanken um mich machst. Aber sobald die baulichen Dinge geklärt sind …«

»Es geht hier nicht um den Steinschlag.« Sie sah ihn flehend an. »Auch wenn du es nicht verstehst, bitte versprich es mir.«

»Gut.«

Trotzdem befürchtete Dana, er würde den Ernst der Lage nicht verstehen – konnte es ja auch gar nicht.

Bald hatten sie das verwilderte Grundstück erreicht, und Calum, der Nachbar, kam gerade mit Teàrlach an den Zaun. Schon einige Male hatte Dana den Hund auf das Grundstück gelassen, überraschenderweise freundeten sich der riesige Wolfshund und Mael auf Anhieb an. Ewan schien er, wie anfangs Dana, unheimlich zu sein, aber als er sah, wie Mael ihre kurzen Arme um den kräftigen Nacken des Hundes schlang und er sie mit einem Kuss nach Hundeart beglückte, musste er lachen.

Gemeinsam räumten sie eines der oberen Zimmer leer, das Maels Kinderzimmer werden sollte, und Dana war wirklich froh um Ewans Hilfe. Allein hätte sie sehr viel länger gebraucht. Nach mehreren Stunden harter Arbeit setzten sie sich ins Wohnzimmer und tranken eine Tasse Tee.

»Wow, dein Vater hat eine beeindruckende Sammlung an Büchern«, staunte Ewan, stand auf und besah sich die Regale. Seine Augen begannen zu glänzen. »Ich interessiere mich ja ebenfalls für die Keltenzeit, wie du weißt.«

Dana lächelte nur stumm. Gedankenverloren fuhr sie mit der Hand über die vielen Bücher. Bücher über die Kelten, das Mittelalter und einige Romane, die er, wie sie inzwischen wusste, unter Pseudonym geschrieben hatte. Auch die Abhandlung über die Brochs und die Zeit der Pikten fand sich darunter. Ihr wurde schwer ums Herz, wenn sie daran dachte, wie gerne Scott gehört hätte, was sie alles im alten Broch erlebt hatte – in der Zeit vor über zweitausend Jahren. Lange Jahre seines Lebens hatte er mit Forschungen zugebracht und doch niemals erfahren, wie es wirklich gewesen war.

Plötzlich durchzuckte sie ein Gedanke. Sie wollte das Werk ihres Vaters fortführen, den Menschen erzählen, wie Pikten- und Keltenkrieger wie Brude, Alauna und Nectan wirklich gelebt hatten. Eine wissenschaftliche Abhandlung konnte sie nicht schreiben, denn dafür fehlten ihr die Beweise und ihr hätte ohnehin niemand geglaubt. Aber eine Geschichte, einen Roman, in dem sie das beschrieb, was sie erlebt hatte, das wäre eine Möglichkeit.

»Was lächelst du denn so verträumt?«, erkundigte sich Ewan.

»Vielleicht weiß ich jetzt, was ich in Zukunft machen werde.« Mehr wollte sie im Augenblick nicht verraten, denn noch war es eine verrückte Idee, und ob sich diese in die Tat umsetzen lassen würde, musste sich erst noch zeigen.

Viele Male fuhr Ewan mit Dana nach Glendale, und nach einiger Zeit sah das kleine Haus richtig behaglich aus. Inzwischen waren auch die Erbschaftsangelegenheiten mit dem Notar geklärt, und von Scotts Buchverkäufen hatte sich eine nette kleine Summe auf dem Konto eingefunden, von dem sie einige neue Möbel hatte kaufen können. Gemeinsam mit Ewan hatte sie eines Tages Scotts Grab auf dem kleinen Friedhof von Glendale besucht und beschlossen, irgendwann ein steinernes keltisches Kreuz dort errichten zu lassen – das hätte ihm bestimmt gefallen. Nun rückte der Tag des Abschieds von den MacLeans näher, und Ewan hatte Dana am letzten Abend gebeten, noch einen Spaziergang zu den Schafweiden zu machen. Bald stellte sie fest, dass er den Weg zu dem Stein einschlug, an dem sie sich das erste Mal getroffen hatten. Ein windiger Oktobertag war in den Highlands angebrochen. Sturmwolken jagten über den Himmel und verdunkelten die Sonne. Doch wenn sie daraus hervorbrach, zauberte sie ein buntes Lichterspektakel auf die verfärbten Blätter, das lila erblühte Heidekraut und die dunklen Felsen. Mael rannte fröhlich vor ihnen her, ihre Haare wehten im Wind, und sie machte sich einen Spaß daraus, die Schafe auf der Weide zu jagen.

Ein Regenschauer ließ Dana und Ewan ihre Kapuzen über den Kopf ziehen, aber so schnell der Regen gekommen war, verschwand er auch wieder.

Kurz vor dem flachen Felsen blieb Ewan stehen, fasste Dana an den Schultern und sah ihr tief in die Augen. »Übermorgen ziehst du ja nach Glendale«, begann er unsicher.

»Ja, jetzt ist beinahe alles fertig.«

Er holte Luft und stieß seine folgende Frage hastig hervor. »Würde es dir etwas ausmachen, wenn ich dich und Mael ab und zu besuche?«

»Nein, überhaupt nicht. Ich würde mich freuen.« Sie zögerte. »Nur … lass mir noch Zeit, ja?«

»Ich verstehe«, versicherte er eilig. »Ich würde nur ungern den Kontakt zu dir verlieren.« Seine Augen suchten Mael. »Zu euch.«

Diese Worte ließen Dana einen warmen Schauer über den Rücken laufen.

Auf einmal drehte Ewan Dana sanft in Richtung Osten, dorthin, wo der Broch lag. »Sieh nur, ein Regenbogen. Sicher kennst du die irische Legende vom Leprechaun und den Schatz, den er am Ende des Regensbogens versteckt hat. In der nordischen Mythologie heißt es auch, ein Regenbogen würde die verschiedenen Welten auf magische Weise miteinander verbinden. Ich finde das einen schönen Gedanken.«

Dana nickte stumm und schloss die Augen. Sie fühlte sich an jenen Tag zurückversetzt, als Ardan ihr von der Legende der Dalriadaner erzählt hatte. *Der Regenbogen verbindet die Welt der Lebenden mit der Anderswelt. Wenn zwei Menschen getrennt werden und einer von ihnen einen Regenbogen sieht, weiß er, dass er nicht allein ist und auch der andere an ihn denkt.* War das ein Zeichen? Wollte Ardan ihr mitteilen, dass sie nach vorne blicken sollte? Oder stand er etwa sogar hinter ihr – in einem anderen Körper, mit einem anderen Schicksal.

Als Ewan weitersprach, drehte sie sich um. »Ist das nicht faszinierend, Dana, wir stehen genau am Ende des Regenbogens, das bringt sicher Glück!« Er lächelte, seine Hände warm und tröstend auf ihren Schultern.

Ihre Augen suchten die seinen, in denen ein liebevolles Glitzern stand, das sie schon einmal zu sehen geglaubt hatte. Auch wenn sie noch lange nicht über Ardans Tod hinweg war, wenn es vieles gab, was Ewan nicht wusste und was sie ihm möglicherweise auch niemals würde sagen können, spürte sie auf einmal eine lange vermisste Wärme in ihrem Innern. Die Welt erschien ihr plötzlich nicht mehr so kalt und trostlos, wie sie es seit ihrer Rückkehr empfunden hatte.

»Ich weiß nicht, Ewan, niemand kann sagen, wo ein Regenbogen beginnt und wo er endet. Möglicherweise stehen wir ja auch am Anfang.«

Anmerkung der Autorin

Das Leben der Kelten und insbesondere der Pikten, die lange vor den Kelten Schottland besiedelten und sich nach und nach mit ihnen vermischten, liegt weitgehend im Dunkel der Geschichte. Über die Zeit vor Christus gibt es keinerlei Aufzeichnungen. Alle schriftlichen Quellen beruhen auf den Eindrücken der Römer und Griechen. Archäologen haben versucht, aus ihren Funden etwas über die Lebensart der Pikten und Kelten zu erfahren, aber viele Informationen sind widersprüchlich, und letztendlich bräuchten wir jemanden wie Dana, um die volle Wahrheit zu erfahren.

Die mangelnde Erforschung dieser Zeit lässt mir einerseits viel Freiheit in meiner Erzählung, birgt natürlich auch die Gefahr, historische Details falsch interpretiert zu haben. *Der Feenturm* sollte jedoch niemals eine wissenschaftlich belegte Abhandlung darstellen, sondern eine Fantasygeschichte mit historischen Elementen, und so habe ich mir die Theorien ausgesucht, die am besten in Danas Geschichte passten. Meine Recherchen habe ich teils vor Ort, teils durch Fachliteratur durchgeführt, die im Anhang zu finden ist. Wie die Menschen dieser Zeit gesprochen haben, ist ebenso ungeklärt wie ihr genaues Aussehen, Kleidung, ihre Art zu leben. Vermutlich bedienten sie sich bei ihrer Kommunikation einer Mischung aus alten keltischen Sprachen und Gälisch-Piktisch-Kymrisch. Ich habe viele Begriffe an das heutige schottische Gälisch angelehnt, andere frei erfunden (siehe hierzu auch das Personenverzeichnis).

Dun Telve und Dun Troddan befinden sich tatsächlich in einem Tal hinter Glenelg, kurz vor der Isle of Skye, und wem das Buch gefallen hat, dem würde ich ans Herz legen, diese Zeugnisse aus vergangener Zeit einmal zu besuchen. Auch Uamh An Ard Achadh (High Pasture Caves), die im *Feenturm* die »heiligen Höhlen« sind, in denen Ardans Schwert geweiht wurde, existieren wirklich und befinden sich im Süden von Skye. Nur leider ist die Ausgrabungsstätte inzwischen geschlossen. 2010 hatte ich noch einmal die Möglichkeit, die Höhlen zu besuchen und einen Eindruck von dieser mystischen Kultstätte zu bekommen, worüber ich sehr glücklich bin.

Bei folgenden Menschen möchte ich mich auf Englisch bedanken, denn auch sie haben dabei geholfen, dem Roman einen realen Hintergrund zu verleihen.

Many thanks to Robert »Bobby« Barbour, who told me many stories about his island and the Waternish area, which is now part of this book. We spent 2010 a wonderful week at his cottage in Ardmore. Also thanks to Steven Birch and Martin Wildgoose, for their explanations about their finds at the High Pasture Caves and the opportunity to enter the caves.

Personenverzeichnis

Menschen aus unserer Zeit

Dana Ludwig	Touristin aus Deutschland
Marita	Danas Freundin, die mit ihr durch Schottland reist
Marc und Alec	Reisebekanntschaft von Dana und Marita
Scott MacRae	Ehemaliger Archäologe
Rupert Winslow	Anführer einer geheimen Organisation
Bernhard Ludwig	Danas Vater
Katharina Ludwig	Danas Mutter
Laura Ludwig	Danas jüngere Schwester
Robert und Morna MacLean	Besitzer einer Pension in der Nähe des Brochs
Donald MacLean	Ältester Sohn der MacLeans
Ewan MacLean	Jüngerer Sohn der MacLeans
Dugal MacLean	Großvater von Donald und Ewan

Kelten/Pikten

Rionach	Geist einer Piktenkriegerin am Dun Telve
Mael	Rionachs Tochter
Ardan mac Uvan	Rionachs Mann, Maels Vater
Brude mac Ungost	Rionachs Vater, Herr von Dun Telve
Alauna	Rionachs Mutter, Herrin über Dun Telve
Tamia	Rionachs Schwester, Druidin
Bannatia	Tamias Tochter
Nectan mac Ungost	Brudes älterer Bruder, Herr von Dun Troddan
Scetis	Brudes Frau
Domech	Druide des Tals
Drostan	Junger Steinmetz
Brega	Dienerin im Broch
Lutrin	Bregas jüngster Sohn
Garnait	Krieger aus Alaunas Clan
Devana	Dienerin, kümmert sich zeitweise um Mael
Galan und Orrea	Devanas Kinder
Áine	Dienerin im Dun Telve,
Cron	Krieger aus Alaunas Clan, Áines Verlobter
Melcon	Krieger aus Alaunas Clan
Fargan	Krieger aus Alaunas Clan

Gälische Begriffe aus dem Buch

mo réiltean	Gälisch: mein kleiner Stern
a graidh	Gälisch: mein Liebling
soraidh	Gälisch: Auf Wiedersehen

mo piuthar	Gälisch: meine Schwester
athair	Gälisch: Vater
ban-draoigh	Druidin
Uamh an Aird Achadh	High pasture caves auf der Isle of Skye
Lughansadh	Erntefest im August
Samhain	1. Mai
cruithni	Vermutliche Bezeichnung der Pikten für ihr Volk
Dalriadaner	Menschen, die aus Irland kamen
Dun Troddan	Broch in der Nähe von Glenelg (am Berg gelegen)
Dun Telve	Broch in der Nähe von Glenelg (im Tal gelegen, einer der besterhaltensten Brochs Schottlands)
Dun Grugaig	Broch in der Nähe von Glenelg, weiter östlich gelegen, stark verfallen

Frei erfundene Begriffe im Buch

fion-mil	Met/Honigwein
Sealg-chù	Clan der jagenden Hunde aus dem Osten
Each fiadhaich	Clan der wilden Pferde/ Rionachs Clan
Eponaer	Clan aus dem Westen

Clans, deren Wurzeln belegt sind:

Creonen	Relativ unbekannter Stamm an der schottischen Westküste
Domnann	Clan aus der Mitte Schottlands

Quellennachweis

Cummins, W.A.: *The Age of the Picts*, The History Press, Brimscombe Port Stroud, Gloucestereshire 2009

Geo Epoche: *Die Kelten*, Nr. 47, 2011, Gruner + Jahr AG&Co KG, Hamburg

Geschichte 1/11: *Krieger und Druiden, Die Kelten, Europas rätselhafte Ahnen*, Bayrad Media GmbH&Co KG, Augsburg

History and Geography: *The history of the Picts, containing an account of their original, language, bounds and limits of their kingdom*, Multiple contributors, Reproduction from British Library, Gale Ecco Print Editions

Kalweit, Holger: *Das Totenbuch der Kelten*, Patmos Verlag GmbH&Co KG Albatros Verlag, Düsseldorf

Kämper, Angela: *Tierboten, Was uns Begegnungen mit Tieren sagen, Mythologie, Spiritualität, Träume*, Wilhelm Goldmann Verlag, München 2005

Krämer, Claus: *Die Heilkunst der Kelten*, Schirner Verlag, Darmstadt, 5. Auflage 2007

Moffat, Alistair: *Before Scotland, The Story of Scotland before History*, Thames&Hudson Ltd., London 2009

Wagner, Paul: *Pictish Warrior AD 297-841*, Osprey Publishing Ltd., 2002

Einige Internetseiten zum Thema:
http://www.high-pasture-cave.org
http://canmore.rcahms.gov.uk/en/site/11798/details/dun+telve/
http://www.historic-scotland.gov.uk
http://www.angelfire.com/realm/avena/bosgoetter.html